谨以此书献给故乡白鹿原和母校
西北农林科技大学

大梁村

负文贤 —— 著

陕西新华出版
陕西人民出版社

图书在版编目(CIP)数据

大梁村 / 负文贤著. — 西安：陕西人民出版社，2024. — ISBN 978-7-224-15508-2

Ⅰ. I247.5

中国国家版本馆 CIP 数据核字第 2024GJ5250 号

出 品 人：赵小峰
责任编辑：王彦龙
封面设计：蒲梦雅

大 梁 村

DA LIANG CUN

作　　者	负文贤
出版发行	陕西人民出版社
	(西安市北大街 147 号　邮编：710003)
印　　刷	广东虎彩云印刷有限公司
开　　本	787 毫米×1092 毫米　1/16
印　　张	24.75
字　　数	380 千字
版　　次	2024 年 9 月第 1 版
印　　次	2024 年 9 月第 1 次印刷
书　　号	ISBN 978-7-224-15508-2
定　　价	68.00 元

如有印装质量问题，请与本社联系调换。电话：029—87205094

目录
CONTENTS

第 一 章	唱大戏了	/ 001
第 二 章	回忆过去	/ 005
第 三 章	少小萌动	/ 013
第 四 章	童年苦乐	/ 018
第 五 章	批评帮助	/ 024
第 六 章	新仇旧恨	/ 032
第 七 章	好带头人	/ 040
第 八 章	牛咋死的	/ 050
第 九 章	农忙大会	/ 057
第 十 章	龙口夺食	/ 064
第十一章	夏日初恋	/ 074
第十二章	"长征"路上	/ 080
第十三章	坚强活着	/ 086
第十四章	开社员会	/ 094
第十五章	多挣工分	/ 100
第十六章	给你惊喜	/ 107
第十七章	命悬一线	/ 112
第十八章	支持队委	/ 121
第十九章	谁搞破坏	/ 130

第 二 十 章	惊魂一梦	/ 140
第二十一章	秋收调研	/ 149
第二十二章	平安过年	/ 156
第二十三章	养涵相亲	/ 164
第二十四章	油糕事件	/ 171
第二十五章	误入陷阱	/ 177
第二十六章	含泪赶考	/ 183
第二十七章	玉秀出嫁	/ 189
第二十八章	他是土匪	/ 197
第二十九章	咋这么臭	/ 204
第 三 十 章	事业为重	/ 211
第三十一章	总结经验	/ 222
第三十二章	恶有恶报	/ 228
第三十三章	推广经验	/ 238
第三十四章	找寻证据	/ 251
第三十五章	双重考验	/ 262
第三十六章	归乡受命	/ 277
第三十七章	回村调研	/ 285
第三十八章	路怨人忧	/ 296

第三十九章	乡贤大会	/ 306
第 四 十 章	放开手脚	/ 314
第四十一章	是廉是贪	/ 321
第四十二章	领工资了	/ 331
第四十三章	正在路上	/ 344
第四十四章	于书记好	/ 353
第四十五章	任重道远	/ 362

| 一曲精神坚守者的赞歌 / 冷丁 | / 373 |
| 一部凸显人民性的乡土小说 / 郗崇民 | / 380 |

| 后　记 / 负文贤 | / 386 |

第一章　唱大戏了

农历正月初八，大梁村唱大戏，庆祝丰产丰收！

去年春季，许久没有下雨的白鹿原上土地干涸，草木枯萎，趴在黄土皮上的麦苗儿也少了鲜绿。乡亲们眼巴巴地期盼着。终于，盼来了一场春雨，雨露滋润，草木复苏，麦苗儿撒着欢儿竞相生长，似乎要夺回失去的春天。秋季又大丰收，大梁村男女老少喜气洋洋！

从连续几年的自然灾害中逐渐恢复的白鹿原人民公社大梁村生机勃勃，鸡叫声、鸟鸣声、管弦音乐、秦腔伴唱，在这个古老村庄的上空回荡。一个生产大队两天连演四场戏，不可能，哪可能？但这是真的，布告贴在了公社大院的门前。初八演出秦腔移植革命样板戏《红灯记》、眉户剧《梁秋燕》；初九演出秦腔本戏《血泪仇》《一罐银元》《李双双》。

唱大戏，是全村过事，户户待客。家家门前贴红对联，窗户贴红剪纸，屋里屋外打扫得干干净净，亲戚朋友都来了，主人满脸都是笑。这是大梁村人二十年来过得最红火的年。

舞台上，青年演出团团长席广田做演出前的最后检查。他问于刚乾二胡独奏节目准备得怎么样，于刚乾自信地说，没麻达！

舞台下人头攒动，小孩子在人群中穿来穿去。

于刚乾的父亲于恭让，正在戏台下找合适的位置。他看到金老四手拿马扎凳在台前瞅来望去，就用他三尺长的旱烟锅在金老四后背上的旱烟锅上敲了敲，喊声"老伙计，坐这里"！他又喊来闫老三，三人坐在一起拉起了家常。

于恭让是大梁大队第一生产队社员，在家里排行老二，人称于老二。新中国成立后的第一个春节过后,他们三位,还有半拉子右耳朵的丁德让,四人带上馍馍,步行七十里路赶到西京城三意社,看完任哲宗的《周仁回府》连夜回家,一路打打闹闹唱唱咧咧。说起当年那个狂劲,金老四不由得站起来,摇头晃脑地唱起来:

见嫂嫂直哭得悲哀伤痛,
冷凄凄荒郊外哭妻几声……

这声音还真有任哲宗的味道!一人喝彩道。周围人也跟着吆喝:好,好!

报幕员报告演出开始,二胡独奏《送粮忙》,演奏者是演出团乐队队长于刚乾。

于刚乾跛着腿走上台向大家鞠过躬说:今天我站着给大家独奏二胡,希望效果更好!

演奏非常成功,台下掌声不断,于刚乾跛着腿退到二帘子后面。这时有人喊:请保卫集体财产的于刚乾给大家讲话!台下又是一阵热烈鼓掌。于刚乾走出来再次向大家鞠躬。

于刚乾是1949年与共和国同年同月生,白鹿原中学初中毕业。春节前为抓盗窃生产队马达的小偷,于刚乾腰部中了一枪,到现在走路还一拐一瘸。他说:感谢大家对我的关心!老天有眼,枪子也长眼,躲开了我的要命处,大家看,我不是好好的嘛!

于刚乾鼓足劲迈开步在台上走了几步说:我骨头硬,不会趴下。只是,坐着时,这个位置——这时他手指自己的屁股、腰身,咧着嘴说:疼!

台下一阵笑声,接着是长时间的掌声。

秦腔革命样板戏《红灯记》开演,锣鼓家什、打击乐器先渲染气氛。之后演员登场,亮相;对白,没有纰漏;演唱,很流畅。一会儿,李铁梅登场。欢快的音乐过门结束,铁梅开唱:

听奶奶讲革命英勇悲壮,

却原来我是风里生来雨里长……

第一句还没唱完，台下就响起了热烈掌声，伴有口哨声。

扮演李铁梅的是金老四的女儿金玉秀，大家都叫她玉玉。台下的戏迷们开始了评论：这娃唱得真好！字正腔圆，一板一眼，嘹咋咧！有人说：咱们的"铁梅"长得好，声音也好，比南鹿村的"铁梅"强多了！

闫老三对着金老四啧啧称赞：没看出，老四家藏咧个金凤凰！他突然转话题说：咦！玉玉和刚乾，是不是很般配？

于老二家孩子多，五男二女，于刚乾排老四。他家里九口人挤住两间庵间房，谁愿嫁女给他家？于恭让不好接这个话题，因此默不作声。

不知闫老三无意还是有意，继续他的话题说：咱队里的几位中学生都不错，都是解放牌的娃。咱弟兄仨关系很铁，在这里撮合一桩婚姻，成就人间美事：玉玉配刚乾，咋样？我来保媒，做媒人！

那年代，儿女婚事父母说了算数，许多娃娃亲都是父母在一起拉话、谝闲传时，一方提出，另一方说声"成"，像集市上"捏码子"谈生意说成就成，儿女终身大事就这么定下来了。

于老二喜欢金玉秀温顺腼腆，这女孩若能做他儿媳妇，他当然高兴。他眼看着金老四，等着他表态。

金老四心想他家的事都是屋里的（他老婆）当掌柜，就拍了拍闫老三的肩说：刚乾是好娃，我也喜欢，回头再说吧！闫老三、于老二知道金老四拿不住事，就说那好，等你回话。

其实他们三位都不知道，于刚乾和金玉秀已经好上了！

午场节目最后，席广田走到台前说：有人提议金文涛来一段《周仁回府》清唱，要不要？台下齐喊要！

金文涛排行老四，大家都叫他金四、金老四。他比于恭让大两岁，上过讲台、戏台，不怯场。他不慌不忙地走上戏台，模仿任哲宗"周仁哭墓"中摆头甩手的姿势，给观众做亮相动作！乐队文武场面急忙准备。金文涛站直腰说话：开戏前我已经唱过了，过了瘾。我现编一段秦腔乱弹，唱给大家听好不好？大家喊好！现场编戏、唱戏？太难了，比曹植的七步作诗还难呀！但编顺口溜，出口成章，是金文涛的拿手戏。他环顾演员和文武场面，一边走一边想。

大裆棉裤腰部很宽大，穿裤子时要把裤腰打很大的折，然后用布裤带勒紧，走动时棉裤不停地下坠，需要不断地上提。金文涛面对观众习惯性地提了提大裆棉裤，又紧了紧裤腰带，清了清嗓子，叫乐队准备"花音摇板"，并用手指挥乐队：开始！

乐队奏完过门，他前俯后仰地开唱：

> 大梁村不简单本戏能演，
> 生丑旦吹拉弹把式齐全。
> 种庄稼一个个行家里手，
> 秦腔嫽眉户好耳听眼见。
> 请来了他大舅还有二舅，
> 七大姑八大姨台下观看。
> 乐鼓队领班人于家刚乾，
> 席广田当团长儿子团员。

唱到这里，他指着站在一旁的席广田说：你爷是不是想当大地主，给你取了这个名字？不等回答他又接唱：

> 我曾经对你娃有过意见，
> 扣过我生红苕二斤零半。

席广田一愣：过去的事他还记着？

金文涛赶快补充解释：这是逗你玩的，其实你是好人，是一心为公的好官。接着他指着文武场面的小伙、姑娘继续唱：

> 闫银堂丁锁柱都是骨干，

金玉秀丁香梅能唱秋燕。
看咧戏回家来不想吃饭，
不看戏要后悔超过半年。
大家说，爱看不爱看？

台下喊，爱看！他接着唱：

他们的私人情我知一半，不，超过一半，
不要急，慢慢来，好戏真戏全在后边，
人生大戏刚刚开演。

他又一次习惯性地提了提棉裤，挥手做亮相动作，退场。台下掌声、欢呼声、口哨声响成一片。

谢幕了，戏毕了，大家意犹未尽，慢慢散场；这里的人生大戏却刚刚开演。

第二章　回忆过去

大梁村位于白鹿原的东南端。白鹿原在西京城东南方，滋水县西南方，远古时期就有人类在此居住繁衍。

在古老的白鹿原上，有许多美丽的传说。万年以前，白鹿原潜伏着一头灵性巨鲸。到了三千多年前的周朝，周平王在此狩猎发现白鹿，遂为此地取名白鹿原，意欲在原上建造都城。藏卧在古原的这条巨鲸，生恐自身不堪重负，就在一个午夜，突然腾空跃起，先向西、再向东游去，最后游进东海。

鲸鱼过后，留下一条深沟叫鲸鱼沟，此沟把白鹿原分为南原、北原。两原接壤处沟壑交错，溪水长流，沟里的村落草木茂密，成了水乡泽地。

鲸鱼沟东部有一水库叫白鹿原水库，水库上游向东延伸经鹿走沟到东原原塄与东山相望；向东南延伸经大梁沟到白鹿原东南岸边，与东边的王顺山、南边的终南山相望。大梁村就在大梁沟西南坡，向南二十里到秦岭终南山脚下的汤峪，向东二十里到秦岭山脉的王顺山。

自唐代起就有从波斯等国沿着丝绸之路来长安做生意的伊斯兰人。他们一部分人乐不思归，定居下来。白鹿原上大梁村，就是他们的一个聚居村落。到清末，大梁村成为回民居住的一个很大村落。

二十世纪五十年代初，村里有位年纪很大的爷爷，经常给人讲清末村里"跑回回"的故事，说他就是那时出生的，小名就叫"回回"。

清朝同治年间，陕甘回民起义，清军围追镇压。大梁村的回民也在逃亡的人群中，一路向西，直到中亚后才定居下来。他们为新居的村庄取名陕西村，祖祖辈辈都说陕西话，婚丧嫁娶都遵旧俗。当地官员询问新居民从哪儿来，是什么民族，他们用陕西话回答"东岸子"人。不知谁第一次写下了"东干族"，从此世界上多了一个新民族。之后，回汉矛盾和解，东干族人回故里寻根。

回民起义被镇压后，大梁村房倒屋塌，一片破败。许多外地人及逃难者纷纷赶来，在废墟上圈地盖房，安家落户，大梁村又升起了炊烟。从此大梁村又慢慢变成了汉人杂姓聚居的大村落。

民国战乱，炮火纷飞，白鹿原上的人家，在水深火热之中熬过一年又一年，一晃就是几十年。

新中国成立后，实行土地改革，经过互助组、合作化，到人民公社，走农业集体化道路，大梁村翻开了新的一页。

春节后的一天，大梁大队召开全体社员大会，会场在村中心的大队部大院。合作化时期，这里集中着养猪场、养鸡场和骡马场，现在开大会、唱大戏都在这里。三个自然村八个生产队两千多人口的大村庄，男女社员一千多人，聚集在大院的各个角落。熟人相见，互相问候，家长里短地说起来。

公社领导在社员大会上作报告。他说：多年来，经过社员群众和干部的共同努力，大梁大队集体经济有了很大发展。但是也存在一些问题，重要的问题是教育农民。因此，有必要搞一次群众性教育活动。大家听名字就知道，这就是一场教育活动，也是咱们公社在大梁大队进行的教育试点活动。通过发动群众，结合清工分、清账目、清仓库和清财物，达到普遍提高干部、群众的思想觉悟，更好地发展集体经济的目的。

领导作完报告，进行了具体安排，各工作组很快进驻各生产队。

进驻一队的工作组组长叫易建设，大家都叫他易组长。他二十五岁，偏高个儿，端端正正的长方脸上，横着浅淡的双眉，微皱的眉头下闪动着一双精明的深邃的黑眼珠。长乐县教育活动试点时，他表现突出，被抽调来参加大梁村的教育活动试点工作，当临干（临时干部）。他一进村就访贫问苦，和社员一块儿劳动，帮五保户挑水干活，调查了解社员的情况，发现培养积极分子和骨干。他叫来队长席广田问：生产队有没有现成的"意见箱"？他一边做手势一边解释：木盒子，装社员提意见的条子。席广田说没有。易建设说：那赶快做一个，带锁子，把钥匙交给我。席广田照办。

做了半个月调查后，易组长安排了一次社员会。这是一次"回忆过去，珍惜今日"的教育活动。会议安排于恭让、金文涛、闫老三发言。会场在小学校南教室。

白鹿中学的三个学生于刚乾、席养涵、闫银堂也来到会场。席广田的儿子席养涵问：学校要求咱们假期参加教育活动，还要进行考核，咱们怎么个参加法？于刚乾说咱们给工作组报个到，看工作组怎么安排，没有安排了咱们就听会，接受教育呗！他们来到会场后面，在土台桌上坐下来。

第一位发言的是于恭让。他是1911年辛亥革命推翻皇上的那一年出生的，曾在白鹿书院读过书，虽然只读了一年多，也算是关中大儒牛兆濂的学生。解放后他担任过村农会主任、生产队会计、公共大食堂的伙管员。他坐在讲台的课桌旁，拿起三尺长的旱烟锅，抽了一口烟，喷出烟圈，开口说道：

清朝同治年间回汉相争，杀杀打打，大梁村的回民都跑光了，周边人都来圈地，我爷爷在这里也占了一块地。到了民国时，苛捐杂税太多，家里日子很难过。民国十八年关中大旱，庄稼颗粒无收。没吃的，就进山用盐、用布换粮；实在没办法，有人就卖儿卖女。传说有人吃人现象。传得最多的是，有一家公公婆婆商量着吃儿媳妇，吓得媳妇跑回娘家。娘家爸妈商量着说：反正都得饿死，婆家人吃不如娘家人吃，也不枉把女养大。女儿听了，大哭一场，自杀了，被人吃了。这都是传说，我没见过。但我见过饿死人的，在南鹿村街道，见两个人倒在村口，死了，没人管。我问村长：为啥不埋人？村长说他们不是本村人。我在路旁挖了个坑，把那两人埋了。白鹿原上究竟饿死了多少人，不知道。过两年又遇上大瘟疫"虎烈拉"，白鹿原人叫"胡遗拉"。这个病很可怕，得唎病，来得猛，死得快。早上给别人送葬，晚上自己不舒服，过一会儿就又吐又拉，第二天爬不起来，第三天就没命了。最后死了人都没人埋，有的全家人死在家里没人知道；邻居知道了也不敢进去。说十村九无烟有点夸大，但死掉五成是真的。在这场灾难中，我家七口人，我爷、我爸、我嫂子，三个人都走咧。我家借了地主谦益德的高利贷，后来被逼债，地和房子全部折算给了谦益德，成了穷光蛋。没房没地，我们住进一个窑洞，这哪像个家？没办法，我把自己卖了壮丁，三块大洋，就把自己的命卖了。在山西中条山战役中，我们一个团的人都牺牲了，我从死人堆里爬起来回了家。回家后有人拉我当土匪，我不去。做人，就要行得端走得正，宁愿饿死，也不偷不抢，不干害人缺德的事。还好，老天有眼，推车挑担，也能活下来。 我去河北推盐，居然养活了一家人。有一年冬天推车蹚水过渭河，冰块割烂了腿上皮肉，双腿血淋淋的。过了河，抹掉腿上的鲜血，继续赶路。解放后我家才分到了土地，盖了房子，从互助组合作化到人民公社，日子越来越好。

于恭让最后说：好是好，就是孩子太多，给娃说媳妇是大事，叫人有操不完的心！谁家愿意把姑娘给我娃，我们全家人都会把姑娘当宝贝。

台下一阵哄笑，笑声中有人喊"玉玉"的名字。于刚乾听到后一阵心跳，他偷偷看一眼靠墙站着的玉玉；玉玉红着脸也在偷看他。有人要工作组收于恭让给娃找媳妇的宣传费，于恭让说，我给娃娶媳妇时，一定请大家喝酒。

说到关中大旱和白鹿原瘟疫，金文涛拉开了话匣子。于刚乾喜欢听金文涛说书，特别喜欢听他讲《岳飞传》。他讲的《岳母刺字》《风波亭》，于刚乾听过多次。

金文涛和于恭让都是村里读过私塾的文化人。金文涛爱看书，农闲时常坐在自家门槛后的马扎凳上，戴个老花镜看书，听说通读了《史记》和《毛泽东选集》。他读一遍《封神演义》《水浒传》《三国演义》，就能滔滔不绝地从头讲到尾，看一场戏，就能记下唱词和对白；看了任哲宗唱的《周仁回府》，回村子就能给人唱。有人说他过目不忘。人才呀！可惜，在割十斤草交生产队饲养室只记一分工的年代，想听他讲《封神演义》的孩子们，每人每次只给他五把草作报酬，有时还为把大把小争论；即使给小把，金文涛自己不割草也能挣三分工，他知足了。夏天乘凉，妇女们盘坐在他家大杏树下，听他讲《岳飞传》，一个子的报酬都没有。偶尔刮风，大树摇曳，熟透了的大杏掉进听书人的怀里，听书人还能吃一口香甜的杏。金文涛有个睡炕的习惯，遇天大的事，回家睡在炕上一会儿就打起呼噜，睡起来啥事都没了。他把自己"睡"的经验给别人介绍，别人都说越有事越睡不着呀！他说人有心，心想事，想事就是事，不想就没事；没心没肺，睡得很美；睡不着是你心不静，功夫不到呀！不理解他这套理论的人说他懒，睡觉像头烂泥猪，找借口。

金文涛没有忆苦，而是讲了他的美妙婚姻。他说：

白鹿原大瘟疫的1932年，我二十三岁，还没娶到媳妇，家人很操心。我爷我妈都在这场瘟疫中死了。妈死前让我去舅家看舅爷在不在。我推开舅家门，喊了几声舅爷，没人答应。仔细看，炕上的、地上的，都躺着，一个个都没命了。我拿起铁锨、镢头，在他家后院挖了一个大坑，把一家人埋在一个坑里。我很累，准备回家，隔壁一位小脚姑娘堵在门口，求我帮忙挖坑埋她爸妈。我没想太多，就跟她去她家后院，挖了一个大坑。埋过她家人后，我返身回家。她跟着我。到了村口，我说你别送我了，你回去！她说她害怕，还说以前见过我，单看今天，她就想一辈子跟我过活。我开始不相信，这才仔细看姑娘，呀！简直就是一个大美人，又白又嫩，才十四岁。看面相，她也很实诚。我心里甜滋滋的，带她回到家。第二天，爸就找媒人做证，给我们俩订了婚。媒人说，干脆面对面叩拜一下，就算结婚。就这样，我们成婚了，没花一分钱，捡了个好媳妇，这真是老天安排呀！

知道跑题了，金文涛看看工作组不在场，就继续说：

你看怪不怪，我信神，她信鬼。我相信人的命天注定，上有天下有地，人在做天在看，积德行善，老天就会给你好安排，连媳妇都给你安排好了。结婚后两年，不知道啥原因，她说她会捉鬼。谁个病了，她在水碗里立筷子，在桌面立鸡蛋，就能知道是哪个鬼捏了人，然后口中念念有词。念的啥，我一句都听不懂。她再用红布捉住鬼，一手拿红布，一手拿三张纸表在香火上绕三绕，送到十字路口，人的病就好了。我不信鬼，但不知道筷子、鸡蛋在她手上怎么就能立起来；我试了几次，都立不住。

这时，下面开了锅，你一言我一语。有人说：他老婆给我看过病，咱们这儿没医生，有病请她看，居然好了。有人说这是假的，是心理作用。有人小声说金文涛福大，娶十四岁的女孩儿，算不算娶幼女，是不是犯罪？马上有人反驳：那时结婚没有年龄限制，还有十二岁结婚生娃的，都合法！

易组长有事离开了一会儿，回到现场问金文涛是不是跑题了，胡扯了？大家异口同声回答：没有，讲得很好！积极分子也随声附和。

易组长说：你们谁说啥想啥我都知道，也知道金文涛说过神呀鬼呀的故事。要不然，我访贫问苦半个月白忙活了！共产党是无神论者，要破除迷信，讲阶级斗争，讲斗争哲学，工农大众的利益是斗争得来的，不是老天给的。以后不许讲神鬼，金文涛，听到没？金文涛嗯嗯两声。

闫老三比于恭让大三岁，大家都不知他真名。他儿子闫银堂，和于刚乾、席养涵同学。他开始讲旧社会穷人很可怜，吃不饱穿不暖，经常讨饭。他妈带他讨过饭，被狗咬伤过。说着，他把自己右裤筒提起来，让大家看他腿上的伤疤。一会儿，他又拿出一个钉了五个疤子的黑瓷碗，说这就是当时他讨饭的那个碗，一个瓷碗都买不起。后来长大了有劲了，他给地主扛活，一年到头才给几斗麦的工钱，但是能吃个"肚儿圆"。看到台下没有他给扛活的丁家旺的家人，他突然转了话题说：

地主有坏也有好，我给干活的丁家旺，人就很好，割麦子时，给我吃白馍，而且让我尽饱吃！还有，他家远亲的女孩去他家，我打水洗脸时看了她两眼，用手摸了她的手。这女孩唰的一下红了脸，不知咋回事就得了相思病。丁家旺就在她家人面前说我的好话。最后这女孩父母同意了，女孩就成了我娃他妈。我这一辈子，就这个事最爽快，最开心。

坐在土坯课桌上的大嫂接话：俺不信，就你这怂样儿，看人家一眼就能把漂亮女孩搞到手？老实说，还搞咧啥名堂？除了摸人家手还有啥动作，是不是生米做成熟饭了？

老三申辩说，真没有，大家知道俺是老实人，守规矩，年轻时也帅，有人说俺是潘……

易组长上厕所回来，听到话不对劲，呵斥闫老三：怎么胡说八道了，下来，下来！

闫老三走下讲台，边走边说：刚才忘了，有人说俺是潘安，其实俺也不知道潘安是谁。台下一阵哄笑。

闫老三回到家，他老婆闫大妈手指着他的脑门说：你个猪脑子，今儿个说了个啥嘛！

闫老三说：我本来不想讲，怕说跑了题，但我一辈子就这件事漂亮，一高兴，嘴不由得就溜到这个事上了。

闫大妈道：我不是说这个！丁家是我家亲戚，现在是小土地出租成分。土改时你也出了证明，证明你给他家打短工；今天你又说人家是好地主。工作组若追究这事，你看你咋说？

闫老三醒悟自己说错了话，瞪大眼，蹲在地上，用拳头砸自己脑袋，嘴上说，这咋办呀？

不出所料，工作组很快开会，说大梁一队可能有漏划地主，闫老三有隐瞒丁家旺地主成分证据的嫌疑。

十多年前搞土地改革，对阶级成分作过划分，但据说有漏划现象，这次教育活动要把漏划的成分给补上，漏划地主的家产要重新分配。

事情搞大了。工作组找闫老三问话：你给丁家打过工？

嗯。

是打长工还是打短工？

短工。

村里人都说你是长工，你怎么解释？

我有时也回家干活。

你再好好想想，想好了再来回答。

回家后，老三再思再想：人要有良心，我若没有给他家干活，他们不给我说好话，我老三可能一辈子打光棍。有人说我浑，其实我一点也不糊涂，打死我也不说我是长工；政策我知道，雇长工的就是地主，雇短工的不是；我就写打工十个月，死也不改！再说了，我生过病，实际打工也不够一年。

闫老三拒不交代，易组长说他思想觉悟不高，决定开社员会批评帮助他。积极分子有人问要不要采取斗争方式，易组长说，怎么能对贫下中农采取斗争方式！不同性质的矛盾一定要分清。

会上，闫老三还是像以前那样回答。

会场冷场了。易组长点名中学生发言。

三个中学生没有思想准备，互相看，都不知该说啥。席养涵说我们是接受教育的学生，不发言好。

工作组长说：中学生，文化人，说说，让社员们听听，给你们表现机会，到时也好在你们的社会实践书上写评语。

怼了一会儿，于刚乾就把老师课堂讲的、报纸宣传的与眼前看的糅在一起，对着闫老三讲道理说：你为啥给人家打工、做长工？因为你没地。地主为啥雇工？因为他家地太多。这不公道，这就是剥削。共产党领导穷人翻身解放当家做主，在农村就要依靠贫下中农，首先要划清谁是地主谁是贫下中农。你不能犯糊涂，要有阶级觉悟。你家没有土地，你说你回家干活，你回家干的是啥活？是啥就要说啥，不能胡乱编、糊弄人！

闫老三没了话说。他最后说：下雨天我有时回家睡觉，病了我也回家，丁家没扣过我的工钱，就这情况！你们说我是长工就是长工，说短工就是短工。

工作组以为于刚乾的帮助见了效，要求闫老三当面写证明材料。闫老三像模像样地写，不会的字就问，上交的证明材料上这样写：给丁家打工，我爱睡觉，下雨天就回家睡觉，病了要回家吃我妈擀的酸汤碎面，一年到头，打工时间撑死也就是十个月。闫老三。

易组长看了闫老三写的证明，一时失掉耐性，拍着桌子大声训斥：你个闫老三，竟敢哄大家。继续开会！

一位积极分子心想，矛盾性质可能转化了，就第一个举起拳头想呼喊口号，但不知应该呼啥口号。丁锁柱等人也跟着举起了拳头。这时，易组长给他们做下压手势，意思是：举拳头，呼口号，都不合适。一个个拳头慢慢落了下来。

第三章　少小萌动

瑞雪兆丰年！昨晚下了一场大雪，麦苗儿被盖得严严实实，鲸鱼沟两岸白雪皑皑。天刚蒙蒙亮，天上还在飘着柳絮般的雪花，大梁村家家户户，都打开大门，推扫门前道路上的积雪；大雪天，门前道路通畅是勤劳人家的标志。一会儿，孩子们跑出来，有的帮大人扫雪，有的在场上堆起雪人，打起雪仗，咯咯咯笑声不断。

饲养室门前靠马路边的一棵树上挂了一块长方形钢板，敲不同部位会发出不同声音，敲中部三连音是开社员会。早饭后，当当当！当当当！开社员会的钢板声响了，这是钟声也是开会通知。两袋烟的工夫，男女老少都聚集到了饲养室。

易组长站在饲养室大炕的前面讲话。他说：按"四清"内容和要求，所有干部都要"洗手洗澡"，做思想检查，交代存在的问题；即使没有任何问题，和大家在一起共同学习，接受教育，提高认识，也很有必要。从今天开始实行集中管理，群众满意、组织满意后宣布为"四清"干部，不再集中管理。

大家都把干部集中管理叫"上楼"，解除集中管理叫"下楼"。以前担任过队长、副队长、会计、出纳、饲养员、保管员、伙管员，凡是管理过生产队钱粮物的人，包括席广田、于恭让、闫老三、金文涛、聂老大等，按规定都要"上楼"。

散会后，"上楼"人员都到小学校的北教室集中。既然是统一要求，他们都没有表达反对意见，听从积极分子的安排。有人抱来麦秸草堆放在地上，上楼人员给自己打好麦草铺。家人一一送来被褥。铺好被褥，他们都盘坐在铺上，开始读报学习。

参加会议，读报纸，听报告，于刚乾感到自己对教育活动有了更多了解，他相信安排干部上楼、下楼，通过"四清"查找问题，也是为了教育干部。这时的于刚乾就想弄清父亲到底有没有贪污问题，是不是四不清？如果是，他在同学面前就抬不起头、说不起话了。同学的父母有问题，为了表示与家庭划清界限，有人竟然把自己的姓名也改了。于刚乾感觉有人起的新名字怪怪的，不顺耳，心想改了姓改了名，难道就划清了界限？和父母在一个锅里吃饭，在一个炕上睡觉，咋能划清界限？如果父母真有问题，应该帮助他们提高认识交代问题才是正理；无论怎么样，也没必要改名易姓呀。

于刚乾回忆父亲的过去，觉得他是那种宁愿吃亏也不占别人一点便宜的人。父亲常说"吃亏是福"。借别人家米面，父亲说要"平斗借尖斗还，好借好还再借不难"，要母亲一定要给人家多还。做糕点多收了两角钱，他跑到三里外的村子给人还，还给补了两块糕点表示道歉。母亲在公共食堂做炊事员时，给没吃好饭的妹妹带回家两块馍馍，作为伙食管理员的父亲硬是从妹妹手里要回了馍，第二天开饭时，他在社员面前批评了母亲，并宣布了一条规定：集体就餐，不许浪费，不许把公共食堂的食物带回家吃；卧床老人有专人招呼。为这件事，父母亲吵了架，母亲说父亲不给她面子；父亲说，我是伙管员，不能搞特殊。父亲也常说，人这一辈子，不管贫富贵贱，要行得端走得正，刚刚正正，不能叫人背后戳脊梁。人在做，天在看，谁做啥事，老天都知道，迟早会有报应。于刚乾知道父亲说一不二，因此他相信父亲没有问题，绝不会贪污。他把父亲"人这一辈子，要行得端走得正，不能叫人背后戳脊梁"这句话写在他的日记本里，作为他的座右铭。

第二天家人送饭，到学校外面的一个小窗口。于刚乾、金玉秀、席养涵都来了。于刚乾满脸高兴，似乎在用笑容告诉别人：我爸不是四不清！

金玉秀的爸是金文涛，担任记工员半年时间就辞了，说他一辈子不当官了。队长说记工员不是官。他不听，说"我不想整天为记工分与人争吵"。金文涛还讲了一段他的大道理：

共产党搞共产，在农村实行集体经济，但吃喝拉撒睡在私家，这就免不了有人从集体那儿给私家挖。国民党税多，共产党会多，为啥？因为要巩固集体经济就要开会，宣传公而忘私，反对以权谋私；运动来了首先对着当官的、当权的，老百姓不用操这心。管不住自己手脚的人还是及早下来好，要不然迟早会出事。我当了记工员，有时就想给自己多记工分，我有私心；所以干脆不当咧，永远没事！最后他留下一段顺口溜：

　　共产党的官，真的不好干。
　　想给自己捞，迟早会完蛋。

　　队长说：你操心蛮大的！还是想想你今儿个中午吃干的还是吃稀的，回到家老婆会不会拧你耳朵吧！
　　金文涛说：我说的话，你娃不信，今后再看！
　　他女儿金玉秀，小名玉玉，1951年生，瓜子脸，大眼睛，眉毛修长，双腮带着酒窝，皮肤随她妈，白嫩白嫩的，怎么也晒不黑，白里透红的脸庞配上长长的睫毛和灼灼有神的双眼，水灵灵的。这天送饭，玉玉看见刚乾站在她前面。她刚抬头，刚乾回头，两人羞怯的目光碰在了一起。玉玉的脸唰的一下红到了耳根。第二天送饭，他俩都推迟了时间，都站在了最后。于刚乾扭头对玉玉说话，刚开口，玉玉小声说，别人都在看咱。送过饭，玉玉没停，匆匆离开了。
　　于刚乾中等个儿，双眼皮，眼睛不大不小，眼光含而不露，鼻梁中通，鼻翼丰满，恰当地长在方正略长、红里透白的脸庞上，给人中规中矩又耐看的感觉，典型的秦人帅哥。

　　十年前夏收后的一天，瓦窑沟崖背的一棵大构树底下，一群孩子在玩"过家家"，于刚乾是新郎，金玉秀是新娘。背见、提亲、封礼、抬花轿过门、入洞房，农村婚嫁的全过程，他们都玩。
　　夏日炎炎，缕缕白云半遮半掩着太阳的光芒，大地忽明忽暗，好像要照见地面的一切真实，又要遮掩一些羞涩。树上的知了在肆意鸣叫，茂密的树冠撑起一把遮阳大伞，几个小伙伴在树下转来转去，玩抬轿娶亲的游戏。他们手拿树枝做花轿，把新娘围在中间，吹吹打打，绕着大树转了三圈，到新房前停下来，新郎抱新娘进了"洞房"。几条围腰围起小树作洞房，草地作炕，铺上构树叶作床单。新郎把新娘放在"炕上"，亲了新娘的嘴。新娘笑笑，不好意思地顺从着。洞房外的小伙伴也做着过家家的动作，交流他们睡大炕的所见所闻，争论咋样对咋样不对，这个说他听到的是这样，那个说他看到的是那样。有一个小伙伴对于刚乾说：你不会做新郎，让我来！于刚乾不想离开"洞房"，没理会伙伴的话。

小伙伴玩过家家的消息有时会不翼而飞，大人知道了，往往是一笑了之。这次玩过家家，回到家，于刚乾冷不丁地说：妈，长大后我要娶玉玉。刚乾妈没在意，笑笑，然后"嗯嗯"两声作应付回答。

上学了，于刚乾高兴地和金玉秀说话，玉秀的脸唰地红了，扭头离开，没说话。

送饭后的当天晚上，金玉秀想起过去的事，咋样也睡不着了。她想：过家家是玩的，是假的，他当时怎么来真的？明明他坏！糟糕的是，回家后妈打了我，还说以后不许我和刚乾玩！妈是咋知道的？我不敢问，羞死人咧！

自那以后，金玉秀一直躲着于刚乾。于刚乾上了中学后，他们就很少碰面；有时远远看见于刚乾，玉秀就绕路躲开。想起白天他们眼神相撞的过电感觉，金玉秀全身燥热，一夜迷迷糊糊。第二天做饭，金玉秀拉风箱烧火做饭时还在想，麦秸火扑出灶门烤烫了手，她才回过神。她妈问咋咧，像掉了魂？她忙说不咋不咋！

于刚乾晚上也睡不着了，他在想：玉玉妈会捉鬼，我不信；玉玉爸信神，我有时信有时不信。这一家人都是好人。但玉玉为啥总躲我？是她"懂事了"，想起以前的事生我的气？可小时的"过家家"，就是玩的，两小无猜，挺好的，生啥气？她白天说"人都在看咱"，这个"咱"字，说得很柔和，脸上还带着羞怯和笑意，明明是没生气；对，真生气是板着脸，不理我。我们有希望和好！于刚乾带着笑意睡着了。

养养全名叫席养涵，是席广田的儿子，中高个，大眼睛，高鼻梁，和于刚乾是白鹿原中学同学，比刚乾小一个月。在他家门前的小学校旁，迎面走来丁香梅。她手拿报纸，走到养养对面。十年了，他们从来没有这样近距离地面对面。丁香梅红着脸，一手拉起养养的一只手，把报纸交给养养说，易组长让你和刚乾给大家读报呢。养养回笑，说好，好！说着把手往回抽。香梅用手指捏了养养的手心。养养红了脸，扭了扭身。

丁香梅小名叫梅梅，1948年生，是丁德让的女儿。她哥叫丁锁柱。她家经济条件好，有缝纫机，还有锃亮的永久牌自行车，但家庭成分是下中农，村里有人怀疑她家的钱"来路不明"。她浓眉大眼，圆脸蛋红红的，像两颗红苹果。她爱打扮，出门画眉，头上扎花，花衣服在姑娘群里最鲜艳。她嗓门大，说话直来直去，站着说话时，爱扭动匀称丰满的身段。

梅梅说：那赶快走，去找刚乾呀，你还站着想啥呢！养涵这才回过神，说好，好！梅梅走在前面，养养不好意思并排走，故意放慢脚步，跟在后面。他想起十年前他们在一起玩的时候，她"用手摸"那档事，更感觉不自然。

十年前，在席养涵家后院的麦秸堆后，养养和梅梅在玩捉迷藏。玩累了，两人斜靠在麦秸堆上，梅梅突然要看养养的牛牛。养养说，大人说穿了浑裆裤就不能看那个了。梅梅问，那你夜间看过你爸给你妈揉肚子没？养养说没有，我和我爷在牛屋睡，我爱听牛嚼草料的声音，爱听爷爷讲故事。梅梅说，我爸说我妈肚子疼，给我妈揉肚子，开始我信，后来我不信了；想问你，你还没有我知道得多。养养说，那有啥奇怪的，我肚子疼，我爷就给我揉肚子，有时不疼他也揉，说经常揉肚子好。梅梅噘着嘴说，你就没听懂人家说的话的意思！我说的是男的给女的揉肚子。养养反问道，那你爸给你揉过肚子没有？梅梅说揉过。养养说，这不就得了嘛！这有啥奇怪的？

停了一会儿，梅梅又说，我妈说我成熟早，你是不是成熟晚？养养没回答。他说，我想尿尿，你背过身去。梅梅说，我用手捂我的脸。养养解开裤带，把裤腰拉到膝盖下撒尿。梅梅开始只透过手缝子看，后来干脆放下手，走到养养面前。养养尿完尿要提裤子，梅梅说，你急啥？说着，就用手去摸养养的牛牛。养养没有拒绝。

这时，于刚乾突然出现在他们面前。养养急忙提起裤子，梅梅没看刚乾一眼，就急急跑开了。刚乾问养养怎么回事，养养一五一十地告诉了他。刚乾告诉养养，听大人说，梅梅她大可能是土匪。养养说我大和我妈也说过，又问刚乾土匪是啥。刚乾说，比方把你抱走，然后要你爸妈拿好多钱把你换回来的人，反正不是好人。养养说那今后咱们不和梅梅玩了，刚乾说好。两人手拉钩说，拉钩上吊，一百年不许变！

看到梅梅手拿报纸和养养走来，于刚乾打住了他的回忆。听父亲在忆苦思甜会上讲过去，于刚乾知道了家庭过去更多的苦难。他正在回忆自己的童年，被二人叫走了。

第四章　童年苦乐

于刚乾多次问自己：解放前家里没有一分土地，没地就没粮，没粮怎么活，我们姊妹七人是怎么长大的？父亲过去从来没叫过苦，天大的事他好像总有办法解决，他和母亲每天不声不响地做他们该做的事，居然把七个孩子一个个都养活了。

老人们都说，那年代，十个孩子，能成活长大的不到六个，十个婴儿，有三个生下来就没命了。但于刚乾姊妹七人都活了下来，村里人都说这是奇迹。究竟啥原因，没人能说得清。

白鹿原上没有一个医疗所、医疗站，家家生孩子，都在自个家里，请来接生婆。于刚乾姊妹七人都是大梁村人最尊敬的秦大婶接生的，一个个都有惊无险地生了下来，活了下来。于刚乾当时难产，秦大婶问，要大人还是要孩子？父亲回答，都要！秦大婶道，不行，只能选一个，再迟一个也难保。那就保大人！父亲艰难地做了决定。最后，大人安然无恙，孩子也呱呱坠地。秦大婶尽其所能，保住了这条小生命：于刚乾来到了这个世界上。家人十分感激，给秦大婶煮了两颗白水鸡蛋吃；再送给她十个鸡蛋，她不收。

七姊妹有的生下来就少奶，有的没有一点奶水，只好给喝米面糊糊。村里有一些婴儿一喝米面糊糊就拉肚子，一拉肚子就止不住，止不住就死了，死了后用红布裹着埋在地里。有人到刚乾家请教刚乾妈养活孩子的经验。刚乾妈说：糊糊要熬得不稀不稠，喂孩子时要不凉不热、不早不晚、不多不少，喂多喂少还要看孩子的具体情况。可学习刚乾妈经验的人就是把握不住这"不稀不稠、不多不少"，仍然把娃养不好，甚至养不活。

  村里人病了，有时请来神婆叫魂、捏鬼，有时请来老中医开几服中药；遇到孩子咳嗽，高烧不退，据说得了不治之症的肺病，神婆、中医也没有办法，只有等死。于刚乾和他几个哥姐都闯过这道鬼门关。在一个寒风刺骨的下午，于刚乾手挎着粪笼在杜家沟口扒朽木。走在麦田里，看到一块红花布的布角，他好奇地用劲拉，拉不动；猛鼓劲，拉出了一个用红花布包裹的婴儿。婴儿是刚死的，白白的双腿压在刚乾的脚面上。大人说娃死了会变鬼，鬼勾人魂，人丢了魂也得死。于刚乾吓得像丢了魂，一口气跑回家，出了一身汗。晚上他就发高烧、咳嗽，几天不吃不喝，高烧不退，昏迷不醒。爸说娃可能不行咧。妈从柜子里拿出一块红布，被刚乾迷迷糊糊中感觉到了。他想活，但说不出、动不得。不知是鬼没勾到他的魂，还是他想活的心劲太大，吓退了鬼魂，第三天，在准备掩埋于刚乾时，妈发现刚乾的眼皮在动。她大声喊：俺娃你睁睁眼、眨眨眼！刚乾眨了眨眼，一会儿睁开了眼。妈哇的一声哭了，把刚乾抱回家。刚乾干裂的嘴唇嚅动着。妈用小勺子给刚乾喂水，又喂了面糊糊。又过了两天，于刚乾居然好了！

  有一次，天下大雨，洪水漫流，村东的涝池积满了泥水。雨过天晴，一道彩虹仿佛从涝池升起，刚乾和养养都赶来观看。站在涝池旁，看不到五光十色的彩虹，他们就玩起了水。刚乾手抓一根小树干，光着脚溅水做两个泥奶头。到了最后一道工序"光滑表面"，他一只脚溅水时，另一只脚打了滑，身子压倒小树溜进了涝池。刚乾在水里拼命挣扎。养养吓得大喊：救命！快来救命！住在涝池旁的刘大哥听到喊声打开门，不顾一切地跳下水，把刚乾捞上岸。刚乾的肚子胀鼓鼓的，浑身瘫软，脸色发青。有人急掐他的人中穴。过了好久，于刚乾被扛回了家。他趴在他家的炕沿上，大口向外吐水。大半天后，于刚乾迷迷糊糊听到有人叫魂，原来是妈在叫，姐在应答。妈喊一声：刚乾吔，回来！姐回答：回来咧！妈再喊：刚乾吔，快回来！姐再答：就回来！据说人魂丢了，就到处游，魂不附体就成了游魂；魂被叫回来附了身，人就好了。于刚乾睡了一觉，感觉好多了，心里高兴地想，我有魂了，就偷偷下了炕，去找小朋友玩。

于刚乾六岁那年的一天，他和三哥去村东的东窑深水井绞水、抬水。他自己逞能，说，我长大了，能放快辘轳了。他三哥说那你就试试。刚乾刚刚放开手，只见辘轳咣咣地急转，井绳急速下坠，他的帽子被下井的绳子擦掉了。刚乾急用手抓帽子，一不小心，一条腿掉进了井口里。刚乾三哥眼疾手快，死死地压住刚乾另一条腿。刚乾双手扒住井沿，爬了起来，捡回一条命。围观者惊呼，好悬呀！差点儿就掉进去了。消息提前传到了家。刚乾弟兄俩抬了一桶水，好像啥事都没有发生一般进了家门。刚放下水桶，爸不问三七二十一，打了三哥两扁担，责怪他没有看管好弟弟，还不让三哥吃饭。刚乾质问爸：没有哥拉我腿，我早就掉进井里了，你没有表扬他，为啥还打他？爸一想，对呀，我为啥打老三？知道自己错了，爸上前摸哥的屁股，问哥疼不疼。还让刚乾快去端饭给哥吃。

亲戚听到于刚乾几次快要死了，又奇迹般活了，都赶来看望。有人劝说于恭让：你家孩子太多，家穷，顾不过来，把娃送人吧，别让娃受罪咧；万一出了大事，你们后悔都来不及。刚乾姑妈也来劝，而且提出要领养于刚乾。刚乾爸妈舍不得把刚乾送人，但又怕再出大事，内心很纠结。

有一天，金文涛见到于恭让，问他：最近咋不见刚乾？

于恭让说，送人咧。

啥！送给谁了？

送给他姑妈了。他姑妈家没有孩子，就想领养个儿子。他姑妈家的日子也好，我不想让娃在咱家受苦。

金文涛说，富贵在天，生死有命，人的命，天注定。你这个儿子，大难不死，必有后福；老天不让死，今后必有用。你不能把他送人呀！

这时，于刚乾突然站在了他们面前，噘着嘴，不说话。

半月前，爸妈把于刚乾送到了他姑妈家。姑妈高兴地给刚乾换了一身新衣服，蒸好了一笼白馍让刚乾尽饱吃。刚乾爸妈放心地回了家。姑妈每天给刚乾做好吃的，想办法让刚乾开心。可于刚乾总是闷闷不乐，也不说话。

于恭让问刚乾：你咋回来了？你是咋样回来的？

我自己回来的。我不喜欢姑妈家，再也不去了！

咋咧？你姑妈对你不好？

不，我姑妈对我很好。

于恭让睁大眼睛在发问。

刚乾说，你们说的话我都听到了。我不觉得咱家苦，就是苦，一顿饭一碗苞谷糁子，我也愿意，我也高兴。姑妈家有好吃的，不苦，但我不开心，不快乐。

金文涛对于恭让说，你看这娃多好养、多懂事！不讲吃穿，只图快乐，"三岁看大，七岁看老"，将来一定是追求精神富有的人。这样的娃，咋舍得给人？要给人，你就给我！

于恭让低声说，我自愧呀！他一把将于刚乾搂进怀里。刚乾妈抱走刚乾，亲了他的脸，泪珠落在刚乾的脸颊上。于恭让送走金文涛，急忙赶到姑妈家，去劝说姑妈。

在于刚乾的记忆中，童年，乐中有苦，苦中带乐，在感受大自然的情趣中，有时茫然不知何为苦。河川沟壑、田野林园是他的半个家，他整天与伙伴在野外嬉闹玩耍，感到无比快乐。

四五岁时，于刚乾跟姐在东窑沟挖野菜，荠菜、苦菜、蕨菜、小蒜、马刺菜、蒲公英、麦苗花、扫苋苋，他都认识。阴雨过后拾地软，光脚很舒服，他就干脆把鞋子放在一边，光着脚丫跑来跑去。脚趾被瓦片划破了，他用手在流血处压一压，立马就好了，没有疼痛，没有红肿和感染。没吃饱饭，饿了累了没劲了，他躺在散发着泥土味的大田里，静静地看蚂蚁拉蟋蟀进洞。他突发疑问：小蚂蚁那么小怎么能拉动那么大的东西，这劲是哪来的？而我大大的人，怎么会没劲？他站起来，感觉立马有了劲，撒野奔跑起来，像兔子一样快。

夏收到了，天不明就被叫醒，于刚乾挎着小粪笼半睡半醒跟着伙伴走到田里捡麦穗。中午太阳晒得皮肤泛红，刚乾捡满一笼麦穗再逮蚂蚱，逮着两只蚂蚱，用麦秆套住蚂蚱的腿举在手上，好像人走高跷，他高兴地与伙伴的蚂蚱做对比。有一次割豌豆麦时，跟着大人在田里追野兔，于刚乾居然抓到了一只兔子，他将兔子抱回家，盘了个兔窝，给兔喂吃喂喝。他一有空就和兔子说话：快吃，不吃会饿死。可兔子就是不吃不喝。没办法，刚乾依依不舍地把兔子放走了。

夏收过后，饲养室门前的集体大场是最好玩的地方。女孩在这里跳绳、跳方、丢沙包、捉小鸡、踢毽子。男孩有的打尜、拍洋片、拍纸块，有的滚铁环、绷弹球、骑马打仗。有时大人也跟着玩。晚饭后，刚乾喜欢在明亮的月光下跟伙伴们"斗鸡"，有单斗、轮斗、群斗。有一次，刚乾把高头大马的孩子王斗败了，当了冠军，他很自豪。回家他给爸炫耀，爸不信；刚乾要当场和爸斗，爸不斗，认输！

大场北边有几个堆积如山的大麦秸垛子，是捉迷藏的好地方。有一次捉迷藏，养养寻找"藏"的地方时，不小心踩了两只正在麦秸窝"连蛋"的狗，吓得他跑回来。刚乾、银堂很好奇，上前看，发现两只狗身子连着，断不开，想跑跑不动，只是"汪汪"叫。闫银堂找了一根木棍在两只狗的肚皮上乱戳。过了一会儿，不知怎么就"开"了，两只狗一溜烟跑了。

下雨了，在家里的土脚地画七个方格，他与爸和哥用泥蛋、柴段玩"就方"，谁赢了，就用手指绷输家的头。刚乾总输，好不容易赢一次，他就和哥一块儿压倒爸，在爸的头上绷个够。

雨过天晴，他喜欢拿起碗在地里拾涨豌豆，回家煮，煮了吃，吃到很饱。都说"人吃豌豆爱放屁，给驴说了驴不信"，真是的，屁很多，有噗噗声，还有咚咚声，怎么也憋不住，越憋越响，很讨厌！伙伴问，你是不是吃了涨涨豌豆？刚乾嗯嗯点头。伙伴有同感，都会心地笑了。

有一次于刚乾拉席养涵爬上他家门前的大桐树，一人睡在一个大树杈上，折几片大叶子盖在脸上、身上，说着话，一会儿，他俩都睡着了，睡得很香。吃饭了，家人到处找不着他们，急得用镜子照着太阳，借阳光看井底，看会不会掉进井里。没有！放下了半拉子心。正着急时，他俩从树上爬下来了。两位妈妈又气又急，高兴得流下了眼泪，领他们回家吃饭，也没打他们。

养养爷讲的故事很多，有《薛仁贵征东》《征西》，有《三国演义》《聊斋》《西游记》等。养养爱听《薛仁贵征东》，刚乾爱听《三国演义》，他俩以"石头剪刀布"做决定。爷爷捋一捋山羊胡正式开讲。有一次讲《聊斋》鬼故事，两人紧紧地偎在爷爷身上，怕被鬼抓走。

养养爷喜爱秦腔，闲时手捧《打柴劝弟》《游龟山》《十五贯》等秦腔剧本，有板有眼地唱着。刚乾和养养也跟着哼哼，不知从啥时开始也唱起来。有一天，他们和小伙伴搭起土戏台，用围腰做幕布，用筷子、木块、铜盆做打击乐器，用嘴"拉"胡琴，用手做比画，扯开嗓子唱，你方唱罢我登台，你还没罢我就上。土戏台，自拉自唱，自娱自乐，不知不觉在开启心智，稚嫩的身心就这样渐渐成长。刚乾说，从那以后，我就和音乐、秦腔结了缘。

上学了，于刚乾把两本课本、两本笔记本、一支铅笔、一块橡皮装进书包，跨进校门。小学校一共两个教室四个年级，两个年级共用一个教室，一个年级占一半。老师给一年级讲完课布置作业后，再给二年级讲。课桌是半人高的土坯，自带小凳子，坐小凳腿脚伸不开，只能八字样伸向两旁。窗户没有窗纸，冬天雪花飘进教室，北风刮到脸上刺骨的冷。于刚乾的手背冻烂了，生了脓，他捡了块破布包裹起来。天暖和了，他感觉手背发痒，揭开一看，化脓的手背好了，却留下了一块疤。朗朗的读诵、愉悦的歌唱，在他脑海里刻下了黄继光、邱少云、刘胡兰、江姐等一个个英雄形象。

回忆童年，谈苦乐观、幸福观，于刚乾这样写道：我童年受过苦，但当时不觉得在受苦，而且整天乐呵呵；这种持久的乐趣和愉悦心情，不就是人们追求的幸福吗？有人不赞同，说没吃没穿饿肚子差点没命了，还幸福？我说是的，幸福是一种心理状态，是个人的心理和精神感受，不同人对幸福的理解有所不同，因此有不同解答。为吃穿而揪心，或者比吃比穿比住，比名利比地位，处心积虑而为之，都不会幸福。个人欲望不切实际不能实现会更加烦恼；而辛勤劳作后在大树底下喝碗苞谷糁子听秦腔也知足，那种心旷神怡不乏幸福感。言幸福，物质不是第一，精神是第一。

时间飞逝，于刚乾很快长大了，成了中学生，摘下红领巾，当上了共青团员，参加农村的教育活动。

听到生产队开会的钟声，于刚乾随人流到了会场。

第五章　批评帮助

学校还在放假，生产队社员会仍然在小学校召开。今天的会议主题是批斗聂老大，批评帮助于恭让，面对面落实群众反映的问题。

易组长最近每天晚上都会用钥匙打开饲养室墙上挂的意见箱，取出字条拿回去看。他一有时间，就和社员交谈，征求对干部的意见。社员们对干部的评价有好有坏，对席广田反映很好，说他一心为公，热爱集体，是真的，不是假惺惺。社员们也反映了有的干部多吃多占甚至贪污问题，反映最多的是聂老大。易组长和聂老大谈话，聂老大不承认自己有贪污问题。是真是假，怎么落实？上面强调，不能漏掉一个"四不清"，同时又要实事求是，不能制造冤假错案。这就难了。别的生产队工作组介绍经验，要发动群众，揭摆问题，对问题干部要施加压力。这是好办法。但群众起来了，会不会做过分的事，比如打人搞逼供，说假话冤枉人？不考虑这么多了，还是抓紧落实干部中的问题，宁可过分一点，也不能太保守。

有积极分子问易组长，批斗与批评帮助有啥区别？易组长说，属人民内部矛盾的，叫批评帮助，本人可以不低头不弯腰，会场上不喊打倒口号。易组长很注意区分两类不同性质的矛盾，他没说与聂老大是敌我矛盾，但认为聂的问题很严重，矛盾正在转化，因此他决定对聂采取"批斗"这种方式。

聂老大高挑个儿，颧骨高，下巴尖，眉毛粗，发脾气时圆眼几乎要鼓出来。小时候读私塾不到一个月，他与一位同学争吵，一把将对方推进涝池，差点淹死了人。先生坚决不要这样的学生，辞退了他。他至今大字不识几个。后来，他跟着一位卖药的老头习刀舞棒。学了几年，他自恃有武艺，说话做事蛮横无理。他常说，善良被人欺，干脆做恶人；不想被人欺，就要拳头硬。了解他的人都不和他论理。他笑话于恭让"吃亏是福"的话，说，吃亏就是吃亏，咋可能成了好事？那是哄瓜尻的话，我才不信呢！五十年代末，聂老大当上了生产队长。社员们说我们没选他呀！提名聂当队长的副大队长解释说，当时人饿得走不动路，开会人不齐，没开会；再说了，那时也没人愿意当队长。大家清楚了，聂老大是上面任命的队长。

会议在小学北教室举行。大会开始，易组长讲话：经过调查，我们基本掌握了干部情况。群众反映最多的是聂老大的问题，反映他有贪污。和他谈话，他不承认。今天开大会，先给聂老大一个说话机会。聂老大！你想不想坦白交代？

聂老大盘坐在地上说，我没啥交代的！

易组长大声喊话：聂老大，你站起来说话！

我凭啥要站起来说话？聂老大仍然坐在原地不动。

突然，两名积极分子把聂老大拉到讲台的右前方。站在台前，聂老大仍然抬头挺胸，毫不在意的样子。积极分子命令他低头弯腰。他略低了头但不弯腰。又有积极分子上前压他的头。不知是他腰硬弯不下还是别的原因，积极分子把他的头压到躬身九十度，过一会儿他又慢慢抬了起来。工作组没要求聂的弯腰程度，积极分子压聂的头的频率也就自行掌握，过一会儿，压一下，喝令他：弯下腰，老实点！

易组长继续讲话：聂的问题以前有过暴露，但没彻底揭发，也没有严肃处理。现在大家发言，对聂老大进行揭发。

会前，易组长对会议发言作了安排。记工员第一个站起来揭发。他说：聂当队长时管理工分很乱，记工分很随意，想给谁记就给谁记。有一次他要求我给一位妇女记十分工。我问他啥由头，他随口说谷子地里吆鸟，大场上看苞谷，还有割苜蓿草，给她各记三分工；扫场，给她记一分工。我问啥时间，他说随便写个时间得了！我怀疑这有问题。后来，大家都在传说他占了这个妇女的便宜，我才明白了。

出纳发言说道：聂老大和丁德让一块儿去卖猪，卖了九头猪，聂老大亲自谈价钱、收钱，半年都不进账。我问他，他说钱都买了猪娃子和农具了。我说豇豆一行茄子一行，各走各的账，不能混账。他嫌我管得太宽，质问我：咱俩谁领导谁？我说谁领导也不能胡乱来！他不听，指着我说：你这个出纳当腻了，不行就换人！我说好，开社员大会，让大家说，换我还是换你！他不吭声了。我以为他

认 厌了。第二天他却要我给丁德让交账，并举起拳头威胁我。我才不服这个二货，就向大队告了他。大队派席广田来调查处理，仅仅追回了五十元钱，算算账，他至少贪污一百三十元钱。这就是个蛀虫！蛀空社会主义集体经济的不是地主富农，而是这些瞎厌！

工作组组员发现出纳发言有政治性错误，赶快纠正说，你最后一句话不对，对地主富农也一样，不，不，要更加……他找不到合适的词。

出纳说，我认为我没说错，地主富农现在其实很老实。他还要争辩，被身旁人拉了一把说：你和于恭让一样犟，听工作组的话！

接下来，会计等人当面对证了聂的其他问题。

工作组问聂老大，这些是不是事实？聂老大不吭声。会场响起一阵口号声。

接着继续发言。积极分子有人念稿子，从教育活动的伟大意义说起，分析聂老大自私自利的享乐主义和剥削思想的根源。台下你一言我一语开起了小会。

为扭转"温情脉脉"的会场气氛，工作组要聂老大的受害人作指控发言，揭发聂老大侵害妇女问题。等了好久没人站出来说话。

易组长点名让做过思想工作的一位妇女发言。这位妇女左右看了看，犹豫片刻，站了起来说，反正这个事在村里已经"敲了锣"，我也不怕丢脸了。聂老大就是个色狼，大坏蛋！有一次我进苞谷地解下急，这瞎厌偷偷跟着。他要动手，我推他，他说给我记十分工，我不。这瞎厌的手劲很大，硬来。以后他胆子越来越大，竟然跑到我家，欺负我男人老实，搞得我家不安宁。

这位妇女越说越生气，走到台前，脱下她的鞋在聂的脸上连打了几鞋掌。

聂感到脸上火辣辣的，他借机站直了腰，伸伸腰，反倒感觉舒服些，脸疼倒无关紧要了。正在调整更舒服的姿势时，猛地一拳打在他鼻翼上，他躲闪不及，鼻血直流。原来是这位妇女的男人嚯地站起来，扑向前猛一拳，憋了一年多的气就用这一拳来还。他感到够了，不说话，走下台；走了两步，又感到还不满足，就又猛回头，再一拳，打在聂的嘴角，这才感觉出了恶气，知足地回到原位。以前这个男人想打聂老大，但不敢打，因为自知打不过他。这时，四五个妇女一哄而上，压住聂的头乱打。会场响起了一阵呼喊声。

易组长制止说，行了，行了，大家静一静，让聂老大坦白交代。

聂老大打人无数，从来没有被人打过，今天挨打，他很憋气，但是没有办法。好汉不吃眼前亏，在外闯荡多年的他，知道不能硬碰，开始"服软"。他低头弯腰颤颤抖抖，主动提出要挖自己的思想根子做悔改表态。工作组同意。聂老大请求站直腰说话，工作组同意了。他站直了，还向后背了背，想做扩胸动作又不敢，低头说话：

当了队长，开始我还想干出个样样，做事也顾虑群众影响。后来觉得生产队里的啥事都是我说了算，不给自己捞点好处有点亏。但干了坏事瞒不住，有人有意见，有时我给他点好处，有时给他使点坏，慢慢就没有人提意见了。再后来，我私心越来越重，胆子越来越大，以为没人能管住我。出纳和我杠上了，我就撤换他。席广田代表大队部来处理，我就威胁他，差点打了他。我错了，我后悔，我要改！卖猪钱是我贪污了，一百多元钱，我保证退赔。

看到聂老大有悔改表现，易组长觉得应该适可而止。他要求聂老大把他做的一桩桩一件件坏事都老老实实地写出来。聂连连点头，说我写，我写！会场转到了下半场。

易组长认为，于恭让的问题不大，而且还有待落实，属于人民内部矛盾。为体现刚柔相济，他亲自拿了一条凳子放在台前，要于恭让坐下说话。会场气氛缓和多了。

按照工作组的要求，于恭让主要交代了有人怀疑他贪污四百斤豌豆麦问题的经过：

连续几年风调雨顺丰产丰收，生产队办起了公共大食堂，吃大锅饭。社员们吃饭不要钱，干活不计工，就都大吃大喝起来，浪费得让人心疼。后来发生自然灾害，没粮吃了，大家开始饿肚子，一个个都蔫了下来。我给队长建议，用公共大食堂的麸皮换牲口饲料，队长同意了。丁德让的老婆是当时的轮流炊事员，我安排她和我一块儿去库房换粮。丁德让说他老婆有事，他来。我们俩叫了保管员去库房，用四百斤麸皮换了四百斤豌豆麦。就这！

队长证明说，于恭让说过这个话，我同意，并且给保管员打了招呼。后来具体怎么换粮，谁去换粮，我不知道。

保管员说，有这回事。但粮食出了库以后，我就不知道了。

丁德让站起来说话。他说，我和于恭让把粮食放在架子车上，拉出了库房。于恭让拉着车子，没留我，我就走了。究竟是他磨的面，还是他叫谁磨的面，或者根本就没有磨面，把粮食拉回他家，我不知道。

听到丁德让的话，于恭让气得嘴唇发紫，说话结巴。他指着丁德让说，你，你……一时头晕，于恭让手托着自己的头，低头无语。

易组长要于恭让不要急，慢慢说。

停了停，于恭让指着丁德让说，你咋能睁着眼睛说瞎话？明明是你磨的面，怎么说你不知道？丁德让反驳说，你才说瞎话！

于恭让转向大家说道，食堂是人民公社的心脏，为了叫大家一心一意吃食堂，把家家户户的锅都砸了。我把粮食拿回家，怎么做饭？我吃原粮不成！

没人回答。这是逻辑推理，不是事实证明；而且按逻辑，现在不吃可以将来吃呀。工作组没认可，没回应。

于恭让想到饲养员可做证明。但又想起那一天丁德让说他"下急"，跑茅房，于恭让自己去饲养室牵来牛，咋个能证明是丁德让磨的面？于恭让张口，又赶快闭了口。

于恭让面对大家又问，公共食堂的豌豆麦面馍你们吃了没？

刚问完，于恭让又很快转向丁德让问，那段时间你放屁了没有？这时大家才恍然大悟：是呀，吃豌豆爱放屁，有一段时间人人都爱放屁，肯定吃了豌豆麦面。

丁德让还不放过：四百斤豌豆麦，谁知道你给食堂了多少，你自己拿了多少。我敢肯定，于恭让有贪污！

于恭让有点发怒，硬是忍住没用粗话骂人。他说，你算算，你在食堂一天吃几两粮，放了几天屁，乘一下不就出来了！哦，我忘了，你文化程度不高，会加减不会乘除，让你老婆帮你算！

丁德让指着于恭让说，你臭嘴，你放屁，你臭知识分子欺负人！于显然不属于知识分子，但丁德让一时找不到骂于恭让的狠话。

接着丁德让揭发了于恭让想拉牛退社不想走集体化道路问题，证据是他保存着牛鼻环，他五岁的孙女拿着牛鼻环玩的时候说：我爷说了，牛鼻环不能丢，还有用。

于恭让说，我贫贫的贫农，过去没有牛，也没牛鼻环；那个牛鼻环是咋来的，要么你去问我孙女，顺便问她是不是不想走集体化道路了。

哄堂大笑！

易组长制止说，严肃点！于恭让不交代问题，反而讽刺挖苦别人，甚至骂人，态度很不好。问题搞不清，态度又不好，"四不清"的帽子就逃不掉！

听说要给自己戴四不清帽子，于恭让心里怕了，脑子有点乱。他突然想起了什么，前后不搭地说：我给他馍上吐了两口，不，是三口唾沫，他记仇报复我。

会场又一阵哄笑，莫名其妙的解释，有人怀疑于恭让脑子回到了"过家家"的小时候，是不是他脑子出了问题？

于恭让继续他的思维说，丁德让是土匪，他……

他的话引起了会场更长时间的哄笑：社会主义的新中国到处是雷锋、焦裕禄，路不拾遗夜不闭户，哪来的土匪？他脑子真的坏了。

容不得继续解释，工作组要求于恭让不说话，听大家发言，接受大家的批评帮助。

为了给于恭让施压，易组长点名他家人作批评帮助的发言。刚乾妈没见过这场面，只流泪说不出话。于刚乾慌乱了，也不知该说啥。他想起他爸说过，不义之财不可得，人一辈子，不管贫富贵贱，要干干净净做事堂堂正正做人，不偷不抢，不拿不占，不让别人背后戳脊梁。他坚信他爸没有问题。于刚乾想帮他爸说几句话，但心里又怕，怕说不好帮倒忙。最后，他还是壮着胆站起来说道：

听说清查组查我父亲的账的结果，没有假账，没有贪污，这能不能证明他清白？再说了，那时我家里真没做过饭，没在家里吃过豌豆麦面。我相信我爸不是贪污分子！

易组长说，叫你批评帮助你父亲，你怎么说袒护话？贪污不贪污，家人说了不算数！

会场又冷场了。易组长点名让席养涵发言。

席养涵听到点自己的名，红了脸，心慌意乱，不知说啥好。但又不能不发言，在大伙儿面前丢脸。怎么办？他很快镇定下来，心想：工作组没有让干大

"下楼"的意思，那我就帮助说服他。刚乾上次的发言，效果好，学生不了解情况，还是得讲道理。养涵平时把刚乾妈叫干妈，但不习惯把刚乾爸叫干大。他想了想，就说：

共产党的干部，都是人民的勤务员，要为人民办事，不图一分钱私利。现在搞教育活动，就是因为有人有了权就谋私，就挖集体经济的墙角，这才发动群众揭发问题；你当干部的要正确对待群众，态度要端正，要欢迎批评，不能抵触，更不能讽刺骂人。即使四百斤粮食问题落实了，也不一定给你戴"四不清"帽子；但是态度不好，一百斤粮食的问题，也可能给你戴上帽子。所以要赶快端正态度！

于恭让听懂了养养的话，意思是，不要我讽刺挖苦人，不要我和人顶撞；但对丁德让，我没好气，哪来的好话！

听了对话，对全过程做了分析，易组长心里已经有了底：于恭让没贪污！但他不表态，需要再看，让矛盾再暴露。

前天大队召开会议，各工作组汇报工作，一组的工作落后，受到批评。上周，工作队内部开会，批评第八工作组组长"右倾保守"。这位组长想不通，上吊自杀，被房东救了下来。这件事发生后，其他生产队批评帮助干部的方式更加激烈，原副大队长自杀未遂。易建设心里触动很大，几个晚上都没睡好觉。他现在是"临干"，一心想在这次运动中好好表现，争取转正，因此他想尽快落实干部中的问题，早日见到工作成绩。在批评帮助会上，受害妇女和家属发泄愤怒，动手打人。他知道打人不对，但情有可原嘛！而且易建设心里有红线：第一生产队坚决不能出现逼人致死的事。他心想：对于恭让采用温和的帮助方式，是对的。

很快，易组长内心又产生了矛盾：向上汇报于恭让有贪污，真委屈了他；宣布于恭让清白，有人会不会认为我思想保守？怎么办？先悬起来。

易组长在会上宣布：于恭让的问题，再做调查；于恭让个人，会后深刻反省。散会。

听了大会上的对话，于刚乾心里有了底：爸肯定不是贪污分子。他想，现在不但不能考虑与爸划清界限，而且要想办法帮助他。但是怎么帮助？他不知道。

进了席养涵家院子，看到养涵正在喂猪。刚乾靠在木栅栏上说，养涵，你注意到了没，丁德让明明在说假话，冤枉咱大。这人贼眉鼠眼，一看就不是个好东西。两人一块儿去卖猪，聂老大贪污卖猪钱，他丁德让能干净？我不信。

我也感到丁德让有问题。但咱们是学生，只能看，只能听，没办法。席养涵用木棒一边搅猪食一边说。

咱能不能找工作组长，说说咱们的意见？

我不敢，我怕那个易组长。

我也有点怕。这样吧，你陪着我，站在旁边给我壮胆，我来说话。

养涵说，把闫银堂也叫上，他胆大。刚乾说好！闫银堂是他们同一个生产队的中学同学，闫老三的儿子。

这时，猪"啪啪"吞食溅出了食点子，溅到了养涵的脸上。养涵用袖子抹了抹，抹到了他嘴角。刚乾用手指捏下来给养涵看。他俩都笑了。

第二天，于刚乾、席养涵、闫银堂一块儿去找工作组。

易组长问于刚乾，有啥事？

于刚乾说，丁德让有问题，不是好人。他与聂老大同流合污，共同贪污，是贪污分子。

你这么肯定，有啥证据？

证据暂时没有，但这是明摆着的：丁德让是养猪场负责人，也是一同去卖猪的人，很精明，是个老狐狸，怎么能眼看着卖猪钱被别人独吞了，他不声不响，也不揭发？

易组长其实早想到了这一层，但他考虑先落实聂老大的问题，然后再进一步追究其他人。他打量了一下于刚乾说：你是不是对丁德让揭发你爸的问题有意见？

于刚乾说，一码是一码！想起老师的话，刚乾又继续说道：搞教育活动，整坏人，越整社会就越好；整好人，就越整越坏。

易组长惊讶道：咦！没看出，小小中学生，说出大人话！

闫银堂插话说，这是我们老师说过的话，还有一句"胡乱整，越整越乱"。

看到易组长赞许的口气，于刚乾鼓起勇气，突然冒出一个大胆的想法。他说，能不能让丁德让先"上楼"，然后再审查？肯定能审出结果来。

易组长早有安排。听了于刚乾的话，易组长说：可以！顺便给你们三位安排点工作，配合积极分子审查丁德让的问题，你们主要任务是做好记录。

没想到工作组不但没有批评他们，还给他们安排工作，三人高兴得跳起来。积极分子带丁德让"上楼"，于刚乾配合积极分子做审问，席养涵做记录。丁德让开始拒不交代自己有贪污。闫银堂问，咱们能不能给他点颜色，施加点威力？积极分子点头，说行。闫银堂说，我爷用他的枣木拐拐打过我，很疼，我去拿来，看他怕不怕。说着闫银堂跑回家。于刚乾对丁德让说，工作组为啥安排我们三个学生和你谈话，因为已经掌握了你的情况，不用费大力气。告诉你，聂老大已经做了交代，现在就看你的表现。你若不交代，我们就把你交给工作组，开社员会，看你交代不交代！一会儿先挨几下枣木棍的打再说。

丁德让的小眼珠转了转想道：聂老大那个熊样，相信他全交代了；取枣木棍的崽娃子，一会儿真要打我咋办？好汉不吃眼前亏，丁德让便把聂老大给了他三十元好处费的事说了出来。

闫银堂来了，听说丁德让已交代了问题，就把枣木棍扔在地上，丧气地说，叫我白跑了！接着他又说不能白跑。他随手捡起拐棍，在丁德让屁股上乱戳。丁德让回头吼了一声：你个崽娃子，我打死你！积极分子说：丁德让，你个贪污分子，老实点，赶快坐下来写交代材料！丁德让乖乖地坐下来写了交代材料。

易组长在社员会上表扬了三位中学生。假期社会实践，于刚乾、席养涵、闫银堂都得了个"优秀"评价。

第六章　新仇旧恨

好久没下雪，干冷干冷的，村中的涝池结着一尺厚的冰，成了天然滑冰场，溜光溜光的。孩子们在冰上穿梭、嬉闹，叫声不绝于耳。饲养员用斧头在涝池边凿冰，凿开一个洞，用木瓢一瓢一瓢地舀水，舀满两个桶，用水担挑起来，忽闪忽闪地，挑回饲养室，把水倒进大水缸，再到涝池边，再舀再挑。挑水的饲养员窃窃私语，不知发生了什么事。

星期天，于刚乾经过涝池旁，听到一位饲养员说，毕咧，没救咧。他正想追问，听到从第五生产队方向传来敲锣声。家家户户开了门，男女老少都出门观看。一支十多人的队伍走来，有人手拿铜锣，有人手拿脸盆，边走边敲打。走近看，人人头上都戴着纸糊的帽子，胸前有块木牌挎在脖子上，上写姓名和各人的称谓。走到人多处，他们自动停下来，敲一阵锣盆后，站在最前面的一位向前跨一步，弯腰鞠躬，向围观人群自报姓名和称谓，然后后退。接着下一位。聂老大也在队伍中，这次没人呵斥，没人压他的头，他自觉跨前一步，低头弯腰说话：我是坏分子，是挖集体经济墙角的四不清分子，今后我要老老实实接受社员群众的监督。不知从啥时候开始，聂老大变得很顺从、很乖觉了。

在观看人群中，走来消息灵通的尹宝石。他对着围观的人群说道：出大事了，出人命了，二队的饲养员，昨天还在涝池担水，今天就没了，就走咧！

尹宝石，你别妖言惑众！

谁造谣了？尹宝石站在高处对围观的人群说，是真的！我刚从他家门前经过，有人戴着孝布，大门外挂了一块白布。

那到底是咋回事？你给大家说清楚。

尹宝石不直接回答：其实他有多大问题？无非是把牲口饲料在口袋装了几把拿回家，就算偷，能偷多少？全交代了，算个啥事？他呀，就是太死硬，跟于恭让一个样……

看到于刚乾在场，尹宝石马上改口说，他态度不好，拒不交代问题。积极分子把纸糊的高帽子和牌子送到他家，要求他参加今天的游街。他心里受不了，想抽烟解闷，叫儿子取火、点火。儿子不取，反而顶撞说，你偷牲口饲料，损公肥私，要戴高帽游街，多丢人，我都没脸上学了；我要和你断绝关系！儿子的话戳了这位饲养员的心，他越想越觉得没活路了，就，就……

这时尹宝石只做动作不说话，放平他的脖子，用手掌做抹杀动作。看懂的人呀呀大叫起来。

尹宝石的话刺痛了于刚乾。他想，父亲性格非常刚烈，宁折不弯，容不得别人对自己人格的半点污蔑，若他因为态度不好被要求游街，他会不会是又一个"饲养员"？是，一定是，太可怕了！我糊涂，之前，我怎么还闪念过与他断绝关系的想法？即使他有问题，也不能逼他致死呀！饲养员的行为，不排除是儿子的话最后要了老子的命！相反，亲人的暖心话，关键时刻能救人命。

于刚乾心想，现在十万火急的是，绝不能让爸去游街！

想起童年时趴在爸头上用手绷他的头，他没有生气反而憨笑的情景，想起自己从姑妈家回来时爸抱着他落泪的情景，于刚乾感觉到一股爱流，爸爱我，我也爱他！我现在能为爸做些什么？劝爸主动找工作组谈心？他那个犟脾气，可能不会，绝对不会！对，我直接去找工作组，给牵线；现在，我在工作组面前，不那么胆怯了，有话敢说了。于是他来到工作组房门外。

易组长问，有啥事，中学生？

星期天在家没事，想来看看，有啥事能搭上手。

正好，有材料需要抄写，你来！易组长交给于刚乾一沓材料。抄写了一会儿，于刚乾想说话，刚开口，又止住。易组长说道：你的心思，我看到了；你爸的问题，相信工作组有正确判断。于刚乾说：我爸想找你谈话，又怕你忙。易组长说我这会儿就有时间，叫他来，你到那个房间去抄写。于刚乾去了另一个房间。

于恭让被叫来，和易组长进行了一次长谈，讲了他和丁德让的一段恩仇。

新中国成立后的第一个春节。有一天，在席家门前的大桐树下，于恭让提议进城看戏。戏迷闫老三、金文涛立马响应。家庭比较富裕、平时不吃黑馍的丁德让也要去。于恭让说我见不得这个人。金文涛说人多了热闹，同行也好。隔天一大早，他们在大桐树下集合。金文涛说，最近我看了马克思的书，讲的是社会主义、共产主义，我看好像咱们这一代人就能看到。咱们这次出行，也实行一次共产主义，无论馍的黑白、大小、多少，都放在一起合伙吃，大家同意不同意？其他人都说好，丁德让没说好，但也没说不好。他的褡裢大，各人都闭着眼把馍放进丁德让褡裢中。大家轮流着背馍，"石头剪刀布"，谁赢了谁负责分配；分给各人的馍无论多少、黑白，都不许提意见。规则已确定，带着尝试新生事物的好奇心，大家上路了。

　　天黑前进城，快到三意社时，于恭让感觉褡裢里有个硬东西，用手捏了捏说，好像是根金条。丁德让赶快抢过褡裢说，你累了，我来！于恭让没在意。看完任哲宗的《周仁回府》，他们兴趣正浓，劲还大，就连夜返回。一路上，大家唱唱咧咧，金文涛还不时地摆谱，模仿不同演员的动作。天明时到了沪河边。丁德让背馍褡裢，说剩下最后四块馍，一人一块。他把馍分给各人，抖了抖褡裢，示意里边啥都没有了。

　　他们一路上饿了就坐在地上分馍吃馍，渴了到农家讨碗水喝。于恭让发现，丁德让取馍时好像摸来摸去，分给别人的馍中苞谷面、黑面馍多，而他自己吃白馍多。但他没说，因为他们定了规则：不许提意见。

　　爬上八里坡，已到巳时，太阳老高，个个筋疲力尽，又累又饿。在尚村外槐树下，大家都躺倒了。丁德让说要尿尿，走到另一棵大树的背后。金文涛想，爬八里坡时出了那么多汗，哪能尿出尿来？就偷偷跟在他后面看。果然，丁德让手拿白馍，嘴在咀嚼，听到背后有声音，他立马把馍装进口袋。金文涛返回给于恭让耳语。于恭让悄悄走上前，在大树后观看。丁德让双手掏他的那个玩意儿，装着在撒尿。在丁德让的双手正忙活时，于恭让伸手进到丁的口袋掏出了一大块白馍。丁德让反身去夺。于恭让"呸呸呸"在馍上吐了三口唾沫，把馍扔在了地上说，要想多吃你就说，偷偷摸摸像个啥！

　　丁德让说，我就多吃，我吃我拿的白馍，咋咧？我偷偷摸摸？你贩卖鸦片才偷偷摸摸，像个贼娃子；当逃兵，还有脸说别人！

　　于恭让手指丁德让，你说谁？你再说！

　　丁回话，我就说，你是个逃兵，逃兵一个！两人越说越来气，都举起了拳头，向前冲。闫老三、金老四站在两人中间，把他俩推开。

　　丁德让再没说于恭让贩鸦片的事。他悔恨自己说了不该说的话：揭别人的伤疤暴露自身的脓疮，糊涂呀！丁德让想：这次带金条进西京城，本想兑换现金，不小心被于恭让手摸到了；怕引起他的怀疑，我取消了兑换。但为了多吃一个馍，一件芝麻大的事，和于恭让发生了争吵。争吵就争吵，也不是啥大事，但我不小心又说出他带鸦片的事。于恭让不傻，而且很犟，他若追问我怎么知道，一追到底，麻烦就大了。说出的话收不回，怪嘴！

于恭让也避开丁德让说他贩鸦片的事不谈。他想：丁德让多吃一个馍，本来也不是啥大事。但大家饿得走不动咧，有吃的就该平分；东西越奇缺越要讲公道，咋能自个儿独吞？见到这种私心太重的人，我心里就冒火，不由得口吐唾沫。这都是小事。问题是我给别人捎鸦片，很秘密，丁德让怎么知道？贩卖鸦片的人，难道就是他？

于恭让当年去渭北推盐，几次都有人在他盐包里塞东西让他捎回，给他点辛苦费。他没有多问。后来知道是鸦片，他拿捏不准，心里嘀咕：给人捎鸦片算不算参与贩卖鸦片？万一暴露了怎么办？这几年无人过问此事，于恭让以为事情已经过去了，没想到丁德让公开说出这件事。但是，他为啥又哑了？

于恭让、丁德让心里都在打转转，大家都沉默了。

过一会，金文涛说，也怪我，我看见他吃馍，装着没看见就好了。讲公平，只有老天公平，世上哪有公平？人嘛，有点私心也正常，想多吃一点白馍也能理解。共产主义社会的人就没有私心？我不信！其实从一开始咱们就各吃各的，馍黑、馍白都不会说啥。可咱们脑子发热、赶时髦，把馍装到一起搞"共产"。馍放在一块儿大家吃，这麻烦就来了，思想不一致，就闹矛盾，就吵架。都怪我，搞共产，太超前。

回村后不久，村农会选举，于恭让报名参选农会主任。于恭让家庭贫农。他读过私塾，有文化，能读报，会写字。扫盲运动时，于恭让白天劳动，晚上在夜校当老师，教大家认字。他啥农活都能干，用手撒麦种很匀，用脚丈量土地很准，给牲口铡的麦草很短。他人缘好，处事公道，左邻右舍搞分家，闹矛盾，都请他说和。他一到场，三说两说，好像啥事都能摆平。人称他是"十二能"。他也自我感觉良好，自信满满地报名参选。选举结果，于恭让当选村农会主任。

于恭让上任，正是农村土地改革的繁忙时期，他整天忙得不沾家，处理分田分地的各种问题。分地最麻烦，要考虑地块的肥瘦、大小、远近，还要考虑家庭的劳力和有没有牲口等因素，矛盾很多。经过几天讨论，于恭让思考了一个很细的方案，征求意见后，全村分田地进行得很顺利。于恭让舒了一口气，回到家，吃过晚饭，刚躺在炕上，突然，一位青年闯进家门说，二叔，不好了，席广田家出大事了，席养涵不见了。于恭让跳下炕，急匆匆向席广田家跑去。

天刚黑，席家门前的麦秸垛子着火了，一家人出来救火。浇灭了火回到家，却发现孩子没了，到处找，找不着，急得席广田一家人团团转。

于恭让问了情况，感到很蹊跷，怀疑是土匪"绑票"。果然，席家很快收到了字条，写着："你们准备好五十块大洋，来换娃；把钱放在指定地方，不许告密，不然，孩子就没命了！"席广田把这个情况悄悄地告诉了于恭让，他急忙忙去筹钱，准备用钱来换娃。

丁德让也来问情况，着急地说，广田弟遇到这事，咋办呀？有没有消息？广田把他拉到一边小声说，还没有，正在打探，得准备好硬通货。你手头咋样，是不是来帮老弟我的？丁德让听说要向他借钱，连忙说我有急事，就匆匆离开了。

于恭让想不出解救孩子的办法，晚上睡不着觉，穿上衣服下了炕。打开门，突然，他看到一个熟悉的身影。于恭让悄悄躲在一棵树后，仔细看，是他，就是他！于恭让和这个人打过多次交道，盐袋里的鸦片盒子，都是这个人拿走的。于恭让眼看着这个人进了丁家门，他断定这人与席家丢孩子有关系。

于恭让急忙找席广田，说了几句话后，就急忙分头行动。席广田躲在一棵大树后边监视。于恭让找来两名青年，趴在丁家屋外黑暗处，静静等待。

一会儿，丁家的门开了，那个人蹑手蹑脚地走出来，四顾无人，放开脚步下大梁沟，顺沟沿河而下，到六里远的张河沟口，进了一个窑洞。尾随他的于恭让等人听到了小孩的啼哭，他们急忙跑过去，准备封住窑洞口。听到声音，窑洞里的两个身影抱起孩子跑出洞门。一阵厮打，两个黑影丢下孩子，顺着鲸鱼沟逃跑了。席广田抱起孩子给两名青年说：天黑，算了，别追了！

还好，孩子没受大伤。养养妈受到惊吓，几天不吃不喝，一点奶水都没了。孩子咂不出奶水，大哭。

于恭让把孩子抱回家，让刚乾妈给喂奶。刚乾妈也没奶了，两个孩子都哭。刚乾妈熬面糊糊给他们喂。席广田很感动，对于恭让说：俩孩子同年生，又是你救了孩子的命，咱们是天大的缘分呀。你有恩于我，若不嫌弃老弟，咱们就结为干亲，孩子认你作干大。

于恭让没有客套，就指着刚乾说，好！那刚乾就认你作干大；他比养养大，他就是哥，养养为弟。从此后，两家人如一家亲，有事相帮，逢年过节你来我往。

第二天，于恭让去乡公所反映，丁德让有"绑票"人的土匪嫌疑，指告丁德让是事件的幕后人。乡公所人员要求于恭让提供更具体的证据。于说再没有了。

过几天，乡公所找于恭让谈话，要求于恭让对群众反映他当逃兵和贩卖鸦片的问题作出说明。于恭让惊呆了：本来是我告他，怎么我成了被告？想起看戏路上丁德让指骂自己的话，于恭让认定自己被蛇咬了：恶人难防呀！

于恭让回答乡公所的提问说，我家很穷，实在过不下去，三个大洋就把自己卖了壮丁，随国民党第四十七军参加中条山战役。在一次战斗中，全团人都牺牲了，我从死人堆爬起来，找不到部队，就回了家。这咋能叫"当逃兵"？

那你说说贩卖鸦片的事。

于恭让说，回家后，我就推车卖盐，有人在我的盐包里塞盒子，让我捎。开始我不知道，后来猜想可能是鸦片。

于恭让说的都是真话，只是在他是否知晓鸦片的环节上，他用了"后来猜想"四个字，表明自己当时不知情。乡公所人员不管于恭让当时知情与否，就说，好，你也承认了，贩卖鸦片的运输环节，你参与了；也就是说，你参与了贩卖鸦片。

于恭让还要解释，乡公所人员说已经清楚了，不用解释了，你回去吧。

一个月后，乡公所宣布免去于恭让的村农会主任职务。于恭让感觉很憋屈，越想越生气：即使是当逃兵，也是逃国民党部队的兵，这算啥问题？就算是贩鸦片，也是新中国成立前的事。白嘉轩搞鸦片谁人不知，但也没事，在我身上怎么就成了事？丁德让的疑点很多，但是没有人查，反而免了自己的农会主任。几件事都能证明丁德让和土匪有联系，或者他就是土匪，但乡公所领导为啥不管？我在他的褡裢里摸到金条，他有钱，会不会买通乡公所人员？

于恭让百思不得其解，他捶胸顿足大喊：老天有眼，也应有嘴，你张嘴说句公道话呀！

再后来……

于恭让想继续解释有人陷害他的原因,被易组长打断了。易组长对于恭让还算尊重,不无客气地说:

以前的恩恩怨怨我们可以听,但只是听而已;工作组的主要任务是搞"四清",清查干部的问题。我们也希望你尽快"下楼",但你要提供你清白的证明;现在你没有取到证明,或者按你的说法别人不给你证明,说来说去你没有洗清自己呀!

易组长推理:丁德仁老婆是当月的炊事班成员,磨面人员都由伙管员在炊事班人员中作安排;于恭让安排了丁德让的老婆磨面,而且丁德让代替他老婆也到了现场,一同取了粮食;结果,磨面人又"变"了。这就需要丁德让回答"变"的原因和变成了谁。变成了伙管员于恭让自己?于理不通;仅凭丁德让一句"于恭让没留我",就断定于恭让贪污,难以自圆其说。易组长判断:于恭让没贪污。但他不表态,也没有继续追问丁德让。

至于丁德让的土匪嫌疑,易组长认为这是历史问题,不好查,而且这不是教育活动的重点,查了也白费力不见好。易组长回避了这个问题,没有给于恭让回答。

于恭让没话了,他想不出咋样才能证明自己的清白。

想起金文涛"人有心,心想事,想事就是事,不想就没事"的话,于恭让自言自语:我脑子都想胀了,不想了,冤就冤吧!世上的冤屈千千万,有人掉了脑袋也说不清道不明,相比之下,四百斤粮食算个尿事?嗨哇一声,算我这辈子倒霉,碰上瞎尻人了!金文涛的话真灵验,不多想,往开里想,最好不想,于恭让感觉一下子卸下了千斤重担,思想轻松了许多。

于恭让向易组长表了态:我相信组织和领导,你们看着办。

于恭让的表态,易组长不十分满意,但是也能接受。于刚乾的话也可能对易组长做决定产生了影响。于刚乾说:如果要我爸游街,他那性格,肯定不会再见人了。这话引起了易组长的警觉,他不想在大梁一队出人命。工作组再没有批评于恭让态度不好,也没有安排于恭让游街。

不久,工作组宣布席广田等人陆续"下楼"。

第七章　好带头人

　　滚滚浪潮冲击海岸沙丘，大浪淘沙，泥沙俱下。有金沙被埋没在泥污里，但埋沙的污泥终不能发光，而荡涤后的金沙更加闪亮。席广田就是一粒金沙，经过"上楼""下楼"的清查洗礼，这颗沙粒更加明亮！

　　三月中，工作组宣布：经全面清查，席广田没有任何经济问题，"多记"的二十个工是社员们对他的奖励；他爱社如家，公而忘私，在他身上体现着共产党员的优秀作风；集体经济离不开这样的带头人。

　　新中国成立前，席广田家里有三十亩地两头牛，吃穿不愁。他读过五年私塾，后在三原县做相公学艺。他心灵手巧，学啥会啥，还学会了吹拉弹唱，秦腔眉户都能唱，板胡二胡都能拉。他爷爷信佛，常给家人讲轮回转世灵魂不灭积德行善的道理，常说善有善报恶有恶报和因果报应之类的话。1947年他家遭土匪抢劫，他爷爷埋在后院的一罐银圆被抢走了。一气之下，爷爷病倒了，临终前拉着广田的手说：那天我刚在后院埋下银圆，第二天就遭抢劫，邪了门了，我怀疑那天在咱家磨面的丁德让！爷爷去世后，席家的日子一年不如一年，土地改革时他家被评为下中农。

　　农业合作化时，席广田在全村建立了第一个临时互助组，之后，又将临时互助组转变为常年互助组，他担任互助组组长。他家有一头牛，还有石磨和犁耙等主要生产工具。按互助组规定，谁家用牛，一头牛顶三个工；然后，用牛人家再还三个工给牛的主人家。席广田召开组员会，他说：我家的牛和农具闲着也是闲着，咱们组里的人家，只管用，不用还！我家的地种不过来、人手不够时再请你们帮忙。周围人家积极加入他的互助组。席广田的互助组农户最多，办得最红火。

　　席广田家的石磨也公用。按习惯，谁家磨面，磨一斗麦子要自觉地留下大约一斤麸皮的"磨眼"给主人家。但席广田和家人一律不收。村里人都喜欢到他家去磨面，说席广田跟他爷一样，是个善人。

后来发展农业生产初级社，再后来发展到高级社，席广田堂兄担任主任，席广田担任青年突击队队长。他带领一帮热血青年，冲在生产第一线，脏活累活带头干，有时带领大家点马灯夜干。

大梁村农业生产高级合作社有了结余，买了骡马，成立了骡马队和运输队，席广田担任青年运输队队长。他亲自带骡马队进山驮木板、进城购买社员日用的商品。有一次，他带领骡马队进山，过秦岭的红石沟时，天下大雪，一头骡子不小心掉进深山，摔死了。他趴在沟沿的大石上失声痛哭起来，要下山找回骡子，被人强拉回家。回到村子，他向社主任和村民检讨，请辞队长职务。社主任说，你冒着生命危险跟随骡马，人没事，回来了就好！但席广田心里难受，他卷起铺盖卷住进饲养场，亲自养马、养猪、养鸡，想把损失补回来。

1956年，滋水县政府将大梁村树为全县高级生产合作社的典范，召开现场会。参会人员参观了青年突击队办的养猪场、养鸡场、骡马运输队和菜园。席广田作讲解，介绍大梁大队的经验。大家赞扬大梁村是全县农业全面发展的模范。1957年春天，大梁村农业生产合作社主任、席广田的堂兄光荣地参加了省农业代表团赴北京参观学习，荣幸地得到毛主席等中央领导的接见，并合影留念。席广田感到无比荣耀，他决心要像堂兄那样，为崇高理想奋斗终生。这一年，席广田加入了中国共产党，成为中共党员。

1958年白鹿原人民公社兴修水库，有一位姓王的红军战士、抗美援朝的战斗英雄，带领青年突击队队员上了工地。席广田从山里回来，听到后立即找大队长说：这怎么行！王英雄在抗美援朝战场上受过伤，腰部还有弹片没取出来，怎么能干这么劳累的活儿？大队长说他很犟，别人挡不住。席广田说我去，把他换回来！

席广田来到工地，看到工友们住工棚，一天上顿下顿地吃苞谷糁或苞谷糁面，每天挖土拉土十来个小时，出牛大的力气，还吃不好睡不好，他心里很难过。他撩起王英雄的衣角，用手抚摸他的受伤部位，抱住他瘦弱的身子哭了。他劝王英雄回家，王英雄不听。席广田说，您为国家立过大功劳，现在咋能让您出这么大的力，受这么大的苦！王英雄说，我现在虽然是农民，但国家每个月都给我发工资，我不能拿着工资不干事！现在是"鼓足干劲、力争上游、多快好省地建设社会主义"时期，我咋能躺在功劳簿上吃功劳？我不回去！

没办法，席广田找到水库工地指挥部，反映了王英雄的情况。最后，指挥部把王英雄留在了工地的宣传组。听说安排他在工地讲红军故事和抗美援朝故事，王英雄很高兴。他今天在这个大队的工作点讲过雪山草地故事，明天在那个工作点讲腊子口战役，后天又讲上甘岭的壮烈场面。每每讲完故事，都迎来阵阵掌声和"向红军战士学习、向革命英雄致敬"的口号声。水库工地上，劳动场面更加热烈，劳动热情更加高涨。

大会战前，水库工地指挥部安排了一场报告会，由王英雄作报告。讲到腊子口战役，王英雄说道：

腊子口，在甘南北部，那个天险，才叫险哪！周围是崇山峻岭，东西两侧都是一百多米高的陡峭石崖，好像刀劈下来，峡峰之间，只有八米宽，抬头看，只见一线天。国民党的军队就守在这里，一夫当关，万夫莫开呀！红军来到这里，向前，高山挡道；后退，或者向左向右，都有重兵包抄，红军遇到了生死危难，我们都很着急，咋办呀？毛主席下达命令，抢夺腊子口，向陕北进军！部队要选拔尖刀班，我瘦小机灵，善于爬山，连长就选中了我。冲锋号吹响了，大部队正面进攻，我们攀登崖石，绕到了敌人后边。我从崖石上向下跳，落在一棵大树上，用机枪对着敌人的碉堡射击，压住了敌人的火力。经过激烈战斗，我们终于拿下了敌人设在山上的暗堡，正面部队才夺下了腊子口。许多战友牺牲了，我身上中了三枪，其中有一颗子弹，到了陕北才被取了出来。

最后，王英雄说：红军人少又很疲劳，为啥能打败强敌？因为红军有一不怕苦二不怕死的精神。修水库，比起红军二万五千里长征，比起红军爬雪山过草地、抢夺腊子口，简直就是毛主席说的"走泥丸"，根本就不算困难。

台下响起了长时间的掌声，响起了"向王英雄学习"的口号声。

席广田带领队员，半个月就提前完成了大梁大队的土石方任务。他瘦了六斤。在准备回家时，席广田又接到新任务：带领突击队员参加"祥瑞钢铁厂"的建设工程。知道队员都很累，而且身上都长满了虱子，席广田安排其中一半人回家，他和一位姓钟的队员带队，带领另一半人参加大炼钢铁的工程建设。祥瑞钢铁厂建成后，这位姓钟的队员留在了工厂，当上了工人。席广田则回了家。

回到家，媳妇手摸席广田的脸和脖子，伤心地哭了。广田一边给媳妇擦眼泪一边劝说。媳妇拉着他的手说：看把你瘦成了这样，叫人心疼。以后不许离开家！人家守空房，天天想你。

广田说：咋能呢！共产党员要听党安排，困难面前咋能向后退，咋能为了自个家整天围着媳妇转？怕他的话伤了媳妇的心，广田又紧紧抱住媳妇亲了亲，补充说：我也想你！想媳妇，共产党员和其他人都一样。

这时，席广田看媳妇红里透白的脸蛋像桃花一样迷人，心热了，就想抱她上炕。刚抱起软绵绵的媳妇身子，听到孩子在院子里的嬉闹声，他又把媳妇放在脚地上，挤挤眼笑着说：娃大了，咱们忍一忍，今晚好好抱你。咋安排？你知道。媳妇故意说我不知道！她满脸红晕，看起来年轻了十多岁。

晚上喝过汤，广田媳妇正在想怎么安排，怎么哄娃。她公公手拿糖果对孩子们喊话：今晚爷爷讲故事，有糖！孩子们一窝蜂般跑到爷爷住的磨房里，围着爷爷听故事，听着听着，都睡着了。

这一年，席广田担任了共青团大梁生产大队副书记。

又是一年的春天。白鹿原上下起了春雨，一阵儿像绢丝一般，细细的，密密的，沙沙地洒落在地面，一阵儿又朦朦胧胧，好似湿漉漉的烟雾，轻柔地滋润着这片古原。连续五天都这样，桃杏在雨中绽出了花瓣，杨柳披上了绿芽，绿油油的麦苗在争相成长，白鹿原变了模样，换上了绿装。老天爷好像也后悔，后悔几年都没给人间好雨，现在它在纠错，用蒙蒙细雨沁润人心、让人们忘掉过去。白鹿原夏秋两季丰收，大梁村的生产也慢慢见好。

秋收后，有人反映大梁一队队长聂老大有贪污问题，大队部决定由席广田作调查处理。席广田对聂老大的过去、现在都比较了解，认为他不配做生产队队长。席广田找聂老大谈话：最近社员们对你意见很大，你知道吧？

我知道，主要是出纳那厮东西和我过不去。聂说。

为啥过不去？你说。

他说我贪污卖猪钱。

那你到底有没有贪污?

聂不以为然,右手进口袋左手出口袋说,我就是这个口袋进,那个口袋出,卖了大猪然后买小猪,买农具。我承认,承认我脑子有点黏。聂老大先给自己打掩护。

席广田说,丁是丁卯是卯,一码是一码,买卖进出各是各,你怎么半年都不报卖猪的账?你现在说清楚,一共几头猪、卖了多少钱?买了几只小猪、多少钱?

我不识字,不会算账。差不多吧。

啥叫差不多?差不多到底差多少?你把单据拿出来。

啥是单据?

就是发票,票据。白条子也行。

啥都没有!大家选了我这个没文化的当队长,你看着办!

有人说,事不遂愿时,聂老大话不过三就耍蛮横,还真是!聂老大竟"理直气壮"地甩手离开了。走几步又回来,对席广田说:我没黑没明地干,多吃多占一点有啥大惊小怪的!当队长没一点好处,谁干?你高抬贵手,啥话都好说!你若有意和我过不去,咱就走着看,别怪我不认人!说着他举了举拳头,瞪起双眼,扭曲着嘴脸,公开表达着蛮不讲理。

席广田听了威胁话,看到那副恶心的嘴脸,很生气,说你敢!他想:贫下中农中能干的人多的是,怎么让在外闯荡多年带上了地痞流氓气的这种人当干部?广田压住气仍然平和地说:你当队长的,不能蛮不讲理!聂老大不理会,扬长而去。席广田刚刚学到一个新名词自己还没理解,就顺口说:你就是个流氓无产者!聂老大听了跳起来喊道:你到底骂无产阶级是流氓,还是骂我流氓?不管你骂谁,我都和你没完!席广田不客气地回怼:群众反映你就是个流氓!

席广田找丁德让了解情况。丁德让是养猪场负责人,他和聂老大一同去集市卖猪。丁德让谈了几个人拉了几头猪等情况后,说到关键的买卖环节,席广田问:谈价钱你在不在现场?成交价是多少?

丁德让说:是聂老大"捏码子",没给我说,我不知道价钱。

在牲口交易中,买卖双方谈价钱只用手不用口,互相在草帽下捏对方手指讨价还价，也算商业机密，旁边的人不知道。丁的这个话可信也不可信，可信的是"捏码子"的人是聂老大，不可信的是丁德让真的不问成交价？

广田又问丁德让：付钱时你在不在场？是多少钱？

不在场！聂老大对我说：刚才你说拉肚子，现在去呀！把我支开后，他才数钱。

席广田还是没了解清楚。怎么对付这种蛮不讲理的人，席广田真的没了办法。正低头走路，碰见于恭让、金文涛。他俩也在议论这件事。于恭让说：对付这种人只有一个办法。广田问啥办法？于恭让说：群众，群众斗争，像土改时斗地主那样，开社员大会！金文涛说，对！于恭让当过农会主任，懂群众斗争。席广田也觉得这是个办法。但谁来召集社员会？谁来敲"钟"？

按惯例，社员会都是队长召集，敲钢板是队长的专权专利。于恭让和金文涛都认为席广田代表大队部处理问题，有权召集生产队社员开大会。广田说，可以！于恭让、金文涛说，我们支持你！席广田走到"钟"的下面，拿起铁棒按三连音敲击钢板：铛铛铛！铛铛铛！

过了两袋烟工夫，社员们到会了。聂老大质问，谁敲了钢板？广田说是我！聂扭头要走。于恭让、金文涛、闫老三堵在门口，拉着他说：急啥呢，来，抽袋烟！连推带搡，把他带到会场中心。

席广田讲明开会用意，接着说：我代表大队部，要求聂队长向社员们交代卖猪的钱哪儿去了。

聂还是那样满不在乎地说：我没文化不会算账。有人喊：别耍赖！没办法，聂老大从口袋掏出三十元钱说：就剩这些了。他把钱交给出纳，要走人，被于恭让挡住说：你还是不是队长，没把话给社员说清楚咋能走？

出纳接话说：这样的二尿货当队长，会把一队折腾光！我提议把他撤了！

丁德让见大势不好，有把聂队长立马拉下来的可能，就悄悄离开会场，去找副大队长。聂是副大队长提拔的，没有经过选举；丁是聂队长的"高参"，管理能来钱的养猪场。

会场上，社员们纷纷喊：撤了，撤了！同意，同意！但席广田为难了：大队部让他搞调查，没有让他组织选举；撤换队长？他一时不知咋办。出纳又喊：同意撤掉聂老大队长的请举手！到会的人几乎全部举起了手。

于恭让说：生产队不能没有队长呀！金文涛喊了一声：就选席广田！话一出口他就后悔了：席广田现在就是大队干部，怎么能让他担任生产队干部？而且队长的担子不轻，对席广田来说不是什么好事。话一落音大家纷纷响应。除了聂老大、席广田，还有尹宝石，到会的人全举了手，同意席广田担任生产队队长。

正在这时，丁德让陪副大队长到会。副大队长问了几句话后开口讲话：大队部安排席广田调查有关问题，没有授权他处分个人，更没有安排他搞选举；而且选举结果是他自己。这是非组织行为。自己想当队长了也不能这样干！这很不正常，不符合有关程序。我代表大队部宣布选举无效！社员们质问，席广田作解释，副大队长毫不理会，扭头离开了会场。

于恭让和金文涛面面相觑，不约而同地说：咱俩给广田老弟惹麻烦了！咋办？于恭让一挥手说：走，去大队部，说理去！一大群人跟着于恭让拥到大队部门前。大队长接待了他们。大队长本来就想把席广田放到基层挑重担，受锻炼，这个结果正合他意。他对群众解释说：我们马上开会，很快给大家一个答复。

当天，大队部宣布：选举有效，席广田任第一生产队队长；原任职务不变。

一队社员聚集在大场高兴地叫好。金文涛编了顺口溜：

大队长，有主见，民众大事听民言。
后边路，很艰难，施展才干看广田。

坐在大梁沟沿，南望终南山，东看王顺山，心想这块土地上的三十户人家二百多口人的吃穿用，席广田感到压力很大。他知道队长难当，但这是社员们的期盼，他只有迎难而上。连续几年大旱，庄稼颗粒无收，大梁一队的劳动日值最低降到了二分钱，谁还有心下地劳动？怎么尽快提高劳动日值，让社员们看到希望？席广田首先想到当年就能见效的养猪。看到眼前的老砖瓦窑，席广田高兴地拍了大腿喊叫起来：烧砖瓦，成本低，来钱快！生产队里有人才，倒砖坯的，做瓦罐的，装窑的，烧火的，技术人才一条龙，有优势，只赚不赔。席广田钻进破窑洞里看了看，叫来队委会几个人，立即做出烧窑卖钱的决定。同时决定在信用社贷款，买十六头小猪，办养猪场。

说干就干，第二天，席广田便带领青年突击队员，去抢修一口旧瓦窑。旧窑修好后，又建了两口新窑。第二年春暖花开时，三口砖瓦窑建成了。

夏收前，大梁一队男女青年到东窑沟做砖瓦。于恭让是泥瓦匠的把式，做技术指导。他边做示范边讲解：做砖瓦，先挖出浮土下面的泥土，打碎，浇水，牛踩或人踩踏，使泥土变黏。他拿起一个砖模具让大家看，继续说道：制作土砖用这个，这是用柏木做的，长方体，为方便将砖分离出来，面和底都是空的。他将模具放在空地处，掫起来一摊泥土摔入木匣内，压平；再掫一摊泥，摔入木匣二里，压平；双手抬起木匣，反过来放倒在地面，然后打开木匣模具。两块砖坯就展现在大家面前。大家纷纷鼓掌。

接着，于恭让手指瓦桶介绍说：制作瓦用这个模具，还有旋转的支架，切刀，半弧形的刮板和一把刀尺。切刀是在一根横木上安有弓弦，作为切割的工具。于恭让把做瓦的泥块处理成长方体，用切刀切割成一张薄片，双手托起，放在支架的瓦桶上，围成一圈，一手转动桶上的把手，一手用刮板贴在泥面上使表面均匀光滑，再用刀尺将瓦桶上突出的泥削掉，提起瓦桶来到洒了草灰的空地上，手把一动，瓦桶一缩，把瓦桶提了出来，一个泥瓦罐就展现在了大家面前。

然后，于恭让领大家到窑门口，给大家介绍装窑技术，他说：装窑很讲技术，窑内先码放砖，上面再码放瓦，中间要留有空间，以便燃烧的火能到达所有地方。码放到顶部用泥覆盖，只在上面留三个出烟孔。烧窑的关键是掌握火候，前火烈，中火缓，后火微。烧窑时柴火不能断，烧窑人千万不敢打瞌睡；连续烧三天，然后闭窑，将窑门和出烟口封闭，在窑顶上注入水进行冷却。过一周后开窑。

讲解完毕，开始操作实践。大家动手干起来，于恭让来来回回作指导。席广田挽起裤腿和大家一块儿踩泥。泥踩好了，然后倒砖坯，做瓦罐。半个月后，第一窑砖瓦出窑了，窑门口放起了鞭炮。周围想盖房的人家都来看，看砖瓦的成色，问价钱。有一个人开买，其他人都跟着买，一窑砖瓦很快卖完了。

在大梁一队热火朝天做砖瓦时，席广田在干另一件大事。

五十年代末使用的小麦、玉米品种,产量踏步不前。都说"庄稼一枝花,全靠粪当家",席广田相信种子更重要。听说赵宏璋教授培育的小麦新品种"丰产三号"能提高亩产量三成,席广田决定更换小麦种子。

昨夜一场大雨,今天早上晴空万里,空气格外清新。席广田心情舒畅,揣了几块馍就上路了,他要去县城,去县种子站买新小麦种子。

下了白鹿原,来到滋水河,河水猛涨到过河人的胯下。席广田脱掉裤子和棉袄,一只手拿着行囊放在头顶,另一只手和别人牵手过河。到河中,几块馍溜了下来,眼看着掉进河里,他不敢用手去抓。过了河,穿好衣服,赶到种子站,工作人员说一粒种子都没了。席广田不相信,他要见站长。站长不在,他坐在种子站的大门口等,相信站长总会回来。肚子饿了,席广田手摸口袋,才想起口袋装的馍全掉进了河里。席广田走向街道,进了一家国营食堂。他想买一碗面,没有粮票,食堂不给卖。他坐在凳子上,要了一碗面汤喝。喝完一碗面汤,他感觉更饿了,肚子咕咕响。看到桌上有剩下的多半碗面条,他左看右看没有人,就走上前端起来咕噜咕噜连吃带喝,半碗汤面很快下了肚。他环顾左右匆匆走出门,生怕被人叫停。出门十多米拐弯进东街时,听到身后有人喊"停一停",席广田心里咯噔了一下:是不是因为我吃了别人的饭惹来了麻烦?他停下脚步。一位女服务员气喘吁吁地追上来说:我们领导说你不像个讨饭的,好像遇到难事,要我给你送两个馍。席广田颤巍巍的手接过馍,感动得落下泪。他不知该怎么回话,女服务员就跑远了。看着远去的身影,席广田才说出一句话:好人,我记着你们!

出东街,过县政府门前,天已全黑了。住招待所要介绍信,而且住一宿一块二,太费钱!他想起种子站会议室的乒乓球案子,是过夜的好地方。席广田就回到种子站。种子站会议室没有门,乒乓球案子就是会议桌。席广田拿掉案子中间做"网子"的砖块,留两块砖做枕头。他爬上案子躺下来,伸伸腰,感觉很解乏,很惬意,长长地舒了一口气。身下感觉有点硬,垫背,但比睡大街强多了,他很满意。五月的夜晚有点冰凉,席广田侧过身收缩双腿到胸前,双手紧抱着腿,一会儿就睡着了。

第二天一睁眼天已大亮,席广田一骨碌爬起来,拿掉身上盖着的军大衣。席广田正在疑惑惊奇,站长打开位于会议室旁的室卧合一的办公室门,看了看,惊奇地说：这不是大梁大队青年突击队队长吗？席广田问，你怎么认识我？站长说，六年前在大梁大队参观时，我听你介绍过大梁大队的经验。站长接过大衣又说：昨晚回来晚了，看到你蜷缩的样子，就给你身上盖了件衣服，怕吵醒你没叫你；早知道是你，会把你叫醒。说着把席广田拉进他办公室。问明情况后，站长说：真没有种子了，不过，白鹿原种植实验场有一百亩实验小麦将要收割，我给你写张条子，你去直接联系。席广田很高兴，没有白跑呀！他立马要走，站长留下他吃了早饭。

席广田爬上白鹿原时太阳已经老高。站在白鹿原种植实验场的小麦田头，看着沉甸甸的麦穗在风中摇曳，席广田满怀希望。席广田把纸条交给场长，场长说：田里的小麦种子已全部"计划"过了。噗塌一声，席广田坐在了地上，哭丧着脸，想哭。一会儿他又站起来，场长走到哪儿他跟到哪儿，不停说：麻烦场长想想办法吧！场长动了心，最后撂了一句话：如果丰收了，可以适当给你们调剂一点。

席广田感觉还有门儿。只要有一丝希望，他就绝不放弃。小麦收割时节到了，席广田同于恭让赶到实验场。他们白天帮忙割麦、碾打，晚上自带铺盖卷睡在实验场的会议室。实验场蚊子很多，他们用衣服裹着头。场长受感动，亲自给他们送饭、送蚊香。碾打第一场，场长不讲"计划"，给他们装了一千五百斤新种小麦。席广田嬉笑着脸求站长：再加五百斤吧！

秋播种，夏开镰，一晃就是一年。大梁一队一百多亩麦田，在阳光下金光灿灿，把大地染成一片黄，把天空染成一片黄，在风中翻江倒海。手捏穗大粒圆、沉甸甸的麦穗，迎着滚滚麦浪，殷实、浩荡、蓬勃、向好的感觉在庄稼人心中油然而生。灾后大丰收，社员们的劳动日值再翻一番，达到了历史最高的四毛钱，大梁一队社员人人脸上挂着笑。

在碾打场，大伙把席广田抬起来向空中抛。这是社员们对生产队有功人员表达内心感激的一种方式。女社员也结伙上前，"八大扯"地提起席广田向上抛。她们笑得没了劲，抛不动，反倒把席广田重重地墩在了地上，其中一人失去平衡，压在了他身上。

人散了，养养妈哭，刚乾妈问咋咧？养养妈说：最漂亮的那个是有意倒下的,压在广田身上亲了他的脸,我看得清清楚楚。刚乾妈说:看见咧就装没看见,你有这样的好男人,高兴才是!广田心里有你,谁也把他抢不去!话说到了养养妈的心上,想起广田对她的好,养养妈扑哧一声笑了。

于恭让发话说:席广田做了这么大的贡献,把他抛一抛闹一闹恐怕不行吧?应该给点奖励。有人问咋样给奖励?于恭让说奖励工分最简单,给他记十个工。大家说十个工太少,至少给二十个工。大家鼓掌赞同,队委会委员也一致同意。这些事都背着席广田,不让他知道,怕他拒绝。

金文涛编了顺口溜:

一心为公席广田,踩泥烧砖带头干。
挨饿奔波换麦种,社员收入翻两番。

席广田刚"下楼",就开始安排春耕生产。这时有人又提起去年的"死牛事件",掀起了不小的波澜。

第八章　牛咋死的

于恭让、闫老三等陆续"下楼"了。闫老三的问题是两年内给自己多记了四十八个工分;对他的处罚决定是,扣除多记的工分外,再加罚二十四个工分。聂老大被宣布为"四不清"分子、坏分子,接受贫下中农监督。

没有给于恭让戴"四不清"帽子,但决定夏末分粮时扣于恭让二百斤小麦。于恭让还是不服。在一次会上,于恭让说:四百斤粮要么全扣,要么一斤都不能扣,扣我二百斤粮是个啥说法、啥道理?

金文涛拉他的衣角制止说:就是死硬,宁折不弯,你呀,是米汤洗头——糊涂到顶呀!扣你二百斤粮,又没给你定性,没说你是四不清;若扣你四百斤再加罚,你就是贪污,就是四不清,看你咋说?嘴不知道拐弯,今后还会挨挫!

于恭让说：我没贪污就是没贪污，身上不想有脏水！他不服，继续向上反映。

易组长以为，按现有证据完全可以给于恭让戴"四不清"帽子；没有给他戴帽子，于恭让应该心存感激，但没想到他是个犟牛，不识好歹。

在一次会后，丁德让坐在易组长旁边的椅子上，跷着二郎腿抽着烟在说话。现在的丁德让已不是半年前人微言轻的人，他在工作组面前说话有了相当分量。自信产生力量，行为、动作也显得随意、大方。他抽了一口烟，吐出一卷卷烟圈后开始说道：去年队里死了一头牛，我看有问题，追究下去，会挖出两个人来。易组长问是谁？丁德让说：是丁家旺，还于恭让。去年夏收时节碾场，吆场的人是丁家旺，他不停地打牛，不让牛歇。第二天牛开始不吃不喝，不久牛就死了，这明明就是把牛打死咧。吆场的还有于恭让。于恭让最近不服对他的处理，还上告，翘尾巴；不好好教训他，他都不知道马王爷有几只眼。

此话正合易组长的想法，他正想把于恭让敲打敲打。易组长立即召开会议，确定把查明去年的死牛原因作为当前的工作重点。

不知从何时开始，易组长对丁德让态度发生了很大变化，不仅不再追问丁德让贪污三十元卖猪款的问题，还宣布他担任贫协副组长，吸收他儿子丁锁柱为积极分子。有人心细注意观察，说易组长在丁德让家吃过派饭后，第二天，丁德让就"下楼"了。有人神秘地给于恭让讲：给易组长管饭轮到丁德让家，丁德让的老婆买了肉，做好饭，她给丁德让去送饭，留下她女儿丁香梅一个女孩在家招待易组长。听到这话，于恭让说这很正常呀，给工作组管饭，有时我也不在家。说话人讥笑于恭让说：你呀，不仅犟，而且有点木！于恭让不接受：别人还夸我"十二能"，我咋木了？他没有感受到别人的暗示，丝毫没有往男女方面想。

去年六月末，麦子上了场，开始碾打。拉了一天碌碡，大黄牛卧倒了，不吃不喝，不几天就死了。找不到原因，最后按正常死亡上报。现在丁德让坚持说是非正常死亡，因为大黄牛不是老牛，只有十多岁，干活时好好的，怎么可能突然死了？肯定与吆场人老漏有关系，不排除是老漏"有意破坏集体财产"。破坏集体财产，这可是犯罪行为呀！

不知从什么时候开始，是谁把"漏划地主"丁家旺叫"老漏"，后来都觉得这个称呼既形象又概括还有趣，此后大家都把丁家旺叫老漏。老漏他爷也是丁德让的亲爷爷，据说因当年分家不公闹出人命，后辈一直不和。丁德让一口咬定：我看见，老漏吆场，大热的天不停地打牛，这明明是把牛累死了，也可以说把牛打死了。

这可是天大的事，一队炸锅了！如果牛死是老漏的责任，漏划地主的帽子就给他戴定了，而且会认定这是他有意搞破坏。这下可把老漏吓坏了，他吃不下饭睡不着觉。

都在躲，没人敢为老漏说话。于恭让不顾这些，他开口说话了。他说：咋可能呢！翻场后我接着吆场，不紧不慢，咋可能把牛累死了？

金文涛制止于恭让说：躲都躲不及，你还往里钻！你呀，一辈子叫嘴把你害了！金文涛马上转身对其他人说：于恭让吆了不到一袋烟工夫的场，他儿子于刚乾想学吆场，于恭让把缰绳交给刚乾后，我们俩就去大树底下乘凉抽烟去了。金文涛真够哥儿们：于恭让实际吆了三袋烟工夫的场。

丁德让才不管你用了几袋烟的工夫，马上接话说：对，就是丁家旺和于恭让两个人吆场，他们轮番上场，人歇，但是不让牛歇，而且不停地打牛，这明明是有意把牛往死里整，是有意破坏！

有积极分子给丁德让帮腔说：丁德让说得有道理，要不然，为啥其他牛都好好的，只有大黄牛死了？

有意整死牛，有意破坏，给戴反革命帽子也不为过！易组长当即宣布：对老漏、于恭让进行调查！

工作组要席广田等人写材料，证明牛是被打以后累死的。席广田认为不符合事实，没有按工作组的意思写证明。他越想越觉得不对劲，这样下去会制造冤案，弄不好还会抓人，老漏、于恭让都有可能被抓。席广田想：我不能保持沉默了。他立即找饲养员问话，调查事情真相。

席广田问当时的饲养员，牛卸下来后喝没喝水？

应该给饮水，我有病，不在。饲养员答。

谁在？

丁德让在，他临时替换我。

在场的其他人证明：去年此时，饲养员确实有病，丁德让做过几天临时饲养员。涝池干旱没水，牲口饮用的都是井水；刚出井的水很凉，刺骨的凉。

大家纷纷议论说：这就清楚了，牛劳累，受热，喝了冰凉的井水，侵了肺，把肺给"激炸了"，最后死了；应该追究给牛饮冰凉的井水人的责任，应该追究丁德让的责任才是呀！

席广田接着叫来丁德让，问，你去年这个时候是不是顶替过饲养员？

顶替过，但具体啥时间我记不清了。

你给大黄牛饮过水？

我没当过饲养员，咋知道啥时候要给哪个牛饮啥水？丁德让突然感觉此话不妥，有可能把自己给套住，接着改口说：我就没给牛饮过水！

席广田说：牛又热又累，要喝水，你不给牛饮水，那就是你把牛给渴死了，给炕死了？是不是？

丁德让还是把自己给套住了。自知解不开，便不再回答席广田的追问，急忙找工作组，要求工作组制止席广田的非组织行为，并要求很快宣布工作组对老漏的调查结果。

易组长对席广田私自调查有意见，他找席广田谈话说：工作组一直把你作为先进典型宣传，希望你与工作组保持一致，不要搞非组织的调查活动，行不行？

席广田说：我是队长，我应该把事实真相弄清楚。即使我不调查，你到群众中去听听，听他们怎么说。我不说，你能封住群众的嘴巴？

易组长说：好，我去听听。但你是共产党员，你了解的情况要首先向工作组汇报，不能在群众中散布；在群众中散布你个人调查情况，就是非组织行为，你知道不知道？

在大梁一队大场，男女社员近百人，你说牛是被打死的，他说是喝了井水死的，有人要求易组长对丁德让进行调查，乱嚷嚷，乱成一锅粥。易组长看到群众舆论发生了转向，更多人在指责丁德让。他想：我已经把这件事向上面作了汇报，是老漏打死了牛，怎么办？易组长处理复杂问题习惯用简单化方法，他宣布散场，各回各家，等调查结果！

社员群众还围在大场，没有散去。大家看到，公社公安员带着两名民兵，提着手铐向大场走过来。

全场立即肃静下来，大家心里都在嘀咕：要抓人了？是老漏和于恭让，还是丁德让？大家都不约而同地用眼睛在全场找寻老漏。丁德让心里也在打鼓，他不由得缩了身子，躲着一道道扫视的目光。易组长走向前。公安员先开口说：情况我们已经知道了，对破坏集体经济的行为，先抓捕，再审问。易组长也不想抓人，他说：我们正在调查，有结果时再向你们报告。

正在这时，井那边传来喊声：有人跳井了！人群立即向村子中间的老井方向涌去。易组长走近公安员说道：跳井的人，可能就是丁家旺，你们走吧，我们处理这难缠的事。公安员说：你们如果审不出结果，就交给我们。说完话他们就离开了。

这是一口近百年的老井。井深十三丈，井壁几经垮塌，多次修复。以前曾经有人跳过这口井，都没有活着上来。

人们围在井周围，听到井下有声音。席广田对着下面喊话：有话好说，别想不开！井下嗡嗡回声：快吊我上去！席广田喊：你抓好井绳，别松手，松手就没命了，马上下来人帮你！

席广田准备下井救人。青年突击队队员于双乾挡住席广田说：我来！换过一架辘轳和好井绳，于双乾双脚踩在一个大木桶中，双手抓住井绳。席广田等人紧抓辘轳把，慢慢放绳，放于双乾到井里。井绳放到水面时，于双乾喊了一声"停"。他一手紧抓井绳，一手用他带的绳子在落水人腰部绕了两圈，缚好腰，再用井绳绕过下臀，打好结，把身子与井绳捆在一起。于双乾向上喊：好了，起吊！于双乾被吊出井口。再换原来的辘轳，再起吊。一会儿，从井下吊上来一个湿淋淋、喝涨了肚皮的身子。他就是老漏。

老漏听说要给他家定地主成分，又听到要追究他打死牛的责任，他很害怕。几次会上有人要他弯腰，他的腰弯不下去，有人就打。他屁股疼，不能坐，整天坐卧不宁，心想提心吊胆地活着，不如痛痛快快地死去。在社员们为死牛原因吵闹时，他看到公安员提着手铐向大场走来，心里又惊又怕。这时的他，没有丝毫犹豫地走到老井口。人呀，在生离死别的犹豫时，心情沉重如山；一旦决定了死，反倒十分轻松、果断。他抓起缠在辘轳上的井绳，一跃而下，两手被粗麻绳拉得血淋淋，见水后刺心地蜇疼。不知因为蜇疼刺激了他的知觉，还是别的原因，他的思想又变了、后悔了，大喊"救救我"。过路人听到了声音。

老漏被抬上牛背。金文涛拉着牛。于恭让拿来一床被子盖在老漏身上，扶着他在大场转来转去。后边跟了一群小孩，看热闹，随时向家人、向外界传播最新消息，报告老漏是死是活。牛背的温热和摇动，把鼓胀在老漏胃里的井水咕嘟咕嘟地挤排了出来。他感觉好多了，于是被送回家。

互助组、合作化时，于恭让、金文涛、老漏就在一起劳动，他们三人说得来，合得来。现在要给丁家旺定地主成分，人人都躲他，但于恭让、金文涛感觉他像地主也不像地主；即使是地主，他仍然是原来的他，因此仍保持和他的来往。于恭让想：人的生死有时在一念之间，话是开心的钥匙，关键时刻开导开导他，也许就给了他活下去的勇气。他和金文涛决定留下来，和老漏说说话。

在老漏家的炕边、炕头，他们分别坐下来。于恭让捏起一撮旱烟，装进旱烟锅，又拿起火镰，拼打出火星，点燃火媒子，火媒子慢慢燃烧着。需要点烟时，他猛吹一口气，火媒子冒起红蓝色的火苗，他对着烟锅，开始点烟抽烟。一时找不到话题，没话可说，两人就使劲抽烟。他们吸一口，喷一口，喷出烟圈，看着烟圈慢慢在空中消散。

老漏躺在炕上开始了自言自语：我雇工是事实，但儿子当相公给别人打工，这能不能顶替？集体财产是大家的，包括我，我咋可能把牛往死里打？咱们知根知底，你俩能不能给工作组说说？

于恭让知道有人借机挑事，但他认为这件事闹不出啥名堂，就对丁家旺说：死牛的事不用操心，不是有意的，不会有啥结果。你家成分的事，我刚"下楼"，说话不顶用。要么让席广田讲讲？丁家旺说：那就拜托老弟了！

金文涛长长地抽了一口烟，拉开了话匣子：老哥，你脑子要赶快从这个圈子里转出来，别想这个事，啥事都别想。咱队里那位基督教王教徒，白鹿原都有名，常给人宣讲：你看天上的鸟，不愁明天吃啥喝啥，人为什么要忧虑明天呢？

这话多好！说你地主你就地主，但你还是原来的你，还一样挣工分吃饭，饿不死！如果一定要想，那就想好的。这个世界很奇怪，想好就来好，想坏就来坏，人的心好像和老天相通，眼看着没路可走了，事到临头，又有路了，就这么奇怪！

看老四抽烟没了话，于恭让就接着说了他的一通理解：政治这东西，也是一阵一阵的，需要了就这样，不需要时就不这样；现在是这样，过一阵可能就不这样了。共产党为人民，领导人民求解放，搞革命，让被压的人翻过身，来压过去压人的人；但财产已经公了，应该谁不压谁更好，这样干劲更大，干劲大生产就好。但现在还要再压一段时间，为啥？防翻板，防世事又变。

说到这里，于恭让停了停，他想通过丁家旺的话，证明自己的说理正确。他突然问丁家旺，你有没有希望"翻板"？有没有想过，有朝一日再当地主？像过去白鹿原上的白嘉轩？咱弟兄之间，你实话实说！

丁家旺苦笑着说：打死我也不会这样想！啥时候了，你还开老哥我的玩笑。

不是玩笑，我是认真的。于恭让说，你这话若是真的，我想以后还会朝着"谁不压谁"变，因为被压的人躺在那里动不了也不想动咧，你压着他还有啥意思？于恭让转过头对着金文涛说：你看的书多，啥事都知道，是不是这个理？

金文涛点头，接着又摇头说：你前面说得对，后面说的以后谁不压谁，我不信。只有老天公平，人世间哪有公平？以后还会有人压人。像聂老大这样的贪官，比这更大的欺负老百姓的瞎厎官，以后就没有了？我不信。

于恭让点头，又疑惑不解，问金文涛，你是说将来压人的人可能是贪官，是欺负老百姓的瞎厎官？

不谈咧，不谈咧，这些咱说不清，咱老百姓就谈过日子。金文涛转过头对丁家旺说，村里人都知道你丁老哥是老好人，在生产队劳动，谁会把你当成敌人？下地挣工分，谁还问你家庭成分是啥？

听到这些话，老漏好像从他原来的思维圈子跳了出来，坐起来靠在墙上说：我不想死了，我饿了！

第九章　农忙大会

初春时节，白鹿原下了一场绵绵细雨，无声地滋润着麦苗、小草。鲸鱼沟两岸的杨柳吐出嫩芽，柔软的枝条在微风中轻轻摇曳。大地散发出泥土的清香，树林里传出小鸟的鸣叫。春耕季节到了！

人勤春来早，春耕备耕忙。席广田组织劳力下地干活，问易组长春耕与教育活动的安排有没有冲突？

易组长当过农民，知道农时的重要，连说：不冲突，不冲突，两不误。接着他又不失时机地宣传道：教育活动就是为了促生产，搞好生产也需要教育农民。

那我安排活路，是不是要首先考虑你这里的用人？

不用考虑，这里需要人时我临时找你。他停了停又说，今后开社员会，还有其他会议，一律放到夜间，点马灯开会，不要挤占农时。

席广田走到大场的钢板下，拿起铁锤，按不间断连音敲击：铛！铛！铛！铛！这个声音社员们熟悉：下地干活了！

一会儿，社员们来到大场。席广田清点人数，略做筹划，安排女劳在不同地块锄地。男劳整理早玉米地，有人打土块，有人耱地，有人挖地角，准备下种。歇晌休息时，男人们又争吵起来，还在为牛是被打死的还是喝井水死的吵闹，最后到了互相指鼻子，差点打起来的地步。

去年，牛死后不久，席广田调查过死因，没搞清，现在怎么可能搞清楚？他对丁德让作调查，是怕工作组制造冤案，怕抓人。他现在想要阻止这无休止的争论。席广田站在土塄上，做两手下压之势说：你们都别在这件事上纠缠了！你们说的都是推测，都没有证据，牛已死了大半年，证据在哪儿？牛是集体财产，是大家的，每个人都有份，我不相信有谁想害死牛。现在重要的是吸取教训，选好饲养员，把现有的牛马养好。

席广田说话管用，大家终于不吵了。但不是他们思想统一了，而是各有各的想法。

于恭让认为,"死牛事件"纯粹是丁德让故意挑事,故意给丁家旺栽赃,因此他抓住丁德让给牛"饮井水"不放。于恭让说:你不仁我不义,你个疯狗继续咬人,我就打掉咬人的狗牙!把官司打到北京,也不放过你!

丁德让与丁家旺有世仇。民国二十几年,他们的父辈闹分家时,抓丁到他们家,摊到丁家旺他爸头上。抓丁时丁家旺他爸藏在了地窖里,结果,来人把丁德让他爸抓走了。半年后,丁德让他爸死了,怎么死的不知道。听到消息,丁德让妈一病不起,不久也死了。随后分家,有人说给丁德让分了地,有人说他被扫地出门。丁德让出门几年没有消息,有人说他进了东山。丁德让一直认为丁家旺家人害了他一家,害了他自己,因此怀恨在心,一直想复仇。补漏划地主,闫老三不承认自己是丁家旺家的长工。丁德让就找工作组,咬定闫老三是长工。丁德让还写了证明:丁家旺雇长工,也出租土地,其中向我出租过八亩地。这下,丁家旺地主成分就板上钉钉了!有人私下议论,这八亩地可能是分家时分给丁德让的。可这是家事,没人能证明。丁德让心想:死牛的事,确实说不清,只要于恭让不再"咬"我,我也可以不再追问。但丁家旺地主分子的帽子,这次一定要给他戴,绝不放过。为此,丁德让专门找工作组长谈话,谈完话,他脸上带着满意的笑出了门。

席广田一心想让丁家旺当饲养员。丁家旺以前当过两年饲养员,很精心,闲时给牲口减料,忙时给加料,饲料总量不变,牲口还膘肥体壮。他半夜起来给牲口添草添料,哪个牛吃饱了哪个没吃饱,哪个牛累了需要休息,哪个牛渴了需要饮水,他心里都有一本账。牛病了,他牵着走一圈,手动牛的腮帮子牛就张开口,他伸手抓住牛舌头看一看,就知道牛得了啥病,应该给吃啥药。他当饲养员时,想方设法给母牛配种生牛娃,那时生产队的牲口数量最多。这样的人才难得呀!但目前让他做饲养员,阻力也大,首先丁德让就咬住他不放。

席广田虽然是队长,但只能行使组织安排生产的权力。谁做饲养员,这重要的人事安排,席广田定不了。在工作组召集的一个会上,席广田提名丁家旺当饲养员。话音刚落,丁德让就说:不行!丁家旺是地主,对,很快就是地主,怎么能把生产队重要家产交给地主分子管?出了问题谁负责?

于恭让说：谁能把牛养好就叫谁养。要么社员会选举，由全队社员负责。

民主选举饲养员？没有先例呀。即使选，也不能选地主分子。丁德让斩钉截铁地说。

听易组长口气，丁家旺家庭成分还没有最后确定。在争论场合，席广田往往不固执己见，但他很想让丁家旺当饲养员，于是他继续争辩：老漏雇工和他儿子当相公受别人雇，能不能互相顶替？他儿子若在家，是不是就不雇别人了？其实老漏也是老实人，在生产队劳动很踏实，是一个很好的饲养员人选。即使他是地主分子，我看也可以当饲养员。

易组长是长乐县农村人，小学毕业后一直在农村劳动，对农民很了解。他清楚农村多数人看人主要看"乡性"看"德性"，大家公认的好人，往往不介意家庭成分是啥。易组长感觉老漏乡性还好，席广田都能站出来为他说话。因此易组长没有明确反对老漏做饲养员。但关于老漏的家庭成分，易组长已经向工作队专门汇报过，领导认定他属于漏划地主，现在咋可能改变？因此易组长明确地说：划定家庭成分的政策很明确，没有"互相顶替"这一说，不能想当然；执行政策要讲原则，不能讲感情，不能看人老实就改变政策。易组长对席广田比较尊重，他不想公开批评席广田，又补充道：席广田、于双乾在关键时刻，不顾个人安危下井救人，应该表扬。

易组长最后总结道：死牛原因，还在调查，暂时不作定论；谁当饲养员，以后再定；丁家旺当不当饲养员，他家成分确定后再看。散会！

易组长一锤定音，宣布散会，没得争论。这是易组长处理争论的一种方法。真灵！争论很快平息了。人有嘴要说话，在一起就争论，人散了和谁去争论？这个浅显的道理和简单的处理问题的方法怎么好多人都不知道？死牛事件，不了了之；丁家旺能不能当饲养员，仍未确定。

半个月后，工作队宣布老漏家是漏划地主。土改时家庭成分是"个人提出，群众评议"，是"评"出来的；这次补漏划是"算"出来的。宣布决定就是结果、结论，毋庸置疑，接下来就是执行。老漏家的三间大房和家产要重新分配。分配对象，主要是表现积极的贫下中农，由工作组和贫协小组商定。

三间房的分配，按表现，分给丁德让一间。丁德让毫不犹豫地说：我够住，还是把房子让给更需要的贫困人家吧，若桌椅柜没人要就给我。

"没人要就给我"，丁德让的态度很谦和诚恳，工作组表扬他这是"先人后己、舍己为人"的精神，最后决定按丁德让的意见办。

舍己为人个屁！于恭让说，丁家旺家最值钱的就是那几套红木家具，都给了他，还落个舍己为人！

丁德让听到了于恭让的骂声，装没听到。他怕有变，就和儿子丁锁柱急急忙忙把几套红木家具搬回他家。手拍桌椅柜，在他家脚地迈着八字步，丁德让对儿女说：你爷手上的木器家具宝贝，终于回到了咱家！

金文涛接着于恭让的话说：分给丁德让一间房，一家人住不下；拆吧，旧橡烂檩卖不了几个钱，而且烂砖瓦还得花钱处理搬运，实在划不来；房子让给别人，落个好名声。这就是丁德让，真精明，真是个土匪。

他身旁的于恭让听到了，就问道：你也知道他是土匪？金文涛点头，说他早就听人说过。

于恭让谈了他了解到的丁德让的土匪嫌疑。两人一拍即合，联名写了一封揭发丁德让是土匪的反映信，亲手交给易组长。

在返回路上，于恭让说，这样的人还吃香、走红，咋回事？

咋回事？世界就这样，好人难当，坏人吃香。金文涛说：因为好人老实本分，不会迎合他人当巴儿狗；坏人心眼多，会来事，只要对自己有利，当巴儿狗也愿意；心眼都放在为自己上，"会来事"的结果往往是损人利己。

说到会来事，金文涛拉于恭让停下脚步，一边装烟一边说：丁德让很会来事，你知道吗？于恭让问咋会来事？金文涛说：丁德让安排他女儿一个人在家招待易组长吃饭，你想想是啥意思？结果，结果丁德让当上了贫协副组长。

我不信，易组长比梅梅年龄大好多，再说了，易组长家里还有妻儿。让梅梅跟一个二婚男人相好？我不信。

操你的心吧！旧社会成功男人谁不是三妻四妾？新社会有人结了婚离，离了婚再结，二婚三婚，或者家里是家里的，外面有外面的，互不干扰，成了平常稀松事。咱们是老脑筋、老观念。可丁德让是谁？他精得很！

于恭让半信半疑，站在原地纳闷。

别瞎操心了！走，去看看丁家旺。金文涛拉了于恭让一把，向大场走去。

走到大场西南角，饲养室旁，看到丁家旺正在把锅碗瓢盆、衣物铺盖往他的"新家"搬运，他俩忙去搭手。

丁家旺的新家是饲养室旁的草棚，以前是存放犁耙农具的地方。屋内盘了炕，锅台连炕，灶火很窄，刚能容人坐下拉风箱。紧挨灶火支了一台小案板，案板上的小平台放着一大一小两口面瓮，旁边摆着几只粗瓷碗。再向里靠墙处有一口旧木箱，放着一家人的衣物。有一个烂躺椅没处放，放在草棚外，这是分给于恭让家的，于恭让没拿。

丁家旺和老伴把他俩让进家，没处坐，都站着说话。看着丁家旺头戴瓜皮帽，身穿对襟夹袄，大裆裤宽裤腿，黑布鞋，腰部勒着黑布带，于恭让扑哧一声笑了，他说：以前没注意，现在看，你还真像个地主！丁家旺勉强笑着说：你俩戴上瓜皮帽也像地主。三人都笑了。丁家旺开始笑，后来像哭，接着眼泪真的流下来，说我就穿着这地主行头，行将入土。二人以为丁家旺说玩笑话，没在意，准备走。丁家旺硬要于恭让把那个烂躺椅带走，还送给金文涛一个瓜皮帽，拉着他俩的手说：老弟，好好活着！眼泪像断了线的珠子扑簌簌落下来。于恭让、金文涛没想到，这是他的遗言。

第二天，丁家旺走了，静静地躺在他家的炕上，永远地走了。

5月初，白鹿原上的杨絮、柳絮飘了起来，在空中轻轻地飞。洁白的槐花挂满树枝，簇拥成一团一团的，村村都弥漫在淡淡的清香中。小麦抽过穗扬过花，颗粒一天天饱满起来。树上传来"算黄算割"的鸟叫声。相传有一老汉姓黄，他年年种麦年年歉收，原因是他一直在等麦子黄了再收割。有一年，夜来南风把麦子全刮黄了，收割时麦粒又落了一地。黄老汉心疼，他跑遍川原山岭叫遍千家万户：要算黄算割！但没人理会。他嗓子喊哑了，眼睛出了血，最后死在山坡上，吸大地之精气，变成一只美丽的鸟儿，飞翔在高空，每年都在天空飞来飞去，鸣叫着：算黄算割，算黄算割！

于恭让一大早打开门，听到"算黄算割"的叫声，想起今天是农历四月初八，白鹿原上的农忙大会日。这一天，在南鹿村，万人聚集，交流三夏所需的生产资料和生活资料，连续三天。辰时已过，太阳高挂，有点烤热，于恭让、金文涛、闫老三戴上草帽去赶会。

农忙大会人山人海，人头攒动，从南鹿村老街道涌流到大小道路的各个角落，五个生产队的大场成为五个不同门类物资的大会场。最大的是第二生产队大场，权把、扫帚、簸箕、筛子、笸篮、箩筐、镰刀、铁锨、锄头、犁耙耱、担筐棍，以及竹藤编织、铁木家具，应有尽有，还有藤寨村的木器，布村的蒸笼，田湾村的铁具，巩村的芦席，在道路两旁一一摆开。一面大墙上挂着农家寨村的农民画，宣传新农村新气象，观看者络绎不绝。

一队大场是牲口大会场，驴骡牛马，猪羊鸡鸭，从大场到涝池周围一圈，到处都是，嗷嗷声、叽叽声，咩哞哼哈，哦啊嘶嘎，加之各种叫卖声，合奏出人间奇特的难以谱写的乐章。三三两两的人群，把手放在衣物或草帽下"捏码子"，讨价还价，不时发出"成交"的喊声。在不到半人高的破墙做围栏的一块空地上，拴着公猪公牛公羊和种马种驴，正在发情、不停嘶叫的母畜被牵引着排队等待，配种人员穿着蓝短袍忙来忙去做着各种必要的辅助工作，以其技艺提高交配成功率。一群孩子趴在破矮墙外，饶有兴趣地指画观看。必经之路上，姑娘媳妇掩面而过，也有好奇大胆者放慢脚步偷窥，红着脸不好意思地笑笑，或互相推打，只笑不说。

二队大场搭建着戏台，请来本县和华县剧团，轮番上演秦腔、眉户、碗碗腔。大场一周，摆满各种小吃摊，有卖糖葫芦的，有吹糖人的，还有人喊：老糖块换头发！引来一拨一拨的孩子换糖吃。香村的高座蒸馍，杜家沟的饸饹，前卫的油饼、油糕，大梁村的裤带面、片片面，吴庙村的神仙凉粉，在叫卖声中张扬各自品牌。不知因为市管所人少还是别的原因，属于国家统购物资的粮食熟品，今天放开叫卖，没人管。

闫老三捡了一张报纸，边走边念。于恭让说：我不看就知道你念错字了！当年的"扫盲先进分子"，白字先生，走，看戏去！看完戏，于恭让花三角钱买了三个油糕、三个油饼，他们推让过后边吃边说，边说边笑。于恭让买了一个权把、一把扫帚、一把铁锨，金文涛买了一个簸箕、一只筛子，闫老三买了一头小猪娃、一个小老笼。已到夕阳西下时，三人高高兴兴地回了家。

第二天午饭时，还是他们三人蹲在于恭让家门前的槐树下，端着大老碗边吃边说话。闫老三很惊奇地说：有人给我念了报纸，最新消息，西京有个三家村，村里有个黑店，黑店里有三个人，专门在夜里说坏话，被领导抓住了，正在批判。这几个人嘛，名字怪得很。闫老三卖起了关子，开始舔碗。

困难时期缺粮，老人都养成了吃完饭"舔碗"的习惯，要把碗里沾着的每一粒苞谷糁子都舔下来，粒粒下肚，而且还要求孩子也这么做。闫老三吃完一碗苞谷糁子饭，伸长舌头，舔饭碗，把整个头都伸进了大老碗。舔了一遍，额头和下巴的胡子上都沾上了玉米渣，他感觉到了，用手向嘴里抹，把一颗大玉米糁子抹到了嘴角，然后用伸长的舌尖一拐一沾，准确地把那粒糁子带进嘴里。这技艺太绝了，有人给他鼓掌。

有人喊话：别舔碗了，快说人名字！闫老三满不在乎地慢慢说话：名字嘛，一个叫"武汉"，一个叫"秤砣"，还有个叫"聊不扎"。这人肯定不是陕西人，陕西人应该叫"嘹扎咧"。

于恭让纠正说：不是武汉是吴汉，不是秤砣是郑驼，不是"聊不扎"而是廖不傻，专门在一个《夜话》上说坏话。这已经不是新闻而是旧闻了。看把你得能的！

丁德让从门前经过，听到他们的对话，停了停。他没完全听懂对话内容，但能肯定是说政治话，说讽刺话。丁德让径直去找易组长，汇报了三人的对话。易组长听了黏黏糊糊的汇报，稀里糊涂地做了记录。

工作组撤离前，有人催促易组长整理行囊。易组长说还有件事，要把"不识好歹"的"三家村黑店"的于恭让敲打敲打。在一队社员会上，易组长和大家说过依依不舍的道别话后，突然转话题说：有人一有机会就翘尾巴。西京有个三家村黑店，咱们这儿也有个三家村黑店，领头的就是于恭让。他们公开说怪话说讽刺话表达不满情绪。教育活动结束了，别以为可以翘尾巴了，还是老实点好！

社员们你看我我看你，搞不清咋回事。于恭让瞪大了眼，不知咋说好。他愣了愣，站起来争辩道：我们说的都是好话，是开玩笑的话！你总不能让我们见了面都板着脸吧？

易组长哪听你说的是好话还是坏话,哪顾得你作辩解,便宣布散会!于恭让、金文涛、闫老三相视而笑:无所谓!"三家村"就三家村,咋咧?

在送别易组长时,丁德让继续告状:于恭让他们还笑呵呵,好像"三家村黑店"也光荣。易组长说:把"三家村黑店"写进他的表现栏里了,进了档案;他们现在还体会不到是好是坏。

大家相互传话:大梁村也有个"三家村黑店",店主名叫于恭让。至于"黑店"到底干了啥,大家不关心,也无须了解那么多。工作组撤离了,"黑店"的帽子留下了。三人都怀疑是丁德让在挑拨,在中间说坏话。

不久,龙口夺食的夏收时节到了,大家都开始了紧张的农忙事务,便把"三家村黑店"忘在了脑后。

第十章 龙口夺食

白鹿原公社召开了各大队领导参加的三夏工作动员会,强调以大寨精神为动力,全力以赴搞好三夏工作。

会后,方副社长来到他蹲点的大梁大队,有人把他围起来,反映教育活动中的这问题那问题,并要求他解决。他在干部大会上作动员,指出:你们提出的那些问题,我也没办法解决,现在搁置所有问题,"慨豁"地投入到三夏中去!

方副社长原来是白鹿原公社的一般干部,六十年代初提拔为副社长,教育活动时只有二十八岁。他高大个,方脸庞,说话带笑,背上常背着一顶草帽,上身常穿着一件蓝阴丹士林便衣,脚穿一双黑色布鞋,常见他在社队间的土路上跑来跑去。这一天轮流派饭到于恭让家。贫协组长丁德让怕于恭让告状,告诉队长:"三家村黑店"的落后分子不能给领导管饭。丁德让的贫协组长是工作组撤离前,在贫协小组会上宣布的。方副社长听到后对队长说:今天就安排在他家吃饭,我想见见这位"黑店主人"。

到饭时,方副社长来到于恭让家。于恭让招呼方副社长坐在马扎凳上,两人唠起了嗑。方副社长问过"三家村黑店"来历后说：这帽子怎么能随便乱扣，胡整！于恭让毫不在乎地说：没啥，没啥！于恭让给方副社长反映了教育活动中存在的问题后说：

谁制造了冤假错案？教育活动结束了，把屎盆子全都往工作组头上扣。当然工作组里也不是没问题，有人为了"成绩"不顾事实。但主要是谁说了假话，谁写了假证明？昧着良心说假话写假证明都不是好东西，有瞎尿领导，也有不是领导的瞎尿！害了人还被提拔，当贫协组长，人五人六地成了人上人。这样下去就把人心都给弄瞎了！这人心呀，怪得很，要向好，像筑水坝，难得很；要向坏，像堤坝垮塌，稀里哗啦。

方副社长说，你说得有道理。但问题复杂，一时难以理清，大的方向还是要肯定。于恭让说，大方向没错，共产党、毛主席永远为人民，人民永远拥护党、热爱毛主席。说着话，于恭让把马扎凳向前移了移说，小老弟，你说，上面讲的一个样，但到了下面，怎么就变成了另一个样？这中间，有没有歪嘴和尚乱念经的？

方副社长顺话说，当然有。他想转换话题，就说，老哥你也别激动，你谈的问题有道理，但现在的领导也难，所以我提出搁置问题，集中精力搞夏收。于恭让说，我们听到你的讲话了，你还用了咱本地的土话"慨豁"。好！咱们吃饭！

正在吃饭时，芦花公鸡突然飞起来。于刚乾看芦花公鸡在灶火前刨食扬起灰尘，他用擀面杖打了一下，芦花公鸡受惊，扇动翅膀飞到于恭让头上。于恭让顺手打了一下。芦花公鸡又飞到方副社长的头顶，鸡毛落进他碗里。方副社长不知所措，挺着头，端着碗，一动不动。于刚乾急急拿起方副社长身旁的草帽，双手捂抓住鸡，把鸡扔到门外。鸡飞了，可方副社长的草帽烂了，成了罗圈。于刚乾不好意思地说：看我弄了个啥事嘛！方副社长连说没事，帽子本来也旧了。方副社长头发很少的额头留下了一个明显的鸡爪印子，于刚乾拿毛巾给方副社长擦了擦额头，劝他再吃饭。哪有心再吃？方副社长离开了。于刚乾想起草帽是方副社长的随身物，雨天防雨，热天防晒，离不开。背草帽成了方副社长的标志形象，大家都叫他"草帽社长"，他不能没有草帽。于刚乾拿起自己的草帽赶上去，硬是挎在方副社长的背上，同时给他口袋塞了一块锅盔馍，说道：你没吃好。方副社长拍了拍于刚乾的肩说：机灵鬼，蛮有心！

为支援"三夏"，同时让学生参加更多的劳动锻炼，学校把夏收农忙假和暑假连在一起，6月10日就开始放假。队长安排学生跟随妇女割麦。夏收时节，一个劳动日记十分工的男劳，主要做拉麦捆、集垛子、犁地等重活或技术要求高的活；一个劳动日记八分工的妇女主要收割麦子。于刚乾开始不服：怎么让男人干妇女活！

今年小麦长势良好，百亩麦田，金光灿灿，在阵阵热风中，涌动着金色的波涛。四十多人的妇女大军，人人头戴草帽，手提镰刀，脖子上搭条毛巾，在麦田地头一字排开。妇女队长喊：开镰了！大家齐喊：开镰了！只听到嚓嚓嚓、嚓嚓嚓的声响。不到一个时辰，一大片麦子就被撂倒了，捆成"麦个子"，一个接一个地躺倒在地上。

在长长的割麦队伍中，于刚乾看妇女们一镰挥割五行麦子，他也揽割五行。不一会儿，他就追不上前面的妇女了，后面的妇女又不停地催促他快点。他开始撂行子，减少割麦的行子到四行。妇女队长走来讲解割麦子的动作要领，讲偎镰子、走镰子。她说：偎镰子是人蹲着，左手抓一把，右手挥镰割一把，慢；走镰子是人弯腰挥镰，脚踢向前，快，但一直弯腰，太累，还要防镰刀割到脚面。要快就要学走镰。你们劳动锻炼少，慢慢来。说着，她拿起席养涵手中的镰刀，做了示范。

于刚乾、席养涵互看，自嘲地说：割麦，咱俩真不如妇女！丁锁柱在背后说风凉话：小伙子，别看多喝了几年墨水，在农村，不如妇女的地方还多着呢！话不好听，刚乾没回答。

丁锁柱边说话边装麦秆子，装满高高的一架子车，像座小山，拉绳子做捆、收紧。丁锁柱让站在车旁的金玉秀接绳，帮他捆。丁锁柱看了看两边，没人注意，拉了玉秀的手，塞给她一条新手绢。玉秀不要，把手绢压在了绳子下边，回头，于刚乾正在看她。俩人都笑了：一个是笑"我没要他的手绢"，一个是笑"我看到了"。俩人都高兴地各干各的活去了。

眼看着麦子只剩下近十亩，把野兔聚在了中间。队长安排大家围起来收割，看谁能抓到兔。只听到嚓嚓嚓的镰刀声,麦圈越缩越小。一只兔冲到玉秀怀里,毛茸茸、肉乎乎的,她不敢用手抓,吓得她倒在地上,兔子跑了。于刚乾在后边狂追,眼看追不上时遇到下坡,兔子后腿长,一跑就滚,他猛一跳也滚下去,把兔子抱在怀里。收工后,刚乾把兔子送给玉秀。玉秀高兴地把兔抱在胸前说:我就知道你会送我。打开笼子一看,还有一只,刚乾问哪来的?玉秀说锁柱抓的。刚乾没说啥。玉秀补充说:我不要,他硬给!

晚上,村子到处飘着淡淡的香气,有人家在煮兔肉。

金灿灿的麦子割倒了,漏出白花花的麦茬,一片一片,白鹿原又显出光秃秃的样子。开始犁地夏播了!

于刚乾今天学犁地。他拉牛套犁,牛不入套,在前面拉,怎么也拉不动,在后面打,牛还是不到位。犁地把式来了,吆喝两声,手轻轻拍打,牛很听话,套上了。刚乾又去拉驴,在后面抽打。驴尥蹶子,很猛,狠狠地踢到于刚乾两腿中间。刚乾蹲腰抱腿,扭曲了嘴脸。席养涵以为驴踢到了刚乾的要命处,大喊:救命呀!大家围上来,问咋样了,于刚乾站起来说:把裤裆踢烂了,疼!来人要脱他裤子,他不好意思,转过身说我自己来。养涵送刚乾到合作医疗站,做过处理,刚乾又回到地里劳动了。妇女们传开了,有人说:悬得很,差点把那个玩意儿给踢掉了!大嫂开小弟玩笑,大家习以为常;一位大嫂对妇女们喊话说:今后,谁家姑娘嫁给于刚乾,一定要先验一验他那个玩意儿好着没,大家听到没有?妇女们齐喊:听到了!问记着没?齐声喊:记着呢!于刚乾脸红到了耳根,瞅了一眼玉秀,微微一笑摇了摇头想告诉她:我没事,好着呢!金玉秀红了脸,扑哧一笑,眨眨眼侧过头,意思是:好与不好关我啥事?

犁地老把式给他俩讲解:牛可以打屁股,驴骡用鞭子捎耳朵而不能打屁股;让牛后退,压牛头向后推;要牛前走,打屁股;左右移动,一手拉缰绳,一手推臀、推胸。第二天,养养、刚乾分别拉牛、拉驴,按要领动作,牛、驴乖乖到位。

"扬场",是借风力把麦粒和麦糠分开。带糠的麦子在大场中堆积如山,借着"夜来南风起",扬场提取麦粒,为第二天碾打腾空场面。这既是一项熬夜的累活,也是一项技术活。技术好,操起一把锨,把带糠的麦子撒向空中,两者能全部分离；技术不好，怎么也分不开。席养涵向上扔了一锨麦糠团，糠团疙瘩直上直下。于刚乾说：来，看我的！他向上扔了一掀，糠疙瘩竟然落在了自己头上。大家哄笑着。老把式长者边做示教边说道：眼观风向风力，用锨铲糠，上扬，到高位转动把柄划弧线撒开，糠团就在上空撒开成了弧形，被一阵风吹开，麦粒下落，麦糠被吹走。整套动作只有三秒钟。刚乾、养涵反复操作、体会，慢慢掌握了要领。接着他们学技术性更强的"落场"，即用扫帚在洒落的麦粒堆梁上扫走大点的麦糠，留下干净的麦粒。

想起白天的碾场，尽管汗流浃背，但刚乾心里感觉惬豁。

饲养室门前的大场，夏收时扩展到十五亩地大小。大场靠北，排列着五座小山一样的麦捆垛子，这是生产队夏收的全部成果。

夏日的早晨，向东望去，看一眼王顺山顶的云，就知道当天是晴是阴、有雨无雨。看到几丝白云如轻纱漫过王顺山顶，队长立即敲钟，开始"摊场"。打开其中一个麦捆垛子，将麦捆用尖杈推送到大场各处，妇女们解开一个一个的麦捆，摊匀晾晒。中午烈日高照，麦穗、麦秆发出毕毕剥剥的声响。听到"铛铛！铛铛"声，妇女们急忙放下碗筷，拿起杈把来"翻场"。翻过场，麦穗、麦秆在烈日下再暴晒大约一顿饭时间，听到铃声，男女劳力都赶来"碾场"。

牛马不够，就人曳人拉碌碡来碾压麦穗。在碾麦场，六七个妇女拉一个大碌碡，内圈人容易使上劲，外圈人有时空跑，绳子不停地晃悠。内圈人说你没使劲！外圈人说那咱们换个位子，你跑外圈！内圈人说算了吧！其实人人都在出力，人人都在用劲，人人都满身大汗。于刚乾也在曳场，他跑外圈，跑得快，汗水直向下流，感觉全流进了尻渠子；不用想不用问，人人都一样。

碾过第一遍场，再翻场。翻过场，队长喊话：给大家一袋烟工夫，回家把没吃完的饭吃了，不用敲钟，不要木囊，大家都赶时间来碾第二遍场！

社员们急急忙忙回家，急急忙忙吃饭，又急急忙忙赶来，吆场的吆场，曳碌碡的曳碌碡。人人又是一身大汗，湿透了衣衫。

第二遍碾场结束，开始"起场"。用杈将麦秸挑起，移走，将麦秸压成小山一样的垛子。留下麦粒、麦糠，然后用刮板将麦粒、麦糠刮到一起传成堆，叫"传堆"，等待晚上有风时"扬场"。

起场到一半，看看太阳，感觉时间够用，队长喊话：大家累了，歇歇，喝口水，有多余劲的，想玩就玩一会儿，洒脱洒脱。

三位中年妇女走来问队长：想玩就玩，玩啥都行？

对，咋玩都行。

不扣工分？

对，不扣工分。

说话算数？

席广田觉得她们问话多余，就说，看你们啰唆的，我啥时说话不算数了？

三名妇女若无其事地走过去，走过一女身旁，猛回头，压倒她，把她的裤子倒拉下来拿走了。嘿嘿嘿，嘿嘿嘿！三人笑得前俯后仰，流眼泪，直不起腰。全场男女都在看都在笑。被扒了裤子的妇女受突然袭击无所适从，赶紧坐下抓起麦秸围盖她露在外面的大屁股。她不骂不恼也在笑。那时代，没人穿内裤，扒掉外裤，光裸的一切暴露在光天化日之下，让人何等窘迫！哈哈大笑之人要的就是这个效果。

手拿裤子的人提出还裤子的条件：让那妇女和队长对唱《梁秋燕》。

这队长当的，简直没有一点权威，没有只言片语的批评就答应了。其实队长有他的想法。这位妇女，也实在无奈，自知声音不佳，还是答应了条件，尖声叫喊着说：快把裤子给我，咋都行！

于刚乾对干大说：玩笑太过分了，是不是制止一下？席广田说：其实这也是一种乡土文化，不高雅，土、粗、俗，就这现实。农村文化单调，在家整天为米面油盐碰碰磕磕吵吵闹闹，集体劳动时乐和乐和；物质匮乏就找精神乐趣，爱玩就尽兴玩吧！再说了，她们之间关系好才这样闹，关系不好才互不理睬呢！于刚乾若有所悟。

有人指挥着人群说：所有男人背对着不许偷看；几位妇女站一排挡住视线！大家都听从指挥站好。这位妇女站起来很快穿上裤子，抖掉身上的麦秸，好像没发生任何事。说话算数，她准备开唱。席广田拉板胡，于刚乾弹三弦，女士清清嗓子唱起来：阳春儿天，秋燕去田间……

女士声音一般般，而且记不住唱词，唱了几句就卡住了。金玉秀、丁香梅接上，后面跟唱的人越来越多。这位妇女借机走出人群，去大场边，进尹宝石家的后院墙茅房，把红裤腰带搭在茅房外，表示里边有人。尹宝石家的茅房在集体大场的一侧开了一个门，他说是为方便群众，可有人说他"分流公共资源"，是"分肥"。

玉米出了苗，麦子入了库，农民又有点嫌隙。队长讲话：有人提倡大家穿内裤，说这是文明进步，也防有人突然扒外裤。正好咱们库房有优等棉，开始纺线织布，做内裤、织床单。

新事物总有争论。妇女们你一言我一语开始了议论。一位腰粗屁股大的妇女说道：穿内裤麻烦、不自在，不穿更节省布。一位身材苗条的妇女说道：城里人都穿内裤，不穿怕被人家笑话。腰粗的妇女见话里有空隙可钻，就说：咱不说，城里人咋知道咱没穿内裤？该不是城里人来过、见过？她不说话，而是用眼注视着对方，同时狡诈地眨眨眼说：好过，有过？苗条妇女嘴笨，说不过她，就追打。腰粗的妇女说：我又没说你和城里人好过、有过，你打我，看来你不打自招了，真有麻达啰！老实交代，和谁有麻达？苗条妇女说：你才有过呢，你才有麻达呢！其他人哈哈大笑起来。

开始有人提议把棉花分给个人在家单干。有人说把皮棉分到户再弹成精棉，太慢；集体劳动热闹，还是集中干。席广田有意给互有怨气的人提供缓和关系的机会，就给大家说：为贯彻方副社长要大家"慨豁"劳动的精神，现决定集中弹棉，集中纺线，集中织布。劳动期间可以谝闲传、开玩笑，可以说唱，但不能吵架骂仗。大家回话：知道了。

队长安排于刚乾、席养涵做后勤，搬运所需要的物资。

生产队仓库南墙紧挨饲养室，四间大瓦房，很宽敞。夏收后，上缴过公购粮，分配结束，库房只堆放了少量种子、饲料。现在，妇女们搬来了自家的纺车，仓库变成了摆满纺车的大车间。

由棉花到布匹，要经过二十多道工序。用纺锤击打三米长的大弓，把籽棉脱籽，变成皮棉，再弹成精棉。把精棉搓成捻子，用纺车纺线，缠成线穗子。再用木拐子拐线，把线卸下来用糨糊浆线，增加线的韧性；晾干，上桄子，在线轮上把线绕成线穗子。然后在地面拉经线，经线长短就是将来布的长短，布面宽窄（一尺二至一尺七）由线头多少确定。拉完经线，把线头一根一根地穿过篦，再穿过上缯、下缯，这叫过头；绞棍把经线分成上下两层，再绕到织布机的滕子上。纬线不用浆，把线穗子绕到枛子上，再打到筒子上，装进梭子里引出线头，就可以开始织布了。

开始弹棉花。闫老三带着他的两个徒弟，三张大弓，在生产队库房弹起了"嘣嘣嘣嘣嘎"的交响乐。一会儿三张弦有节奏地合奏，一会儿有紧有慢地乱弹，三张弓配合好，就能弹出比三弦更加浑厚雄壮的音乐效果。屋内，白花花的棉絮在音乐声中飞舞；屋外，聚集了饲养员等六七个人在倾听，听他们喜爱的弹棉花摇滚音乐节奏。

开始纺线。有人一边摇动纺车，一边唱起小曲。有人吆喝金玉秀来一段。和于刚乾交往后，玉秀变得爱说爱唱起来。她没唱她熟悉的李铁梅，而唱起了《血泪仇》里的花音慢板"桂花纺线"，用悠扬的曲调抒发她欢快的心情：

  王桂花在窑内转轮纺线，
  只觉得一阵阵好不喜欢……

一唱百和，会唱的人也跟着一起唱起来。唱完了再吆喝下一个。有人叫来全村有名的老生、扮演过《血泪仇》里王桂花她爹王老五的于双乾。他稍稍酝酿了一会儿感情，迈开八字步，展开双手开口就唱：

  手拖孙女好悲伤，
  两个孩子都没娘，
  一个还要娘教养，
  一个年幼不离娘……

当唱到"为什么你的文武百官联保军队一个一个是豺狼"时，于双乾一手背后，一手指着一个牛粪笼，抖动全身咬牙切齿，仿佛真把粪笼当成了蒋某某，猛踢一脚，牛粪笼飞到空中。妇女们咯咯咯笑起来。

那边有清唱，这边于妈、闫妈和玉玉妈做技术指导，指导着关键环节的技术活。一位非常不理解"看一眼就好上了"的女青年有了提问机会，她走近闫大妈并试探着提问：听说你和大伯见一面就好上了，这是真的吗？

闫大妈没有介意，落落大方地说：是真的。那时女娃从小不出门，成年在"闺楼"，很少见男人，特别很少面见小伙子，一见面就容易擦枪走火。有一天，我妈带我去表亲丁家旺家里，我突然见到有个小伙子，红红脸，很精神，那个眼神，火辣辣的，而且死胆大，他在屋子里就敢拉我的手，把我弄得心慌起来，晚上夜深人静心更慌，这心慌不是那心慌，是想要的心慌，是有谊和感觉的心慌。

听到这里，金玉秀感到好像在说自己，一股暖流涌遍了她全身。

闫大妈继续说：越想就越睡不着觉，后来到了不想吃不想喝，只想见他的地步，但又说不出口。把我妈急得不知咋好，说我被鬼捏了，叫神给我看，没有用！再后来，表亲家人领来那个小伙子和我说话，他不好意思，我更不好意思，见了面又都不说话了。真怪，我见了他没说话就好了，开始吃饭了。我妈骂我是"穷命"，就把我嫁给了这个"死鬼"。

就这么神奇，看一眼就走火入魔了，好像有无形力量在牵引。难怪有人信神信鬼了。

说到神鬼，女青年更加好奇，俨然一副记者模样问玉玉妈：听有人说你见过鬼，我咋一点都不信，是真的吗？

玉玉妈说：是真的，开始我也不信。有一次我病了，病得很重，在炕上我看到一个白头发小矮人，从我家水瓮那边背着双手，慢慢走到门口，回头看了我一眼，出了门。我问坐在家门口的我妈，她说啥也没看到呀。有一年清明节在我家坟园，我看到两个白衣人，一男一女。我把那二人当成了烧纸的人，就走上前和他们说话；突然没了人影，吓得我大声喊叫我妈。后来我就信了，相信神鬼，相信人的命天注定。再后来我不知不觉就能用立筷子、立鸡蛋给别人看病了。

女青年想说服大妈：也可能你当时有病，产生了幻觉，其实，世上根本就没有神鬼。玉玉妈摇摇头，十分确定地说：真的有，我经见的远不止这些。

大家听得入了神，放下手上的活围上来，要玉玉妈讲更多。难得有这么多听众，玉玉妈更来劲了，继续说道：

东窑的荆家三婶都知道吧？两年前她不在了。有一天，她突然把她嫂子"通攒"下来了，粗嗓门的她嫂子突然发出死人荆三婶尖细的声音，而且说死人的话；她说：东墙的窑窝内层有一个罐罐，罐罐里放了十六个银圆，这是给我儿子长大了娶媳妇留的。过后，大家打开窑窝的罐罐，一看分文不差。你说怪不怪？这个窑窝和罐罐，没人知道；正是没人知道，她才"通攒"下来，给别人交代。哦，说"通攒"你们不懂，就是有人说得很难听的话：借屎还人！

大家哄堂大笑。女青年纠正说：是借尸还魂，不是借屎！大妈自责说：你看我没文化！我就说嘛，咋能借屎给人家还？大妈继续说道：

还有，三队覃老大的孙子只有六岁，经常说他叫啥名字，家住哪儿，因为啥原因死了，他儿子叫啥，女儿叫啥，今年几岁了，说得很具体。说的次数多了，就引起了别人的注意，有人按照他说的地址去查访，全是真的，说的全是六年前死去的人的真事。你们说，这是不是轮回转世，是不是灵魂不灭？你们信不信，反正我信。

女青年惊愕了，充满疑惑，相信嘛，这明明是封建迷信；不信嘛，可都知道玉玉妈从来不说谎。玉玉走过来说：妈，你不要封建迷信了！女青年阻挡玉玉说，你别责怪大妈。

他们的对话，于刚乾全听到了。他以前听说过这类话，半信半疑，看了有关书籍，还是没弄懂，只记着孔子说过的话：神鬼之事吾也难明。有人问于刚乾：文化人，你说，这是咋回事？刚乾说：我也没弄懂。从道理上讲，其实就两种可能：一是不实，把没有说成有，别人信以为真；另一种情况，确实存在，但又说不出道理，就把这种说不清道不明的东西叫神鬼。说不清了就别说，以后谁能说清了再说。讲完，于刚乾觉得自己等于没说。

大家睁大眼睛问同一个问题：这世上到底有没有神鬼？越是弄不清还越想弄清，哪怕知道得再多一点也好。收工了，带着满脑子疑惑，各回各家。

第十一章　夏日初恋

龙口夺食的夏收结束了，麦子入了库，白鹿原又显露出褐黄的本色。一连多天的阵雨，给蒸笼一样的大地降了温，苞谷苗拔地而起，白鹿原又披上了一望无际的绿装，显得格外年轻有活力。眼望茁壮成长的禾苗，庄稼人舒心了，躺在槐树底下，跷着二郎腿，哼唱起秦腔。

席广田在大队共青团会议上安排完其他工作，想起了刚成立的青年演出团，提出排戏演戏的想法，其他人一致支持。一天下午，席广田召集了全大队二十多名青年男女，请来导演，一块儿选演员，定剧本。开始轮流让每个参选人员清唱，有的唱戏，有的唱歌，有的只唱几句，有人唱出了经典大段，还真有人才。席广田信心倍增。他和导演耳语交换意见，说这个可做"生"，那位可唱"旦"。最后，金玉秀、丁香梅、丁锁柱、于双乾等入选。于刚乾、席养涵也参加了当天的活动，导演给他俩也派了任务。

派过角儿发剧本，演员背台词，记唱段。

于刚乾负责乐队，没有记唱词的任务。回到家，在煤油灯下，于刚乾拿起他四年前读过的一本书：恩格斯的《家庭、私有制和国家的起源》。

于刚乾爱看书，抓住书就看，不管啥书。但农村没有图书馆，没有书店，到处找不到书。高小一年级暑假，于刚乾想到本村小学校找书。他瘦小，就从校门的门道下钻进去，到处找，没找到。最后，他蹬着门关子爬上老师宿舍的屋顶仰棚上。光线暗看不清，他到处摸，摸到了三本书，然后又踩着门关子退下来。一位老师突然站在他面前。想到"偷"字，于刚乾很窘迫，手拿着书无所适从，想承认自己错了，但只说了"我……我……"看到他一脸灰尘，老师笑了，似乎没有批评他的意思。于刚乾向老师深深鞠个躬，拿着书跑回家，晚上在煤油灯下读起来，两天就读完了一厚本没头没尾的书，后来才知是肖洛霍夫的《静静的顿河》。放下书，他想象着那辽阔的大草原，想象着战争和流血的场景。再读一本柳青的《创业史》，他被合作化时期梁生宝买稻种的精神深深打动。

他读恩格斯《家庭、私有制和国家的起源》，感到语言很美，但意思懵懵懂懂，就反复琢磨，慢慢悟出了一些思想。割草时他兴冲冲地对伙伴背起恩格斯著作中的一段原话。一位伙伴说他臭显摆，于刚乾感到很委屈，他说：我觉得这话有意思才说的，不是显摆；你的话才像刀子，戳人心！

恩格斯著作中的原话是：结婚的不自由都是经济考虑的结果，当经济考虑消除以后才能普遍实现充分自由；现在的生产行将消灭以后，新的一代妇女除了真正的爱情外，永远不会再出于经济或其他某种考虑而委身于男子或拒绝委身于她所爱的男子。

于刚乾读到这段话，随手写下日记：姑娘不考虑经济只考虑爱，就能决定自己委身还是不委身于这个或那个男人？太好了！但愿不远的将来我能遇到这样的好姑娘。

于刚乾想，将来的生产和将来的社会那么好！家里弟兄们多，不管多少，个个都能娶到媳妇，而且是自己喜爱也爱自己的媳妇。现在娶一个媳妇的礼金就要"三个"："三个"是二百四十块钱，一个是八十。为规避讨价还价的尴尬，不知哪位智者发明了单位"个"，给双方以谦谦君子形象。但钱这东西是硬通货，这么多钱谁能拿得出？没钱，没钱就别娶媳妇，就这么简单。有钱，有钱能娶好媳妇呀！

谈到娶媳妇，刚乾不由得向那个方面想，想起那年他和玉玉过家家的情景，想起他看到养养脱裤子、梅梅用手摸的情景。这天晚上，于刚乾做梦了，梦见一位中年妇女，没穿衣服，白白的肉肉的，像抱孩子一样把他抱在怀里，他从来没有过这样舒服的感觉。后来他不好意思地问养养，养养说他也有过，但梦见的不是中年妇女，而是和自己年龄差不多的一个女孩，长得比梅梅还好看。

于刚乾的思想在理想与现实之间不断转换：现在的这一切，如果有利于实现恩格斯说的"将来的生产"，有利于女生为真正的爱情而不考虑经济因素，我宁愿像革命志士那样为之奋斗。许多先烈不怕牺牲，究竟为了啥？为实现他们心中的理想呀！

眼前就有这么一个可能"不考虑经济因素"的姑娘。于刚乾坐不住了，跳下炕，去了演出团。

收到在外工作人员的一点资助，团长安排于刚乾、金玉秀去北鹿村买一些简单道具，金玉秀负责买"演"类物品，于刚乾负责买"奏"类物品。安排他俩短出差，他们高兴之余也感到蹊跷，心里没多想就答应了。

第二天在村外大皂角树下会面。金玉秀提要求：咱们都长大了，一路上不能拉手，不能靠近，更不能……玉秀没说出第三个不能。

于刚乾说，别说才"三不能"，"十不能"我都答应！

路窄，俩人难以并排走，于刚乾就在前面用手拨开挡路的苞谷叶子，怕带毛刺的叶边划破玉玉的脸。玉秀肤若凝脂，脸蛋儿更是白嫩如霜，晶莹剔透，不敢擦着，也不敢划着，万一划破了咋办？刚乾小心呵护，偶尔倒着走，既拨开苞谷叶子，又能和玉玉面对面说句话。

下鲸鱼沟，到张家河。站在河边，刚乾问玉秀，这些年你为啥不理我？

你坏，对坏人要离远点。

那你为什么现在理我了？

长大了，可能还坏，也可能变好。

那我现在是好还是坏？

玉秀说，说不准，再看吧。

刚乾听了心里高兴：没有决断的话，那就是很有希望。

昨晚下过一场雨，河水见涨。他们脱了鞋，挽起裤腿，准备过河。刚乾怕玉秀被脚下石头绊倒，想拉玉秀的手，可想到"三不能"，又不敢。恰在这时，玉秀被脚下的一块石头绊了一下，刚乾赶紧抓住玉秀的衣服。玉秀站不稳，坐在了水里，裤子全湿了。俩人你看我我看你都笑了。玉秀说，你只拉衣服不拉人，大笨蛋！刚乾说，你不让我拉你的手呀。玉秀说，我说不要拉手，没说不要你拉人呀，你真笨！

到了对岸，于刚乾心里还在琢磨"拉手"和"拉人"的区别：拉人，是不是需要双手拉住她的某个不至于倒下的部位，或抱住她身子？玉秀进树林拧湿衣，不准刚乾偷看。于刚乾乖乖地背坐着，心里在想拉人的哪个部位更合适。突然，玉秀"啊"地叫了一声。刚乾站起来急转身,很快地用两手捂住双眼问,咋咧?玉秀说好像有蛇。刚乾从手缝间看到了一条雪白的大腿,他的心怦怦直跳,想抬脚向前,又问道:要不要我来?打蛇!我不怕蛇。玉秀说,我还没穿好衣服,不能来!于刚乾乖乖地站在原地,没移动一步,双手捂着双眼。

金玉秀从树林出来,于刚乾迎上前。玉秀说,你呀,有点瓜!刚乾内心自责:总想讨好她,但怎么老是讨不好!今天还给人留下"瓜"的印象。金玉秀接着补充了一句话:我就喜欢这种瓜人!

于刚乾心里高兴,金玉秀心里喜欢,俩人有说有笑,继续上路。到北鹿村供销社,他们买了需要的物品,又原路高高兴兴地回到家。

说到排戏,大家积极性很高,不记工分也愿意。他们白天下地劳动,晚上排练。在昏暗的马灯光下,唱的唱,说的说,到晚上十点多。席养涵饿了,回家找馍吃,馍笼空了,就从菜瓮里抓一把雪里蕻腌菜,一边走一边吃,再唱再练,直到晚上十二点。

一周过后,所有角儿都能熟背唱词,对白也顺畅。最难的是顺音,纠正跑调,让演员投入情感,尽快入戏。

《李双双》剧中有一个情节,孙喜旺很激动,跑上前抱起了李双双。但排练时两个人都不自然,丁香梅在等待,席养涵扭扭捏捏,导演再说也不顶用。奇怪,第三天排练,他们俩拥抱了,而且很自然,很投入。导演不知其中原因,也没多想。

还真有导演不知道的原因。前天排练结束,丁香梅约席养涵去北鹿村赶集。养涵问去干啥?香梅说:去供销社买毛线织毛衣。养涵问:南鹿村很近,为啥要翻过鲸鱼沟去北鹿村?香梅说:你瓜!以后你就知道原因了。席养涵没再问,答应了。

第二天在村外,大皂角树下。这棵大树据说有好几百年历史,俩人双手合抱树干也抱不拢。席养涵左看右看没人。香梅啊的一声从大树后窜出来扑了上来。养涵怕人看见,向后躲了躲。

走了一会儿,香梅问养涵:这么多年你为啥不理我?养涵把到口边的话"听说你爸是土匪"咽了回去，改口道，因为上学忙，没时间。接着又加了一句：总记着你的那个动作，心里怪怪的。香梅脸红了，她想起十年前的事，但又明知故问：啥事情，啥动作？养涵没回答。香梅又问：那为什么现在理我了，和我说话了？养涵回答：我已经不是小孩了，马上中学毕业，慢慢想开了，小时在一起玩，随心随意，两小无猜嘛！香梅说，其实我一直记着那个动作……就是那个动作，让我心里一直有你。想着小时候在一起玩的事，我感觉很好，就怕你记憾。今天约你出来，就想和你说说话，找回小时候的感觉。

她们不拘束了，有说有笑，下鲸鱼沟，过张河，穿过留有商代遗址的怀珍坊，经过孟村的胡家，看到革命烈士胡大明的墓碑。走了整整十里路，他们才来到北鹿村街道。

上百年的古老街道，只有一个餐馆，一个供销合作社。进供销社门市部，一条长长的木板柜台，里面摆放着百货布匹、日用杂货。计划采购，计划供应，全公社两万多人所需大部分生活物品都来这里购买，有的物品如布、油、肉，都凭票供应。柜台内只有两个营业员，很忙。丁香梅看了看，要了条手帕，一块香皂，一斤半毛线。付钱时养涵上前，香梅挡了挡。养涵没坚持，他清楚自己口袋的钱不够。走进餐馆，养涵要了一碗红肉煮馍，两毛九分钱，一大老碗，分成两份。香梅把碗里的肥肉给养涵夹了两大块。大块红肉大口地吃，吃完了再喝一碗汤，养涵说吃饱了。这次养涵付了钱。

回家时他们不走大道，走怀珍坊村西的小路，下陡坡。快到坡底时，一段台阶路直上直下。席养涵先下，丁香梅不敢动。养涵回身拉香梅的手，香梅浑身颤巍巍地，慢慢挪脚。在一人高的地方，香梅猛一下跳，扑进养涵的怀里。养涵搂抱住软绵绵的身子，不知咋反应时，丁香梅突然大喊：疼，疼！养涵扶香梅坐在土疙瘩地上，香梅说她右脚崴了。养涵坐在香梅对面，把香梅的脚放到自己大腿上，慢慢地揉捏。

太阳照红了西天，霞光映红了鲸鱼沟的坡地，张家河的水淙淙流淌。席养涵着急了：香梅不停地说疼，站不起来，回不了家，天快黑了，咋办？席养涵要回家取自行车，用车子推香梅回家。香梅说，我怕，怕沟道里有狼。养涵跺着脚说，那咋办呀？香梅说，你有办法。养涵没反应过来。香梅说，你傻呀！大小伙子,劲儿跑哪儿去了?养涵醒悟了:她是让我背她回家。但长这么大,他还从来没接触过女孩子的肌肤,哪怕隔着衣服。养涵不好意思地笑笑说,别人看见了咋办?香梅说,看就看呗!又不是干坏事。养涵左右顾盼,怯怯地半蹲下身子。香梅蛮大方,略一上跳,就趴在了养涵的背上。

席养涵背着香梅,踩列石,过张家河,上鲸鱼沟,不觉得累,比起肩扛百八十斤的重物过秦岭,他感觉更轻松。到村外大皂角树下,养涵说我累了,就把香梅放在地上。他坐在香梅身旁。歇了歇,两人突然抱在了一起,怕被别人看见,她们又很快分开。分开后都说对方先动手,自己是被动的。过一会儿,俩人看左右没人,就又抱在了一起,这次没争辩谁主动谁被动。

其实丁香梅心里清楚,自己更主动。香梅心想:我比养养大,好像比他懂得多,醒得早。我妈早就说过我成熟早。小时候我好奇,摸了他的小弟弟,就一直记在心里。长大了我想接近他,但不知他为啥躲我。教育活动时给易组长管饭,易组长双眼怪怪地不停地看我。妈给爸送饭出了门,家里没人,易组长大胆地要亲我。我不。他说就亲一次。我说只能拉手不能亲脸。他拉了手也亲了手。过后,我还是不喜欢他,还是想和养养好。排练戏,我们有了接触机会,但他很腼腆,不主动。没事,我比他大,就主动些。女娃咋咧,女娃咋就不能主动?其实,我的脚没有那么疼,我就想让他背我。他的背很壮实,压在他背上,我的心酥酥的。我能感觉到,他好像也动了心。

晚上,席养涵躺在炕上朦朦胧胧,两个肉肉的、暖暖的团团,毫不掩饰地压在自己肩上,慢慢地向下揉动;揉到背部,一蹲一跳一鼓劲,她整个身子重心再升到肩头;略转头,自己的耳朵、两颊都能感觉到温热、柔软。一路上,我像一个正人君子,没有反应,其实内心很乱,也想了很多:听说县城关中学的一位老师用手摸了一位女同学的胸,被发现后,受到批判,说他是流氓分子,被开除了公职。而我和她之间,隔着衣服;况且我不是有意摸她。我不是流氓!

太累了,过了一会儿,席养涵就睡着了。

丁香梅、席养涵排练很投入,配合默契,进步很快。养养他大席广田一点也没有觉察到异样。导演好像悟到了什么。排练休息时,他突然前后不搭地说道:

079

关中有八大怪，老婆帕帕头上戴，家家房子半边盖，板凳不坐蹲起来，面条宽得像裤带，锅盔大得赛锅盖，油泼辣子一道菜，秦腔大戏吼起来。别人问他，那第八怪是啥？他说，是姑娘对内不对外，我把它改成"大梁村小伙个个帅，大梁村姑娘不对外"，咋样？

大家都说好。有人说，干脆，演出团的姑娘就嫁给咱演出团的小伙子，咱演出团就永远不解散了。有人鼓掌，说照办！大家都笑着看几位年轻人，似乎在等待着她们表态。于刚乾、金玉秀、丁香梅、席养涵感觉心里的秘密好像被人发现了，都红了脸。

排练很顺利，但不知什么原因，春节时没有安排演出。

第十二章　"长征"路上

暑假结束，于刚乾回到学校。上了几个月的课，快到寒假时，学校开展了"学习红军长征精神，重走长征路"的徒步锻炼教育活动。于刚乾、席养涵商量后，约闫银堂，还有同村的申严启、齐民生等八位同学，决定穿越秦岭，徒步湘鄂，去湖南韶山，瞻仰伟大领袖故居。

在学校开具了徒步长征的介绍信，到省城徒步长征办公室盖章时，第一次到大城市的于刚乾迷路了。一位解放军战士问于刚乾招待所的名字，他摇头；问招待所在哪个方向、有多远，他还是摇头，说到了招待所门口就认识了。这位战士苦笑着说：这么多门店，咋能一个个去辨认？但这位战士仍然带他沿东五路一个个地看、寻。战士归队点名时间到了，还没找到，他很着急，一头大汗。正在这时，远远站在招待所门口的席养涵大喊：于刚乾！这位战士如释重负，急忙挥手告别，跑步消失在夜幕中。于刚乾很感动：这人咋就这么好，这就是活雷锋呀！

元旦节前两天，他们八人由滋水县城出发，与同一方向徒步长征的学生汇成一路，举着写有"红军不怕远征难"大字的红旗，背着水壶、挎包，唱着嘹亮的军歌，雄赳赳气昂昂地蜿蜒进入绿水青山的辋川山区。翻过一座山，走了六十里路，天黑了，他们一行，只有一只手电筒在前面探路，后面人看不清路面。走一段下坡路时，于刚乾不小心踩在冰溜子上，嘭的一声摔倒了，溜了一丈多远，幸好被路边一棵树拦住，没溜进山沟掉到河里。他只觉得屁股疼，走路一瘸一拐。闫银堂开始抱怨没听他的话早住早歇，后来又换口气说反话：徒步长征，就要有这样的锻炼效果；论效果，还差得很远呢！正说时，听到嘭的一声，闫银堂也滑倒了，而且摔得更厉害。被扶起来后，他喊屁股疼，要养涵扶着他走。席养涵说：锻炼效果在银堂身上体现得最好，越来越好！正说话时，他俩一并滑倒了。大家慢慢都蔫了，没人讲"效果"了。晚上十点多到达接待站，统计结果，有人最多摔倒八次，最少两次，都喊屁股疼。还好，没有一位骨折。接待站工作人员用木盆打来热水，叮嘱他们一定要泡脚，明天好走路。

第二天爬过一座山，在一个小村庄歇脚。起身走了二里路，席养涵发现丢了钱包和徒步长征的证明，这怎么办？他们正在发急，一名小学生气喘吁吁地追上来问：谁丢了包？他们激动地迎上去。小学生把包递过手，没说一句话就转身跑了。席养涵问：你叫啥名字？我们好宣传。小学生没回答，摇摇手。小雷锋，活雷锋，城市里有，偏僻山村也有！

元旦这天，他们一大早出发，走了四十里山路，在精疲力竭时终于看到了"热烈欢迎"的大红布。他们来了劲，争先恐后地跑到接待站。接待站就是家！热腾腾的米饭菜，外加一人一碗红烧肉，每人只交一毛钱四两粮票。吃着香喷喷的大肉，席养涵想起在学校每一个星期背一次馍，天天开水泡馍，有时馍发霉了就用开水泡两次、三次再吃，半年见不到肉星星，他哽咽了，流泪了。于刚乾要养涵笑，他说：咱们应该高兴才是呀！其实刚乾也感动得热泪盈眶。他心想：是谁在做这样的精心安排，把我们当作重要客人热情接待？可我们什么都没做，有什么功劳值得受此待遇？

翻过陕西和湖北交界的一座大山，来到湖北郧西县。在这里，他们参观了人民公社社员正在修建的灌溉梯田。过郧阳到丹江口，他们参观了由我国自行设计、正在施工的大型水利枢纽工程丹江大坝，夜晚的工地，灯火通明，机器轰隆。于刚乾当晚写了长长的日记，记下了工人们挥洒汗水的情景，最后写道：那边大修梯田，这边在建水利工程，农业的美好明天，就要在我们这一代实现！

离开丹江，来到襄樊市，闫银堂的双脚已经肿得发亮，穿不上鞋。接待站阿姨心疼地说：别走了，再走会化脓的！随后，医护人员给他的双脚做了消炎处理。于刚乾决定休息两天，开会学习。

大家共同朗读了《为人民服务》后，于刚乾算了两笔账。第一笔账：出发前，每人领徒步长征补助费三十元；每天吃饭付四毛钱，按两个月计算，应付出二十四元，余下六元钱的宣传费没有花。第二笔账：每人每天吃饭成本五毛钱，住宿接待费用五毛钱，共一元钱，按大梁大队劳动日值，等于四位农民挣的钱让我们一个人来花。

于刚乾想起爸说过的话：人一辈子，不管贫富贵贱，要干干净净做事，堂堂正正做人，不偷不抢不拿不沾，不让别人背后戳脊梁。他心想，国家的补助款，一分钱也不能沾。于是对大家说：咱们领的宣传费，要么花了，要么返校后全部退还。这是我和大家一起算账的第一个用意。第二，国家花费这么大，究竟为了啥？绝不是让我们白吃白喝白逛吧？关于这一点，我没有完全想明白。

闫银堂觉得这个问题很简单，就说：关于这一点嘛，我都明白了你还不明白？你这个队长还是让给我来当。

别卖关子了，你快说！

走长征路，就是要培养我们的远大理想，磨炼我们的坚强意志，做合格的革命事业接班人，让红色江山万年长。我们不是白吃白喝白逛呀！闫银堂的自信溢于言表。

申严启说：过二十年、三十年，咱们这一茬人都成了社会的中坚和骨干，就知道今天我们重走长征路的意义了。

于刚乾感觉好像明白了，又好像还没有完全明白。接着他们又谈起了今后想干啥，有啥远大理想。

闫银堂说：我将来要当一名真正的战士，保卫我们的红色江山。

席养涵说：我要继续上学，上大学，将来当一名工程师。

齐民生说：我将来想当一名生物学家。

有语言文字天赋特别是外语天赋的申严启说：我要精通三门以上外语，做中西文化和科学交流的信使。

席养涵问：现在中国和西方没有啥交往，你咋当信使？

申严启说：这你就不懂了，政治不交往不等于科技没交流，现在不交流不等于将来不交流。于刚乾说申严启看得远。

有人问于刚乾，他说：我也想上大学。将来干啥说不来，若当领导，就当好领导；若当坏领导，你们就把我打倒！大家都笑了。

申严启要大家记住各人的豪言壮语，十年后见证。大家齐声喊好！

谈到现在能干些啥，有人说：参加当地的活动轮不到咱们，咱们就看看当地的报纸吧。谈到"破四旧"，有人说：咱们怎知道哪里有"四旧"？而且，咱们知道的也是早被别人"破"了的。谈到"立四新"，闫银堂说：要么咱们沿路宣传过一个革命化的春节，宣传不许买卖婚姻怎么样？想到恩格斯"将来的婚姻"的语录，于刚乾同意了。当天他们就买纸张，刻写蜡版，连夜油印好传单。沿路每到一个村庄，他们就到处散发传单，宣传要破旧立新。

湖北农村的接待站，设在各生产大队的大队部。出了襄樊市的第三天中午，有一个生产大队的接待人员把于刚乾一行领到三位贫下中农家里吃饭。在等待吃饭时，他们分头去散发传单。有一个小学生领他们指着一户农家说：这家人买卖婚姻！闫银堂就把传单贴在了这家门上，还喊了几声"反对买卖婚姻"的口号，就离开了。

开饭了，一人一瓦盆蒸米饭，米饭上抹着厚厚一层红辣椒，一盆不够吃两盆。听说有"长征"路过的学生专门反对、打击买卖婚姻，村子里有父子二人找上了门。他们向于刚乾诉说：你们在门上贴传单的那家人，退婚但不退我们家给他们的彩礼，请求你们帮助我讨回彩礼！于刚乾正在犹豫不决，闫银堂放下碗筷说：走，上门说理去！搞一次伸张正义，也算咱们长征路上"破四旧"有成果。

父子二人领路。到半路，于刚乾感觉有点贸然行事，就说你们等等，我去一趟大队部问问情况再说。于刚乾返回时，看到闫银堂等正围在那家门前。那家主人正端着一脸盆污水向闫银堂头上泼去，嘴上骂道：关你屁事！一会儿又指着那父子二人对闫银堂喊道：我还要找他们算账呢！闫银堂从头到身被污水浇湿了，脸上还残留着饭渣。他怒冲冲上前想动手。那家主人从门后拿起一把馒头，冲到门外，乱抡乱砍。于刚乾急忙上前，拉住闫银堂扭头就跑。那家主人不依不饶地在后边追赶。到村外，他们气喘吁吁地坐下来。于刚乾说：咱们今天的行动有点冒失，大队长告诉我：女方收了彩礼后，男女不合闹分手，男娃给女娃吃了春药，把女娃睡了，而且怀了孕，两家正闹得不可开交。咱们不知情，乱插手。

大队长来了，手拿着个大毛巾，一边给闫银堂擦脸擦身，一边说：同学们，同志们，你们的革命热情我十分赞赏。但是，我不给你们泼冷水了，来给你们送行。向南走，那条路既近又好走。于刚乾和大队长握手告别，按大队长指的方向，他们又上路了。

踏上"长征"路，于刚乾勉励大家写日记，以便回校交流学习心得体会。有同学说，祖国的大好河山都欣赏不过来，哪有时间写。于刚乾带头写，后来大家也都写，还每周召开一次交流心得的会。

到达武汉，他们住在武汉水电学院。他们参观了辛亥革命纪念馆，参观了党的八七会议旧址，登上龟山蛇山，站在黄鹤楼上，观看建成通车不久的武汉长江大桥。他们高兴地在桥头照相馆合影留念。

从武汉出发走了三天，闫银堂的脚又肿了，坐在石头上哭。接待站同志给闫银堂办了半价车票，让他乘车到长沙，其他人继续上路了。在长沙接待站很长的留言墙上，找不到闫银堂的留言，他们失散了。正在着急，熙熙攘攘的长沙五一大道上迎面走来闫银堂。八人高兴得跳起来，就好像红军一、四方面军胜利会师！

在长沙，他们参观了橘子洲、岳麓书院，读毛主席诗词，感受"指点江山，激扬文字""问苍茫大地、谁主沉浮"的豪迈情怀。步行两天，到达革命圣地韶山，他们怀着十分崇敬的心情瞻仰了毛主席故居。看到毛主席那么多家人、亲人为革命事业壮烈牺牲，他们都写了日记，其中有两篇日记后来被校报选登。

在选看席养涵日记时，于刚乾突然发现了一个秘密：好几页纸的背面都写有很小的字，仔细看是长长一行的"玉"字。刚乾想：连续写一个字，他肯定不是无意；是有意，是什么意？喜欢蓝田玉？不会。是爱上了玉玉？以前我怎么一点都没有察觉！他若也爱上了玉玉，我怎么办？刚乾的心不那么淡定了。

下雪了，雪很大，不是沙粒雪，而是鹅毛雪，轻轻在空中飘舞。虽然在下雪，但没北方那么冷，落到地上的雪很快就融化了。韶山毛主席故居纪念馆前排起了长长的申领韶山纪念章的队伍，等待工厂夜以继日地赶造。天黑了，有人站着，有人坐着，队伍慢慢地向前移动。于刚乾他们坐在铺了一张油布的地上，扯开一床自带的被子盖在腿上，头碰头、肩靠肩地打盹；一会儿被叫醒再向前移动一段。第二天天亮，被子、裤子、上衣全湿了，下身浸满泥水。他们都没带换洗的衣裤，就轮流去厕所，把湿淋淋的衣服脱下来拧干再穿上。到中午，他们终于把鲜艳的纪念章戴在了各自胸前，那种自豪，那种荣耀，毫不掩饰地挂在每个人的脸上。

步行回到长沙，接到返校复课的通知，于刚乾一行赶到火车站。车站人山人海。好不容易挤上回西京的火车，走廊、洗手间、座位之间，都挤得实实的，人都被压扁了，车下的人还在向上拥挤。火车还没到武汉，几个女生就大声哭了起来：进不了厕所，她们憋得受不了。这时有人喊：座位上的同学们请站起来，站在自己的座位上，让厕所里的同学全出来！坐着的同学个个都自觉地站了起来，腾出了空间，腾出了厕所，先让几位女同学解急。夜深了，高的矮的男的女的全都站立着睡觉，都睡着了。有的趴在了别人肩上打呼噜，哈喇子抹在别人身上脸上，没人抱怨，没人争吵。

第二天中午，火车到达郑州，口渴得嗓子快要冒烟了。于刚乾带了两个行军壶，从窗口爬出，在道口接满水，返回时火车开动了。他拼命地跑到窗下，窗口两位同学硬是拉着他的双手，把他拽上了车。上车后，于刚乾打开水壶，让拉他上车的同学，让周围人，一小口一小口地吸吮着甘甜，感受着舒心。生命的急需，比黄金还贵。

第三天下午，他们终于回到了大梁村。临别，八双手握在一起，称战友，说再见，依依不舍。于刚乾心情激动，感慨万千，遂赋诗一首：

跋山涉水结友缘，豪言壮语铭心间。
不忘先烈洒热血，见苦遇难如泥丸。

回到学校，上了一段时间的课，又停课了。离毕业还有一个多月，于刚乾和席养涵带着铺盖卷回了家，当上了农民。

第十三章　坚强活着

孩子未成年就返乡劳动，于恭让既高兴又忧虑，高兴的是孩子大了，自己有了帮手，忧虑的是农村太苦太累，怕孩子受不了。他和席广田商量，想给俩孩子讲讲过去，让他们有受苦的心理准备。席广田说好。

席广田对俩孩子讲了人生的一些道理。他说：人生在世，一辈子都会有坎坎坷坷，甚至会遇到危难。但是若有坚强意志，啥坎都能过去。今后走向社会，你们无论遇到啥事，内心一定要坚强。要坚信：雨后会有彩虹，云过会见阳光；过了今天就是明天，明天一定会比今天好。

于恭让接着这个话题说：人的心劲很重要，心劲大，天大的困难也能克服；心松了，天会变暗，人会垮塌。心劲从哪里来？从你心中的向往来，从你心里想的人和事来。我这一辈子，有三次要死不活的，最后都挺过来了，因为我心里想着家人，想着我回不去了他们咋活？我的心劲就从"要活着回家，要为家人活着"来。有一次，是在三年困难时期，我差点没命了，但最后还是挺了过来，活了下来。

于恭让讲了白鹿原自然灾害时期他的一段历史：

在人民公社成立的前后两年，粮食丰收，人心喜悦，生产队成立了公共食堂。社员们在公共食堂大吃大喝，把库存的粮食都吃完了。1959年遇到自然灾害，没有粮食了，公共食堂办不下去了，解散了。进入秋天，白鹿原闹起了饥荒，村里的榆树皮全被剥光。大家把树皮、树叶、玉米壳放在水里浸泡，然后捣烂成汁，加点面或者麸皮做成糠菜团，成了"好吃的馍"。好吃的就让给孩子吃，但孩子吃了糠菜团拉不下，撅着屁股让大人掏。大人用一拃长的老钥匙掏，一不小心掏破了孩子的肛门，流出了血。孩子乱哭，提起裤子说：我不要你掏了！大人把他拉回来说：不掏会把你憋死，看你要死还是要活！孩子流着眼泪，乖乖地拉下裤子撅起屁股，让继续。其实大人也一样，只是掏屁股时不让孩子看见。那时，我吃"馍"少，没让别人掏屁股，但是因为缺乏营养，脚、腿都浮肿起来。后来脸也肿了，走不动路，躺倒了。

每年，我老妈带着她的大孙女，也就是刚乾他大姐，采槐花槐叶做猪饲料。这一年，她们采的槐花槐叶成了宝，做成糠菜团，舍不得吃，去卖钱。有一天天不亮，刚乾姐提着一笼糠菜团去焦岱集上售卖，走到徐家原跌了一跤，把糠菜团倒在地上。她爬起来，天黑看不见，就用手在地上乱摸，把糠菜团一个一个地捡起来，又匆匆去赶集。集散了，她在回家的路上看到几个"驴粪疙瘩"，用脚踢了一下，散了，仔细一看，原来是自己做的糠菜团。她赶快捡起来拿回家，很高兴，因为有晚饭吃了。

相传在一个大灾年，韩湘子显灵告知灾民：山上有一种多年生的灌木树，叶子可以吃。灾民按照提示进山采摘，加工，做成凉粉，吃了后大喊：神仙草，真的好！春暖花开时，白鹿原人都进山采"神仙草"。刚乾妈、姐、哥三人进山采回一老笼神仙草，用开水浸烫，捣烂成汁，放凉，就成了神仙草凉粉。刚乾姐说：有中药的苦味，难吃。刚乾说：好吃，既好进去又好出来，再也不受"掏"的苦了！我吃了神仙草凉粉，腿和脸都不浮肿了。神仙草救了我的命，救了全家命。

第二年仍然是大灾年，夏粮歉收，秋季几乎颗粒无收。白鹿原人各展手艺，想尽办法去换粮。有人杀猪贩羊，有人拉橡贩檩，有人编席做家具，去百里以外的渭北去换玉米。金文涛说：户口写的白鹿原，粮食关系泾高三（泾阳、高陵、三原）。可猪羊、橡檩属于国家二类统购物资，倒卖国家二类物资被看作投机倒把行为，逮着了要没收"赃物"。这样的"粮食关系"太没有保障了！

腊月二十一日，我用独轮车捆好了给我老妈准备的一副枋板，准备去换粮。闫老三肩搭盘带起身推车，因为太重，他推不动，对我说：

老弟呀，你不想要命了吗？快卸，快减轻！但这是一副枋板，咋能少一页两页？我没减没卸，推车上路了。在土疙瘩路上，上坡下坡，我慢慢挪动。推车倒了好几次，我就求过路人帮忙扶起来，再小心翼翼地向前走。两天后到了渭河边。

在我放下车子擦把汗时，"游动检查站"的人来了，二话不说要没收我的枋板。我浑身酥软坐在了地上。缓口气，我站起来解释说：这是我老妈的寿材，我一家人凭这副枋板换粮活命，你们不能没收！检查人员说：木材是国家统购物资，必须没收！我请求开恩"放我一马"，检查人员还是不许。我没办法，求他们给我一个统购物资的价钱，给我一条活路！检查人员说：投机倒把，不抓你算好，赶快卸下枋板立马走人！我坐在车上说：你把我杀了也不走！检查人员把我的双手捆起来，把枋板倒换到他们的车上拉走了。

我站在渭河岸边，看着远去的人，怀疑他们是冒充的。自己被人抢了？我的心像被捅了一把刀子，没了心劲，软瘫在地上，像一根木头，呆坐了好久。过会儿，我恢复了意识：两手空空，我怎么回家、怎么见家人？一家人咋过年，以后咋活？我感到像塌了天，天昏地暗，没了活路。我走到河边，眼望滔滔河水向东流去，就想随着河水东去见海。我想一头扎进河里，最后却慢慢走过去，走到河边。我闭着双眼向前，心想着随波逐流，永远超然。河水淹没了我的膝盖，刺骨的冰冷让我清醒了。想起家人，想起正在上学的刚乾他们。我是家庭的主心骨，我走了，他们咋活？我自私，我糊涂呀！为了一家人，我绝不能死。

提前听到枋板被没收的消息，一家人哭成一团，几天都没开锅吃饭，不知今后日子咋过。就在一家人悲痛绝望时，我跨进家门，全家人高兴地围上来。我才体会到，一家之长，就是一家人的脊梁，是精神支柱，是今后的希望，咋能不顾家人想走就走？

我出门找朋友，带回五升苞谷糁子、五升面，对家人说：别哭丧着脸，笑一笑，准备过年。今后谁也不准说死呀活呀的话。

说到这里，于恭让摊开双手对着两个孩子和席广田说：你们看，这么难，不是也挺过来了？只要心劲大，坚强地活着，没有过不去的火焰山。

于刚乾明白了父亲和干大的一片用心，于是暗下决心：要坚强，吃点苦，不算啥；他步行千里，经过"长征"，受过锻炼，相信再大的困难也能克服。

不仅城里人弄不明白，就连于刚乾心中也一直在疑惑：庄稼人种粮，明明自己不够吃，为啥还把粮食主动上缴给国家？留够自己吃的，多余的再交给国家，既合理，又可行，很容易做到；但庄稼人为啥不那样做？后来于刚乾找到了答案。

教育活动期间，工作队长在社员大会上表扬公购粮上缴任务完成好的生产队，批评完成不好的生产队，并把这个问题提到政治高度；同时也讲了"大河有水小河满，大河没水小河干"的道理。于刚乾认理，但工作队长讲的道理他没有心服。回家后他和爸继续说这个话题。爸说：你大哥也是吃商品粮的公家人，大家都不交公购粮了公家人吃啥？于刚乾知道，做教师的大哥的口粮一月二十八斤，实际供应二十五斤；他想，城里人年三百斤成品粮与生产队人均不足三百斤原粮也差不多，城里没吃的会饿死人，而农村还有野菜救命。关键是爸的一句话解开了于刚乾的思想疑问。爸说：共产党领导穷人打土豪分田地，农村搞集体化，城市搞工业化，都是一心一意为老百姓，因此社员们都不问那么多道理，相信共产党，听党的话，党叫干啥就干啥。

是呀，天大的困难也没人抱怨，更没人骂娘；自己饿肚子，也要上缴公购粮，根源就在这里呀！

从此，于刚乾不再疑问多缴还是少缴公购粮的事，一心想着怎么才能多打粮。在生产队劳动，他扛装子（粮袋）、挖地、推粪，常和强壮劳力比高下。到春季断粮时，他不再考虑向国家伸手求救，而是自己想办法，吃苦自救。他准备和其他村民一块儿进山，出苦力，捎木料换粮吃。

正月的一天，于恭让和他的老三准备进山，于刚乾也要去。于恭让不想让孩子出大力，在犹豫。刚乾找养涵，养涵说我也想去！席广田想让孩子经受摔打，同意了。他们四人一同进了山。

出门时，天阴沉沉的，刚进入秦岭山区，就下起了雪。雪越下越大，白茫茫一片，铺天盖地。站在山顶，俯瞰"千里冰封，万里雪飘"的北国风光，于刚乾忘了自己是谁、进山干啥，像游客拉长声音对着重峦叠嶂的大山高声喊叫：我——来——了！然后听自己的声音在深山回荡。席养涵也一起呐喊。晚上住在一个叫印沟的山民家里，自带玉米糁子熬了一锅玉米粥，于刚乾喝了两大碗，感觉身子暖和了许多。晚上他们四人挤在一起互相取暖，没有被子越睡越冷，后半夜都被冻醒了。

第二天他们翻爬一座大山来到大沟村。买了松木板，六块板捆成一个人字形，套在头上扛在肩上，开始返回。鹅毛大雪封盖了狭窄的山路，他们以石壁和大树做向导，摸索前行。路滑，迈出的每一步都有滑倒或踩空的危险，一不小心滚到山脊梁两边的悬崖下，会粉身碎骨。农业合作社时，席广田领着骡马队经过这里，一头骡子就从这里摔下去，摔死了。于刚乾在摔死骡子的山沟沿向下看，好深好险呀！

于恭让经常走这条山路，他在前面一步一步探路，于刚乾和他三哥、养涵在后面踩着脚窝一步步挪动。上山难下山更难。下十八盘，于刚乾一脚没踩实，就仰面朝天地滑倒了，一百多斤重的木板压在他身上，脊背重重地垫在坚硬如铁的山石上。放好掮着的重物，于恭让把刚乾扶起来，再慢慢走。三十多里山路，到山口时，于恭让滑倒了五次，于刚乾和席养涵分别滑倒了十多次。他们都感到很奇怪：四人不仅没滚下悬崖峭壁，而且连一根骨头都没有摔断；皮肉有伤，那算得了什么！于恭让说这是老天有眼在保佑咱们。

又是一个下雪天。于刚乾拉着三十二根青冈木长椽，一行三人去一百多里外的三桥镇换粮。天黑时下八里坡，雪已经埋到了脚面。路很滑，人滑倒了，车子就会飙下深沟。怎么办？三人你看我，我看你，最后找了些破布缠在脚上，两人在车的两侧抬高车辕一步步后退，一人坐在车尾的椽上加大摩擦阻力。放下去一辆车，他们再上来放第二辆车，上下来回要走四十多里。汗水浸湿了衣服，于刚乾口干口渴，感觉嗓子要冒烟。走到浐河边，他用双手掬起冰冷的河水喝饱了肚子，没停留，又继续赶路。穿过马腾空、咸宁路、东西大街，天亮到西郊枣园，他们才停下来，歇歇脚。

于刚乾啃了两块冰冻了的玉米饼准备继续赶路，突然感觉肚子疼，而且越来越疼。他感觉肠子好像拧在了一起,疼得他在大马路边打滚喊叫。一位过路的白胡子老人走到他身边,递给他一片止疼片,又从旁边的饭馆要了一碗热面汤,要于刚乾趁热喝下去。刚乾忍着痛吃了药喝下面汤。

太阳老高了,为赶早集,于刚乾催走了两位同伴。这时一位买橡人问价钱,于刚乾手捂着肚子在地上打着滚说道:你随便给个价。买橡人说那就两块五一根吧。于刚乾说你自己卸车装车吧!等到付钱时,于刚乾才感觉好了,肚子不疼了。他赶到三桥镇见到同伙,一问才知自己的橡卖了好价钱。他饿了,看着食堂一碗八分钱的汤面条直流口水,但是没有粮票,食堂不给卖。他只好啃两块苞谷面饼,要了一大碗面汤喝下肚,身子暖和了许多。在粮食市场,于刚乾买了一百八十斤玉米,每斤三角二分钱。

太阳偏西时,于刚乾踏上了回家路。一天一夜没合眼,很困很困,他很想找个八毛钱一晚的大铺美美地睡一觉。但想到要付二斤多玉米的钱,他拍一下自己的头,决定赶夜路回家。他拉着架子车一边走路一边打盹,几次走到了路旁的麦田里,又拐回到大路上,再走。就这样睡着走,走着睡,天大亮时,他回到了家。

到家了,于刚乾一句话都没说就扑倒在炕上,呼呼睡着了,睡了整整一天一夜。说起肚子绞疼,赤脚医生说:肠子拧在一起都没有去医院,你不要命了?肠子自己又解开了,真神奇!大家都在猜测:白胡子老头是不是神仙?

做粮食柜是技术活,看了别人做柜的全过程后,席养涵开始动手做。刚乾问养涵你会做?养涵说学嘛。刚乾说你做我也做。养涵说那咱们比比,看谁做得好,换粮多。刚乾说好,一言为定!

于刚乾借来锯子、刨子等工具开始自己做柜子。从买原木,解板,合缝子,推刨子,到做铆套铆,粘胶、合板、安装成柜,再灰缝子,打磨,油漆等,要经过十多道工序。不懂时,于刚乾就去养涵那儿看、问,有时他们也讨论。前后用了九天时间,于刚乾做成了一个四尺长的板柜。请来把式做评估,把式说:第一次做柜子,不散火就算不错了!按行业话,这是较好评价了,但于刚乾心里不满意。

于刚乾和席养涵约好一块儿去卖柜。他们俩拉着架子车走了一百多里路,来到西京的斗门镇,摆放了半天没人问价。过会儿有人来看,看过于刚乾的柜子，再看席养涵的，问席养涵要价。养涵要八十斤玉米，对方只出六十五斤，养涵退价到七十五斤。买方用手猛拍柜板，柜子的背面裂了一条小缝子。养涵看见了，不敢多扳价，求对方再加三斤。买方说成交！席养涵去送货。交货时买家发现了柜缝子，要扣八斤玉米。席养涵心疼，但是没有办法，只能认了。

集快散了，于刚乾的柜子才以六十五斤玉米成交，附加管一顿饭的条件。卸货时，不小心碰掉了一只柜腿，买家只给他六十斤玉米。于刚乾请求再加二斤，对方不答应。于刚乾说我肚子饿了。买家端来一碗苞谷糁子稀饭，没有菜，没有馍，刚乾心想，别人眼里的我就是讨饭吃的？他不敢提要求，呼噜呼噜地把一碗苞谷糁子喝下肚。刚乾心疼：忙活了十一天，扣除成本只赚了一块六毛钱，比生产队的劳动日值还低。

于刚乾心想：白天干晚上干，出了多少汗，到底为了啥？他自问自答：为活着；活着为了啥？他搞不清，答不上来，越想心情越沉重。

这时于刚乾想起专业人士的话：第一次学手做柜，没散火就不错了，而且没亏本，他又高兴了。披着晚霞，望着白云蓝天，于刚乾迈步在回家的路上，哼唱起了秦腔曲牌《大开门》《小开门》。

回到家，于刚乾和席养涵想起他们的"一言为定"，比看谁的柜做得好、换粮多；俩人都笑了，说没法比了。

有一次，于刚乾拉着架子车经过西安交通大学门前，看到三三两两的学子出校门进兴庆公园，那个悠闲漫步、谈笑风生，他心中有说不出的滋味。羡慕之至，他身不由己放下车走到公园门前向里观望。听到一声呵斥"别挡路"，同时被猛推一把，他踉跄后退几步才站稳，一看是一个拉着小狗的女人。于刚乾自认所站位置不够恰当，心想自己也可能"违"了道路规则，因此没有回声。女人掏出手绢扇了扇，抽搐着鼻眼一脸厌恶地避开了。于刚乾这才闻到自身的汗味确实很重，因为自身汗味让别人不舒服，于刚乾也自认不是，还没吭声。这女人不依不饶地说：农民！满身尿骚味，像个叫花子，还想逛公园，熏人！于刚乾气从心来，手指着她说：农民咋咧？夏粮收成的一半都上缴了供你们吃，我们自己不够吃才跑出来出力流汗，你就这样看不起农民？谁的先人不是农民？农民是先人，你羞先人！我酸臭？我看你才是驴粪蛋外面光，屎臭！女人没想到会受到

"叫花子"的羞辱,说于刚乾骂她,要身旁男人"快上手",男人很听话,二话没说举起拳头向于刚乾头上砸去。于刚乾闪了一下,拳头落在他右肩上。男人再出一拳打在于刚乾背上。于刚乾更加气愤,憋出了农村骂人最难听的话:"你妈的×!"到最后一个字,刚乾感到太难听,说出口有理也会变成没理,他就把"×"改成了"脚",又重复骂男人:你妈的脚!围观者都扑哧笑了。那男人不管他骂脚还是骂别的,举起拳头再打。一名大个子学生一手抓住举在空中的拳头说:不得无理!这位农民小兄弟说话在理,那女人看不起农民,应该给这位兄弟赔礼道歉才是!女人说:他骂人!于刚乾说:她先骂!围观的人越来越多。有记者亮出身份来问情况,女人一看,拉着男士要走。围观者喊:不能走!要道歉!男人弱,拳头轻,于刚乾感觉不怎么疼,因此他没有计较自己挨打,看着两人走了,他没有阻拦没要求对方道歉。

人散了,于刚乾拉起架子车迈步回家。这时他才意识到,受伤害,主要不在于肌肤感觉,而在于心理感受。他第一次感受到被人瞧不起的心痛,以前只是身累,从没有感觉这样心累。他嘴里嘟囔:拉狗的人,凭啥就看不起拉车的人!城里人,凭啥看不起乡下人?我是叫花子?我十五岁就读恩格斯的书,我没投师就能做柜子,你呢?你除了养狗还能干啥?你妈把你生在了城里,若生在乡下,看你能拧刺个啥?

于刚乾自言自语,一边走一边说话。哎,真怪,说比她强就比她强,这一比,刚乾有了自信。他气消了,兴头来了,他又哼起了秦腔曲调,开始是苦音慢板,不知不觉转变成了花音摇板。

说到心累,叔婶们讲,还没到心累的时候,村里老大不小的光棍讨不到媳妇睡不着觉那才叫揪心呢!刚乾才不想这些,没有揪心事,每天都乐呵。

其实农民也有农民的乐。生产队集体劳动打着红旗,歇工时打闹逗乐,不时传出幽默段子,笑声一阵一阵。收工后排练文艺节目,老人小孩姑娘媳妇都来看。弹起三弦、拉起二胡,受羡慕的眼光围观,进入状态的他,摇头晃脑,悠然自得。谁能想到这就是那个进山掮门板,做柜换玉米,肚子疼在马路边乱打滚,兴庆公园门前论理被打的于刚乾?

生产队开社员会,于刚乾高兴地去参加,那里有更多的乐事。

第十四章　开社员会

　　一天上午，大梁一队在饲养室召开社员会。农业集体经济的人民公社实行公社、生产大队、生产队三级所有，以队（生产队）为基础的管理体制。生产队是集体经济的基础。社员会是生产队的权力机构，选举队长和队委会，决定分配和管理等重大问题。于刚乾和席养涵第一次以社员身份参加生产队社员会。

　　饲养室为三大间坐西向东的土木结构瓦房，南北两排牛圈相对布置，中间为饲养员的操作空间，楼上堆满草料。队里有十五头牛、两匹马、一头骡子、三头驴。一年四季从播种到收割碾打、社员磨面等重活累活，主要靠这些牲口来干，它们是生产队的主要劳动力，是生产队最重要的财产。饲养室也成了全队最大最主要的建筑。开社员会时，饲养室中部空间成为临时会议厅。西头靠墙盘着一个满间大炕，最多可以睡八九人，可接纳临时人员住宿，是生产队的临时招待所。大炕酷似主席台，会议主持人往往半坐半靠在炕沿上，对参会群众讲话。开会时，来得早的人可以躺着或者坐在大炕上，迟来的自带马扎凳，没带凳的有人靠牛槽，有人坐在大水缸沿上。有一次，一个小伙子开会打盹，不小心掉进装满涝池水的水缸里，脚手朝上乱扑通。被拉出来后有人问他喝了几口？他以为是出于关心，顺口回答：三口。问是酸是甜？他才反应过来，气急败坏地压住问话人的头说：我哪顾得品酸甜味？来来来，你尝尝！

　　饲养室的空气中，弥漫着一种大家习以为常的特殊气味。家长里短的窃窃私语声，纳鞋底拉细麻绳的嘶嘶声，牲口咀嚼草料的磨叽声，伴随着唰唰直下的撒尿声，合奏出社员会前的美妙交响乐。

　　这时，有人起哄呐喊：金文涛，来一段！金文涛斜靠在炕边，眯着眼，懒洋洋地说：谁给我装烟点火，我就给谁来一段好的。

　　看把你自在诣藏活的！都别弄，今天就憋死他。闫老三说。他俩，还有于恭让，好的时候是"狗皮袜子不分反正"，互相"杠"起来时，又一个不饶一个。

金文涛瞪了他一眼说：今天我就要你弄，而且要乖乖的，你弄不弄？

不弄，你把我看个两眼半！闫老三毫不含糊地回答。

你想好，别后悔！

要我服侍你，没门儿！

金文涛嘴上叨叨，心里在想：怎么来挖苦这闫老三？有了！金文涛想起闫老三弹棉花混饭吃的事，没多加思量就开口道：

嘣嘣嘣嘣嘎，老三弹棉花。

午饭没吃面，弦断回了家。

一地的棉花满屋子乱飞，主人家着急，去求闫老三。老三说：我明天生日，要在家吃黑面片片。主家人说：我给你煮白面片片好吧！那当然好嘞！闫老三高兴地弹完棉花吃了一顿白面片片，带油泼辣子，美滋滋的。第二天在另一家，闫老三又说：我今天生日，每年生日都要吃面片片。干完活，闫老三正在吃面片片时，前天他给干活的那家人来串门，就问闫老三：你前天生日，怎么今天又是生日？老三吞吞吐吐着说：别提咧，我妈把我生了两天！

被当众揭了短挖了苦，闫老三气得脱下一只鞋要打金文涛。于恭让挡住闫老三火上浇油地说：你承认不承认这是真的？没有回答。于恭让继续说：学乖了吧，听话了吧？还要不要我做证明，证明是在谁家吃的饭？

闫老三推了于恭让一把，拉着金老四的一只胳膊说：你给"三家村黑店"的店主编一段，我就不打你了；编得要比我，不，比我的故事，不不，比刚才你说的故事，更瞎尿！

金文涛怕挨打，就笑着回答行，行！三家村黑店，店主于老二，好，有了！他开口就来：

黑店老二有点皮，开会学习不积极。

地主财产重分配，只能给他烂躺椅。

095

这是真的，没瞎编，分地主丁家旺家产时，给于恭让分了个烂躺椅，今天开会他带着。大家哈哈大笑地看着那个躺椅。

闫老三、于老二一起上炕，压住金老四，三个人滚爬在一起。

大家都在笑，于刚乾、席养涵也笑得挤出了眼泪。

会后闫大妈问闫老三：你妈把你生了两天这事我咋不知道？闫老三回答：我没说那个话，那是糟蹋人！闫大妈问：那要吃片片面的事呢？闫老三憨笑着说那是真的。闫大妈说：你呀，吃饱了就行，咋好意思张口要好吃的？一辈子就爱占小便宜！闫老三说：我还占过你一个大便宜——我是咋样把你搞到手的，记得吧？闫大妈伸手就打。

看着玩笑差不多了，席广田发话说：好了好了，把生产搞好了，今后大家天天吃片片面。现在开会！

席广田讲了会议议题：讨论生产队"处罚规定"。

去年秋天，金文涛看管正在收挖的红苕，饿了，拿了几个红苕在砖瓦窑窑洞口烤着吃。被发现后，席广田立即做出扣罚决定。金文涛心想：席广田是个善人，做事谨慎，心慈面软，你好我好，怎么为这点小事公开处罚我？太不给我面子了！

金文涛很会讲故事，有一群孩子经常围着他，请他讲故事。作为他讲故事的报酬，每个孩子每次给他五把草，加上他自己割的草，交饲养室每十斤记一分工，这样他多半天就能挣三分工。他很知足。在这里，他的话有人听，受到崇拜，他心里高兴；特别是在家里受到老婆训斥时，跟孩子们在一起，他感觉更加快乐，更加满足。有一天在领孩子们割草讲故事时，他编了几句顺口溜，孩子们争相传唱：

一队队长席广田，管理社员有点严。

偷吃红苕一点点，扣我红苕二斤半。

听到顺口溜，席广田心想：金文涛思想上还没有接受处罚。事情确实不大，但人人都想多吃一点多拿一点，集体经济咋能搞好？这人性，最难拿捏；百人百性，最难管理。管理一个生产队，说话做事太绵软不行，否则有人会得寸进尺。还得有软有硬。咋样硬？该罚就罚，不留情面。但是咋样叫该罚？罚多少，谁来罚，谁监督，得有个章法，不能像聂老大那样个人说了算，一言堂，胡乱来。其实教育活动后期的任务就是要建立各项规章制度，但工作组匆忙撤离，没来得及做这些工作。

席广田把几个中学生叫来，谈了他想制订《生产队处罚规定》的想法。席广田根据他个人的经验体会，分别就处罚的内容事项、处罚的多少轻重，以及谁来决定、谁来监督等，讲了他的意见。于刚乾做记录。刚乾、养涵再做整理，搞成条文，念给席广田听。经反复琢磨，最后形成《大梁大队第一生产队处罚规定》。对于处罚程序，大家的意见是由生产队长决定和执行，队委会监督。但席广田认为应该汲取聂老大的教训，不能由队长一人说了算，因此他坚持：队长和社员群众都有权提出处罚建议，由队长召开队委会决定，社员群众监督执行。

在社员会上，席广田说：集体的事靠大家，大家齐努力，集体就壮大；人人都想给自己挖，集体经济就会垮。宣传爱社如家，有人听有人不听，这个耳朵进那个耳朵出，怎么办？我们制定了一个《处罚规定》，谁违反了就罚谁。席广田让于刚乾读了《规定》，征求意见。社员们都说好，通过。

席广田虽然没有提金文涛吃红苕编顺口溜的事，但金文涛想到了。他第一个站起来发言：我完全拥护生产队的这个规定，占集体的便宜就要罚，而且要罚疼，不然还会有下一次。我编的那个顺口溜是开玩笑的，不要当真，宣布收回！今后，集体的红苕我再也不吃了。

有人说：你红苕不敢吃了吃洋芋呀！你的顺口溜不能收回，要再加两句话：

扣我红苕二斤半，再扣三斤也不冤。
集体财产谁嘴馋，文涛把他脸打烂。

金文涛说好，我有接班人了；不，青出于蓝胜于蓝！

按照新规定，席广田宣布了队委会的两项处罚决定：冯大妈三月初八黎明前在生产队大垛子边扯了一老笼麦秸提回家，罚十分工；尹宝石去年秋天晒玉米时，将一袋八十斤重的玉米放在麦秸垛子旁，被发现后收回，处罚八十斤玉米和二十分工，责令他写出书面检讨。

对于处罚决定，冯大妈没有说话，她红了脸低下头，认罚。尹宝石却不接受。

尹宝石二十八岁，中等身材，小圆脸，细眉眼，能说会道。人都说他"懒"，其实大田劳动收工后他很"勤"，总在自留地里忙活。尹宝石认为席广田面善心和，办事绵软，很少伤人。他想打个马虎眼，蒙混过去，就说：我没干！

平时少言，说话时一板一眼的于双乾说：兄弟，这就成了"赵公明翻脸不认账"了；大家没用"偷"字说你，就够客气了，要识相！

尹宝石解释说：我在垛子旁边撒尿，有人叫我，办完事回来，我把那一装子粮给忘了。不是偷，别胡说！

不到一分钟他就改了口，而且明明在瞎编。听的人都明白：这一解释不靠谱。

于双乾质问：仓库在西北方向，你怎么把粮食拿到了正北方向？你急着撒尿，咋有时间给粮袋子上撒麦秆，搞掩盖？你办啥事了，能把一装子粮给忘了？骗谁？这明明是想偷没偷成，背的牛头不认赃！

社员们你一言我一语。有人说：尹宝石懒，干活屎尿多，现在又添了偷的毛病。这毛病一定要治，不能惯着。

这时，有人又提起尹宝石家的茅房开侧门的事。有人说：这是想着法儿把集体的屎尿分流给他家自留地，是自私行为。

突然把话题引到了"茅房门"上，尹宝石求之不得。他赶快接话说道：我这是为了大家方便，不在乎那点屎尿；再说了，上不上我家茅房，都是自觉自愿的，我也没强迫过谁呀！

咦，尹宝石有理了？还真是，他给他家茅房开侧门，上不上他家茅房又是各人自愿，他错在哪里？尹宝石理直气壮地喊了起来：你狗拿耗子多管闲事！

于刚乾想，自己刚回村劳动，还是少说为好。看到会议话题转到了一时说不清的茅房问题上，就忍不住大声说：跑题了，往正题上说话！

尹宝石瞅一眼于刚乾说：闭嘴，轮不到你一个学生插话！于刚乾说：我现在是正儿八经的人民公社社员。

席广田扭转话题说：现在，别的话不说，只说对尹宝石的处罚。尹宝石不认账，按照新规定，对错误不认识不改正的，是不是应该加罚？

几人应答着说：应该！有人喊：按最高三倍处罚，不能惯瞎毛病！放到教育活动时，给你一百个胆也不敢这样！

尹宝石看到席广田不但不"松口"，而且要加罚，立马改口说道：我错了。

席广田最后强调：会计、出纳、保管员、记工员，以后作出处罚决定，都要严格执行，谁因为私情打绊子、不执行，就罚谁。下次社员会上，尹宝石读他的书面检讨，根据检讨的态度，再决定是不是加罚。

尹宝石学乖了，连连点头，连说我检讨，我检讨。他感到，席广田好像变了，认事不认人，越来越硬气了。

席广田继续讲话：刚才有人提到"懒"，我想多说几句。在集体劳动中确实有人像霜打了，没精打采，出工不出力，磨洋工。都说集体经济的优越性是劳动生产率高，可劳动积极性不高，劳动生产率咋能提高？究竟谁干活磨洋工，今天就不点名了，自己想。于刚乾、席养涵，你们参加了《处罚规定》的制定，想想，有没有办法"治懒"？

于刚乾回答：对，有办法，总有办法！他好像胸有成竹，其实茫然无知，书本上没有这方面的答案，课堂上也没人提这样的问题。席广田说：好，会后再研究办法。会后于刚乾心想：我刚回乡劳动，怎么当着全队社员的面"逞能"，随便撂话"有办法"？办法在哪儿？但撂出的话却搁在了于刚乾的心里：男子汉说话掷地有声，今后我咋给社员们交代？此后劳动时，于刚乾一直在关注懒人和懒行为，一直在思考这个问题。

不久，席广田担任了大梁大队党支部副书记。半年后担任大队党支部书记、生产大队队长，全面主持大队工作。一队队长由于双乾担任。

099

第十五章　多挣工分

4月下旬，连续下了几天雨，小麦开始拔节生长。于刚乾迎着春风来到田间，眼望绿油油的麦田，听到"噌噌"的小麦拔节声，心情激动，期盼今年有好收成。他想趁着墒情好，不用挑水泼土，打些胡基，便走到土壕看了看。胡基是农村的基本建筑材料，家家户户盖房、垒墙、换炕都要用。

教育活动试点工作结束后，村里干部群众中产生了一些不同意见。有人认为活动中制造了一些冤假错案，因此提出要平反；大家习惯把这些人叫"翻案的"，或者叫"翻"。另外一部分人认为教育活动的成果是主要的，大方向是正确的，出现这样那样的问题是难免的，因此要坚定不移地保卫教育活动的成果；大家习惯把这些人叫"保卫的"，或者叫"保"。两个方面的人都在宣传自己是正确的，对方不正确；他们都找于刚乾和席养涵谈话，希望两位中学生支持他们的观点。

于刚乾心想，自己返乡劳动不久，对村里的情况不大了解，还是服从领导安排，踏踏实实挣工分，因此不想介入他们之间的争论。他和席养涵商量后决定先打胡基，躲在村外的土壕里，没人找得着。

打胡基是个力气活，没有一定的体力是干不动的。打胡基也是个技术活，有的人会打不会摞，往往摞起来就倒，人们取笑说：会打不会摞，不如在家坐。

说干就干，他们俩把一块青石板连同木模子、碓子、灰笼等工具，用独轮推车运到村外的土壕里。席养涵把模子在青石板上放好，再从笼里抓一把草木灰，均匀地撒在模内，然后挥动着铁锨，往青石板上的模子里撩几锨半湿的黄土。这时，于刚乾一跃跳到木模的湿土上，用脚飞快地从前到后把土踩实，再把木模边上多余的土，用脚后跟刮去。然后提起碓子砸在模子中间的黄土上。碓下生风，轻重有序，在连续有节奏、又协调的低沉打击声中，一堆软黄土瞬间变成了一块棱角分明、表面平整光亮的胡基。于刚乾熟练地用脚跟向后一蹬，打开模子开关，弯腰取出胡基，用双手端起，摞在提前平好的空地上。他拍拍手，用脖子上的毛巾擦一把汗。返回来时，席养涵按程序，已经把模子里的土装好，于刚乾又开始重复新一轮的动作。他那两条壮实的胳膊，有力地一上一下运动，脸颊和脊背上的汗珠在阳光下闪着晶莹的亮光。

他们正准备歇一会儿，丁锁柱来了。

丁锁柱，1947年生，小高个，红脸膛，圆眼睛，和人争论时，眼睛圆鼓鼓的，像弹球。他刚上学就逃学，小学没毕业就辍学了。丁锁柱和他父亲丁德让，都是持"保卫"观点的人。

丁锁柱走进土壕，摆摆手，好像领导接见群众，一句话没说，动手打了两页胡基，告诉别人他也会打胡基。然后他掏出手绢擦擦手，得意地笑笑，开口说道：

你们也听到了，最近，有一部分人提出要平反要翻案，要翻教育活动中的案。这咋能答应？咱们要形成一种力量，压制这种歪风。我们看好你们二位中学生。今天跟二位谈谈，希望二位支持我们的观点和行动。

于刚乾说，"翻案"也罢，"保卫"也罢，咱们老百姓说话顶啥用？这要上级说话，要领导表态。你还是向上反映情况，去找领导谈吧。

问题是翻案人逼着领导表态；领导中也有人支持翻案。丁锁柱说，所以咱们要形成一股合力，一股压力，不许翻案！

席养涵问，保也罢，翻也罢，与你有啥关系，咋这么积极？丁锁柱说，咋能没有关系！若翻了案，分的东西肯定要退还，是吧？于刚乾想到丁锁柱家分的红木家具，"噢"了一声说道：那你快去找领导反映吧，我们俩就想多挣工分，不想沾这些事。

因为话不投机，丁锁柱有点生气，走出土壕又返回说：我给你们好说你们听不进去，反而难为我，不识好歹！他睁着圆眼，气冲冲地走了。

于刚乾、席养涵笑了。他们又打了一会儿胡基，聂老大来了。看来村外土壕也不清静。

教育活动试点工作结束后，聂老大就向大队提出"平反"要求。他说，我的问题都是假的，是工作组逼、供、信的结果；我与那位妇女的那个关系，也是工作组诱供的结果。聂老大要求席广田发文件给他平反。席广田说，我没有这个权。聂老大很有意见，就到处讲他的翻案观点，支持他观点的人越来越多。于刚乾对席养涵说，教育活动真的把聂老大"教育"了，他看起来不那么蛮横了，讲道理了。养涵说，没权了也就不蛮了。他江湖浪荡多年，嘴巴不笨，有煽动性，有时也讲哥儿们义气，会笼络人。

聂老大进到土壕中，以关心的口气说道：看不出，几年前还是小孩子，转眼就是大小伙子了。咋样，农村的苦受得了？

于刚乾对聂老大没有好感，就直接问：你有啥事？聂老大直奔主题道：想让你们两位中学生支持我们的观点，支持我们的活动。于刚乾问：啥活动，是"翻案"吧？叫人听着咋就感觉不顺耳。聂老大说：翻案咋咧？关键看翻得对不对。你们俩也参加了教育活动，你们说，有没有冤枉人的？再具体点，你爸有没有被冤枉？该不该翻案？至于我嘛，当然也是受害者之一。人活一口气，这口气，咋能咽得下？

聂老大连续质问，很激动，好像他真的受了冤屈。于刚乾说：该不该翻案，不是个人说了就能算数的。尽管旁边无人，于刚乾还是故作神秘地小声对聂老大说：听说你的问题是板上钉钉，翻不了，你费这么大的劲能顶用吗？

谈到他个人的事，聂老大说话水平急转直下。他说：你这小老弟就书呆子了。我嘛，什么证明取不到？说我侵害过妇女，这是错案，好翻。似乎怕席养涵听到，聂老大拉于刚乾到一边悄悄说：我和那个妇女的事，开始她不愿意，我有点强迫，后来她是自愿的。这女人，一入套就……算了算了，你不懂，不说了。聂老大突然打住了说话。稍后他又说：我没文化，但我喜欢文化人，今后开会时，你们给大家念念报纸，做做记录。

想起还有更重要的事，聂老大说：我还要找席广田谈话，你们忙。别忘了，回头来找我！说着就匆匆走出土壕。

席养涵笑着说道：都在争取咱们。好，咱们就谁也不支持，谁也不反对。

于刚乾说：其实咱们的态度很明确，就是踏踏实实搞生产，挣工分，不参加那些活动。

农谚讲：谷雨麦打苞，立夏麦龇牙，小满麦秀齐，芒种见麦茬。意思是说谷雨时节小麦孕穗，立夏小麦扬花，小满小麦齐穗，芒种小麦就收割完了。现时小麦已抽过穗、扬过花，小满刚过，就等一场喜雨，给小麦"饱面"。

夏收快要到了，席广田到各生产队检查夏收准备工作。回到大队部，看到聂老大带着一群人坐在院子念报纸，学习。席广田感到很惊奇，不知他们搞啥名堂。一会儿，聂老大给席广田提供了一份名单，说是这些人受了冤枉，要求大队领导受理、纠正；如果领导不表态，他们就不离开。席广田明白了：他们这是在示威。

一会儿，丁德让、丁锁柱带了一群人，坐在大队部院子的另一角，也开始组织"学习"。他们向席广田明确表示，坚决反对翻案。两群人开始时还相安无事，一会儿就开始了争论，互相指责对方。

看到这个局面，席广田很为难，他走到两群人中间对大家说道：马上就到龙口夺食的夏收时节了，你们在这里能坐住吗？大家快回去，准备夏收吧！有人说：我们不回去，等你答复！席广田说：大家都懂理路，知道这不是我席广田能说能做能决定的事。这样吧，我去公社向领导反映你们的意见，你们散了吧！

看到人群还不散去，席广田叫文书立即通知各生产队队长在一队饲养室开会。文书叫来于刚乾、席养涵，他们分头去通知。席广田没有去公社，他不想给公社领导出难题。

各队队长到齐了。席广田说：今天的紧急会议有两件事。一件是，聂老大、丁德让聚集了两群人在大队部示威。我给他们讲了道理，他们不听。今天开会，想让各生产队想办法把他们叫回去，准备夏收。

大家议论纷纷，商议做工作的方法。有人说让参加活动的他爸、他爷把人拉回去得了！有人说让于刚乾等文化人去给讲讲道理，做做工作。于刚乾在一旁听到了，说道：不用去叫，领导也不要露面，不理识！天黑了，夜凉了，看他们回不回家？也不用讲道理，因为道理都明白；至于今后咋办，他们不停地找麻烦咋办，我想，今后再说今后的话，一推六二五，时间长了，也就不了了之了。

大家用惊奇的目光看着于刚乾，发现这个小伙子脑子灵光，点子蛮多；是呀，"不理识"就是最好的办法，时间也是解决问题的方法。席广田也觉得有道理：有些事，你把它当回事，它就事比天大；把它不当事，也就没事。席广田说：好吧，就这么办。

席广田接着谈第二件事。他说：大家知道，咱们大队出现了群众活动要记工分的现象；有的生产队已经照办了。这怎么能行？这样下去谁还愿意下地干活？不行，得立即想办法制止。今天的会议，咱们要作出决定，参加非生产劳动的一切活动，无论开什么会，无论是谁，都不能记工分；干部参加会议只占用他的年误工，不许多记一分工。要不要举手表决一下？

大家说不用举手，通过！席广田强调各生产队要严格执行。队长们都说好！散会。

席广田没有回大队部。还真是，聚集在大队部的人群，三三两两找借口离开了。天黑了，聂老大说：有人穿衣少，别感冒，回家加件衣服吧。说完，人群很快散了。

丁锁柱近来很少参加生产队的劳动。他拿着开会、学习活动的批条，要求生产队给他记工分。队长说：我只认大队部的通知。停了停他又说：开会，不管啥会，都不能记工分，这是大队部的最新决定。记工员，听清了没有？记工员说听清了！

丁锁柱问：那今天开会记不记工分？这一问，把队长给问住了：因为按以前的惯例，生产队开会按半勤给参会人员记工。他回答不上来。丁锁柱说：那就按生产队的规定，也给我们按半勤记工分。队长不知咋回答。

于刚乾开始不想与人顶撞，但这件事关系到群众利益，他忍不住站起来说：这两种会议不一样。社员会是组织生产的会，属于生产活动，而且人人都参加，也公平。而你们开展的活动不是生产活动，因此不能记工分；如果群众活动都记工分，社员们劳动挣的工分就不值钱了，变"毛"了。

接着，于刚乾转身对丁锁柱说：你问问社员们愿意不愿意？社员们齐声喊：不愿意！

丁锁柱瞪了于刚乾一眼说：就你能！记着你今天说的话，什么"不是生产活动"，"不值钱"了，"变毛了"，你等着，把这个话记下来，今后算你的账！说着，他气愤地离开了会场。大家哈哈笑了。

最后队长表态说：大家一心一意搞生产，队里不会给任何人多记一分工！然后，他安排了最近突击积肥和红苕育苗的任务，宣布散会。

队长指定席养涵负责红苕育苗。席养涵在大场边挖好了育苗坑，正准备铺基肥，于刚乾来了。一会儿，参加徒步"长征"的战友申严启、闫银堂也来了。你捶我打地亲热过后，他们围坐在红苕苗坑的边沿说话。

闫银堂感叹说：人生无常呀，长征路上豪言壮语上大学，希望很快变失望。申严启说：面对现实吧。那你现在有啥想法？

闫银堂说：没有。我上不了大学，也没想上大学。其实，人一辈子不在于上学多少。朱元璋是文盲还当皇上。杜甫是大文豪却住着茅屋，风把茅屋上的茅草刮跑了，气得他乱骂抱茅草的孩子们。人穷了，也就小气了；气急了，他写诗也就用词不当了。

申严启惊奇发问：怎么用词不当了？你敢质疑伟大的现实主义诗人！

闫银堂说：伟大的现实主义诗人，在他的《茅屋为秋风所破歌》里骂孩子们是"贼"。你们听：南村群童欺我老无力，忍能对面为盗贼。公然抱茅入竹去，唇焦口燥呼不得。闫银堂昂起头自鸣得意地说：咋样，我没说错吧？

大家都笑了：这个闫银堂，真有他的！

申严启接着闫银堂关于上大学的话题说：学长，上不了大学可不能说上学没用；吃不上肉别说肉不好吃。朱元璋没上学但不是没读书。他灵得很，是在干中学，在学中干，最后成了才，然后当了皇上。关键在真才实学，要讲真本事。这叫"成败论英雄"。杜甫住茅屋不是因为他学识太广；相反他诗写得好流传下来，大家才知道他住茅屋。这叫"不以住房好坏论英雄"。

闫银堂说：你嘴厉害，我说不过你！我现在就想当兵，保卫祖国！说完他又诡秘一笑：其实，是想跳出"农门"。他又问席养涵有啥打算。

席养涵说我不懂政治，一心想办试验田，现在就搞红苕育苗，下一步想搞小麦、玉米优良品种选育，争取县农技站支持。养涵停了停，问闫银堂：听说你支持"保"的观点，是不是？闫银堂说是。席养涵问闫银堂：你为什么看好他们？

申严启说：我替闫银堂回答。现在，咱们村两群人互相争论，在互掐，都讲对方不好，分歧集中在对教育活动的评价上。教育活动确实造成了一些冤假错案，有扩大化，伤害了一些人。但站在历史高度，从巩固社会主义经济基础，从提高人的思想觉悟看，教育活动总的是应该肯定的。看问题，要看大局，看主流方向，不能有片面性。

闫银堂对申严启竖起拇指说：你真行！既是外语天才，又懂政治理论。你说得对，不过是不是有点空洞，大话套话多了点？申严启说：好，你是能人，就听你的能人话。闫银堂说：我笨想，再怎么折腾也是贫下中农掌权；支持他们，今后招工，是不是机会就大些？我嘛，就这么简单，说直白点，我是为了跳出"农门"。

申严启嘟囔着说闫银堂是"实用主义"。他心想：这个闫银堂精着呢，放在过去，一定是经商的好料。闫银堂听到了申严启的嘟囔，反问申严启：那你是什么主义？申严启说：我是社会主义、共产主义。

于刚乾半天没说话。闫银堂对着于刚乾说：今天怪了，"理论家"沉默了，咋回事，有啥高见，有啥想法，还藏而不露？

于刚乾说：你们说得都好，我一直在听。我明确说过，对咱们村里人的这两种观点，我既不支持，也不反对。一定要我表个态，那我的态度就是好好参加劳动，多挣工分，要支持的话，就支持抓生产的领导干部。

稍停，于刚乾转过头对闫银堂说：你想招工跳出农门，恐怕要支持"领导干部"吧？闫银堂想了想说：真是，我咋糊涂了？将来掌权的还是领导干部嘛！我内心信服你，今后就听你的话，你叫干啥我就干啥。

于刚乾笑了笑，和闫银堂击了一下掌，继续说：不瞒你们说，四年前我读恩格斯著作，对将来的生产条件下的婚恋观念和美好前景充满向往，认为愿景很快就能实现。现在看来，美好愿景的实现可能很漫长。

闫银堂问：那现在呢，现在你有啥打算？于刚乾说：我现在变得越来越现实了，就想和大家一起搞好集体经济，好好劳动，多挣工分，抓施肥、抓灌溉，多打粮食。闫银堂说：呀，落差这么大！

第十六章　给你惊喜

到了庄稼施肥时节，于刚乾请教过金文涛后，用粉笔在饲养室门前的小黑板上，写下这几句谚语：

庄稼一枝花，全凭粪当家。
种地不用问，深耕多上粪。
种地不上粪，等于瞎胡混。
玉米要长好，肥料给吃饱。

经过五天奋战，社员们用手推车把粪肥都送到了田间地头。算算账，还有二十亩地缺肥，时间紧，怎么办？最后决定拆五年以上的土炕做肥料，突击五天，把全队能拆的炕全拆了，换新的。于刚乾负责统计数字，收集社员反映的困难和问题，帮助队长解决具体问题。

说干就干，社员们白天上工，晚上点马灯拆自家土炕，开始了夜战。男人负责拆炕和搬运胡基，女人用馒头敲打炕胡基，白天再把胡基碎块运到田头。月光下，社员们屋里屋外进进出出，叮叮当当的敲击声，打破了大梁村夜空的宁静。

第一天夜间，荆家拆炕时叫不醒孩子，就把孩子推向炕的里边，先拆外面。拆到一半，不见了孩子。家人到处找，找不着。社员们帮着找，房子周围和村子都找遍了，还是找不着。家人急得团团转，奇了怪了，邪了门了，见了鬼了！天大亮，太阳光照进院落，有人拿着镜子到井口，反射太阳光到井底，没发现井底有任何异常。正在这时，孩子满脸灰黑摇摇摆摆地从屋里走出来，抹了抹蒙眬的双眼。大人上前急问：兔崽子，你从哪儿蹦出来了？孩子说：我翻了个身，迷迷糊糊，看见一个黑洞洞，就钻了进去，裹着我的小褥子接着睡。家长气得哭笑不得。在场人质问家长：你到处找孩子，咋没想到孩子钻炕洞？家长说：我咋可能想到他会钻炕洞？

于刚乾想：晚上突击拆炕，生产队应该考虑孩子睡觉问题。他和队长商量后，决定在仓库给孩子们打地铺。他先摸清孩子人数，再找芦席，收集被褥。太阳落山前，他打好了地铺，通知拆炕人家把孩子送到仓库睡地铺。晚饭后，送来睡大铺的孩子还真不少。

为防止孩子们晚上蹬被子，怕孩子着凉，于刚乾安排金玉秀做孩子们的陪护。金玉秀一个一个地检查铺盖情况。孩子们入睡了，金玉秀刚坐下，于刚乾来了。玉秀问你怎么也来了？刚乾说：我还要去拆炕，路过这里，告诉你，后半夜我来替换你。玉秀说你别来！刚乾问为啥？玉秀怕半夜三更俩人在一起引来闲言碎语，但她不好说，只说道：你若来，我就再也不理你了！刚乾笑笑，没说来还是不来。玉秀想让刚乾答应，又说：你听话，我就给你惊喜！刚乾说我听话，但想知道啥惊喜？玉秀说：一个月后在大皂角树下再告诉你。刚乾说那么久，我等不及。玉秀说：三夏大忙时节，哪有时间在一块儿说话？话刚说出，玉秀又怕伤了他的心，就补充说：时间越长，越能见真心。其实，刚乾听到"给惊喜"的话，心里美滋滋的；听到"见真心"的话，一股热流涌上了他全身。他把准备好的一件床单搭在玉秀肩上，说别着凉了。玉秀没推辞。刚乾深情含笑而去。

社员会后，席养涵就开始搞红苕苗的培育。

全国农业发展纲要提出，我国黄河以北地区，粮食每亩平均年产量，由1955年的一百五十多斤增加到1967年的四百斤。在实现纲要的最后一年，白鹿原公社提出了"跨黄河，过长江（亩产八百斤）"口号，具体措施是大量种植高产的红苕和高粱。培育好红苕苗，这是关键的第一步，席养涵感到担子重压力大。他找来有关书籍学习、研究，掌握科学育苗方法。在打麦场边，他动手挖坑，建成了两排一五米宽、五米长的育苗温床，然后用腐熟的纯牲口粪作为培养基，放置选好的红苕种，用塑料薄膜进行覆盖。席养涵日夜精心护理，薯苗长势喜人，一茬接着一茬，保证了生产队栽种八十亩地的薯苗的供应。

薯苗有多余，周围生产大队赶来购买。到六月底，共卖了三百多元钱，队长高兴得合不拢嘴，拿出五元钱买来几瓶太白酒。社员们在大场上，你一口我一口，对着瓶口轮流喝。队长要求一人喝一小口。闫老三找到了报复机会，揭发金文涛喝了一大口，而且还准备喝第二口。金文涛说：我第一口没喝好，刚准备喝第二口，就被闫老三抢走了。

闫老三没理睬金文涛，对着大伙儿说：我今天给大家讲个更有意思的故事。周围人都纷纷围上来。闫老三开口说：有个老头爱喝酒。有一天他回到家，拿起酒瓶，看到瓶子里的酒不多，没多想，就口对瓶口，仰头向上，咣咣咣，一口气喝干了。他喝完后咂咂嘴，感觉味道不对劲，就问他老婆：咋回事，你把我瓶子的酒呢？他老婆一看生气了，不回话，拿起擀面杖就打。

说到这里，闫老三卖起了关子，不说了。其他人急着问：你说的是谁呀？他老婆为啥打他？打着了没？闫老三说：当然打着了，头上打了个大包。你们查看，看谁的头上有个包。

大伙儿你看我我看你，最后发现金文涛用手抱着头，神情不对劲。闫老三抓起金文涛的手，让大伙儿看金文涛的头。金文涛捂住自己的头不让看。大家说：不用看了，不打自招了。弄了半天，还不知道他老婆为啥打他呀？

闫老三说：他老婆辛辛苦苦等了三个月，用来煮鸡蛋治病的童子尿，让金文涛一口气喝光了！

金文涛给人讲"过五关斩六将"，没想到自己今天"败走麦城"。大家哈哈大笑，问他：啥味道，好喝不好喝，喝下去感觉咋样，治了你的啥病？金文涛索性蹲在地上抱头不吭声：认栽了！

关键时刻老朋友解围。于恭让说：喝童子尿咋咧？治百病，有啥丢人的？谁没挨过老婆的打？你闫老三还挨打少？金文涛，你站起来，理直气壮，气死闫老三！

金文涛猛然醒悟，站起来趔着脖子说：就是！谁没喝过童子尿？谁没挨过老婆打？一边说一边后退，最后转身小跑回了家。

夏收过后，麦子碾打完毕，公购粮已上缴，玉米长到了施追肥时期。农谚讲施追肥：一追尺把高，二追齐齐腰，三追刚露毛。回茬地种的晚玉米已长到一尺多高；早玉米长到了一人高，玉米小棒已露出了胡须。刚下过两场白雨，雨后施追肥，肥效好，见效快。大梁一队社员开始了紧张的施肥。

刚入伏，天气就热得像火炉。太阳火辣辣的，烤得地面发烫，大田像一个大蒸笼，要把地面的水分全都蒸发到天空。玉米也知道自我防护，将叶子蜷缩起来减少水分蒸发。于刚乾和一部分社员忙碌在一人高的早玉米田里，把粪肥一锨一锨地送到每一棵玉米株的根部，再给根部培好土。"足蒸暑土气，背灼炎天光"，头上烈日，足下暑土，站在玉米行间，没有一点风，一会儿，于刚乾就感到全身被汗水湿透了。汗滴顺着腰脊流到尻渠子，于刚乾扑哧一声自己笑了：昨天爸说"把人热得，尻渠水浪打浪"，我反驳他太夸张了，不符合实际。现在感觉爸的话虽然有点夸张，但蛮形象的，也切合实际呀！说不定这还是文学家语言；不，作家没有这样的生活体验，咋能有这样的感受？咋能认可这是美好的文学语言？

紧张地忙碌了两天，所有的玉米田都施完了追肥。水肥充足，禾苗有吃有喝，茁壮成长。看着绿油油的玉米叶子，于刚乾心里格外高兴。他更高兴的是，一个月前预约的送"惊喜"时间到了。收工了，各回各家。于刚乾心想：今晚洗个头，擦擦身，明天清清爽爽见心上人！

第二天，于刚乾早早地在皂角树下等。看到树上挂着一串一串的皂角，刚乾随手捡起两个石块，精准地砸上去，皂角掉了下来。他把皂角装进口袋，准备洗衣、洗头用。

金玉秀出村，看到于刚乾，对他笑了笑，没到皂角树下来，径直向东，朝砖瓦窑方向走。于刚乾的心咚咚直跳，她去那里干啥，进砖瓦窑？贼胆大！别人看见了知道了咋办？说不清道不明呀！刚乾没有思想准备，他的心突然慌乱起来。但他没有停下脚步，远远地跟随着金玉秀。

到瓦窑旁的十字路口，金玉秀停了下来。于刚乾心情更加紧张：一个月前，玉玉说给我惊喜，看来她早有思想准备。喜是喜，但是不是有点太快了，太过了？快了好呀！啥叫过了？难得玉玉这么主动。刚乾越想越激动，准备一块儿进瓦窑，迎接这突然降临的幸福。

金玉秀停了停，没拐弯，继续向东走，向鹿鸣村她姑家方向。在一堆旧玉米垛背后,她停了下来。刚乾走到玉秀跟前,扭捏,不好意思的样子。玉秀对刚乾不说话只是笑,笑弯了腰。于刚乾更觉窘态,手捏衣角红了脸。玉秀开口说话:你呀!在十字路口,有没有胡思乱想?

没有!刚乾想实话实说:开始我以为你那样想,所以我也那样想了一会儿,后来看到你没有那样想,所以我也就很快不那样想了。但他没说出口,临时改了口,说没有。

没有就好!皂角树下太惹人眼,会招来闲言碎语;进砖瓦窑更不敢,被人发现了说不清道不明;所以还是陪我走路,去给我姑家送鞋样,时间长,也没事,我妈也不会担心。

刚乾发现玉秀的心很细,想事很周密,就说好!接着又问:你说给我惊喜,啥惊喜?

玉秀说:你傻呀!难道今天咱俩在一起,你还不惊喜?

惊喜,惊喜!刚乾连说。他曾想象着有一天,天地广阔,万籁俱寂,他们二人,静静地在一起,让感情像小鸟,在天空自由放飞……

来到鹿鸣村外,玉秀说:你在这儿等等,我一会儿就回来!刚乾忙说好。

在鹿鸣村外,于刚乾在等在想:夏收前和玉玉去北鹿村,她不许我拉手,不要我靠近,还说我笨蛋说我傻。我以为说"笨蛋、傻"之类的话不是好话,现在感觉好像是好话,是姑娘喜欢你才说的话。语言这玩意儿还真怪,语境、心境不同,语义竟然相反。但为什么男不说女"傻、笨蛋",反而要说恭维话"你聪明、你好看"?搞不清。恭维话我不会说,但真心话很想对她说;几次话到嘴边,又咽了下去。我最真心的话是"我爱你"。这三个字,城里人很随口;在我嘴里,咋也说不出。一会儿,我一定要说,向她表白我的心。

返回时下起了零星小雨,带微风。走到玉米垛旁,两人都自觉地停了下来。于刚乾脱衬衣想给玉玉披,玉玉说你穿背心会感冒的,别脱。刚乾靠近,玉玉这次没躲。刚乾从侧旁抱住玉玉,玉玉转身面对。刚乾没想到,玉玉那么热烈,呼吸短促,嘴唇滚烫,还主动伸给他舌头。刚乾咬了玉玉的舌头,两人的舌头在一起搅动,好久,好久。

刚乾说:我要娶你!

玉秀说：我是你的，我的心，我的人……

玉秀把话没说完。刚乾也等不及玉秀说完话，他满身热血沸腾，激动地把玉秀抱起来，狂吻着她的脸颊、脖颈。

第十七章　命悬一线

白鹿原干旱缺水，靠天吃饭。有的年份，炎炎夏日，一月半月不下雨，人们就在井口排起了长队，吊井水。还不下雨，井水快干了，涝池也干了，人和牲口都没了水喝。大人小孩都知道水贵，水贵似油，打发讨饭人，宁给一个馍，不给一碗水。一家七八口人洗脸，用一个脸盆，轮着洗；为节约，有人两三天都不洗脸。大田里，苞谷叶子拧成了绳，农民眼巴巴地看着苞谷秆在枯死。没别的希望，人们拿起求雨器具，开始"伐神取水"。

有一年，于刚乾亲眼看了伐神取水的过程。二十天没下雨，鹿鸣村请来白鹿原上有功力的"马脚"开始"伐神"，让神所附之人展示求雨的神力。马脚站在上千人中央，手拿三尺长的宝剑，从右腮刺进、左腮透出，刀和柄随着他的走动在两腮上下忽闪忽闪。然后，他右手拿三张黄表纸，在观众前转三圈。有人把刚刚烧得通红的铁铧用铁具捧上，马脚泰然自若，用右手抓起铁铧，自转三圈，再把铁铧扔在地上。纸表立即着火了，他举起右手向众人展示，右手完好无损。这时，他左手指按住腮部，右手抽出咬在口中的宝剑，再把两颊按一按，居然看不到流血。全场响起热烈的掌声，说这个马脚有真功，是真神，齐喝彩。

马脚开始挥起长鞭，啪啪作响。锣鼓敲起来，四名大汉抬着像花轿一样的"水楼子"舞动起来，时而腾空，时而急转直下。大汉们似乎身不由己，在被"神"驱使着，自成龙飞凤舞之势。目睹真神下凡，围观人群纷纷下跪，呼求龙王爷开恩给雨。往年取水，要到山里的黑龙潭，才能取到"真水"，几天后才能见雨。但这一年还真神，人群还没有走散，东南方向就刮来大风，王顺山顶卷起了乌云。大风过后，乌云盖顶，天昏地暗，顷刻电闪雷鸣，很快下起了瓢泼大雨。

为解决吃水问题，白鹿原人祖祖辈辈在打井，可有的地方就是挖不出水。有的打井一年半载，挖不出泉眼，没有水，只好含泪填埋，白费力气。清朝同治年间，回民聚集的大梁村与汉人居住的南鹿村之间挖成了一口井，水很旺，两个村的人都说在自家地界。为此发生了回汉两个村民的打斗，造成了流血惨案，从此埋下了白鹿原回汉矛盾的种子。

打深井，搞灌溉，解决人畜饮水问题，是天大的好事。于刚乾把他的想法给队委会汇报后，大家都说好，就缺领头人。于刚乾拍着胸膛说：我愿领这个头！看着一天一天壮实起来的于刚乾，想起他做过的事说过的话，大家表达出信任的表情。队长说于刚乾有胆量，是好样的！社员会决定成立打井队，于刚乾担任打井队队长。他挑选了九名青年队员。

会议还决定划出十亩地作为小麦玉米优良品种试验田，席养涵担任实验小组组长。

整个秋季，于刚乾全身心地扑在打井上。他买书看资料，请教老一辈挖井人，知道从河姆渡时期人们就开凿水井，几千年一直用传统工具挖，并不难。但在白鹿原挖井，土层十三丈深才见水，灌溉井要再下挖六丈深，容易塌方，风险很大。听说西京城有钻井队，用现代挖掘工具，进度快也安全。但两口井的工钱就要七百元，设备还要八百元，生产队哪有这么多钱？于刚乾决定，一切都自己干。但设备款八百元从哪里来？向公社提交水利设备补助申请，但全公社各生产队的申请太多，近期获批的希望很小。

于刚乾在作难，队长也没有办法。想起方副社长在他家里吃派饭时公鸡落在他头顶的滑稽情景，于刚乾突然来了灵感。直觉告诉他，自己和这位领导的关系意外地"近乎"了。他叫来一名打井队员，逮了自家的两只鸡。他俩杀鸡、烫鸡、拔毛，忙了小半天。赶到公社机关食堂，于刚乾和炊事员叽咕了一会儿，然后去见方副社长。看着眼前的小伙子，记起前年的情景，方副社长笑了，问起刚乾家的芦花公鸡。于刚乾说：在，正在公社机关食堂的锅里受熬煎。我内心一直过不去，今天才把那个讨厌的家伙杀了，给领导赔不是。方副社长说：你这个机灵鬼，有啥事就直说吧！刚乾还在绕着说：想请领导视察大梁一队青年突击队的工作，我现在是突击队队长。方副社长说：我正好明天有事去大梁村，去了看时间再定吧。

于刚乾高兴地回队做准备。第二天，于刚乾和队长等三人早早站在村口。方副社长来了，他们跑上前，请领导先到他们的打井工地视察。热情难挡呀，方副社长答应了。看过已挖到了水面的第一口井和正在开挖的第二口井，于刚乾这才说出了没钱买设备，请领导优先审批大梁一队补助申请的话。看到已经投入了那么多劳力，看到浑身泥巴的小伙子们，方副社长深受感动，和打井队员一一握手，答应优先考虑大梁一队的申请。临走时，方副社长硬是留下了两只鸡的钱。

不久，大梁大队收到了公社特批大梁一队两口深井设备的补助资金八百元。

两只鸡竟换来了八百元补助款！全队社员做梦也想不到的事，于刚乾做到了。一队社员对于刚乾内心感激，他们聚集在饲养室前的大场上，欢呼雀跃。有人把刚乾抬起来，扔过了头。几位中年妇女走过来，想故伎重演表达她们的祝贺。几位年轻人看穿了她们的伎俩，觉得以前的嬉闹有点过分。金玉秀拉了几人站在一边想阻止。席养涵脑子转得快，大声问：在场的谁还没有穿内裤，请举手？没有人举手。若拉下外裤，目睹穿着内裤的他，绝对没有光屁股的他来得淋漓尽致赏心悦目，达不到预期效果。几位中年妇女改变了主意，嘴上说：不闹了，走，走！脚却没离开半步。乘人不备，她们一窝蜂地涌动，把于刚乾包围起来，一把麦糠一把土塞到了于刚乾的裤裆里。看着刚乾蹒跚着脚步向家里走的样子，她们哈哈大笑起来，一个个笑弯了腰。这就是她们给予生产队有功人员的褒奖，这是大嫂们开小弟玩笑的方式！不论粗俗还是高雅，开心、乐呵就好，就是她们所要的效果。

有了钱，打井队抓紧了工作进度。于刚乾进县城预订锅锥钻机，来到滋水河边。

昨天下过一场大雨，滋水河河水猛涨，水深到腹部，冲浪到胸部。没有桥，一条河把县城与白鹿原隔开，每年都有过河人被水冲走，死人不在少数。死者多为滋水河以西在县城上学的学生或给孩子送馍的家长。大前年，吴庙村一位父亲送儿子上学，过河时一起被大水冲倒了，二人一直被冲到了灞桥的河滩。涨水季节的滋水河，出现了熟悉水性的人"背河""拉河"帮人过河的新职业。

于刚乾正在看水势，听到一位"领头人"对着同行伙伴喊话：今年背河、拉河的人都要穿裤头，不许光屁股；这也是对妇女的尊重。

有一位小伙子回话：都知道咱这儿有"三精"，精身子穿褂褂，精尻子穿棉裤，精脚子穿棉窝。没有裤头咋办呀？领头人说：腰部勒一个围腰也行。小伙子回答：没带围腰咋办呀？领头人知道他们都没有穿裤头也没有带围腰，因此没回答。

于刚乾没有在意"光屁股"还是"勒围腰"，准备让人拉河。这时听到有人叫他的名字，于刚乾回头一看，是个小伙子，有点面熟但记不清。这个人自我介绍是王庄村的。他推着自行车说：我媳妇在县医院，打电话叫我，有急事，我一定要过去！

今天"背河"涨价一倍到六毛钱，"拉河"涨价到三毛。小伙子掮起自行车，牵着一对年轻夫妇准备过河。他要于刚乾一同"牵手"。于刚乾说花三毛钱更安全。那位年轻丈夫说：我媳妇看不惯那光屁股的男人，说她看一眼就感觉恶心，不想叫人"拉河"，更不想让人"背河"。这时，掮自行车的小伙子拉住于刚乾的手说：咱们一起过河吧，多一个人多一分安全。于刚乾觉得他说的也是，四人拉手过河更安全。他随之脱下裤子，一手把裤子顶在头上，一手拉手过河。到河中，一阵大风卷起大浪冲来，掮自行车的小伙子首先被浪冲倒了。于刚乾被猛拉了一把，身子不稳倒在水中，呛了几口水，手脚乱扑腾，想站起来，但怎么也站不住，随波逐流地向下游流去。那一对夫妇也倒在水中乱扑腾。拉河的领头人见状大喊：下游的，快救人！站在对岸偏下游的拉河人，有三人很快冲到河中，其中一位拉住了于刚乾的手。刚乾站了起来，回过神，慢慢移动脚步，到了对岸。被拉上岸的还有那位年轻的丈夫。眼看着他媳妇被大水冲走了，在水里挣扎，他在岸上边跑边喊：救命呀，救人呀！最后，两具尸体（年轻媳妇和掮自行车的小伙）被冲到了下游的岸滩上。撕心裂肺的呼喊震动了滋水河川。

于刚乾浑身湿淋淋，呆若木鸡地站了几分钟。过会儿，他抖了抖身子甩了甩头，清醒了。他掏钱，钱还在，湿了。他握过拉河人的双手，然后给他钱表达谢意。命悬一线，差点命归西天，于刚乾这才感到十分惊恐。他想对所有人呐喊，想让人觉醒：六毛钱，两条人命，一念之差，生死瞬间，悲惨呀！俗话说，上山砍柴过河脱鞋，到哪说哪话，但事到临头怎么全忘了？怎么关键时刻因为别人的不雅而感到"恶心"，就做出"拼命"的选择？孰大孰小竟然不知！就连我，竟然也跟着他们……好糊涂呀！

有人抱来柴火，于刚乾脱下衣服拧干水，在火上烤了很久，心情略略平静。他拖着疲惫的身子进了县城，租好了锅锥钻机，听说县城很乱，于刚乾不敢久留，天黑前又赶回到家。

打大口深井，最艰难的是在十多丈深的平台处推锅钻，挖泥。五人在平台工作，推满一锅钻泥，吊上平台，再招呼地面人员放下铁桶，将锅钻里的泥倒进铁桶吊上地面。打井队十名小伙子在泥里水里轮换上下。没有雨靴，布鞋一下井就全湿了，有人干脆脱掉鞋，光脚片。没有工作服，只有各家布机织的粗布衣衫，湿了就湿了，上了井再晾晒。没有安全帽，下井人员都在头上扎条羊肚手巾。于刚乾最担心的是，平台以上的井壁若垮塌，头上扎羊肚手巾顶啥用？他想来想去，准备在井下搭木架，防塌方。

深秋季节，连绵阴雨。到11月初，雨过天晴，打井队又开始了紧张的工作。金玉秀也很操心，她催促于刚乾赶快搭架，一刻也不能拖延。她帮于刚乾搬运木椽和檩条，亲眼看着井下平台搭起木架，她才走。于刚乾又在井壁两旁挖进二尺深的洞，作为紧急避险的场所。

第二天，于刚乾和其他五名队员下井。刚下井，他看到有土块下落，井壁有裂缝，有垮塌迹象，急忙把身边的两人一把推向井壁，大喊一声：快躲！自己也顺势倒下，向井壁翻滚。在向井壁滚动身躯时，土块压垮了木架，一根木料压在了他的身上，头部受到猛击，于刚乾昏了过去。

井上人齐声大喊：井塌方了，井塌方了！社员们纷纷赶来。于恭让、席广田、于双乾第一时间赶到，急忙查看险情。当判断没有再塌方的危险时，他们决定立即下井救人。席养涵、于双乾、闫银堂等五人下井挖土。井上人跑步拉动滑轮，尽快吊出井下泥土。

刚乾妈站在井口一边，哭成了泪人。社员们站在旁边，都很着急，但搭不上手，只有屏住呼吸等待轮换下井。

金玉秀红了眼圈搀着刚乾妈，急得不知咋办，看着起升的泥土，她真想跳下井一块儿挖，想亲手把刚乾扒出泥土。玉秀心想：不久前我对刚乾说过，我是你的，我的心，我的人都是你的。从那一刻起，我就是他的人了。他若有个啥事，我咋办呀！我也不想活咧！想到这不吉利的话，玉秀赶快打住。

一中年妇女流着泪走到刚乾妈身旁说话：我真傻，我不该昨天手拿麦糠……旁边有人狠狠训斥她：都啥时候了，尽说废话，没神鬼！把她一把拉到一边。

井下人喊道：挖到椽头了，看到檩条了！

席广田判断：若有木料支撑，就有生的希望；但若支撑空间小，空气少，也有闷死人的危险。时间就是生命！席广田作调度，安排人员上下轮换，不停地喊快快！再快再快！恨不能亲自下井扒土。

忙中出乱。第一拨下井人员体力消耗过大，动作明显放慢。换人时，又出了大祸：于双乾出井面时一脚踩空，掉了下去！井面人给井下大喊：快躲闪，快躲闪！还好，井下人躲开了，但于双乾出事了。他从十多丈的高处下落，重重地摔在井下的地面上，右腿撞在了一个椽头上。他浑身软瘫，鼻息没了气，昏迷不醒。于双乾被吊上井面，紧急送往大队合作医疗站。

于刚乾清醒了，睁开眼，一片漆黑，没有一丝亮光，他判断上面被压实了。他动了动头，左右能动；又拉了拉腿，想抽动，但抽不动；他知道动也白费力，而且仅有的一点空间可能被土填充，减少了空气。他喊叫其他人名字，想告诉他们，空气有限，尽量减少用力，等待营救！但喊不出声。

心平静下来了，于刚乾脑子开始了转动：

我很想爸妈，他们给了我身体，也给了我快乐的童年，我咋能就这样离开！我很想玉玉，想和她在一起。玉玉好，我真心爱她，亲了她的唇，没有沾她的身。那一天，我很想说"我爱你"，但怎么也说不出口；现在，现在连一句告别的话都不能说，一个字都不能留。如果能给她留言，我第一句就是：养涵人好，他在暗恋你，你要和他好。不！我要活，我要活着出井，我要见到玉玉，玉玉是我的，我永远爱她！

我最近的愿望一个都没实现：打井任务完成了一大半，相信会完工，可惜我看不到流向田野的滔滔清水了。我想给家里搭建一间房，这比起生命，不值一提。没命了，金山银山都没用，要房何用？咦！说不定我准备盖房的这些橡檩在救我们的命！是的，这些橡檩在支撑着，给了我们空间，给了我们氧气，氧气就是命，橡檩就是命。平时怎么没有这个观念？物的价值在于有用。盖房，买橡檩；打井，用橡檩做支架；支架支撑，救命……这中间，好像有某种因果联系，是不是老天爷有意安排？皇天有眼，我们死不了！

人生究竟咋回事？有人说人的命天注定；有人说人生无常充满未知；我对人生充满信心，满怀信心想搏击人生，但是没想到生命这么脆弱……

于刚乾感觉呼吸越来越短促越来越困难，想到走向社会还没干啥，没给社会、给爸妈任何回报就要离开人世了，就要离开心爱的人，眼泪扑簌簌流到了眼角、耳根。

两小时后，五人全部被吊上井。其中一人窒息时间过长，上井后就已经死亡。救护车拉着其余四人，在紧急抢救中送往医院。

死者席建田，二十八岁，小时被打致聋致哑，但心灵手巧，是鲸鱼沟南岸有名的掏井能手。社员们含泪为他送葬。有人给死者家属说：早知有危险，为啥这么干？谁定的？马上有人反驳：别事后诸葛亮，这是于刚乾提出来、社员大会同意的，有责任大家担，别狼心狗肺不是人！家属没有提要求，只是哭。生产队决定：为死者多记一年的工分。席广田给了家属一百元。

经紧急抢救，四人脱离了生命危险，于刚乾头部撞伤脑震荡，腿骨骨折，腰部受伤，需要住院治疗。大队领导、生产队干部陆续去医院看望。方副社长也表达了慰问。

席养涵、金玉秀陪刚乾妈到医院看望于刚乾。刚乾的头倾靠在妈怀里，长长地喊了一声"妈"，失声痛哭起来。从来没见过于刚乾这样放声大哭！医生护士也深受感动。

村人在传唱金文涛编的顺口溜：

刚乾是位好儿男，带队打井抗干旱。

一人壮烈献生命，四人逃生重见天。

于双乾上井后被送到地段医院，一直在昏迷中。一个时辰后，他睁开眼想翻身，喊疼，疼！他右大腿臀部被硬物戳伤，在流血。医生做了止血消炎处理，要他去县医院再检查。被扶下床，于双乾动了动腿，挪动了两步，说没事。阿弥陀佛，从十多丈高处跌下去竟然没死，于双乾感到十分庆幸。想到井下人生死未卜，他很着急，要去看，走了两步，跌倒了，被送回家休息。

三天后，于双乾说他右大腿疼。医生给他又做了一次外部消炎处理，叮嘱他卧床休息，不能走动。他遵医生要求又休息了两天，感觉越来越疼，是剧烈的疼。叫来南鹿村的宋先生，他看了看，说里面化脓了，到了坐骨位置，若再延迟，骨头坏死，大腿就保不住了。宋先生是白鹿原上有名的老中医，男女妇幼、内科外科他都在行，于恭让相信他，决定就地立即做手术。宋先生拿出刀片和剪刀，在火上烤了烤。没有麻药，他要于双乾趴在土炕上，叫来两个小伙子压住他的双腿。于恭让压着双乾的背。宋先生说：你们三位，听到吼叫，不能心慈手软，用劲压住他，不许他滚动！于恭让和其他二位答应说：对！宋先生毫不顾忌于双乾撕心裂肺的号叫，用刀片果断地切开一拃长的口子，鲜血直流。他揩干净鲜血，再用力挤压，排出了一小碗红黄颜色的脓液。然后又把一条粗壮的药棉塞进切口深处，再挤压，让药棉吸干净肉里的脓汁。再用刀片刮骨。听到刺刺的响声，于双乾又是一阵号叫。最后，宋先生把一拃多长的药棉放进切口，很快缝好了伤口。三天后又换了一次药。三周后，于双乾好了，能下炕走路了。但走路时右腿抬不高，有点抹地，留下了永久伤痕。

住院一个多月的于刚乾出院了。为疗骨伤，他在家继续休息。社员们纷纷登门看望。有一天，于刚乾和爸说话，他从来没有这么长时间地和爸谈话。于刚乾谈了他经历过生死的感受，谈他敬佩爸的正直坚强，谈他希望今后还要干更多更大的事。最后他说：爸，你放心，儿子不会因这个挫折就倒下，会更坚强。上一辈的你们，吃苦、顽强、正直、善良，这些我都看在眼里，记在心里。你放心，今后儿子不会给你丢脸。于恭让抱住刚乾说：不知不觉，儿子长大了！我放心。

席养涵来了，坐在炕边。于刚乾把他拉上炕，斜靠着墙角的被子说话。席养涵谈了他的小麦玉米试验田计划实施情况后，放低声音，说起了私密话。他说：我大我妈谈我的婚事，我不知咋办，想和你商量。

于刚乾说：梅梅对你很好，你有啥想法，咱大知道不？

养涵说：最近聂老大、丁德让都在找大的麻烦，我没给他说我和梅梅的事。

尽管家里没人，养涵还是更靠近刚乾并放低声音说话。他说：有一次我和梅梅从北鹿村回家，她脚崴了，我背了她一段路。她那两个肉团团搞得我几天都睡不着觉，后来就常想摸她那团团。哥，这事别人知道了会不会说我有流氓心理？开始我以为这就是爱。后来我见到一个女孩，我们互相看了看笑了笑，我就有一种过电的感觉，经常想见她，把她的名字写在纸上，感觉比"摸"还好。是不是想"摸"追求快感就是肉欲，不摸也想就是爱情，是真爱？肉欲会不会变成真爱？真爱也要有肉欲？我真的搞不懂。

席养涵平时不多说话，但想事很细，很周密，思考问题很深，一连串的提问把于刚乾给蒙住了。他不知怎么回答，停了停说道：你搞不清，我也一样。他已经知道让席养涵产生过电感觉的那个女孩是谁，是自己的心爱，是玉玉。这怎么办，是三角恋爱？不，那一角还不成角，玉玉是我的最爱，我们之间的纯净如蓝天、如净水。爱是自私的，讲超越自我，理性无私，那绝不是真爱，很可能是骗人；真爱，哪能讲哥儿们义气？现在我咋办？刚乾想：这层纸，还是不戳破为好。他避开深奥谈具体，说道：

我理解你，我也有过一见钟情。一年半前，我们年级的一位女同学，和玉玉一样漂亮。我们在张家河沟碰面。她从一棵大树干背后伸出头对我深情地笑了笑，只说了几句话，以后再没和我说过话，我就爱上了她。不久她当兵走了，我在我家山墙的焦胡基上把她的名字写了十几遍。后来，我和玉玉好上了，慢慢就把她忘了。

于刚乾想了解更多，突然又问道：你既然爱那个女孩，为什么不表白？为什么不告诉咱大，让他们提亲说媒呀？

席养涵说：那个女孩有了她的爱，我的那点爱就只有埋在心里，暗恋吧！

于刚乾继续问道：你若放弃追求，会不会有终生遗憾？

席养涵说：人，还是要有道德底线，把不属于自己的搞到手，不管用什么方法，都和抢劫差不多。何况是……

到口边的话，席养涵咽了下去，感觉还是不说破为好。席养涵以为刚乾不知道他所暗恋的人是谁，就说：是谁就不说了，永远在心里吧。至于订婚，和谁订？梅梅比我大一岁，咱们这儿的习俗是：宁叫男大十，不叫女大一。还有，她父亲有问题，大可能不会同意。再说吧。

于刚乾心里清楚，这个兄弟说话办事周密审慎，有主见，有思想底线。于刚乾没再说啥。

第十八章　支持队委

春节刚过，大梁大队召开民兵连成立大会暨全体社员大会。这是大梁大队在教育活动结束后召开的第一次社员大会。大会在大队部大院召开，到会七八百人，黑压压一片。

新成立的民兵连中的二十多位骨干，手持两米长的木棒作标枪，站在会场的两边。闫银堂身背一把公社武装部配发的步枪，虽然枪膛里没有子弹，但仍然可以壮胆，也丝毫不影响其站在台前的威严。会场气氛有点严肃，好像要出大事。有人问闫银堂：你到底支持谁、反对谁？闫银堂不回答。会前，于刚乾接到任命，召开了民兵连骨干会议，对维持会场秩序做了具体安排，强调谁冲击会场，就以破坏生产的名义，直接扭送到公社武装部，或者交给公社的公安员。他把这一重要任务交给闫银堂负责。

大会开始，席广田主持会议。第一项，全体站立，为大梁一队打井队员席建田壮烈牺牲表示默哀。第二项，宣读《大梁大队党支部关于对于刚乾等打井英雄的表彰决定》，号召社员们向于刚乾等人学习。宣读完毕，台下响起长时间的热烈掌声。大会第三项议程,宣读《大梁大队党支部关于成立大队民兵连和任命于刚乾为民兵连长的决定》。

大队民兵连虽不是权力组织,但由年富力强的青年组成,而且有公社配发的步枪,有保护生产秩序的责任,是年轻干部受锻炼的重要岗位,大家自然都把它看得很重要。席广田刚宣读完决定,就有人上台抢铁皮喇叭筒。这是会场唯一的扩音设备。席广田把喇叭筒抱在自己怀里,不给。

聂老大用报纸卷起话筒喊话,提出要徐南担任大梁大队民兵连长;也有人提出要丁锁柱担任民兵连长。

台下有人反对,有人支持,吵闹起来。一伙人簇拥着聂老大向主席台上冲,与台下另一伙人互相推搡,接着动起了拳头。

这时于刚乾走上台要大家保持安静。他扯开洪亮的嗓子喊:作为民兵连长,我在做好民兵训练工作的同时,有责任维护大梁大队的生产和社会秩序。今天我已经做好了安排,谁如果破坏今天的会场秩序,执勤民兵立即把他扭送到公社!

接着于刚乾发话:执勤民兵,台前执行命令!

这时,闫银堂带着二十多名执勤民兵,跑步来到台前。闫银堂叫喊着口令:立正!向前——看!向右看——齐!呼啦一声,二十多人抬头挺胸,煞是威风地排成一道人墙。闫银堂举起右手回话:请连长发指令!

于刚乾叫声:闫银堂!闫银堂喊:到!于刚乾发口令:今天,谁破坏会场秩序,就立即把他扭送到公社!闫银堂手拉枪栓做实弹上膛动作,举起步枪,高声回答:是,坚决执行命令!

会场立即安静下来,想冲上主席台的聂老大等人也停了下来。席广田心想,于刚乾安排的这一招真顶用,把想闹事的人给镇住了。

于刚乾继续讲道:前段时期,有人干扰选举,想把大家拥护的队委会领导往下赶,没有履行任何程序,就把大队公章拿走了,这是明显的违法行为。大家说,咱们是支持以席广田为代表的队委会,还是支持这些人?

台下有人带头喊:支持队委会,支持席广田!社员们跟着喊:支持队委会,支持席广田!

这一次喊声很整齐，是齐声喊，反映了社员们的心声。聂老大、丁德让灰心地摇了摇头，向后退去。

于刚乾继续讲道：有人对教育活动中出现的一些问题提出不同意见。有不同意见很正常，可以向上反映，通过正常渠道解决。但因为意见不一致，就设法推倒队委会，自己当领导，搞自己的那一套，这不仅影响生产，而且把全大队的整个秩序就搞乱了。为更好地贯彻上级有关精神，我提议通过一项社员大会决定。

接着，于刚乾念了他起草的《大梁大队社员大会关于支持队委会工作的决定》，内容包括：支持以席广田为代表的队委会的工作；被抢夺的公章即日起宣布无效；谁破坏生产就追究谁的责任；民兵连代表社员监督决定的执行。

念完后他征求大家意见，又是压倒一切的喊声：同意！支持！

聂老大、丁德让一看形势不利就溜走了，没有人再争论谁来担任民兵连长的事。会后，民兵连又搞了一次支持以席广田为代表的队委会的社员签名，送到公社。

这次大会后，各生产队将"决定"用大字书写，贴在饲养室门前。"决定"宣布后，被夺走的公章也没了用处。有一天，席广田去大队部办公室，看到门口有一个木匣子，打开一看是大队公章：新公章还没来得及刻，老公章就被送了回来。

方副社长来到大梁村。他问大梁大队的干部：怎么就那么神奇，你们召开了一个社员大会，大队公章就跑回来了，是咋回事？

席广田向方副社长作汇报，介绍了近一年来大梁大队发生的事情。

去年这个时候，工作组撤离以后，有人就向大队领导反映，认为教育活动中有偏差，有错误，需要纠正。聂老大经常到人群中宣传这些观点，有时还说自己也受了冤屈，也是受害者。支持这种观点的人越来越多，有人还在大队部门外的墙上贴各种宣传材料。反对他们观点的人也不少，有人甚至当众把一些宣传材料从墙上撕下来，踩在脚下，嘴上骂骂咧咧。大队部门外，经常聚集着互相争辩的人群。在田间地头，在村巷院落，相互争辩的人越来越多，父子父女之间、翁婿夫妻之间也常常争论不休。

有一天，在大队部门前的一次争辩中，第五生产队的一位中年妇女扯着他男人的耳朵说：你在这里吱哩哇啦说些啥？要翻案，要平反，是猪脑子！男人当众受辱，用手拨开他媳妇的手说：女人家懂个啥！错了就要改。我是坚持真理、纠正错误。媳妇骂他一根筋。回家正做饭，两人又吵了起来。媳妇辩不过，用勺子在他男人头上敲了一下说，我不做饭了！说着就躺倒在炕上。男人说你正确，行了吧！媳妇说那你改不改？男人说我没错，改个啥？媳妇带气出了门，干脆不做饭也不回家吃饭。男人骂她"找野汉"，她怼答：找就找，咋咧？男人拽住她的头发打了她。她咬了男人的腿。两人厮打了好几回。媳妇提出离婚，男人不同意。媳妇带着伤，找关系，扯了离婚证。男人这才傻了眼。不久，媳妇和一个男人好上了，而且闪电结婚。气得这个男人见人就絮絮叨叨地数落：咱弄啥呢，在家里争来争去，把媳妇都弄丢咧。家庭哪是讲理的地方呀，唉，我糊涂呀！

大家以为他疯了，仔细看，没有疯。他跟随聂老大跑前跑后，有人说他是聂老大的私人秘书。没了媳妇，成了单身汉，他更加自由，跟随聂老大喊得更来劲。他就是第五生产队的徐南。

聂老大带着徐南见席广田，提出新要求：以大队队委会名义，给他们提出的人员口头平反；不要求退赔被罚没的钱粮，也不要求形成书面材料。这个要求不高，也有一定道理，席广田动了恻隐之心，想对其中一些人包括于恭让作口头平反。他答应研究研究。之后他召开队委会会议，会上有支持也有反对，意见很不一致。

席广田找于恭让谈话，想听听他的意见。席广田说：最近有人提出，对教育活动中有些决定作口头平反，但不予退赔。我知道，扣了你二百斤麦子，是个错误，我想听听，以大队部名义宣布给你平反，但不退还二百斤麦子，你愿不愿意？于恭让当即表示了反对意见。他说：当然不愿意，既然平反了为啥不退赔？于刚乾在一旁插话了，他没有反驳他爸，而是对着席广田说：干大，我知道你的用心是好的，就想把以前的有些错误给纠正一下，但你咋知道哪个错了哪个没有错？聂老大亲口说"取证明容易得很"，这就复杂了，难办了。世间有些事永远也弄不清，你还是让他们争辩去吧。席广田把于刚乾上下打量了一番，感到他想事比大人还周全，也讲策略；不，他已经长成大人了，能看出，他是个人才。席广田决定采纳于刚乾的意见。

有一天，聂老大又吆喝了一伙人去大队部"学习"，要求席广田给个回答。丁德让知道了，也很快叫了一伙人去大队部。两群人分别站在往常演戏的土台两旁，指指画画，说对方的不是。席广田站在人群中讲话：你们在这里读报纸、学习，我支持；互相讨论甚至辩论，我也不反对；但是不允许打骂、闹事！席广田说有急事，就急匆匆出了大队部大院。

听到席广田说可以辩论的话，聂老大和徐南耳语了一会儿，突然站上土台上说话，公开向对方挑战。他说：丁德让、丁锁柱，你们父子俩都在场，平时你们到处煽风点火，今天给你们舞台，让你们上台来讲你们的观点，咱们辩一辩，辩个对错、胜负。有本事就上台，若认尿就滚出这个大院！今后再别招摇撞骗了。

这突然的"将军"发难，真把丁德让给难住了。平时在田间地头、在大院里，你一言我一语地争辩还行，站在舞台上辩论，他还真不行。可就这样认尿认输，太丢人了，今后说话还有谁听？不能！我们在理，不能认输。从舆论上压倒对方，最好把对方搞臭，这是机会。丁德让站上舞台对着聂老大说道：你先别张狂，看谁能笑到最后。先给你们一些准备时间，咱们明天在这里见。其实他们都没有思想准备，因此，私下耳语过后，双方答应第二天在舞台上见高下。

两群人都散了。丁锁柱给他爹说：我嘴笨说不过人家，跟人说话有时跑题。这咋办呀！丁德让说：能人多的是，挑几个能说会道的上台，一定要从气势上压倒对方。最后他们选中了闫银堂。

丁锁柱找闫银堂说：你也听到了，聂老大向咱们挑战，提出要和咱们辩论。听你平时说话，咱们观点完全一致，因此想请你出马，上台与他们辩论。闫银堂想展示自己的口才，但又怕得罪人，犹豫不决，问于刚乾。刚乾说：只要你讲道理，不胡说八道，就会得到更多支持。到时我也去，听听你这三寸不烂之舌怎么个辩法，是雄辩还是诡辩。闫银堂高兴地接受了丁锁柱的邀请。

听到搞辩论，许多人放下手头的活儿，前来看热闹。第二天，在大队部大院，聚集了数百人，熙熙攘攘。辩论开始，丁锁柱念稿子，念完大道理的稿子就退到台下。聂老大说话水平比以前大有提高，他自信满满，从容地罗列了教育活动中的几个"冤假错案"后说道：有错必纠，就是贯彻实事求是路线；我们已经向大队部提出了要求，等待答复。

闫银堂发言。他说道：有人抓住个别冤假错案否定教育活动的成果，说难听点，这就叫"老狗啃骨头，咬住不放"。台下一阵哄笑。闫银堂有节奏地敲着右脚尖，半仰头，脸上露出掩饰不住的小胜的喜悦。

聂老大回怼：没管教的狗乱咬人，乱咬人就滚下台！他跛了跛腿，煞有介事地给大家说：刚才我的脚被狗咬了一口，没事，脚跛不影响辩论。接着他对着闫银堂提问：你承认不承认教育活动中有冤假错案？

闫银堂先对着大家说：连比喻、打比方都不懂，还敢上台辩论？又转过头对着聂老大说：承认有错咋咧？

聂老大说承认就好，承认有错就要改；咱们观点完全一致嘛！他拍了拍手说道：欢迎闫银堂同志。

闫银堂感到回答别人提问就是被别人牵着鼻子走，很被动。他想到辩论方法中有一条是"找对方破绽，掐其中要害"。他立马硬拐弯、变话题，指着对方说：看看支持你们的都是啥人？不用我说，大家看吧，在台上的就有"四不清"分子！他没有点名，但大家都知道闫银堂指的就是聂老大。

站在聂老大身边的徐南立马反驳：你胡说，老大是受冤枉的，他的问题是冤假错案。

台下一阵哄笑。闫银堂说：要不要叫证人上台，再做一次证明？女同志证明也行！

闫银堂这么一引导，大家都领会了言外之意，一阵哄笑。闫银堂情不自禁地又扬起了头，敲打着右脚尖。

聂老大手指闫银堂想骂，硬是忍住了。他与台上的几个人碰头后，马上改变了策略，也找对方的问题，揭对方的短。聂老大说：冤假错案是咋样造成的？因为有人说假话。咱们在场的人有没有说假话、写假证明的？大胆点，上台来，承认就好。没人上来，是不是不承认？不承认就现场对证。他本来是虚张声势，没指望有谁上台做证。没想到突然一声"我做证"，台下走来一人：金文涛。

金文涛手拿一顶瓜皮帽在空中摇了摇，走到台前开始说道：谈到有人做假证明，我就想起丁家旺。他死前给了我一顶瓜皮帽，我感觉有点怪，仔细看，发现帽子夹层里有纸条。

这时他把纸条展了展念道：丁德让的八亩地是分家时分给他的，他却写证明是租种我家的；我申辩没人听，这才被定为地主。我要走了，留下这张字条，再次为我申辩。念完字条，金文涛继续说道：要我说，丁德让作假，写假证明，有点缺德！说完话他又回到原位。

丁德让在台下说：我没有作假，我就是租种他家的地。旁边有人帮丁德让说话：丁家旺就是地主，你们给地主翻案！会场大吵大闹起来。

这时，有人喊话：把说假话、写假证明的丁德让揪出来！不知道谁打着拍子带头喊：丁德让，说假话；说假话，丁德让！其他人跟着呼喊：丁德让，说假话；说假话，丁德让！一会儿，有人用砖瓦块敲节奏，形成了有节奏的齐声喊。

台下人互相推搡，乱挤乱喊。有人向台上扔石子、瓦片，打在了闫银堂头上，鲜血直流。于刚乾、席养涵赶快上前，扶着闫银堂去医疗站包扎。聂老大也被打伤了。

丁锁柱听到有人把矛头指向他大，不知啥时悄悄离开了会场。出了门，他看到他大走在他前面。

听到聂老大、闫银堂之间的辩论，席广田笑了，感觉他们之间互相争辩，其实也是"互相帮助相互提高"，挺好的，比领导做工作还顶用。我这个干儿子说的话，还真有道理。今后要给他压担子。

三夏大忙时节到了，社员们都投入到紧张的劳动中。都说大梁大队开会不记工分的决定很英明，没有影响生产，没有影响夏收。"三夏"到"夏管"的田间管理阶段，施过追肥，锄过地，培过土，农民又有了闲暇。七八月间，又有人开始了私下活动。

聂老大感到席广田越来越"滑头"，提到纠正过去的错误，他就打岔，或者一推六二五，去忙别的事。上次交谈，席广田说工作组作决定也有事实根据，现在咋好推翻？聂老大说：那我们把工作组叫回来，让他们纠正错误行不行？席广田不好回答，也没回答。聂老大就说：你默认了？好！没等席广田说话，聂老大扭头就走了。

聂老大真行，不知用什么方法，"请"回了教育活动中的工作组人员，对有关问题作"甄别澄清"。他们自行成立了"甄别小组"，请席广田担任组长，席广田拒绝了。聂老大于是自任组长。席广田说：你们这么做不合适，是非组织活动。聂老大反而批评席广田是官僚主义，不关心群众反映的问题。

"请"是真的，介绍信是这样写，见了被请人员也尽表真诚，承诺保证他们的人身安全。但是被"请"人员到了现场，具体情况就不同了。

聂老大派人去"请"原大梁一队工作组易组长。易组长现在是白鹿原人民公社的副社长，分管武装和公安的工作，很忙，请不到。他们就开了介绍信，派人去外县，请来了原工作组组员。聂老大召开了"对话会"，请席广田参加，席广田拒绝了。

在对话会上，聂老大问工作组组员：丁家旺地主成分是怎么确定的？回答：阎老三证明材料上写打工时间不够一年，丁德让就写了租种丁家旺八亩地的证明，这才给丁家旺定了地主成分。

这时有人给聂老大耳语：定地主家庭成分问题，不管冤不冤，现在都不能提，这是上面的精神。聂老大赶快纠正说：把刚才的问话收回。记录员，把刚才的记录撕了！记录员照办。他接着提问：

于恭让贪污四百斤豌豆麦问题，为什么最后只扣了他二百斤麦子，这到底是啥意思？他到底有没有贪污？

答：在社员会上，于恭让提到"一段时间在公共食堂吃饭大家都爱放屁"，大家承认那是事实，实际上认可了于恭让没有贪污。但丁德让不松口，不改他做的证明。最后，易组长来了一个折中处理办法：不作定性，只扣二百斤麦子。

聂老大叮咛记录员做好记录。记录员回答是！他继续说道：我的问题是屈打成招，这是事实，你现在把当时的情况叙述一遍。

工作组组员说：谁打人了，工作组打人了没有？谁打人你就去问谁！

聂老大受到顶撞，气愤地说道：不行，我就问你！你没打，易组长也没打，但是你们指使别人打我，打得我头破血流。你必须写证明，证明我的问题是屈打成招的——就这样写!

组员说：这证明我不能写，写了也没有用，因为你的贪污问题你自己已经承认了，出纳、会计、保管，还有丁德让都写了证明，进了档案，我一个证明咋可能把别的证明都给推翻了？至于谁打你，明明是那个妇女和他男人打了你，要么你去找他们算账去!

这几句话把聂老大叮得愣了神，不知咋回答。他讲话又没了水平，犯起老毛病。他说：今天你在我手上，你还敢嘴硬！你不写证明，好，甭想回家！说着，他叫人把工作组组员带到队仓库关了起来，给了他一张纸一支笔。

紧接着，聂老大派人去"揪"丁德让。

为了取到推翻原有证明的材料，聂老大还"请"回了教育活动中的积极分子，回村"核实问题"。有人几次建议"请"丁德让澄清事实。聂老大认为丁德让没有揭发自己，够哥儿们，因此他一直没同意。今天工作组组员谈话，他才知道丁德让也写了证明他的问题的材料。聂老大生气地说：这个丁德让，不是个好东西，把他"请"回来!

丁德让正在家里跷着二郎腿抽烟喝茶，突然来了两人"请"他。丁德让问啥事。来人说去了就知道。丁德让说，不说明我不去！两人不客气，一人扭住他一只胳膊，推着他的肩到了一队饲养室。聂老大说：最近正在甄别教育活动中的问题，你要老老实实交代你作假的问题，不然小心挨打！聂老大提问，丁德让回答。丁德让正在为自己辩护，丁锁柱带了一帮人，手持棍棒冲了进来，不容分说，拉走了丁德让。到门口，丁锁柱挥动手中的棍棒警告说：从今往后，谁敢动我大一根毫毛，小心脑袋开花！说完，扬长而去。

聂老大很忙，把工作组组员的事情丢在了脑后。组员被关在仓库，没吃没喝没人管，砸门喊叫没人能听到。到第二天中午，于恭让吃饭时突然想起工作组组员，去问金文涛。金文涛说，听说被关在仓库。他们又去保管员家。问明情况后，于恭让说：昨天，我听了工作组组员的话，感觉这小伙子是好人，是非分明，有正义感。聂老大是啥人咱们都清楚，不能任由他欺负好人。走，咱们把他放了!

保管员犹豫不决，问他们：那我咋给聂老大说？于恭让说：很简单，就说我俩放走了人。保管员还在犹豫。于恭让说:要么,我俩把你打一顿,你带着伤好给聂老大交代?保管员憨笑着带他俩开了仓库门。

工作组组员蹒跚着走出库房。看到他受饿的疲惫样子,于恭让把他带回家,让他吃过饭,给他口袋装了两个馍说:小老弟,你是好人,就是太相信人了,快走吧!以后这样的"请"再别信了。这世界上,有可信的人,也有不可信的骗子,真假有时难辨,对不了解的人要多点怀疑。

组员说:我相信介绍信上的公章,以为是组织安排,工作需要。

说到这里,席广田戛然而止。方副社长问:咋不讲了?席广田说:且听下回分解;走,先吃饭。

第十九章　　谁搞破坏

他们一边吃饭一边说话。席广田继续讲发生在大梁村的这段离奇故事。

农谚讲,白露早,寒露迟,秋分种麦正当时。秋收已过,金灿灿的玉米棒被绑成一个个一丈多高的圆柱桶,等农闲时,老少家人围着笸篮,用手慢慢剥。寒露刚过,小麦播种完毕,就下了一场秋雨,农民又到了农闲时。

"甄别小组"取到了推翻原有事实的证明材料,重新草拟了"翻案"人员名单。"组长"聂老大带着一帮人去见席广田。聂老大说:你原来说没有证明材料不好平反,现在有了,你没话说了吧?我们强烈要求立即召开会议宣布平反!其他人你一言我一语,跟着吆喝。

这么一逼,席广田不知咋办。他想了想说道:你们的调查,没有得到组织的认可,咋能宣布平反?聂老大生气地说:我们辛苦了多日,难道白干了?你欺骗了我们,我们不答应!席广田争辩说:我一开始就不同意你们这么做,怎么能说我欺骗你们?你们外出调查,是不是盖的假公章,有没有骗人?我还要对你们进行调查呢!聂老大听了很生气,一挥手,其他人拥上来,包围了席广田,推推搡揉，有人想动手打他。正在这时，于刚乾、闫银堂等人冲进来。于刚乾大声喊话：你们想干啥？向后退！谁敢动手打人，我就报案！于刚乾把他们推后了三尺，然后说：公社给我们一队特批了打井设备款，叫大队长去办理签字。说着，就拉着席广田出了人群。

聂老大一伙人乱骂了一阵。聂老大对徐南说：盼望席广田来平反，是指（望）屁吹灯，靠不住。干脆干掉他！徐南听了吓得退了两步说：不敢，不敢闹人命！聂老大笑了说：我是说把他干下台，选掉他，咱们当权，啥事都好办。徐南问：人家干得好好的，群众又拥护，上面也支持，你怎么把他赶下台？聂老大说：队委会任期已经过了，一直没选举，各生产队都有咱们的人，稍稍做点工作，就会大功告成的。徐南还是觉得把握不大，又问：公社若不同意咋办？丁德让一伙不配合咋办？还有于刚乾，你别小看他。聂老大说：丁德让这个人我了解，给他扔根骨头他就跟你跑。于刚乾，他的心思在打井上，好像不大关心这些事。公社一级嘛，对大队选举，基本上是不闻不问，愿选了就选，不愿选了也没人催问；选举也没个章法，在大队部例会上加几名代表，举一下手就算通过，简单！他们又叽咕了一会儿。第二天，聂老大去找丁德让。

丁德让刚送走易建设，回家再喝茶时，内心不淡定了。易建设现在是白鹿原公社的副社长，分管武装民兵和公安工作。他下乡路经大梁村，偶尔来家里坐坐，和梅梅说说话，引来村人异样的目光。丁德让全看在眼里，他鄙视那些带讽刺的讥笑，反而感到自豪。今天易建设来家里，谈到村子选举问题，问他有没有新人选的建议，他一时答不上来。易建设走后，他一边喝茶一边想，若问主任人选，目前还真的没人可替代席广田；若问副主任或者委员人选，说不谦虚的话，锁柱都可以。

倒了一杯茶，坐在红木椅上，丁德让一阵欣喜，将杯中茶水一饮而尽。他继续想：这个世界熙熙攘攘你争我夺，有人为名有人为利，有人为钱有人为权。在我看来，社会就是各种各样的人，为名利，为权利，你来我往，你争我夺。为名，图个好名声，其实还是为了利，名利名利，名利相连。为权，就更不用说了，权就是利、利就是权，权利权利，黏在一起。这个世界就一句话：人不为己，天诛地灭。为反对翻案，我带头与聂老大等人抗争，为了啥？好像与保住丁家旺的地主家庭成分、保住这一套红木家具有关系。这格局，也太小了。

正在这时，聂老大走进大门。见聂老大进门，丁德让装着很生气的样子向屋里走去。聂老大一把拉住他说：甭走，今天有重要话跟你说。

丁德让说：以前把你当成讲义气的哥儿们，没想到你就是个小人！不仅在辩论时臊我脸，还派人来"揪"我！你快出去，哪哒凉快哪哒待着去！

聂老大解释说：教育活动中给别人做假证明，我不管。但你居然写证明揭发我的问题，我能不生气？

聂老大把丁德让推坐在独轮推车的车头上，他自己随手拉了一个老笼放倒，虚坐着，叫声：老兄，你听我说！其实聂老大只比丁德让小两岁。他一边说话一边晃动身子，不小心，老笼滚了，聂老大倒地，四脚朝天。

丁德让哈哈大笑。聂老大站起来拍了拍身上的土，嘴上说：把他家的！心想这一来也好，缓和了，有了交谈气氛。

你不讲理时就不用脑想，不用脑时就不讲理！丁德让说：席广田调查你问题时，我给席广田撒谎说：我拉肚子，不在现场；我没揭发你的问题吧？后来教育活动时，你像只老鼠，像只绵羊，乖乖地啥都招认了，连和谁睡觉都招认了。我写了证明咋咧？哦，想起来了，当时审问我时，有于刚乾、席养涵做记录，小家伙蛮狡猾的，说你已经交代了给我的好处费，具体数字嘛，要我坦白从宽！我就相信了，如实交代了你给我的三十块钱。就这么点小事，你耿耿于怀，哪像个做大事、有肚量的男人？

聂老大想：有人说我嘴巴还行，就是脑子常犯浑，我不承认。现在看来，我有时还真犯糊涂：这件事，我交代在前，丁德让做证明在后，应该给予理解；不，我应该求他理解。聂老大学会了转弯，就说：关键是有人抓住你写假证明不放，我也是做做样子。咱们互相理解吧！

丁德让借坡下驴，点头说：好，不计较，话说开了，咱们还是弟兄。他又问：你今儿个来有啥事？说吧！

聂老大说：咱们的格局都太小了，整天在为具体事争吵；队委会任期到了，咱们是不是也考虑点大事。聂老大谈过他的想法后，丁德让说不行不行，席广田稳着呢，谁能把他赶下台？聂老大说：那说不准，其实很简单，大队一级是开代表会选举，一个生产队来两个人，然后让到会的人举一下手，说不准谁多谁少呢！他说得越简单，丁德让越有疑虑。聂老大继续解释说：只要公社领导点头同意选举，在组织选举过程中，咱们做点工作，就这么简单。丁德让感到还是有点不靠谱，没回应。

不管怎么说，咱们之间不要互掐、互咬了！你说呢？聂老大继续说。

也是，也是！丁德让心想：我本来想支持席广田，但席广田态度模棱两可，有时明显想改变对于恭让、丁家旺问题的处理结果。这个，打破头我也不愿意！因此这次选举，我赞成把席广田拉下来。但谁来接替席广田？聂老大明显有想法，他不行，但他自我感觉良好；锁柱也不行，这次能给他个副职就很不错了。

这时，聂老大说：这次选举，把丁锁柱推上副手位置，咋样？丁德让心里明白了，这是聂老大想获得自己对他的支持。他随即说道：咱俩好说，就怕别人不这样想。聂老大说：首先咱们要有个一致意见，对不对？然后慢慢做工作。不瞒你说，大队长我也想当，但我也知道有人对我有意见，不一定能成。是这样，这次把席广田拉下来，咱们把这个意见先统一起来。至于谁上，到时再说，咋样？这和丁德让的想法不谋而合。丁德让遂说好，就这样！他俩又叽叽咕咕说了很久。

前天，接到公社武装部根据战备需要，要求各大队、生产队建立民兵连、民兵排的通知。席广田首先想到于刚乾，认为他有思想有文化，有一股子正气，敢担当，是民兵连长最合适人选。怕引来争议和干扰，席广田立即召开会议，确定于刚乾为民兵连长，并上报备案。

在上报备案材料时，席广田在公社见到易建设。易建设谈到大队队委会改选问题时说道：你们大队好久没搞选举了，是不是做一个安排？席广田说：那好，但是需要公社来人作指导。易建设说：一般都是自己搞，没啥复杂的，你们准备，开会时公社领导去一下就行了。他没提说大队长人选，也可能出于充分民主的考虑，席广田不便再问。

全公社二十八个生产大队分为四个片区，公社领导包干负责，易建设刚刚接替方副社长负责大梁村工作。易建设加重语气说道：有一个原则问题，就是不允许推翻教育活动中的结案，这一点，你要把握好。席广田说：这个我知道，有人提出翻案，我没有向公社反映，怕公社领导也为难，就不断地和他们周旋，他们对我也有意见。

易建设又问了年轻人的情况。席广田说：于刚乾这个小伙子很不错，一心扑在集体的事情上，带头打井，差点丧了命。易建设问丁锁柱咋样？席广田说：很一般。易建设说：要多关心和培养年轻人。席广田点头。席广田知道了易建设问话的用意，但他不知道背后的原因。

前两天，丁德让去公社大院找易建设反映"群众意见"。他说：最近大家对席广田意见比较大，他默许聂老大对教育活动中的问题做甄别调查，还把工作组员叫回来写证明，想给于恭让、丁家旺翻案。易建设听到要推翻他在教育活动中结的案，很反感，就问：有这事？丁德让说：是真的。易建设直摇头。丁德让继续反映说：群众问为啥老不选举，是不是今后都由上面任命？易建设说：不是的，选举还是由下面搞。我知道，大梁大队好久没有选举了，我催促一下。

丁德让很高兴，他很满意今天自己说话的"到位"，该说的话都说了，相信效果不会差。

席广田回到村子，召开了党支部会议，对选举做了如下安排：按照一贯做法，大队队委会委员（包括各生产队队长）、贫协组长参加选举会议；各生产队另外选举二至三名代表参加会议。得到这个信息，聂老大、丁德让暗自高兴。

聂老大见到丁德让说：好呀，这下可有戏好演、有戏好看了！你看，这几年，生产队长和贫协组长换来换去，有几个是经过民主选举上来的？正儿八经选上的，领导一句话就让下来了，下台了。这些人多数都是支持咱们的人，咱们正好带上他们参加会议，参加选举。太好了！

丁德让对聂老大耳语说，还有一个爆炸性消息：他，挪用公款，挪用灌溉设备专款，有没有贪污，说不准，恐怕他自己也辩不清。这下，他大队长的位子怕保不住了！

聂老大说慢，慢！你慢慢说，咋回事，谁告诉你的，消息可靠吗？

谁告诉的，你别管。消息肯定可靠。丁德让说。

俩人又叽叽咕咕说了半天。最后，聂老大说：好，就这么定，咱们分头行动。分手后，聂老大去找原队委会委员、最近两三年下台的大小队干部谈话。丁德让则去找一些贫协组长谈话。

春节前的一天，大梁大队召开选举会。会议由席广田主持。他首先介绍了参加会议的人员，包括各生产队长在内的队委会委员、贫协组长和各生产队选举的代表共四十五人。于刚乾等三人因病不能参加。易建设副社长有事，方副社长可能到会。话音刚落，聂老大说话了。他和于刚乾、丁锁柱都是第一生产队的代表。

聂老大说：这就不对了！以前的队委会是选举的，后来进进出出谁选举过？有的人进队委会，是工作组一句话；有的人出队委会，既没有文件，也没有人跟他本人谈话；就是说，他还是队委会成员。今天的会议他们有资格参加，我把他们都请来了。然后，聂老大转身对着门外喊：你们都进来吧！

说着，二十多人拥进了屋内。这些人多数都是教育活动中因为这样那样的问题被工作组宣布免职的人员，他们本来带有情绪，怨声载道，有的还骂骂咧咧，开口就老子长老子短。会场的人都站了起来，反对声、拥护声响成一片。

这突然的变局把许多人给惊呆了。席广田没想到出了这么个幺蛾子，一时不知道怎么办。他明知道这是胡闹、找茬，但干部上下、队委会人员进出确实不规范，往往不履行民主程序，他不知道咋驳斥聂老大。接受他们的要求？不行，这后面的选举就乱了套。席广田想了想，站起来说道：因出现意外情况，选举暂停，散会！说着，他带头向外走。

聂老大堵在门口说：不行，由了你了！先把你的问题交代清楚，再决定你有没有资格参加选举！

这又是一个炸雷！席广田有问题？大家都不相信。可当着众人的面，聂老大不至于信口雌黄吧？有人就说：你别诈唬，有事说事！

聂老大说：席广田挪用公款，而且有贪污嫌疑。方副社长做证，他正在来大梁村的路上。

方副社长正在路上，而且要来证明席广田有问题。这事聂老大事前就知道，这究竟是咋回事，又是演的哪出戏？大家感觉好像在云里雾里，不知所措。

这时，丁锁柱陪着方副社长进了屋子。方副社长满面笑容，进门就说：预祝大梁大队选举圆满成功！在场人员莫名其妙，面面相觑。

方副社长最近正在安排新一年水利建设的配套资金，需要深入实际考察，以便对各大队打深井做统筹安排。他刚出公社大门，碰到丁锁柱，问锁柱有啥事？丁锁柱开始支支吾吾，后来编谎说道：大梁大队想再打深井，哪个位置比较合适，想请您去指导。方副社长说：我本来要去别的大队，易建设说他有急事，让我代他参加你们的选举会，那就先去你们那里吧。丁锁柱暗暗高兴。

"请"方副社长，是易建设的提示。有一次，易建设对丁锁柱说：公社领导也要接受社员群众的监督。方副社长管水利，权大得很，搞特批，而且现金支付，这肯定有问题。锁柱接话说：对对！他给大梁一队特批了八百元钱，于刚乾给他送了两只鸡。易建设说：两只鸡算个鸡毛！谁知送了多少钱？要调查，要深挖！锁柱说：不用调查，把他请到大梁大队，当着群众的面，要他回答。易建设点了点头，又提醒锁柱一定要查查八百元现金的去向。丁锁柱把这些话告诉了丁德让。丁德让经过调查，知道这八百元现金确实没有交给第一生产队，就在席广田那里，而且听说少了一百元钱。聂老大知道了这个情况，哈哈大笑起来说道：这是绝好的机会，仅这一条，就能把席广田拉下马！他们商量好，事前保密，在选举当天，请方副社长当面对证。一切都在按照他们的安排进行。

看到大家没有反应，方副社长问：咋咧，一个个都默不作声？丁锁柱站到方副社长面前问道：你给大梁一队搞特批，一次批了八百块钱，有这事吧？

方副社长说：有这事，是购置灌溉深井设备专项资金。是特批，因为大梁一队打井队员冒着生命危险，把井已经打好了。我到现场看了，是我批准，我签字，我负责。难道有啥不对？

丁锁柱说：那你为啥接受礼品？你个人得到了多少好处？快说！

方副社长非常气愤，他不屑于回答收受"礼品"一事，反而呛道：你去问问一队社员，看会不会把你小子给砸扁！

丁锁柱想到易建设提示"要调查、要深挖"的话，只想着咋样尽快落实方副社长的问题，就推了一下方副社长的左肩说：你还嘴硬，看来不教训你不会招认！说着，他举起拳头向方副社长右胸砸去。

这突如其来的拳头，打得方副社长晕了头，他愣了愣，回过神来，愤怒地喊叫道：小伙子，你太张狂了！丁锁柱还要动手，被身旁的人挡住了。

聂老大想把大家的注意力转移到席广田身上，就说：方副社长有没有受贿，让公社去调查。现金支付本身就有漏洞，怀疑是对的。事情明明摆在这里，席广田拿到钱，没有给第一生产队，也没有交给大队，装在自己口袋。大家说，这是不是贪污，有没有挪用？

大家不相信席广田会贪污公款，想听他的辩解。席广田半天没有应答。那天，于刚乾拉他去公社领特批专款，按照要求，席广田代表大队、于刚乾代表生产队签了字。拿到钱出了门，席广田要于刚乾把现金交给生产队"专款专用"。于刚乾说：不敢这样，生产队很缺钱，这钱随时会被挪用。席广田要于刚乾负责这笔款项的使用，把钱带回家。于刚乾说：我哥是队长，他若要我把钱交给他，怎么办？于刚乾让席广田负责这款项的使用。席广田把钱带回了家，想第二天交给出纳。第二天，一队出了大事，席建田牺牲了，于刚乾和他哥等人重伤，急着用钱，席广田就从这笔款项中支付了一百元钱。

席广田现在不知咋样为自己辩解，心想咋说也说不清呀，因为确实有"挪用"，即使把钱用给了死者也是挪用呀！

这时，于恭让、金文涛带着八个生产队的三十多位老人闯进会场。有人手拿扁担，有人手拿拐棍。于恭让拿着他三尺长的旱烟锅，乱抢乱打，嘴里喊着：胡闹，胡整，净整好人！于恭让用旱烟锅指挥一部分人把方副社长、席广田拥出大门，指挥另一部分人把部分"代表"拉回家，嘴里说着：这是糟蹋选举，选他妈个×！

原来，于恭让得知丁德让、聂老大在各生产队搞活动，拉拢人当"代表"，还动员下台干部参加会议、参加选举。他感觉不对劲，去找席广田，没见到他。听到有人说这次要把席广田"干"下来，于恭让坐不住了。他和金文涛、闫老三商量后，就分头去各生产队联系。于恭让主要联系他当农会主任时的老朋友，约他们在大队部门外集中。相约的人到了，于恭让给他们说：咱们大多数都是土改时的老朋友、老伙计，今天把大家叫来，是因为有人想把席广田这么好的干部推倒，咱们能答应吗？大家回答不能！于恭让继续说道：咱们都是大梁大队的老人手，不能看着有人胡闹。咱们冲进会场，主要是把他们指派的"代表"，你们的儿子、孙子拉回家，不能让这些人得逞。就这事，你们怕不怕？大家齐声说不怕！于恭让说：好，他们也不敢对咱们动手。说完，他们就一窝蜂拥进会场。然后，又一窝蜂拥出会场。席广田被拥出会场时喊道：散会！请大家相信，我既没有贪污，也没有挪用！

在丁锁柱、聂老大和方副社长对话时，徐南带着一人来到大队部文书办公室。进了门，徐南说要盖公章。文书问干啥？徐南说：想去粮站换点粮票。文书问：领导批了没有？徐南说批了。文书拿出公章，没等盖，徐南就把公章夺了过去，装进自己口袋。随后，徐南让文书在"公章移交书"上签了字，还带走了一些文件，其中有一份文件是公社武装部关于各生产大队建立民兵连的通知。按聂老大和丁德让的计划，他们确定"选举"一定会成功，因此事先安排了徐南"接管公章"。

聂老大想通过选举把席广田拉下来的愿望没有实现，他们又纠集了几十人，堵在公社大门外请愿，指控于恭让破坏选举，席广田贪污挪用公款，要求席广田下台。

又到一年春节时。于刚乾身体恢复很快，正在家里来回走动。

正月初六，席广田进于家家门，和于恭让抱拳贺年，兄长弟短地说了一会儿话。于刚乾带席广田到自己搭建不久的小庵间房坐下，聊了起来。

席广田对于刚乾谈了生产大队最近发生的事情。他说：有人想夺权，把我往下赶，说我贪污挪用公款；公章没有了，被聂老大拿走了；有人还动手打人，打了方副社长；党支部研究决定由你担任民兵连长，已经上报公社备案。停了停，席广田补充道：时间紧，没征求你的意见，刚才算正式通知你。从现在开始，你可以履行职责了。

于刚乾出院已两个月，村子发生的事，有些知道有些不知道。于刚乾听到这些话的第一反应是"胡闹"，像席广田这样的好干部，无人可比，哪儿去找？怎么有人还想着把他整倒？这世上，疯狗咬月亮的人还真有，还真不少！

于刚乾问干大：那你现在有啥办法？

席广田说：我还能有啥办法？他们已经把一批人笼络了过去，上面也好像有支持他们的人。我现在就是着急，春耕马上开始了，不敢耽误农时呀！

是呀，人误天一时，天误人一年，全村人要吃饭，不能让不懂生产的人上台瞎指挥呀！

于刚乾说：有没有公章不重要，重要的是群众支持。群众支持你，他们拿了公章也不顶用。想了想，于刚乾又说：能不能借民兵连成立大会，通知全体社员都参加，号召社员们支持队委会；全体社员拥护就是行使权力的基础。现在这局面，不能搞选举！

席广田觉得这个干儿子蛮有思想的，说话有道理，办法也可行。于是他们商量了具体怎么做。

于刚乾提出要准备个黑屋子。席广田问干啥？刚乾说关人，关闹事的人。广田问，你不是说谁闹事就扭送公社吗？刚乾说，就那样说，是吓唬，而且他们在上面好像有人支持。广田想这个刚乾蛮心细的，又担心出事，因此叮咛刚乾：咱不能打人，不干违法事！刚乾说咱们肯定不打人，不干违法事。但是关黑屋子算不算违法？不清楚。教育活动时的"上楼、下楼"，和关黑屋子有啥区别？特殊时期要有特殊方法，而且这也是以防万一，黑屋子最好不用。

于刚乾在屋内走了一圈，问干大：你看我身体咋样了？席广田说不错，完全好了！

席广田要走，于恭让说：你不是常夸你嫂子做的臊子面好吗，大过年的，就在这儿吃饭吧，已经做好了。席广田说好。他接过碗，挑起一筷头面，吃了一口面，喝了一口汤说：看这面，薄、筋、光，喝这汤，汪、酸、香，筋道柔韧滑爽，嫽咋咧，嫽得很！他吃了一碗，说再来一碗。于恭让说：十碗八碗，今儿个尽饱咥！席广田一边吃饭一边说道：那天，乱七八糟的人都来参加选举，那是破坏选举，你带人解了围，干得好！

第二天，于刚乾与各生产队的骨干青年谈话，确定了各生产队的民兵排排长。征求席广田意见后，他任命闫银堂为民兵连副连长。之后，席广田以大队党支部名义下发了召开大梁大队民兵连成立大会和全体社员大会的通知，在会上宣布了"大梁大队社员大会关于支持队委会工作的决定"。会后，各生产队又搞了一次支持以席广田为代表的队委会的社员签名活动,将名单送给公社领导。

方副社长听得入了神。席广田说汇报完了。

方副社长说:好!你们这么做,符合大政方针,也符合一切活动都不能干扰生产的指示精神。搞选举,咋能把以前的下台干部都召集来?无论讲啥道理,都是在捣乱。搞社员签名,这相当于社员大会选举,我认可。现在,公社、供销社的支付都是用现金,哪有转账的?打井设备专用款,我相信你们不会乱花乱用,更不会贪污。我同意席广田继续担任大队长,大梁大队暂时不搞选举好。没看出,这于恭让宝刀未老,关键时刻敢站出来解围,打乱了破坏选举一伙人的计划,好样的!

说到这儿,方副社长停了一下,当着于刚乾的面对席广田说:这个年轻人,有思想,有魄力,可用,给他压担子!席广田说:我也看好他,这次给他压了民兵连长的担子。

席广田本想提拔于刚乾担任副大队长,后来又觉得还是慢点好。在一个月后的党支部会议上,席广田提名于刚乾担任共青团大梁大队支部书记,负责民兵连和各生产队青年突击队的工作。三个月后,方副社长去省委党校学习。

春季征兵,闫银堂应征入伍,终于穿上了军装。于刚乾、席养涵等红卫兵长征"战友",在大队部门前敲锣打鼓,给闫银堂戴上大红花送行。

第二十章 惊魂一梦

送走新兵,陕西某国防厂来人招工,大队部推荐于双乾。招工人员在政审时,发现于双乾父亲的档案中有"三家村黑店"的记录,就问:这三家村黑店是什么组织?

招工人员叫来大队干部问道:三家村黑店是不是政治组织?大队领导解释说:纯粹是几个人在一块"谝闲传"。招工人员不信,问"谝闲传"怎么装进了个人的政治档案？大队干部无言以对。

于恭让本人来解释说：当时我们说的都是好话，比如说到……

招工人员有点不耐烦地说：我们不听你啰唆，我们只看档案。国防工厂，要求所招人员的社会关系不能有任何政治污点，知道吗？于恭摇头，不理解。

丁德让听到后偷着笑，自言自语：真想不到，档案还这么厉害，管人一辈子。活该，看你还犟尿！

一个月后，于双乾去了招收一年半农民轮换工的某铁路工程单位上班，生产队长由一位姓胡的青年担任。

大梁一队的两口深井建成了，白鹿原新增一百亩灌溉田，大梁一队彻底告别了人畜饮水困难。这一天，举行水井建成仪式，社员们沿水渠两边排开。席广田主持仪式，首先向打井遇难者席建田默哀致敬。方副社长代表公社讲话，把刚刚绽放的牡丹花，给打井队员一一戴在胸前。最后一位是于刚乾，方副社长给他戴上花，又和他紧紧握手。

方副社长宣布开闸放水。清澈的水从井口滔滔涌出，缓缓流入水渠田间。社员们弯腰双手掬水，舒心地喝一口，甜甜的；再掬一捧浇到自己脸上，凉凉的；接着互相抛洒水珠，给头上浇水，打水仗。清澈的流水带着社员们开心的笑声闹声，跳跃着奔向田间，滋润麦苗，唤醒春天。社员们在井旁支起了锣鼓家什，拉起板胡二胡，弹起三弦，唱起响亮的歌曲，吼着脍炙人口的秦腔选段。大梁村人的喜悦，飘在白鹿原天空，随风飘荡。

离开大梁村半年，丁锁柱再回来时，穿着一身没有领章的黄军装，腰部勒一条宽皮带，背着一把带刺刀的长枪，昂头挺胸地在大梁一队大场转了一圈，走进金玉秀家。金文涛开始吃了一惊，把丁锁柱挡在门口说：你背的这玩意儿很怕人，哪哒娃多哪哒耍去吧！玉玉妈把丁锁柱拉进门说：蛮威风的，快进来！金文涛给他老婆做了个"眉眼五官齐聚拢"的恶心相，拿起旱烟锅出了门。

玉玉妈问长问短，丁锁柱夸夸其谈，金玉秀心不在焉。丁锁柱不无自豪地说道：于刚乾当了民兵连长，我在大梁村待着也没啥意思。易副社长推荐我去县上民兵团，参加基干民兵训练活动。那里伙食好，天天有肉吃，你们看，我是不是胖了？

没等回答，丁锁柱又说：我天生就是这块料，打枪，哦，叫射击，很准，每次都在96环以上。团长让我当了班长。

玉玉妈问班长有多大？丁锁柱说：打个比方，比公社社长小，比大队队长大；肯定比生产大队的那个民兵连长大。我这一步棋，走对路啰！说到这儿，丁锁柱一手背后一手拢发，走到玉秀面前，那个自喜，毫不掩饰地挂在他的眼角嘴角。

金玉秀手织毛衣心想于刚乾，没有留意丁锁柱说什么。想起那次和刚乾在东窑沟相见，金玉秀的心轰地热了起来，迅速向全身扩散。她想，妈在我面前常说锁柱好，我就看刚乾好。妈不知道，我的心已经给了于刚乾；身心不分，给了他这颗心，我迟早是他的人！

听到丁锁柱说自己比大队长"大"的吹牛话，金玉秀暗笑。

丁锁柱走到玉秀面前，继续讲他的五马长枪。他说：训练结束，我回到白鹿原公社。公社武装部长看我的枪法好，就让我协助他，白天搞基干民兵训练，夜间搞巡逻。你知道吗，白鹿原上，出现了暗杀活动。5月10日夜间，有人摸黑上原，从被窝里抓出几个想翻案的人，拉到麦田里，嘭嘭嘭，脑袋就开花了！

玉玉妈吓得缩头哆嗦说：娃呀，这是缺德事，你千万不敢做！丁锁柱见玉玉妈惊恐万状，就转了话题说道：咱们村里的聂老大，就是那个晚上被抓，被打断了腿，打弯了腰，现在还躺在炕上不能动。这个你们知道吧？玉玉妈说知道，又问到底是谁打的？丁锁柱说：我也说不清。躺在炕上，现在不喊叫翻案了。

玉玉妈默不作声。丁锁柱继续说道：有一天晚上，我路过白鹿原粮站，发现两个人背着麻袋，鬼鬼祟祟，迎面走过。当时我没在意，过后感觉眼熟。过了一会儿，我突然想起了，是他，就是他，我们之间差点刺刀见红。我转身追赶，追到鲸鱼沟原塄还没赶上。第二天，听说白鹿原粮站被盗了。

那天晚上，夜深人静，两个黑影越墙而过，悄悄藏在白鹿原粮站的营业室外。一位值班巡逻的男士刚出门，就被卡住脖子拖到厨房，捆绑起来。黑影人用刀逼着他回答提问，然后又把他口封起来，不许出声。两个黑影又潜入营业室，把值班的女士控制起来，用工具撬开锁子，将28万斤粮票装进麻袋，背走了。

看到值班女士快要织好的深红毛衣，一个黑影顺手拿起，塞进他背着的麻袋。

盗贼是他，肯定是他，我认识！丁锁柱说：这是震惊全省的大案，居然让我给撞上了。第二天，我给公安员作了汇报，他们要我参加调查。

金玉秀问：你咋认识那个盗贼的？丁锁柱说：一个偶然的机会。这次回答，他避开了"差点刺刀见红"的话，打了马虎眼。所幸，金玉秀也心不在焉，没有打破砂锅问到底。

一个月前的一天，在大梁村外，丁德让碰到一个陌生人，俩人说了几句话后，就向大梁沟的瓦窑方向走去。陌生人手持一把锃亮的匕首，逼着丁德让进了瓦窑，问他：你老实给我说，我爸是咋死的？丁德让一惊，问你爸是谁？回答：是东山的炊事员。你今天实话实说，我留下你一条命，你若不说，我现在就要了你的命！丁德让想起了二十多年前在东山发生的事，他全身立即战栗起来，嘴上断断续续地说：你，你错了，你搞错了！陌生人说：没错，半拉耳朵，就是你！我到处找，今天才找到你。你说，是不是你把我爸推下悬崖的？丁德让说不是，不是！

正在这时，丁锁柱站在窑门口，手持带刺刀的步枪，大喊：放下刀，出来！这天，正好丁锁柱在家，见父亲迟迟不回家，就顺着大梁沟方向找寻，听到瓦窑里有声音，就堵在了窑门口。陌生人用匕首卡在丁德让的脖颈上，出了窑门对丁锁柱说：你敢动我一根毫毛，我立马就要了他的命！然后他又扭头对丁德让说：今天算你命大，让我走，我饶了你！丁德让犹豫片刻后对丁锁柱说：让他走吧！陌生人押着丁德让退走了几米后，才放了丁德让，一溜烟跑了。丁锁柱问他大：他是谁？到底是咋回事？丁德让含含糊糊地说：陈年旧事，他爸是失足坠落悬崖丧命的，他找我算账，现在我也说不清道不明。过一会儿，丁德让带着懊悔的口气说道：刚才应该除掉这小子；要不然，今后，你我，咱一家人可能都不得安生。回到家，丁德让闷闷不乐。丁锁柱再问，丁德让再不多说了。

丁锁柱没有给金玉秀说这些详情，也没有把这件事告诉公安员。他对金玉秀说：没有其他线索，只有我在月光下看到那个人的一点模糊印象，还有女值班员丢了红毛衣。公安让我帮助他们寻访。我提出要求：如果破了案，提拔我当公安员，或者提拔我当生产大队副队长，咋样？公安人员说：先破案，再说别的。

玉玉妈插话问：你不是说，你现在比大队长还大、还高吗？怎么还要当副大队长？丁锁柱被打脸，没法圆场，就说：其实我不想回大梁村当官，就那么说说而已，但内心也想表现。公社就安排我到处寻找那个人。有一天碰到一位穿红毛衣的女生，我拉住她，她大喊我是流氓，围上来一伙人把我打了一顿。过了两个月，还没找到一点线索。我的鞋都破了，我申请了一双军用鞋，公安上还给了我一双皮鞋。你们看，就是它，我打了铁掌，一脚就能踢死人。说着，他抬起他的一只脚。

玉秀扫了一眼。锁柱继续说道：有一天，在白鹿原原塄的一个村外，我看到一位穿深红色毛衣的女生。这次我没有抓人，而是跟踪她，眼看她回到家。然后我藏在她家院外的一棵大树后面，注意观察。天快黑了，一个二十四五岁的男人走来，这次我看清了，是他，就是他！我没惊动他们，给公安作了汇报。当天晚上，我领着公安人员就把这个人抓了起来。他叫穆三，就是那天在瓦窑和我刺刀见红的人。他招供了，供出了另一个同案犯，姓王。

玉玉妈问：那把你提拔了没有？

没有。丁锁柱说：可能要表扬我。易副社长说要提拔我，至少让我当大梁大队副大队长。玉玉妈再次听到提拔他当大队副队长的话，笑了。

锁柱又走到玉玉面前说话：噢，还有，听说最近要在白鹿原召开公判大会，枪决一批犯罪分子，其中就有抢劫粮票的那两位。我大说要封他的嘴。这下可好了，枪毙他，把他的嘴给彻底封住了。

玉玉问：你大和他有啥仇，为啥要封他的嘴？

锁柱就想扇自己巴掌，怎么老是管不住自己的嘴，有时也管不住手，今天怎么又说漏了嘴。他说：我大也是痛恨贼娃子，想除掉这两个害人虫。玉秀没有追问。

锁柱想和玉秀亲近，又上前一步，几乎挨着玉玉的身，压低声音说道：后面还有更大动作，要镇压一批破坏分子，领导说，破坏选举的人也属于破坏分子。现在正在摸底，后面就会抓人。

停了停，丁锁柱又神秘地说：这是内部秘密，不能外传！好像他自己是内部人，金玉秀也是。

听到这个话，金玉秀坐不住了。她急忙出门，找到于刚乾，把丁锁柱的话一五一十告诉给他，要于刚乾躲躲。于刚乾坦然一笑说：我既不是地富反坏，又没干啥坏事。破坏选举不是我们，而是他们，凭啥动我？金玉秀觉得也是，但仍然叮咛刚乾小心点。

夏收过后，麦子上了场，正在碾打。一天上午，于刚乾看过正在抽水灌溉的机井，走到一队打麦场。两名持枪人员走来，要于刚乾跟他们走。于刚乾吃了一惊，问啥事？两人不回答，把于刚乾带走了。

全村人闻讯大惊，大队部、民兵连、打井队的人都集中在一队打麦场，议论纷纷，不知所措。

金玉秀赶到于刚乾家，想问个究竟。过了一会儿，她又回到家，她妈嘴不停地嘟嘟：我多次说了，于刚乾聪明能干，人也好，但性格太刚强，命不好，打井，埋在了井下；刚好些，又出了这档事，一个一个都是要命的事。丁锁柱虽然文化低，但命相好……

金玉秀心很烦，不想听，抹着泪又出了门。

大家都在推测于刚乾被带走的原因：有说是于刚乾策划了社员大会，支持队委会，保了席广田；有人说是他爸带人冲击了选举会场，破坏选举，干扰了上面的意图，但他爸干的事与他有啥关系？还有人说于刚乾担任了民兵连长，得罪了丁锁柱。

席广田想来想去搞不明白，赶到公社求见易建设。站岗执勤人员把席广田挡在门外。席广田请传话，但一直不见回音。席广田求见方副社长，回答说：方副社长还在省党校学习。

民兵连副连长带人到丁德让家，要求丁德让说明于刚乾被带走的原因。丁德让反问：我咋知道？民兵副连长说：于刚乾没干啥坏事，是不是因为他支持队委会得罪了你们？丁德让说：我们对于刚乾没有恶意。副连长说：那就是你儿子在易建设面前拨弄是非。丁德让说不可能。副连长说：不管可能不可能，我现在代表民兵连跟你谈话，你，立即给你儿子传话，叫他想办法释放于刚乾；如果不放人，我们就拿你是问！说完话就转身走人。

丁德让这次说的是实话，他真不知道是谁、是出于什么原因抓于刚乾的。但他不能排除锁柱在中间说啥话、搞啥事。想到民兵副连长的威胁，他有点心怯，决定找丁锁柱问明情况。

来到白鹿原公社见到锁柱，丁德让问：抓于刚乾是不是你干的？你给我说实话！丁锁柱说：我真想让于刚乾从地球上消失。但这次谁抓他，我不知道。

你能不能找易建设，求他放人？于刚乾这小伙子不错。他万一出事，村里人会栽赃给咱们，咱们洗不清。丁德让说。

丁锁柱说：我不抓他就不错了，要我求人放他？不可能！丁锁柱心想，于刚乾是我的情敌，没了这个敌手，我就能轻而易举地得到金玉秀。想到这一层，他倒高兴起来，给他大做了个幸灾乐祸的鬼脸。

席养涵很着急，他想：这时只有找易建设才顶用。但是大找过他，他不见，怎么办？席养涵突然想起丁香梅。有人传言易建设看上了丁香梅，但香梅确实对我好，真心好。到底咋回事？我正好借此机会弄个究竟。席养涵把丁香梅约到皂角树下说话。他说：梅梅，我大今天去找易组长，没见到他。想请你去找他，为刚乾哥说说话。香梅问养涵：你为啥想到要我去说话？你大都见不到易建设，我说话顶啥用？养涵说：都说你家给易组长管饭好，你说话他可能听。

香梅扑哧一声笑了，说：你看你，连编谎都编不圆，谁信这话？不瞒你说，易组长喜欢我对我好，但他有啥想法我不知道。说实话，我还是喜欢你，真的对你好，你不会怀疑吧？

席养涵知道梅梅心直口快，但没想到她这么直、这么快，把我想拐弯抹角问的话，一句话就亮底朝天！尽管她说喜欢我，但又说易建设喜欢她，我心里总感觉酸溜溜的。为了刚乾哥，顾不了那么多。席养涵急忙回答：不怀疑，不怀疑！那你答应了？香梅说：答应了咋的，你咋谢我？养涵笑笑说：我背着你在大梁一队的大场转一圈；不，从张家河沟再背你一次，一路不歇，背回家。香梅说你就不怕别人看见？养涵说：看见的人越多越好，向大梁一队人公开！

正午已过，丁香梅说：我现在就去。易组长是大忙人，难见。

于刚乾被带到南鹿村高小的一间教室。这个教室原来是一座古庙的正殿。

同屋关押着十多人。第一天送了一顿饭，一人一个馒头一碗稀饭，再没人过问。大家都闷不作声。于刚乾提出要见领导，守门人没回答。

于刚乾疑惑不解：我没干啥坏事，为啥要抓我？是丁锁柱报复，嫉妒金玉秀和我好，还是因为我当了民兵连长，占了他以为属于他的位子？有可能。但他没有这个权。在做了各种排除后，于刚乾认为，最大可能是因为我支持队委会，打击了要把席广田赶下台的一股势力。但上面究竟有谁在支持他们，到底是谁决定抓我的？

第二天送饭，给于刚乾一份菜、一个馒头、一碗稀饭，给其他人一人一个馒头一碗稀饭。于刚乾饿了，半个馒头就塞满一嘴。看到其他人饥肠辘辘的样子，他对看管人员说：给我们每人再加一个馒头吧！是谁让给我加这份菜的，你就向他转告我的话。

果然，看管人员给一人再加了一个馒头。于刚乾主动与其他人拉话，知道他们中有地主富农，有原县局领导，有提出翻案要求的人员，还有破坏生产的"坏分子"。南鹿村的汪地主也在。听说他有海外关系，是不是因为这个原因被抓，不清楚。于刚乾疑惑：为啥给我特殊饭菜？为啥我提出加馒头，他们就给？于刚乾求见易建设，没有回话。

第三天下午，有人训话说：明天召开公判大会，要枪毙一批人。你们一个个犯了啥事，你们自己清楚，明天大会上听候宣布。

听到这含糊不清的吓人话，有人质问：我没有罪，为啥抓我？有人没说话，吓得当场晕倒了，尿了裤子。黄昏时，看管人员脱下各人的上衣，蒙在各人的头上，反绑双手，用绳子串成一行，在两名持枪人的看押下，转移到二里外一个村子的黑屋里。快进村时，有人逃跑，又被抓了回来。

在转移过程中，于刚乾也想到逃跑，但是又怕持枪人开枪走火。听到有人逃跑被抓回来差点打死的消息，于刚乾出了一身冷汗。

于刚乾不相信，光天化日之下，有人敢滥杀无辜？绝不可能！因此，他没有被埋在井下那样的生离死别的茫然、恐惧。对，最大可能是杀一儆百，杀一二，让犯了这样那样"事"的人来"陪同"，达到震慑效果。但这也是无视法律、无视个人生命的违法行为呀！

群众大会在鲸鱼沟北岸的白鹿中学大操场召开，社员们放下手上的农活，赶来会场。大操场人山人海，互相拥挤着，想看到被押的人。有五名罪犯被五花大绑押到台前中央，其中有抢劫粮票的穆三和另一个人。一会儿，于刚乾等十多人也被带到台前，没有戴标牌，也没有宣布姓名，没有名分地站在两边。汪地主不见了。

在排位的最后时刻，有人把于刚乾从最右边末位拉下来，让他站在群众位置"接受教育"。

丁香梅远远看到了，对席养涵笑着说：看，这是易建设的安排。我找人说话办事顶用了吧？席养涵回笑很勉强，心里有说不出的滋味：她究竟是咋样给易建设做的工作？叫人摸不透。他不由得心生醋意。

大会开始，领导讲话，群众代表发言，宣读公告，宣布判决。于刚乾没听清对其他三人的宣判，只听到判处穆三有期徒刑二十八年，判处王某某死刑立即执行！

随着震耳欲聋的喇叭声，人群开始蜂拥而上。有人不知为追求视觉刺激还是为别的，挤破头也要向前，要目睹死刑犯在生死之间的分秒场景。在纷乱的人群中，穆三突然倒下了，头部鲜血直流。拥挤的人群从他身上踩踏而过。有人大喊：砸死人了，踩死人了！乱哄哄的，没人理睬。人流过后，丁锁柱把穆三拖到车上，又从车上拖到公社大院的柴房。

在离散的人群中，一位中年男子一边走一边结结巴巴地说：太可怕了，用砖块砸、砸头，血、血直流，怕怕！

于刚乾搞不清为啥要用砖块砸人，是谁干的？于刚乾感到头皮一阵发麻，脑子一片空白，他打了个趔趄，没有倒下。他不相信，用砖块砸人，太恐怖了！操场哪来的砖块，难道是有备而来？即使他有罪，也不能这么干呀！

大会结束后，于刚乾被带到易建设办公室。于刚乾等了好久。易建设进门，若无其事地对于刚乾说道：小伙子，咋样？今天你亲眼看了那一幕，有啥感想？

于刚乾还在震惊中，半天没回话。他拨拉了两下头，清醒了许多，说道：想了很多，不知咋说。我现在就想知道，我究竟犯了啥罪、啥错？是谁决定抓我的？

嘻嘻！还想秋后算账？易建设说：在会上，有人说你指使一群老人砸选举会场，还出谋划策召开了一个社员大会搞签名，代替社员代表会，破坏选举。小伙子，你知道吗，这是违法行为，是要判刑的！

于刚乾瞪大眼质问：谁破坏选举了？是聂老大、丁德让一伙，你搞清楚！公社也是一级政府，咋能随便抓人！

易建设给于刚乾倒了一杯水说：来，压压惊！听我给你说。教育活动时，你一个中学生，搞诱供，就把丁德让给拿下了。当时我就说你不简单。在召开白鹿原公判大会筹备会上，研究受教育的"陪桩"人员时，有人提出要抓你和你爸。我说于恭让年龄大了，就免了吧！结果没抓你爸。后来，村里来人为你说情，我动了心，对你做了点特殊安排。最后时刻，我派人把你从"陪桩"的行列中拉了下来。就这个过程。你不感谢我，反而责问我，没良心！

于刚乾不知咋回答，没说话。把从教育活动到现在的事情联系起来，于刚乾感到易建设口头说的与实际做的不一致，口头讲政策，执行时却根据需要行事；口头讲为人民爱集体，实际却在考虑自己。这样的人，有时可信有时不可信。于刚乾相信，易建设确实给自己做过"照顾安排"，最后没让自己"陪桩"，但他为什么一开始不反对？一时不知该不该感谢，于刚乾没说"谢"字，只说道：你问我有啥感想，我是死过一回又活了过来，这次算死半回的人了，经过生离死别，我只知道生命可贵、时间宝贵，我还有许多事要做。说完，于刚乾就转身离开了。

易建设指着于刚乾的背说：连个"谢"字都没有，和他爸一样，犟牛！

第二十一章　秋收调研

方副社长学习期满，回到白鹿原。公社领导班子做了调整，方副社长被提拔为社长，易建设仍然是副社长。于刚乾任大梁大队副大队长，兼任公社委员。大队长仍然是席广田。丁锁柱也担任了副大队长。

席广田召开大梁大队新领导班子第一次会议，制定来年生产计划，决定再打三口深井，成立大队科研站，争取把农业试验田办成全县种子生产基地，亩产量再上一个台阶。

会后，于刚乾坐在席广田身边，问道：还记得一年半前在一队社员会上，您提出"治懒"问题吗？席广田说：对呀！我说过，这是老问题，没办法解决。你现在是不是有啥考虑？于刚乾说：因为我当时说了狂话，心中没底嘴上却说有办法。这是集体经济发展遇到的一个大问题。我想去几个生产队驻队劳动，多了解些情况，看能不能找到一些解决办法。

席广田说好，我支持！大队干部，本来就要下去，一边劳动，一边帮助解决生产中的实际问题。具体日程，你自己安排。于刚乾说好。

10月初，于刚乾来到第六生产队。有人一边干活，一边唱着秦腔二六板：

秋天杂活真个多，把人忙得鬼吹火。
干咧这个干那个，觉得缺手少胳膊。

看到于刚乾走来，他急忙上前要刚乾拉板胡给他配乐。于刚乾说：秋收完了，咱们好好唱。大队已经做出决定，今年过年唱大戏。这位社员高兴得跳起来，说我也要登台唱一段！

"春种一粒粟，秋收万颗籽"，收获的季节到了。玉米、大豆披上了金灿灿的黄衣，告知人们：我成熟了！高粱、谷子、糜子低下沉甸甸的头，迎风摇曳，期待归仓。一朵朵白绒绒的棉花咧开嘴儿，蓬蓬松松，等待捡拾。睡在泥土里簇拥在一起的红薯，像光屁股的红娃娃，等待被刨起，收回到各家。

活路多，人手少，各生产小组都叫喊人不够，向王队长要人。王队长动员男女老少，所有能下地劳动的全都出动了，人手还是不够。夜深了，王队长还在运筹帷幄，安排第二天的劳动力布局：为抢种，紧急收、挖三十三亩地的苞谷，掰苞谷棒需要十二人，用推车运送苞谷棒四人，挖玉米秆十二人，拉运玉米秆四人，共三十二人。其他人员安排：拾"牛舌头"地的棉花十人，割"小湾岭"地的谷穗子十人，收割"康窑坡"地的黄豆十二人，犁"野狐弯"地十二人，另有十人在大场晒场、碾打、绑玉米柱子。还要安排人推粪到田头，准备给小麦施底肥；安排人准备播种小麦；老人、小孩在大场剥苞谷壳，等等。一天的活路至少十五六项，要根据劳动量和劳动强度，来计算各活路需要的劳力，再安排男劳、女劳、强老、弱老的搭配。派人多了，窝工；派人少了，任务完不成。这是一项非常复杂的计算工程，最能检验队长的本领高下。王队长的大脑很特别，不做详细计算，单凭挠头"估摸"，估摸出的方案合理、恰当，八九不离十，社员们全服他。

第二天敲铃上工，王队长清点人数后，像战斗指挥员，宣布当天的劳动任务，指定各劳动组的负责人，提出各组当天劳动的质量、数量、进度要求。最后，如数家珍地叫人名，派活路，把人交给各组长。没有漏事，也没有漏人。然后他强调：组长不仅要带头干活，还要掌握进度、调配人员、管理人员，做到不浪费人力。最后他大声问：都听清咧么？大家齐声回答：听清了！

社员们领了劳动任务，带上劳动工具，青年队打着红旗，昂首阔步地走向田间地头。

于刚乾问队长：我干啥？王队长说：你是领导，去各生产组转转、看看。我就是这样，主要任务是在各生产组跑来跑去。于刚乾说：你是队长，跑来跑去地调配劳力，是你的工作；但我来这里，就是你的社员，听你安排。队长说：那你就跟妇女们掰苞谷吧。于刚乾说好。

掰苞谷一人两行，十二人手臂挎着老笼，在玉米地里一字排开来。叭叭叭，清脆的苞谷把柄断裂声，打破了田野的宁静。于刚乾开始排在第二十六行掰苞谷，后来被组长安排在人群后边"捞"苞谷，"捡漏"，"捡二娃"，捡同一玉米株上不被注意的小苞谷。半小时，于刚乾就"捞"了一老笼。

妇女们紧张地干过一阵，有人拉开了家常，放慢了速度。组长和共青团员动作快，先到了地头，就又折回头，帮进度慢的人；进度慢的人不好意思，也加快了动作。一会儿，大家都到了地头。

在倒玉米棒时，于刚乾看到拉玉米棒的四人在等玉米棒。他们今天都把推车上的老笼换成了笪篮。笪篮大，盛得多，要等待。王队长来了，发现安排四人搬运有"窝工"现象,就立马调整二人跟于刚乾一起"捞"苞谷,等到他们推车上的笸篮倒满了苞谷棒,这二人再去搬运。社员们在苞谷地里穿来穿去,都在忙,没有闲人。

掰了两个来回的苞谷,组长说:大家累了,歇会儿,不要超过给娃喂奶时间。喝水的、撒尿的、拉屎的,自行其便。歇的时间还没到,组长说:今天任务重,咱们少歇会儿。她带头走进地里,共青团员、青年队员跟随,又忙活起来。给娃喂奶的妇女有人迟到了,不好意思地给组长说:我迟到了,脸烧光光的,下次一定赶紧点,不迟到。

一会儿,王队长检查进度,鼓励大家加油。他说:大家加把劲,争取今天把"三十三"地块的活儿全部干完,要不然,明天至少还得安排十个劳力,占人、占时间,太浪费。掰苞谷棒的妇女们加快了进度,掰完苞谷棒都来帮助搞搬运。天黑了,三十三地块的苞谷棒、苞谷秆一扫而空。褐色的土地舒坦在静夜星空下,等待着明天的耕耘、撒种,等待着孕育又一个春秋。

在收工的路上,那位社员唱起了金文涛改编的秦腔二六板唱段:

秋天杂活真个多,忙前忙后收果果。
玉米谷子堆成摞,身子很累心谄和。

第六天,于刚乾来到第二生产队劳动,队长仍然安排他"捞"苞谷。于刚乾注意到:这个地块与第六生产队的"三十三"大小差不多,但安排的劳力多了八人,推玉米棒的就有六人。劳动中,组长安排大家歇一会儿,没说歇多久。再开工时,于刚乾估摸休息时间大约四十分钟,是六队"歇"的时间的两倍,但仍然有人迟到。

在掰苞谷的行列中,妇女们拉起了家常。一位中年妇女说:跟在咱们后边捞苞谷的帅哥,知道吗?是一队的,打井英雄。一位年轻妇女说:谁不知道?他还陪过"桩",差点死了,现在是大队领导,可能有两下子。中年妇女说:我这儿有他的秘密。五六个妇女围过来问啥秘密。她神秘地说:别叫他听着了。于是,其他人都围上来。她压低声音说:那天我去一队田里,正看见驴把他裤裆踢了,疼得他乱喊。年轻妇女说：这算啥秘密，我早就知道，然后你堂嫂对妇女们喊：结婚前要检查他的那个。是不是这样说的？中年妇女有点不高兴。年轻妇女说：我想给他介绍个对象，你知道他现在有没有？中年妇女高兴了说：你问对了人，我知道，他和咱大梁大队最漂亮的姑娘"铁梅"好上了。几个人都啧啧称赞，说真是男才女貌、天生一对。

这时队长来了，她们急忙散开，回到各自的苞谷行，手脚麻利地掰起了苞谷。在说话场的周围，于刚乾捞了一笼"漏"苞谷。他想，谝闲传时容易分散注意力，注意力分散，就容易"漏"；漏掉了，就等于把劳动果实白白扔掉了，这就是浪费呀。

天黑了，整个地块的苞谷没掰完，苞谷秆只挖了三分之二。不比不知道，这一比，才知道生产队节省、浪费十个八个劳力，全在不知不觉中。于刚乾想，以前我只想着治"懒"，没想到管理疏漏、管理松散造成的浪费、损失还这么大。但是怎么提高管理效率？他想请王队长专门介绍。

第十五天，于刚乾在第三生产队劳动。秋收、秋播基本结束，劳动力主要集中在整地、脱粒、碾打上。于刚乾想集中了解一下干部参加生产劳动的情况。根据县委关于各级干部参加集体生产劳动的时间规定，大队干部每年不少于一百五十至二百天，生产队干部每年不少于二百五十天。于刚乾叫记工员把干部的工分本拿来，他仔细查看每个人哪一天干啥活。最后统计结果是，干部的工分一般比社员多，但直接参加生产劳动的天数只占要求的一半多。于刚乾认为，生产一线的干部和骨干人员少，可能是影响社员劳动积极性的一个重要因素。于刚乾在考虑，能不能通过制定一个干部参加生产劳动的细则，让干部更多地出现在生产一线，成为生产骨干。他每到一个生产队，就召开共青团和青年突击队会议，研究怎么发挥青年骨干在生产劳动中的作用。

第二十三天，于刚乾来到第四生产队。时间到了11月初，小麦进入休眠状态。于刚乾来到白庙原上，站在原塄向南河川的魏寨、鸣犊望去，但见雾茫茫一片。回头看无边的麦田，牛吃麦苗，有人提着笼走来走去。他没在意。第二天、第三天，在麦田里走动的人多了起来，于刚乾产生了怀疑。他上前看一位老者的粪笼，里面全是牛粪。于刚乾问他们捡牛粪干啥？一位老者回答：我捡的是干牛粪。于刚乾问：干的咋、湿的咋？干的湿的都是粪，我问你是干啥用？老者没把刚乾当干部，如实回答说：湿牛粪有肥性，不用捡；干牛粪加水溏化后才会有肥性，然后给自留地用；干牛粪还能烧炕、生火炉。于刚乾看了他粪笼里的东西说：明明你的笼里湿牛粪、干牛粪都有呀！答话人没话了，憨笑着离开了。

于刚乾把这个情况给队长作了汇报，队长立即召开社员会，指出这是损公肥私的行为，并组织社员集体拾干牛粪沤肥。

这段时间，于刚乾坚持写日记，除了记录社员们日夜奋战、不顾疲劳、公而忘私的先进事迹外，还记录了他在劳动中发现的种种问题，包括拾粪给自留地，损公肥私；上工混时间，磨洋工；管理不当，造成窝工浪费；缺少协作，没有充分发挥每位劳动者的积极性；劳动时间聚集在一块儿说闲话谝闲传影响生产；怕得罪人，对损公肥私行为不敢批评；骨干带头作用发挥不够；等等。

于刚乾把他这段时间的日记交给席养涵看，并说：今晚我住你家，咱俩好好聊聊这方面的问题。你看农业方面的书比我多，要向你请教。

席养涵说：咱俩谁和谁，你还谦虚。搞好集体经济，很重要的方面，是怎么提高管理效能和管理水平，怎么调动劳动者的积极性和主动性。这是一门科学。西北农学院有一个专业叫"农业经济管理"，就是专门研究这门学问的。

于刚乾说：我以前把农业生产想得太简单了。调动劳动者积极性，合理布局生产要素，提高管理效能，这里面的门道多得很。你帮我找找这方面的书，我要看。养涵说我找找。刚乾又说：六队的王队长是个能人，有管理经验，我想请大队组织一次生产队长经验交流会，安排王队长作报告。

养涵嗯嗯了两声，不说话，在打盹。他俩平时都是打对脚睡觉，习以为常了。今天养涵突然问刚乾：你洗脚了没有？刚乾笑了笑说：农民，哪有那么多讲究？睡吧，忍一忍，你的脸背对着我的脚。你面对也行，说不定睡得更好。养涵说：那你面对，我才不呢！

一个多月的驻队劳动结束后，于刚乾组织召开了各生产队青年突击队队长参加的会议，专门研究在生产劳动中怎么发挥青年的骨干作用、带头作用问题。和席广田商量后，决定召开一次队长会议，请王队长介绍管理经验。

会后有人反映白鹿原上有小偷，专门偷盗生产队的马达。11月21日，于刚乾带着两个民兵，对各生产队的防火防盗工作进行检查，重点查看深水井马达的防盗情况。一周前，他们要求各生产队在马达房安装防盗铃和报警装备，并安排民兵执勤。检查完毕已天黑。

于刚乾回到家，妈刚蒸出一锅馍，倒在案板上。于刚乾饿了，拿起热腾腾的大馒头，蘸着辣子水，连吃了两个。累了，倒在炕上，一会儿就睡着了。第六生产队巡逻民兵来报警，说机井房有动静，好像有小偷。

于刚乾随来人赶到六队机井房，看到三人正抬着电机向南鹿村方向跑。于刚乾怕人少吃亏，让巡逻民兵进村去叫人，他尾随着三名小偷。听到后边有人尾随，这三人扔下电机想逃跑。走到电机旁，于刚乾停了下来，心想追还是不追？我一人对三人，肯定不是对手；但又不能放走他们，任由他们继续祸害其他生产队。于刚乾不追也不舍，跟随着他们三人往前走。当听到身后有声音时，知道接应的民兵到了，于刚乾壮了胆，用他在学校田径赛中百米第三名的速度，追上了那三人，并抓住了其中一个，不放手。另两位回过身来，对着于刚乾大喊放人！于刚乾说：我不放，你们必须投案自首。一位上前，用拳头对着于刚乾的头、背乱打。于刚乾感到阵阵疼痛，他咬咬牙，死死抱住那人不放。这时，另一位手持猎枪，对着于刚乾说：你不放人我就开枪！于刚乾以为他是在吓唬人，仍然不松手，并大声呵斥：你敢！

啪！枪响了，枪口喷出了火星。王队长，是王队长！他冲上前，挡住了射向于刚乾身上的子弹，腹部中了枪。王队长"哎呀"一声，倒在地上，小肚子流出了血，很快湿了衣裳。于刚乾冲上前去夺枪，啪！又是一声枪响，打在了于刚乾的身上。于刚乾感到腰部一阵剧烈疼痛，嘴脸抽动着。开枪人傻眼了，把枪丢在地上，呆呆地站在原地说：我没想到，我不是故意的！民兵把三个小偷抓了起来。社员们赶来，愤怒了，轮番上前，在三位身上乱踢乱踩。不知谁说：救人要紧！大家才想起王队长、于刚乾，急急忙忙用架子车把他们送到大队合作医疗站。

民兵把三个小偷拖到井房，关了起来，在房门外上了锁。

在关押时，民兵副连长问了三名小偷的情况。原来，这三个是城里的无业游民，住在西京城的东郊。他们上白鹿原打猎，突然产生了偷盗深井泵电机卖钱的想法。一次成功，再次得手，他们就经常上白鹿原行窃。在大梁村盗窃时，触响了报警铃声，被巡逻民兵听到。

第二天一大早，民兵发现井房已空无一人：三个小偷撬开房门，逃跑了。

王队长、于刚乾被送到大队合作医疗站，做了包扎，第二天送到白鹿原地段医院做检查。王队长腹部受伤，失血严重。于刚乾右大腿靠腰部受伤，伤着了右肾。按受伤部位，于刚乾更严重更危险。医院取出了他们两人肉里的子弹碎渣、碎片，并做了消炎处理。两天后，他们要求出院回家。医生叮嘱他们回家休息，留意受伤部位的变化，以防感染。

出院后，王队长连续发烧，肚子疼，三天后又被送到地段医院。医院做了各种消炎处理，王队长仍高烧不退。医生摊开双手说：我们实在没有办法了，赶快送县医院！在送往县医院的路上，王队长停止了呼吸。

听到王队长牺牲的消息，于刚乾失声痛哭起来。他一边哭一边喊：王队长，你为集体献出了生命，还用自己的身子挡住枪口，救了我的命。你是好队长，你还没来得及给我们介绍你的经验就走了。王队长，你不能走！

大梁大队为王队长举行了追悼会，社员们含泪为他送行。在大梁六队井房，席建田墓碑旁立起一块石碑，刻写着王队长为集体英勇牺牲的事迹。

于刚乾在家养病，每想起王队长就流泪。他突然想到可以把王队长的事迹编成戏进行宣传，就去找席广田，被妈挡在了门口。

第二十二章　平安过年

于刚乾要出门，妈堵在门口不许，说道：医生嘱咐要静养，以防感染；王队长就是太马虎，后悔不及呀。刚乾说：我已经好了。妈还是不许。近一个月来，他通读了毛主席著作四卷和《农业基础知识教材》，还读了《子夜》《上海的早晨》《暴风骤雨》《李有才板话》等小说，写了多篇读书笔记。他写了一篇《从集体大田拾粪给自留地想到的》，交给金玉秀，让玉秀邮寄给《滋水县农民报》。想到秋收调研情况需要汇报，共青团的工作需要安排，于刚乾再也坐不住了。趁妈爸不注意，于刚乾溜出家门，去了大队部。

农历腊月，年味越来越浓。俗话说"宁穷一年不穷一天"，家家户户开始为过年做准备：扯布给孩子做衣裳，一定要让孩子过年穿新衣、戴新帽；扫土、刷墙，打扫屋里屋外的卫生，干干净净过个年；做米酒，生豆芽，磨豆腐，挂粉条，准备过年待客；买鞭炮、年画、剪纸、门神，请人写对联，要给庭院、堂屋增添文化色彩。

受到一连串打击，刚乾妈明显瘦了，脸上添了不少皱纹，五十岁看起来却像近六十岁。早年遭遇关中大旱、白鹿原大瘟疫，于家家破人亡，一贫如洗，没地没房。刚乾妈进到于家，就住进了窑洞。刚乾爸卖壮丁去前线打仗，刚乾妈给人纺线织布，挣几串钱买米买面喂养孩子。没钱时，她就东家借米西家借面；借不到时，就挖野菜充饥。冬天没有野菜，刚乾妈外出讨过饭。刚乾爸回到家，听说刚乾妈讨过饭，气得动手打了刚乾妈一巴掌说：咱饿死也不能被人看不起！说完话他又后悔了，扇了自己一记耳光，蹲在灶火门前哭了，对刚乾妈说：委屈你了，怪我，全怪我！几十年来，刚乾妈每天都早起晚睡，白天忙这忙那，晚上在煤油灯下纺线织布、缝补衣服，一心想着把儿女拉扯大。七个儿女都养大了，深井垮塌，差点要了两个儿子的命。她感觉天昏地暗快要活不下去了，头发一夜就花白了。儿子活了过来，她脸上又有了笑容，又是一天到晚地忙碌不停。

妈给刚乾说：把那一头猪卖了，今年好好过个年，冲冲晦气，明年会好起来！遇到事，刚乾妈嘴上总说"会好起来"。她心中似乎有盏灯，想着明亮，身子就有使不完的劲。于刚乾想起《心中有盏灯》里的歌词：光明源自心中发，月圆月缺都不怕。他突然感到母亲很伟大。刚乾附和着妈的话说：对，好好过个年，会好起来！

据说，腊月初五"吃五豆"，妖魔鬼怪闻风走，可以辟邪伏正，来年向好。这在北方大地，已成千年习俗。刚乾妈一大早就起来熬"五豆粥"。她把家里的小豆、扁豆、豌豆、黑豆、黄豆、绿豆、豇豆、刀豆，一样撮一点，放进锅里慢慢地熬。饭前，刚乾妈把五豆粥盛在碗里，用筷子给房前屋后的柿子树、杏树、桃树、核桃树干上，撒上五豆粥，心里念叨着五谷丰收家人平安的话。

腊月初八"吃腊八"，刚乾妈又忙做"腊八饭"。关中人的腊八饭就是臊子面。臊子面关键是擀面、做臊子。手擀面先和面、揉面，放两三个小时再擀。这样就有韧劲，能擀薄、切细。再下来炒肉臊子，热油锅，倒入肉丁、辣椒，翻炒，加酱油醋，加调料，出锅。今年因为没有肉，刚乾妈省了这道工序。接下来炒底菜，倒入萝卜丁、豆腐丁，翻搅，放盐，文火焖，快熟时放入调味品出锅。再下来做汤，在油锅里倒入生姜末、盐、调和面、醋，搅动化开，加水烧到翻滚。再放入底菜和切好的鸡蛋饼。最后放蒜苗末等。没有肉，刚乾妈也能做出好吃的臊子面。她擀面薄，刀工好，翻面细，汤味正。吃过她做的臊子面的人，都说好。

腊月二十三"祭灶"。传说平民张生花天酒地败尽家业沦落行乞。一天，他乞讨到了前妻家门前，羞愧难当，一头钻到锅灶底下烧死了。玉帝为其悔过自新而感动，把他封为灶王，让他每年腊月二十三上天作汇报。老百姓想让灶王爷上天言好，于是，每年这一天晚上都烙饦饦馍，叫作祭灶，也叫"过小年"。刚乾妈一大早就发面，晚上出锅的第一个饦饦馍放在灶台上，嘴上念念有词，求灶王爷上天言好。

"腊月二十四，掸尘扫房子。"吃过饦饦馍，家家都要"扫土"，用白土刷墙。刚乾妈决定今年把家里彻底清扫一遍，扫掉晦气。这天，天空没有一丝风一片云，万里晴空，阳光明媚。一大早，刚乾爸妈把盆盆罐罐搬到院子，不让刚乾干活。于刚乾说我已经好了。妈擦盆罐，刚乾用绑在长棍子上的扫帚，打扫屋梁和墙上堆积的尘土。前天，席养涵去十多里远的秦岭脚下的小寨挖白土，给刚乾送了两大块。灰尘清除后，刚乾再用白土水刷墙，连刷两遍，破旧的两间房和一小间庵间房，一下子干净、亮堂了许多。

腊月二十五，于刚乾陪爸妈去南山脚下的汤峪洗澡。凌晨四点半出发，六点半赶到，免费进公共浴池。刚下水，身体感觉火辣辣的烫，硬忍一两分钟就好了，皮肤红红的，全身很轻松很舒服。在昏暗的灯光下，于刚乾隐隐看见蒸气中攒动的人头。他向前挪动一步，看到一个瘦弱的脊背，再向前，一根根肋骨清晰可见：骨瘦如柴原来就是这样！仔细看，原来这是爸的脊背、爸的肋骨，以前我怎么没注意过！于刚乾上前，右手裹着手巾给爸搓背，刚鼓劲，皮肤聚起一撮褶皱，像打褶的毛巾。他不敢用劲，怕搓破"褶子"。于刚乾鼻子一酸，心想：啥时能让爸吃好点、多吃点，让爸再胖点、皮肤再紧点。出了澡堂，于恭让在小饭馆里两毛九要了一份大肉煮馍，多加了三个饼，免费要了两碗汤。于刚乾怕爸妈吃不饱，再要了一份大肉煮馍。于恭让硬是退了，说有的人家四五口也只要一份煮馍。于刚乾没坚持，坚持也没用，知道他们都是能省一个是一个。这样吃饭，身子咋能胖？

"二十八，把面发；二十九，蒸馒头。"

腊月二十九，家家户户都开始蒸年馍。整整一天，全村都飘着一股淡淡的麦香味。刚乾妈先蒸萝卜、地软和小豆包子，再蒸待客吃的蛋蛋馍、小馒头，最后蒸出门送礼的糕子馍和供奉祖先的枣花馍。笙笼里装满了各种馍馍。

腊月三十，一大早，于恭让就给家人讲年三十和初一的禁忌：忌乱说话，怕带来不吉祥；忌扔垃圾、丢杂物，怕把污物洒溅到神灵身上引起神灵的不快；忌饭菜品种少和全部吃完，要有余，预示丰盛有余、年年有余；除夕夜忌黑暗，要灯火明亮，预示来年红红火火；忌打碎物品，招致"破运"、不吉祥，万一打碎了，赶快说"碎碎平安"；大年初一太阳出来前忌扫地、倒垃圾，怕清扫掉了财运。家人都说知道了，你年年说年年说！刚乾心里叽咕着：年年说年年穷，命运究竟咋样才能改变？

午时祭神、祭祖。于恭让在堂屋挂起神轴，摆上几个馍馍做供品。于刚乾在门两边的墙上贴上对联，木门板贴上"福"字，门两边挂上红灯笼。晚上"除夕"，刚乾妈早早就点燃了神堂前的两根蜡烛，上了三炷香。刚乾弟、妹在门外燃放爆竹。除夕要"守岁"，熬夜，一家人围坐在炕上，不能做手工活，只有拉话，直到深夜。弟、妹眼皮打架，一会儿就靠墙睡倒了。

大年初一早起，大人小孩都穿上新衣、戴上新帽。开门第一件事，就是燃放鞭炮，以噼里啪啦的爆竹声辞旧迎新，表示吉庆。接下来吃饺子，谁吃到饺子里包的硬币谁会全年走运。结果刚乾吃到了！爸妈心里高兴，相信儿子今年会好起来。

吃完饺子拜年。先在家里，小辈给长辈叩头拜年，长辈给小辈散年钱。然后外出走亲访友，相互作揖，拜年问好，祝新年快乐大吉大利。金玉秀给刚乾爸妈拜年，要叩头，刚乾妈赶快扶住说"不用咧"，给玉秀装了个红包。于刚乾给玉秀爸妈拜年。玉玉妈给刚乾年钱，刚乾说：我都成大小伙子了！笑着拒收。刚乾给了玉玉弟年钱。

金玉秀双手背后，要刚乾猜"惊喜"。刚乾听到这两个字，想起东窑沟就脸红。他说：年钱！玉秀说：你想得美！刚乾上前夺，双手伸到玉玉背后，几乎把玉秀搂进怀里。玉玉红了脸推开双手说：讨厌！她举起手说：于刚乾的文章上报了！《滋水县农民报》。金文涛要过文章，戴上老花镜，念道：从集体大田拾粪给自留地想到的……读完了，金文涛夸刚乾：写得好！小伙子有前程。

大年初二，于刚乾陪妈去舅家拜年。

正月初五，年味正浓，大梁大队青年演出团开始了演出前的紧张彩排。年前，于刚乾拿出他编写的秦腔现代短剧《我们的王队长》，交给席广田。席广田看了说：宣传身边的英雄，好！他立即安排人员，连夜组织排练。

正月初八唱大戏，于刚乾站着奏完了二胡独奏曲《送粮忙》。演奏结束，台下观众热烈鼓掌，要求保卫集体财产的于刚乾给大家讲话。于刚乾感谢大家的关心，在台上走了两大步说：我骨头硬，不会趴下！台下响起长时间的掌声。

临时编排演出的《我们的王队长》取得了意外的好效果，许多人感动得落了泪。台下响起了"向王队长学习，向王队长致敬"的口号声。

演出结束，于刚乾对席养涵说：脚冻，咋办呀？养涵说：快找媳妇结婚给你暖脚。刚乾说来不及。当晚，他们又睡一个炕，继续他们上次聊的话题：如何加强管理、调动社员的积极性。

几天后，于刚乾向领导汇报了他下队劳动和调查的情况，提出了草拟有关管理办法的设想。席广田表态支持。于刚乾关起门，起草了《大梁大队评工分新办法》《大梁大队评选劳动模范及表彰奖励办法》《大梁大队干部参加生产劳动管理办法》。席广田召开领导班子会议，专门听取了于刚乾的汇报，大家提了不少修改意见。会后，于刚乾、席养涵又做了反复修改。

正月初十，金玉秀约于刚乾在南鹿村的塔下见面。

南鹿村外的街道尽头有一独户人家叫塔家，塔家屋外有一座塔，叫塔家塔。塔建于哪年无文字记载，有人说在清朝，有人说在明朝。看到"古旧"，有人就在此烧香磕头，也有青年男女来塔下许愿。塔旁有棵大槐树，几股碗口粗的根露出地面，上集的人常把树根当板凳，坐的人多了，根的表面油光发亮，成了南鹿村的一道风景线。

今日是玉秀的生日。刚乾先到，给玉秀买了一块头帕、一副发卡，坐在大树根上顾盼。

金玉秀从街道东头走来。于刚乾说你来迟了，给赏。玉秀说我早到了，你赏我！刚乾说好！环顾周围没人，他上前一步。玉秀拨开他的手说：不要这个，要十个油糕。我看到街上有卖油糕的、卖饸饹的、卖高座蒸馍的，就想吃油糕。刚乾说：我这就去，先给你佩戴上这个。戴好发卡，佩上手帕，玉秀从口袋里掏出一块小圆镜照了照，会心地笑了。刚乾说你等等，说着就向街道跑去。

于刚乾走到卖油糕摊前，问油糕价钱，摸自己口袋看钱，不够。他想起同学好友在白鹿原市场管理所做临干，就去找他说明来意。这位同学说：你先去，我过一会儿就来，带二十个大油糕作为见面礼，看看未来的这位弟媳妇。于刚乾点头离开了。

这位临干走到油糕摊前问，油糕多少钱一个？回答五分钱一个。问要不要粮票？回答不要。不知是口袋没钱还是有钱不想付，这位临干出示了身份证明后开始讲国家政策，他说：粮棉油属国家二类统购物资，私自买卖是投机倒把行为，按规定要没收。卖油糕的说：那街道食堂为啥照常营业？那边那么多摊点也卖，你咋不没收他们的？临干说：食堂是经管理部门批准的，买卖都收粮票，在国家统购统销之中。以前对个人摊点，我们是半个眼睛半个眼闭，按政策、按领导要求，这是不对的。卖油糕的女主人笑脸相迎，顺手装了二十个油糕塞给临干说：你是好人，今天就再闭一次眼吧！临干半推半就说道：赶快走，离市管所远点，就当我没有看见！卖油糕的嗯嗯两声，原地没动。

临干走后，卖油糕的女人批评男人说：你个瓷锤！平时想给公家人送油糕拉关系，咱都拉不上；今儿个你咋咧，吃错了药，还和人家杠上了？男人说：我就看不惯拿着国家发的工资，穿着国家给做的衣裳，就想欺负老百姓的这种人！

来到塔下，临干把油糕交给于刚乾，看了玉玉一眼，对着刚乾竖起大拇指说：好！弟妹真漂亮，我同学有福气！然后说有事，就匆匆离开了。

卖油糕的男人远远看到临干在和于刚乾说话，他好像悟出了什么，自言自语地说：哦，我想起来了，那位就是大梁大队的打井英雄。崽娃子，想要油糕你说话呀，干吗叫来市管所的人，吓了我一跳！

这时丁德让从旁经过，顺着卖油糕的目光方向，看到了于刚乾和金玉秀在一起。他没多想，也没在意卖油糕的话。

于刚乾看着金玉秀头上红底蓝格颜色的头巾，更衬托出她脸蛋的粉白细嫩，真想亲她。但有过往的人，刚乾忍住了，两人坐在大树的两个根上，面对面说话。

金玉秀说昨天家里来了个女人。刚乾说来女人咋咧？玉秀说是媒婆、介绍人。刚乾说：是给你介绍对象，咋样？玉秀说：管他咋样不咋样，与我有啥关系！刚乾问：你爸你妈是啥意思？玉秀说：你知道我爸啥都不管，都是我妈一手包揽。刚乾开玩笑说：是城里人，吃商品粮、拿工资的吧？那好呀！

金玉秀怪嗔道：人家心里有你，你还是这个腔调！给你说，不是城里人。是谁我不给你说。我把媒婆和带来的礼都推出了门。

于刚乾心想：听说丁锁柱带枪在大场转了转进了玉秀家门，金玉秀说的人是不是丁锁柱？他起身坐到玉秀身旁，右手搭在玉秀的肩上，左手指着自己说：我就说嘛，玉玉的心在这儿。

于刚乾刚用左手抓住玉秀的右手，远处来人了。他们俩又赶快分开，面对面坐在树根上，正儿八经地交谈。刚乾说：我想请媒人给咱们提亲。玉秀说：我也想说这话。今儿个来塔下，我的生日，许下咱们的心愿。刚乾上前拉着玉秀的手，说出憋了很久的三个字：我爱你！玉秀说：我也是！走到塔前，俩人双手合十，默默许愿：心心相印，永结百年！

和金玉秀见面后，于刚乾心里盘算着怎么提亲。他想，还得按农村的风俗习惯，给玉玉一份体面的彩礼。提到彩礼，想起两年前他们徒步长征时，为帮助他人讨还彩礼，呼喊着"反对买卖婚姻"的口号，闫银堂被泼了一头一身的污水的情景，于刚乾情不自禁地笑了。他想：习俗观念背后有很深的根源，有强大的力量，指望发几张传单喊几声口号就想改变，天真，可笑！

于刚乾的思想又回到彩礼上，他自问究竟给多少好？一个半，有点少，得两个，可两个就是三百二十元。这么多钱从哪儿来？我今年最多挣三百二十个工，如果丰收了最多值一百三十元，扣除粮款剩下不到六十元，还差得远呢。必须想办法借，但是向谁借？想起来了，我借市管所同学买油糕的一元钱还没有还，因为忙，一直没见到他。记住，一定要还！

于刚乾继续想他的心事：爸妈为我们操尽了心，一定要让他们省点心，钱的事不给他们说，不让他们管。大哥三个孩子，每月工资只有三十二元，扣除伙食费和给家里的零用钱，每月最多积攒五元。二哥刚当上铁路民工，每月三十八元钱，花费大，结余少；他还没有对象，若订婚，还得大把花钱。亲戚都是农民，都穷，没钱可借，怎么也凑不够三百二十元。我和玉玉谈了提亲的事，可提亲就要谈礼金，谈礼金就要谈"封礼"时间，到时没有钱，话咋说？对，想起来了，农村还有"借礼"一说，就是订婚时男方先付给女方一部分钱，剩余部分以后再还。若延迟一年，大哥、二哥肯定能帮上我；再养两头猪，年底卖掉，就差不多了。对，就这么办。

虽然"借礼"少了面子，但没钱还讲啥面子？刚乾决定找机会给玉玉说明情况，我的玉玉最明事理。可玉玉妈会不会"明事理"？她心里是钱重要还是女儿的心愿重要？她若认钱不认人咋办？刚乾心里又有点"毛"。相信我的玉玉能克服这一切。以真情为基础的婚恋坚不可摧，她就是恩格斯说的"不考虑经济因素"的新女性。

于刚乾露出了笑脸，去找席养涵。养涵也正在为自己的亲事纠结着。

第二十三章　养涵相亲

正月初十晚，夜幕已降临，窗外还响着噼里啪啦的爆竹声。在和干大干妈寒暄过后，刚乾来到养涵的小卧室。谈到婚姻问题，养涵说：我想把我和梅梅的事告诉父母，又感觉她们好像不大喜欢梅梅，正在纠结。刚乾说：迟早要说，迟不如早。养涵说：也是。

刚乾走后不久，席广田回到家。他坐在儿子身旁，摸着他脖颈变黑变粗的皮肤，拉着他壮实的胳膊说：当农民很苦，快两年了，大很少关心你，很少问你。

养涵说：没啥，我已经习惯了，再苦再累也就这样了。只是有时在想，社员们没黑没明地干，都在出力流汗，可亩产量只有三百多斤，一个劳动日值两三毛钱，给国家缴过公购粮后还不够吃，饿肚子。这出路在哪里，这日子啥时能到头？

听了这番话，席广田心想：儿子长大了，开始想大事了。他说：这是个大话题，各级领导也都在想办法。咱们现在能做的，就是引导大家爱集体，好好干，还有，就是发挥你们知识青年的作用，科学种田，提高产量，日子慢慢会好起来。

席养涵不由得诉说起推广科学种田遇到的各种困难。他说：缺种子，特别是优良品种，缺肥料，缺技术人员，还有观念落后，明明是好事，但有人就是不接受，推广难。席广田要儿子拿出一个"推广科学种田的意见"，专门研究一次。

听说儿子最近和丁香梅走得近，席广田不想与丁家攀亲，这才抽空和儿子谈话。席广田转换话题说：你现在不小了，该考虑婚姻大事了，有没有啥想法？

席养涵正想和大"交心"，既然大问，他就直说：排练节目后我和梅梅有了交往，她对我好，我觉得她心直口快，好打交道，心里也慢慢有了她。

开口就到主题上，席广田也就直接亮明他的意见：本来不想干涉你感情上的事，但一辈子的大事，有些话我不能不说。你和梅梅一般交往可以，但想要成亲，我和你妈都不同意。咱们这儿的习俗是"宁叫男大十，不叫女大一"，香梅正好比你大一岁。乡土风俗是千百年总结出来的，有道理，要听。

那有啥关系！我奶就比我爷大一岁，不是挺好的嘛！

席广田无言回答，他只好把不愿说的话说出来：关键是，你看我也不知咋说，是这样，有人说梅梅与易建设好，不知好到啥份上了？

席养涵认为自己对情况完全了解，就不假思索地说：我知道，易建设对梅梅好，而梅梅对我好；她对我是真心好，是真好！

席广田感到儿子还是有点单纯，说：对说不清的人和事，要躲，不要黏，否则会给你一辈子带来麻烦，严重的，全家都不得安宁。

养涵认为自己对梅梅"能说清"，因此认为大的话有点言过其实，没有表态，实际上是不赞同。席广田只好说出第三个理由：再说了，她大历史上有问题，有土匪嫌疑。

席养涵还是没吭声，他心想：土匪又不是地富反坏，不是政治上的敌对分子，也不影响儿女婚姻呀！

这时养涵妈走来对儿子说：找媳妇就要找安安分分过日子的，本分的。梅梅太"野"，不安分，过了门我管不住她，你也管不住她。你赶快打消这个念头，这事不行，以后就不要想了！

看养涵不置可否，养涵妈又说：有人给你说媒，是南鹿村的女娃。我打听了，娃乖，会过日子。要么安排见个面？也到了订婚年龄，别拖！

在爸妈眼里，养涵从小就是"乖娃"，不犟嘴，但终身大事咋能全听父母的？席养涵很为难，就对大和妈说：我和梅梅再谈谈，好不好？他是想和梅梅推心置腹地说说心里话，然后再说订婚的话。

养涵妈接过儿子的话说：那就这样吧，你和梅梅见个面，好说好散，然后给你安排与南鹿村女孩见个面。养养妈说的"好说好散"，意思是：给她说句好话，立马就散，别纠缠！养涵心里只想着"好说"，没想到"好散"。

与妈和大谈话后，席养涵在家里坐不住，来到于刚乾的小屋子。他二话没说，就脱掉鞋，上了炕。

谈了一会儿别的话题后，养涵说：大和妈跟我谈话，说到订婚。不到结婚年龄，为啥要搞个订婚？样样道道蛮多！

刚乾说：就像看戏，先到的占好位置，后来的没有好位置。订婚晚了怕占不到好媳妇，太晚了就要打光棍。再说了，这也给送礼金起个好名字，送钱的、收钱的都冠冕堂皇。这形式、那仪式，都是男方掏钱。

对呀！为啥不是女方掏钱给男方？养涵说。

咦，还真是！大家都习以为常了，就认为合情合理，理所当然了。刚乾说。

他俩这才感到这真是个习以为常的大问题。养涵说：过去有钱男人三妻四妾，没钱男人打光棍。女的少，自然就值钱，所以男方给女方钱。可现在是一夫一妻制，不缺男也不缺女，谁不给谁钱才对呀。

于刚乾说：可见不是男多女少的问题。根子还在传统观念上：嫁出的女泼出的水，女孩是人家的人，女方父母要一次性收回"成本"。若计算成本，三百元真不多。但这又不是一次买断商品，不是买断女人的所有权和使用权呀！

你越说越难听！养涵说：咱们都没钱，净想些不花钱的好事。俩人都哈哈大笑起来。

于刚乾突然提到一个问题说：可人为啥要结婚？

养涵说：你净提一些大问题。不过，这问题我能回答，是为了延续香火，传宗接代，继承家产。"不孝有三，无后为大"，这个观念根深蒂固。你看，连白嘉轩那样的传统卫道士，为了"有后"，居然安排儿媳妇和别人睡觉，借别人家的种。他以为自己安排周密，别人都不知道。

刚乾说：你说得对。私有制产生私有观念，为继承家业，就要千方百计生儿子、孙子；没有正宗的，就借人家的，不管谁家的。伦理道德，这时就被看得比屁淡！白嘉轩还是讲实际。

停了一会儿，于刚乾又说：但是现在财产公有了，继承啥家业？传宗接代观念也会淡化。

养涵说：结婚生子，对于个人来说，恐怕还有人生感受因素吧？有家庭，受约束，要承担家庭责任，但家庭也有快乐呀！快乐幸福，恐怕是超越一切的人生追求，是真正的普世价值吧？

可能是吧。刚乾说：但将来咋样，很难说。公有的条件下，生孩子恐怕更多的是社会义务、社会责任。会不会出现有人只愿感受人生快乐，不愿承担社会责任的现象，譬如只结婚不生娃，或者干脆不结婚，想跟谁好就跟谁好？咦！恩格斯说的"女子不考虑经济就委身自己所爱男子"有没有这层意思？将来的婚姻自由，是不是也有"随便"的意思？或者这么想问题就是把经典话做了曲解？

养涵说：你又说到不考虑经济、不花钱上来了，你是不是遇到经济问题了？

于刚乾不想给席养涵讲"凑不够彩礼"的话，忙改口说：你看咱扯得没边没沿。话说回来，那你现在咋想？咋样给大回话？

养涵说：前面咱俩云里雾里，跌落到地面还得面对现实，随俗吧！问题是大和妈都不同意梅梅，他们听到村里人的闲言，说梅梅和易建设好。

养涵以为刚乾会吃惊，看到刚乾没反应，心想是不是刚乾也听到了传言？养涵解释道：梅梅性格外向，但她不胡来，不是那种随便的人。她真心对我好，我能肯定，所以我很纠结。还有，梅梅她大到底有没有问题，是不是土匪？

刚乾说：有人说梅梅他大当过土匪，但是没有调查，不确定。现在对土匪是啥政策也不清楚。可以肯定，不属于"五类人"，就不会给戴政治帽子。所以这不是主要的。

于刚乾感觉还没有直接回答兄弟的问题，就继续说：谈婚姻，主要考虑感情，其次才看别的。但现在，都先看家庭经济、政治条件，或者只看这些。你若看重和梅梅的感情，别的就不考虑那么多了。但父母也是为儿女好，他们的话也不能不听。

说完了，刚乾感到全是废话，对兄弟没有任何帮助。两人沉默下来。于刚乾补充说：你还是和香梅谈谈，把和易建设的关系挑破，看她咋说。

养涵说：为救你，我托梅梅找过易建设，求易建设放你。

哦，我就说嘛，我被抓"陪桩"，受到照顾，原来是你和梅梅帮我忙！想起《周仁回府》里周仁舍妻救兄，忠义双全，于刚乾想对席养涵说声谢谢，但他感觉内心感激之情非谢字所能表达，就没说啥。于刚乾责备自己，怎么断定养涵托香梅求人就有"舍"，她舍了啥？遂责备自己胡乱猜疑。但是养涵为什么要让香梅去求人？难道他知道香梅与易建设之间有特殊关系而又非常信任香梅对自己的感情？

想到这里，于刚乾讨厌自己把问题复杂化。不管怎么说，这位兄弟还真是"忠义人"，他内心感激。

席养涵本想听具体意见，没想到于刚乾讲辩证法，讲"主要，其次"，听了等于没听。但席养涵仍谦虚地说：你说得对，我再考虑，再找梅梅谈谈。

席养涵把丁香梅约到小湾岭的一棵大树下。香梅问啥事。养涵开门见山地说：我妈催我订婚。香梅说好呀，是谁？养涵说：不清楚，我想和你说说。

丁香梅知道提亲对象不是自己，心里有气，说：我就说嘛，这么久咧，也没见到你家人来提亲，原来你另外有人咧！

养涵说：我给我大说了你。不瞒你说，上次为刚乾的事，让你找易组长，就因为大家都说易组长和你好。传言挡不住，我大也知道。我给我大说，梅梅对我是真好。今天我就想把话撩开，听你把话说透。

不知道香梅没听懂养涵的话，还是因为别的，她更加生气更加激动地说：易组长和我好？好就好，咋咧！好，就一定会上炕睡觉？你们，包括你大，都是屎壳郎趴在算盘上——混账东西！

席养涵皱了皱眉，心想：她真厉害！难怪妈说她若过了门，我管不住她，谁都管不住她。

香梅继续说：我也不瞒你说，易组长对我也是真心的，他说他见了我就心动。我嫌他有家小，没答应他的要求。我给他直说，咱们一般相好可以，但是不能往那个事上乱想。你们怎么动不动就往那个事上想？大队领导也有小人之心，真恶心！

丁香梅越说越动感情，好像很委屈，眼角有泪慢慢流下。她说：我从小摸了你，这一辈子就记下了。长大了懂事了，想男人，我就想你，晚上做梦也和你在一起，醒了就一边想你一边安慰自己。我真心对你好，你的心叫狗给吃了！

不容插话，香梅接着说：以后我见得多了也想得开了，不像闫妈那样傻，一见钟情就要嫁给他。女人的心只给一个男人不好，可以给两个男人，也能接纳两个男人的爱。人家易组长也是公家人，现在还是公社副社长，而且人也不差。你以为你是谁？以前我很在乎你，现在无所谓，随你！

说完，她也不想听席养涵的回话，扬长而去。

席养涵没在意她对自己耍脾气。但他很在意香梅对易组长的态度，在意她的心可以接纳两个男人的爱，也可以把心给两个男人这句话。要是结了婚还这样，这样的女人难说不会给自己男人戴绿帽！或许真如大说的，跟这样的人在一起可能一辈子不得安宁。席养涵又想：是不是梅梅气头上说话？我相信她不是那样的坏女孩。席养涵想来想去，仍然难决定。

席养涵回到家，没和大、妈说一句话，拉开被子倒头就睡。

养养妈问儿子见过梅梅没？养涵扭头不说话。妈再问，他只说"见了"。养养妈以为儿子和梅梅已经散了，就安排了儿子与南鹿村女孩"背见"的时间和地点。

与媒人商定，正月十三在南鹿村塔家大槐树下，席养涵和一个叫王桂英的女孩"背见"。背见方式，就是俩人东西迎面走过，互相看一眼，不说话。

席养涵不想见。养养妈问为啥？养涵说：我和梅梅还没有散。养养妈说：给你说"好说好散"，你不听话。这简单，一句话的事，我去说。养涵说：别，别！你要去说，我就坚决不见这女娃！养养妈说：好，我不说，你答应明天和桂英见面？养涵没回答。

到晚上，养养妈烧热水给养养洗头。洗完头又打热水，拉养养坐在凳子上，给养涵脱鞋洗脚。养涵说：我都是小伙子了，我洗。妈说：今儿个我洗，以后你媳妇给你洗。现在就要找一个能给你洗脚的媳妇。听妈话，王桂英肯定是这样的娃！妈软磨，养涵抗不过，答应了。他也想看看这个"本分姑娘"长啥样，又问正式见面不是更好？妈说：背见后不愿意了谁不伤谁，正式见面要送"四样礼"，不同意就白送了。老规矩不能变。

封建婚姻，媒妁之言，父母包办，交换儿女生辰八字后由父母定儿女终身。不知从什么时候开始，儿女"背见"，能够表达个人意见了。大梁村石匠也是千千万万"背见"人之一，可他心里一直痛。背见时媒人在远处指说：碾子那边"跛"的那个。石匠看了正在手扬簸箕"簸"的女子，而没看到推碾子跛脚的女子,高兴地说:好,长得漂亮!娶回家揭开盖头一看,傻了眼,她很丑,走了走,又跛。气得他找媒人论理,媒人说:不怪我,怪你看错了人。此事大梁村人人皆知。从此,大梁村开始了改革,男女背见,都要迎面走来,一看长相好不好,二看走路跛不跛,实际上是不说话的"面见"。人类社会在婚姻习俗方面又有了进步。

这天上午,席养涵穿上旧棉衣,外面套了洗干净的学生服,露出粗布白衣领,戴上新买的蓝帽子,穿上妈新做的黑布鞋去背见。正午,他从东向西走,注意看由西向东走来穿蓝底白花上衣、发髻上有朵粉红花的女孩。她来了,远看,还可以。走近到三米处,关键时刻女孩害羞地扭了头。回到家,养涵对妈说:我没看准。没看准?不要紧,媒人说那就正式见面时再好好看。

过三天正式见面,女到男家。养养妈准备了"四色礼":一条手帕,一块香皂、一个发卡、一瓶雪花膏。王桂英羞怯怯进了席家门。在厦房,养涵把四色礼交给女孩,要她坐在靠窗户的亮处。王桂英走到窗台前说:俺就这个样,给你看个够。席养涵还真是,站在桂英的右前方,从头到脚地打量,最后注目到她的脸庞上。桂英不好意思,低头,捏弄衣角说:你快点,我要去烧火!她想:给四色礼就表明养涵和家人同意了,我就是未过门的媳妇了,咋能让婆婆烧火做饭?她对养涵说:行了吧,我还有事。说着就去灶前把养养妈扶起来,差点儿叫了一声"妈"。一会儿她又去擀面,动作很麻利。看到桂英烧火、擀面的熟练动作,养养妈赞不绝口,心里在笑。女孩走后,养养妈问养涵。养涵说:皮肤太粗糙,脸白,是傻白,没血色,不好看。他心想:这白既不是玉玉的白嫩,也没有梅梅的红润。妈说:皮肤粗是爱劳动,好呀!养涵:声音像个男人。妈说:又不唱戏,声音好听顶啥用?农家瞅媳妇,主要看会不会过日子。你看她,多有眼色,第一次来家就烧火做饭。养涵不知咋说,反正满脸不高兴。妈说:你把礼都给了人家,表示你同意了,还吊啥脸?

总感觉王桂英不如丁香梅,席养涵心里憋屈。他没告诉妈,去找丁香梅。香梅去了公社。

今天一早,丁香梅正在吃早饭,听大说席养涵今天相亲。她一气之下把饭碗摔在地上,苞谷糁子撒了一地,鸡狗跑来抢食。她哭了。

丁德让知道女儿对席养涵好，他不反对，但他更希望女儿和易建设好，特别是易建设当上了公社领导后。易建设第一次见女儿的那个眼神，丁德让心里明白。后来给易组长管饭时，丁德让就让他老婆回避，安排女儿一人在家招待。他了解自己女儿，开朗大方，但不胡来。事后，丁德让拐弯抹角问女儿。女儿大大方方回父亲说：易组长对我好，但我只准他拉我手。果然桃李相报，教育活动时，丁德让第一天"上楼"，第三天就"下楼"了，招认的三十元贪污款也不了了之，之后还当了贫协副组长。今天女儿摔碗，丁德让高兴，他觉得，人生有些事，费再大劲也办不成；有时候，无心插柳柳成荫，人算不如天算呐！

丁德让把女儿拉到一边，安慰她说：没事，我娃不生气，席养涵算个啥，有比席家更好的男人。说着，他交给女儿一封信说：出去走走，散散心。把信交给易副主任，你别看！去了勤快点，把易副主任的脏衣服给洗洗。

一会儿阴一会儿晴，一会儿哭一会儿笑，丁香梅就这样。她抹掉眼泪扑哧一笑说：我没事了！她搽粉、化妆完，出了门，直奔公社大院。

席养涵来到皂角树下，朝着公社方向看。等呀等，天黑了，还不见丁香梅回来。北风呼呼地吹，刺骨的寒，养涵把棉袄裹了再裹。再过一会儿，还不见梅梅回来，席养涵默默地回了家。他不知道，梅梅也不知道，送给易建设的这封信，正在引发一场大风波。

第二十四章　油糕事件

丁德让捎给易建设的信，引发了"油糕事件"。

于刚乾身体完全好了，腿不疼了，走路不瘸了。年前他接到公社召开"三干会"的通知，方主任安排他在大会上发言。刚乾很快就准备好了发言稿，最近还在修改完善。

那天在塔下，于刚乾和金玉秀谈了订婚的事。今天，风和日丽，刚乾约玉秀在村外田头见面。

于刚乾说话有点吞吞吐吐。他说：叫你来，又张不开口。

有啥不好张口的？好，今天就把你的嘴闭紧，不许张开，也不许靠近！

刚乾知道玉秀的弦外之音，就说：你靠近，我张口，张口说话。

不，先说话，再，再回家。

于刚乾不斗嘴了，他说道：提亲说媒，钱凑不够，就想到了"借礼"。借礼丢人，怕别人议论，我没面子，也让你和你家人没面子。

金玉秀说：这有啥丢人的！各家有各家的情况，谁爱说就让他说去。我嫁你，又不图你家钱财；即便没钱，没钱我就不上轿、不出嫁了？

听到这话，于刚乾心里美滋滋的，上前抱起玉秀说：我现在就抱你上轿！

正在这时，席养涵走了过来。金玉秀难为情地站在一旁，红着脸，低下头，抚弄衣服。席养涵装着什么也没看见，递给于刚乾一张传单。刚乾看着看着紧张起来，不由自主地说：完了完了，我咋把这事给忘了！

传单上面用钢笔歪歪扭扭地写着：

刚乾玉秀塔下见，看到油糕好嘴馋。
叫来市管他同学，拿走油糕不给钱。

于刚乾忙问：这传单哪来的？养涵说：小学生传的。刚乾没向养涵、玉秀解释，只说事情紧急，就匆匆离开了。

席养涵和金玉秀准备回村。这时，养涵看见玉秀头发上有根柴枝枝。养涵说你停停，我给你拿下头顶上的柴枝枝。玉秀停下脚步。养涵靠近，看到玉秀白皙透红的脸蛋，突然产生冲动，想亲她一口。养涵的嘴靠近玉秀脸蛋时，又突然收住了，心想：不，不能，这太荒唐，今后我咋面对刚乾哥？席养涵拿下柴枝枝给玉秀看，证明自己没说假话。金玉秀没有丝毫察觉，说声谢谢，就跳着踮起脚步，蹦蹦跳跳进了村。

于刚乾来到南鹿村街道，在油糕摊前鞠了一躬说：对不起，我还以为我买的二十个油糕，有人已经给你付过钱了。刚才知道，没有给您付钱。说着，于刚乾掏出两元钱放下就走。

卖油糕的拉住于刚乾的手说：不要钱，你是打井英雄，我想送给你油糕都没有机会，就算是我的一点心意。两人推让了一会儿，最后卖油糕的说你给多了。于刚乾说，我没按时还钱，不用找。

接着，于刚乾去市管所找他的同学，人没在。于刚乾留下字条写道：二十个油糕钱我已还给了卖油糕的。人生道路，健行致远！最后署名：互勉人于刚乾。

过了不久，卖油糕的听到于刚乾"拿走油糕不给钱"的传言，知道于刚乾受了委屈又难辩白，不知咋办。他突然想起金文涛，觉得可以让金文涛也编个顺口溜，还给小伙子一个清白。于是，他提了十个油糕找上金家门。说明来意后，金文涛说：于刚乾是好娃，我刚听到传言，压根就不信。好，我现在就编辟谣的歌，你卖油糕时把它传出去，或者在公社召开的三干会上，去散发去宣传。

卖油糕的说好。他拿了金文涛写的字条，逢人就说道：

刚乾是个好儿男，防盗抓贼中枪弹。
打井九死得一生，油糕付了双倍钱。

人民公社是政社合一体制，既是一级政府，也是全公社集体经济的统筹管理机构，每年都要开一次公社、大队、生产队三级干部会议，安排全年的生产计划。为筹备会议，春节前，方主任亲自到大梁大队，与席广田、于刚乾谈话。

方主任说：你们大队粮食取得丰收，有很好的经验，比如集中精力抓生产，打井灌溉，推广优良品种等。大家都知道"手里有粮心中不慌"。如果要讲大道理，就说说农业是基础，农业稳工业就稳，工农稳社会就稳；讲一下集中精力抓生产，不要瞎折腾的道理。你们就按这个思路总结个经验材料，在大会上进行交流。

于刚乾很快草拟了发言提纲，请主任过目。方主任说可以，你们先写，写好后交给大会材料组。于刚乾写好了材料，席广田审定后报公社三干会筹备组。

易建设在大会筹备组负责审核材料。他看了大梁大队的发言材料后提出意见说：这个材料有问题，有关破坏选举内容必须删除。于刚乾按易建设的要求对发言稿做了修改。易建设仍然不予通过。最后，方主任安排于刚乾做自由发言。于刚乾感谢领导对自己的信任。第一次在全公社大会上发言，于刚乾很紧张，心想一定要写好发言稿。他连夜做准备。

三干会议会址在公社的农业中学，三百多人参加。大操场旁，用帆布搭起了一个大棚，里边支起三张大案板。棚子外，用胡基盘起一个比一个高的三个大锅灶，垒起三米多高的烟筒，架起直径两米的三口大锅。由生产大队运来麦秸，抽调厨师、伙夫来做饭。大案板上，小厨师在切萝卜、白菜、豆腐。木凳子上，站着一位大厨师，用大铁锨炒菜，不停地翻搅着；他胳膊累了，下来，再换一人。开饭了，三百多人排成三个长队，一人领一个半斤重的白麦面"杠子馍"，再打一大碗带肉片、白菜、萝卜、豆腐的大烩菜。生产队的干部，一年难得有一次改善伙食的机会，这时都端着碗喜笑颜开，三五成群地蹲在大操场的各个角落，吃着说着笑着。

方主任端碗蹲在于刚乾身旁，问刚乾的发言稿准备得咋样？刚乾说：准备好了，就是心里紧张，怕讲不好。方主任鼓励刚乾放松，然后又说：最近，公安部门受理了一些历史案件。你以前说过丁德让历史上有问题，如果有材料，可以转交公安部门查处。于刚乾说我手头没有材料，还需要做些调查。

第一天会议，方主任作工作报告，易建设主持。大会交流结束后，开始自由发言。于刚乾自由发言时讲道：

近一年来，大梁大队有人总是纠缠教育活动中的一些问题，借选举，纠集一部分下台干部扰乱会场，抢公章，搞夺权。现任领导席广田干得很好，群众拥护，为啥想把他拉下来？有人说席广田只拉车不看路，而且诬陷他挪用公款，这是胡说，实际是对席广田不理会他们的无理要求有意见。我作为民兵连长，出了个主意，在民兵连成立大会和社员大会上，宣读了一个"大梁大队社员大会关于支持队委会工作的决定"，社员们一致通过；会后又签名支持席广田。夺权的人没办法，就把被抢夺的公章交了回来。受社员群众支持，席广田一心一意领导大家搞生产，粮食取得了大丰收。这件事告诉我们，搞好农业生产，内部要稳，不能乱折腾。说句大道理：农业稳工业就稳，工农稳国家就稳。

易建设听了不高兴，他想：这小子口气不小，明显是冲着那次选举来的，是冲着我来的。那次选举会，方主任在现场，他说于恭让带人冲击会场"干得好"；于刚乾在社员大会上宣读"决定"，背着组织搞签名，方主任还表扬了他。因为这件事，于刚乾在万人大会上接受"陪桩"教育，他们认为我负有责任。今天在大会上，于刚乾重提旧事，明显对我有意见，必须敲打敲打他。

易建设讲话时说道：我主持会议，对于刚乾的发言不能不表个态。我认为于刚乾的发言，旧账重提，不利于当前团结的大好形势，而且他的思想观点有问题，我不同意这个发言。

台下议论纷纷，有说于刚乾在挑起矛盾，有说于刚乾说得有道理，做得也没错。这时，易建设拿出丁德让送来的信和传单，想更加严厉地教训一顿于刚乾。他说道：这里有一封群众反映信。教育活动结束了，但有些干部特别是有的年轻干部仍然私心严重，多吃多占。这封信反映于刚乾为了吃油糕，把市管所他同学叫去，拿了卖油糕的二十个油糕不给钱。有这回事吧？

易建设扫视台下，沉默了十几秒钟。台下没有人应声，于刚乾也没有提出反驳。易建设就不留情面地大胆批评起来：

没人应声？那就是真事了，没有冤枉人吧？多丢人，这哪里像一个生产大队干部的样子！像这样爱占小便宜的人一定是自私自利的人。于刚乾还有没有借用权力谋取私利的其他问题，还有没有贪污受贿问题？会后要查一查。

会场鸦雀无声，台下人屏住了呼吸，静悄悄的，都把目光投向于刚乾。于刚乾不知所措，手捡一小段树枝，低头在地上乱画。从于刚乾的反应看，大家断定事情是真的，他没有受冤枉。年轻人，咋能做这样见不得人的事！人呀，真看不出来，先进人物，打井英雄，也有假的！看来，他以前的表现都是在作秀。

听到议论，于刚乾恨不得钻进地缝。他想站出来说话，但怎么说？说来说去还是拿了油糕没给钱嘛！而且因为借同学的权力才不给钱，更加可恶！这个时候，我也不能把责任都推给同学，不能因为这件事砸了同学的饭碗呀！于刚乾只有默不作声。

方社长相信这可能是误会，有点言过其实。但他不知具体情况，因此没有发声。

易建设顿了顿，接着说：我刚才说话有点严厉，目的是想通过这件事警示每位干部，要时刻牢记为人民服务的宗旨，领导集体经济不能有任何私心杂念。会后，与会人员都要把《为人民服务》朗读三遍。

这时，卖油糕的不打招呼就走上台，一句话不说，向台下散发油印传单。易建设呵斥卖油糕的"下去，下去"，卖油糕的好像没听到，走到易建设面前说：你好像是领导，也给你一张。易建设没接手。卖油糕的把传单放在他桌面上说：于刚乾是个好娃，二十个油糕给了我两块钱，咱不能亏好人。

大家都在传看传单，窃窃私语，乱哄哄的。易建设好像被人猛地扇了一巴掌，蒙了，一时不知作何反应。过了一会儿，他叫工作人员把卖油糕的拉下台，说道：这件事会后再调查。

方主任作会议总结讲话，号召大家努力超额完成全年任务。最后他说：对于刚乾的发言，我也谈点个人看法。我认为于刚乾讲的话符合大政方针，没有什么错误。他是在总结经验教训，而不是挑起矛盾搞不团结。说到于刚乾，他是什么人？是公社委员，大梁大队副大队长，是带头打井死里逃生的英雄，是为保卫集体财产与坏人英勇搏斗的勇士，是有文化的新型农民。有人破坏选举，他站出来代表社员群众说话，有啥不对？反而把他拉到万人大会上受侮辱。是谁做的这一错误决定，到现在还没有追究。油糕事件，大家已经看了传单，听了当事人的话，是一场误会，这里就不多说了。问题是，我们有没有借题炒作、小题大做？

易建设非常不满意方主任在大会上对自己的公开批评。他一改之前的谦恭态度，当即回怼方主任说：当领导的要坚持原则，不能袒护下属，更不能掩盖某些思想政治错误。

两位领导在主席台上公开顶撞起来，这在白鹿原人民公社的历史上前所未有。方主任还想批评这种上纲上线的思维方式，但忍了忍，宣布散会。

于刚乾没有回家，走到油糕摊前，向卖油糕大叔深深鞠了一躬。他们说了一会儿话后，于刚乾恳求大叔给他同学一次改正错误的机会。大叔说：我这儿好说，关键是他单位。于是他们又一块儿去市管所，找到刚乾的同学，然后找所长，谈了好久。于刚乾的临干同学写了书面检讨。他没有因为这件事被辞退。

"油糕事件"还在扩散，在发酵。金玉秀家里，也因为这件事大闹起来了。

第二十五章　误入陷阱

　　于刚乾没想到买油糕的事竟掀起这么大的风波，想不到同学拿油糕竟然没给钱，想不到有人找碴竟然编成顺口溜，更没想到易建设拿油糕说事，竟然在大会上严厉批评自己。究竟是谁编的顺口溜，是谁给易建设"递刀子"？于刚乾想起来了，那天在南鹿村的塔下，他远远看到丁德让的身影。丁德让这个人爱来"阴的"，是不是他又在捣鬼？

　　那天，丁德让经过油糕摊，听到卖油糕的说话，当时没在意。过后他又想：谁是"崽娃子"，怎么吓他一跳了？他又返回油糕摊前，问明了情况。丁德让当时心里想：市管所的人拿几个油糕算屁大的事！但随后看到于刚乾和金玉秀在一起，他有点不舒服。儿子喜欢金玉秀，托媒人带着礼去提亲，被拒绝，他认了，自认儿子不如人。唱大戏那天，丁德让专注地看着金玉秀演铁梅的每一个动作，他动心了，心想：这女娃要模样有模样，要身段有身段，真好！要是能做我的儿媳妇，天天看到她，让人天天心情舒畅，多好！他突然决定帮助儿子把金玉秀追到手。想来想去，他想起了于刚乾买油糕，对，这件事可以做文章。于刚乾是干部，买油糕不给钱就不是小事；拉上他市管所的同学不给钱就是大事。于是他找人编了顺口溜并打印成传单，让小学生散发，并让女儿捎信送给易建设，后来又让媒婆给玉玉妈吹耳风说于刚乾的坏话。果然，传言发了酵，在金玉秀家里，掀起了风波。

　　玉玉妈问女儿：买油糕不给钱是咋回事？

　　没等女儿回答，金文涛说：这个我知道……

　　玉玉妈打断他的话说：没问你，站一边去！

　　妈，这是误会。金玉秀把事情经过讲了一遍。

　　玉玉妈说：二十个油糕买不起？为啥找市管所的人借钱？借了钱为啥不还？说到底是没有钱，穷酸！光屁股推磨——转圈丢人！丢他的人，也丢你的人，丢我的人!

玉秀默不作声,她庆幸自己还没说出于刚乾想提亲又没有钱、准备"借礼"的话。

玉玉妈还在生气,手指玉秀的脑门说:死女子,气死我!你说说,你俩进砖瓦窑是咋回事?是不是于刚乾拉你进去的?你老实给我说!啪的一声响,她右手拍在炕席上,疼得咧嘴抖着手指。

玉秀又气又急地说:这是哪个遭殃的说的话,满嘴喷粪,不得好死!你不相信你女儿,难道你不相信于刚乾?哎,你看我急得把话都说乱了,你不相信于刚乾,难道不信你女儿?

金文涛帮女儿说话:刚乾是好娃,有文化有本事,待人诚恳刚直,他不会胡来的。

玉秀拉起她妈的手指一看,一根芦苇席签刺进了右手中指。她拿起一根缝衣服的钢针,左手捏紧妈的中指,右手用钢针向外挑刺。一根芦苇签被挑出来了。

大概是手好了、不疼了,玉玉妈说话也缓和了。知道自己女儿很规矩,她就不再谈进没进砖瓦窑的事。她又说:我没说刚乾人不好,我是说他命硬,命不好。我看了你俩的生辰八字,一个属牛一个属兔,属相不合,相克得厉害。你看,刚乾打井,差点没命了。猎枪怎么对着他时就走火?全公社几万人,枪毙人为啥拉他去陪桩?这都是命,他的命不好,没办法躲!

金文涛对老伴说:你这套我不全信,我就觉得俩娃很般配,咱们要尽量成全他们。

玉玉妈说:你不是说你是撒手掌柜的吗,怎么管事了?给你说,家里的事我说了算!金文涛拿起旱烟袋,蔫不啦叽地出了门。

接着,玉玉妈又对着玉玉说:刚乾家里弟兄们多,经济条件差。你妈是为你好,咋能害你!你就死了这个心,只要你妈还活着,你就别想!金玉秀听了,哇的一声哭了,抱着荞麦皮枕头倒在炕上。

过了几天,玉玉妈拉女儿赶庙会,抽过签,又请道长算了命,结果是:金玉秀与于刚乾命相不合。玉玉妈对女儿说:你现在信了吧?玉玉说我还不信。玉玉妈说：犟驴！你以后会慢慢信的。

公社三干会结束的那天，玉玉妈肚子疼，越来越疼，在炕上打滚。赤脚医生说不清原因，要他们赶快送人进县城。没有别的交通工具，正准备用架子车拉送。紧急时刻，丁锁柱叫来一辆吉普车。顾不了许多，金玉秀扶妈上了车。

丁德让把儿子叫到一旁，悄悄说话：你做事要动脑子，用点心计。你想娶玉秀，就要抓住这次机会。丁锁柱没听懂他大的意思，就说：我叫来车就是为了好表现，给她们好印象。大，你放心，这次我一定把她们照顾好，叫她们满意。

丁德让看儿子还是没听懂，就把儿子拉到他屋里，干脆把话挑明。他说：生米做成熟饭，玉玉就成了你的人，懂吗？这下锁柱完全明白了。但这个"饭"具体咋做，他又是一脸的疑惑。丁德让拿出一个小瓶子，对锁柱做了一番交代，最后说道：人不为己天诛地灭，在关键时刻，不能替别人想，替别人想就会心软，心软就害怕，害怕就办不成事；到嘴边的肉，吃了再说。丁锁柱完全领会了，点头说：我知道了，知道该咋办。

县河没桥，要绕道，他们一个多小时才到达县医院。经检查，玉玉妈患急性阑尾炎，需要立即手术治疗。办完手续后，玉玉妈进手术室，丁锁柱去找他在民兵训练营的"战友"。这位战友在县政府招待所帮他开了一间房子。丁锁柱在招待所吃过饭洗过澡又去了医院。

玉玉妈手术顺利，被安排在一个单人间打吊针。玉玉妈睁开眼，看到锁柱坐在床前，玉秀去打晚饭了。玉玉妈生过三个孩子，都因为早产而夭折。生下玉秀后一直没怀孕，医生说她卵巢功能低下，不能再生。她和金文涛想给玉秀找个上门女婿，但一直没有合适对象。前年，他们领养了一个三岁男孩，不再要求女婿"上门"。但她总觉得找同一个村的女婿更好，等于找了个上门女婿，相互照顾方便。她想：这次若不是锁柱找车送我，我的命就可能保不住了。

玉玉妈睁开眼，把丁锁柱上下打量了一遍，觉得这小伙子长得也顺眼，说话不遮掩，虽然文化程度低，但家庭经济条件好。最主要的是他们命相合，锁柱属猪，玉玉属兔，猪兔合和。婚姻大事，命相一定要相合。想到这些，玉玉妈决意把女儿嫁给他，相信不会错。

丁锁柱坐在玉玉妈床边，看着下滴的注射液，也在想他的事：我大要我多个心计，抓住机会，"生米做成熟饭"。我知道这话的意思，就是既成事实。不知历经多久现在仍很普遍的一种观念：女孩若失身，就贱了，不值钱了，再好也没人要了；女孩家人怕丢脸，也就快快地打发女儿出门，赔钱也行。看玉秀，她小心得很，不让我占一点便宜，我怎么才能近她身？

金玉秀打来饭，一个杠子馍，一碗烩菜。玉玉妈不能吃饭。玉秀一人吃，吃得干干净净。这时已经晚上八点多，丁锁柱要玉秀去招待所休息，玉秀不去。锁柱说我在医院陪护老人，你放心去吧。玉秀还是不去，好像看透了锁柱的心。没有办法，丁锁柱懒洋洋地回到了招待所。

第二天金玉秀还不去招待所。丁锁柱有点着急，去找他的"战友"商量办法。这位"战友"对锁柱说：如果金玉秀明天还不去，你就在招待所装病，我去医院，叫玉秀给你送饭。你今天去，尽量说服玉秀，她自觉自愿去最好。

丁锁柱回到医院，当着玉玉妈的面，不无诚恳地对玉秀说：你一天一夜都没睡个好觉，看把你累得，都瘦了。这样下去不行。这样吧，我把房门钥匙给你，谁敲门你都别开，安心睡个好觉。说着他把房门钥匙交给玉秀。

金玉秀心想：这么简单的道理我怎么没想到？我拿着房门钥匙，谁还能进门？玉玉妈也劝女儿说：去吧，好好洗个澡，睡个好觉。锁柱也是关心你。

丁锁柱借玉玉妈的话推金玉秀出了门，领她到招待所。锁柱开了房门，放洗澡水，又提水壶去水房打来开水。玉秀出门去楼道厕所。锁柱走到桌前，倒了一杯水，拿出他大给的小瓶子，取出一个胶囊，撕破，把里面的粉末撒在水中。玉秀回到房间，锁柱给玉秀叮咛了一些注意事项，对玉秀说：你把门关好、锁好，洗完澡喝点水，桌上的杯子里晾着开水。记着，洗完澡出过汗一定要补充水分。说完，丁锁柱拉上房门回到医院。金玉秀想：他也知道关心人。是不是我把他想得太坏了？他，不至于有啥坏心眼吧？

金玉秀第一次住招待所。屋顶天花板和墙壁，雪白雪白。地板暗红色，光亮光亮。全新的被子软绵绵的床，躺在床上一晃一晃，像小儿的摇床。金玉秀脱光了衣服，慢慢下到水池，先坐下，再躺下，好舒服！她把钥匙放在水池边能看到的地方，生怕被人拿走。她在温水中泡了一会儿，搓了搓上身再搓下身，用香皂抹遍了身上的各个部位，感觉全身特轻松，似乎能腾云驾雾地飘起来。她刚买了几尺洋布想做内裤，就把生产队纺织的粗布内裤扔了，光溜溜地钻进被窝。她感觉口渴，在医院刚喝了两杯水怎么还渴？她想从软绵绵的床上爬起来，把锁柱晾在桌上的水一饮而尽，又觉得很疲倦，懒得动。太累了，一会儿她就睡着了。

丁锁柱在医院一个多时辰，玉玉妈当天的吊瓶打完了。这时锁柱的"战友"来了，向玉玉妈问候过后，说到他的家。这位战友说：我家房子很大，床多，今晚想请锁柱住我家，不知伯母这儿能不能离开？

玉玉妈说：我自己能下床，没事，能离开。你们在这儿说话不方便，去吧。锁柱对玉玉妈说：我不放心您。玉玉妈说有啥事我叫护士，你们放心去吧。

丁锁柱和战友出了门，在饭馆谝了一会儿闲传，就告别他回到招待所。

晚上十点半，丁锁柱掏出另一把钥匙开了招待所房门。他悄悄到床前，借着透过窗户的月光，看着玉秀美丽动人的脸庞和露在被子外面白皙滑润的肩胛，他的心剧烈跳动起来。锁柱以为玉秀喝了他大给的药，心想大功将告成，就急不可耐地脱光衣服揭开被子上了床。丁锁柱用手抚摸着玉秀光滑的身子，刚要亲她。金玉秀醒了，睁眼一看，一切都明白了。她噌地坐起来，用被子裹住自己的身子，张口要喊"来人呀"。刚开口，丁锁柱急忙用被角捂住玉秀的口说：别喊，隔壁就是公安局，会把咱俩当坏人一起抓走的！玉秀不敢出声，怕真的被抓，紧抱着双腿。趁锁柱不注意，她双手一推，把锁柱掀下床，喊叫：不许上床！锁柱拉床罩披在自己身上，这时发现桌上的水杯还原样放在那儿。他懊悔自己功败垂成。丁锁柱还想找机会，就顺着玉秀说话：我不上床，听你的话，今晚我就坐在凳子上。金玉秀又相信了丁锁柱的话。她感到口干舌燥，眼巴巴看着桌上的水杯。锁柱心喜，问道：你渴了？我给你倒水喝。玉秀说：把水给我放在床头，不许靠近我！锁柱连说嗯嗯。他给水杯添了点热水，把水放在床头柜上，慢慢后退。玉秀说：你穿好衣服马上去医院，咱们就当啥事没发生。锁柱又是嗯嗯两声。他一边磨叽着穿衣，一边偷眼看着玉秀"咣咣咣"地喝干了杯中水。这时，丁锁柱光着身挺直腰变换了态度和腔调说道：好了，我不穿衣了，不去医院了！玉秀说：你说话又不算数了？正在疑惑，她感觉一阵潮热向上涌动，眼睛迷离。她想穿衣服，却浑身无力，昏昏欲睡，眼皮渐渐睁不开来。实在支撑不住了，金玉秀就倒在了枕头上。

金玉秀醒来，看到丁锁柱赤裸着身子躺在自己身旁。她大吃一惊，发生了什么？哎，这还用问！她想起自己给于刚乾说过"我的心是你的"，想起她和刚乾在塔前许的愿，呜呜地哭起来。玉秀责怪自己太轻信人，也太软弱了，当时不喊叫，但是应该用牙咬，狠狠咬他，他就不敢靠近我；后来不知怎么，我就那么困？关键时我怎么能睡着了？唉！怎么办？今后刚乾能接受我吗？瞒他，能瞒住吗？即使能，但我心里也过不去呀，我的心一辈子会受到折磨。

丁锁柱看着金玉秀睁大眼睛呆呆地看着天花板。他屏着气，不敢有大动作，就用手慢慢抚摸安慰她，嘴上不停地说：我爱你，真心爱你！丁锁柱擦掉玉秀的眼泪又说：你是我的心肝，我会一辈子对你好！他一边说话，一边抚摸着玉秀软绵绵的身子。也怪，玉秀这次的反应怎么不一样，怎么没有一点反抗？锁柱越来越胆大，抚摸的动作幅度越来越大，从上到下。受到抚摸，玉秀身子放松了许多。她感到很奇怪，心想：开始我就想咬死他，这会儿怎么没了那个狠劲，感觉全身酥软，而且很想要人抚摸，是不是我喝的水有问题？是不是他给我下了药？

丁锁柱看着金玉秀白皙绵软的身子，他又来了劲。直到天亮，他才睡着了。

第二天去医院，金玉秀趴在她妈床前哭了。玉玉妈已经明白了，但还是追问了原因。她希望他们俩成亲，是希望明媒正娶，风风光光，没想到是这样，难以见人呀！她骂道：流氓，无赖！我和你爸的老脸往哪里放？金玉秀哭着说：我不喜欢丁锁柱，我喜欢于刚乾。听女儿哭诉，玉玉妈的心快要撕碎了。

玉玉妈下床，哭丧着脸来回踱步，不停地责怪自己：怪我，怪我，咋能相信这畜生的话！过了一个时辰，她冷静了下来，对着女儿说道：已经这样了，就认了吧，要不然你一辈子抬不起头；万一你有了，盖都盖不住，那时咋办？妈知道你对刚乾好，但已经出了这档子事，你咋对刚乾说？瞒不住，也不能瞒。女人就这样，从古到今，谁恋爱？还不是先结婚，再生娃，一辈子。再说了，刚乾命硬，怕以后有灾有难。锁柱家经济条件好，婚后你不会受苦。这样吧，你把丁锁柱这个畜生给我叫来，我来训话，要他家出血，拿钱把事情抹平。

丁锁柱来到玉玉妈床前，带着诚恳的口气说道：都是我的错，我真心爱玉玉，才干下这档子事。大妈，你相信我，我是认真的，把玉玉嫁给我，我会一辈子对她好。

玉玉妈大声训斥：嫁给你，说得轻松！你猪狗不如，王八蛋！我都知道了，你强迫我女儿，我要叫公安来人，把你这个狗东西抓起来！

听到这话，丁锁柱扑通一声跪倒在地，扇了自己一个耳光说：我糊涂，我混蛋，请大妈原谅！我一切都听你的，你咋说我咋办。

玉玉妈知道事已至此，只有大事化小小事化了。她缓和了口气说道：你本来是要坐牢的，算了，饶过你这一回。都知道玉秀和刚乾好，我们也准备把玉秀嫁给刚乾。出了这事，你说这个弯子咋转？现在就得拿钱抹事。刚乾要来县上，我给他做工作，尽量把这个见不得人的事就地了结，不要外传。看他能不能接受钱。

听到这话，丁锁柱松了一口气，忙说：钱不是事，得多少？玉玉妈说，你大知道，你现在就回家和他说。

在回家的路上，丁锁柱想，这么难的事，听了大的话用了点心机，也就成了！还是大经得广见得多。他当天回家给大说了情况，大高兴，立即给了他三百二十元钱。

于刚乾在三干会上受到领导点名批评，心里很难受，身不由己来到玉秀家。金文涛说玉秀陪她妈去县上看病了，并说了锁柱叫车送的话。刚乾准备进县城看望玉玉妈，更想见到玉玉。人呀，最压抑最憋屈时，最亲爱的人，就是蓝天白云，就是海阔天空，望一眼就能让人心里的郁闷烟消云散。出了玉秀家，看到丁锁柱，刚乾正想问玉玉妈的病情。丁锁柱看到刚乾迎面走来，好像被人发现的贼突然缩了缩身子，躲闪过刚乾的目光，拐了一个弯，快步向村外走去。

第二十六章　含泪赶考

于刚乾准备进县城看望玉玉妈，这时，他大哥兴冲冲跨进家门说：县剧团要招人了！于刚乾从炕上一骨碌爬起来，向大哥问长问短。

县剧团成立于"大跃进"年代，三年困难时期解散了。为宣传推广样板戏，县领导决定把县剧团恢复建立起来，招收一批年轻演员和乐队队员。

于刚乾跃跃欲试，他问大哥：你看我行不行？大哥鼓励他说：大梁大队演出团的乐队队长，你不行咧谁能行？他又说：听说报名人很多，竞争很激烈；没事，我的弟弟我了解，赶快去报名应试吧。

于刚乾喜爱戏剧音乐，不知从啥时候开始的。小时候，他每年春节都跟妈去舅家王庄看戏，看完午场看晚场，《铡美案》《白蛇传》《窦娥冤》《火焰驹》《劈山救母》等秦腔大戏他都看过。别的小孩看戏，都在大人身前身后闹着玩，而于刚乾非常专注，不眨眼地看，用心听，好像每一个音符都入了他的心。

生产队公共食堂的墙上安装了有线广播，社员们围着一个叫"戏匣子"的方块木盒子好奇地看，不停地问：这小小的戏匣子里咋会有人声？人是咋样变小的，是怎么钻进去的？于刚乾也很好奇。

放学了，小学生拥到公共食堂门前，还没有开饭，有人荡秋千、坐轮子秋，有人跳绳、跳方、打杂、拍洋片、滚铜环、绷弹球，尽情地玩，开心地闹。于刚乾总喜欢静静地站在广播前听音乐。他听了三遍广东音乐"步步高"就能跟唱，还用刚学的简谱唱出"嘟、咪、咪"。有时，他去养涵家，听席广田拉板胡、二胡。有一次，他突然拿起板胡来"割锯"，受了席广田的指点，于刚乾居然慢慢地拉出了调调。他用二胡完整奏出的第一首歌曲是《我的祖国》。

有一次去大哥所在的小学校，看到墙上挂着一个破旧的三弦，他拿起就拨拉，摸索了一会儿，竟能弹出调儿。他喜欢，很想要，想不打招呼就拿走，但耳边响起父亲"一辈子不能占别人一分钱的便宜"的话，他依依不舍地离开了。主人知道后把三弦送给了他，他很感动。从此，在大梁村的田间地头，常常响起三弦伴奏的歌唱声。大梁大队成立演出团，于刚乾担任乐队队长。他的乐理知识、演奏技能技巧有了很大提高。

看到千千万万的回乡知识青年，一茬一茬地成长为地地道道的农民，于刚乾也有了当一辈子农民的心理准备。担任大队革委会副主任后，于刚乾有了扎根农村、干一番事业的想法。但是在筹集为玉玉封礼的钱时，于刚乾的思想动摇了。为二十个油糕没付钱，在三干会上受批评，于刚乾受到挫伤，产生了逃离农村的想法。他找席广田，谈他的心里话：

我在校读书时，就听到你带领大伙建砖瓦窑、去县城买麦种、为了集体日夜奋战的事迹，很受感动。毕业回乡劳动，我想以你为榜样，也想为发展集体经济做贡献。打深井被埋，追小偷受伤，为支持队委会工作被人拉去做"陪桩"，我都没有灰心。但是这次为二十个油糕在全公社大会上被点名批评，我心里实在受不了。那天我算是把人丢尽了，感到天昏地暗，真想钻地缝！尽管卖油糕的说出了真相，但说到底还是我没有钱，不但我当时口袋没有钱，就是家里也没有多少钱。一分钱难倒英雄汉，我太寒酸了，就想找机会外出挣钱。现在有个机会，县剧团招人，我想去报考。

席广田说：我们看好你，集体经济需要像你这样的人，想培养你。方主任对你也很重视。你在农村继续干，也会有前途的。你以前不是也有扎根农村的想法吗？

于刚乾实话实说：我现在没有这个思想了。别的不考虑，只想有个工作，口袋里有几个钱，也想叫爸妈吃好点、长胖点。于刚乾本来想说"我攒不够订婚封礼的钱，没脸面对玉秀和她家人"，但没说出口。

席广田看刚乾主意已定，就说：工农、城乡之间差别太大，农村太穷了，留不住人，都理解。凡是有路子能跳出"农门"的青年，大队部原则上都不阻拦，对你也一样。至于公社的三干会上，领导对你的点名批评，对与不对，不必计较；以前受过挫折，也不必总记在心，成为阴影。人心大，事就小；人心小，事就大；想干事业，心就要大，要学会忘记。希望你不要从消极方面看人看事看人生。年轻人，要积极向上；心中有明亮，为人做事就阳光，前途就光明；心理黯淡，心态阴暗，行为就消极，还怎么进步？你想离开农村，我不阻拦，但是你把我说的这些话记住。

于刚乾听了很受感动，他说：您刚才说的都是至理名言，我会永远铭记在心，永远做一个阳光向上的人。

席广田又说：方主任肯定舍不得你离开。你去吧，回头我向他汇报。于刚乾表示感谢。

刚乾妈一大早烙了个锅盔馍，天没亮就把于刚乾叫醒。于刚乾打开门，白茫茫一片，铺天盖地，一尺多厚的积雪覆盖了大地，看不清路面。于刚乾没有犹豫，装了几块馍，拿根木棍探路，出发去赶考了。

这条路于刚乾很熟，但走到马家沟还是迷路了，五里多地，他走了两个小时。鲸鱼沟小河旁的沼泽地被积雪覆盖，于刚乾不小心双脚踩进沼泽里，淤泥淹没了膝盖，一只鞋埋在了泥中。他用手在泥里摸了很久，费了好大劲，扒出鞋，又一把一把抓雪团擦掉鞋上的污泥。一阵寒风吹来，于刚乾冷得瑟瑟发抖，双手双脚都冻得通红。他想返回，又觉得对不起妈烙的馍，对不起干大的理解和支持。他穿上结了冰的鞋，又慢慢向前走。一会儿脚疼，很疼，他知道脚磨破了，在流血了。他想光脚丫走路，脱下鞋走了几步，滑倒了，爬起来再走，连摔了几跤。不行，这样更慢。没办法，他又穿上坚硬的冰冻鞋，一步一步向前挪。太阳出来了，家家户户出门扫雪。于刚乾爬上鲸鱼沟，过了马庄，来到鹿鸣村。一位扫雪的大妈看到于刚乾跛着脚的痛苦样子，就问刚乾咋了？于刚乾把流血的脚从梆硬的冰鞋里拉出来，大妈"呀呀呀"地叫，说这咋成呢！说着，她回家拿来一双鞋一双袜子，叫于刚乾换上，说于刚乾硬气，是条汉子！于刚乾向大妈深深鞠了一躬。

下午两点多到县城，于刚乾看时间来得及，就先去医院看望玉玉妈。进房间，玉玉妈拉于刚乾坐床边。于刚乾说，我满身泥水，站着没事。

玉玉妈说：大妈有话一直想对你说。你和玉玉好，我们都知道。你聪明能干，人又好，都说你有前途，都看好你。

听到表扬话，刚乾开始心里高兴，想到这个时候这样表扬自己，又觉得不大对劲，就说：您有话就直说吧！

玉玉妈说：我说刚乾是明白人！你和玉玉啥都好，就是命相不合，八字相冲。这话迟说不如早说，我今天就把话说破。你知道，我们是老脑筋，咋也转不过这个弯来。

于刚乾万万没有想到，玉玉妈竟说出这样的话。但他很快镇定下来，问玉玉妈：您说的，还有别的原因吗？玉玉妈说没有别的，就这一点，你们就得分开。于刚乾不相信。想起在村子见到锁柱贼头贼脑的样子，刚乾环顾病房，感觉有锁柱身影。他问玉玉最近住哪儿？玉玉妈说她在病房陪我。不知什么原因，于刚强烈地感觉到丁锁柱就在附近。他走到门口，用力拉开房门。丁锁柱跟跄两步栽进屋里，差点跌倒。他在门外偷听。于刚乾大声说：偷偷摸摸干啥，站好说话！

丁锁柱战战兢兢低头站在一旁，像被抓的小偷。他突然感觉自己的形象就是不打自招，赶快调整动作：背手，摇头，晃身，迈步走动，又像个混混。于刚乾像吃进苍蝇一样恶心，对丁锁柱说：你老实讲，发生了啥事？丁锁柱缩着身子口吃地说：没，没啥事！

玉玉妈看到丁锁柱的猥琐样子，挥手示意他快点出去。丁锁柱猫着腰出了门。玉玉妈拉于刚乾的手到自己身边对他说：你知道，我家里的事，我拿主意。今天大妈告诉你，你和玉玉，迟早要分手，迟痛不如早痛。今天我就说话落地。知道你家困难，这些钱你拿着，找一个比玉玉更好的女孩。说着，玉玉妈把一沓钱塞进于刚乾口袋。

于刚乾听到这话，如晴天霹雳，蹲在地上，抱着头。静一静，于刚乾"嚯"的一声站起来说：别的话我不听，你说话也不顶用。我要见玉玉，只要她一句话！

金玉秀就在隔壁房间。这时她颤巍巍地走进来，眼睛红红的，眼圈胀得像起了泡，低着头，不敢正视。他嘴里喃喃说话：我，我，对不起！一句话还没说完，就"哇"的一声大哭起来。

于刚乾一切都明白了。他硬忍住将要流落的泪水，门牙咬破了下嘴唇，鲜血滴到了地面上。于刚乾带着痛苦、带着怜惜、带着凝重的口气，一字一句地对金玉秀说：没想到，是这样，多保重！说完话，于刚乾扭头出了门。

于刚乾大步走到医院大厅。想起口袋里的钱，他心里又是一阵绞疼，一阵恶心。他走到丁锁柱面前，大声喊叫：天理难容！拿出那沓钱"呸呸"吐了两口唾沫，撒向空中。丁锁柱怕别人捡钱，一边口中喊：这是我的钱！一边扑倒身子伸展四肢尽量让身体部位压住更多落地的钱，然后一张一张地捡。于刚乾想起父亲对着丁德让吃过的馍吐过三口唾沫，回头他也对着丁锁柱的脸"呸呸"了两声，又狠狠地扇了丁锁柱两记耳光，长出了一口气，大踏步走出医院。

离开医院，在去招待所的路上，于刚乾感觉心像刀挖，从来没有过这样痛苦的感觉。他想哭，就在大马路上边走边大哭。他"啊……啊……啊"哭喊了几声，引来无数人的注目。看着一双双惊奇的目光，于刚乾立即止住了哭声。于刚乾仍然不相信这是真的，想去招待所查看住房登记。走了一会儿，又觉得已经没有这个必要了。他突然想起了考试，就急急忙忙赶到县剧院，已经四点半了。

剧团的现场考试已经结束，主考官刚离场。于刚乾进门向还在座的各位鞠躬，自报姓名，说：对不起，我来迟了！文化局局长还在场，他问：你就是大梁大队青年演出团的于刚乾？刚乾说是。文化局局长让人喊回主考官。于刚乾坐在舞台中央的凳子上。主考官看于刚乾满身泥污，衣着不整，灰头灰脸，又好像落过泪的样子，很不耐烦。他既不询问于刚乾的姓名、年龄和基本情况，也不问于刚乾的特长爱好，更没有让于刚乾拉板胡、二胡等主要乐器，只问：你会不会弹三弦？弹得怎么样？于刚乾说：还可以！工作人员拿来一把三弦，主考官要刚乾弹苦音慢板转二六再转双锤。于刚乾接过三弦定了定音准，稳了稳神情，弹完慢板的过门，台下文化馆的一位老演员跟唱起来。有人跟唱，于刚乾的弹奏更有节奏感。跟唱人的声腔一会儿低沉，一会儿高昂，苦哀的腔调激起了于刚乾内心的悲愤。他的心随着曲调，又想起了金玉秀，到高潮时，他的眼眶充满着泪，把心中的愤懑宣泄到了三弦上，高中低三音合声，啪啪啪！啪啪啪！弦断了。于刚乾心想糟糕，坏了！没想到台下响起了热烈的掌声。

文化局局长是方主任的老同学，他听方主任几次谈到于刚乾，对这个小伙子有好感。最近他一直在思考秦腔移植革命样板戏中的音乐问题，就突然提问：你对传统音乐与现代音乐的关系咋理解？

于刚乾想了想回答：传统音乐是我国的瑰宝，它的生命力在于群众的喜闻乐见，在于大众化；现代音乐我虽然不大懂，但肯定有它的特长优势。若要相互吸收结合，我觉得一定要保持传统本色，不能为追求现代而丢掉传统，成了四不像。革命样板戏秦腔移植，不能移植成了没有秦腔味道的四不像。

听了这流利准确且富有逻辑的语言表达，主考官一惊，把这位两腿泥的考生重新打量了一番。他想起了没提到的问题，又开始问于刚乾的姓名、年龄、籍贯、特长，并做了详细记录。

于刚乾的话似乎解答了文化局局长最近思考的问题。他没有征求其他考官的意见就直接表态：好，录取！主考官和其他考官连说同意，同意！在全县一百多名考生只录取十多名的情况下，于刚乾被录取了。

因为县剧团正在筹建中，于刚乾被告知：录取通知书可能半年后下发。

在回家的路上，于刚乾流着泪在寻思：从玉秀伤心的情景看，她不会变心，背后一定有其他原因。把油糕事件和刚刚在医院发生的事情联系起来，把生产大队的夺权和教育活动中的冤假错案联系起来，好像有一条引发各种矛盾的线，是丁德让在贯穿。这个人鬼点子多，瞎心眼多，会不会是他和儿子龌龊一起，在捣鬼？爸多次说丁德让是土匪，在土匪窝里混，咋个能好？但他到底是不是土匪？于刚乾决定，一定要想办法搞清楚，拿到证据。

第二十七章　玉秀出嫁

于刚乾回到家，刚乾妈看到儿子走路有点跛，忙把他拉到凳子上坐下，脱鞋，脱袜子，看到他脚趾、踝骨部位血淋淋的，心疼地说：儿呀，你咋走回家的？咋成咧这样？刚乾妈手捏香灰，撒到刚乾的伤处，说不要动，很快就会好。她又把刚乾扶到炕上说：你歇一歇，妈给你做碗酸汤碎面吃。这时刚乾妈才想起问话说：玉玉妈咋样咧？你考试咋样？刚乾含含糊糊地说都好着呢。妈说：好着呢你为啥不高兴？刚乾没回答，只说：我考上了。刚乾妈没往别处想，就说：那应该高兴呀！她顾不上做饭，就出门把这大好消息告诉了养养妈。养养妈又很快告诉了邻居。一传十十传百，村里人很快都知道于刚乾考上了县剧团。

于刚乾在炕上吃着妈做的酸汤碎面，突然一阵心酸，眼泪像断了线的珠子，一颗一颗流落到碗里。怕妈看到，他用袖管擦了擦眼睛，很快收住眼泪。

于刚乾想：人常说善有善报，恶有恶报，但为啥经常见到好人没好报，坏人挺逍遥？我就不信，他是不是土匪就搞不清，还不时地作恶，到处逍遥！于刚乾想着想着说出了口。

于恭让问刚乾：你刚才说啥？刚乾说：我想弄清丁德让到底是不是土匪。于恭让说：他肯定是，但拿不到证据。刚乾说：我想进山调查，弄个水落石出。第二天，刚乾又把自己的想法告诉给席广田。席广田也支持，但又觉得不好查。刚乾说：到了东山，找当地政府，再想办法。席广田给刚乾开了介绍信，让他带了一位民兵同行。

于刚乾临走前，把共青团和青年突击队的工作委托给一位姓华的下乡知青负责。第二天，他和那位民兵，脚缠裹脚的毡子，背了些玉米糁子和馍馍，步行走进了东山。

为响应"知识青年到农村去"的伟大号召，知识青年上山下乡运动在全国轰轰烈烈开展起来。大梁大队也接收了一批西京城的知识青年。

华知青是大梁一队知青组组长。这个知青组有五男三女八名知青，他们都是西京城的中学生，插队到大梁一队劳动锻炼。他们共同住在饲养室旁临时搭建的屋子里，一起做饭、吃饭、学习、娱乐，和社员们一起下地劳动。看着这些有知识的"洋娃娃"，脸面白白净净，衣服朴素大方，每天早上一个个都半弯着腰，手拿小刷刷在嘴里刷来刷去，社员们很新奇，都来看。后来才知道这叫刷牙，是讲卫生，首先讲究口腔卫生。农村青年跟着学起来。后来知青们在社员会上给大家宣传一些卫生常识，劝社员有病了就去医疗站和医院，别在家里扛着，别自以为没事。一天傍晚，饲养员心口疼，华知青知道了，二话没说，用自行车把他送到地段医院。原来这位饲养员有心脏病，这次是严重的心肌梗死，幸好抢救及时，才保住了他的性命。华知青救了人命，大家都传开了。大人们都很爱这些洋娃娃，有好吃的就给他们送；怕累坏他们身子，不让队长给他们派重活。队长说：年轻娃，累不坏。他安排知青一起参加农业学大寨的修梯田。在梯田工地上，知青推着架子车跑得最欢。劳动休息时，知青开始给大家念报纸。后来有人喊：华知青，唱首歌！华知青大大方方地给大家唱了一段《毛主席来到咱农庄》。一位女知青唱了首《阿佤人民唱新歌》，然后合唱《我们走在大路上》，大家感到雄赳赳、气昂昂，拍手叫好。又有人吆喝金文涛唱一段秦腔。金文涛唱了《周仁回府》的一段。有人吆喝金玉秀来一段。玉秀不在场。有人问：好几天都没见到金玉秀，她干啥去了？金文涛说她去县城还没有回来。其实金玉秀已经回到了家，埋头睡倒了。

玉玉妈出院回了家。金玉秀一头倒在她的小房子里，不吃不喝不出门。

玉玉妈把金文涛拉到她身旁，把她住院期间发生的事情一五一十地告诉给他。金文涛气得浑身发抖，提起门背后的一把镢头，要找丁锁柱算账。玉玉妈挡在门口求他消消气，说道：你这样闹，是怕全村人不知道？已经这样了，成也得成，不成也得成。再说了，他们命相和合，丁锁柱这小伙子也不赖，家里经济条件也好，也是好事。最后玉玉妈对金文涛说：后边的事我来办，你别管。金文涛瞪了她一眼说：你净搞些没名堂的事！拿起旱烟袋出了门。

丁锁柱回家，喜悦之情溢于言表，给他大说：一切都按你说的办好了，事成了。丁德让说：不到入洞房，不算事情成。现在要抓紧时间筹办结婚，以防变化。提亲的事由我来办。你要把自己当作上门女婿，殷勤点，安稳她们母女的心，讨玉秀的爸妈高兴，知道不？锁柱说好，好！

丁德让提了一份重礼进玉秀家门。玉玉妈转过身背对丁德让，不理他。丁德让堆上一脸的笑说：有理不打上门客，你还是让我坐下说话吧。说着他拉了一把凳子坐下。玉玉妈指着他说：你走错门了吧？快拿上你的礼，出门！丁德让啥场面没见过，这个被动局面难不了他。他还是笑脸相迎说：在县里发生的事，咱都知道了，我今天来和你商量咋办。今天你若把我赶出门，咱们都不管，交给年轻人去处理，保不定事情会成啥样。事情搞砸了，你我的老脸丢不起呀！

一句话戳了玉玉妈的心，她转过身，对丁德让说：我看你也是明白人，那你说咋办？

丁德让说：年轻人多变，夜长梦多，还是抓紧时间给他们成婚吧。咱们两亲家直接谈，谈好了，再请个媒人走走过场。

玉玉妈不吭声，实际是默认。谈到礼金，玉玉妈直言不讳地提出按当前的最高价礼。丁德让说：好，三百六，就这么定！若在一个月内完婚，给娃办嫁妆，花费大，我再给你加一百。玉玉妈高兴，一改之前的态度说：我知道，亲家你是爽快人！她自己也没想到怎么就这么快地称他为亲家。

玉玉妈坚持按白鹿原上的婚嫁习俗办事，按老套路办。丁德让说：娃现在是这情况，还是叫赶快过门，越简单越好。玉玉妈不从。

按白鹿原上婚恋嫁娶习俗的全过程，先是"提亲"，请媒人奔走双方家庭，交流沟通情况；下来是"背见"，男女双方临时见面，建立外貌印象；之后是"见面"，女方去男方家里看屋时，互赠礼品，若互相接收礼品就表示同意；接下来是"订婚"，或者叫"封礼"、下聘礼，介绍人谈好礼金，男方设宴招待自家亲戚和女方亲朋，男女敬酒，认女婿，认媳妇，男方家人用盘子将礼金、礼品呈送给女方家人，完成封礼即为订婚；接下来"择吉"，也叫合日子，请阴阳先生选择吉日，然后给女方家下帖子，确定结婚日期；"扯布"，主要是男方给女方买五六身衣服的布料和装饰，女方准备嫁妆；"祭祖"，点香蜡，叩头拜祖，告知祖先孩儿结婚的喜讯；"完婚"，或者叫迎亲、娶媳妇，包括请执事、抬轿迎亲、举行婚礼、拜堂、入洞房、吃席面、闹洞房、回门等。

丁德让说，时间紧，有些程序咱们就免了吧！玉玉妈说，越是特殊情况越要讲究些，面子上也要过得去。年轻人要一肥一素（移风易俗），咱们老脑筋，还是坐花轿，在村子转一转，体面些。他们最后商议的简单程序是：请媒人，封礼，花轿迎亲，举行婚礼等。

金玉秀心里很乱。回家后她一直没见到于刚乾。她想见刚乾，求他原谅，重归于好，但内心胆怯，怕刚乾不见她。听到家人在商议她和锁柱的结婚事宜，金玉秀心里很着急。她鼓起勇气，来到于刚乾家。见到刚乾妈，玉秀抱住她失声痛哭起来。

刚乾妈不知咋回事，问玉秀咋咧？玉秀说：不咋，就是想你们。刚乾妈给她擦眼泪，再问，她只说，我想见刚乾，想马上见他！刚乾妈说：他不在家，去哪儿了，没给我说，我也不知道。玉秀竟禁不住叫了一声：妈！你赶快叫刚乾回来，回来见我！说着就含泪走了。

刚乾妈听到玉秀叫"妈"，心里一惊一喜。但又想起刚乾考试回家满脸的不高兴，最近又不知去了哪儿，怎么不告诉我？玉秀突然叫了一声"妈"，但是为什么落泪？她越想越感到奇怪，肯定发生了啥大事。刚乾妈心里毛糙，问刚乾爸到底发生了啥事？刚乾爸说：刚乾临走时只说他的属相跟玉玉不合，没多说。

金玉秀回家，又回到她的小房间，倒头就睡，不吃不喝，只盼着刚乾来找她。可等了几天，还不见刚乾来。玉秀心想，我伤透了他的心，是他嫌弃我，躲着我，不想见我。肯定是！

玉玉妈要金文涛给女儿做工作。金文涛责怪说：都是你惹的祸！尽管他对老婆很不满，但事已至此，无法挽回，只好来到女儿房间。

金文涛坐在女儿身旁说：一切都是老天安排，人的命天注定，认命吧！刚乾不在，要么是他躲你，要么就是天意，老天安排了你们分手。人呀，要顺天意。金文涛端来饭碗站在女儿面前，给女儿说：你不吃饭，我心里很难受，也吃不下去。说话时金文涛落下了老泪。看到大伤心的样子，金玉秀又一阵心酸，接过了碗，一边吃饭一边哭。金文涛又说：你和锁柱的订婚日子定了，你就准备一下吧。出门别哭，怕别人笑话！金玉秀没说话。

金文涛拿起旱烟袋，在于恭让家的南墙拐角蹲着晒太阳。他一个人使劲抽烟。于恭让看到了，知道金文涛有心事，就陪坐在他旁边。过了好久，于恭让自问又好像问他：俩娃那么好咋就成不了？属相不合？这一开始都知道呀！金文涛左右摇头，没蹦出一个字的话。抽了两锅旱烟，临走前，金文涛只说：刚乾是好娃！

五天后，是丁锁柱和金玉秀订婚的日子。丁德让在家里摆了订婚宴。丁锁柱穿着崭新的蓝色中山装，头戴蓝帽子，在门口进进出出，迎接亲戚。玉玉妈和金文涛带着金玉秀，还有十多位亲戚，来到丁德让家。宴席开始。媒人给大家介绍了情况。丁德让家的亲戚都夸玉秀长得好。丁锁柱给女方亲戚敬过酒，轮到金玉秀给男方亲戚敬酒。五张桌子四十个人，给每人斟一杯，自己先喝为敬。金玉秀喝过第一杯，塞在她心中很难受的草毡布好像被冲走了。接着她又喝了第二杯、第三杯，满斟满饮，立即满脸通红。她感觉心情敞亮了许多，开始说起话来。丁德让示意锁柱接杯代饮，金玉秀又抢喝了几杯。到最后一桌，两人都有醉意，话多了，还斗嘴。有个女孩是玉秀的同学，和锁柱也熟悉。敬酒时她要玉秀介绍恋爱"这么快"的经验。金玉秀晕晕乎乎说：嗨！啥经验，两个字，强迫！问锁柱，锁柱说：简单得很，生米做成……女孩瞪大眼，想听后面的话。这时，丁德让给儿子嘴里塞了一口馍，说他醉了，把他架到小房间去了。话虽然没说完，但提问的女孩，还有在座的其他注意了她们对话的人，都听出了话中之话、话外之音。

丁德让双手托着放礼金和礼品的木盘，走到女方席桌前说：不成敬意，请亲家笑纳。

玉玉妈接过礼金说：今后咱们就是一家人了，不必客气。

散席了，送客。客人们一边给主人说"早结良缘，早生贵子，吉星高照"的客套话，一边退步离开。主人抱拳致谢。

3月29日是迎亲日。

前一天晚上，丁德让请来总管和执事。晚宴过后，总管宣布了分工，宣布主持婚礼仪式人，请来账房先生、傧相、红案白案厨师，安排人员搭棚，借家具，借花轿，请好乐人。一切安排停当，再作了一遍检查。

第二天早起，执事者各执其事，大家都忙碌起来。在丁德让家后院盘起锅灶、支起案板，在前院搭起帆布棚，摆满了借来的桌椅板凳，准备设摆筵席。

29日一大早，丁锁柱就忙活起来。他穿上一身蓝中山服，披红插花。傧相陪同，代新郎携带一面照娇镜、一把遮阳伞。太阳高高，已到巳时，四名轿夫抬起轿子，十二名执事抬着六个什货架子，里面摆着礼菜、莲花盘子、一吊猪肉和一只煮熟的公鸡，一位少年担着烟酒盒子的担子。乐队吹吹打打，绕村子转了一大圈，到金文涛家门前，放起了鞭炮。一阵奏乐，金玉秀爸妈出门。丁锁柱行跪地叩头礼，金文涛把他扶起。然后，男方迎亲人入席吃席面。

村里女人有人来送路，看嫁妆：一对木箱，一个木梳匣子，一个鞋架子，洗脸盆架子，甩子，刷子，木梳，镜子，枕头枕巾，衣服鞋子，三床棉被，塞满了什货架子。看着上档的衣物用具，妇女们啧啧称赞。

玉玉妈亲手给玉玉煮了两个鸡蛋，眼看着女儿吃下去。梳妆台前，一面铜镜衬映人影，凤冠霞帔，鲜红布盖头，能盖住流泪，却掩盖不住玉秀缠绕在心的悲伤。爸妈正在叮嘱，玉秀突然扑倒在妈妈的怀里失声痛哭起来。别人以为玉秀在"哭轿""哭嫁"，是例行程式。一般人只哭没眼泪，玉秀的眼泪刷刷地下落，哭得爬不起来，是真哭。玉玉妈尽知女儿的心，也落下了泪。在众人的簇拥下，金玉秀上了花轿。鞭炮在空中炸响后，有人喊"起轿"，唢呐声起，吹吹打打。

轿夫抬着轿,有意摇摆、颠簸,在村子转了一大圈,到丁德让家门前。

主执事身穿礼服,手提一只斗,内装寓意福气的麦麸皮、草料,掺杂着核桃、枣和硬币。口念"迎轿词":花轿到门前,宾主两边站,鼓乐迎素女,鞭炮庆家宴。

鞭炮响过,丁锁柱抱起金玉秀下轿。执事口念"下轿词":一撒金,二撒银,三撒媳妇进了门。同时手抓草料向新娘头上抛撒。孩童们跟在后面哄抢着钱币,打闹嬉笑。

进门入庭,主执事口说"进堂词":花堂设置多辉煌,五色云彩呈吉祥。

到了花堂前,丁锁柱揭开金玉秀的盖头;寓意夫妻二人之前未曾见面,揭开盖头的布,她们刚刚相识。

主执事介绍新郎新娘:看新郎,体格真棒,气质雄壮,浓眉大眼,真个漂亮,大街上一走,姑娘就看上。再看新娘,美丽大方,亭亭玉立,遍体透香,犹如出水芙蓉,五彩凤凰。话不多说,赶快"拜堂"。他拉长声音喊:拜——堂!

拜堂仪式,按照口令:"一拜天地,天长地久!"新郎新娘抱拳,然后对天对地做拜。"二拜高堂,四季安康!"新郎新娘对双方父母跪地叩头做拜。"夫妻对拜,百年恩爱!"新郎新娘面对面做拜。拜堂结束,夫妻互饮一杯"交杯酒"。主执事说道:感情深,一口闷,你真我纯不分心!锁柱手交过玉秀的臂,很快"一口闷",干杯;玉秀的酒不小心洒在了自己身上。锁柱满脸不高兴,这酒不能再斟呀!

入洞房,有人挡在房门口"挂门帘",要"份子钱"。金玉秀给了一个红包。挂门帘的说还有递门帘的呢!金玉秀又掏一个红包给另一位。进房间,看到两个小孩在炕上"占炕",不下来。金玉秀给每人一个红包,两小孩拿着红包跳下炕,跑了。

接下来是娘家人吃宴席。端盘子的执事说忘了拿筷子。娘家有人说快去取呀!玉玉妈知道礼数,赶快掏出红包给执事。执事笑了笑,顺手从口袋拿出了筷子。吃饭时,娘家有人把碟子、小碗、小勺偷藏起来。送行时,男方家人拿出红包,娘家人才拿出偷藏的物件,一个红包换回一个物件。

晚上"闹房"。主人家给"主闹人"塞了一盒大前门烟,鼓励她们好好

"闹"。闹喜闹喜，越闹越喜。

相传很早以前，紫微星下凡，路遇一魔鬼尾随迎亲队伍，准备伺机作恶。当新郎、新娘拜完天地入洞房时，紫微星守着门不让进，说里面藏着魔鬼。众人请他指点除魔办法，他说要吵闹。于是，新郎请客人到洞房嬉闹。果然到五更时分，魔鬼逃走了。后来闹房成了习俗，以驱邪避灾。

主闹人对闹房作解释：其实闹房是主人请大家来的，请大家当教练，教不懂事没见过面的男娃女娃很快进入角色。还有说法，这是母系社会向父权社会过渡，给男人们留下最后一点开心的机会和念想。因此我宣布：无论长辈、平辈、小辈，今晚都可以耍闹，摸摸揣揣，来点粗俗，雅俗不拘！

到掌灯时分，大家都来闹房。尹宝石也来了，他说他快结婚了，想学经验。闹房有"文"有"武"，先文后武。开始，大家要金玉秀和丁锁柱对唱《梁秋燕》，玉秀不唱。主闹人说那好，那就来个亲嘴拥抱好不好？大家说好！主闹人要大家好好看，要每个人的眼睛都满意，不满意就用绳捆。说时，他把手中的绳子在空中晃了晃。一阵拥挤，有人揭发尹宝石手乱摸、耍流氓。主闹人说：只要明天不乱摸！开始亲嘴，锁柱伸头，玉秀转头。主闹人要锁柱双手搂腰。锁柱双手环抱玉秀，玉秀转身。主闹人问大家：满意不满意？齐声回答：不满意！主闹人说：不主动，那好，捆！现场的积极分子多的是，很快就把她们二人面对面捆在了一起。主闹人命令丁锁柱再亲！锁柱再伸头，玉秀侧身侧头。大伙感到失望，有人喊：把他们推到后院茅房去，啥时同意啥时回来！众人吆喝着拥到了后门。主闹人说：前几天东岸子人闹婚，把新娘子赶到门外被狼吃了。咱们文明闹婚，就在家里闹，好不好？人流又"嗷嗷"着拥进屋。正在这时，听到"咔嚓""扑通"声响，屋里萝卜窖盖子被踩破了，被踢到一边，玉秀、锁柱掉进了屋里的萝卜窖。主人家忙活起来，设法把新郎新娘从萝卜窖向外拉。闹的时间也差不多了，众人慢慢散去。

有人留下来"听房"，"听墙根"。主人家给听房人一人塞了一个熟鸡蛋。尹宝石偷偷藏在衣柜里。有人躲在窗外。丁锁柱、金玉秀洗漱后进房门。锁柱要玉秀上炕脱衣。玉秀上了炕但不脱衣。锁柱说我来帮你。玉秀说你把县上的事给我说清楚。锁柱说还谈那事干啥？玉秀问：是不是你给我喝的水里放了药？锁柱说：现在你已经是我的人了，难道你还在想他？

咣当一声，立柜门子响。锁柱喊谁？有人一溜烟跑了。尹宝石本想听"全过程"，不小心搞出了声音，索性溜走了。窗外人没听到想要听的动静，很失望，也一个个离开了。第二天，全村人都知道了丁锁柱闪电结婚的原因，知道了金玉秀没有和于刚乾成婚的原因。这时有人想起于刚乾，问刚乾家人他最近去了哪儿，关键时候咋不露面？没人知道于刚乾这时在东山。

第二十八章　他是土匪

为了找到丁德让的土匪证据，于刚乾来到东山。

出门的第三天，于刚乾和那位民兵来到秦岭北麓的灞源山区。灞源公社位于滋水县东部，是灞河发源地，东接洛南县的洛源镇，南接商洛地区的黑龙口镇，北接渭南地区的桥南镇，是东西南北的要道。老一辈无产阶级革命家曾经在这里创建过红色根据地。境内重峦叠嶂，地势险要，一个个小村落淹没在苍松翠柏中。

于刚乾先到灞源公社。递交介绍信说明来意后，公社领导说：很抱歉，我们也不知道本地人当中，谁过去当过土匪，你们自己去探访吧。没有办法，于刚乾按照爸和干大提供的线索，沿着蜿蜒险峻的小道，爬山过河，去散落在山涧中的一个个小茅屋，叩门询问想要造访的人。他们有的回答是"人已去世"，有的一问三不知。裹脚的毡子磨破了，脚掌、脚趾打了泡，流了血，他们在老庙的香炉上捏点香灰，撒在流血处。晚上，他们抱来柴草在庙堂上打个草铺，睡到半夜，老鼠在身上窜来窜去。十多天，他们查找了十多个山村，还没找到要造访的人。身上长满了虱子，特痒时，俩人互相抓挠一会儿。有时自己用手摸，双指准确到达瘙痒位置，一捏，就抓到一个大虱子，肚皮鼓圆带红，用俩拇指盖对挤，可以听到清脆的虱子肚皮破裂声，血丝随声音猛射到自己脸上。他俩对笑起来，脸上都溅着虱子的血迹。然后都用袖管互相擦擦，再看，两人的脸上都拉着长长的血丝。

自带的苞谷糁子吃完了,他俩躺在青坪村的龙头松下,准备无功而返。听村里人讲:汉光武帝刘秀为躲避王莽追捕,曾在这棵树下睡卧,睡醒后又到一个奇深无比的深潭洗脸。刘秀称帝后,这棵松得名"龙头松",深潭取名"龙潭",潭水据说能治病。于刚乾说:此行一无所获,咱们去皇上洗脸的地方洗洗手洗洗脸,也许有好运。来到龙潭,他俩放下包裹,脱掉鞋袜,开始洗脸,准备洗脚。

"小伙子,不可!"一位老头远远喊话。这位老者年过八旬,住在远离村落的一个茅草屋内。他前来挑水,说潭水是我们的饮用水,是神水,不可洗脸洗脚。于刚乾连说:我们不知道,很抱歉。他俩帮老人打好水,看老人行走不便,又挑水送回他家,坐在茅屋前。老人说刚乾是好人。于刚乾问老者尊姓大名。老者说:周围人都叫我东山药老。你们不像当地人,有啥事?于刚乾说明了来意。

药老说:算你们有运气,这档子事,方圆几十里的人没几个知道的。他指着东边的一座山说:那个地方就是以前的土匪窝,有五六十人。我经常在那里给他们治伤。你问的这个人叫啥来着?于刚乾报了丁德让的名字。药老摇头。问有啥记号?于刚乾想起丁德让的右耳,说他右耳朵缺一大块。药老说:对,对!高挑个?于刚乾说就是,当年二十九岁。药老说:你找对了人,我认识这个小伙子。药老把他知道的情况全说了出来:

这里是南北东西来往的要道。民国二十五年,一干人上了这山寨,后来最多时有七十多人,五十多条枪。开始他们在要塞设卡,收取买路钱。后来他们"吃大户",就是抢劫有钱人家,吃到北岭和白鹿原。再后来贩卖鸦片。他们受了伤,都叫我给治疗。时间长了,他们说话也不回避我。民国三十四年,来了一个小伙子叫牛娃,就是你说的丁啥来着?快三十岁了还没娶媳妇。他开始做内勤,不知啥时候和山寨头儿的二老婆搞在了一起。有一次头儿带人去"砸窑",就是攻打有钱人家的大院,中途突然返回,把他俩抓了个正着。按规矩要割丁的耳朵。割下了半拉,丁跪地乞求戴罪立功。三个月后,牛娃骗了一个十六岁女孩上山来。这女孩长得很漂亮。头儿要娶她,她不从。后来女孩的肚子大了,没有办法,就做了头儿的三姨太。民国三十六年,副头儿不知啥原因掉进山崖,死了。头儿说牛娃的脑瓜精灵,安排牛娃做副头儿。牛娃不愿做副头儿,请求回白鹿原。头儿答应了,让他负责做白鹿原的"黑货",就是搞鸦片;还有,做内线,给头儿提供白鹿原上"吃大户"的线索。不知啥原因,头儿把他的二老婆让给了牛娃。这个不起眼的牛娃,不知啥原因,有了老婆有了家,很快就发了,成了白鹿原上的财东。

于刚乾问:丁德让有没有干其他坏事,比如杀人、放火、绑架人?药老说:这我就说不清了。到了这里,哪能干净?

于刚乾整理了记录,请药老签字。药老说他不会写字也没名没姓,就算了吧。最后,药老蘸着用水笔挤出来的墨水,盖了手印。

于刚乾知道有些问题还没搞清楚,但可以断定,丁德让从1945年开始在这里当土匪。但究竟有多大的罪恶,还需要公安机关审理。回到白鹿原,于刚乾没有回家,径直去公社见方主任。

在公社门口,于刚乾碰见了丁香梅。刚乾问:你怎么来这儿?香梅没有回答,反问刚乾:你最近干啥去了?发生了这么大的事,怎么一直不见你露面!于刚乾问啥事?香梅说你真不知道?刚乾说:你就直说吧!香梅说:玉秀和我哥结婚了!大家都知道玉秀和你好,咋回事,你们没成?我问我哥和我大,他们都不给我说实话。

于刚乾十分震惊:前后不到一个月,他们怎么就……就结婚了!香梅问:你说啥前后不到一个月?刚乾搪塞着说,离我考试的时间。于刚乾面色苍白,迈不开步子,找了块青石坐下来。香梅要陪刚乾回家,刚乾说:你先走吧,我还有事。

每想起玉秀,刚乾就心痛,听到玉秀结婚了,他又一次受到五雷轰顶般的冲击。他要见方主任,就尽量安抚自己。他想:爱情不是人生的全部,而是人生历程中的一段感情、感受,随着时间的流逝,感情应该也会淡化,或者被新的感情淹没、冲淡。还是留下人生这段美好的记忆吧,别让任何的不干净玷污了纯净的金玉秀。于刚乾发声告诉自己:好男儿志在四方,翻过这一页,今后路还长。干大说过:心中有盏灯,前途就光明。不想了!

于刚乾见到方主任,汇报了他调查丁德让土匪问题的情况。方主任问丁德让在教育活动中的表现咋样？刚乾说：丁德让有贪污问题，却当上了贫协副组长；他写过假证明，造成了冤假错案。方主任问易建设知道不知道丁德让有土匪嫌疑？刚乾说：我父亲和金文涛联名写过反映信，也当面跟易建设谈过。方主任说：易建设与丁德让究竟是啥关系？这样吧，先把丁德让的问题搞清楚，看他历史上有没有罪行。你把这份材料放下，我转交公安部门，看他是否属于"清理阶级队伍"中的清查对象，让公安部门审理。

县公安局受理了方主任转于刚乾的调查反映信，对丁德让的土匪嫌疑进行了调查。一天，丁德让被带到县公安局。丁德让心想：肯定是自己的历史问题暴露了，但不知暴露到了啥程度。总不能一股脑地把过去的事倒出来吧？还是察言观色见机行事，用"挤牙膏"办法做应对。

在应对审问时，丁德让讲了一段他的风流韵事：

丁德让父母双亡，二十九岁还是独身一人，无牵无挂。1945年，听说东山有个山寨招人，可以混口饭吃，他就拍屁股上了山入了寨。入了山寨，山规很严，想离开很难，他就跟着打混。头儿见他缺乏胆量却也机灵，就安排他做内务，干一些杂七杂八的活儿。

头儿的二姨太，爱使唤丁德让。丁随叫随到，干活也麻利。时间一长，二姨太喜欢上了丁德让。头儿不在山寨的一天晚上，二姨太叫丁德让。丁打开虚掩的房门，顿时愣住了，只见她坐在床边，半遮半掩着身子，两眼直愣愣地看着丁。丁德让傻呆了，站在门口心惊肉跳，停步不前，又按捺不住内心冲动。二姨太扭着腰身上前，闩上门，把丁领到床前。丁德让不知所措，口中喃喃着：你你……我我……二姨太更加裸露，只看不说，眼和嘴角给丁德让示意方向。丁德让突然像发了疯，把她抱上床。此后，他们一来二去，来往越来越频繁，慢慢放松了警惕。终于东窗事发，丁德让被抓，被割掉了半只耳朵。再割耳朵时，丁德让求饶戴罪立功。头儿问怎么立功？他说认识一个漂亮女孩，今后找机会领给头儿。头儿放了他。

原来当初丁德让上山时，半路遇到一头野猪。有个女孩跑来，吓得躲在丁的身后。丁领女孩到一棵大树下，把女孩蹴上树。丁不会爬树，就手拿树枝在树下抵挡。相持了一会儿，野猪竟然离开了。女孩很感激，领他到她家吃了饭，千恩万谢地把他送出门。

再次来到女孩家，丁德让受到女孩一家人的热情接待。丁说想给娃介绍个主儿（婆家）。女孩爸妈放心地让他把女娃带走了。丁德让把女孩领上山，头儿很喜欢，要和女孩同床，女孩不同意。丁德让又后悔了：我傻！这么好的女孩，我为什么送给他？女孩骂丁德让缺德。丁劝说头儿：你既然喜欢她，就明媒正娶，不要鲁莽。半年后女孩怀了孕，头儿带钱提亲，娶了女孩做三姨太。一年后，头儿把她的二姨太送给了丁德让。

公安人员听了丁德让的讲述，与于刚乾调查情况基本吻合。接着提问：还有呢？丁说：没有了。我领老婆回到老家以后，就安安稳稳过日子。公安人员说：你胡说！你避重就轻，用风流韵事，掩盖你的作恶。我们已做过调查，你还是老实点，要不然给你点颜色看看！

不知公安人员用了什么办法，给了什么"颜色"，第二天，丁德让就交代了如下事实：

山寨的头儿后来安排丁德让回白鹿原种植鸦片，同时为山寨提供"插旗的"（目标点），给胡子通风报信。联系农户种植罂粟所需种子、技术指导以及销售，都与白鹿原白鹿宗族族长白嘉轩联系。在外地加工好的"白面"（鸦片），放进于恭让的盐包里，带回到白鹿原，有人接手后转交给丁德让，丁德让负责分销。丁德让发了财，积攒了多少金条没人知道。解放后不久，去西安三意社看戏时，丁德让带金条准备兑换，被于恭让手摸褡裢时发现了，并产生了怀疑。回到村子不久，席广田的孩子被绑票，新当选的村农会主任于恭让怀疑丁德让参与了绑票。于恭让去乡公所告发。丁德让用金条收买了乡公所人员。乡公所以于恭让贩运鸦片为由，撤了他的村农会主任职务。教育活动一开始，丁德让想打压于恭让，就拒不承认自己磨面，反诬陷于恭让贪污四百斤豌豆麦。于恭让不服，向工作组揭发丁德让的土匪问题。工作组置之不理。

工作组为什么对于恭让反映你的问题置之不理？公安员问。

我用了点心机。丁德让意识到自己说漏了嘴，想收又收不回。在逼问下，他吞吞吐吐地说出了原委：

丁德让发现工作组易组长看他女儿时眼神有点怪，色眯眯的。在管饭时，他就让老婆有意回避，留女儿一人在家招待易组长。此后，易组长不仅没有受理"丁德让是土匪"的反映，反而让丁德让担任了生产队贫协副组长，后又提拔为组长。丁德让想继续打压于恭让，打击他的世仇丁家旺，又利用"死牛事件"，把丁家旺和于恭让都牵扯其中。此后席广田干预调查，"事件"不了了之。但最后还是给丁家旺戴上了地主分子的帽子，丁家旺自杀身亡。后来，他把于恭让三个人议论"三家村黑店"的话拼了拼，说给工作组，工作组就给于恭让戴上了"三家村黑店"的帽子。

最后丁德让说：用政治帽子压人真顶用，以后，于恭让就蔫了，不再咬我了。

公安员训斥丁德让：你避重就轻，把话题又拉到了一边，快交代你的犯罪事实！

丁德让说：我还写过证明，证明我租种了丁家旺家六亩地，实际是分家时分给我的。最后他又说：这次我全交代完了。

公安员说：还不老实，你搞抢劫、绑票，就连"东山药老"都知道，你还想隐瞒？坦白从宽抗拒从严！

丁德让听到"东山药老"，知道瞒不住了，这才坦白交代了他的抢劫问题。

1947年，丁德让从东山回到白鹿原。有一天，他在席广田家磨面，从磨坊的窗户向后院看，看到席广田他爷扛着一个瓦罐到核桃树下，放进坑内，然后用土填埋。他明白了：这是在埋银圆。他把这个线索送给山寨主，提供了埋银圆的位置。按照丁提供的线索，土匪对席家进行了抢劫。1950年，丁德让又为土匪提供绑票线索，土匪又绑票了席养涵。丁德让配合监视席家动静，被于恭让发现，绑票没有成功。

公安员问：还有呢？

丁德让战战兢兢回答：没有了。他心里最害怕最要命的事情还在隐瞒着。还好，公安员没再审问。

丁德让在审问笔录上按了手印，回到家。三天来连续审问，他吃不下饭，睡不着觉，瘦了一圈。他长吁一口气，庆幸，庆幸事关人命的大事还没有暴露。

山寨头儿有了三姨太，就冷落了二姨太。丁德让想靠近二姨太又不敢。终于有了一次亲热机会，二姨太尽表思念之情。欢快之后，他们情不自禁地商量起了怎么"逃离"。丁德让怕遭到山规惩罚甚至追杀，又用起了"心计"。因为内部分赃不公，山寨的老大、老二闹起了矛盾。丁德让两边讨好，受到两边的信任。他一边拱火老二另立山头，或者杀死老大取而代之。另一边，他又向老大告密，说老二想谋反。老大要丁德让帮他除掉老二，并承诺事成后丁德让坐二把交椅。丁德让推诿不受，只求头儿给自己说个媳妇，带媳妇回白鹿原过日子，同时帮头儿干点别的事。最后老大答应把二姨太送给丁德让，并让他负责白鹿原的鸦片种植。为此，丁德让开始了"清除老二"的行动。

有一天黄昏，丁德让约老二在一处陡峭的山崖议事。乘其不备，丁猛推一把，老二坠崖身亡。一伙夫正好路过这里。丁德让上前问话，伙夫慌忙说，我啥都没看到！我啥都不知道！丁德让嘴上说，好好，没事！丁德让把情况给山寨的头儿作了汇报，头儿把伙夫秘密地抓了起来。第二天召开山寨大会，头儿宣布老二和伙夫发生争吵，两人不小心失足坠崖死亡，为二人表示哀悼。不久，丁德让就带着漂亮的二姨太回到了大梁村。

丁德让以为这件事就这样成为无人知晓的历史。谁知过了二十多年，有一天，在大梁村外，有一位二十四五岁的小伙子迎面走来，问他，你就是牛娃？没等丁德让回答，小伙子就用匕首逼着他进到瓦窑。小伙子告诉丁德让说，他是东山伙夫的儿子，半年前他妈告诉他，有人吐露了他爸的不明死因，与白鹿原上半拉耳朵的牛娃有关。小伙子就在白鹿原上到处找寻半拉耳朵的人，最后在大梁村找到了。小伙子把丁德让带进瓦窑追问。于恭让拒不承认是自己干的。小伙子用匕首划破了丁德让的大腿，鲜血直流。正在这时，丁锁柱出现在窑门外。怕引起互相残杀，丁德让放走了他。那个小伙子就是穆三，二十八万斤粮票盗窃犯，因为有立功表现，结果只判了有期徒刑。丁德让心想，要想永久安宁，必须除掉他，或者想办法让他永久闭嘴！公判会场，人山人海，丁德让想，混乱中可能有机会，就在自己口袋里装了半块砖，给锁柱口袋里也塞了半块砖。丁锁柱领会了他大的意图。在人流涌动中，丁锁柱手拿砖块猛然一击，穆三倒下了。丁德让庆幸，混乱中发生的事情，神不知鬼不觉。

回到家，丁德让才慢慢平静下来。躺在炕上，丁德让又想起公安员的审问：不知因为他们没了解到两人坠崖死亡一事，还是因为这是土匪"窝里斗"，不好查，或者有别的原因。奇怪，公安人员没再追问这件事，也没有查问穆三。穆三现在是植物人，不省人事，万幸万幸！人命案没有暴露，其他事都是小事，只要我不坐牢，其他事都好说。想到这儿，丁德让高兴起来。坐起来，他斟酒自饮了几杯，叮咛家人不要给外人透露他进公安局的事。

然后他把女儿丁香梅叫到一边问话：你和席养涵的关系现在咋样？香梅说：说不准。丁德让说：你和养涵的事，养涵他大不同意，我也不同意，你就死了这个心。易建设对你有心有意，大也知道。他是吃公家粮的，又是领导，对你也好，你们是很好的一对。过了这个村就没有这个店了，你不要黏糊。你给大说实话，你喜欢不喜欢易建设？

香梅做了个怪脸说：我喜欢谁？不说，你知道。

丁德让板起脸，故作生气地问：你不喜欢人家，咋能晚上住他那儿？大不是古板人，你给大说实话，你们俩……？

香梅嗔怪地拉长声音说：大，你咋能这样问话呢？没——有！

丁德让说：大没有责怪你的意思。大倒是想早点把你嫁出去，嫁给易建设。他又给女儿近乎耳语地说了几句话，香梅没听完，红着脸跑出了门。

丁德让出门去公社，准备找易建设，碰见于刚乾。刚乾知道了丁德让的过去，现在又成了玉秀的公公，一时怒从心起，握紧拳头，想把他暴打一顿。

第二十九章　咋这么臭

看到于刚乾怒气冲冲的样子，丁德让知道小伙子正在气头上。他刚刚拜访过白鹿原上有名的阴阳先生"王聋子"，要他在他家的门楣上挂铜钱，出门忌口舌，以消灾避难。见来势不妙，丁德让扭头就走。于刚乾也没有追赶，想到自己的干部身份，想到还有更重要的事，他忍住怒气，快步走向一队饲养室。

两年半前，席广田要于刚乾、席养涵想想，有没有办法"治懒"。于刚乾当时回答有办法。回答过后，他觉得自己有点轻率，因为他真不知道办法在哪儿。去年秋天，于刚乾深入几个生产队参加劳动，进行调研，发现了一些问题。他和养涵，还有华知青几次在一起讨论，慢慢形成了一些观点。他想在接到县剧团录取通知书前，形成一些意见建议，最好向大队提交一份报告。

今天，第一生产队召开社员会，评工分，于刚乾赶来参加。这是每年一次的例会，具体办法是：队委会对每个劳力按劳动能力和劳动表现提出评分的初步意见，由社员会讨论，投票评定。一个劳动日最高评分，男劳力10分，女劳力8分，依次向下。

这个会议很重要，大家来得早，到得齐。早来的进屋先上大炕，迟来的各找各的合适位置，家长里短地谝起来。金文涛和于恭让两人斜靠在大炕最里面的两个角，各有所思，不说一句话。有人喊叫：金文涛，来一段！金文涛只顾抽烟，不理不睬。他吐出的烟卷如细细的飘带，裹着他的忧思，徐徐上升，慢慢消失。旱烟燃烧后的气味向四周弥漫，大家也习惯了这种气味。妇女堆里叽叽喳喳，嗡嗡声一片。一位知青给大家念报纸，有人听有人不听，丝毫没影响他们谝闲传。

这时尹宝石拿着他家自留地种的旱烟叶卷成的卷烟，猫着腰在人堆里钻来钻去，笑咧咧地点头哈腰，递卷烟给抽烟人，然后划根火柴，点燃。抽烟人深吸一口，跷起大拇指说，好，烟劲大！尹宝石露出灿烂的笑容。

尹宝石个头不高，细眉细眼，能说会道。大家都知道他很机灵，就是有点懒，而且出了名。生产队评工分，开始他被评为10分工，第二年被评为9分工。他不接受，当会质问队长：为啥给我评9分工？队长说：把你"磨洋工"的毛病改改，明年就会是10分。会后，尹宝石非但没改他的毛病，反而干活更没了劲。在大田劳动，他爱拉屎、爱撒尿，大家说他屎多尿多。有时他跑回家拉屎，一拉就是半顿饭工夫。有人实在看不下去，责问他是不是回家"耙井绳"呢？他若无其事地笑笑。后来他的评分越来越低。

有一次，尹宝石走在村口，与拉了两头牛的一群妇女迎面相遇。一位妇女说咋这么臭？妇女们互相打量，找寻"臭"源。这时，牛尾巴打在了尹宝石右手提着的南瓜叶子包裹上，包着的东西撒了一地，也撒在尹宝石的衣服上，臭得大伙都捂上了鼻子赶快躲开。原来，尹宝石刚从苞谷地里拉完屎，用南瓜叶子把屎包起来，用手提着往家走。从此，大家都把尹宝石叫"一泡屎"，尹宝石"臭"名在外了。

尹宝石的评分越降越低，很不满意。他自思自想：既然这样，干脆破罐子破摔，堤内损失堤外补，把自留地种好，把损失补回来。还真是，他家自留地的庄稼就是好，玉米又高又壮，烟叶又肥又大。尹宝石卖烟叶，价钱好，卖得快，抽烟人都爱抽尹宝石家的烟叶。在闲谈中，尹宝石无意吐露出他的经验："庄稼一枝花，全靠粪当家"，我家地里庄稼苗的根子都有一泡屎做肥料，咋能不好？绝好经验却成了茶余饭后的笑料。瞎瞎名声一传十十传百，给她说一个媳妇"黄"一个，好像都因为这个原因。

在去年社员大会评工分开始前，有人又议论起这件事。有个社员不相信说：一泡屎也要包回家，不嫌臭，咋可能呢？

于恭让说，可能不可能，大家先听一段故事：从前有个想当地主的农夫在他家的田地里拉屎，拉完屎捡了一块石头，用石头擦完屁股，看了看，犹豫不决，最后决定把石头扔到别人家的田地里。回到家，这个农夫又后悔了。请大家猜他为啥后悔了？

有人回答：这还用问，是想石头上沾的那些"营养品"了呗！大家哄堂大笑。于恭让说：大家别笑，世上还真有这样的人，不懂舍得，只想沾光，不想吃亏，啬皮得很！

虽然没有指名道姓，但大家心里都清楚，谁个为公，谁个自私，不言自明。这样的舆论对尹宝石似乎形成了长期影响，以后每年评工分，尹宝石都是7分。

靠在炕沿上的张队长清了清嗓子说：都别言传了，现在开会！会场很快安静下来。张队长把去年的生产情况作了总结，谈了评定工分的办法。按照惯例，队长以队委会名义，开始提名最高分的社员，大家举手顺利通过；接着，依次向下。最后提名冯大妈5分，清点举手人数，勉强过半。尹宝石上年是7分，这次队长提议他为9分。大家都瞪起了眼睛。张队长解释说：娃都二十八岁了还没媳妇，分太低对娃说媳妇有影响。社员们纷纷议论开来：这是啥道理？这个队长也太没原则了！最后举手结果是：同意尹宝石9分工的只有五个人。二次举手表决：同意他8分工的只有九个人。第三次表决：同意他7分工的人数勉强过半。

这个结果对尹宝石刺激很大。今年他给大家敬烟，就是希望大家能高抬贵手给他举手。想起有人给自己说媳妇，女方家一打听，未曾谋面就告吹，他心想，难道我这一辈子就这样打光棍？他伤心地落了泪说：叔叔婶婶、大伯大妈，我知道自己错了，懒是万恶之源，今天说了不算，大家看我今后表现。

这可把大家给难住了，你看我，我看你。有人产生了同情心，说道：把人叫"一泡屎"，是对人的不尊重，今后要改，叫尹宝石！有人说：凭个人表态就给加分，恐怕乱了规矩，其他人也要求给自己加分怎么办？

张队长摊开双手，意思是：这把我也给难住了。他看了看于刚乾说：请大队领导谈谈意见。于刚乾说：别叫我领导，我就是第一生产队的社员。

于刚乾说：尹宝石认识了错误表示要改，这是不是好事？是！那怎么办？给他提高工分？不能，因为这么做就坏了规矩。最近，我一直在考虑如何调动社员劳动积极性问题，首先考虑如何评工分。评工分主要看劳动能力、劳动态度，看表现，这个没错。但这是看去年的表现定今年的工分，今年一年表现好或者不好，都拿这个工分。我想是不是再加一条：看劳动质量和数量，搞事后评工分。能不能在尹宝石身上试一试，从现在开始，只记他出工数，不给他打分，三个月后大家评议，决定给他7分还是10分。这叫凭表现，评他的劳动质量和数量。

尹宝石第一个说：好！他当然高兴。有人说这也是个办法，可以试试。张队长一锤定音：就这么办！

会后，于刚乾向大队领导汇报了情况，并建议成立大梁大队青年学习小组，主要讨论农业生产中出现的种种问题，提出解决办法。大队领导同意于刚乾的提议，将学习小组定名为"毛主席著作学习小组"。

3月底，大梁大队召开毛主席著作学习小组成立暨第一次学习会。方主任一直重视调查研究，听说这个会议要讨论研究大梁大队农业生产中遇到的实际问题，他赶来参加。

席广田主持会议。他首先带领大家学习最高指示，接下来宣布成立大梁大队毛主席著作学习小组，组长于刚乾，副组长席养涵、华知青。接着请方主任讲话。

方主任表达祝贺后，要求学习组成员认真学习毛主席著作，用毛泽东思想武装头脑，认真研究解决生产中的实际问题，成为大队领导的帮手和助手。最后方主任强调：研究实际问题，要放开思想，畅所欲言，不抓辫子，不打棍子。讲完话，他提示刚乾做好记录，以便总结经验。

于刚乾主持学习会，华知青做记录。谈到这次会议主题，于刚乾说道：现在全国都在学大寨。学大寨，关键要解决农业生产中的实际问题。前段时间我做过一些调研，发现在集体劳动中，有人出工不出力，磨洋工，损公肥私，这是影响集体经济发展的大问题。所以，今天会议主题，主要研究如何培养社员们的集体主义精神，如何调动社员们的劳动积极性。下面，请大家积极发言。

大家你看我我看你，都不开口。是不是因为题目太大，不好讲？为打破僵局，于刚乾介绍了大梁一队社员会评工分情况。他说：壮大集体经济，既需要提倡爱社如家的思想，更需要建立调动每个人积极性、主动性的制度和办法。举例来说，能不能给挣7分工的尹宝石升工分？怎么升？通过升、降工分能不能调动尹宝石以及全体社员的积极性？

还没有人发言。于刚乾点名让第三生产队的秦嘉发言。

秦嘉清了清嗓子说：那我就先扔一块砖头，引后面的玉石。我们第三生产队也有像尹宝石这样的社员和这样的事。去年十一月，于刚乾在我们生产队搞调查。他看到有人在麦田里转悠，就好奇打问，才知道是在"拾粪"，是把生产队大田里的粪拾起来拿回他家，上自留地。为这件事，于刚乾在我们生产队召开了一次社员会。我举这个例子想说明，不止"一泡屎"，可能是一百包、一千包大田里的屎，被捡回到自家田里。给这个现象起个名字，叫"一泡屎现象"。方主任，是不是太难听了？

方主任说：别问我，我只听，不发言，不表态。

组员刘益说：这现象那现象，根子就是"私"。自私是人的本性。为啥自留地庄稼长得好，集体大田长不好？金文涛有过一段话："集体经济，财产是公的，但吃喝拉撒睡在私家，有人就从集体那儿给私家挖。"爱社如家教育，对有些人有用，对有的人根本没用。有人甚至得了不从集体那里拿点东西回家就睡不着觉的毛病。集体经济等于低效率，根子就在这儿。我赞同扩大自留地，把集体耕地减少到能够上缴公购粮就行了。公社如果不同意，咱们就选一个生产队做试点。

集体经济等于低效率，恐怕不对吧？秦嘉说：没有集体的力量，哪能修水库、打深井、修梯田？没有水库、深井、灌溉田，哪来的旱涝保收？他停了停，接着又说：大寨也是集体经济，他们能改天换地，他们那里的生产恐怕不是低效率吧？关键在于治"懒"，在于实干。

组员杨兵说：扩大自留地，包产到户，这不是前些年批判的"三自一包"吗？转来转去，又转回到原来的路上。辛辛苦苦几十年，一夜回到解放前？

刘益说：打粮食是硬道理，只要多打粮食，管啥路不啥路的。

会议没请丁锁柱参加，他不请自到。听到这段对话，他好像抓到了"把柄"，插话说：我听着咋觉得味道不对，不管啥路都能走？意思是，资本主义的路也能走？学习，研讨，原来是转弯抹角想走歪路，是不是？

于刚乾打断他的话说：咱们学习小组的任务一是学习，二是讨论生产劳动中遇到的实际问题。比如怎么治"懒"，怎么解决出工不出力问题。其他方面，比如大的政策问题，咱们不研究，也没有这个能力、条件。偶尔有人谈些观点，对与不对，都不要上纲上线。咱们肯定都是为了发展壮大集体经济，都在社会主义的路上向前走。

席养涵接着说话，不想给丁锁柱往下说的机会：今天主要讨论怎么让集体生产更有效率，能不能拿出具体办法。譬如一队的试点，给尹宝石只记工，不评分，根据他的劳动表现，再给他评分。这个办法能不能普遍实行？还有哪些好办法？

大家都肯定一队的这个办法好。秦嘉说：我认为可以推行这个办法，评工分方法要活，不要太死，按季度或者半年评，有升有降。还要制定灵活的奖励办法，对于取得明显成绩的，譬如提高了粮食产量，增加了经济收入的人，要给奖励工分，奖励钱。相反，造成损失的要罚。举个例子，养猪，预估年收入三百元，结果收入了五百元，就要给他奖励二十元、三十元。奖励多少，大家制定办法，社员群众决定，有账可查，不能由队长拍脑袋。不能像一队那个聂老大：这个口袋进，那个口袋出，集体的也是自己的，随便拿。

于刚乾最后说：评工分，不仅要看劳动质量，而且要看劳动数量，要把两方面结合起来。按照这个原则，我草拟了一份《大梁大队评工分新办法》，再听取大家意见。会议围绕"新办法"进行了讨论。

最后方主任说：这个会开得很好！各种建议、办法都可以试，然后总结经验进行推广。

会后，于刚乾又向大队领导提出发展队办工业的建议，并主动请缨，负责筹建生产大队木器加工厂、面粉厂的工作。在席广田支持下，这两个厂子很快兴办起来。

席广田向方主任汇报了于刚乾报考县剧团的事。方主任说：情况我已经知道了，真舍不得他离开，但也理解他本人的选择。没办法，工农、城乡差距太大，指望农业劳动收入，年轻人想找个媳妇都难。要求年轻人"扎根农村一辈子"，不现实。知识青年上山下乡，除了让年轻人经受锻炼，更重要的是解决城市就业问题。随着城市建设和工业发展的需要，知青大概率还是要回城的。所以，农村青年进城，咱们也不要阻拦。

席广田又问道：最近评选毛主席著作学习积极分子，还能不能考虑于刚乾？方主任说：当然可以。我还有个考虑，想让他在全公社的大会上作交流，专门谈调动社员劳动积极性的思想体会。

半个月后，白鹿原人民公社召开学习毛主席著作积极分子表彰暨经验交流大会。于刚乾被评为白鹿原公社学习毛主席著作积极分子，并在大会上作交流发言。他的交流题目是：评工分与调动社员的劳动积极性。于刚乾在发言中回避了尹宝石的名字，但台下仍然窃窃私语"一泡屎现象"。

会议结束后的第五天，于刚乾收到滋水县人民剧团的录取通知书。夜深人静，于刚乾躺在家里的土炕上，从窗户看外面：月牙挂在树梢，星星一闪一闪，那么宁静深远。美妙的夜空，以前怎么视而不见？

在农村，向往进城，马上要离开，却想这想那。这里有父母乡亲，有我抛洒的汗水和奋斗的足迹，有我儿时的记忆，还有我曾经的爱恋。刚刚建立的管理制度，不知能不能顺利实施，能不能带来增产增收？这颗心和这片土地连在了一起，说离开，又恋恋不舍。

于刚乾交接工作时，建议华知青负责共青团的工作。席广田也认为华知青爱学习，能吃苦，群众基础好，他欣然接受了这个建议。

第二天一大早，于刚乾吃了妈给他煮的荷包蛋，带着简单的行李出发了。席养涵、丁香梅也来送行。刚乾心想：他俩为相亲的事吵过架，不知现在和好了没有？

第三十章　事业为重

丁香梅每想起她大的话就脸红：不领证就住在一块儿，女孩儿咋好意思？让人知道了，多丢人！做父亲的咋能给儿女说这样的话？其实，大主要是想让我早婚早嫁。问题是我不大喜欢易建设，我喜欢养涵，还想和养涵好。养涵也喜欢我。我们俩吵过架；吵架有啥大不了的？只要两心相悦，互相一笑，啥事也就没了。其实很简单，和养涵见个面，要他表态，他若同意，我们就订婚；他若不同意，我再考虑易建设。

席养涵领导的大队科研站，由几位回乡和下乡知识青年组成，各项科研工作成效显著。红薯温床育苗、5406微生物菌肥、920植物生长刺激素的实验已在各生产队全面推开；小麦、玉米优良品种的大田实验效果显著；小麦移栽、套种等试验也很成功，改良了土壤，提高了产量，亩产高达六百斤，超过当年小麦平均产量的三分之一。公社在大梁大队召开了现场会，席养涵在会上介绍经验。县农技站领导前来参观，公社方主任陪同，大梁大队被确定为全县良种培育试验基地。席养涵一心扑在他热爱的事业上，对大和妈催促的订婚的事一拖再拖。

养养妈要给席养涵订婚封礼，可养涵心神不定。他想：妈说桂英好，这是按她"过日子"的标准做的评价，可我对桂英没有一点心动的感觉。我见了香梅就心动，可香梅说"可以爱两个男人"，我心里接受不了这个思想。咋办？养涵想和香梅再谈谈，让她打消这个思想。他安排丁香梅在早玉米地里松土、除草，想找机会和她说话。

梅，累不累？养涵问话，梅梅不吭声。

来，我给你提笼！还没回答。席养涵提过盛满杂草的粪笼，看到香梅脸上流汗，就撩起自己的衣角想给香梅擦。

丁香梅还有气，就带刺说话：咦！今天咋咧，对我这么好！听说你要订婚了，咋有时间搭理我？

席养涵在玉米地中间一个土坎处停下来，拉丁香梅和他一块坐下说：我对那个女孩没有一点感觉，我妈硬逼我。

那是你的事，与我有啥关系！香梅还没好气。

养涵说：坐在你身边，我就有感觉，想靠近。说着他握住香梅的双手。丁香梅拨开他的手说：做事瞻前顾后犹犹豫豫，啥事都想十全十美！那次我说心里可以有两个男人是气话，可你和那个女孩真的见面了，还送了礼，明明你对我不真心！

养涵心想：梅梅就是个直性子人，内心不坏。如果她对我还真心，我就给妈和大做工作，拒绝王桂英。他再靠近香梅，香梅没迎合也没拒绝，继续说话：气得我去找易副主任，他倒爽快。那天晚上……

说到那天晚上，席养涵有了气，说道：那天晚上，我在皂角树下等你很久很久，冷得我直打战。你咋不回家？

那天晚上我就住在公社大院呀！丁香梅毫无顾忌地说。

女孩子咋能随便夜不归宿？

我又没干啥坏事呀！那天易副主任回到公社就天黑了，吃过饭他要开会，我一个人不敢回家，怕有狼。丁香梅实话实说。席养涵像吃进一只苍蝇，感觉很不舒服，恶心。

这时，有人送来公社批转的县农业局通知，确定席养涵去西北农学院接受农业专业技术培训半年，一周内报到。席养涵高兴了，转笑脸对香梅说：我马上要去学习了！你看，我干的事很有成绩，领导重视，这不，安排我去西北农学院培训学习呢。

想起刚才的不高兴，养涵又板起脸郑重地说道：我和你好，但有个条件，今后不许你和易建设有任何来往。

丁香梅说：可以，但我也有个要求，就是你要给我个明确态度，干脆点，在你外出学习以前，能成，咱们就订婚。席养涵答应回家给大和妈做工作。

席养涵大和妈坚决不同意与丁德让家结亲。临行前，席养涵见到丁香梅说：等我回来后，我继续给妈和大做工作。

丁香梅说：你还是撕不长撅不展，优柔寡断，不像个男子汉！

席养涵说：总得让我妈、我大同意吧？人生大事要慎重，不在乎一月半月时间。

一周后，易建设拿着与前妻的离婚证来到丁德让家，向丁香梅求婚。

丁德让叫家人炒了两个菜，斟上酒，和易建设面对面坐下。丁德让说：你是公家人，新事新办，咱们就不请媒人了，怎么样？易建设连说对，对！

酒过三巡，丁德让问易建设对办理婚事有啥安排考虑。易建设说：一切听您老人家的安排。丁德让说：好，咱们都是爽快人，就说爽快话。礼金嘛，我若不要一分钱，别人会说我把娃给不出去了；要嘛，又不好说。这样吧，多少你看着办。

易建设说：那就按官礼二百四，您看少不少？

官礼是指大家公认的礼金，实际是三百二。丁德让心有不悦，但嘴上却说：不少不少。他想：易建设现在还不知道我受到公安审理的情况，他若知道了，会不会不满意这门亲事？要抓紧，不要因小失大。丁德让遂说：好，那就这样定了，你给多少我给女儿陪嫁多少。希望你们抓紧时间办理手续，办过手续就结婚。你有没有个时间安排？

最近正好不太忙，您老安排时间吧。易建设说。

那就明天吧，明天你们去领证。易建设答应了。

丁香梅喝了两杯酒，有点晕乎。她没有注意听大和易建设的谈话而在寻思：席养涵临走前没给我明确表态，太气人了！肯定是他家里不同意；不同意就拉倒，有啥了不起！

丁香梅以前看易建设，总觉得他哪儿不顺眼。今天看他，挺帅气的。他年龄大了点，但只比我大六七岁。年龄不是事。他成熟，有男人气质，当官没有官架子。他也规矩，不胡来。在公社大院的那天晚上，他有那个意思，动手拉我。我的心怦怦直跳，嘴上却说：别胡来，胡来我就喊！结果他把手缩了回去，乖乖地在一边睡着了。大最近一直说易建设的好话，说要把我嫁给他。我说我要等养涵。大生气了，对我说：大姑娘，还想等成老姑娘？也怪养涵迟迟不表态，我现在没有勇气顶撞大，也没有勇气拒绝易建设。

梅梅，过来，陪建设喝几杯。连喝几杯酒后，丁德让说：你们俩互敬一杯，今天就算正式订婚。

听到"订婚"，丁香梅没有喜，也没有惊，她认了。走上前斟好酒，她和建设碰过杯，一口闷干，晕晕乎乎地倒床睡了。

两个月后，一辆吉普车和一辆轻卡停在丁德让家门口，没有轿子，没有迎亲队伍。丁德让家也没有大摆席面。只听到噼里啪啦，一阵鞭炮声响过，丁香梅穿着一身桃红色旗袍，头上插着红花，被易建设搀扶上了吉普车。丁德让家的亲人招手送行。又一阵鞭炮声响过，车辆缓缓驶出大梁村，向北再向西，向长乐县方向开去。

席养涵学习结束，回到白鹿原。他背着包正在大梁村北的十字路口，看到挂着红花的两辆车迎面驶来。他正在惊奇，今儿个谁结婚？这么简单，只有两辆车，没有吹吹打打、噼里啪啦。他停在路边，向车内望去，看到了丁香梅，大吃一惊。丁香梅也看到了席养涵，突然落下眼泪，向养涵挥手。汽车加油，一溜烟向西驶去。灰尘模糊了养涵的视线，也模糊了养涵的头脑，毫无知觉地移动着脚步。坐在村外的大皂角树下，养涵这才想起：刚刚不久，我还在考虑怎么给妈和大做工作，让父母接受丁香梅，没想到香梅以这种方式告别了自己。养涵心里很难受，回到家，二话没说，一头倒在炕上蒙头睡了。

第二天早上，席广田坐在养涵的炕沿上说道：大知道你的心思。这件事你要想开，要会想。你也知道"塞翁失马焉知非福"。你和梅梅分手，很可能是福不是祸。一切顺其自然，可能是人生大事的最好选择。方主任说了，让你学习回来，指导全公社的科学种田工作。这个担子很重，你要打起精神迎接挑战。

养涵想：不留恋我的人也不值得我留恋。性格不合，经常争吵，迟分手不如早分手。听了大的劝告，养涵站起来说：没事，我想开了，我现在就去公社。

丁香梅出嫁后一周，大梁大队接到公社转县公安局关于丁德让问题审理结果的函，大意是：丁德让解放前参加了土匪抢劫、绑票等活动，按照历史问题从宽原则，不予定性戴帽，实行内部管理。丁锁柱请求席广田不要对外宣布这个公安函件。

根据丁德让的供认，大队决定退还扣罚于恭让的二百斤小麦，取出于恭让档案中"三家村黑店"的材料，恢复其名誉。

于刚乾一上班就忙碌起来。每天天不亮他就起床，在小树林练习各种乐谱。板胡、二胡他都拉，琵琶、三弦他都练，笛子、管乐他也吹，成了乐队里的"全能手"。于刚乾拉二胡，有时声音哀怨苍凉，丝丝缕缕，欲断又连；有时婉转悠扬，给人以无穷的遐想。他拉板胡，声音有紧凑高亢，有欢快流畅，奏出了秦腔的热烈、豪放；弹三弦，节奏声声紧扣；弹琵琶，热烈铿锵。坐在排练现场第一次参加演奏，他腰杆笔直，运弓熟练，音准、节奏、强弱恰如其分，技巧娴熟，表现力强。演奏结束，乐队指挥给了他满意的点头。于刚乾心想：没有最好，只有更好，我要追求更好更精。

在剧团，于刚乾总闲不住，他一有时间就帮装台人员干这干那，也学画布景。在大梁大队民兵连时，于刚乾常给民兵们理发剪发，技艺小有名气。开始，《红灯记》中演李玉和的薛老师请他剪发，他的手艺受到称赞。扮演李奶奶的董老师也让他剪，于刚乾说我不敢。董老师说你大胆剪，剪成尼姑样我照样登台演出。后来，演李铁梅的小张姑娘要于刚乾给她设计新发型。于刚乾推辞不过。在众目睽睽下，小张姑娘的新发型亮相，大家喝彩。从此，让于刚乾剪发的人更多了。

由于长期养成了朴素节俭的习惯，于刚乾不在意自己的穿着。但最近他开始在意了。有一天早上点名结束，于刚乾感觉到有几位姑娘指手画脚地在说什么。按指画方向，他感觉似乎与自己衣着有关。他下意识地低头看：黑粗布鞋前面破了一个洞；双层夹裤是棉裤抽取棉花絮改成的，有点宽；从前襟缝隙或弯腰时撩起的后襟缝，隐约可见他勒着一条白色布腰带；上身粗布夹袄，对门襟，前襟上翘。其实剧团的青年大多数都来自农村，穿着也比较简朴。但今天，于刚乾自我打量后，觉得自己这一身打扮，就是典型的农民形象。一缕阴影轻轻地掠过他心头。想起当年在兴庆公园门前被人瞧不起，自己竟理直气壮地质问：农民咋咧，你就这样看不起农民？但此时，他内心有一种相形见绌、自愧不如的感觉。

临行前，爸妈拿出家里仅有的十八元钱，要于刚乾买一身新衣服。刚乾给爸妈留下六元钱，说他自己到县城再买。上班后，他买了八元钱的饭票，剩下四元钱。第二天，他到百货门市部转了两圈，买过牙刷、牙膏、肥皂、毛巾，剩下两元钱。于刚乾心想：在农村，买两包火柴、三斤盐、一斤碱、二斤煤油才一元多，加上弟妹上学每人一元，一共才三块多钱。这就是一家七八口人半年的花费。而我到县城不到一周，竟然花了十多元钱。城里怎么这么费钱！于刚乾原打算发工资后给自己买一身衣服，可进服装店一看，标价太贵。算过账，于刚乾又舍不得买了。但是今日，不，已经多日，地道的农民形象受到别人的指点，他内心不快。

第二天集体劳动，清除院落杂物杂草。剧院后墙处，一大堆杂物突然着火，火势向一排小屋蔓延。大家都去救火。没水，于刚乾拿来自己的旧棉袄，在前面扑打火苗。过一会儿，同事薛大哥夺过于刚乾的棉袄接着扑打。火势减小，他的动作也变慢，慢到让人感觉是在有意烧棉袄；果然，棉袄着火了。薛大哥忙说：对不起，棉袄烧坏了，怪我！一会儿，薛大哥拿来一件新棉袄，给于刚乾披在肩上，同时还递给他一套新线衣线裤。于刚乾手捧衣物，不知如何是好：接受别人的赠送，内心不好意思；拒绝吧，又感觉这是同事的真心关怀。最后，于刚乾说了句"谢谢"。

早点名，穿了一身换季新装的于刚乾，俨然是一位英俊潇洒的小生。有女孩向他投来异样的目光，是爱恋？是喜欢？换了一身衣服就让人变换目光另眼相看？于刚乾确认自己的感觉没错，但这是不是太以貌取人、衣帽看人了？

于刚乾后来想：其实，环境变，人也会变，关键是咋变。经济条件好，衣服穿得好点也正常；经济条件不好，穿差点也无所谓。关键在于思想咋变，农民本色变不变？不能因为进了城入了文艺界，就"一年土，二年洋，三年不认爹和娘"，思想感情也变得与工人农民格格不入。于刚乾暗中立誓：这一辈子，永远记着自己的农民出身，永远不忘穷苦农民；绝不以当过农民为耻，而以农民身份为荣！

于刚乾心想：人和人，不能比，我就是我；做好工作，以事业为重，要比就比事业成就，别的事，要看淡。五年内，我不谈恋爱不结婚！

经过全剧团日夜努力，两个多月后，完成了秦腔《红灯记》《沙家浜》《智取威虎山》的排练。为向党的生日献礼，县剧团布告，7月1日晚隆重上演秦腔移植样板戏《红灯记》。座号票按全县各系统发放，县剧团演职人员享受每人两张座号票的优待。

首演秦腔移植样板戏，剧院内外一下子热闹起来。于刚乾拿到两张座号票，心想该送给谁：方主任？干大？养涵？他想起浴池里爸身上一根根清晰的肋骨，想起一百八十斤重的木板压在他瘦弱的身上的情景，想起妈在医院看望他时扑簌簌的泪水，于刚乾决定接爸妈进县城看戏。

周六上半天班。下班后，于刚乾爬上白鹿原，来到鹿鸣村。于刚乾想：没有鹿大妈的鞋，我流血的双脚咋能走到县城，咋能有我的今天？他给鹿大妈买了一块头帕，给大妈儿子买了一双新鞋一双新袜子，高高兴兴去见鹿大妈。鹿大妈的丈夫就是白鹿原的乡约鹿子霖家族的孙辈。

于刚乾一进门就叫声"大妈"，鹿大妈一蒙，一看，说，想起来了，你是于……？

于刚乾连忙解释道：于刚乾！我被县剧团录取了，已经上班了。您是我的恩人，今天来看您。

不客气，这也是缘分。说过几句话，鹿大妈大声喊：白翎，出来！和你于大哥见个面。

鹿大妈的女儿叫鹿白翎，正在白鹿中学上学。听到她妈叫，鹿白翎从厦房出来，大大方方站在堂屋中间。于刚乾一惊，差点认错了人。鹿白翎叫了声"于大哥"，深深的酒窝甜甜地笑了笑，就转身离开了。在回家的路上，于刚乾心想，她怎么那么像金玉秀！细皮嫩肉，白里透红，爱笑，个子比玉秀高一点，显得更有气质。

太阳落山时，于刚乾回到家。刚乾妈张罗着给刚乾做酸汤碎面。刚乾和爸说了一会儿话。吃过饭，他去看望了干大和席养涵。回家时路过金玉秀家门前。玉玉妈在门口碰到于刚乾，热情招呼他进屋。于刚乾推辞。玉玉妈说：正好有话要跟你说。刚乾推辞不过，被带进家门。金玉秀从小房子走出来，看到刚乾，猛然愣住了，僵持不动，也不说话。想起结婚后的日日夜夜，金玉秀的眼泪扑簌簌落下来。

洞房花烛夜，"听房的"溜走后，金玉秀和丁锁柱吵了起来。玉秀问锁柱：在县招待所，你是不是给我喝的水里放了药？锁柱说：不放咋咧，放咧又咋？睡都睡咧，还说废话！玉秀骂锁柱下三烂！丁锁柱说：管啥烂不烂的，反正你是我的老婆了，今后就顺着点，免得都不高兴。

金玉秀知道了事情真相，悔恨交加，只是哭。锁柱要，玉秀不理，锁柱不依。俩人吵闹了半夜，天亮前才睡着。

结婚第二天，新媳妇要"回门"，回娘家。按习俗，新媳妇一大早要给公婆请安问好。太阳已经老高了，金玉秀还躺在炕上。丁锁柱有气，拿起玉秀的衣服用力摔打在她身上，喊叫：起来！

金玉秀起身，洗把脸抹掉泪痕，跟着丁锁柱给公婆请安。她不知说啥，啥也没说，站在公公面前。

丁德让说：这是结婚后第一天，我就不多说了，以后可要注意。当小媳妇要勤快，要吃苦。农村的许多规矩，我不知道你妈给你讲过没有，没有讲的话，我就给你提一下。早上起来，先扫院子，倒尿盆，再烧水，端洗脸盆，做饭，别人先吃媳妇后吃，吃完洗碗，喂猪，晚上给公婆扫炕铺炕，冬天要烧炕……还多着呢，我不啰唆了。锁柱，回头给你媳妇好好说一遍，要记住！

公公比婆婆还啰唆，金玉秀心生讨厌。她烧好水，泡好茶，把茶壶端到炕边递给丁德让。丁德让没穿外裤也没穿内裤，移动屁股时，光光的半拉大腿半个屁股露在了外边。玉秀看到了，急忙转过脸。丁德让好像没事似的。从此金玉秀再不给坐在炕上的丁德让端茶了。有一天，倒公婆的尿盆时，看到尿盆一周边沿滴了尿，金玉秀怕湿了手，就找了一块白布垫在手上抓起尿盆。丁德让看到了说：学城里人，太娇气，谁的手不沾屎不沾尿？丁德让的话没说完，就听到"啪"的一声响，尿盆掉在了地上，碎了，瓦片散落一地。尿液洒在了玉秀的身上，还有几滴溅到了她的脸上。丁德让说：咋咧，说你几句你就摔尿盆，耍脾气？玉秀本想说我不小心绊了脚，到口边的话她又咽了回去，小声说：我就摔！再后来，金玉秀再也不给丁德让端尿盆了。丁德让说金玉秀不孝顺，不懂啥，少教！

回门那天，金玉秀不高兴，丁锁柱也不高兴。回家后丁锁柱嘟嘟囔囔地数落金玉秀：回门宴太寒酸，连炒菜都没有，就是碗臊子面，太丢人了；别人礼金二百四，我家出礼金四百六，那么多钱干了啥？就这还不落好，我进门，你大出门，没把我放在眼里。你大眼里只有于刚乾！

啰里啰唆，哪像个男人？金玉秀心烦。她第一次听到给自家的礼金那么多，原来是用高价买通了我妈，难怪我妈把我逼得那么紧。金玉秀心里难受，悔恨交加。听到于刚乾的名字，她又哭了，哭得很伤心。她心想：我那时为啥给刚乾说"都怪我"？为啥不等刚乾回家给他做过解释后，听他一句回话？我咋能糊里糊涂就和这个人结了婚？晚上做事，金玉秀闭着眼把丁锁柱想成于刚乾，几次叫错了名字。丁锁柱气得扇了她一记耳光一个嘴巴。她仍不配合。丁锁柱就用皮带狠狠抽打她。她不躲，也一声不吭。锁柱说她：牛犟死，不说话，我还打！金玉秀把自己的头伸给他说：你打，你往死里打！锁柱骂玉秀：二手货，还把自己当成黄花闺女！金玉秀更生气，回了娘家。在娘家，她不好好吃饭不好好睡觉。

玉秀爸妈吵架了。金文涛说玉玉妈：你看你弄了个啥事嘛，你把娃害咧！玉玉妈说：你是手捡牛粪说干净话！你当时咋不说？我也是为了娃好，没想到算命、看生辰八字也出错。金文涛说：你别找借口，你就是贪财，嫌贫爱富！我说话你听过没？玉玉妈说：你小声点，别叫娃听到了。事情已经这样了，咱俩不敢闹，咱们要想办法劝说女儿，叫她收心，好好过日子。

玉玉妈劝说玉秀：你现在已经是锁柱家的人了，不敢胡思乱想，好好和人家过日子。妈知道你心里憋屈，委屈我娃了。以后有机会，妈让你和于刚乾见个面，说说心里话，把委屈倒出来，就收心。我娃乖，听话！

玉玉妈把于刚乾让进家，对刚乾说：玉玉找过你，找不到，我们都以为是你躲她、不理她。我拿主意，把她嫁给了锁柱。她有心病，还想着你，不好好吃饭，人都瘦了。正好你来了，好好劝劝她，她听你的话。说完，没等刚乾回话，她就拉了一把金文涛，说有事，出了门，反手把门拉上了。金文涛在门外说玉玉妈：你又演的哪出戏？

金玉秀两眼红红的，没等于刚乾问话，就把她和丁锁柱之间发生的事情一股脑儿地说了出来。又说：回家后，丁德让上门，和我妈敲定了婚事。我去你家找你，不见你人；我给你留言，没有你的回音。我想你可能生了我的气，不想见我，一辈子都不想见我了。我脑子整天昏昏沉沉，就糊里糊涂地走到了今天。结婚后，我和他在一起，心里总想着你，总想起在东窑沟我答应你的话。说着，她情不自禁地扑倒在于刚乾怀里，还是那么热烈。

于刚乾五味杂陈涌上心头，面对金玉秀的主动，他不知所措。手扶柔软的身子，于刚乾想推开她，但身不由己却抱了她；想躲开玉秀的唇，却不由得亲了她。这唇这身，还是那么热烈单纯。一阵热流涌上来，于刚乾忘掉了一切不愉快。金玉秀关了门，上了炕。这时，于刚乾内心一片茫然，身不由己走到炕边。他觉得，自己的举动好像不受大脑指使，而是顺应着看不见的暖流磁场，身不由己，上炕，亲近。突然，他听到卧在炕头的花猫"喵喵"叫了两声。于刚乾抬头看，花猫正在目不转睛地注视着他们。于刚乾噢地坐了起来，他感觉，大脑好像电脑接通了电源，旋即发出指令：不能，不能，以事业为重！是的，我说过这话，现在不恋爱不结婚，我咋能在男女关系方面犯错误、出问题？咋能犯这样低级的错误？

于刚乾穿上衣服下了炕。静了静，他平心静气地对金玉秀说：你现在是有夫之妇，到了这一步，已经回不到原来了。没结婚，都好说；结了婚，你们是合法的，我们在一起，成了啥？他在玉秀额头亲了亲说：你多多保重！

于刚乾拉开木门的门关子，"咣当"一声响，猛抬头，看到丁锁柱站在他面前。

丁锁柱看到于刚乾，又扫看了一眼金玉秀。他怒火中烧，骂于刚乾：你个伪君子，竟然偷鸡摸狗，被我抓了个现场，你还有啥话可说？！他又手指着金玉秀骂道：难怪和我睡觉时，你嘴里喊于刚乾，原来你们早有奸情！

丁锁柱转过头对着于刚乾说：你说咋办？现在就进县城，找你们领导，让县剧团的人，让全县人都知道你于刚乾是啥货色！这次，我饶不了你，非砸了你的饭碗不行！说着，他推于刚乾出门。

于刚乾没想到瞬间惹了大祸，出了一身冷汗。他冷静下来，清醒过来，先堵在门口，不让丁锁柱出门，再想办法应对。对他实话实说？就说上了炕，但啥都没干？不行，那样说不清道不明，而且越抹越黑。想了想，于刚乾开口说话：老哥，误会了，你先坐下，听我说。

丁锁柱不坐。于刚乾继续说：我进家门时大妈在家，她想要大伯和我说话，就出门去找大伯。你不信的话，稍等，他们马上就会回来。说话时，于刚乾手放在背后，用手指给站在门外的玉秀示意。金玉秀会意，立即去找她妈她大。

听到这个话，丁锁柱在想：岳母刚离开家？如果真是的，谅他们也不敢胡来。丁锁柱改了口气，问道：你们既然没奸情，为啥关着门？

于刚乾恢复了他平常的敏捷反应，非常果断地说：没关门呀！丁锁柱说：我明明听到了门关子的响声，你咋解释？刚乾说：开木门，门关子哪有不响的道理？况且我是手抓门关子开的门呀！丁锁柱疑惑，挠着头，走到门背后，仔细察看门关子的结构，用手摇了摇门关子。门关子真响了。至于声音与刚才有没有区别，现在真不好辨别。

停了会儿，丁锁柱又冒出疑问：那玉秀的头发为啥那么乱，纽扣为啥不整齐？

于刚乾立即应答：你突然气血上涌，昏了头，花了眼，加之光线暗，你肯定看错了。

丁锁柱再挠头心想：刚才是有些头昏眼花。他在家里来回走动，再走，再看，再找破绽。看到花猫懒洋洋地卧在炕上，丁锁柱放心地笑了：俩人若上炕，有动作，肯定会把花猫赶跑，或者花猫被他们的动作吓跑。这次，丁锁柱非常相信自己的逻辑思维的正确：我的判断不会错！

丁锁柱打消了对于刚乾的怀疑，但仍然假装有怀疑。于是他又带着怀疑的口气问：你们真的没干啥事？我还不信！

于刚乾非常肯定，拉长声音说：没——有！

这时的于刚乾很镇定，因为他还准备了下一手：丁锁柱若不饶，再胡闹，他就揭摆他和他大的问题，警告他"老实点"，来硬的，必要时把他关进"黑屋子"，再交谈处理。黑屋子一直没有使用过。但现在看来，没有这个必要了。

金玉秀带妈和大回家了。妈和大落落大方，若无其事。金玉秀的头发整齐，衣扣对称无误。丁锁柱相信了这是一场误会。

于刚乾长出了一口气：关键时刻，花猫也能救人，天意呀！如果没有花猫，没有花猫的叫声，真的要出事，出大事！不，花猫救你一次，难道还有再次？人生在世，只有自己救自己，要管住"私"，管住"欲"，不能为一时的享受而忘乎所以，没了底线。对，关键还在自己，"正人先正心"。今天看来，我于刚乾还远未达到"正心"的境界。

第三十一章　总结经验

7月1日晚，秦腔《红灯记》正式上演，县剧院门前人头攒动。县委、县政府及各大班子的主要领导应邀出席。县革委会董主任邀请了方主任等公社领导。演出开始前，方主任与董主任握手。董主任告诉方主任，明天谈谈你们公社的"尹宝石现象"。方主任说已接到了通知。

于刚乾领爸妈刚坐下，看到方主任，急忙上前问候，领他找座位。

整个演出非常成功，闭幕了，全场报以长时间热烈的掌声，观众不离座，观看董主任等领导与全体演职人员合影留念。

第二天上午，方主任到县委大院见董主任。听到有人告状，状告内容与大梁大队理论学习小组讨论"如何调动社员劳动积极性"有关，因此他特意带着会议记录。董主任看了记录说：这个讨论会针对现实存在的问题，说得很实在呀！

过了一会儿，董主任又说：有人反映，有一个姓于的干部，污蔑贫下中农是

"一泡屎",而且要搞包产到户,要走资本主义道路。这么一说,事情就大了。反映信上姓于的,是不是这记录上的于刚乾?

方主任已经猜到了写反映信的人,知道状告的就是于刚乾,他随口说是的。董主任问:他怎么样?方主任说:他是一位回乡知识青年,大队革委会副主任。

董主任说:我想起来了,这个于刚乾,反映的人蛮多,他在你们公社三干会上发言,被易建设点名批评过,是不是?方主任说是。董主任问:这个年轻人蛮有争议,你了解他吗?

方主任说:这个年轻人爱读书,爱思考问题,也吃得苦,有公心,带头抗旱打井差点牺牲,保卫集体财产身负重伤,年轻有为。我看好他。但农村留不住人,他刚离开大梁村,考上了县剧团。

董主任说:他还有文艺特长,人就在县上?好,见见这个小伙子。董主任叫来办公室主任,安排下午在县委小会议室开会,通知宣传部部长、农业局局长和方主任参加,把于刚乾也叫来。

董主任又问记录上这个丁锁柱。方主任介绍了丁锁柱的情况。董主任说:有些不符合领导干部要求进入领导班子的人,特别是参与搞打砸抢的人,要统统拉下来,有犯罪行为的还要依法查处。后边安排清理阶级队伍,要把这些人统统清理出来。

县委办公室的人到县剧团,通知于刚乾去县委参加一个小会议。消息传开了,大家很惊奇:剧团团长也从来没有参加过县领导召开的会议呀!有人问于刚乾啥事,刚乾说我也不知道。

进小会议室,于刚乾看到方主任,心里猜出了大概。

董主任到会,开门见山说话:今天把几位叫来,想谈谈大梁大队的"尹宝石现象"。先请方主任介绍情况。

接着,方主任介绍了大梁大队情况及理论学习小组讨论的尹宝石现象。

董主任说:我想问,你们怎么看这个现象?今天是闭门小会,不做记录,你们大胆发表意见建议,不要有顾虑。正规场合大家都谨言慎行,成为习惯,大胆建言需要引导。这算是我引导发言,开场白。

方主任和宣传部部长、农业局局长都谈了他们的看法。董主任对于刚乾说:

这个问题是你从生产一线中提出来的，今天主要听听你的感受，你的意见。

在全县最高领导面前发言，于刚乾很紧张。好在这个问题他已经研究思考了几个月。他想了想，很快理出了发言思路。他说：和社员们一起劳动，碰到一些问题，譬如集体劳动时有窝工、磨洋工、出工不出力现象，有人拉一泡屎也要包回家，或者捡集体大田里的粪给自留地等。我就想解决办法，有了一点思路，就在理论学习小组会上和大家讨论。在探索中我感到这个问题很深，自己理论水平不足，于是又翻看有关书籍，产生了一点认识，不知对不对。

几句开场白后，于刚乾感到不紧张了。董主任鼓励他大胆讲。于刚乾说：

三级所有、队为基础的人民公社集体所有制，最大优越性是一大二公，利用大集体的力量办大事，譬如兴修水利、建设农田、科学种田等。这种生产关系是先进的。但为什么生产关系先进还出现那么多问题，粮食产量始终上不去？按生产力、生产关系理论，我想肯定是生产力落后，跟不上。现在基本上还是以手工劳动为主，牛拉犁，人拽犁，推独轮车，用镰刀、馒头干活，谈不上机械化。水利条件也很差，基本上是靠天吃饭。这样的生产力水平与大集体的生产关系有矛盾。这个矛盾表现就是：人在集体，心想自己；出工不出力，省下劲来干自留地；出现"一泡屎现象"，在大田里拉的"一泡屎"也要包回去给自留地。这虽然是个例，但只求多分配不想多贡献可不是个例。

于刚乾扫了一眼各位领导，继续说：

究竟咋样解决这个矛盾？教育大家爱社如家？这对有些人起作用，而对有些人根本不起作用。健全管理制度，用制度管人？在这方面，我们做了一些工作，制定了一些制度，感到还是有作用。譬如改变评工分的办法，尹宝石这个人就发生了变化，由懒变勤。但制度是由人制定由人执行的，制度是死的人是活的，好制度不执行也没办法。所以最根本的还在于调动人的积极性、主动性。有没有调动人的积极性的好办法？我们大梁大队毛主席著作学习小组在讨论时，有人提出受过批判的主张，不知能不能在领导面前讲？

董主任说你尽管讲。于刚乾说：就是扩大自留地，或者包产到户，"三自一包"，积极性用不着调动，就会提高。

说到受过批判的"三自一包"（自留地、自由市场、自负盈亏，包产到户），于刚乾还是不敢大胆讲，他接着补充说道：当然这是暂时的。将来大的方向，随着农业机械化和水利化的实现，更大规模的集体化是必然趋势。暂时地后退是为了前进，而不是改变社会主义的前进方向，不是走资本主义道路。

大家都在静静地听，对于刚乾清晰的语言表达，投送了肯定的目光。

董主任说：讲得好。但是要扩大自留地，包产到户，这是个大政策，咱们不讨论。咱们现在还是从完善农业生产管理制度入手，寻找解决办法。农业局能不能抓几个点，大梁大队是一个。宣传部能不能搞点调查研究，进行宣传报道。于刚乾在这方面有实践经验，也有个人思考，可以把他叫上，把"尹宝石现象"变成宝贵经验。哦，于刚乾在县剧团，属文化局，可以把他作为特邀宣传员，需要时从文化局借调。现在人事管理太死，调动人要这指标那指标，只好搞"借调"。

方主任说：我们还想把于刚乾"借调"回白鹿原公社工作，不知行不行？董主任说，这个话下来再说。

会后经部门协调，宣传部借调于刚乾半个月，回大梁大队做调研。剧团领导没打绊子，说宣传部借调我们的人，这是我们剧团的光荣！

过了几天，县委宣传部部长到大梁村做调研，办公室派车。

于恭让两口子坐便车一块儿回家。下车时正好碰见金文涛、闫老三和几位妇女，他们围着吉普车摸来摸去，感到很新奇，不停地问这问那。一位妇女对着刚乾妈竖起大拇指说：儿多女多福气大！你这一辈子，值了！另一位妇女说：多亏把刚乾没送给人，那年若把娃送给了别人，你说亏不亏，悔不悔？

接着她们又问于恭让：戏咋样？于恭让说：戏好得很，嚷咋咧！问你们见到哪位大领导了？于恭让说：我们看戏的座位，离咱县上最大的领导很近，前后排，他们说话都能听到。有人问他享啥口福、吃啥好的了？于恭让说：娃把我俩叫出去，在饭馆咥咧一碗红肉煮馍，美得很！他不由得咂了咂嘴，流出了口水。

金文涛好久没编顺口溜了，今天高兴，随口来了四句：

恭让两口进剧院，陪同领导把戏看。

再咥煮馍一大碗，日子过得像神仙。

县委宣传部部长来到大队部，席广田介绍了大队的基本情况，华知青提交了经反复修改的《大梁大队评工分新办法》《大梁大队劳模评选及表彰奖励办法》《大梁大队干部参加生产劳动管理办法》等。华知青现在是大队党支部副书记，兼任毛主席著作学习小组组长。宣传部部长翻阅了这些资料，在几个生产队做了实际调查，参观了刚刚建立的砖瓦厂、面粉厂和木器家具厂，召开了几场座谈会。

在一次座谈会上，尹宝石介绍了他的变化和体会。

尹宝石说：说来惭愧，以前，我干了那么丢人的事。啥事？不说了，大家都知道。但是当时不觉得丢人。直到去年，有人给我说媳妇，又吹了。媒人给我说了实话：女娃嫌你懒，还臭。我问咋臭咧？女娃说外号都臭，人能不臭？我惊醒了：难道我一辈子就这样，连个媳妇都找不到？于是我在社员会上给大家表示决心要改。我说到做到，脏活累活抢着干，还参加了青年突击队。社员们心里有杆秤，把我评为10分工社员，我也活出了人样。你们看，怪不怪？还是嫌我臭的那个女孩，看了于刚乾在《滋水县农民报》上发表的文章，又找上我家门了。

有人插话问：和女孩拉手了没？啥时喝喜酒？

尹宝石看了一眼宣传部部长，一本正经地说：这是座谈会，说公话。他接着又说：人，谁没有一点私心？多多少少都有。但是私心不能太重，太自私就惹人讨厌，被人指指戳戳就活得累，不展拓，路子也越来越窄。融入集体中，就会有快乐。原来给我宣传"爱社如家"，我很反感，不爱听，认为是说空话、大话、套话。大家想想，集体经济不宣传爱社如家难道宣传"自私有理，自由万岁"？现在我听到"公社是棵常青藤，社员都是藤上的瓜"这首歌，感觉很亲切。就是这么个道理。生在长在这个集体，就要人人爱它，护它。

宣传部部长表扬尹宝石：说了心里话，好，继续说。

尹宝石接着说：我的变化，是从改变评工分办法开始的。队上决定事后评分，当时我内心憋了劲，一定要拿到10分工，成为10分工社员。后来，当上了10分工社员，有人问我：是不是可以松劲了？我说不行，若偷懒，再被社员们评下来，那就把人丢大咧。我现在不但不想退，还想再进。为啥？我看了《大梁大队劳模评选及表彰奖励办法》，觉得就应该鼓励好的，惩处坏的，好的香，坏的臭，大家都争当先进。不瞒各位，我也想当劳模，还有，还想当……

尹宝石打住了话。席广田问想当啥？

尹宝石说：怕说了影响团结，不说为好。席广田说没事，你说。

尹宝石说：我想当生产队长。

席广田说：有这个想法好呀！

于刚乾说：我在几个生产队做调查，体会到选好队长的重要性了。最近我也在考虑生产队长怎么产生的问题。大家会说，肯定是民主选举呀。但关键是候选人怎么产生？以前更多的是上面提名，社员会通过，民主选举是走形式，走过场。尹宝石把这个问题提了出来。我觉得，候选人可以由社员联名提出，也可以个人自告奋勇，也可以是上面提名；可以是两个，也可以是三个候选人。最后由社员投票，好中选优。同时也要建立撤销、罢免制度，能行的上，不行的下！

席广田说好，我赞同。于刚乾，你起草个东西。哦，你现在有你的任务。华知青，你做点调查，起草个材料，提交大队党支部讨论，通过后，咱们就在所有的生产队，实行真正的民主选举。

会后，华知青起草了《大梁大队关于民主选举生产队长及罢免办法》，党支部讨论通过后，席广田说，今后就按这个办。

调查组整理了尹宝石的发言。

宣传部部长总结大梁大队的经验有三条：一是教育社员爱国家、爱集体，弘扬爱社如家思想；二是建立完善评工分动态管理制度，体现多劳多得、少劳少得、不劳不得；三是完善生产队长选举、罢免制度，选好生产队带头人。

调研结束，宣传部部长安排于刚乾执笔写作。于刚乾说：你们都是笔杆子，我怕写不好。宣传部部长说：你是实践者，你先写最好。于刚乾请教"一泡屎"太粗俗，是否回避这个用词。宣传部部长说作为一种现象已经不是原意了，写到该处，根据语境你自己判断。稿子写好了，题目是《从"宝石现象"到"宝贵经验"》，后来改为《从尹宝石现象看农业生产管理制度改革》。宣传部部长很审慎，将稿件送董主任审批。董主任批示：以个人名义发表。最后在《滋水县动态》《滋水县农民报》上全文刊登，署名于刚乾。同时还刊登了署名尹宝石的口述文章《我是咋样由懒变勤的》。一周后省报《长安新闻》头版全文转发了于刚乾的文章。大梁村、于刚乾的名字很快传遍了滋水县。

尹宝石拿着报纸到处喊话：尹宝石上报了！于刚乾上报了！大梁村经验见报了！

春节期间，尹宝石结了婚。

不久，尹宝石又通过竞选当上了大梁一队生产队副队长。

第三十二章　恶有恶报

于刚乾回到县剧团，就开始了在全县的巡回演出。巡演结束不久，县剧团突然接到解散通知。大家议论纷纷，不清楚解散原因，有的说是因为财政困难，有的说上面有要求，县团一级不设专业剧团。好在大家都端的是"铁饭碗"，吃商品粮，工资照发，因此心不慌乱，互相议论各人的去向。这时，县剧团接到县粮食局工作商调函，上面写着：因工作需要，拟商调于刚乾来县粮食系统工作，贵单位若同意，请办理如下手续……

将要离开刚刚熟悉的工作环境，于刚乾依依不舍。他安排一天时间给剧院同事理发、剪发，和领导、同事道别。薛老师、董老师头发不长也让他剪，主要想和他单独说说话。薛老师问：你怎么想去粮食系统工作，是不是有啥关系？于刚乾说：我没找人，没有关系，是领导安排，可能想让我继续做以前没做完的工作吧。薛老师仍然疑惑不解。其实，于刚乾当时也不知道其中的详情。

在县委召开的那个小型会议结束后，董主任留方主任说话。董主任谈到县剧团可能要解散。方主任当即提出：县剧团若解散，请领导安排于刚乾再回白鹿原工作，我想让他进一步完善并推广大梁大队的经验。董主任说：让他回白鹿原公社工作容易，但将来他能不能转为国家正式干部，有变数。因为现在的干部管理指标全部冻结，什么时候解冻，不清楚。不能耽误了年轻人。方主任说：那怎么办？想了想，方主任又说：能不能把他的工资和行政关系安排到白鹿原供销社或者白鹿原粮站，然后白鹿原人民公社借调使用他？董主任说：这样可行，你们出面联系，需要县委协调时，你直接找办公室主任。县剧团解散前夕，方主任征求于刚乾同意后，把他的关系调到县粮食局，工作单位安排在白鹿原粮站，日常工作在白鹿原人民公社。

于刚乾在县粮食局办完手续，到白鹿原粮站见过站长和同事后，又到白鹿原公社报到上班。

白鹿原公社会议室坐满了人，方主任正在讲话。他说：

前一段时间比较乱，主要原因是有人对教育活动有不同看法，发生争论。有争论很正常，但是有人采取不正当的方法手段，对生产造成影响甚至破坏。比如有人聚众闹事、集体请愿，逼着领导答应他们的要求，想方设法为其翻案、平反；有人拉帮结派，造谣污蔑，千方百计把好干部拉下来，把他们自己人推上去，扰乱、破坏选举；有人甚至结伙成群，搞打砸抢，搞暗杀等严重犯罪活动。这些都严重影响生产发展。巩固集体经济，首先要把扰乱社会秩序的这些人清理出来，该处分的要处分，杀人的要偿命。

会场鸦雀无声。方主任继续讲话：公社是一级政府，工农商学兵，文化教育、行政司法，啥都要管。有些问题属于刑事案件，但上面要求，公社一级先做清理甄别。所以，现在成立专案组，做调查落实。专案组主要任务是：受理发生在本公社的一些案件，做全面调查后形成书面材料，然后按干部管理权限，分别进行处理或上报；属于刑事案件的，将材料转公安部门处理。

大家都在猜测方主任的讲话指向。会场气氛有点紧张。

方主任说：大家都知道，在白鹿原上，召开过万人大会。大会本来是宣布对罪犯的判决和执行，但是在罪犯的两边，却站了十几位不是罪犯的"陪桩"人员，美其名曰"接受教育"。有人还找借口解释：当年土改时也这么做过。这究竟是谁决定的？居然把大梁大队的于刚乾也抓了起来做"陪桩"。

大家齐刷刷把目光投向易建设。易建设站起来又坐下，想辩解又觉得不妥，因为当时主要负责人不是自己，而且方主任没有点自己的名字呀！

方主任继续说：大会上，罪犯穆三突然就头破血流，变成了植物人。有人说是群众踩踏，造成误伤。有人怀疑是丁锁柱干的，但究竟是不是，要用事实说话，要有个交代。

接着，方主任宣布了专案组成员，向大家介绍了专案组副组长于刚乾。他说：于刚乾，大家熟悉，原大梁大队副主任，公社委员，现在回到白鹿原公社工作。专案组的日常工作，由他负责；重要问题，集体讨论，由我负责。

这个任务既重要，也艰巨，还带有风险。把这一任务交给一个新人，大家不约而同地把目光投向于刚乾。这目光各有不同，有信任，也有怀疑。

于刚乾突感压力巨大。他心想，这是领导对自己的信任。但很快又觉得不妥，丁锁柱伤害过自己的感情，两人有个人感情纠葛，即使自己秉公办事，但会不会引来挟嫌报复的猜疑？于刚乾犹豫不决。

经过考虑，于刚乾以和丁锁柱是"同村人"为由，向领导提出回避。方主任说：公社专案组的主要任务是调查问题，弄清事实，将材料报有关方面进行处理。你我个人，都没有处理人的权力，因此没有回避的必要；即使需要回避，同村人也不是理由。于刚乾无话可说，接受了任务。他心想：只要自己行得端走得正，身正不怕影子斜，别人咋看是别人的事。

晚上，于刚乾看了现有材料，梳理了思路：5月10日夜晚谋杀案，包括杀死了三人和打坏了聂老大的腰，明显属于严重的刑事案件，可以报县公安局查处；生产大队出现的聚众闹事等问题，先由大队党支部拿出调查处理意见。这样就大大减轻了公社的工作压力。穆三被宣判后突然变成了植物人的问题，也可以交县公安局，但公安局不受理，原因是没有人为伤害的证据；其中疑点重重，负责管押穆三的丁锁柱，至少负有知情不报的责任。于刚乾安排了一次对丁锁柱的问询。

在公社小会议室，于刚乾说：组织安排我调查穆三成为植物人的原因，希望你配合，请你把当时的过程讲一遍。

丁锁柱说：事情明摆着，当时人群混乱，穆三跌倒了，受到踩踏，就成了这个样子。

于刚乾问：你是管押他的人，他跌倒了，被踩了，你是咋样应对的，你是怎么说、怎么做的？

我能说啥？我能做啥？当时我说、我喊顶用吗？我只能等到拥挤的人群过后，把他拖到公社。

可有人说他头部受伤是被砖块砸破的，有人当场喊叫"踩死人了，砸死人了"，你咋解释？于刚乾突然想起一位中年男士路过自己面前时结结巴巴的说话声音：太可怕了，用砖块砸头，流血！于刚乾确信问题没有丁锁柱说的那么简单。

丁锁柱说：那说不定，皮鞋铁掌踩在头上也是硬伤呀！当时很乱，咋能相信乱喊乱叫的话？

于刚乾反向思维：咋能不相信乱喊乱叫的话！不相干的人有必要编谎吗？因此他又问：按道理，宣判后的罪犯要收监，你怎么把穆三拉到了公社？

丁锁柱解释说：会议结束，安排公安人员在公社食堂吃饭，我就把他拖到了公社。

那时穆三能不能说话？他说没说话？你是怎么安排的？怎么处理他的受伤的？有谁看到了可以为你做证？

一个罪犯，谁还管他死活！我把他放到柴房，锁上门，也吃饭去了。就这个简单过程，还要做证吗？

丁锁柱这个回答似乎也合理，但仍然没有回答穆三当时"能不能说话，有没有说话，思维是否正常"这个重要问题。于刚乾在考虑，穆三到了公社后有没有受到二次伤害？会不会因为受到二次伤害才成为植物人？

这些疑问没有得到答案，问询没有结果。但于刚乾心中有了进一步调查的思路。他问遍了公社机关人员，都说看到穆三被锁在柴房，其他情况不清楚。电话员小姑娘告诉于刚乾：我看到丁锁柱从车上把穆三架到柴房门前，穆三靠着门框，站着说话，好像要喝水。刚乾问：丁锁柱架着还是拖着穆三进入柴房？小姑娘说是架着，因为他腿能动。于刚乾立即拿了一张纸，让小姑娘写下来，按了指印。然后他又去县公安局，找到当天从公社柴房拉穆三入监的人，写了"再也没有听到穆三说话"的证明。于刚乾反复推敲：站立着说话，架着胳膊进柴房，说明他当时还有意识、有知觉，可能因为受到二次伤害才变成后来这样。但是谁伤害了他？锁柱？锁柱为什么要伤害他？用什么东西伤害他？于刚乾突然想到丁锁柱说过"皮鞋铁掌"的话。于刚乾注意观察，发现丁锁柱穿着皮鞋，皮鞋钉着铁掌，会不会是他用皮鞋铁掌……？这个联系纯属偶然，但也不能完全排除。

于刚乾又想到金玉秀。锁柱若犯罪受刑，玉秀这一辈子怎么过？想起丁锁柱诱骗金玉秀的事，刚乾觉得这个人，心不良善，不值得丝毫怜悯同情。他提醒自己不要感情用事，自己的责任是弄清事实，而不是给案件定性。关键情节、关键环节，必须有证据，有证人。现在的问题是怎么找证据、找证人？于刚乾又想起那一天，一位中年男人结结巴巴说话的情景，他好像受到惊吓，一边走一边喊叫：太可怕了，用砖块砸头，流血！究竟谁"砸"头？是不是丁锁柱？

对，找他，找人证！于刚乾背上水壶、戴上草帽，开始走村串乡，在全公社各生产大队寻访说话结巴的人。

丁德让带家人到于恭让家，进门单腿跪地，眼睛流着泪，真的在流泪。于恭让走近说道：咋回事，咋来这个动作？有话就说！丁德让自责着说：以前我愚昧，多有得罪，请恭让兄宽宏大量饶恕我的不是！话音未落，他从怀里掏出三沓钱，塞给于恭让说道：略表一点我的心意，请老兄一定收下。丁德让心想，这世界，谁不爱钱？有钱能使鬼推磨，只要他收下钱，就好说好办。看到于恭让不伸手，丁走到火炕边，干脆把三沓钱压在被子下面。

于恭让说：以前的事过去了，不提了。但是你今天咋咧？这是演的哪出戏？你给我明说。

丁德让以为于恭让接受了送礼，就开口说道：不瞒你说，儿子、女婿都遇上事了。看在我女婿和儿子在关键时刻帮助过刚乾的份上，你给刚乾说句话，放他们一马，他们会知恩图报的。

"群众大会"上的最后时刻，于刚乾没有"陪桩"，丁德让到处讲是他女婿和儿子帮了于刚乾。现在，丁德让拿这件事来说话。

但于恭让不认可。究竟是谁抓了刚乾，于恭让至今心里不明。他抽了口烟，从被子下取出钱，拿在手上，摇了摇说：钱，是好东西，还这么多，我真有点动心。但是，我不能收。

丁德让很尴尬，还在推让。

于恭让说：君子爱财取之有道，不义之财不可得。我这一辈子，再穷，也不占人一分钱的便宜。你快收起来。说着，他把钱塞进丁德让口袋，推他出门。出了门，于恭让说：我儿子我了解，他正直，不会害人，我放心，你也放心吧！但是他吃公家饭，会按公家要求办，这，我也放心。

丁德让还想说啥，于恭让已经回了家。丁德让嘴里骂于恭让：犟屄，一根筋，也是瓜屄！

回到家，丁德让脑子还在打转：求席广田说话？不行，他不会答应，我得罪了他。丁德让坐在马扎凳上，抽烟，挠头，心烦乱。这时，金玉秀回到家。

丁德让突然眼睛一亮，出口说出"有办法了"。他把金玉秀叫到跟前，说道：玉秀，你男人受审查，不知道是啥结果，咋办呀？大找人说情，找不到，想来想去，还得你跑一趟，求于刚乾高抬贵手，饶过锁柱这一回。

金玉秀说：我没脸见人，不去！

丁德让说：锁柱的事情你也知道了，就是人群混乱，乱踩踏，伤了罪犯，这是啥大不了的事？你去说说，肯定能成。锁柱再不好也是你男人，你一定要救他，就算大求你了。丁德让说着就要下跪。金玉秀急忙拉他一把说：别，别这样！丁德让问：你答应了？金玉秀没回话。

好几个月没来例假了，金玉秀感到自己有了，想到肚子里的孩子，金玉秀决定厚着脸皮走一趟。遇大事求人或者人帮人，已成村民的习惯，着急时往往不考虑当求不当求。金玉秀没有考虑过多，也没想到丁锁柱的问题属于什么性质。

丁德让给金玉秀交代：这次去，一定要于刚乾答应；他若不答应，你就住下别回家，跟他磨蹭，直到他给话。

金玉秀心里嘀咕：这个当公公的咋能这样说话？可能是救儿心切，失言了。其实丁德让没有失言，而是说出了直白话，让玉秀一听就懂。他心想：只要能救儿子，用啥办法都行。

公社大院，原是地主谦益德的宅院，两进深四合院。公社干部宿办合一，多住在两厢的小厦房。于刚乾的宿舍原是一间柴房，单扇门，门板不全。夕阳西下时，金玉秀进了公社大院，撩开于刚乾的房门帘，跨进门槛。于刚乾正在与办事人员谈话，见是金玉秀，愣了一下，后又礼节性让座，倒杯水。送办事人员出大门，返回时，于刚乾止步了。他想不出金玉秀突然出现的其他理由，断定她是为丁锁柱案件而来。刚乾想：和她见面咋说？怎么说都不好。万一把不好的话传给丁德让，有可能成是非。处在矛盾的特殊位置，即使她自己无意，但是如果被有心人利用，会惹来麻烦。金玉秀现在就是可能惹来"是非"之人，所以还是规避为上。

恰在这时，于刚乾想起了一件急事。他走到门房，告诉门房老头：麻烦你转告我房子的那位客人，我有急事去办理。说完，他就急匆匆出了大门。

天黑了，金玉秀还没回家。丁德让在家里走来走去，他心急，不由得胡乱猜想：旧情人见面，会不会来真的？只要把事情办成了，来真的就真的，损失个啥？啥也没损失！问题是，会不会"赔了夫人又折兵"？想到这里，丁德让坐不住了。一会儿，他心里又冒出了新主意。

丁德让悄悄来到公社大院，在于刚乾房间外走动，观察房间里的动静。他从门帘缝看到金玉秀一人在于刚乾房间。他心想：玉秀在等。但为啥等？肯定他们俩有约定，不然，玉秀早就回家了。丁德让心里高兴起来。他躲进大院的柴房，心想只要观察到于刚乾房间的灯光就行了：灯亮着，是玉秀还在等；灯灭了，一种情况是俩人都出了门，另一种情况是……但是，灯灭后等多久出手合适？年轻人，灯灭后需要几分钟？

灯还亮着，丁德让耐不住，几次到于刚乾房门外观察：玉秀还在等。他断定：越晚越有把握，一抓一个准。丁德让进柴房坐在草堆中，不知不觉睡着了，醒来时已快半夜。他蹑手蹑脚来到于刚乾房门外。房间黑了灯，没动静。丁德让推门，门没插。他借着洒进房间的月光，看到床上铺开了被子，睡着人。他没多想，就迅疾扑到床上。刚想说话，金玉秀猛坐起来。丁德让抱着一个柔软的身子，知道不是于刚乾，失望了，松开手，接着又身不由己地搂抱起来，越抱越紧。金玉秀迷迷糊糊，以为是于刚乾回来了，便伸开双臂去拥抱。睁眼一看，是丁德让，她用力推开说道：你干啥！看到丁德让的下作动作，金玉秀明白了：这个丁德让，设了个大陷阱，他来抓现场。想到这里，金玉秀气得浑身颤抖，骂丁德让：你不要脸，老不要脸！呸呸呸！

丁德让松开双手，下了床，问金玉秀：于刚乾呢？唉，太太着急，搞错了，错了！这件事，你千万别往外声张。他没顾得给玉秀做更多交代，就悄悄溜出了房门，不知怎么出了公社大门，回了家。

晚上九点半，于刚乾在返回公社的路上，他突然想到：我给玉秀留言我有急事，没说要她等，但也没说不要她等，万一她还在等我，咋办？这么晚了，我俩咋相处？"是非之人"，一定要躲，尤其在我受理丁锁柱案件的当下。想到这儿，于刚乾转身去了白鹿原粮站。白鹿原粮站是于刚乾行政关系所在单位，这儿有他的一个房间一张床。

第二天一大早，于刚乾回到公社。门房老头告诉于刚乾：昨天有一个男人等你到半夜，让我给他开门走咧。于刚乾不知那个男人是谁，怎么半夜还在等我？进房门，看到金玉秀还在房间。于刚乾疑惑不解。他又折返问门卫：那个男人的长相有啥特点？门卫说：路过灯下，我看他右耳朵是半拉子。于刚乾心里明白了。联系到金玉秀一直等他，于刚乾脊背一阵发凉，倒吸了一口冷气，庆幸自己躲过一难。他不想再问金玉秀有关"详情"，不想让这个"是非之人"再传话给丁德让，以免再惹是非，所以他决定装着什么也不知道。于刚乾若无其事地问金玉秀有啥事？

金玉秀庆幸于刚乾没掉进陷阱。她决定只字不提昨天夜间发生的事，更不想提丁德让的名字。她说：昨天找你有话想说，有事想求，因此一直等你。可昨晚我后悔了，后悔不该来找你。现在没啥事了，没有求你办的事了。今后我再也不给你惹麻烦了！

于刚乾给金玉秀摇手示意她赶快离开，本来想说：我不会把个人恩怨带到案件的调查中，却只说：你快走吧！

走访了十多个村子，于刚乾终于找到了说话结巴的那名男子。这名男子口述了当时他目睹的情景。他说：听到喇叭传出"死刑，立即执行"的声响，人流就跟着死刑犯拥向大操场东南角。在涌动的人流中，我猛然看到，身上背着枪的一个小伙子手拿半块砖，向被捆绑的一个人的头上猛砸了一下，那人头上就喷出了血，倒在地上。

男子不说了。于刚乾问：还有呢？男子说：我喊了一声，没人理会，我就跟随人流看枪决人的现场去了。刚乾问：这个小伙子你认识吗？男子说：不认识，但是我见到他会辨认出来。刚乾又问：当时还有谁看到这场景？男子说：应该有，我说不准。刚乾要他配合寻找其他证人，他说农民忙，没时间。刚乾答应给他误工补贴和奖励。男子答应了。于刚乾让男子在笔录上签了名。

于刚乾走访了穆三的家。一位穿红毛衣的姑娘坐在门槛上，这是穆三同母异父的妹妹。正是这红毛衣的引导，让丁锁柱找到了穆三。丢了红毛衣的粮站人员，不知啥原因也没有索要她的毛衣。穆三昏迷不醒被送回家，监外执行。他母亲的痴呆病更加重了，坐在穆三身旁用手上下抚摸穆三的身子，一句话不说。于刚乾摇了摇穆三的身子，没有反应；查看他的头，有两处大洞，明显是硬物所致。于刚乾请人做了专业鉴定，发现一处留有砖的碎屑，另一处没有。于刚乾把鉴定结果与拿到的证明联系起来推敲：没有砖块碎屑的洞，会不会是皮鞋铁掌留下的？

于刚乾再次问询丁锁柱。于刚乾问道：根据现在掌握的情况，穆三受伤害与你有关系。你想不想主动交代？

丁锁柱以为于刚乾在诱供，就说：你胡说，我啥都没干！

你不想主动交代？好，叫证人出面！说话结巴的男子进到房间，指认丁锁柱说：是他，就是他，背着枪，拿砖块，砸，砸……

丁锁柱说：你胡说！说着，就冲上前想打他，被于刚乾挡住了。

于刚乾传来另一男子，是说话结巴的男子找到的另一个证人。他也指认了丁锁柱，写了丁锁柱用砖块砸人的证明。

丁锁柱仍然不承认，说有人诬陷他。于刚乾有自己的判断，就继续按他的思路问询。他说：在公社柴房，有穆三和你，还有没有第三人？

丁锁柱说：你问这话是啥意思？

别问啥意思！你回答，要是有第三人，就说出他的名字；没有就说没有。

咋咧？你怀疑我在柴房对他下手？我和他没冤没仇，凭啥？

这是另外一个问题。于刚乾说：现在你先回答，在柴房，你有没有对他动过手？譬如，用皮鞋铁掌猛击他的头？

丁锁柱睁圆了眼睛，眼球鼓起了血丝，骂刚乾"满嘴喷粪"。于刚乾叫丁锁柱把脚抬起来。丁锁柱原地不动，嘴上仍然骂骂咧咧。于刚乾叫人脱下丁锁柱的皮鞋，仔细看了看铁皮掌的部位。锁柱说：看也看了，还有啥怀疑的？叫人给我把鞋穿上！刚乾说：对不起，这双鞋不能还给你了，这是证据。你自己再找一双鞋穿吧！丁锁柱拼命抢夺，被人架了出去。

经专业勘验鉴定，发现皮鞋铁掌的铁钉根部留有血迹，与穆三的血型一致。

第三次问询，丁锁柱已经受到公安控制。事实摆在面前，丁锁柱嘴上不承认，内心却很矛盾，也开始了懊悔。他想：我本来也没有杀人之心，不知怎么就一步步走到了今天。那天在砖瓦窑，看到穆三刺伤了我大，我很冲动，就想和他刺刀见红。但是我大放了他。后来，我大后悔了，告诉我要除掉他。可能我大真的害死了他爸，怕他报世仇。也怪我，为立功，抓捕穆三时，我抢在前面，指认他而且说出了过程真相；穆三认出了我。后来，我就产生了除掉穆三的想法。听说人的头部受重伤，捣乱了脑子，就会失去记忆，我就在人群拥挤混乱中用砖块砸了他的头。在柴房，我又用皮鞋砸了他，他就……真是应了那句话：要想人不知除非己莫为！我当时怎么总想着无人知晓！老天呐，我现在怎么办？好在穆三已经成了植物人。一定要保住我大，保我大就是保我自己。只字不提我大的陈年旧事，那么我的行为就是无意的，是误伤，不是故意犯罪。好，就这么说！

丁锁柱很快镇静下来，变得从容不迫，脸上甚至露出了笑意地说道：我承认，我打了穆三，但是我也想不通，我为啥要打他，我和他既无冤又无仇，为啥呀？说到底，是因为我对贼娃子痛恨，是疾恶如仇呀！

于刚乾对丁锁柱这种自我标榜感到可笑，相信他绝不是出于疾恶如仇，但他的犯罪动机究竟是啥？与丁德让有没有关系？于刚乾将案情向方主任作了汇报。方主任说，这明显属于刑事案件，交公安局处理吧。公安机关收审了丁锁柱。最后，丁锁柱被公安机关判处有期徒刑八年。

谈专案组工作，方主任对于刚乾说：丁锁柱是生产队社员，怎么很快就到了公社搞民兵工作？出了那么大的事，怎么就不了了之，是谁在帮他搞掩盖？还有，万人大会上，安排决定"陪桩"这件事，县领导几次催问。这不是一般的工作错误，一定要搞清楚。于刚乾说：这件事可能与易建设有关系，他是副主任，是不是让别人调查更合适？方主任说：搞清这件事难度更大，这个任务仍然交给你。你大胆工作，不要有顾虑。

第三十三章　推广经验

在公社大院，方主任主持召开公社办公会议前，于刚乾单独汇报了专案调查情况。

于刚乾说：在决定白鹿原公判大会"陪桩"问题上，易建设一口咬定他表达了反对意见。但是证据不足，其中的重要人物田秘书失踪了，找不到会议记录，也没有人做证明。确定的是，易建设负责公安和武装工作，负责大会筹备工作。现在不知道该咋办。

方主任说：按说，易建设负责这项工作，就可以据此落实他的领导责任。但这关系到干部的前途，要审慎。所以这个关键情节一定要搞清楚，要有确凿证据，做到实事求是。他应承担多大责任，都要拿事实说话。

强调实事求是，强调要审慎，从做事公正大方的方主任口中说出不足为奇。但今天听此话，于刚乾对方主任更加敬重：这个世界上，真有不记仇恨、不计个人恩怨的纯洁心灵，有如一潭清澈的泉水。可他不是口念善哉的菩萨，而是面对复查矛盾的基层领导人，他似乎把自己受到诬陷、在公众面前挨打、被人在领导面前告状忘得一干二净，心中只有公正处事而没有"他对我怎么样"的恩怨纠结，更没有借机报复心理。于刚乾内心油然而生一种敬意，觉得方主任就是他今后为人做事的榜样。

方主任决定，此案暂不上报，继续找寻证据。

参会人员陆续来到公社会议室。这个会议室是地主"谦益德"家的祠堂，在四合院最北略高处的堂屋正厅。参加会议的近二十名干部，自带凳子就座。公社办公会是每月一次例会，主要汇报工作，安排布置工作任务。

干部作汇报，方主任随时插话指导。重要问题随时讨论，听取大家意见，方主任拍板决定。听完汇报，方主任讲话：

近期咱们的主要工作任务，一是总结、推广大梁大队的经验；二是纠正以前存在的"一平二调"问题。坚持人民公社三级所有、队为基础的体制，一定要突出"队为基础"，不允许搞平均主义，不允许无偿调用生产队的土地、物资和劳动力。以前，这方面的问题比较严重，挫伤了农民的积极性，做过纠正。现在，公社一级的"平、调"少了，但生产大队一级还有，要坚决纠正。今后谁搞"一平二调"，就要严肃处理谁。下面，我念一下群众反映这方面有问题的生产大队的名单，蹲点、驻队干部要负责纠正这些问题。

方主任念名单，下面做记录，会场静悄悄的，笔记本上钢笔滑动的声音都能听到。

方主任抿了一口水继续说道：公社的工作对象在社队，公社干部的主要工作方法是下队蹲点，帮助基层解决实际问题。我再强调：干部是人民的公仆，公社干部要全心全意为社员群众服务，驻队干部要与社员同吃同住同劳动，不能有任何特殊。

下面有人开玩笑说：我们知道了，向你学习，睡饲养室，吃饭时公鸡落到头上也不能打！

大家哄堂大笑。想起在于刚乾家吃饭时那只大公鸡落在自己头顶的情景，方主任也自嘲地笑出了声。止住笑，方主任继续说话：上个星期，于刚乾回大梁村，对大梁大队经验做了进一步完善，准备在"三干会"上介绍，在全公社推广。于刚乾，给你一个半小时的发言讲解，怎么样？

于刚乾站起来说：接受领导安排的光荣任务！

方主任又指着席养涵给大家介绍说：这位年轻人叫席养涵，是大梁大队农业科研站负责人，不久前在西北农学院学习，接受过农业科学技术的专业培训。从今天起，他就是咱们公社的农业技术员。以前，咱们对科学种田重视不够。农谚讲"庄稼一枝花，全靠粪当家""水是田间宝，有水庄稼好"，这些谚语都没错。但我今天要强调的是：要想收成好，科技最重要。今后，所有干部下队蹲点，都要把指导科学种田作为一项重要任务，有什么不懂的，向这位技术员请教，或者请他去大队、生产队讲解，作具体指导。

一周前，按照领导安排，于刚乾和席养涵一块儿回到大梁村，进一步总结完善大梁村的经验。

席养涵担任大梁大队科研站负责人后，积极扩大小麦、玉米种子试验田，推行间作套种，当年，大梁大队的粮食产量就提高了25%。县农业局派人进行考察，确定大梁大队为全县粮食种子试验基地。方主任参加考察，当场表扬了席养涵。不久，席养涵被送到西北农学院培训学习。学习期满，被调到公社，担任公社农技员。担任农技员一个多月，席养涵就打开了工作局面。他对各生产大队的农业技术员做了一次调整，起用了十几名下乡和回乡知识青年，并用西北农学院编写的教材举办了一期培训班。这次回大梁村搞调研、做总结，是于刚乾提议，方主任同意的。

他俩一块儿回到村子，一起考察大队办的建材厂、木器加工厂和面粉厂，了解生产、销售和盈利情况。又到各生产队，了解民主选举队长以及科学种田情况。最后，在席广田召开的征求意见会上，于刚乾把大梁大队的经验概括为五条：选好领导班子，特别是民主选举大、小队队长，建设一支带领社员战天斗地的骨干队伍；改革评工分制度，实行灵活升降的动态管理，体现多劳多得少劳少得不劳不得的分配原则；完善各项管理制度和表彰奖励制度，实行财务和工分公开，提高管理水平；创办手工业和队办工业，发展多种经营和副业，农忙务农，农闲做工，壮大集体经济；贯彻农业八字宪法，推广科学种田。

与会人员进行了讨论，同意于刚乾总结的这五条经验，以大队党支部名义向公社报告。公社革委会专题讨论后，做出了"白鹿原人民公社关于在全公社推广大梁大队经验的决定"。

公社三干会最后一天，安排于刚乾作报告，介绍大梁大队的五条经验，然后讨论如何推广大梁大队的经验。

于刚乾首先强调：大梁大队的经验是在大寨精神的指引下，在大队领导和社员们共同努力下取得的，受到县、社领导的高度重视和支持。他说：作为一名宣传员，我很荣幸，在这里给大家做讲解宣传。

接着，于刚乾详细介绍了大梁大队五个方面的具体做法和经验。他说：会前我收集了一些反映意见，想针对性地讲以下几点：

有人说，第一条的民主选举，大家都知道，都懂，而且也都在做，都在搞，怎么还作为一条经验？对于民主选举队长，我做过调查，也多次参加过选举会。实际情况往往是，大队干部在社员会上提个名，问大家有没有意见，只要有人喊"没意见"，就通过了。这叫走过场，实际上是上级任命。还有一种情况，是大家乱嚷嚷，谁先提名，谁声音大，就是谁，连个手都懒得举，还比不上解放区的选民给被选举人碗里"丢豆豆"。这样的选举也叫民主？我认为这不是真民主。大梁大队的做法，强调选举要正规，搞无记名投票，要计票；或者举手，清点举手人数。队长一年一选。最主要的是候选人的产生，由群众联名提出，或者个人志愿报名。候选人不少于两人，实行差额选举。若不称职，社员会随时罢免。大队领导在社员代表会上进行选举。这才是真正的民主。作为经验，核心是真民主，而不是假民主。

台下开始了议论。有人质问，那还要不要党组织领导？

于刚乾听到了。他说：集体所有制经济的管理原则是民主集中制。这里的民主，主要就是真正的民主选举。党组织的领导主要是保证选举的正常进行，而不是由党组织来确定人选。这也是"农业60条"里的精神。共产党的使命，是争取人民民主，是通过革命把少数人掌握的权力夺过来，然后又还给人民群众。

台下开始了更大的议论声音。于刚乾感到这是一个争议比较大、比较多的问题，他没法进一步解释，就继续讲下一个问题。

于刚乾说："农业60条"规定，社队可以办工业。可是，我们的观念是，农业生产就是搞农业，最后成了只搞农业。一个生产队，几百号人，种千亩多地，人山人海，净拿人夯。农闲时，队长没活可派，大家都闲在家里，或者晒太阳，谝闲传，多浪费！再算算账，一斤小麦一毛三分八，玉米九分六，一亩地一年打五百斤粮，收入不到六十元，扣除生产成本，撑死净落十多元，这咋能富起来？一句话，无工不富，光种地，只搞农业，永远穷。大梁大队办的建材厂、木器加工厂和面粉厂已经接纳了近二百个劳动力，已经给社员带来了收益。他们的劳动日值比其他生产大队高，就是因为办了手工业和加工业，有盈利。而且社员可以全年干活，全年挣钱。

于刚乾看到大家对这个问题感兴趣，在静静地听，就继续讲道：为农服务的手工业和副业生产一直都有，咱们可以因势利导地把它们组织起来成为社队工业。在这方面，各村都有各自优势。譬如田家湾村，家家会打铁，是不是可以办起农机具加工厂？把名字叫响，成为品牌。龙家寨的农民画家多，刺绣很有名，是不是可以办起刺绣、服装、装饰厂？藤家寨、坡头村木匠多，很有名，是不是可以办木器加工厂、雕刻厂？鲸鱼沟出芦苇，有藤条，徐河、王河、东西巩村可以办编织厂。香村搞电焊、修理的人多，可以办农业机械修理厂。还有化工、化肥、农机具、建材、五金厂都可以办。搞多种经营，村村、队队都可以办养猪场。白鹿原水库周边和沿河一带，可以养鱼养虾，种植莲菜、水果等。社队有了工业、副业，集体经济自然会壮大起来。

台下响起了长时间的掌声，大家以为于刚乾讲完了。

于刚乾说，还有科学种田，咱们请公社农技员、原大梁大队科研站负责人席养涵讲话。

席养涵从大梁大队科学种田的实践讲起，强调了科学种田的重要性，最后提出，搞好科学种田，大梁大队的经验是：建立制度、选好人才、加强培训、推广落实。然后，他又对这四条作了详细解说。

方主任最后讲话说：各大队、生产队，要把推广大梁大队经验作为当前学大寨的一项主要工作，抓实、抓好、抓出成效，提升全社的管理水平，改变白鹿原的农业面貌。

三干会结束后的当天晚上，于刚乾和席养涵在一起，谝到了半夜。

席养涵说：你那五条概括得好，抓住了当前的主要问题，符合实际，有普遍意义。你这脑瓜子，还真有点灵！

于刚乾说：你别吹我！这经验前后总结了一年半，是集体成果。其中，有你，有咱大，有咱们学习小组成员的共同努力，还有尹宝石的贡献。

席养涵说：对，是集体成果！但提出问题、发现问题，然后分析问题也很重要，或者更重要。你说怪不怪，农业生产中的这些问题，多年来都在那儿明摆着，都看得到，但为啥都熟视无睹？这恐怕与人的惯性思维、思维定式有关系，宁愿顺其自然，也不想努力改变。

咦！成了西北农学院的学子，说话就不一样了！于刚乾说：其实，最初提出问题的还是咱大，他问咱们有没有办法治懒。前年秋收，我一边下队劳动，一边注意做调研，发现问题，和你睡在一个炕上慢慢谈，慢慢就找到了解决办法。

养涵说：好，不讲你的成绩了，不捧你了，给你浇点凉水行不行？

咋不行？行得很，倾盆大雨浇我都行！

席养涵说：有些制度，在大梁村可行，在别处不一定行。制度，不仅要管群众，更要管当权者，更主要的是限制权力。我不相信，当领导的都欢迎你这五条？谈民主集中制，有人要民主，有人要集中，互相打架，原因是有人公心有人私心，看问题的立场不一样就会产生矛盾。你说的那个民主选举，两个候选人，搞竞选，有可能把领导看上的人选不上，把领导讨厌的人给选上。最后很可能说你只要民主不要集中，甚至给你扣上不要党组织领导的帽子。

于刚乾开始仰睡着，听到这话，猛坐起来，瞪大眼睛问席养涵：有这么严重？

这不是我说的，是今天会场上就有人提问的。

我听到了，而且做了解释。刚乾继续说：最近我在读主席的《矛盾论》，这样的提问是不懂主要矛盾和矛盾的主要方面。当前最主要的，就是要把能行人选出来当领头人。

你就这样给大家解释，看有没有人说你是书呆子！席养涵说。

以前，我只想着咋样正确咋样来，没想这么多。想听你的，你说咋办？

很简单，顺其自然，哪个大队愿意搞民主选举咧就支持，不愿搞就拉倒，不要勉强；你个人不要锋芒毕露，不要强调真民主。说完，席养涵又补充说：最近我看一本哲学书，讲道家的无为而治，大道无为，主张道法自然，推崇中庸之道。我想，这对咱们今后为人处世很有启发，处人处事要中庸不要极端。

于刚乾不大同意，说道：中庸之道，就是不偏不倚，折中调和，讲全面不走极端，好像也符合辩证法。但讲全面不讲重点，不讲主要矛盾，也不符合辩证法呀！我总感觉，考虑问题太全面了，顾虑就多，顾虑太多就怕这怕那，怕这怕那就啥也干不成了。民主选举是大梁大队的主要经验，也是搞好生产要解决的主要问题，咋能顺其自然，或者说迎合落后？我驻的大队、生产队，一定要搞真正的民主选举。

你要坚持，我也没办法，不过要小心有人使绊子，小心栽跟头！席养涵不想再争论，就说：累了，睡觉！还是打对脚，但是你别乱蹬。那次你的脚趾戳了我的鼻子，我鼻子疼了好几天。

刚乾说：睡着了哪知道脚蹬了还是没蹬？你的脚也戳过我的鼻子。

公社三干会结束后，于刚乾住进龙家寨村，整天背个草帽，到各生产队了解情况，和社员们一起下地劳动。

鲸鱼沟在张家河段有一水库叫白鹿原水库，水库沿河向东，经马家沟、鹿走沟、天河到伏峪；向东南，经徐王河、大梁村、龙家寨，止于徐家原，这条沟叫大梁沟。龙家寨距大梁村二里多路，沟里有一百亩地的水田。于刚乾小时候在水田旁的銮川学过游泳，抓过小鱼、螃蟹，对这里的一草一木都非常熟悉。

春暖花开，阳光明媚，龙家寨三队社员在水田插秧。于刚乾来到地头，挽起裤腿，走进泥水地，跟着社员一块儿插秧。一条蚂蟥钻进他的右腿肚里，他急忙用手抓住向外拔。蚂蟥很滑溜，越拔越向里钻。队长走来，啪啪啪，在刚乾的腿肚上连扇三巴掌，蚂蟥自己退了出来。大家哈哈大笑。于刚乾有点不好意思地说：我咋不知道这个"窍"！

在劳动中，于刚乾很快掌握了全大队和各生产队的基本情况。他与大队革委会领导交换意见后，安排了各生产队民主选举队长的具体时间。在健全了大队科研站和各生产队农业技术员队伍后，他安排了包括生产队干部参加的农业技术培训班，请席养涵讲课。他轮换到五个生产队蹲点，和队干部一项一项地研究健全管理制度、分配制度、财务公开制度，改革评工分的办法。

公社干部到各大队工作，都在社员家里吃派饭，每天三顿饭付三角钱一斤二两粮票。二三月青黄不接家家困难，但都把给干部管饭当光荣事，尽量把饭做好。公社要求干部"社员吃啥咱吃啥，不能有任何特殊"，但管饭人家总怕饭不好惹人笑。有一户人家管饭时，给干部盛了满满一老碗稠苞谷糁，一碟酸菜，然后端来几块白面锅盔。那位干部怕剩饭影响不好，就先把大老碗的苞谷糁吃完了。主人劝他快吃馍。他指着自己的肚皮说，吃饱了！村里人笑话这家主人吝啬，主人说：还有比我更吝啬的，不上锅盔馍，爱吃不吃！还有不愿意给干部管饭的，派不出饭。

派不出饭，没人愿意给干部管饭？于刚乾心想：这可不是小事，说明群众有意见，对干部本人或者对上级有意见。我一定要在群众中树立好形象，不能在我身上出现派不出饭的现象。

为了解田秘书的去向，于刚乾主动提出到田秘书家吃派饭。

田秘书以前是农家寨村的民办教师，后来调到公社任秘书。他爱人花美丽，性格开朗，大大咧咧，出门爱打扮，头上戴枝花，而屋里乱得像团麻。有一次，有人叫她"花美丽"，她答应"哎"。从此，越来越多的人都叫她花美丽。时间长了，她的原名倒鲜为人知了。队长给花美丽派饭，心直口快的她说家里没面了。队长说那就另派一家。她说不行，我借面也要给干部管饭。收工后，花美丽去鹿鸣村孩子舅家借了几碗面，要了一瓶辣面子，当晚就发面蒸馍，熟油泼辣子。

第二天于刚乾到花美丽家吃饭。她家后门里有一间小厦房。脚地中间，陈旧的木质小方桌上放一盘白蒸馍，一小碟辣子蘸汁，一碗苞谷糁子和一碟自家腌的酸菜，桌旁放一只小木凳。于刚乾坐在小凳子上准备吃饭。花美丽坐在不远的门槛上，用芭蕉扇子打苍蝇，驱赶抢食的鸡。

于刚乾把白蒸馍掰开，中间有三根长长的头发连着。他若无其事地抽去头发，蘸着辣子水开吃，和花美丽拉起了家常。刚乾问：娃他爸呢？

没咧！花美丽这话，一般理解是指人去世了，或者是丢失了，找不着了。

咋丢的，要不要我们帮忙找？

花美丽没好气地说：死咧！接着她叮咛刚乾：你快吃馍！

俩孩子坐在灶前，手拿黑馍眼睛看白馍，嘴不自觉地蠕动着。于刚乾看到案板上全放着黑馍，他把白馍递给孩子，从案板上拿了一个黑馍，也不看里面有没有头发就吃了起来。

花美丽说：咋能让干部吃黑馍？于刚乾说：不怕你笑话，以前我吃过苞谷芯子，吃进去拉不出来。现在，白馍黑馍都是好馍。

过几天回公社开会，于刚乾在职工灶上买了两份红烧肉带回村，一份给房东老太，一份给花美丽的孩子。借机会，于刚乾问俩娃：你爸呢？孩子贪婪地吃着肉不回答。他又问花美丽，花美丽只说：死鬼突然不见了，我也不知道，钻地缝咧！花美丽似乎真不知道田秘书的去向。

秋收过后，于刚乾进驻南鹿村。

在和大队干部研究过民主选举生产队长、评工分办法和科学种田问题后，于刚乾了解了村子的业余剧团情况。南鹿村从前也排练和演出过秦腔《红灯记》，可以与大梁村演出的《红灯记》一争高下。于刚乾的那位初中同学扮演李铁梅，后来当兵走了，剧团随主要演员的走散也垮了。一个月前，在公社的一次会上，为普及样板戏，有人提出搞层层比赛的群众运动，于刚乾提出抓几个典型。意见不同，发生了争论。方主任没有表态。为抓好这方面的典型，于刚乾建议南鹿村恢复建立业余剧团。大队领导知道于刚乾在县剧团工作过，就很快搭建了业余剧团班子，让于刚乾做指导。

有一天，于刚乾走在南鹿村的街道上，一位女孩站在他面前挡住去路。于刚乾拐弯，女孩也拐弯。刚乾才注意到，这位女孩不仅脸蛋漂亮，而且身材很美。女孩大大方方地说：我是下乡知青汪桂珍，听说大队组建业余剧团，我想参加。我会唱戏，会演李铁梅。于刚乾有点局促地问：你找过团长没？她回答说没有，我家是地主成分，怕领导不同意，才找你。和漂亮女孩单独在大街上谈话，于刚乾感觉街道两旁的人都在看，他红着脸说：你找他们，就说我让找的。他一边说话一边迈开脚步匆匆离去。

两天后，这位女孩的妈坐在于刚乾家的炕头，和刚乾妈说话。她说：我女儿是城里长大的，长得咋样，都说我娃是洋娃娃，不用我夸；她和刚乾见过面，也说过话。我女儿看上你娃咧！我家成分高，不便托人提亲，我就亲自上门了。你给娃说，愿意了咱们就结亲。我家不要彩礼，今年结婚都行。

喜事临门，不要彩礼，而且很快就能结婚，真是好事呀！但刚乾妈不知咋回答,只说:好,好,我告诉孩子!她客气地把客人送出门。

原来,这位漂亮姑娘是汪地主的女儿,从小住在西京城她伯父家里,在城里读书、城里长大。此前响应知识青年上山下乡号召,她才回到农村老家。

刚乾回到家,妈告诉他有人提亲。刚乾漫不经心,没接话。妈接着说:女孩你见过,是汪地主的女儿。

听到是那个美丽动人的女孩,想起在街道的对话,刚乾不自觉红了脸,动了心。难道又是一见钟情?"事业为重"的话突然在他耳边响起。想到招工、提干政审表中有"未婚妻家庭成分"一栏,于刚乾犹豫了。在注重社会关系的年代,未婚妻的家庭成分会影响个人前途。她若生在贫下中农家庭多好,老天怎么总不给人以完美!思考再三,于刚乾回绝了这门亲事。

在白鹿原万人大会之前,汪地主被抓,和于刚乾关押在一起。于刚乾问他被抓的原因,他只是摇头不说话。大会前一天晚上,汪地主和田秘书同时失踪了。于刚乾想:汪桂珍,可能是找到田秘书去向的一条线索。于刚乾想去汪地主家直接了解情况,又感到不妥,刚刚拒绝了她家的提亲,咋好意思再登她家门?

于刚乾安排大队干部去汪地主家。大队干部问桂珍妈:汪地主去了哪儿,怎么好久不见他人?桂珍妈反问道:你们把他拉走了,我正要问,他人在哪里?是死是活,你们给个话!大队干部无言以对。于刚乾想以工作名义单独见汪桂珍,但心里有点怯,怕自己真的爱上她,然后舍不得她。大学试点招生的消息唤醒了于刚乾上大学的愿望,他喃喃自语:事业为重,死了这心思吧。

在南鹿村,于刚乾再也没见到汪桂珍。后来于刚乾知道,这是自己命运的一个十字路口,是命运攸关的关键选择。他不自觉地选择了此后的奋斗,而不是远离家乡奔走海外的未知。

春节过后,于刚乾进驻鹿鸣村,指导鹿鸣大队的工作。

鹿鸣大队一队选举生产队长,两名候选人,一名是上面提名,另一名是个人志愿报名者。大队干部开会研究,多数人不同意搞差额选举,也不同意志愿报名的人选。于刚乾发言说:选举权是一队社员的,还是让一队社员自己决定吧。驻队干部坚持,其他人不好反对。一队如期举行了选举,结果那位志愿报名者当选队长。

半个月后,鹿鸣村大队召开社员代表会,选举队委会(社员们习惯沿用队委会叫法),然后由队委会选举产生大队主任、副主任。公社的原则是:按照一元化领导体制,党支部书记必须进入队委会,并且担任大队主任。

选举中,二队队长、比于刚乾高一个年级的姓马的同学志愿报名参选,并发表了演说,提出了发展队办工业的五条措施,与会代表热烈鼓掌。于刚乾在讲话中强调要严格执行选举纪律,实行无记名投票,并设了投票箱。投票结果,姓马的当选委员,而现任党支部书记连委员都没选上。

支部书记很生气,指着于刚乾说:你胡闹!你是想把你同学选上,故意找我茬,有意整我。说着,他甩手离开了会场。

一个月前,方主任安排于刚乾调查鹿鸣村群众反映的"一平二调"问题。于刚乾调查结果是:鹿鸣村大队先后抽调各生产队八十六人次的劳力,修筑大队部院墙、道路,其中抽二人次给书记家修茅房,都是生产队记工分,大队没有付酬。于刚乾要求支部书记公开检讨,并按大队劳动日平均值,给各生产队付费。支部书记很有意见。他拒绝检讨说:大队使用生产队的劳力,这算啥问题?要我做检讨,不可能!

新的队委会投票选举,姓马的居然当选大队主任。大家瞪大了眼睛:姓马的还不是共产党员呀!党的一元化领导怎么体现?

这可是政治性的大问题,于刚乾一怔,不知咋回答。停了停,于刚乾问大家:选举程序有没有啥问题?与会人员说没有。于刚乾说:那好,我现在就去公社向领导汇报、请示。

方主任听了于刚乾的汇报,皱了皱眉头说:我再考虑考虑。于刚乾感到自己给领导出了个大难题。

回到鹿鸣村,于刚乾听到了关于自己的闲言碎语。有人说:都是因为于刚乾的引导,才把党支部书记给选掉了,把他同学选上了,是徇私情。有人质疑说:于刚乾不是共产党员,有啥资格指导生产大队的工作?应该宣布选举无效。

午饭时间到了,还没有人叫于刚乾吃饭。于刚乾一问,才知生产队没有给他派饭。于刚乾只好到鹿大妈家去吃饭。有人传说:鹿鸣村不欢迎于刚乾,没有人家愿意给他管饭。于刚乾这才意识到问题的严重。自己以前说过：没人愿意给干部管饭，这是干群关系出了问题，是大问题。于刚乾心明如镜，问心无愧。但是给我"派不出饭"，没人愿意给我管饭这名声，我咋能背得起？

回到公社，于刚乾打开房门刚坐下，门卫老头交给他一张字条说：你看看，这上面的话好像是说你的。于刚乾看了字条后吃了一惊，随口说道：满嘴喷粪，胡说八道！

原来是有人在公社大院散发字条，上面写着：于刚乾推广大梁村经验很积极，实际上在宣传他自己；于刚乾有野心，他到处找易建设的问题，想把易建设"搞下去"，然后自己"补缺"，想当领导；撇开党组织搞选举，就是不要党领导。看了字条，于刚乾非常生气，想了解是谁干的。

稍后，于刚乾冷静下来，没有作声，没有反应。他在想：调查小字条是谁写的有何用？知道是谁写的又能咋样？只要自己行得端走得正，半夜不怕鬼敲门。想到这儿，于刚乾坦然了许多。但内心仍然很憋屈，实在忍不住了，他就去找方主任。

于刚乾端坐在方主任对面，扁着嘴不说话。看到于刚乾的表情，方主任说：有话就说，在我这儿不用憋。

于刚乾开口说道：按照"农业60条"精神，选举大队队委会和队长是社员们的权利。以前搞上级任命，本来就不对。在这方面，咱们刚刚做了一些工作，怎么就被扣上了"不要党领导"的大帽子？这工作以后咋推进？

这没头没尾的话，方主任听懂了。但他避开话题半开玩笑地说：咦！第一次见小伙子发急上火，挺好看的，继续！

于刚乾简要汇报了鹿鸣村选举情况和一些人的反映意见，接着说：我不急不火了，听领导的。

方主任问：有哪个领导找你谈过话，指出你工作有问题，给你扣帽子了？于刚乾憨笑着说：没有！

这不就得了嘛！下面的这点议论你就受不了咧？放到以前，若批判你，给你戴高帽子，在全公社游街，你还活不活？

于刚乾不好意思地挠了挠头。

方主任继续说：推广大梁大队经验，是公社的决定，出问题我负责。集体经济，靠的是集体智慧和力量，要实行民主管理，搞民主选举，这个原则不能动摇。但基层民主是一个渐进过程，究竟采用咋样的选举方式好，不要一刀切。大梁大队的经验也不是一刀切嘛。具体采用哪种选举方式，我的意见是，生产队提方案，提出候选人名单，然后大队党支部研究确定后进行选举。生产大队的选举也这样，大队提方案，由公社批准。党支部书记，是当然的大队委员、大队主任，要在选举中体现和保证，这也是选举原则。这样，是不是就把民主与集中、民主选举与党组织领导统一起来了？你说呢？

于刚乾敬佩方主任既讲政策原则，又有解决实际问题的能力。他感到，尽管这不能完全体现民主，但也不失为解决现实问题的好办法。

方主任说：下次会议我讲讲这个问题，统一大家的思想。鹿鸣村的选举，是无记名投票选举的，程序没问题，选举结果有效。党支部书记和大队主任分别由两人担任，作为特例，下不为例。（按：此后有人把这个问题反映到县上，县领导认为这不符合一元化领导原则，对选举结果做了纠正，姓马的改为副主任，主任仍由党支部书记担任。）

方主任继续说：我也听到了，有人质疑，不是共产党员咋能指导下面的选举工作？这个质问不对，因为这不是党务工作而是政务工作，不是党内选举而是社员选举，非党员干部代表公社可以做工作指导。你不用顾虑，大胆工作。

喝了口水，方主任继续说：有人散发传单的事，你也不必在意，说的那些话谁信？光明正大地实名举报或者写小字报，可以；但是如果匿名发传单，恶意伤人，这人品就不好。但也没必要去追查，没必要纠缠在其中。人呀，心要大，不要在意别人怎么说怎么看，而要在意自己做得对不对；太在意别人的议论，就会改变自我，把人变得谨小慎微起来。谁人背后无人说，哪个人前不说人？做好自己该做的，至于是非曲直，自有公道。相信组织吧！

话是开心的钥匙，方主任的一席话解开了于刚乾的心结，他心想：跟着这样的领导，不仅能学习他做人做事的方法，而且能提升自己的思想境界。

想到席养涵讲中庸之道，提示自己"防栽跟头"，于刚乾感到这个兄弟还真有先见。中庸之道是强调中正中和，不偏不倚，纯正自然，但实际工作生活中，可能有人往往为追求"你好我好大家都好"的一团和气，不讲原则，世故圆滑，甚至以牺牲人民群众利益为代价，搞交换。于刚乾心想：我一辈子学不来也绝不学这一套。方主任的大方率直，心底无私，才是我于刚乾的榜样。讲中庸之道，关键要站稳人民群众立场。想到这些，于刚乾轻松了许多。

方主任问刚乾还有啥事，刚乾说没有了。其实他还有一件大事：想上大学。最近，于刚乾看到大学开始试行推荐招生的新闻报道，这唤起了他上大学的梦想。因此他想回到自己行政关系所在单位工作，接受考验。他又一想，刚受点挫折，就说离开的话，有负领导的期望。到口边的话，刚乾咽了下去。

半个月后，于刚乾把上大学的愿望向方主任作了汇报。方主任说：年轻人有理想有抱负是好事。根据你的情况，是继续在公社工作，还是回粮食部门，然后争取上大学，你把可能与不可能的因素都想想，再做决定。

于刚乾点头，实际上他心意已决。方主任又问道：易建设问题的调查进展情况怎么样？于刚乾说：我已经找到了证据。

第三十四章　　找寻证据

两个多月前，在公社小会议室，于刚乾与易建设谈话。

于刚乾不久前还是生产大队的一名干部，现在却以组织身份和自己谈话，令易建设心有不悦。但他没有表现出轻慢，而是含笑带恭维说道：教育活动时还是个学生娃，一下就坐在了这个位置，后生可畏呀！

于刚乾回话说：易副主任这几年也是拾级而上，一路顺风。言归正题，今天我履行公务，和你谈几个问题，希望配合顺利。

于刚乾先谈易建设"包庇土匪丁德让的问题"。

易建设回话说：首先说明或订正一下，丁德让解放前参加过土匪活动，但至今没有查出他大的罪恶事实，没有给予政治定性，因此他不是"五类人"。其次，在教育活动时，丁德让还谈不上是土匪，因此谈不上包庇土匪问题。第三，那时我和丁德让无亲无故，没有任何包庇理由，何谈包庇？当时有人向我反映过丁的问题，我给工作队长也做过汇报。队长和我都认为那不是当时的工作重点，因此不想安排人员作调查。即使他是土匪，也是我们有意不理会而不是包庇。

于刚乾碰了"钉子"，感受了"下马威"，他心想：这个易建设，不愧是副社长、副主任，厉害，领教了！坐在这个位置与人说话，对政策性、原则性、语言表达的逻辑性、准确性，都有要求。看来当国家干部，应对易建设这样的人，还真不是件容易事。

于刚乾又看了一遍自己准备的提问，考虑怎么应对。他停了停说道：

是的，公安函件没有将丁德让定性为"五类人"，只是参照五类人实行内部管理。就是说他在历史上还是有问题的，说他过去当过土匪或者是土匪也没错。教育活动时有人反映丁的问题，但你们没理会，原因是这个问题不是工作重点。这在道理上也对也不对，因为你应该将群众反映信转给受"理会"的部门——公安部门，而你没理会就不对了吧？当时你们非亲非故，后来他成了你的丈人，至于你们关系什么时候转换以及转换过程对"理会"还是"不理会"有没有影响，就不抠了，也抠不出啥名堂，咱们也不理会了。我承认，用"包庇"提问欠妥，把"包庇"改成"有人怀疑"，可以吧？

易建设心里佩服这个年轻人思路清晰，心想：我以前也想用其所长，但他有点犟。公社三干会上我公开批评过他，他会不会记恨我？白鹿原大会上，我把他从"受教育"的陪桩位置撤了下来，他好像没领我的情。

既然你认为不存在包庇，好，那咱们谈下一个问题。于刚乾说：你讲一下，万人大会上安排"受教育"，或者叫"陪桩"的决定过程。

易建设没好气地说：我不是一把手，你找当时的一把手问去吧！

领导班子的一把手是公社社长，易建设是副社长，方副社长当时在省委党校学习。

但你是分管武装和公安工作的，你有义务说明情况。

易建设推辞不过，就说道：因为案发在白鹿原，案犯是白鹿原人，因此安排大会在白鹿原召开，由白鹿原公社筹办。在筹备会上，有人提议拉一些破坏分子作"陪桩"，还说以前有先例，外地也有，震慑作用大。我表示反对，说"陪桩"的人一般是罪犯。他们不听,说开大会也是群众教育,破坏分子更应该受教育,后来就把"陪桩"改成了"受教育"。

于刚乾问道:"受教育"人员名单是咋样确定的?

易建设回答说:我只知道有人说汪地主不老实,想翻案;说你和你爸"破坏选举"。我说你爸年纪大了,就把你爸的名字拉掉了。我有事,离开了会场,其他情况不了解。

于刚乾要求易建设提供证据。易建设说有会议记录可以证明。

问会议记录在哪儿?易建设回答在田秘书那儿。问田秘书人呢?易建设说:开大会的前一天晚上,汪地主跑了,田秘书也不见了,不知道去了哪儿。

当时参加会议的共五人,田秘书去向不明。于刚乾询问了其他三人,其中两人都说"记不清",也可能是推脱,不想说。当时的公社社长说:参加会议的人全都赞同。这也有可能是为了减轻他个人的责任。于刚乾想,还需要再找物证,找会议记录。

于刚乾说:好,这个问题继续调查。现在你说说丁锁柱的问题。

丁锁柱姓丁,与我有何相干?易建设还是没好气地回话。

好,那咱们说具体事。刚乾问道:丁锁柱是大梁大队社员,怎么到了公社,当了临干?

这是我安排的。易建设直言不讳地说:他枪法准,我就安排他到县上训练,训练结束就把他留在了公社。咋咧,有啥不对?

于刚乾不置可否,继续提问:穆三成了植物人,你当时知道不知道?知道以后是怎么对待、处理这件事的?

易建设说:大家都说是踩踏误伤,伤了罪犯,这算啥事?难道一定要求我找到一个"他伤"的人,给定罪?

于刚乾仍然耐心地说道:现在已经证明是他伤,不是误伤,是恶意为之。这个人就是你的大舅哥。你怎么解释?

谁干的谁负责。你们不会怀疑是我指使他干的吧?易建设还是带气说话。

没有说你指使呀!于刚乾说:但出了事,你当领导的,是追查,还是掩盖?如果知情,是揭发,还是包庇?你现在就回答,事情出来后,你追查了没有?为什么不追查？是不是故意掩盖，或者有意包庇？

易建设这才感到，事情并非与己毫不相干。他改变了口气说道：刚乾老弟，你我都是是非分明之人，我若知情，绝不会姑息迁就他，绝不会故意掩盖，更不会包庇他。一句话：我真的不知道详情。

于刚乾说：那你也必须说明，你知情以后为啥不查不究，是不是故意掩盖？

易建设态度变了，带着恳求的口气说道：就算我工作马虎，不认真，好不好？小老弟！

于刚乾汇报结束，方主任说道：这种目无法纪的做法，究竟怎么定性、怎么处理，咱们心中无数，只能上报。无论怎么处理，咱们都有必要弄清事实。于刚乾说是！那就继续查找证据，搞清真相。

有一天，于刚乾在公社大院碰到尹宝石，问他有啥事？尹宝石说：去粮站换粮票，忘了带证明。刚乾问换多少？宝石说五十斤。刚乾问咋这么多？宝石说他媳妇的嫂子要用。于刚乾知道尹宝石媳妇的嫂子就是花美丽，也就是田秘书的媳妇，他立马警觉起来。

于刚乾把尹宝石让到房间，倒了杯水，让他坐下。于刚乾说：说到你嫂子花美丽，我就想起在她家吃派饭，她给我上白馍，给娃吃黑馍的事。咦，我怎么一直没见到你娃他舅田秘书？

尹宝石一口气喝完一杯水，用手背抹了嘴巴后说：在结婚前，我只见过他一面。封礼时我问我媳妇"你哥呢"，她说在城里。结婚时我又问，她还是回答在城里。我想：不对呀，没城市户口咋能长期住在城里？后来我问她嫂子，她嫂说：死鬼死咧。前天我去她家，看见孩子穿了新衣，我感到有点特别，就问孩子：谁给你买了这么好的衣服？孩子没回答，我也没多问。

于刚乾不露声色，给尹宝石开了证明信，在办公室盖了章。看了证明信，尹宝石说道：你看我这脑子，把全国通用粮票忘了！于刚乾听到这句话，马上断定田秘书回来了。他在证明信上加注了"全国粮票"四个字，再盖了一次公章，送走尹宝石。

于刚乾急忙赶到花美丽家。到门口，他停了下来，心想，我对田秘书近况一无所知，见面怎么应对？不想那么多了，随机应变吧。

他推门进家，孩子正在脚地玩纸折叠，旁边放着一张纸币。于刚乾一眼认出不是人民币。他蹲下，一边逗孩子玩，一边拿起纸币仔细看，是港币，标有"汇丰银行"字样。于刚乾一惊，站起来，环顾一周，听到厦房内有声响，便向厦房走去。

这时田秘书正躲在厦房内，不小心弄出了声音。他从门缝看到了于刚乾的一举一动，不觉紧张起来，心想不好，我逃港的证据被于刚乾发现了，他不会放过我的。我要不要先下手为强，治住他？不，那样很危险，会出现生死搏斗。还是再等等，再看看。

紧急时刻，花美丽回来了。她几步上前挡住于刚乾的步子，招呼于刚乾坐板凳。她一边倒水一边说：哎呀，啥风把你吹来咧，贵人呀！咋样，和我侄女谈得咋样？你得好好感谢我这个媒人呀！

上星期，于刚乾到鹿大妈家吃派饭。午时，于刚乾一进鹿大妈家门，就看到花美丽，令他一阵诧异。其实花美丽姓鹿，是白鹿原鹿姓族里的女孩，也是鹿大妈的小姑子，鹿白翎的姑姑。她正在给她嫂子鹿大妈介绍一位驻队小伙子的情况。看到刚乾进门，她就给鹿大妈指着说：就是他，你看这小伙子咋样？帅不帅？配给咱白翎咋样？今天我是来当媒人的！听到这突如其来的话，于刚乾有点窘。鹿大妈连连摇手制止，对着花美丽说：你还是这么慌里慌张，不知人家刚乾有没有对象，也不知人家咋想。也没问咱娃，你就把这话摊开了，叫人面光光的，咋说？花美丽说：我打听过了，这小伙子还没有对象。嫂子，你别想复杂了，这有啥呢？今天把话点破了，以后需要媒人，就来请我；想学人家"一冯一徐"（移风易俗）搞自由，那就叫俩娃照个面，由着他们，他俩想咋的就咋的，不想咋的就不咋的。花美丽几句话就把尴尬局面摆平了，也没要求于刚乾表态。于刚乾心想，白翎还是个中学生，自己正在干事业，因此没接话茬，也没回他们的话。花美丽以为自己把话说破了，就是媒人了，因此她一开口就要于刚乾"谢媒人"。

于刚乾插不上话。他确定：田秘书回来了，就在里屋；是田秘书带汪地主逃离的，去了南方广东？不，应该是香港。他们偷渡成功了。但他为什么又回家？回家是暂住还是不走了？不得而知。

花美丽问有啥事？于刚乾避开"说媒"的话题，有意放大声说：新领导班子成立了，现在要查清当年在白鹿原群众大会上搞"陪桩"，抓了十多人"受教育"，是谁决定的，谁执行的？当时易建设是啥态度？他是支持还是反对？你转告田秘书，把当时的记录拿出来，证明事情真相。证明他人清白，对他来说，也是做好事、做善事。

花美丽连说对，对！我转告。感觉自己说漏了嘴，她又马上改口说：人没在家我咋转告？人没了，叫阎王爷去转告？

不打自招了！田秘书就在家里，怎么办？冲进去抓住他，指控他逃港？这样太冒失，直接和他发生冲突又太危险。他也可能不是逃港，而是去了别处；但若是逃港，那麻烦就大了；鹿白翎小小年纪一无所知，很可能因为这个姑父的事就一辈子抬不起头。于刚乾自责为啥这时想到鹿白翎？他决定不面见田秘书，就给花美丽留话说：我等你回话，最好今天，最迟明天！

临走，于刚乾对着地上的港币努嘴说：那可是个定时炸弹！说完于刚乾出门走了。

花美丽这才发现地上的港币，吃了一惊。港币是孩子乱掏出来的。

于刚乾的一举一动一言一语，田秘书都看到听到了。他感动得几乎落了泪，差点冲了出来想表达感谢，最后还是抑制住了冲动。田秘书想自己不露面是对的：此次回家，还要走，这时见别人等于害别人。

第二天下午，花美丽来到鹿鸣村于刚乾的驻队房间。她把田秘书的日记本和记录本交给刚乾，实话实说：我男人昨天在家里，你前脚出门他后脚就走了。你说话他都听到了，说你是大好人，非常感谢你，希望以后有缘相见。他要我隔一天，把所有事情都告诉你，把你当兄弟，你自己斟酌啥当讲啥不当讲。

花美丽讲述了田秘书的一段故事：

田秘书，1938年生，从小跟随父亲在汪家的药铺玩，与比他大八岁的汪地主关系很好。汪地主他哥在西京城经商。在对资本主义工商业进行改造前，汪哥将主要业务转到了香港。六十年代初，汪地主收到他哥接他去香港的信，并留有在广州的联系方式和资助渠道。汪地主给父母养老送终后,把去香港的想法偷偷告诉了田秘书,并约田秘书同行。有人反映汪地主有不轨行为,想翻案。在白鹿原万人大会召开前,汪地主被抓,被关押。怕汪地主受到意外伤害,田秘书就偷偷写字条给汪,约定夜晚出逃。半夜,田秘书对看管人员说有急事提审汪地主,就带汪地主出了门,连夜赶到西京城东站,爬上去广州的货车。在广州与联络人接头后,他们研究了几条出逃线路,最后从广州沿海乘渔船进入香港水域登陆,到达香港。

汪地主他哥在香港经营房地产、做商贸,很有钱。但可能是自己的问题,他一直无儿无女。到香港后一年多,他哥提出接侄女汪桂珍到香港,于是从广州寄信给汪家。信中暗示家人,有人来接桂珍,并明确写着"桂珍结婚后要与丈夫如影随形",暗示结婚后可携带丈夫来香港。汪桂珍接到信问她妈:我和谁结婚?人在哪儿?妈说:最近在咱村里驻队的那个小伙子咋样?汪桂珍红了脸不好意思地说:就怕人家嫌咱成分高。

说到这里,花美丽卖起了关子,要于刚乾猜这位小伙子是谁。于刚乾想起一年多前,在南鹿村街道碰见想参加业余剧团的那位漂亮姑娘,想到她妈上门提亲的事。他吃了一惊,原来她们有谋划,想与他成亲后,一起逃港?于刚乾摇摇头装不知道。花美丽继续说:

是驻队工作队员于刚乾!桂珍她妈对桂珍说:我娃长得好,人见人爱。你和于刚乾见个面说说话,让他对你有个好印象,其他事我去说。听说于刚乾的对象吹了,正好,正是时候。

汪桂珍相信了她妈的话。但怎么和于刚乾搭话?桂珍想了半天,最后决定在街道迎着于刚乾的面大大方方说话,谈自己想唱革命样板戏。

说到这里,花美丽又收不住嘴说:汪家姑娘比我侄女鹿白翎还漂亮,洋娃娃,不知道你咋没看上她?如果你们成了亲,这次可能把你也接走了,到南边去,享一辈子的福,说不定还能继承万贯家产,成为大老板。

花美丽说完话,冷场了。于刚乾脊背一阵阵发凉,感到可怕,后怕!他拉开门,看看外面没有人,又掩上门,带着严肃沉重的语气说:

你把话说完了?把当讲不当讲的都讲了,你倒痛快,我咋办?揭发吧,害的不止你一家人，还有你们的亲戚都会受连累，包括你侄女。不揭发吧，我的阶级觉悟哪儿去了？你说我咋办？没办法，我去报案，你投案自首吧！

说着，于刚乾手拉花美丽向外走。

花美丽没想到问题这么严重，吓得她赶快上前抱住于刚乾，生怕他真的去报案，越抱越紧。于刚乾拨开她的手，说："松开！"花美丽这才感到自己的动作不美气，像情人正在拥抱对方。她不好意思地扭捏着身子说话：我占帅哥你的便宜了！接着要跪地求饶，嘴上说：你行行好，你是大好人！

于刚乾犹豫了，他说：别这样，你站起来！他想：事情若败露了，田秘书亲戚家的孩子将来工作、入党、参军、提干都会受影响。再说了，桂珍妈上门提亲，我去田秘书家，看见了地上的港币，这些都是事实。事情若败露，我怎么向组织解释？怎么解释把田秘书放走了才报案？是知情不报还是有意包庇？唉，已经到了跳进黄河也洗不清的地步！我刚刚向组织提交了入党申请，对组织要忠诚，不能有欺骗，怎么办？于刚乾左右为难。他最后决定，宁愿自己犯错误也要保护那些无辜的孩子们，还有鹿白翎。于刚乾嗨哇一声：听天由命吧！

于刚乾郑重地对花美丽说：告诉你，从现在开始必须守住你的嘴，无论对桂珍妈、你嫂子，还是你小姑、尹宝石，谁都不能讲，听到没有？

花美丽扇了自己一个嘴巴子，没响声，说：我保证闭嘴！

田秘书带着汪桂珍离开白鹿原以后的事，花美丽没有说，她也不知道。

田秘书在约定地点接到汪桂珍，当晚乘坐去广州的火车。之前，他托人以假名开了假夫妻介绍信，方便住招待所和盘查需要。田秘书费劲地向汪桂珍说明开假夫妻介绍信的必要，并举拳头起誓绝无坏心。汪桂珍相信了。到了广州，天气湿热，田秘书实在受不了，脱掉上衣光着双膀，显露出矫健的身体。汪桂珍偷看过手抄本《少女之心》，每次想起主人公的性冲动，她也随之冲动起来。她从来没有这么近距离地接触过男人，偷眼看了田秘书光光的身子，心怦怦直跳。她上床躺下，哪能睡着？

看到这么漂亮的女孩和自己睡在一个房间，田秘书心神不宁，但又不敢造次。他突发怪想，若能"临幸"这么漂亮的姑娘，一辈子，哪怕一次，死也值！

想归想，他还是不敢，一个晚上又一个晚上地憋着。第四天晚上，他实在憋不住，脱光了衣服，壮着胆上了桂珍的床。汪桂珍双手推他，推不开。她羞涩，紧张，浑身震颤，想喊又不敢喊，喊不出声，慌乱中不知咋办。田秘书热血上涌，满脸通红，感觉全身燥热、鼓胀，一句话也不说，只是上上下下地吻，从额头、脸颊到她那细嫩的脖颈、丰满的前胸。他胆子越来越大，慢慢地下摸。她越来越松弛，瘫软，说不要，不要，声音越来越弱。他们有了第一次。事后汪桂珍哭了。

到了香港，汪家很高兴，给田秘书安排了工作。过了几个月，田秘书担心的事情终于发生了：汪桂珍怀孕了！汪桂珍向父亲、伯父解释"不能全怪他"。但汪家弟兄哪里肯听，一怒之下把田秘书关了起来。之后，连汪桂珍也不知田秘书的去向，有人说他到了新加坡，有人说去了台湾。大半年后，汪桂珍生下一个男孩，取汪姓。汪家有了继承人，全家兴高采烈，为孩子举办了满月庆宴。

汪桂珍聪明好学，进入商界如鱼得水，得到伯父信任器重。之后，她继承了伯父的大笔遗产。改革开放后，她回到大陆投资，与易建设有来往，经某领导批准，收购了注册地址在滋水县的一家省属国有企业，祥瑞金属制品厂。这是后话。

于刚乾看过田秘书的日记，看了田秘书做的会议记录。日记和会议记录都记录着易建设表示反对的话。记录上写着，易建设发言：我不同意，陪桩的人一般是罪犯，咋能随便抓人搞陪桩？作为证据，于刚乾认为成立。按照记录上在场的人名，于刚乾又找了相关人员写了证明。但是，易建设既然反对搞"陪桩"，为什么又同意或者没有反对抓人，抓我？作为公社副社长，分管公安和武装的领导，不能说没有一点责任吧？

根据掌握的材料，于刚乾很快写完了报告。于刚乾把报告草稿交给方主任。

方主任看了报告后说道：咱们只报告事实，不予定性。把报告中有没有"领导责任"，把是否"决策者"之类的话，全部删除。以公社专案组名义上报，由上级定性处理。

于刚乾说是。方主任又问于刚乾：你对易建设这个人怎么看？

于刚乾没想到领导直接问对易建设的看法。根据他对易建设的了解，于刚乾说：易建设这人，我说不准，能确定的是，这人有能力，做事较谨慎；但经常口头上讲的和实际做的不一致，口头上讲为人民，实际上往往取其所需，思想深处还是一个"私"字在作怪。这样的人有可能成为国家有用之才；但若拥有了权力而私心得不到约束，迟早会出问题。

方主任说：作为共产党员，应该斗私批修，从思想深处解决为人民还是为自己的问题。但这些案件只是用法律来度量一个公民。私心谁没有？关键看怎么对待，特别是拥有权力的人绝不能把人民赋予的权力当作个人权力，公权私用，谋取私利。

方主任接着问于刚乾还有啥事？没等于刚乾开口，方主任就说：你这段时间的工作，群众反映很好，领导也满意。我们想把你转为公社正式干部，但是干部指标还没有解冻。你想上大学，有更远大理想，这当然是好事。但又觉得你更适合做行政工作，在公社更能发挥你的作用。我们的意见，同意你暂时回粮站工作，有机会了，就上大学深造；若没有机会，再回白鹿原公社工作。咋样？

领导既考虑个人愿望也考虑工作需要，既考虑当下也考虑长远，给了自己更多回旋的余地，于刚乾很感动，忙说：谢谢领导！

从方主任办公室出来时，于刚乾抬头看到墙上挂着一顶烂草帽。这是方主任下乡时常背在身上的麦秆编织帽，上面用红漆喷着"红军不怕远征难"，外边烂掉了一圈。于刚乾想起半月前，他和方主任在吴庙村工作，晚上，他俩睡在第二生产队饲养室的大炕上。饲养员问方主任你不怕尿骚味，不怕吵闹？方主任说：我常睡饲养室大炕，宽展，舒坦。于刚乾起夜时穿了方主任的鞋，鞋烂了，里面灌进了泥水。第二天，于刚乾说：主任，你的鞋该换了。方主任说：该换了，马上换。

于刚乾退到门口，低头看，方主任仍然穿着那双烂鞋。听说方主任被调到县上担任县革委会副主任的函到了，将要离开公社。于刚乾去供销社，买了一顶编织比较细密的新草帽，一双军用鞋，回到方主任房间，他不在。于刚乾取下墙上挂的草帽，留下新草帽、鞋和一张字条。字条上写着：尊敬的方主任，知道您要调走，我拿走了您的草帽作留念。您是我、也是我们这一代年轻人学习的榜样。

得知于刚乾回到粮站工作，席养涵疑惑不解。来到粮站，席养涵进门就问：你不当行政干部了，是犯错误了，还是咋的？

于刚乾拉养涵坐在他床沿上说：这几年忙着工作，常常感到读的书太少，知识不足。《人民日报》发表文章，说大学还是要办的，要从有实践经验的工人农民中选拔学生，到学校学几年以后，又回到生产实践中去。现在各大学都在搞招生试点，用不了两年，就可能全面招生。这消息唤起了我的大学梦。我的行政单位是县粮食局，我想回白鹿原粮站工作，至少让上大学的推荐单位，粮站、粮食局的领导和同志们对我有所了解呀。

席养涵说：你的决定往往不同于别人。都知道，你现在拿的是职员工资，做的是行政干部工作。虽然是临干，但领导看重你，你在全县也有些影响，转正是迟早的事，你怎么就舍得放弃？我想提醒你，你可是初中毕业，没上高中，万一上不了大学，你宁愿当一辈子粮食保管员？

能不能上大学，确实不一定。刚乾说：全县粮食系统招收了七十多名下乡知青，优秀人才很多，想上大学的人也不少。因此，愿望能不能实现，很难说。但是我在想，人生关键时刻都有非此即彼的选择，怎么选？只能选个人最想追求、也最有意义的那个方向。至于结果咋样，不考虑那么多。为理想做了努力，不留遗憾；理想没实现也不要紧，只要不断努力，总会有机会，机会时刻在迎接着不断努力的人。至于以后有啥机会，能干成啥事，说不准，反正不断努力就行了。人生的乐趣和意义在于不断追求、不断进取的过程。钱多了、官大了，不一定更快乐，甚至有更多烦恼。唾手可得其实无意义，乐极过后会更加空虚。我信仰保尔·柯察金的名言："人的一生应当这样度过：当他回首往事的时候，不因虚度年华而悔恨，也不会因为碌碌无为而羞愧。"

听了这一番话，席养涵瞪大了眼睛说：以前我总以为我对你了解最深，今天才知道你有更深的思考。我真服了你！也眼气你的机遇：当农民，为改变农村面貌，不怕苦不怕累，最后当了民兵连长、大队革委会副主任。业余爱好文艺，居然考上了专业剧团，拿上了工资，吃上了商品粮。剧团解散了，又当上了公社干部，多好呀！我想这下你应该知足了，应该稳着点，悠着干。你推广大梁村经验有点"冒进",怕你犯错误,我给你泼过冷水,劝你"中庸"一点。听到你想回粮站工作,开始不理解。后来知道你想上大学,理解了你,但理解错了。我准备说"难怪你工作这么大胆,甚至不怕犯错误,原来你有两手准备"。现在,我把这话说出来,再收回来,因为兄弟把你看低了。你有志向,而且有你对人生的深刻理解。

其实你说得没错,我也怕犯错误。于刚乾说:大队党支部书记没选上主任,不符合体制要求,这是大错误。县领导直接纠正这错误,等于批评了公社领导。方主任没批评我,替我承担了责任。方主任调离白鹿原,以后推广大梁大队经验困难更大。但这不是主要的,我主要还是想上大学,想迎接更大挑战。

没等养涵开口,刚乾继续说道:至于初中生能不能被录取,教育改革,大学录取要求"初中以上文化",强调既重视知识,也重视分析问题解决问题的能力;既有笔试,又有口试,当场检验你的思维和应变能力。按新的招生要求,你说我是初中生还是高中生?是信心不足还是更有信心?

养涵说,这次我真把你服了,不仅理解你,而且还要向你学习。

刚乾说:不客气,咱俩谁跟谁?其实,你考虑问题审慎周密,做事求真务实,踏踏实实,一步一个脚印,这是你的优点、长处。你也有你的人生观点,就是切合实际、顺其自然地做事,水到渠成地收获。这是真心话,不是奉承话。

第三十五章　双重考验

夏收过后,7月的一天,火红的太阳挂在空中,地面被晒得滚烫,没有一丝风,大地像蒸笼,热得人喘不过气。正午时分,社员们放下碗筷,把晒得滚烫的小麦推成堆,装进粮袋,捆在独轮车、架子车上,吱吱扭扭地从四面八方送到白鹿原粮站。从粮站门口向南、向西、向东,三条送粮长龙蜿蜒伸展。粮站门口,挂着"热烈欢迎社员群众踊跃缴售爱国粮"的巨大横幅。

五百万斤仓容的白鹿原粮站,占地五十亩,位于南原沟岸不远处,在西巩村和南鹿村中间。粮站大院，摆放着四个过粮称重的大磅。缴纳爱国粮的社员群众排着长队，人头攒动，熙熙攘攘。"验粮通过了！"缴粮的人群激动地喊起来，接着又排队过磅。过完磅，沁着汗水、光着膀子的青壮年人捐起一百多斤重的麻袋或粮桩，踏上粮垛，踩着木板，来到接近屋顶的粮堆上，解开袋口，金灿灿热乎乎的麦子流进如山的粮堆中。

大梁一队的缴粮队中，尹宝石头戴草帽手拿毛巾，不停地擦着汗水。他在前拉车，媳妇在后推。看到有人解开口袋双手掬麦子换梨瓜蹲在地上吃，尹宝石流了口水。停下车，他媳妇解开口袋取麦子想换瓜，尹宝石制止说：我现在是副队长，咋能带这个头？他去井边舀了一铁瓢凉水，咣咣咣，一口气喝了半瓢，剩下的从头浇到身，嘴里喊爽，爽！然后再舀一瓢递给他媳妇。

于刚乾看到尹宝石给头顶浇凉水，急忙提着一壶热水赶来制止。他站在一个架子车上给大家喊话：大哥大姐大叔大婶们，大院子有热水，千万别猛喝、猛浇凉水，防止把肺"激"炸咧！于刚乾回到白鹿原粮站以后，很快投入到紧张的夏季公购粮收缴工作中。他主要负责为群众服务和维持秩序工作。

负责验粮的徐保管员，用扦样器随机抽样，手捏麦粒一颗颗准确无误地扔进嘴里"口验"，听嘣嘣的声音，就能判断水分含量，很准。验了十几个袋子后，徐保管员毫不含糊地说：大梁一队麦子，水分超标，拉回去再晒！

几十号人在大太阳底下忙活了多半天，听到不合格的检验结果，气上心来。尹宝石说：我们不信！保管员叫来检验员，检验结果，还是水分超标。尹宝石又说：仪器有问题！其他人也跟着起哄，把保管员拥挤在人群中，要保管员说"合格"。于刚乾怕引起冲突，就站上麦垛向大家招手。大家认识刚乾，静下来听他说话：

大哥大叔们，粮站储粮对水分要求很严，因为水分超标粮食会霉变，安全责任很大，请大家理解！这样吧，再检验一次，你们派人看；若还超标，不用往回拉，只留下一个人看管，明天就在这里的平台晒。我负责安排，好不好？

社员中有人也学徐保管用牙验粮，嘴里发不出"嘣嘣"声，就劝大家：咱们听刚乾安排吧。尹宝石留下来，其他人都回家了。

保管员继续检验下一个。直到晚上，过完最后一磅秤，已经快十二点了。擦洗过后，于刚乾拉了一张芦席铺在院子平台处，拿了两个馒头，和尹宝石一人一个。俩人躺在席上，仰望星空，一边吃馍一边说话。

一阵微风吹过，一丝凉意，一阵爽快，尹宝石滔滔不绝地说起了村里的事：席养涵订婚了，女娃叫王桂英；申严启、齐民生都上学了；闫银堂在部队当了排长，找了个漂亮媳妇；聂老大彻底瘫了，一辈子完咧；丁锁柱坐了牢，听说在砖瓦窑劳教；丁德让骂女儿"厌女子，不回家，结咧婚就把妈爸给忘咧"；金玉秀生了娃，和丁德让吵过几次架。

于刚乾问为啥吵架？没有回答。一看，尹宝石呼呼睡着了。

皓月当空，繁星似锦，看着浩瀚的星空，于刚乾开始放飞思想：

这宇宙到底有多大？很大，据说是没边没沿。没有边沿，无限大，无限大到底是多大？无法理解，搞不懂。那么多星星，上面有没有人，和地球人一样不一样？他们吃饭吗，生产吃的穿的用的吗？有没有哪个星星上的人，不吃饭，也不生产，他们活着，只是为了别人快乐自己也快乐？不可能！所有星球上的人，都要吃饭，也要生产；所不同的是，有的星球上的人，为了生存互相争斗，你死我活；有的星球上物质充裕，同享同乐，人与人和谐相处。于刚乾想，地球人将来会不会也这样？

看着想着，于刚乾睡着了。

紧张的夏季收缴公购粮任务告一段落，保管员的日常工作放慢了节奏，主要是为实现无虫害、无霉变、无鼠雀、无事故的"四无"搞监测，灭鼠灭虫。有了更多学习时间，于刚乾很高兴。他借来高中数理化，还有一本《马克思主义政治经济学》，如饥似渴地学起来，一边读一边做笔记。

于刚乾看到《陕西日报》刊登《空气发酵饲料养猪好》的文章，就想到清扫、收装起来的十六袋地脚粮，高兴地跳起来。他把报纸拿给站长看。站长问：要我看这干啥？于刚乾说：咱们养猪，把地脚粮利用起来，好不好？站长问：脏兮兮的，谁来养？于刚乾说：这个你别管。你只说，同意不同意？

在推广大梁村经验期间，于刚乾曾向公社"学大寨办公室"提交过一个在全公社推行养猪计划。现在，他想利用地脚粮亲自养猪，做实验，积累经验后向全公社推广；同时，也为粮站增加收入，节约保管费用。站长拍了拍刚乾的肩说：看你的。

于刚乾买回两口大缸。在缸内加湿的饲料中，插入两根高低不同的管子；管子的下部穿过湿饲料，保持空气流通；然后密封缸口，缸内空气循环流动起来，饲料自行发酵。经多次试制，于刚乾成功了，饲料发酵效果很好。他和炊事员一块儿去集市买回六头小猪，开始喂养。发酵饲料，猪爱吃，吃了就睡，贪睡就长得快。

有一天，于刚乾挽着裤腿正在猪圈里清理猪粪，有人告诉他，家里出事了。不知啥事，于刚乾急忙脱下工作服赶回家。

于刚乾一进家门，看到爸躺在土炕上呻吟。原来是他端梯子上房，补换漏雨的瓦片，不小心从房檐上滚了下来，摔在地上，肋骨骨折，腰椎疼痛难忍。

于刚乾问明情况，急忙赶到白家小村，请来有着家传秘方的老中医白先生。白先生眼一看，手一摸，压压疼痛部位，断定于恭让三根肋骨骨折，椎间盘损伤移位。他立即采取了复位、固定、用药等措施。白先生又把了把脉，诊断于恭让患气管炎、肺气肿。刚乾妈说：对对，他平时也咳嗽，咳痰，一口痰上不来，就憋得满脸通红，像断了气的样子，把人吓死咧。白先生说：他脉沉细弱，属阴阳两虚，脾肺肾都有毛病；下元特虚衰，因而痰浊上泛；大补不宜，温补也难。最后，白先生给了个单方：二两白酒打两个鸡蛋，冬至时埋入地下二尺深，九天后取出；连埋九次，内服八十一天。后来于恭让照此方法，连用两年，咳嗽、气喘居然好了。

送走白先生，于刚乾看到父亲瘦弱的身子和因疼痛而扭曲的脸，他心里难过。于刚乾现在月工资三十八元。他每月给母亲十二块钱，叮咛他们买点肉、菜，吃好点、多吃点，希望爸妈增加点营养。爸对妈说，你把钱给我。妈问干啥？爸说，现在还有两个光葫芦没媳妇，咱这两间烂房快要塌了，谁家姑娘能看上？好赖也得盖成三间吧！妈把钱给了爸。爸叮咛妈保密。拿到钱，每逢集，爸就步行十五里路赶到焦岱集上买几根椽檩，扛在肩上，哼哧哼哧，爬坡上原。很累很渴时，他就手掬河水喝，冬天也喝。不知哪一次，他喝出了毛病，咳嗽，越来越厉害。看到盖房的备料，于刚乾问爸：你买这些东西哪来的钱？爸编不出来由，说了实话：他们没给自己买过一分钱的肉和菜。于刚乾没责备他们，他知道爸妈一生都在为儿女考虑，从来没顾及自己的身体。

安排好对爸的照顾，于刚乾回到单位，全身心投入工作和学习中。他养的猪又大又肥，最大的一头猪二百三十斤。他把自己的实验结果和在全公社推广养猪的计划向公社领导作了汇报。公社学大寨办公室在白鹿原粮站召开了一次现场会，于刚乾在会上介绍经验。于刚乾讲道：空气发酵饲料成本低，制作简单，效果好，可以大力推广，一定能带来好收益。接着，于刚乾介绍了制作空气发酵饲料的方法。大梁大队等二十多个生产大队派人参观学习。

尹宝石也参加了学习。临走时于刚乾问尹宝石：我爸我妈最近咋样？尹宝石说：好着呢，就是你妈太忙、太累。不过有人帮忙。于刚乾当时没在意，事后自问：究竟谁在给我妈帮忙？

县粮食局局长检查工作，参观了于刚乾办的养猪场，说道：这个好！利用地脚粮，节约粮食，增加收入，降低储粮成本，应该在全县所有粮站推广。不久，县粮食局下发通知，要求所有粮站，都要用地脚粮养猪。

在吃饭时，于刚乾问局长：猪养大了，咋处理？局长说：可以交生猪收购部门。会计问怎么记账？局长说：列一个新科目，经营收入。在这以前，粮站没有经营活动，因此也没有经营收入。

看到碗里没肉，局长突然改变了主意说：杀了，把猪杀了，给大家和公社干部每人几斤肉票，一律按二级肉收费。大家开心地笑了说：还是领导关心群众，有这几斤肉带回家，就能过个红火年！

那时，粮油肉蛋都凭票供应，一级大肉都是肥肉，每斤七毛八；二级大肉是瘦肉，每斤七毛二；"猪杂水"，猪头、猪蹄、猪肚很便宜，而且不要票证，但是抢买不到。常常有人围在白鹿原供销社肉食门市部前，手指挂着的"猪杂水"要买。卖肉的胡大个子指着纸条说：都有下家了！围看的人不信。他指着纸条给大家念：这是张三的头，这是李四的脚，王五的心肝赵六的肺，陈七的肠子一大堆。只剩下了猪尿泡，你们谁要？大家哈哈一笑，买不到肉也买不到"猪杂水"，遗憾地离开了。

第二年春夏之交，于刚乾二嫂突然离世，他急忙赶回家。

二哥于双乾在铁路工程单位做农民轮换工期满后回家。因家贫，弟兄们多，娶不到媳妇，他最后"倒插门"进张家寨一户人家做上门女婿。他媳妇生了一男一女。女孩三个月大时，他媳妇下地劳动，在棉花田里打农药。回到家，感觉头晕恶心，自以为受热受累，没在意。一会儿又吐又拉，请来吴庙村一位赤脚医生。医生说：没事，吃了我的药睡一觉就好了。到半夜，于双乾发现他媳妇神情不好，赶快把她抱到架子车上，拉着架子车向地段医院拼命奔跑。路面坑坑洼洼，车子上下颠簸，到医院后，医生看了看说：人已经走了！这话如五雷轰顶，于双乾坐到地上，哭天喊地：老天爷呀，她好好的人，咋就突然没了！她到底是咋死的？没人回答。拉着尸体回家，于双乾一路哭喊。掩埋了媳妇尸体，于双乾把两个年幼的孩子交给妈，拿起镢头挖路疙瘩，一边挖一边骂：路不好，害死人！

帮二哥料理完嫂子的后事，于刚乾回到粮站，接到县粮食局举办全县粮食系统保管员培训班的通知。学习班在曳湖粮站举办。局长安排办一期壁报，大家推举于刚乾主办。于刚乾没谦让推辞，立即起草稿件，然后亲自提笔书写，一天半，就把壁报贴在了墙上。大家一边看一边称赞：文章简明，有新意；书法规范，像欧体，力透纸背，耐看。学习班安排个人发言，其中有于刚乾。于刚乾谈工作体会时说：大家都想搞好工作，但怎么才能搞好？我的体会，一是爱惜粮食，这是精神动力；二是努力学习，要有知识准备；三要埋头苦干，一步一个脚印地把工作任务落到实处。于刚乾具体介绍了他科学养猪的经验，全场给了他热烈掌声。

局长在总结时表扬了于刚乾。他说：在公社工作时，于刚乾总结推广大梁村经验，在全县都有一定影响。回粮站工作时间不长，他就想到利用地脚粮养猪，并总结了制作空气发酵饲料的经验。全县十二个粮站，都要推广这一经验，必要时，可以请于刚乾作指导。

培训班最后一天，于刚乾收到席养涵捎来的短信：你家里有点麻烦事，请抽空回家一趟。

第二天一大早，于刚乾从滋水河蹚水过河，中午到家。他看到锁柱妈正在拉扯金玉秀回家。金玉秀说：我不回去！锁柱妈抢夺金玉秀怀里的孩子，孩子哇哇大哭。锁柱妈大声喊：你是丁家的媳妇，怀抱丁家的娃，为啥住在于家？你不怕人笑话，我还要脸、顾脸！

于刚乾听到话里带刺，但不知缘由不好插话。妈把刚乾拉到一边说：玉秀住她娘家已经几个月了。她见我忙，就常来帮忙。丁家人找玉秀爸妈吵闹。玉秀妈要玉秀回她婆家。玉秀说：丁德让是瞎尿，她不回去。玉秀妈赶玉秀回去，玉秀干脆就住在了咱家。她帮我看管你二哥的孩子，还照顾你爸，真难为她了。我也为难，不知该咋办。

听了妈的述说，于刚乾说：我知道了。妈把刚乾拉到僻静处说：还有你不知道的事。最近有人传言，说玉秀的娃像你。我有时看不像，有时看也像。你给妈说实话，娃是不是你的？是，咱就要！

妈这样说话，刚乾感到哭笑不得，就说：妈，你把话说到哪哒去咧！我有急事，不跟你说了！于刚乾不顾他们的争吵，没搭理，径直去找席养涵。

于刚乾知道了，金玉秀这几年的日子过得很苦很累很难。

金玉秀在她家和于刚乾相遇后，她心头的烦恼非但没有减轻，反而一天天在加重。面对心上人，却不能在一起，她心里很难受，像刀挖，不想再活下去。她从案板上拿起菜刀，刚想割自己的手腕，被妈看见了。妈大喝一声：你想干啥？她嘴里支支吾吾，走回到厢房，拉开被子睡倒在炕上。妈不放心，守着她形影不离，把她看管了三天。看到妈忧愁的样子，金玉秀心软了。她后来想：男人以事业为重，咋能为儿女情长毁了自己前程？我爱他就要替他着想，他幸福也是我的心愿。听大的话：人的命天注定。我认命吧！人要活下去先得爬起来。金玉秀起床了。她对妈说：你不用看管我，我想通了，不想死了。你送我回家吧，回家过日子。

玉秀妈高兴地把玉秀送回婆家。玉秀每天只干活，不多说话。早上起来，她先烧水，再给丁德让泡茶。然后，她打好一盆洗脸水放在脚地的小方凳上。丁德让第一个洗脸，金玉秀最后一个洗脸。洗过脸，金玉秀一手端脸盆一手向外撩水，把屋内的土脚地打湿，再把剩下的水洒在前院。然后她用笤帚把所有房间都清扫一遍，再用扫帚清扫前院后院。生产队的铃声响了，她戴上草帽去上工。收工回家，她问过锁柱妈"吃啥饭"，就穿上围腰动手做饭。擀面，扯柴，给铁锅里加水，拉风箱烧火，然后切面，下面，盛饭，把饭碗端给妈和大。家人都吃过饭，玉秀洗碗刷锅，用泔水喂完猪，再去村子绞一担水，挑回家倒进水瓮，然后上工去。收工后玉秀急忙做晚饭，吃完饭洗碗洗锅，喂猪，天就黑了。她洗把脸，拉开被子倒头就睡。锁柱推她，她说累了。日复一日地过了三个月，金玉秀感觉自己"有咧"，肚子也渐渐大起来。新生命给了她新希望。

就在这时，丁德让求金玉秀为儿子说情，求于刚乾放丁锁柱一马。金玉秀开始不答应，后来想到肚子里的孩子，就去公社找于刚乾。金玉秀知道丁德让心眼多，但不知道他心眼这么多这么坏，想用"捉奸"来要挟于刚乾。回到家，丁德让反骂金玉秀：你在公社过夜不回家，一直等着于刚乾，你们来真的了？你是骚货！想起丁德让骂自己，特别是想起丁德让当时搂抱自己的那个动作，金玉秀感到一阵阵的恶心。

后来丁锁柱被判刑，金玉秀生下孩子，是个女孩。在月子期间，丁德让常常不打招呼就揭开门帘进厦房。厦房没有房门，进出自便。金玉秀正撩起衣服给娃喂奶，见公公进门，忙扭转身子。丁德让越来越殷勤，端饭，抱娃，洗尿布，进进出出。金玉秀刚给娃摘奶，丁德让就上前来抱娃。他的手背几次都挨到玉秀的奶头上。玉秀责怪他：下次叫你抱娃时你再进来！丁德让点头，但总提前进来。娃三个月时，有一天，丁德让抱娃，右手塞进了玉秀没来得及扣纽子的胸前衣服里，嘴说"错了错了"，手却在里边乱摸。玉秀狠狠地推开他，衣服被扯烂了。丁德让说：我娃可怜，大也心疼你！说着，再靠近玉秀的身子。金玉秀拧了娃的屁股，娃哭了。金玉秀把娃塞给他，扣好纽扣，上工去了。

金玉秀对丁德让的贼心早有觉察，但她不敢给她妈和她大说。有一天歇工时，男人们互相攻讦砸洋炮儿，说谁谁"掏灰"，成咧；谁谁掏灰没成，被儿媳妇捶了一顿。金玉秀听不懂。这时，她大金文涛讲起了爬灰、掏灰的典故。金玉秀远离人群，但侧着耳朵在偷听。

金文涛说：北宋时，有一先生，看到儿媳妇很美，面如桃花，抱着琵琶睡觉,他动了心。怎么给媳妇表达?他突然想到写诗留言,就用掏灰耙,从灶膛里扒灰,抚平在地上,用手指在上面写道:"罗裙半露牡丹芽,怀中斜抱玉琵琶。"儿媳醒来一看,知道公公对自己动了心,于是,就把灰再抹平,写道:"何不借来弹一曲,声音不落外人家。"俩人心领神会,慢慢走到了一起。后来人们把公公与儿媳发生的那种事叫"扒灰",咱白鹿原上叫"掏灰"。

听了这个故事,金玉秀更不好意思把丁德让的事给妈和大诉说了。

丁德让对金玉秀早就动了心,但儿子在,他不敢,也顾脸面,装正经。儿子服刑以后,玉秀守空房,他想用小动作扰动玉秀的心。金玉秀不为所动。他想硬来,又怕玉秀喊叫。有一天晚上,锁柱妈不在,丁德让钻进金玉秀的被窝。金玉秀用被子把自己紧紧裹住。丁德让说:我娃年轻轻就守空房,大也睡不着,干脆在一起,你好我好,外人谁也不知道。金玉秀这次很镇静,她没喊叫:叫来外人,自己也没脸见人。看到金玉秀没出声,丁德让以为玉秀默许了,猛一用劲揭开被子爬上去。金玉秀推不动,也不再推。她张开口,侧过头,瞅准丁德让右臂膀,猛咬一口,满口带血。丁德让大叫一声,骂玉秀:狗日的,好狠心!他不顾疼痛,还想继续。金玉秀再狠咬一口。丁德让爬起来,顺手拿起一根木棒,指着玉秀说:你不听话、不顺从?我打死你!金玉秀说:打死我也不从!丁德让用木棍在玉秀屁股上打了两下,给自己包扎伤口去了。

牙真有用。金玉秀后悔自己以前没用牙咬丁锁柱,后悔自己太软弱。她以为丁德让再也不敢了。

但丁德让并没有死心,他想试探他老婆的态度。有一天他问他老婆:时间长了,玉秀耐不住寂寞,万一跟外人厮混上了,要跟咱娃离婚,咋办?丁家还指望她传宗接代呢!

他老婆以前没想到这一层,听老公一说,愣住了。再想想还真是,就反问:那你说咋办?丁德让说:我得对媳妇好些,安稳她的心。他老婆说:都是我把你惯的,老牛想吃嫩草!和媳妇说说笑逗逗乐可以,不准你来真的!丁德让说:为了娃,为了咱家,没办法!似乎他是迫不得已接受不愿做的事情。丁德让看他老婆没有激烈反对,心里高兴。他又观察玉秀,知道她没有把之前发生的事给外人讲,就胆子越来越大。

过了半个月，丁德让又来了，这次锁柱妈在家。金玉秀喊：妈，你快来！锁柱妈来了，把丁德让从玉秀的身上拉下来说：和媳妇说说话就行咧，你咋来真的？她又转过头对着金玉秀说：一个巴掌拍不响，漂亮媳妇露个大白奶，哪个男人见了不动心？哪个猫儿不吃腥？再说了，你公公也是怕你寂寞，怕你耐不住在外招惹野男人，想为锁柱守住你这个媳妇，为娃守住她妈，为咱这个家浑全，知道吗？

锁柱妈把丁德让说成了一心为儿子、媳妇着想的好人。金玉秀听了不吭声，向地上吐了一口唾沫。

丁德让一边穿衣一边拉锁柱妈说：那些话是给你说的，你咋给她说了？

锁柱妈没理会丁德让，对着金玉秀说：屁大的事，别大惊小怪向外张扬。肉烂在锅里，家丑不许外扬，知道吗？

没想到，公公干了这样的事，婆婆非但不责骂，反而为他辩解。金玉秀心想：这个家我住不成咧。她一声不吭，抱娃回了娘家。

席养涵确定要上高中，正在家里准备学习用具。

在西农大培训期间，席养涵读了不少书，而且聆听了培育"碧蚂1号""丰产3号"和"矮丰3号"小麦品种的全国著名教授赵宏璋的授课，还向赵教授提问了几个实际问题，和教授谈了好长时间的话。席养涵思绪翻腾，不能平静，读书、学习，更上一层楼的欲望更加强烈。听到刚乾想上大学，养涵也很快明晰了自己的目标——上大学，一定要上大学，这是站在更高视野搏击人生的必由之路。他选择了"打牢基础，先上高中，再上大学"的路径。

于刚乾跨进家门。席养涵急急地说：你咋才回来，把我快急死咧！

坐在养涵的小房间，刚乾说：事情我都知道了。想来问你，怎么看这件事？

事情蛮复杂，把你黏住了，这对你是个考验。养涵没直接回答刚乾的提问，而是抓住最敏感的话说道：不瞒你说，我听到有人说玉秀的娃像你，就专门去看娃的长相，还真有点像你，而且越看越像。我现在就想听你一句话，玉秀的娃是不是你的？

于刚乾哭笑不得，摊开双手说：你扯哪儿去了？我成了"偷斧子的人"咧？

这是先入为主的心理学效应！我说娃是你的，你信不信？不信的话，你去仔细观察，看像不像你！

我不是和你开玩笑，我没胡扯！席养涵有点着急，端在手上的碗在抖动，碗里的水都洒了出来。他说：外面说得有鼻子有眼，你和金玉秀在她家幽会，玉秀妈和大都不在家，被丁锁柱撞了个正着；金玉秀在公社大院住了一夜，你说你人不在，我相信，但其他人谁相信年轻媳妇在你房间空等一夜？说娃是你的，不管像不像，人家的怀疑是不是就成了事出有因？然后进一步怀疑，给丁锁柱判刑，有你的报复因素。这一环扣一环，也有逻辑关系，不是瞎扯淡呀！

听这一说，于刚乾愣了，真的很严重，我于刚乾成了啥人了！人常说，肚里没冷病，不怕吃西瓜。于刚乾想到方主任说给自己的话，就对席养涵说：复杂问题简单化！对外面的传言，天地良心，公理公论，我置之不理；孩子是谁的，也不用怀疑；现在要考虑的是，对这个可怜的金玉秀，我是回避，还是面对？

这，很难！养涵说：回避嘛，于心不忍，咋能看着玉秀受人欺？而且她现在就在你家，你咋能把人往外推？面对嘛，由此引起金玉秀和丁锁柱离婚，你，难辞其责。而且，金玉秀今后怎么办？你能为她负责到底吗？你能和她结婚吗？人家离了婚带个娃，你却撒手不管咧，看唾沫星子把你淹得死！弄不好还会毁了你的前程，别想着上大学。

你说得很透彻，也是，我信。喝了口水，润润嗓子，于刚乾说：我现在也不怀疑，习俗、观念、人言可畏，唾沫星子能杀人，也能毁人前程。但是人呀，不能活在别人的嘴里，别人的嘴长在别人身上，说不说，怎么说，说什么，是别人的事；听不听，怎么听，是自己的事；更重要的是，人要活得心安理得，对得住天地良心。我咋能眼睁睁看着玉秀叫人往死里逼？我若为我，装不知道，还算人吗？

席养涵说：那好，就看你的，看你能有啥招？

我现在还真的没招。刚乾说：你说得对，我现在也不能见玉秀，更不能因为我的出现，玉秀就马上离婚。那样，屎盆子就会扣到我头上。面对现实，我又不能不顾忌人言。

出了家门，于刚乾又高兴返回，对养涵说：有了，简单得很！席养涵问咋个简单？于刚乾故作神秘地说：明天在大梁村看热闹。

第二天上午，公社妇联主任来到大梁大队，找金玉秀谈话。下午，妇女主任带领大队妇委会成员，还有民兵连长十多人，到丁德让家。这阵势把丁德让给吓住了。不等问话，丁德让就抢先说：我们家庭矛盾，我妥善处理，不给政府添麻烦。

妇女主任说：你说得轻松！仅仅是家庭矛盾吗？我们做过调查，你有暴力行为，而且强奸妇女未遂，有犯罪嫌疑。仅凭这一点，把你抓起来也不为过。这样吧，作为侵害妇女权益的活靶子，先在全公社游行，让大家看看这个想"掏灰"的公公是个啥尿样子，再交公安处理。

丁德让听了，扑通一声跪地求饶：政府开恩，我再也不敢咧！村民听到了，都赶来看热闹，里三层外三层把丁德让围起来。

民兵连长豁开人群，把丁德让押到大队部。大队通知召开各生产队妇女组长、女共青团员近百人参加的会议。大队妇女主任宣布开会，讲了事情原委。妇女主任要金玉秀控诉发言。金玉秀说：太丢人，我说不出口。丁德让作了坦白交代，但仍然辩解说：我是为了媳妇好，是为了家庭浑全，为了我们家好。

公社妇女主任最后讲话指出：对侵害妇女的色狼，一定要抓，而且要打，要打就要打疼。但妇女们也要做到自尊、自信、自立、自强，做"四自"妇女，不能自己看不起自己，自己作践自己。现在好多女人被人欺负了，不敢揭发。啥原因？因为爱面子，怕丢人，有人居然还说"肉烂在锅里"。结果呢？叫色狼一次次得手。这次，也不是金玉秀揭发，而是别人反映。说到这里，妇女主任止住了，没说出于刚乾的名字。

散会后，妇女主任警告丁德让：这次不追究你的法律责任了。今后你若再不规矩，民兵连长立即把你抓起来，送到公社。金玉秀回家不回家，离婚不离婚，是她个人自由，你不得干涉！

丁德让连说：我一定听政府的话，再也不敢咧。

关于于刚乾的谣传，也很快销声匿迹。半年后，金玉秀与丁锁柱办理了离婚手续。又过了大半年，金玉秀进了滋水县祥瑞金属制品厂炊事班做临时工。她一直不清楚是谁帮了她的忙，常给人说：老天给我活路！

全国大专院校普遍恢复招生，实行群众推荐、领导批准、学校复审，推荐和考试相结合选拔学员。于刚乾立即给县粮食局局长写信，表达他想上大学的心愿，请领导研究。

全县粮食系统招收了七十八名上山下乡知识青年，其中也有劳动模范、先进代表，还有担任过生产大队党支部书记的领导，优秀人才不少，而推荐名额只有一个。

百里挑一，我行不行？于刚乾自问。他又想起易建设。易建设现在是县招生办负责人。过去，他在公社大会上批评过我。后来，我负责他的问题的调查工作，他受到撤职和党内警告处分。平心而论，我秉公办事，对他没有任何偏私和恩怨；但易建设会不会这么看，会不会因为我调查过他的问题而耿耿于怀？

于刚乾心想：顺其自然吧！不想那么多，做自己该做的。

有一天，县粮食局一名干部下粮站工作，说闲话时问于刚乾：听说你想上大学，填写申请表了没有？刚乾说：没有。这位干部说：看把你蔫的，今天是报名最后一天。你经过实践锻炼，表现咋样，大家都知道。领导收到你的信，看好你，说你……这位干部发现自己说了不该说的话，立即打住，要于刚乾快去报名。于刚乾立即放下碗筷，给站长打过招呼，骑上自行车去县城。

二十里路，他下坡骑着车子疾行，上坡推着车子小跑，汗水湿透了衣衫。过滋水河，他挽起裤腿，掮起自行车，被一块石头绊倒，爬起来，裤子全湿了。进县城到粮食局门口，已经下班了，于刚乾抱头蹲在办公室门口的地上发木。

刚乾！你蹲在这儿干啥？突然传来管人事的老樊的声音。于刚乾嚯地站起来，开心地笑了。就这么幸运，老樊丢了东西，返回办公室。他们进了办公室，于刚乾填写了申请表。第二天，县粮食局办公会议研究决定：于刚乾为全县粮食系统唯一的上大学推荐人选。

一切都是偶然、巧合？没填写报名申请表，就有人来提醒；下班了、关门了，错过了最后报名时间，恰在这时，管事人出现了。过多的巧合叫人联想多多：人生真有命运安排？于刚乾还是相信命运取决于个人对机遇的把握。现在机遇来了，我绝不能错失，否则将遗憾终生，也对不起关心我的领导和同事。离考试只有一个多月，拼命也要复习好功课，一定要"考中"！

6月中下旬，正是收购爱国粮最忙时节，不好请假，怎么办？只能向睡眠要时间。于刚乾每天早上五点起床，洗罢脸开始复习功课，中午十二点上班。他负责收粮过磅工作，直到晚上十二点。看到于刚乾很辛苦，领导和同事都让他提前两个小时下班。晚上十点下班，于刚乾擦洗一下，开始熬夜复习。太困了，打瞌睡，不用"头悬梁锥刺股"，他把头放进凉水盆里闷几秒钟，擦把脸，很清醒，继续复习。语文、时政是他的强项，他把主要精力放在数理化上。刚乾的大哥请来一位中学老师，把他没学过的课程快讲一遍，留下习题作业。批改作业，老师给于刚乾的各门课打分，都在80分以上。老师夸奖于刚乾学习能力很强，会举一反三，达到融会贯通，是个学习的料。

7月中旬考试，考场在县城东小，实行密封卷，监考很严。考试那几天，于刚乾住在县剧院他住过的那个房间。他放开心情，睡得很香，感觉头脑非常清醒，似乎能记起所有过目的知识。笔试结果，他很满意。语文口试，翻译文言文《愚公移山》，于刚乾朗读流畅，翻译通顺，把生僻的"厝"字都答对了。物理题应答，他用本地话"出儿"回答了光的直射性，把考官逗笑了。刚乾心想他们肯定给我高分。

果然，于刚乾被录取了！当年全国各大学在滋水县共录取四十三名考生，其中机关企事业单位推荐二十三名，录取七名，于刚乾是其中一位。接到西北农业大学录取通知书后，听说有人交"白卷"还提意见，于刚乾说：没答好就说没答好，找啥理由！还好，虽然这位提意见者被破例录取了，但没影响答了好卷子被录取的其他人。于刚乾心情激动，准备去上大学。

于刚乾与方主任、粮食局领导道别时，碰到了易建设。易建设把于刚乾让进他办公室，给他倒了杯水。几句客气话过后，于刚乾说道：不瞒你说，我曾担心过你卡我。结果没有，误解你了，抱歉！

易建设说：各级推荐，密封考卷，学校录取，每个环节都要公开公示，我们做具体工作的，谁能卡你？为啥卡你？现在，总的还是风清气正。

于刚乾说，对，对！真是这样，不用送礼，不找关系，公开公正。想给人送礼，自己都觉得怪怪的，拿不出手。

易建设说：其实我还要感谢你呢。那段时间，你到处找田秘书，找会议记录，推迟了上报关于我的材料的时间，让我躲过了"开始从严"，稍后就是"从宽"，我得到了宽大处理。最近，领导安排我搞招生工作，我只有踏踏实实地工作，咋能使坏心眼卡别人、害别人！

两年半前，县委准备以"包庇罪犯丁锁柱"等原因，追究易建设的刑事责任。正在这时，接到上级关于从宽处理有关案件的通知，只给易建设免去副科级职务、受党内警告处分，保留公职。

于刚乾说：你别谢我，说实话，我当时对你没有任何偏私。让人感动的是一位不考虑你对他怎么样，只问事实真相的真正的共产党人。他听了我的汇报，要我一定要查到你反对"陪桩"的证据，结果推迟了关于你的问题的上报。开始"从严"，你有幸"从宽"，是你的机运；值得尊敬、应该感谢的是那个不计个人恩怨、坦荡无私的人。

易建设点头，但他却说道：工作和思想争论谈不上有私还是无私。我自认倒霉，要不然，我易建设也不会是现在这样儿。虎落深山听风啸，龙困浅滩等海潮，我就不信，我易建设就这样窝囊一辈子！

于刚乾感到易建设没有反省自己，也没有对坦荡无私人的敬慕、谢意。他们话不投机。方主任说过：人的思想决定心胸，心胸决定格局，格局决定言行，言行决定命运。于刚乾心想：不从思想上认识自己是偏是正，在今后人生路上，保不定还会栽跟头。于刚乾告辞了。

于刚乾回到粮站，收拾好包裹，告别领导和同事，跨进了西北农业大学的大门。

第三十六章　归乡受命

春去秋来，时光荏苒，一晃就是二十八年。

来到新世纪的第一年，东方大地发生了巨变。大江南北，从农村到城市，从沿海到沿边，从东部到西部，一场以市场为导向的大变革，像魔术师用法术创造了庞大的生产资料和交换手段，召唤出无数的生产力，召唤出神奇能量，东方巨人迈出了无可阻挡的前进步伐。

新世纪第一个开春时节，滋水县委党校举办开学典礼，各局办、乡镇领导和机关企事业党员干部二百多人参加。新任县委副书记、常务副县长于刚乾讲话。他是去年国庆节前到任的。他谈到当前改革形势和任务。在讲到改革就是解放和发展生产力时，他说：

三十年前，在老领导方书记的支持下，大梁村的领导和几位青年探索改变农业、农村面貌的办法，总结出了大梁大队的五条经验，登上了报纸，在全公社推广。推广经验有没有效果？当然有，但是效果有限。为什么？因为当时总结的经验是怎么评工分、怎么健全管理制度、怎么选队长，这是对当时生产关系的修补完善，而不是真正意义上的改革。以市场为导向的改革，冲击也促进了生产关系的大变革，大大激发了经济发展的内在活力和动力，由此带来了巨变：粮食够吃了，物资丰富了，不要票证了，国民经济这块蛋糕做大了。

蛋糕做大了，怎么分？这是一门学问，是既有中国特色又体现社会主义性质的重要学问，咱们今天不研究讨论。咱们今天的任务是深刻理解领导讲话关于"先富、后富、共富"的思想，思考怎么使滋水县发展更快、使老百姓的日子更好。

这时，有人递上来一张条子。于刚乾看后没有回避问题，他说：这张纸条的提问是，共产党员能不能先富？

共产党员能不能先富？这是一个敏感话题，也是一个重要的理论和实际问题,于刚乾没有回避。他说:这要具体分析。譬如公务员,特别是公务员中的党员领导干部,你就别想着先富,别想着个人发财致富。为什么?因为你掌握着公权,你的工作性质是依法履行公职,你的收入来源是国家财政支付给你的工资,没有别的,你怎么先富?除非是利用职权吃拿卡要、收受贿赂,或者入股分红、权钱交易,或者千方百计在老百姓身上抠。但这些行为党不允许,人民不答应,国法也难容!所以,我今天的讲话想强调:公务员、特别是公务员中的党员、领导干部要耐得住清贫,甘愿清贫,不能总想着个人怎么先富,更不能以权谋私达到致富。

停了停,于刚乾补充说:如果有人还想先富,可以,你辞职辞官,放下公权,下海经商,或者办实体。但是绝不能拿着国家发的工资行使人民给的职权却经营个人的事情,甚至给个人谋私利。

于刚乾最后强调:党员干部特别是领导干部,都要牢记"为人民服务"五个大字!

散会了。从会场反应和一些人的表情看,于刚乾感到有人不尽赞同他的讲话。他想:以市场为导向的体制改革激活了经济,而以利益为驱使的分配变革也诱发了人的私心。干部的心,没有以前那么齐了,队伍可能没有以前那么好带了。

二十八年前,于刚乾背着铺盖卷跨进西北农业大学的大门。

这是一所源远流长、闻名遐迩的农业高等学府,位于关中平原中部、渭河以北的川原一带。农场、林场林荫遮蔽,四季花开,宁静幽深,校园就在林荫深处的张家岗上。

校门口,挂着"人民送我上大学,我上大学为人民"的巨大横幅。一周的入学教育,听报告,讨论,发言,都在谈"我上大学为了谁",表态发言都在讲保持工人、农民本色,批判"一年土,二年洋,三年不认爹和娘"的思想。第一个月,没带工资上学的学员,每人领到十九块八的生活费,扣除十二块五的伙食费,还剩下七块三。学校不收住宿费、教材费和学杂费,买过牙刷牙膏肥皂毛巾,还剩四块多钱,足够半年回一次家的路费。学校管吃管住,医疗也免费。免费上大学，让有的同学感动得落了泪。

历时半年的文化补习期间，全天上课，晚上自习，同学们争分夺秒，都想把自己的弱项补上来。晚上熄灯铃响了，有人还在偷偷学习。班干部检查作息，发现被窝有亮光，揭开一看，原来有人把灯泡拉进被窝看书。于刚乾一头扎进书堆，在图书馆看书、做作业，几次都忘了吃饭。

就在这时，学校业余文艺宣传队领导、一位外语老师，听到于刚乾在县剧团工作过，找他谈话，请他参加宣传队。于刚乾怕占用学习时间，没答应。这位老师又通过党组织找于刚乾谈话。于刚乾不得已参加了宣传队，但不好好排练，几次出错，老师批评了他，说他"有点傲"。于刚乾心里想着他没做完的作业，没向老师作解释。三十二年后，于刚乾在北京开会时，与这位已担任副国级领导的老师见面了，他们居然都认出了对方。于刚乾半开玩笑地解释：老师，其实我不傲！这位老师宽厚地笑了，不知他想没想到以前批评刚乾的话。

学校安排军训、农场劳动和工厂实习，有的同学表现出很强的实践能力。在一个县农机修造厂实习时，有同学提出为工厂造吊车，以减轻工人体力劳动。厂长有点怀疑说：你们搞，行不行？厂里没有钱。同学们在厂里发现了一台仍然可用的旧电机，于刚乾就带人找厂长说话。他说：我们自己动手，就地取材，不花厂里的钱，只要您一句话，您不会不同意吧？厂长拉着刚乾的手说：好，我支持！于刚乾和同学们一起搞设计、画图纸，开车床加工，不到一个月，就造出了一台大吊车。试车成功了，厂里敲锣打鼓为他们开了庆功会。

给于刚乾代课的几位老师，每月只有六七十块钱的工资，没有奖金，没有加班费。没有教材，老师自编，自己刻蜡版，油印装订。好多同学对外语课不感兴趣，有的逃课，英语老师就到宿舍一个个"请"，每天带领大家集体朗读，对个别同学进行单个训练，将他手写的单词小纸条贴在床头，督促同学随时朗读。八年后，于刚乾参加研究生考试，英语达到了录取分数线，他感动地说：若没有英语老师的用心，没有那时奠定的基础，我压根就没有报考研究生的勇气。

一口河南口音的政治课老师，衣服褴旧得像个农民，没有一点脾气和架子。他把政治课搬到实习的田头、车间，和同学们同吃同住同劳动。他常常抓住一些实际问题给同学们讲解，深入浅出，生动感人。于刚乾学的是工科，却喜欢上了哲学、政治经济学和科学社会主义理论。后来于刚乾报考研究生，选择了科学社会主义专业，考出了好成绩。他说：我感恩，感恩我的老师。

三年的学校生活很快结束了，于刚乾毕业了，被分配到省农林厅工作。

在省农林厅上班后，于刚乾开始做办公室文秘工作，整天和文件、会议打交道。他很用心，但还是出错。有一次他把领导的座位牌摆错了，领导批评他工作不仔细。还有一次领导讲话念了白字，下面人哄笑，领导批评于刚乾：写讲话稿用生僻字也不提示！于刚乾想，领导有时一天参加几个会议，顾不得预览讲稿，因此承认自己疏忽。于刚乾感到，在领导机关工作束手束脚，还没有自己在生产大队和公社工作"得劲"。于刚乾想回家乡，回到县上工作。但在和领导谈话时，于刚乾只提出下基层锻炼的要求。因为他不想给未知的另一半思想上增添更多未知，他在期盼着美好的婚姻，等待着一位女生的毕业。领导同意于刚乾下基层作调研。

七十年代的最后一个夏末，于刚乾和省森工局工会的一位同志到秦岭山区做调研。进入原始林区，于刚乾跟着工人伐木、放木，吃馍就咸菜，喝泉水，晚上睡在临时搭建的木板房里。飕飕的冷风从木板缝隙吹到耳边、钻进被窝，于刚乾半夜被冻醒了。不知怎么的，他又想起十年前和爸大雪天翻越秦岭，住民宅被冻醒的情景，心里一阵酸楚。

过几天到秦西林业局，连下大雨。住在山涧茅屋里的十二名工人，一人蹚水过河去农家借盐，其余有人烧火、擀面，有人冒雨采蘑菇做菜。借盐工人返回时，看到十一名工人口吐白沫中毒身亡。于刚乾赶到现场，看到一具具尸体，伤心地哭了。在有关部门领导参加的事故处理会上，于刚乾请求发言。他说：这个事故有偶然因素，但工人缺乏基本生活保障，出现这样那样的问题甚至人身事故，恐怕是迟早的事。血的教训告诉我们，要尽快拿出真金白银来改善职工的基本生活条件。接着，他列举了调查数据和事实，提出了解决林业工人两地分居、孩子上学难以及医疗救治、吃饭住宿问题的意见。会后，省总工会的一位领导让于刚乾主笔，起草了《陕西省林业职工生活状况调查报告》报送省委、省政府。经领导批示，全省林业工人的许多实际问题都得到了解决。

于刚乾心想：领导机关为群众办事，能把事情办实，也很"得劲"；而且覆盖的范围更广，作用可能更大。于是他打消了回县乡工作的想法。

这一年，于刚乾结婚了，对象是鹿白翎。于刚乾给鹿白翎送了一块一百二十元的蝴蝶手表作为结婚礼物，去照相馆照了一张黑白结婚照，于元旦前一天举行了婚礼。婚礼按机关的习惯办理。参加婚礼的同事朋友每人送五毛到一元钱的份子礼，新人回送给客人每人一包喜糖，没有婚宴招待。双方父母在一起吃了一顿便饭。席养涵从援建非洲的工程驻地发来祝贺电报。于刚乾心想：我没来得及告诉他，他怎么知道的？白翎看出了刚乾的疑惑，就主动说：是我告诉他的。并说出了她给养涵与叶凡牵线成恋人的事。白翎只字没提席养涵向自己求爱一事。

席养涵上高中时，和鹿白翎在一个班，座位一前一后。白翎不懂的问题，总是回头问养涵。养涵解答得很认真、很清晰。白翎内心很感激。有一天，养涵突然对白翎说：你很像一个人。白翎问像谁？养涵想说像"我暗恋过的女孩""于刚乾的初恋"，都觉得不妥，最后只说：以后告诉你。以后不知啥原因，他们再没有机会说这个话题。1975年席养涵上了大学，学校是西京冶院。1977年鹿白翎考上了兰州大学。

毕业前夕，鹿白翎收到两封信。一封是席养涵写的，其中写道：当我第一次给你讲数学题时，不小心碰了你白里透红像玉笋般的嫩手指，我脸红了，心直跳。后来给你讲题时我再不敢碰你了，因为我不配，我订了婚，有了对象。没有心跳感觉的婚恋真痛苦！就在刚刚，我收到她将要结婚的信，她等不及了，主动提出退婚。现在，受多年思想束缚的我，可以大胆向你表达我的内心：我爱你，嫁给我吧！

鹿白翎收到的另一封信是于刚乾写的。他写道：毕业四年了，许多人都为这个大龄青年着急，连我舅都坐不住了，给我下达了带媳妇回家过年的时限令。他们哪里知道，这颗炽热的心一直在燃烧等待，等待他心中的公主跨出校门的时刻。时间到了，我心已然飞越三秦到黄河岸边，两颗心贴在一起，咱们回家吧！

鹿白翎写回信，写了揉，揉了写，两封信写了一个星期。最后她给于刚乾回写了一首诗：

打扎书信沉甸甸，爱意绵绵暖心田。

带回故里读新意，依依窗前赏月圆。

诗的后边写了几个字：告诉你舅，时限可以提前。收到来信，于刚乾高兴得跳了起来。

鹿白翎给席养涵回信：不好意思，我已许诺了他。若不介意，我真心向你举荐一位才貌双全的大学好友，叫叶凡，你们见过面，她对你也有好感。

席养涵沉默了一周，给白翎回了信。鹿白翎为席养涵和叶凡牵好了线。

于刚乾心里在揣摩着"赏月圆"的时间，他兴奋地赶到兰州，接白翎回到西京城。鹿白翎联系到省人民出版社工作，很快上了班。不久，他们就办理了结婚手续。

于刚乾在报纸上连续发表了几篇文章，引起了大家的重视。厅领导把他安排到研究室工作。感到自己的理论政策水平需要再提高，于刚乾通过刻苦努力，考上了中央党校科学社会主义专业研究生。

根据教学安排，学员通读《资本论》。学习讨论中，学员之间常发生争论，争论焦点是马克思主义是否过时。老师说：当下马克思主义过时论很盛行，这是需要搞清楚的大是大非问题。老师安排了模拟辩论，题目是"马克思主义没有过时"。全班二十一人，按各人所持观点报名，统计结果正方九人，反方十三人。模拟辩论会成了真实辩论，辩论会还没开始，双方人员在饭桌上就开始了争辩。反方推举一位"60后"女生做主辩。她先发言：

我方观点，马克思主义过时了。因为资本主义经过对现行体制的改革完善，生产的无政府状态得到改善；通过调节分配，劳动群体生活好了，劳资矛盾缓和了，工人阶级不需要革命了，资本主义社会的基本矛盾消除了。新自由资本主义促进了生产力的极大发展。自由资本主义好！

也怪，正方基本上是"50后"的学员。他们推举于刚乾做主辩。于刚乾不急不慢地说：

物质充裕是生产力发展的必然，充裕的物质需要人来消费。但资本主义的两极分化，导致需要消费的群体口袋没钱，因此消费不足、生产过剩。这是完全市场化的结果，是资本主义周期性经济危机的根源，是资本运行的必然结果。马克思揭示的资本主义这个基本矛盾、这个经济规律没有过时呀！小同学。

女生说：我是小同学？好，大同学，你说，既然资本主义基本矛盾仍然存在，为啥人家的日子比咱好，咱们还学人家市场经济、私有化这一套，而且一学就见效，经济发展突飞猛进，人民生活日益提高？

于刚乾说：咱们学习西方的市场配置资源方式、管理经验和先进技术，确实为经济注入了动力和活力，经济发展速度很快。但咱们不能照抄照搬，搞自由资本主义呀。市场说了算，但市场也会失灵。小同学，请注意！中国特色后边还有"社会主义"四个字。这个"特色"，就是一不搞完全私有化，搞公有制为主体；二不要贫富两极分化，要走共同富裕道路。咱们的体制特点，我的观点，概括讲，就是市场化+政府控制。实践将证明，这个体制更有生命力。

女生说：你知道，政府官员与市场主体、与资本勾连起来是什么结果吗？是腐败，甚至严重腐败，形成官僚资本主义，会改变政权性质的。

于刚乾说：共产党为人民，一定会采取措施斩断官僚与资本的勾连。公务员只拿工资，不允许收受贿赂，个人财产是明的，实行定期公开公示，财产来源不明一律定罪，看谁还敢贪腐！这样，人民政府就不受资本控制和左右，政权性质永远不会变。

女生说：太理想主义了吧？思想再解放一点吧！你好好理解"白猫黑猫"是啥意思！

于刚乾说：啥意思？我当然知道，意思是，以经济建设为中心，经济发展了，人们生活改善了，其他问题都会随之解决，也都不重要。但是，仍然要防止马克思说的资本主义周期性经济危机的出现；出现经济危机，受伤害的还是人民群众呀。

辩论进行了两个小时。同学们为两位主辩鼓掌。老师说这种学习方式好。

辩论结束后，这位女同学经常找于刚乾说话，还请他跳交谊舞。于刚乾说我不会。女同学说我教你。于刚乾说我最近脚趾疼。他撒了谎。于刚乾几次碰到这位女同学含情脉脉、大胆火辣的眼神，他就像一位怯懦的女生羞涩地低下了头。这位女同学给他撂话：大同学，思想再解放点。解放思想是全方位的，追求自由幸福是神圣的。于刚乾装着没听到，有意岔开话题。夜深人静时，于刚乾想起那火辣辣的眼神，心里怕，怕自己内心的堤防被冲垮，给白翎的诺言变成谎言。

于刚乾很快把爱人孩子接到学校。这位女生知道了，毫不介意地赶到宿舍招呼鹿白翎说：嫂子好！一边说话一边沏茶倒水，好像自己是主人。

对于这样的"热情大方"，鹿白翎很不爽。晚上，白翎问刚乾：你是不是有啥情况了？刚乾急忙解释：我的白主公，心中的月亮，谁能和你比？白翎说：如果出了太阳，月亮也就看不见了！刚乾急忙更改用词说道：哦，我心中的太阳，知道我为啥接你和孩子来学校吗？白翎说：我傻，不知道！我只知道，改革开放，面对金钱美女，一个个男人在倒下。我是新女性，自觉；你若想追求自由，不用向我求解放，我会说：爬出去吧，给你自由！

听了这连讽带刺的话，于刚乾急了，忙自我表白解释："50后"大都是穷苦出身，传统的东西在脑瓜里很深很深，何况我于刚乾是1949年生的！白翎扑哧一声笑了说：看把你吓得！说着，她深情地偎靠在刚乾胸前说：咱们，不用表白！

1985年于刚乾研究生毕业。他在毕业论文答辩结束时，做了一段这样的表态发言：三年学习，我对马克思主义有了更深刻的理解。在阶层分化的社会，看人看事仍有一个"为了谁"的问题。如果说在这个问题上需要表态的话，那么我这一辈子，愿意站在广大劳动群众的立场，说对他们有益的话，做对他们有益的事。

毕业后，于刚乾回到原单位，继续在研究室工作。因为工作需要，他经常深入工厂、农村做调查研究。他写的调查报告和论文，有在省内和全国重要期刊发表，还有几部关于社会主义基层民主建设的著作出版发行。他回到家乡，对包产到户作调查，写了一份调查报告，引起领导的争议。后来，省上一位领导看到于刚乾的调查报告和发表的论著，直接把他调到省委政策研究室工作。

世纪末，方书记退休前到省委组织部，请求组织安排于刚乾回滋水县工作。组织部副部长找于刚乾谈话征求意见说：组织想安排你担任滋水县委书记，这是平调，是否同意，你考虑后回答。于刚乾知道县上工作担子重、风险大；但也知道，具有挑战性的岗位更能发挥个人作用。而且他一直怀有为改变家乡面貌做贡献的愿望。于刚乾当即表态说：我愿意，不用再考虑。

2000年国庆节前夕，于刚乾回到故乡滋水县，担任县委副书记兼常务副县长。县委书记前加了个"副"字，好多人疑惑不解。

党校开学典礼大会结束，于刚乾走进办公室，看到一副熟悉的面孔，定睛一看，是他，就是他！于刚乾迎上去抱住他说：怎么是你？大老板！他俩不顾工作人员在场，你捶我打了一阵，唠起了家常话。一个说：胖了，高了，有派头了，一点都不像当年辩论会上的毛糙小伙子！一个说：你也变了，一副儒雅的领导干部形象，谁能想到这就是当年的打井英雄！

他是闫银堂，西京有名的大亮房地产开发公司的老板。当年他入伍后曾担任解放军某连连长，转业后辞职经商。开始来往广州、西安做服装生意，小赚一笔钱后，去了趟海南。两年后回到西京，做房地产开发，聘请席养涵为兼职顾问。

于刚乾带闫银堂在县城转了半天。第二天，于刚乾安排和闫银堂一起上白鹿原，回大梁村做调研。闫银堂欣然接受，要于刚乾坐他的奥迪车。于刚乾说土路多，凹凸不平，还是坐县上的吉普车吧。

第三十七章　回村调研

吉普车爬上白鹿原。麦苗儿正在返青，嫩绿覆盖了黄土，一望无边。黄亮亮的油菜花，在阳光下闪着金光，随风波涌，给春天更多明媚和希望。

闫银堂按下车窗玻璃，眼望无际的绿野和七零八落的劳动人群，大发感慨：真想不到，三十年前，咱们在大田里劳动，天天把太阳从东边背到西边，有时夜战，打的粮食还不够吃，饿肚子，只好拉椽贩檩、杀猪宰羊，去渭河以北换粮。

现在，生产队没了耕牛，青壮年都外出打工，稀稀拉拉的老弱妇幼在田里劳动，产的粮食居然吃不完。真怪！咋回事？

这个问题提得好，咱们回村，听听老乡们的议论，再慢慢理解啥叫解放生产力。于刚乾想了解闫银堂更多情况，于是他转换话题说道：我想起了，当年你说过，朱元璋是文盲却当了皇上，杜甫是大文豪却住茅草房，还记得不？

闫银堂说：好像说过。

于刚乾说：还真是，改革开放后，有名的大老板都是读过书但读书不多的人。你说说，这是咋回事，是啥原因？先说说你自己是怎么发的，怎么先富的？

说我？没问题。但是我有个条件：先说你！讲讲你这么多年的经历。

于刚乾没推辞，他把自己上大学、毕业工作、结婚、读研的经历讲了一遍，然后说道：你刚才感慨农村的巨大变化，我就想起十多年前回大梁村的一次调研活动，你想不想听？

闫银堂说：说家乡的人和事，说家乡的过去，我都爱听。于刚乾回忆起了那年回家乡调研包产到户、包干到户的情况。

1986年春，省农林厅领导交给于刚乾一项任务：调查农村包产到户、包干到户情况。于刚乾决定回到他熟悉的家乡做调查。

麦苗儿返青，杨柳吐絮时节，于刚乾带着一名工作人员回到白鹿原。八十年代初，包产到户家庭承包经营在全国农村迅速推广。第二年，滋水县农村普遍实行包干到户。随后实行政社分开、撤社改乡，白鹿原人民公社从"谦益德"家的宅院搬到南鹿村新修的大街旁，挂上了白鹿原乡人民政府的牌子。在乡政府周围，修建起了木器厂、面粉厂、修理厂等十多个乡镇企业，原来的拖拉机站、种子试验场还在。进了乡政府大院，除几位办事人员，于刚乾没有看到熟悉面孔。年轻的乡长热情接待于刚乾说：我接到方书记打来的电话，一切都给二位安排好了。于刚乾说：不用太麻烦，我们去大梁村住几天，进行实际访谈、座谈；你们统计一下全乡的这几组数字就行了。说着，于刚乾交给乡长一张纸，写着统计的具体要求。

于刚乾回到村子，见过村支书，来到知青点。知识青年陆续返城，华知青也上了大学，知青点的房子已经空了。于刚乾对村支书说：我俩就住在这里，吃饭在我弟弟家，你们通知十多人参加座谈会就行了，别的不用麻烦。村支书说：省里下来的，而且是正科级领导，住在这里，县乡领导知道了会批评我们的。随同刚乾的干部说：他很快就要提拔了，提拔为研究室副主任，是副县级领导，已经公示了。于刚乾制止说：在乡亲面前不要说这个！他转身对书记说：我就是农民出身，又是咱村子人，越随意越好。

座谈会在知青屋召开，到会的十多人随意就座。于刚乾说明来意，要大家畅所欲言。刘益现在是村党支部副书记，他代表党支部、村委会欢迎于刚乾二人的到来。然后他介绍了大梁村实行包干到户以来的情况。他说：咱们实行的是一包到底的包干到户，土地、牲口、农具，全部按人口分到家庭。四年，只有四年，就发生了很大变化，粮食亩产量第一年就增加了五成，第二年再增三成，两年就实现近乎翻番。记得十多年前，您主持召开了一个讨论会，我说过"集体经济等于低效率"，提出扩大自留地，把集体耕地减少到能够上缴公购粮就行了，受到一些人的批评，说我主张"三自一包"。我不服，就说"打粮食是硬道理"。事实胜于雄辩，不服的人一个个都信服了。

大家掩饰不住内心的喜悦，都说够吃了，有余粮了，来得这么快，感谢好政策。一名青年激动得举起拳头说：包产到户万岁！

于刚乾知道秦嘉爱思考问题，有他参加，会场有激情，讲思辨，起浪花。座谈会、研讨会，有争论效果会更好。会前，于刚乾亲自找过秦嘉，请他一定参加。秦嘉原来是记工分的民办教师，现在转为拿工资的公办教师。果然，秦嘉一开口就有了争辩气氛。他说：你先别喊万岁，听我说了你再喊。那青年抬杠说：我先喊了，你说完我再喊一遍，喊两遍、三遍！

秦嘉没搭理他继续说道：我也分了地，除了教书，也种地。这两年，我家的庄稼不比你们差。我认为，这两年粮食产量大幅提高的原因，除了农民的积极性高，没黑没明地干以外，还有开始使用化肥的因素，也有风调雨顺的因素。从长远看，究竟一家一户种小块田地好，还是集中经营土地好，我认为还要再看看。别的不说，把刚乾他们十多年前打的深水井填埋了，这恐怕不好吧？还有，牛死的死、卖的卖，村里没有几头牛了，人出牛大的力，干了牛干的活，这生产力究竟是提高了还是降低了？

那位青年说：没有牛，有拖拉机呀！

秦嘉说：全公社，噢，我忘了，全乡有几台拖拉机？而且，那"东方红-28"拖拉机能开进你那几分地吗？刚进到地里，就到地头了，不够柴油钱！

青年说：用拖拉机，一年就两次，能花几个钱？而养牛太费事，也费心，一年到头人围着牛转，比买柴油花钱还多。我宁愿人曳犁、人推磨，也不愿养牛。你看看，全村年轻人谁养牛？能数清的几头牛，都是老人在喂养；老人不在咧，是不是牛也该灭了？

也真是，全村只剩下十几头牛，第一生产小组也没有几头牛了，于恭让、金文涛三人合伙养的一头牛，也卖了。

于军乾说到大队科研站的情况：科研站的地分给了农户，科研站解散了，科学种田就没人抓了。于军乾是于刚乾弟弟，在大队科研站劳动了两年，他留恋年轻人一起劳动的热烈场面。

有人反驳道：啥科学种田，不就是选种子、用肥料嘛，谁不知道？种子嘛，你说啥好我就啥；肥料嘛，买化肥、撒化肥，谁不会？

尹宝石开口说话，其他人满脸惊讶。他说：你们说的这些，我都不爱听、不想听。养牛还是用拖拉机，选啥种子、用啥肥料，我现在不关心了。原来，尹宝石和他老婆在西京城田家湾开了一家沙发布料商店，把种地的事扔给了老人、孩子，有人还不知道。于刚乾在村口碰到尹宝石，把他叫到了会场。于刚乾让尹宝石继续讲下去。

尹宝石说道：土地承包了，人身自由了，不用请假了，想干啥就干啥，想到哪儿就到哪儿。到外面一看，才知道这世界有多大、有多花，我们以前简直就是井里的青蛙！尹宝石发过一通感慨继续说：咱们算一笔账，你亩产量翻一番，撑死也就是一千斤；过去小麦每斤一毛三分八，玉米九分六，现在国家把粮价提高一倍，一千斤粮食撑死卖二百三十块钱；每人一亩七分地，打的粮食全卖掉，一共收入三百九十块钱；扣除化肥农药机械费用，剩下大概只有一百八十元。这是一个人辛辛苦苦一年挣的钱呀！这收入，你说少？可它比人民公社时期高出几倍；你说多？可它与我的沙发店收入相比……大家猜，我一个烂沙发店，一年收入是多少？

有人说一千。尹宝石摇头。有人猜一万。尹宝石还摇头。有人吐了舌头说：我的妈呀！你到底是多少？尹宝石用手指向上戳，就是不说具体数字。不少人心动了，心里在捣鼓，今后继续种庄稼，还是外出搞别的？过去常说"好出门不如赖在家"，现在看来大错特错了！世界变了，现在是"穷在家富在外"。

刘益、秦嘉不争了，都陷入了思考。秦嘉感慨说：这世界变化也太快了！我这思想都快跟不上了。刘益说：农村那么多劳动力，都捆到土地上，多浪费！改革就是解放和发展生产力，包产到户，劳动力流动，这就是最大的解放发展生产力呀！

于刚乾为刘益拍手鼓掌，说讲得好！他在总结时又说道：实践出真知，实践出思想，你们都是我的老师。包产到户，释放了巨大的劳动力资源，显现了劳动力低成本优势，产生了巨大的劳动力红利。劳动力固守在白鹿原土地上，简直就不值钱，进了城就翻几番；但劳动力价格仍然很低，生产的产品价格低，竞争力强，能走遍世界。这就是农村大变样的根本原因，也是中国崛起的强大动力。

会后，于刚乾到他们当年打井的现场，看到两口井真的被填埋了，打井英雄席建田和捍卫集体财产而献身的王队长的墓碑还在。于刚乾面对墓碑深深鞠了三躬。想起自己被深埋井底和王队长在枪响时刻挡在自己身前的情景，于刚乾不由跪倒在地，落下了泪，感慨那生死替换场面，感念这长眠在地下之人。于刚乾叫来村、组干部和承包地的村民，请他们保护这墓碑。他们都说应该，并立即叫人用砖垒了一道墓碑的围栏。

于刚乾想听听原来生产队老人的心声，请来金文涛。金文涛老伴已经过世三年，金文涛和儿孙在一起生活。看到于刚乾，金文涛颤巍巍地拉住他的手说：见贤侄就想起你爸，你爸可怜，刚能吃饱肚子，他就走了。他是累死的，闷死的，真可怜！

父亲去世已经四年。于刚乾只知道父亲因为腰背疼、心口疼突然离世，第一次听说他是累死的、闷死的，他很惊诧。

金文涛没有直接回应于刚乾的惊诧，而是讲了当年实行包干到户时的一些情景：

四年前，也是春暖花开时节，在生产队饲养室召开社员会，讨论包产到户、包干到户。队长流泪了，说他"不情愿解散"。但是没办法，上面有要求。包干到户，说白了就一个字：分！把土地、牲畜、农具全分给农户。但是咋分？好的给谁？坏的谁要？大家为难了。这时有人喊：让当年的农会主任给大家分！他有经验。大家鼓掌说好！有人把你爸推到人前。三十年前搞土地改革，你爸是村农会主任，主持过分田分地。他没有推辞，重新丈量过土地后，把所有地块按远近、肥瘦、大小分为好中差三类，然后分类抓阄，哪块田是谁家的，就很快搞定了。接下来在田块之间埋界石，也很顺当。你爸真是个能人，而且讲公道。你家的地分到了小湾岭，不近偏远，大家对你爸的无私更多了一分敬重。

你爸想事总想得比别人大，不记私怨。金文涛又提起以前的事，他说道："社教运动"中，你爸受了栽赃陷害，但他一直给人说，政策好着呢，是为咱老百姓好，有的干部多吃多占，不整不行。

看到金文涛的烟灭了，于刚乾给烟锅重装上旱烟，点了火。金文涛深吸一口，慢慢吐出，眼看着徐徐升空的烟圈，他又回到前面的话题上。

接下来分牛，更叫人犯难。全队三十二户人家，只有十七头牛，有人想要，有人不想要，有人说想要但不敢要，怕把牛养不好养不活；价高、价平，怕没人要、要不起，价低了怕有人倒手变卖。争吵半天，还是拿不出方案。大伙儿又把你爸推上前台。你爸没有推辞，问大家：你们信任我？齐声喊：信任你，你说咋办就咋办！你爸一字一板地说道：牛，给社员按七成半折价，分到户的牛不许卖，若卖给本生产队以外的人家，罚款折价的一倍。道理嘛，不用我解释。具体咋分？我想是这样，先给牛标价，然后申报。报名户数超过十七户，就抓阄排序，按顺序选牛；报名户数低于十七，继续降价。会场上你看我我看你，没有人挑出毛病，大家同意了你爸提出的方案。分牛也很顺当，没有吵架。

于刚乾想知道爸到底咋样"累"着了。金文涛没有直接回答，仍按他的思路往下说：

我和你闫伯不会养牛，也没耐性。但庄稼人没有牛咋种地？我们就和你爸商量着合养一头牛。你爸心里亮得很，答应嘛，麻烦还在后边；推脱嘛，不够哥儿们。他就是个讲义气的人，犹豫了片刻，答应了我们二人的要求。我手气不好，抓阄结果，拉回一头老黄牛。我们商量，三人轮流喂养，牛圈就放在你家小庵间房你住过的土炕旁边。你爸也答应了。轮到我喂养，我晚上睡觉，叫都叫不醒；你爸半夜起来，替我喂一次牛。轮到老三，你闫伯，他比我更差劲，不但半夜不喂牛，也不知道晒干土，牛把圈都尿湿了，没有干土垫，牛只好躺在尿湿的土地上。牛肚子受凉、受冷，闹肚子疼，不吃不喝。你爸看了看就知道咋回事，给牛暖肚子、用草药，牛很快好了。牛刚好，老三给牛喂草，没发现草里有枣刺，把牛嘴扎烂了，牛又是不吃不喝。我俩摊开双手给你爸说：能者多劳，你就多操心吧。你爸没有推辞，就住进牛屋。他睡在牛圈旁的炕上，白天下地干活，晚上照顾牛，白天晚上的在忙活。

于刚乾还是不大理解地说道：再忙活，也不会把人"累"出毛病呀！

金文涛说：人呀，白天再累，夜里美美睡一觉，再累也没事；白天劳累夜间睡不好，十天半月，半年一年，这麻烦就大了，身体的毛病就出来了。你爸就是这样。承包土地以后的第二年秋播，人曳犁，人手少。你闫妈在城里看娃，生了病，你闫伯去照顾，少了一个劳力。你爸、我和你弟，还有你嫂，曳一具犁，四个人要出六个人的力，那个累呀！正在用劲时，你爸倒在了犁沟，昏倒了，我赶快掐他的人中穴。他醒了，喊心口疼、腰背疼。这时我才发现，他的脚和小腿都肿胀了。后来才知道，他心脏有了毛病。大家叫他回家歇息，他不，坐在地头，喝了点水，说没事，没事，又干起了别的活。唉！庄稼人都这样，有了病不当一回事，只知道"扛"。

于刚乾熟悉这些活路，他知道，三家人合伙种三十多亩地，至少需要两头牛；人曳犁，少不了。但生产队人曳犁，至少要六个人；而他们，四个人曳一具犁，咋能拉得动？想到爸瘦弱的身躯，而且心脏有毛病我竟然不知道，于刚乾内心充满内疚。他正想问"闷"出了毛病是咋回事，金文涛说：

秋收过后，你爸一直病恹恹的。我劝他歇息，他说他闲不住。我知道他放心不下牛。过了年，你妈要去给你看娃，但丢心不下你爸。你爸劝她说：去吧，去城里帮帮孩子，也享几天福。我没事！你妈走后，你爸好像变了，整天只知道干活，很少说话，吃饭越来越少，人越来越瘦。我问他咋咧？他说：不咋，就是个"闷"，心不畅。我问：要不要把娃他妈叫回来？他说：不要，不要难为他们。

清明前的一天，你爸又喊心口疼。我叫回你哥。在送往医院的路上，他……他就没了，我的好兄弟呀！哭喊着，金文涛落下了长长的老泪。

于刚乾终于明白了爸是"累死的"，爸是"闷死的"的原因。他蹲在地上说：怪我，怪我，我咋这么马虎！眼泪扑簌簌地落到地上。这时的他，除了心如刀绞地痛，还有恨，痛恨自己麻木迟钝，痛恨自己非但没有给父亲老来关爱，反而拿走了母亲的老来相伴，留给他老来寂寞，心闷。于刚乾产生了呼天唤地也无法追回的懊悔，晚了，太晚了！他捶胸痛哭起来。

回到单位，过了好久，于刚乾仍沉浸在悲痛中，一个多月后，他才写出调查报告。他在报告中用数据和事实肯定了这场变革极大地解放和促进了生产力的发展，受到人民群众的拥护和支持。最后，于刚乾提出，生产关系一定要适应生产力。包产到户成功的根本，是因为它适应了生产力落后的现实。生产力在不断发展，生产关系也要随之调整，不能凝固。他写道：目前，包产到户已显露出了一些弊端，主要是：家庭分散经营，规模小，难以形成规模经济效益；水利、大型机械设施和农业科技的应用受到限制，生产成本高、效率低；农民选择种地，可能限制了他们进城务工的自由，若放弃耕田，可能造成土地资源浪费等。最后他提出：政策制定部门要始终跟踪包产到户的发展变化，这种生产关系若成了不断发展的生产力的阻碍，就需要进行新的变革，不能制定几十年都不变的政策。

厅领导传看了报告，引起了争议。有人认为于刚乾说得对，有前瞻性；有人认为负面表述太多，与当前改革大局不够和谐，因此没有向省委省政府转送。不知是否因为这份报告对于刚乾造成了负面影响，拟提拔于刚乾为副处级一事，没了声息。于刚乾想问，最终还是没有问。

过了一年多，一位省领导看到于刚乾的这份内部送阅报告，写了一行批示。于刚乾很快被调到省委政策研究室工作，直到回滋水县任职。

汽车颠颠簸簸，开到了大梁村外。他们下了车，步行进村。

闫银堂一边走一边说：咱叔是大好人。合伙养牛，他受累受苦了。他的去世，我心里也很难受。两人沉默了许久。过一会儿，闫银堂又说：我的过去有点传奇，咱们回到县上，我再慢慢给你讲。于刚乾说也好。

大梁村变了。贯通南原、北原的一条沙土路从村东于刚乾家的房屋旁通过，可达县城和西京城。他家门前向西一条进村路，两旁盖起了房屋，有二层小洋楼，也有旧瓦房。这里原来是生产队大场和饲养室、仓库。差点淹死刚乾的那个涝池和"老漏"跳井的老井都被填平了；灌溉深井长期没有使用也封了口，家家户户装上水龙头，由村中央的水塔集中供水。青壮年男女进城去打工，有的全家进了城，老房子门紧锁着，前后院长满杂草。于刚乾到他家老屋、现在弟弟居住的房子外面转了一圈。看到破旧不堪的墙壁和屋顶，想起从屋檐上摔下来的老爸，内心涌出一股伤情。

按于刚乾的要求，村委会安排了一个座谈会。一阵寒暄过后开会。现任村党支部书记刘益主持会议，白鹿原镇镇长参加。

刘益开场白说道：首先，让我们以热烈掌声欢迎于副书记一行的到来！

大家鼓掌。于刚乾站起来抱拳相谢。刘益继续说道：十多年前，于副书记还是于科长时，回到咱村搞过一次调研，今日再回咱村，这是大梁村的光荣。接着，刘益介绍了村子的巨大变化后说道：现在大家都不愁吃不愁穿，许多人家盖起了二层洋房，日子好多了，和城里人差不多。现在大家谈谈情况，给领导显摆显摆。

大家你一言我一语，喜笑颜开，谈家乡的巨大变化。谈得差不多了，镇长引导大家说：领导下来搞调查，还想听听意见和建议。请大家在这方面说说，谈点不同看法。秦嘉，你带个头！

秦嘉现在是白鹿原中学的公办教师。十多年前，于刚乾回村做调研，听秦嘉发言受到启发，写出了有独到见解的调查报告，在领导中产生过不同意见。于刚乾对秦嘉的发言印象很深，这次再次点名他参加会议。

秦嘉客套了一番后说道：支书和大家讲了大梁村的巨大变化，我完全赞同。谈到变化的原因，大家都说是包产到户调动了农民的劳动积极性。是的，这是其中一个重要原因，但我认为不是主要原因。主要原因是搞市场经济，劳动力成为商品，劳动者可以自由流动，农村富余劳动力进城打工，人均种植面积增加了，劳动生产率才提高了。因此种地也罢、进城打工也罢，收入都提高了，手头不仅有了余粮，而且有了余钱。但时间一长，问题就暴露出来了。刚乾、银堂，哦，我说错了，于副书记、闫老板，你们沿路也看到了，好好的地撂荒没人种，究竟是啥原因？

说到撂荒，于刚乾弟弟、第一生产组于军乾插话说：一组大约有20%的地荒着，没人种，主要在沟坡地带。种地确实划不来，扣除种子、化肥、农药和使用拖拉机费用，不赚钱，搞不好还亏钱。进城打工的两家人让我代种他家的地，我不想种。他们说，一年到头给他们点口粮就行咧。我不好再推辞。其实我也忙，经管一台磨面机，顾不过来，我就种了绿化树，想给城里卖。结果树长大了，卖不掉，把我亏得一塌糊涂。

秦嘉说：好好的地，为啥撂荒？军乾说了，因为划不来。除了撂荒，还有"半撂荒"的情况，就是秋冬撒一把种子，来年能收几个是几个。这都是计算了劳动力成本后做出的选择，这是对土地资源的浪费。

于刚乾插话说：我打断一下，请镇长把全镇撂荒亩数和户数做个统计。镇长说好。刚乾说：继续！

秦嘉继续说道：以前辛辛苦苦修的水库，修的红旗渠，打的深水井，长期不使用都坏了，这都是资源的极大浪费。

一名共青团干部摇头，满脸不以为然，反驳秦嘉说：包产到户的意义，我认为无论咋讲都不过分。因为分田到户，就是最好的责任制，从根子上解决了干多干少干好干坏一个样的大锅饭问题。家家都有责任田，干得好自己受益，干得差自己吃亏，积极性不用调动也很高，一下子就冲破了集体经济"一大二公"养懒汉的体制，也为城市改革提供了经验。

秦嘉说：集体经济的优点是集中力量办大事，譬如兴修水利，利在千秋呀。华西村、南街村、袁家村，还有河北省周家庄人民公社，一直坚持集体经济，搞得不是很好嘛！你咋说？所以我的观点，一种制度，回头看，都有利弊，因此都要客观地、历史地去看，不要说过了头。

团干部还要反驳，镇长说话了。他说：现在是解放思想，啥话都可以说，说了也没事。行了，你们争论得差不多了，还是请于副书记给大家讲话。

于刚乾说：座谈会，有不同意见的争论很正常。当领导的，要经常听不同意见。今天，我对你们的不同意见不作评论。一定要谈点我个人观点的话，我想强调，要记着基本原理：生产关系要适应生产力发展；若阻碍生产力发展，就要进行改革和调整。包产到户为什么一呼百应？因为它适应了手工劳动的条件。但生产力提高了，就需要新的变革。怎么变？这是当前农业发展遇到的新问题。比如，怎么解决撂荒问题，解决"种地划不来"的问题，能不能通过规模经营来提高效率，解决问题？

谈到规模经营，闫银堂说话了。他说：我去过美国，米面油、肉蛋奶都很便宜，开始不知啥原因。参观了人家的家庭农场才知道是咋回事。一家只有几口人，种着上百公顷地，需要种地时，打一个电话，拖拉机来了；需要收割时，打一个电话，收割机来了。全是机械化作业，专业化管理。规模化经营，成本低，价格就便宜；价格便宜，农场主还能赚大钱。农场主赚了钱，很潇洒，大把时间在世界各地游逛。

这一说，让人大开眼界了！大家看着闫银堂，想听他继续讲。闫银堂说：我就知道这些了。刚乾领导谈到规模经营，我就想到白鹿原水库上游的大梁沟和鹿走沟两岸的斜坡地，撂荒多，超过一万亩，能不能在这里造林绿化，搞多种经营，搞旅游开发？

于刚乾有点激动，站起来说话：银堂，咱们想到一起了！我这次回村调研的目的，就想破这个题。搞绿化、搞开发，肯定是造福白鹿原人民的大好事。今天给你、给大家出三道题：家庭承包经营是不是需要调整，能不能向规模化经营方向发展？如果持肯定意见，那么能采取什么样的经营方式，怎么吸引投资？

闫银堂其实是随机说话，没有过多考虑。于刚乾出了题，闫银堂反倒不知所措了。他想：这可是投资大、看不到回报的项目。而且，土地怎么集中，怎么经营，我茫然不知。

于刚乾看出了闫银堂的犹疑，就说：今天出题，不要求立即回答，都慢慢考虑。县发改委专门研究，县委常委会讨论以后，咱们再谈。

散会后闫银堂要回西京城，于刚乾说：不行，我还想听你的传奇故事。他们一块儿又同车返回县城。

第三十八章　路怨人忧

于刚乾带闫银堂回村搞调查，除了解农村情况外，还想更多了解闫银堂的个人情况，了解他有没有在家乡投资的意愿。在返回路上，两人又唠起了没说完的话题。

闫银堂说道：过去人怕富，怕露富，你越富就越像资产阶级，不像贫下中农。现在国家鼓励致富，谁有钱谁光荣，越富越光荣。因此我也没啥顾虑，对老哥你不遮不盖，有啥说啥。我的致富路，最难的是迈出第一步：下海经商。

说到下海经商，闫银堂先讲了一个故事：有一本戏叫《洛阳桥》，是说清朝一个状元，在家乡建洛阳桥时，桥墩打不到水中，据说因为海龙王不让建桥。于是这个状元就贴出了布告，想找到可以下海能与龙王当面商讨之人。后来找到了一位叫"夏德海"的醉汉，醉汉稀里糊涂地下了海，送了命，这桥就建成了。

说到这儿，闫银堂说：这新时期的"下海"，可不是醉汉的稀里糊涂，而是虽有风险，但回报可观。当然一开始也要有敢于拼搏的冒险精神。

于刚乾说；对，下海经商，还是要有很大勇气的。

闫银堂讲述了他的经历：

转业后，组织给我安排了一个区一级的五金公司副经理职务。我很满意，副科级，工资五十多元，比大学毕业生还高。我知足了。但后来，不断传来战友下海经商成为万元户的消息。听到"造导弹的不如卖茶叶蛋的"抱怨声，我心里也瞀乱，不安稳了，也想成为万元户。国家鼓励发家致富，我咋能无动于衷？但内心也纠结：这铁饭碗，这副科级待遇其实也挺好的，每天一张报纸一杯茶，开会，吃饭，睡觉，不操心，很悠闲；下海经商，没了悠闲，也可能失败，失去这一切。犹豫了半年，后来国家出台了"停薪留职"政策，就是可以离开单位但仍保留国家公职人员身份，我就下了海。

开始做小本买卖，来往广州、西京，买卖服装，后来卖皮鞋、手表，一年多我就成了万元户。有一天我和生意伙伴一同去广州，快到机场时汽车抛锚了。为赶飞机，我们背着钱袋子快步跑。不小心，我把脚崴了。伙伴扶我走，我推开他说：你快走，你还能赶上飞机！他走了，我没精打采地回到家。正在听广播新闻，一条消息炸晕了我：飞往广州的这架飞机在长乐县上空突然爆炸，爆炸原因和遇难人数正在调查。我急忙搭车赶到现场，问当地农民。他们说：突然一声巨响，只见人民币漫天飘落，大家都赶来捡钱。我问：见到活人没有？他们说没有，见到的都是一条胳膊一条腿，没有浑全人。我迈着沉重的步子回到家，嘴里喃喃着：伙伴死了，我活了！当时我为啥要推他一把，拉他一把多好呀！难道怪我，怪我把他推给了阎王爷？半年多，我好像丢了魂一样，缓不过神来，不敢坐飞机，也不想做服装生意了。

　　海岛独立建省后，商机来了。战友邀请，我带着十多万元到了海岛。利用战友的人脉关系，我批得一块土地，一个月地价就翻了一番。土地批条也能卖！我没有犹豫，把批条卖了，赚了近百万元。当然了，我知恩图报，没有独吞。接着我在海口市黄金地段买了一块地，请人画了住宅建筑的图纸。我拿着图纸找银行行长，行长就给我批了两千万的贷款。我请他吃了一顿饭，没送礼，就一顿饭，很简单。有了钱，也有了胆，我再买了一块地，拉开了建筑施工。半年多，每平方米的预售房价从一千八百元涨到了五千二百元。有一次，在和政府一位官员吃饭时，我翻看了他带的一份资料，上面写着：海岛市人均住房面积五十平方米。我打听了，西京城人均住房面积才七平方米，每平方米才一千五百元。这也太夸张了。我感觉危险，感觉不对劲，就决定以每平方米五千元的价格出售在建房屋。低价售楼，购房者排起了长队，结果三天就卖完了。赚了多少？十万平方米，你算算，我不说。拿到钱，我立马把钱转回西京城。不久，海岛房地产泡沫破裂了，房子卖不出去了。我嘛，哈哈，在西京城开始了房地产开发！

　　闫银堂说得高兴，于刚乾一直没有插话。闫银堂掏出打火机，点燃一支烟。于刚乾说：你的经验，恐怕书本上找不到。

　　狗屁经验，上不了台面！

　　那你说说，是啥狗屁经验？

　　闫银堂说：很简单，变革时期，政策在不断地变，这中间就有空子可钻。价格双轨制，中间的空子就很多。比如土地指标、钢材水泥指标批条，计划内与计划外的价差很大，路子熟了，来钱很容易。但是我觉得，钱来得越容易越有问题，越难长久，要适可而止，不能太贪。国家也在不断调整政策，政策有变，就赶快收手，不然，迟早会挨挫。

于刚乾说：真有你的。三十年前，申严启就说过你有经商的天赋，有朱元璋的天分。

闫银堂说：不敢当。不过我也有能上台面的经验，那就是大变革年代，胆子要大，要敢闯敢干。谁胆子大？体制外的人，不受条条框框约束的人，敢折腾的人。而读书多的人，考虑问题多，传统观念重，冲不破旧体制框框。拿固定工资，咋能先富起来，咋能成为大老板？现在社会上怨气话很多，说什么"搞导弹的不如卖茶叶蛋的，拿手术刀的不如拿剃头刀的"。开始我也想不通，有点奇怪。后来想，国家政策放开了，实行市场经济，自然就成了市场说了算。这么一想，就没有啥想不通，没有啥奇怪的了。

于刚乾心想：这就是书上写的市场不均衡原理，在经济大变革时期会更加显现。从不均衡到均衡，均衡中有不均衡，这是普遍原理。不过，总要、总会有个"度"，偏了就要纠，就会纠，人不纠正，经济规律也会纠正。不过，那样成本就很大。但于刚乾嘴里没说，这些大道理离题太远。他说：你讲得有道理，也回答了我提出的一些问题。想到自己女儿，刚乾突然问闫银堂：你儿子呢，在哪儿上学？

闫银堂说：在美国一个商学院读研，今年毕业，他还想读博，我想让他早点回国熟悉环境。银堂突然话锋一转问刚乾：假如有人用高薪，比如，比你工资高十倍的薪水，聘请你当公司总经理，你干不干？

这提问，把于刚乾给"将"住了。

没等于刚乾回答，闫银堂解释说：不瞒你说，我的事业发展很快，摊子越铺越大。计划生育，就这么一个宝贝儿子还在国外。我想聘请一位总经理，几次都想到你，但一直张不开口。重农轻商、重本抑末多少年，商人，传统观念中的商人，给人留下无商不奸的印象，有钱也不一定受人尊重。而县长，父母官，身份显要，受人尊重。因此辞官从商，叫人很难抉择。你不必现在回答我。

于刚乾没多加思考地说：你是快人快语，我也直言不讳，现在就回答你。重农轻商是中国封建时代的历史主张。在现代人的观念中，有人把金钱看得重，有人把地位看得重，有人金钱地位都看重；有人把社会责任看得重，有人把个人自由看得重。对我来说，钱够用就行，当然多一点更好；我也不在乎地位高低。我总记着以前受的苦，知道老百姓日子艰难，真心想为老百姓办点实事，让他们过得更好些。因此我选择了回县任职。在这个位子上，挣钱多少就无所谓了。往大里想，这也是共产党人的追求。组织上培养我这么多年，就是要我更好地为党和人民工作。现在组织上给我压了担子，我咋能为挣大钱撂挑子？我一直在想，人一辈子咋样才算有意义？慢慢体会到过程的充实最主要。追求理想的过程带来的成就感，让人充实，愉悦，感觉更有意义。

　　还是老哥你高！我感到你简直就是个圣人，不，是一名真正的共产党人。闫银堂说：你看我，张口就是钱，竟然想用大价钱来请你。我理解你，因为我这个凡人有时也在想：钱太多了，只是一个数字符号，难道人一辈子只是为追求这个数字的多少？人生的意义难道只是为了这个符号？我想来想去，没有答案。有时也想为家乡做点好事，积点德行点善，在家乡留个好名声，可能更有意义。

　　于刚乾心想：闫银堂有这样的思想，说不定能成为"先富帮后富"的带头人，在开发白鹿原大梁沟中发挥作用。

　　第二天早饭后，有人告诉于刚乾，他二哥家出事了。

　　吉普车爬上白鹿原，翻过鹿走沟，正在一段狭窄路面颠簸，前面一群人吵吵闹闹，挡住去路。司机下车，正要喝令让道，被于刚乾挡住了。原来是两个迎亲队伍相撞，红冲红，不吉利，一个不让一个。向南行的要向北行的后退二十米到十字路口，向北行的人质问：你们懂不懂礼数，迎亲车咋能向后倒？倒车，倒退，倒……你们想诅咒人？向南行的人拿来一瓶白酒说：送给弟兄们洗手化煞。后退几步，与人方便与己方便。向北行的人说：送十瓶酒也不行！南行人指责对方不讲理，抽出扁担，嘴里喊：收拾收拾这蛮不讲理的东西！新郎赶上前抱拳相劝：哥哥别生气，大喜日子，千万忍让！接着他笑脸上前，掏出一百元钱给对方。对方人缓和了口气说：这真不是钱的事！还在僵持，来往行人越聚越多。

这时有人认出了于刚乾，大声说：于副县长在这儿，还吵啥？还有啥解决不了的问题！大家让开了路。两个新郎到于刚乾面前，躬身送糖递烟。

于刚乾拿了两块糖，说声恭喜恭喜！然后站在略高处讲话：乡亲们、朋友们，今天是大喜日子，遇到了这样的事怨啥，怨谁？要怨就怨我吧，怨我们没有把路修好。

大家互相看看，摇着头，意思是我们没有怨领导，没有怨你呀！于刚乾继续说：我在这里想告诉大家，两三年内，我们一定要改变全县道路交通面貌；在这之前，路上遇到麻烦，大家还是互相包涵、相互礼让为好。今天这件事，究竟是各自后退一步，还是把你们准备拿出的钱给路两旁的农户，作为"踩青"费，你们商量着办。我只强调，不许打架，谁打架公安就抓谁，听到了没有？

大家哄笑着说：听到了，不麻烦领导动用公安了！双方紧张相持的气氛缓和下来。

是呀，这个主意怎么都没想到？给在场的农户一点钱，问题很快得到解决。迎亲队伍高兴地上路了。

人群散了，白鹿原镇镇长闻讯赶来。于刚乾问镇长：这个道路规划是多宽，是双道还是单道？镇长说：是双道，包产到户后，两边的道路被有些人年年"蚕食"，慢慢就变成了这样的单道。于刚乾问：那政府为啥不管？镇长说：有些村民很难缠，镇干部也懒得和他们"叨叨"。意识到自己这个辩解有失原则，镇长立即改口说：我们马上采取措施，拓宽路面，达到要求。

于刚乾说：谁让你整天和群众叨叨、吵闹？重要的是教育和管理。教育若不起作用，就要健全制度，用制度来管人、管事。比如要保持路面不被蚕食，能不能在路两旁栽上树，同时落实路两旁农户保护树木的责任，规定处罚措施？这样，既保护了道路交通，也促进了造林绿化。

镇长说：这个办法好，领导想得周到。您的指示，我们立即贯彻落实。

于刚乾心想：我只是给他们提示一种思维方式，一种解决问题的方法，他们怎么把我"比如"之类的话当作了指示，而且表示"立即贯彻落实"？

走进二哥家门，于刚乾看到二嫂的尸体停放在门外的门板上。她鼻眼扭曲，几个指甲都被抓掉了，指头血淋淋的；炕边和炕席上发黑的血污和被指甲抓抠的印痕，留下了极其痛苦的挣扎场景！

二嫂娘家在一百多里外的秦岭山区，十年前嫁给于双乾。于双乾前妻生的儿子送给了远在山东的亲戚，女儿出了嫁，家里只有他们二人。她怀胎九个月，下个月孩子即将出生。她满怀希望和喜悦，想叫她妈来招呼自己坐月子。于双乾早起时，听了听腹中胎儿的动静，满怀美好希望，对妻子说：等着我，接妈来，迎接咱这宝贝来到这世上。中午，刚乾大哥有事来家，进门看到弟媳在炕上疼得打滚，双手乱抓乱抠。他跑步请来吴庙村的赤脚医生。医生说可能是难产，赶快送地段医院。几位乡邻把她抬上架子车，走了一会儿，医生又说地段医院条件不行，赶快去县医院吧。他们又拐过马家沟去县城。

车子颠簸在土疙瘩路上，一个多小时才到达白鹿原原塄。刚乾大哥看到架子车不停地向路面滴血，心里咯噔一跳，叫停下！这时，看弟媳的面部，她瞪着双眼，没有表情；用手触摸她的鼻息，已没了一丝气息。她走了，早晨还在向往着美好，到下午，就与这个世界永别了。

这时，于双乾还在山里，怎么告知他？深山老林，不通公路，只有崎岖的山路。刚乾大哥派人步行进了深山。

看到这凄惨场面，于刚乾一阵心酸。想起爸突然离世的情景，他忍不住掉下泪来。

十六年前的一天，于刚乾正在秦岭山区做调研，接到"速回家"的电报。赶回老家，看到爸的尸体停放在门板上，于刚乾号啕大哭。那年，爸七十二岁。前一天晚上，他感觉胸闷、气短、咳嗽不止，自以为累着了，没有告诉家人。早上起来，他给牛喂过草料，准备下地干活，突然呼吸困难，倒在了地上。刚乾大哥、小弟急忙叫来赤脚医生，用药后不见好转。医生说赶快送县医院，路上尽量减少颠簸，不能用架子车。他们急忙用两根短椽绑成担架，把病人放在上面，抬起来小跑着上了路。越过几道河，爬上马家沟，来到白鹿原原塄，刚乾大哥叫声"爸"，没有反应。他们急忙停下来，仔细看，爸的头已经倒向了一边。他临走没有留下一句话，就这样永远离开了。

于刚乾泪眼模糊，心里在问：全县六十万人，究竟有多少人也像这样，死在了送往医院颠簸的路途中？

处理完家事，于刚乾一上班，就来到县卫生局。局长有点紧张，以为新领导突击检查工作，叫来办公室主任，耳语了一阵。办公室主任紧急召集有关科室领导，作工作安排。于刚乾给手势，让局长别忙活，坐下来说话。他开宗明义说道：今天来，主要了解全县医疗卫生机构设置、医疗技术人员配备、大型医用设备主要是救护车配置情况。

卫生局局长松了一口气，给领导倒了一杯茶水，诉起了苦，讲起了困难。他说：按要求，乡镇应设立地段医院，但没钱买设备，医护人员少，有的地段医院相当于一个诊所；医生、医护人员都集中在县城，没人愿意去乡镇工作。全县监护型救护车只有一辆，转运车一辆，主要负责县城的医疗救护；乡镇基本上都是泥土路，凹凸不平，而且路面窄，有车也去不了。

听了汇报，于刚乾说：路窄、路面不平，我们会想办法解决。你现在考虑，救护车通全县所有乡镇，一共需要多少辆？资金缺口有多大？你们很快拿出一个报告。局长点头连说好。

于刚乾继续说：全县农村人口是县城人口的六倍多，但医疗资源却主要集中在县城。上世纪六十年代，毛主席就发出号召：把医疗卫生的工作重点放到农村去。但这个重点还在城市，你说合理不合理？局长连说不合理。于刚乾说：不合理就要想办法解决。怎么解决？全县医护人员，由卫生局统筹安排，轮流下乡，行不行？局长哼哼唧唧地说：难，有点难！于刚乾说：今天就给你们出个难题。你们做点调查，拿出具体办法，上县政府办公会议专门研究。卫生局局长连说是，是！

下午，于刚乾来到县交通运输局。局长是一位即将退休的干部。他叫来一位年轻的姓易的副局长汇报工作。于刚乾说明来意，主要了解全县公路建设情况、国家专项资金使用情况、全县公路建设当年计划及中期发展规划。易副局长思路清晰，汇报数字精确到了个位。听了汇报，于刚乾提问：全县所有乡镇包括山区乡镇，建成三级公路，资金缺口有多大？可能的资金来源有哪些？川原地带，能不能在近三年实现村村通公路？主要困难和问题有哪些？易副局长刚要回答，于刚乾说：今天我提出问题，不要求你们立即回答。经过认真研究，你们拿出一个可行性报告，准备在县政府办公会议上讨论。局长、副局长一同说是。

过后，于刚乾知道，这个易副局长是易建设的大儿子，公路学院毕业生，二十八岁，很像他母亲丁香梅。丁香梅和席养涵青梅竹马没有成婚，和易建设结了婚，不知婚后怎么样？于刚乾想起几十年前的事，心中突发提问。

第二天，于刚乾把农业局局长叫到他办公室。他说：在白鹿原大梁沟，我看到不少田地撂荒，平原地带也有。想问一下，全县撂荒农田有多少，占可耕地比例是多少？

农业局局长支支吾吾。于刚乾说：是不是没有调查，不了解？局长红了脸，不出声。于刚乾继续问道：一周内能不能拿出调查数据？这是农业现状的一个重要数据，要赶快补上。尽管于刚乾没直接批评，局长仍然很紧张，额头沁出了汗珠说：我们马上组织人员调查，一周内保证完成任务。

于刚乾仔细想了想说：一周时间太短，要实事求是。不切实际的时间要求，会逼着下面拍脑袋填报表，虚报瞒报，作假造假。这样吧，安排一个月时间，农业局干部和乡镇干部全都下去，把面上调查与重点调研结合起来，把调查研究与解决问题结合起来，重点放在解决问题上。你们代县政府起草一个调查工作通知，我来签发。一个月后，你们就这个问题向政府办公会议作专题汇报；注意，是情况汇报，也是分析报告，要分析农民撂荒的原因，提出解决问题的办法和政策建议。

局长站起来躬身说是！他们谈话不到十分钟。

走出办公室，局长松了一口气。他想：以前的领导，怎么没人讲这些问题，也没要过这些数字？这个新领导脑子清，要求严，新官上任三把火，今后工作不敢怠慢、马虎。

于刚乾赶到省城医院，看望易建设书记。大前天，易建设下乡时遭遇车祸，住进了医院。进大门，刚乾看到一辆"0"号车牌的奥迪车驶出，知道这是一位副省级领导来看望易建设。

七十年代末，易建设调到县工业局工作。进入八十年代，文凭热风吹起来，没有文凭，不能得到提拔使用，易建设坐不住了。他请了半年假，参加各种复习班，最后考上了电大。三年后，易建设拿到了电大专科毕业证，很快升任工业局副局长、局长。九十年代，国有企业"抓大放小"、改革改制，省属企业祥瑞金属制品厂下放为县管。易建设亲自抓祥瑞厂的改制工作，并直接向某省级领导汇报改制情况。不久，易建设被提拔为县体改委主任兼工业局局长，亲自抓祥瑞公司的股份制改造，把国有股份卖给一家港商，改制成祥瑞股份有限公司，经省体改委审批上报，证监会批准上市。省领导表扬易建设有创新精神，把一个县办厂改造成了上市公司，随后提拔他为副县长、副书记，继续兼任工业局局长。于刚乾看到易书记的这段履历，心里疑问：副县长、副书记有什么特殊原因还要继续兼任工业局局长？

方书记退休前，向省委组织部推荐于刚乾接任县委书记。组织部考察后和于刚乾谈话，确定于刚乾任县委书记兼县长。但后来宣布决定时，任命于刚乾为常务副县长、副书记，尽管行文的括号中标注了"正处级"，但仍然给人以降职使用的感觉。县委书记兼县长是易建设。于刚乾不知其中原因。

于刚乾正在疑惑，组织派人和他谈话说：这是过渡，领导说了，易建设将另有任用，他在任时间不会太久。

于刚乾心想：行文已下发，再说也没用。关键是这么多年不知这个领导的情况，不知他现在好相处不好相处？看来，自己以前想"甩开膀子大干一场"，可能不会如愿以偿了。

共事半年，于刚乾感到易建设工作中办法多点子稠，但有时不讲原则，甚至离谱。有一次在县政府办公会上，易建设说：咱们是贫困县，吃财政补贴，各部门要想办法争取更多补贴。至于用啥办法，我不管。现在的人，无利不起早，要投其所好。宣布散会。参加会议的人都还在座，他又接着说：美女，比金钱的诱惑力还大，美女的作用不可小觑。对外开放的新时期，比起干部政绩这西瓜，作风问题就是提不上串的芝麻啰！于刚乾觉得这话有失原则，想给领导打圆场，就说：书记的意思，是要有关部门充分反映咱们的困难。会后说几句轻松话，可别来真的，毕竟，上面坚持原则的人多，小心碰钉子！易建设不满于刚乾的插话，当场批评他说：书生话、书生气！于刚乾感到没面子，红了脸，为了不让部下误解成"领导之间有矛盾",他没有回怼,但心里不是滋味。他心里想:难道这就是这位领导的一种"工作方法、思想方法"?是受到领导表扬的"与时俱进、大胆创新"?他受提拔难道与此有关?如果他真是这样,今后我怎么与这位领导相处?于刚乾心情有点沉重。想起以前和老书记的谈话,那时,于刚乾只是觉得易建设的思想格局与老书记有差距,现在觉得,这恐怕不是思想格局高下问题。

三天前,易建设下乡坐车走到白鹿原的鹿走沟沙土路狭窄路段,对面来了一辆卡车,司机偏打了一点方向盘,小车就翻滚到了沟里。司机牺牲了,易建设受了重伤,被紧急送往医院。

于刚乾进病房和斜靠在病床上的易建设握手。易建设拉于刚乾坐在身旁的座凳上说:我命大,从车门摔了出来,被一棵树挡住了。鬼门关走了一趟,肋骨骨折,椎骨受伤,没事。唉,路不好,要人命!

于刚乾说:就是,路是致富之道,也关乎人命。

说到修路,于刚乾有一个大胆设想,就是一两年内全县所有乡镇都通上三级公路,三五年内实现全县村村通公路。他知道,实现这个目标的难度很大,关键是资金严重不足。除了向上申请,刚乾也想到动员民间力量,但心中无数。刚乾谈了自己的设想后征求书记意见:不知这可行不可行?

易建设说:这是大好事呀!属于政府工作,你大胆搞,不用请示我。你是常务副县长嘛!

易建设要于刚乾再靠近他,低声说道:我想多说几句,你本来是正处级,把你放在副处级位置上,已经委屈你了。不过,这个位子,迟早是你的,我在位不会太久。至于调动到哪儿?上面有人在考虑。

于刚乾客气地回话说:你哪怕明天离开,今天也是滋水县的最高领导,也要请示,一把手就是一把手。你经验多,我跟你多学学。

易建设再次鼓励刚乾,说道:最近你主持全面工作,除了组织人事上的事,其他工作,政务方面的工作,你放开手脚干,大胆干。

放开手脚干,大胆干,一把手亲口说的,没错,于刚乾感觉很受鼓励。他有一个制定全县未来十年发展规划的想法,但作为二把手,他不好冒这个头,更不能领这个头。听了易建设的话,于刚乾没了介意,谈了自己关于制定全县发展规划的初步想法。

易建设说：这好呀！这方面是你的特长和优势，我全力支持。

于刚乾说：十年规划，从长计议，现在就开始着手。当前的工作重点，我想安排抓修路，在全县乡镇掀起修建公路的高潮。易建设说好！

第三十九章　乡贤大会

于刚乾离开医院，立即去省上有关局办了解情况。返回县城后，又到县公路局召集领导、有关技术人员座谈。座谈结束时，于刚乾要求县公路局提交四份报告、计划：一份是以贫困县和原岭山地多为由，申请省市追加公路建设投资的报告；第二份是申请将汤峪到县城路段，列入省市环山公路建设规划报告；第三份是县域公路两年建设计划；第四份是村镇公路建设指导意见。

报告写好了，于刚乾亲自修改，又带着公路局局长亲自呈送报告。局长问：咱们两手空空，会不会碰软钉子，或者吃闭门羹？刚乾说：这样吧，带点地方特产，表达山区人民的友情和希望。局长自嘲地嘿嘿笑了，意思是：谁看得上你这种"友情"？有啥友情可交？刚乾看透了局长的意思，问道：那你说咋办？局长说：红包，购物卡，银行卡！刚乾说：那不行，没有、也不允许这样的财务列项！这样吧，咱们先递交报告，若迟迟不批，我再找省市领导。

路上，他们谈到送礼、行贿和吃拿卡要问题。刚乾问局长：你说说，这方面的问题到了啥程度？局长开始不说，后来讲道：在项目招标和审批管理方面，我个人看，问题还真不少，或者相当严重。求人办事不"表示表示"，有人会认为你不懂事；收受送礼有人会认为理所当然。于刚乾沉默很久后自言自语说：权力用来交换，公权私用，这是个大问题，究竟有啥办法才能解决？

两周后，于刚乾主持召开了县政府常务（扩大）会议，县政府主要领导、局办领导、乡镇领导五十多人参加。

于刚乾开场说：今天会议议题是修路。路的重要性大家都知道。我今天想再次强调，道路不通畅，成为制约咱们县发展的关键，秀美的风光"人未识"，文化遗迹少人观，土特产品运不出，咱们守着资源，端着金饭碗、玉石饭碗没饭吃。要想富，先修路，公路通，百业兴。

喝了口水，于刚乾继续说道：今天我还想强调，道路通畅，也是乡村文明和人的生命安全的需要。路不好，害死人，天怒人怨！眼前就有血的警示，咱们的司机同志光荣牺牲了，书记还躺在医院。

大家都在静静地听。于刚乾继续说道：再给大家讲个真实事例。白鹿原上大梁村，有一个家庭，几年间就死了三个人，年少的二十六岁，年长的七十二岁，都是因为突发疾病，用架子车或用担架送医院，死在了半路上。这对一个家庭是多么大的伤害和打击！全县乡村五十万人，因类似情况而死亡的究竟有多少人？没有统计数字，但人数肯定不少。如果有救护车，可能就不会死人，或者死不了那么多人。但是有了救护车却没有救护车可行的路，也不行呀。从保护人民生命安全高度，咱们也要尽快修好全县的乡村公路，实现乡镇通三级公路，村村通沙石公路。这是我的开场白。下面请公路交通局局长发言。

公路交通局局长主要讲了公路交通现状，县域公路两年建设计划，村镇公路建设指导意见，着重讲了建设计划与资金缺口问题。

接下来讨论发言。大家围绕着国家拨款以外的资金缺口问题，你一言我一语，议论纷纷。都说资金缺口太大，没有办法解决。一位乡长发言说：别说两年，就是给我五六年、七八年，我也没办法。其他乡长跟着附和。县领导也有人主张"有多少钱办多少事"。不大赞同，成了会场的主流声音。

这时，于刚乾要大家静一静，他说：今天，我请来一位"乡贤"列席咱们的会议，他是白鹿原大梁村人、西京建研工程科技公司的老总席养涵。请他给大家说几句话。

一周前，于刚乾和席养涵谈了全县乡镇修通三级公路的想法。席养涵说：好呀，这是大好事。刚乾说：问题是资金缺口太大，县、乡领导信心不足，不大支持。养涵说：这好像不难，发动和依靠群众，有钱出钱没钱出力。一说出钱，我都有这个意愿，这是为家乡做贡献的机会呀！我相信，有这种思想的人绝非我一个，闫银堂和申严启、齐民生，他们也会有这个想法的。刚乾说：我不是没想到捐资捐款，而是怕效果不佳。和你谈话，也是调查摸底。好了，现在我更有了信心。下次县政府召开常务会议请你列席参加，行不行？养涵说：这，合适不合适？刚乾说：这有啥不合适的，就这么定了！

席养涵站起来，大家都让他坐下说话。他说：于副县长和我是老乡，他说要给家乡修公路，是白鹿原可以通县城、通西京城的三级公路。我听了特别高兴。以前，七十年代，我从西京城回家，不知道有多难！家里有急事，我一大早坐车到长乐县的鸣犊，然后下车走路，爬坡上原，走近三十里路，天黑才到家。现在，到了新世纪初，还这样，心里真不是滋味。我和企业家闫银堂，还有海外的申严启、齐民生联系，他们都愿意捐款助力。我们的初步意向：捐款三十万元，其中十万元作为白鹿原镇购买救护车的专项资金。

三十万元，这数字不小呀！与会人员热烈鼓掌。于刚乾说：全县在外人员有一批先富者，他们不忘故土，愿为家乡做贡献，我们把他们称为"乡贤"。他们是响应国家"先富帮后富"倡议的带头人。席养涵、闫银堂、申严启、齐民生在这方面带了头，是榜样，我们表示感谢！

会场五十多人都站起来鞠躬，表达谢意。看到社会和村民的力量，大家看到了希望，接着热烈发言。前面发言的乡长说：我咋没想到这个路子，我们乡里肯定也有这样的人。我收回我前面的发言。其他乡镇长纷纷表态，有困难也要干。

根据大家的发言，于刚乾总结讲话，提出几条原则性意见：

制定并下发滋水县"公路建设两年推动计划"，掀起全县公路建设的高潮；把公路建设成绩作为乡镇干部政绩考核的主要内容。

今明两年的重点是把县乡路段建成三级公路，开通公交班车。

乡镇各村的公路由各乡镇负责，因地制宜，建沙石路或水泥路，不作统一要求；资金来源，县上补贴加自筹。

所有工程一律公开招标，杜绝一切贪污腐败。

实施救护车三年扩充计划，满足乡村医疗救护需要。

会后，根据于刚乾讲话精神，县政府下发了文件。

会议结束后，于刚乾把席养涵留了下来。他想知道这位好友乡贤的更多情况。他们住在县招待所，谝了大半夜。

席养涵在大学学的是建筑学，现在搞工程设计。这是一个热门专业，是"凝固的音乐和永不消失的纪念碑"，他很热爱。毕业时，学校要留他做教学工作，他想做实际工作，最后选择了省建筑工程设计研究院。一上班，他就赴非洲搞援建工程，后来担任了援外工程项目的总设计师，再后来，成为项目总负责人。项目刚铺开就遇到了麻烦，投资方提出各种苛刻要求，背后的原因是中间商在作怪，想改变承包方。恰在这时，国家领导人访问该国，席养涵壮着胆去面见领导。领导不厌其烦，与该国领导沟通，问题很快得到解决，避免了不小损失。听到这个消息，院长激动得连夜打电话给席养涵，赞扬他："你真行！"回国后，院领导很快提拔席养涵为副院长，负责全院的技术工作。

看到单位养了那么多闲人，而且多数人都不懂技术，不干实事，但工资奖金仍然不少拿，有的人还爱提意见，说谁个和领导好，谁个提拔太快，席养涵看不惯。有一天听到有人说院长最近闹头疼，养涵一打听，才知道是因为自己。上级领导批评院长说，席养涵太年轻，提拔得太快了，要求提拔一位不懂技术的人当副院长。院长很为难。席养涵听到后，向院长提交了辞职报告。院长不接受，忙说：别，别！你的副院长职务谁也代替不了。席养涵解释说：国家放开了市场，海阔天空，我正好想下海一搏。还没有取得领导同意，席养涵就走出了设计研究院大门。

辞职后，席养涵创建了西京建研工程科技公司，主要搞工程设计。公司初创，没有办公地方，他就在三楼他家的窗外挂了一个牌子。几次招收的技术人员到他家一看，就不辞而别了。凭着设计研究院副院长的声誉，席养涵拿到了某水泥厂改造的第一单项目，于是他开始了夜以继日的工作。项目投产后，产量、质量都创了新高，在业界获得了很好声誉。有了钱，席养涵在高新区创业园租了办公室，挂出了鲜亮的牌子，招收了五名大学生，业务涉及建筑建材设计的各个领域。业务越来越繁忙，职工人数越来越多，席养涵聘请了公司经理，划分了业务科室，与自己原单位形成了竞争格局。原单位被推向了市场，实行自负盈亏，闲人多、任务少，直到发不出工资。老院长生气，抱怨市场竞争无情，抱怨席养涵抢了设计院的生意。新年到了，席养涵请老院长吃饭，酒杯相碰，都知道这是市场经济的必然，一笑泯恩怨。

后来，闫银堂找上了门，请席养涵做他们公司的顾问。席养涵说：你看到了，我这一摊子事很多，也忙，顾不过来。闫银堂说：平时我不打扰你，重要事情，我拿不准，向你请教，你不会推辞吧？席养涵没办法，接受了邀请。他把自己公司的日常管理业务都交给了公司经理。

其实，于刚乾现在对席养涵致富过程不大感兴趣，他更想了解席养涵致富后的心理，了解他慈善捐赠的动机，验证先富帮后富的可行性。他问养涵：你对先富帮后富、先富带后富怎么看？

养涵说：先富带动后富，其实是经济学中的"涓滴效应"，意思是有钱人通过消费劳动，让劳动者的钱比以前也多了。这是纵向比较，横向比较就很难说了。

刚乾说：我知道，这方面争论很大，今天不做这些比较。今天就想弄清：有钱人愿不愿意捐赠，搞慈善，帮穷人？

你又提出了一个大问题，在考我？养涵说：也罢，要我说，向善心理，利他思想，慈善帮扶，在这个传承了几千年儒家思想的国土上，有着深厚的土壤，只要积极倡导，就会发扬光大，枝繁叶茂。咱们徒步长征的路上，到处可见活雷锋呀！

不一样，老弟呀！刚乾说：那时是一大二公的全民所有制和集体所有制经济，公有的经济基础要求并产生为公的思想，咱大、方书记的公而忘私就是那个时代人的思想体现。现在是多种经济成分并存以市场为导向的体制中，思想观念变得很复杂。

就是的，现在人都忙着挣钱，有人光想着给自己捞，甚至不讲公德不择手段，还有变相侵吞国有资产现象。养涵说：好像社会观念也发生了很大变化。有一次我参加一个会议，台上人讲到"为人民""公而忘私"，台下人哄笑，认为在说教；台上人讲到"舍己为人""舍己救人"，台下有人大声回怼：那都是傻子。现在，人的思想更加偏私。有人写文章找理论根据，说"人生下来就自私，人的本质就是私"。

于刚乾说：这样看来，倡导有钱人搞帮扶不大现实。那你们为啥愿意掏钱，掏那么多钱?

席养涵说：人是有差别的，不能一概而论。我理解，人出生时遵循本能，这时候的人本质就是纯粹，而不是有人说的自私，也无所谓善恶，争辩是善是恶没意义。我认为，人的本质是可变的，主要在于后期成长阶段接受的影响和教育，人可能偏向无私，也可能偏向自私。你刚才说了，公有制条件下宣传大公无私，无私的人就多；私有制条件下人更倾向于自私。现在活雷锋少了，有的地方甚至没了，恐怕与私有的经济条件影响和大的舆论引导不无关系。

你的话很精辟。刚乾说：谈了这么多，我就想作出判断：号召富人主动掏腰包帮助家乡修路，这个决策是否正确可行，能不能成功？

席养涵说：我认为能成。谈到掏钱动机，我认为各有不同。虽然现在人心有些偏私，但总体上是向善的，帮助他人能为助人者带来幸福感、愉悦感。我就有这种心理。如果富者帮穷者可以带有道德上和地位上的优越感，那给他点荣誉又何妨？那一天在会上，你称我为"乡贤"，我心里就很高兴。

于刚乾拍了一下大腿站起来说：好，乡贤，乡贤大会，就这样决定了。

养涵问：什么乡贤大会？

刚乾说：我决定召开一次全县乡贤大会，大张旗鼓地号召富人捐资修路，也让他们青史留名。

接着，于刚乾缓和了口气说：我还想听！养涵问：想听啥？刚乾说：你知道。席养涵会心地笑了。

于刚乾想知道席养涵更多的私事。养涵对朋友掏了心窝话，讲了自己的感情纠葛。他说：

上大学离家的前一天，我对妈说我不喜欢桂英。妈边给我扣纽扣边说：男人闯世界，女人持好家。桂英能持家，是个好娃。你俩单独在一块时，亲近随和点，慢慢就喜欢咧。大男人家，还要妈给你教？后来，我按妈说的话，靠近她，挨她的前胸，干瘪得没有一点弹性。我没有一点感觉，就再没了兴趣靠近她。我们从来没有搂抱过。以后我很少回家。想退婚，这时学校贴出了一张大字报，揭发一位同学不要农民未婚妻的事，批判他"一年土，二年洋，三年不认爹和娘"

的资产阶级思想。领导找这位同学谈话了解情况，这位同学思想压力很大，当晚就从五楼跳下，摔死了。我看到血淋淋的场面，吓得我再也不敢提退婚的事了。

毕业到单位报到后，我就报名去非洲参加援建项目，没有给家人打招呼，怕逼婚。后来我又给他们写信说：在非洲，我可能工作十年才能回家。我说了假话。王桂英家人问我大，我大说他也不知道情况。他们吵了一架，不久，她家人就把桂英嫁给了另一个男人。

八十年代初，我援外回国前，白翎给我介绍了叶凡。你说怪不怪，我见叶凡第一面，就想拉她的手，就想亲近她。

叶凡是鹿白翎的同学、朋友，现在省纪检委工作。席养涵没说鹿白翎给他介绍对象的详情。刚乾说：第一次见面，拿稳点。

养涵说：你放心，我拿捏得住。第二次见面，我继续保持着矜持，叶凡倒很大方，很主动。我们并排坐着，我拉了她的手，她就顺势倒在我怀里，我们就……就感觉到了对方的心跳。养涵又不说了。刚乾问咋又停了？继续说呀！养涵说：再后来，我们都感知到对方的真心，就无话不说，关系发展很快。真乃老天撮合，不到三个月我们就结婚了。而我和王桂英，十年都走不到一起。天意呀！

接着，席养涵讲了他和王桂英的一次相遇：

你说巧不巧，十年前的一天下午，我在南新街转悠，突然看见一家沙发布料门店内的一名女子像桂英，进门一看，果然是她。她一看是我，以为我是专门找她，激动得哭了，眼泪长流。她立即在店门口斜放了一块门板，拉我进里屋说话。我有点怯，怕她男人出现。她两个拳头在我胸前乱打乱说：你个没良心的，等你十年，最后还是把我撒咧！我没辩解，因为觉得亏欠了她。为岔开话题，我问她男人及家庭情况。她说她大给她找了这个男人，一个月就结了婚，结婚后他们开了沙发布匹店过日子。我说好呀！她怼我说：好个屁！开始我就不想和他在一起，慢慢我把你给忘了，我们才有了孩子。过了一会儿我说天黑了，要走。她抱住我不让走，说：老天安排，我男人回老家了。我想起叶凡，哪敢住下！我坚持要走。桂英哭了，伤心地说：我多年胸口像塞着一把草，一直不畅。你，你就当是为我掏掉心胸的这把草，让我也活得舒畅些。我不知咋办，想走，桂英干脆把店门关了。

刚乾惊问：你住了一夜？

养涵说：别打岔，听我说。我没办法，坐下来说：那我洗个脸。她以为我同意了，高兴地抹掉眼泪，还像以前那样，用洗脸盆打来水，用手试试温热。然后弯腰给我洗脸、擦脸。她把毛巾放在一边，蹲在脸盆前，给我脱下袜子，开始洗脚。还是那么纯熟、敏捷的动作，一边动手一边不停地说话：我思想都解放咧，都敢把你留下。以前，以前十年，咱们都没有亲近过一回。你走南闯北，啥没见过？你见没见过啥我不管，我只要你……

她说话时，我偷偷发了个 BB 机短信。王桂英完全相信了我，没留意我的动作、表情。她倒掉洗脚水，正在卧室里忙活。这时，有人敲门喊我名字，说有急事。她瞪大眼，站在那里一动不动，疑惑不解。我拧身走了。听到"扑通"一声，她坐在地上，放声哭了。我心里很愧疚，责怪自己为啥要再见这一面！以前我的观念是：没有感情的婚姻是不道德的。现在，我又一次伤害了她，有内疚感，觉得拒绝她也不道德。我弄不清，究竟是拒绝她道德，还是接受她道德？

道德是人们共同的……于刚乾刚开口，觉得又是空议论，因此止住原话，改口说：其实你没错，对她"道德"了，她男人，还有叶凡，还有周围的人认可这"道德"吗？道德是社会规范，不是个人感受和判断。当然，你心软，善良，不是那铁石心肠的男人。

快凌晨三点，席养涵打起了盹。于刚乾眼睛也睁不开，都睡着了。

"五一"前，滋水县召开了首届"乡贤大会"，主要为全县修路集资募捐，补足资金缺口。各乡镇提供乡贤人员名单，以县委县政府名义发邀请函。"迎乡贤、回故乡、筑好路、奔小康"的大幅标语挂在全县乡镇的主要街道上，乡民敲锣打鼓迎接有影响、有声望、有成功经历、愿为家乡做贡献的乡贤回家，给他们戴上红花，把他们送到县上参加大会。

席养涵代表闫银堂等人在会上宣读"倡议书"。他大嗓门地念道：情是家乡浓，人是家乡亲，味是家乡好，水是家乡甜，走遍千重山，跨过万道水，异国他乡，天南海北，家乡最美最美……

台下响起热烈掌声，几次打断了他的发言。从国外和东南沿海城市赶回的几位有影响的成功人士，都登台表示支持，在倡议书上签名，展示了写有捐款数目的大红字条幅。

与会人员一致赞同席养涵的倡议，支持滋水县每三年召开一次乡贤大会。乡贤大会载入了滋水县史册。

乡贤大会结束后，全县各乡镇掀起了修筑公路的高潮。一年后，县政府门前，不断地传来敲锣打鼓声，报告各乡镇通公路、通车的喜讯。

第四十章　放开手脚

乡贤大会结束后，于刚乾又召开了解决可耕农田撂荒问题的专题办公会议。农业局领导汇报了全县撂荒情况，分析了产生原因，提出了解决办法。会后，于刚乾签发了"滋水县政府关于解决可耕农田撂荒问题的意见"，以县政府文件下发，明确了村委会和乡镇政府在这方面的权利和责任。

听到有人反映机关"事难办、脸难看"，看到有的部门有的干部办事拖拉、推诿扯皮、不思进取、精神萎靡等现象，于刚乾责成县委组织人事部门做调查。根据调查汇报情况，于刚乾决定召开一次全县机关干部大会。会上，调查组发言，罗列了干部中缺乏为人民服务思想和服务大局意识的种种现象和问题，对十名干部点名批评。按照于刚乾的安排，全县机关开展了为期一个月的作风整顿，健全了对干部每年进行一次组织考核、群众监督的制度。在这次整顿作风中，医疗卫生人员轮流下乡的问题很快得到解决。

在整风中，有人揭发了干部中的送礼、行贿现象。于刚乾找县委组织部部长谈话，要求调查。组织部部长吞吞吐吐地说：领导有交代，组织人事大事要向他汇报。想起易建设在谈话中限定自己在行政工作方面"大胆干"，于刚乾自问：我是不是"越权"了？

一年来，于刚乾跑遍了全县所有乡镇，对全县基本情况有了基本掌握。他想以制定第十个五年计划和十年发展规划为契机，确定一批重大项目，实现全县跨越式发展。但以前心有疑虑，他总在提醒自己，放正自己的位置，尊重一把手意见，不要凸显自己。易建设鼓励他"放开手脚大胆干"，又激起了他的激情。于刚乾责怪自己顾虑太多，易建设可能不是那种鸡肠小肚的人。时不我待，怎么能让时光白白流逝？心中有群众，就会敢担当。于刚乾决定按自己的想法大胆工作，大干一场。他白天带人深入川原、山岭、乡镇和工厂做调查，听取各种意见，晚上查阅资料，慢慢形成了改变滋水县面貌的一套思路。

于刚乾想，要实现跨越式发展，就要充分利用条件和环境优势，抓好大项目。经过调研，于刚乾对"白鹿原文化旅游"开发项目、"滋水湖新城"建设项目、靠近省城的"工业集中区"项目有了比较成熟的考虑。但怎么把自己的思路变成大家的共识？

一天，于刚乾带着县发改委、自然资源规划局、旅游文化局、农业局、林业局、城建局等局办、村镇领导，来到县城对岸的白鹿原原塄。从王顺山方向吹来一阵凉风，把他浓浓的黑发和灰色风衣刮了起来。迎风俯瞰县城全景，顺滋水河浏览东山、北岭，于刚乾更加踌躇满志，心中描绘出了一幅美好图景。

站在原塄，面对河川，于刚乾说：今天带大家来这里考察，便于眼观全县，思考全局，也算是一个现场办公会吧，大家愿站就站，愿坐就坐，各随其便。他带头坐到原塄的一个土疙瘩上说话。

于刚乾讲道：过去的山地，代表贫穷、落后和包袱，可现在，百里纵深的秦岭北麓，人文、古迹、玉石、温泉，资源丰富，环境优美，那就是宝呀！大家再看，滋水河蜿蜒而下，为西京城送去血液，为滋水县留下厚重的文化旅游资源。

于刚乾挥手向下一指，突然问道：大家看，河水两旁，那是啥？

大家顺着他手指的方向望去，说是乱石沙滩呀。于刚乾说：不对，关中大儒牛兆濂先生曾站在他的书院，也就是咱们这个位置看河滩，说那是金银；他的学生一个个睁大眼睛疑惑不解，牛先生也不作解答。真是神人呀！七八十年前，他就知道了在咱们这一代，那沙滩会变成金银。河滩要升值了！

大家仍不解其意，继续听于刚乾解释。

于刚乾说：牛先生讲的金银，是指河滩沙石，是新世纪开发房地产需要的大量沙石，会越来越值钱。对咱们滋水县的这一带河滩地，我今天想做另外解读。

315

大家不知于刚乾作何解读,都眼看着他。

于刚乾说:有一天,我在河边诵读毛主席的词作《水调歌头·游泳》,读到"更立西江石壁,截断巫山云雨,高峡出平湖",就突然想到:能不能截断滋水河,建起人工湖,在湖的周边,开发房地产,打造一个滋水新城?在国际化大都市——西京城的外城圈,有这么一个湖水环绕的原生态的绿色环境,大家说,能不能吸引来大量投资,提升滋水县城的品位,改变滋水县面貌?

大家这才领悟到领导安排来这里的用意,纷纷赞赏这是大思路、大手笔。

于刚乾转身向西南,手指大梁村方向说:

以白鹿原水库为起点,向东南是大梁沟,向东是马家沟、鹿走沟。两道沟、两条河,河道两旁的沟壑、斜坡地一万多亩,有一半多在撂荒,多可惜!大家考虑,能不能在这些沟坡地带搞退耕还林,打造一个北方农耕文化影视娱乐城、一个苗木花卉植物园、一个休闲度假健康养老基地、一个民宿民俗美食村,集休闲度假、健康养老、文化娱乐为一体,建成一个"西京城东乐园"。大家说说,可行不可行?

又是一个大思路!有人说好,有人说难,有人说好是好,就怕没有钱。有人接话说:花了钱,城里人若不来,会不会把钱白扔了?

听了大家的议论,于刚乾进一步解释说:

我为啥这样想,因为咱们有区位优势。西京城的人口不久后将过千万,向着国际化大都市迈进,带动大关中,引领大西北。咱们距西京城仅二十多公里,规划中的高速公路、多条国道经过,交通干线四通八达,属于西京城半小时经济圈。可以说,咱们就是西京城的东郊,是城市人休闲娱乐度假居住的好地方。在大都市边,田园风光的自然环境,其价值会越来越凸显出来。

这么一说,大家频频点头,说领导有远见,真是大手笔。有人说好是好,但钱从哪儿来?别搞成半截子工程。

于刚乾似乎早有所料。之前,他与闫银堂谈过这个意向。今天,他叫来大亮房地产开发公司的顾问席养涵一同考察,想借他的话谈资金问题。于刚乾说:今天,我又把席养涵请来,他成了滋水县的"咨询员",让他给大家说几句话。

席养涵说:不敢,不敢!称我是滋水县"乡贤",我很荣耀,够了,够了!

以前，我和闫银堂董事长谈过在家乡搞投资问题。于副县长提出拦截滋水河，打造人工湖，这是"栽下梧桐树，引来金凤凰"的一招大思路。我和我们董事长听了，立即表示愿意来这里投资。河滩地拍卖的先期投入，我们也愿意参加。后期投入，可能要等到高速公路通车以后。

至于大梁沟、鹿走沟的开发嘛，席养涵说：我实话实说，退耕还林、造林绿化，投入大，见效慢，见效难。但这是一项利在长远、造福后代的事情。作为新兴产业，休闲娱乐、旅游度假，还是有盈利前景的。闫银堂董事长给我交代了，开发大梁沟，我们愿意出钱，哪怕全赔进去，为家乡做奉献，也愿意。但是，作为企业，我们也有个条件，就是以盈利确定的"新湖房地产"为保障。

好！闫银堂董事长有这个意向，也就多了成功的希望。于刚乾说。

席养涵问道：这个项目采用啥投资方式，啥经营管理方式？

大梁村一位年轻的女副书记说：我也想问这个问题。村委会研究让我负责大梁沟的开发。现在土地承包给了个人，怎么集中？集中起来后怎么运作，怎么管理？

于刚乾说：上次在大梁村召开座谈时，有人就提出土地的集约经营问题。农村土地集体所有，不搞私有化，这是宪法规定的，不能变。但是怎么经营？我看可以个人承包，也可以走集体化道路。但这是集体化新路，不是人民公社的老路。沟坡地带，现在撂荒多，花点钱把它集中起来，搞集体经营，但要按照自愿有偿原则来组织实施。

说到这儿，于刚乾问：退耕还林是不是有政策补贴？

林业局局长回答：有！

那就把补贴发给土地承包人，把这一万多亩沟坡地，集中起来搞集体化经营。于刚乾说：运作方式，我看可以设立公司，出资人以其出资额度为限，承担债务责任，分享盈利。大梁村……

年轻的女副书记姓武，她随机答：到！大家都笑了。

于刚乾问：大梁村愿不愿意作为发起人，联合其他村，搞集体联合经营？你们研究研究。

武副书记说：这是好事，是为大梁村、白鹿原人谋利益的大好事！大梁村村民一定会全力支持。

大家鼓掌。于刚乾说:今天是初议。发改委、规划局牵头,对今天的议题,组织有关人员进行论证,多听听不同意见,形成书面报告,准备提交常委会讨论。

于刚乾脑海中形成的滋水县跨越式发展思路渐渐清晰起来。他从发改委等部门抽调了三人,开始草拟滋水县十年发展规划。

恰在这时,省委副书记带人来滋水县考察工作,西京市委书记陪同。这可是件大事,没有预先通知,只是提前一天电话告知,于刚乾急忙召集主要部门领导做工作安排。难得省市领导亲自考察,应该作一次全面工作汇报。夜深人静,于刚乾坐在办公室,看着忽明忽暗的月亮在云里穿梭,脑海里掠过千头万绪的工作。他心想:这么多重要工作,究竟汇报啥?应该去医院请示易书记,可是来不及。理了理思路,于刚乾提笔写了五页纸的汇报提纲。

第二天上午八点,于刚乾检查接待准备工作。看到县委门前的锣鼓队和手持鲜花的欢迎人群,于刚乾叫来办公室主任问:这么多人大张旗鼓搞欢迎,恐怕不好吧?主任说:这么重要的领导来,欢迎仪式要有气氛。这有先例。于刚乾说:搞这些形式,有的领导喜欢,有的领导讨厌。撤了吧。把"热烈欢迎"的横幅也撤下来!办公室主任遵命执行。

九点整,三辆奥迪车缓缓驶进县委大院。省委副书记一行,在接待室没久停就进入会议室,听汇报。

于刚乾准备汇报的内容包括:现代农业、生态保护、特色小镇、全域旅游、县域工业五个方面的工作,最后准备谈国有企业改制。于刚乾刚汇报完现代农业,省委副书记就打住了,说道:好了,后边的工作不用汇报了,我们下去实际考察。下面,你着重谈谈今后滋水县的发展思路。给你二十分钟时间。

突然的改变,打乱了于刚乾的思路。省市领导和县局办领导三十多人,把目光都投向于刚乾:领导出题,现场解答,半斤八两,立见分晓。这更像是对于刚乾的实际考察。这个考题太难了。但对于刚乾来说,他似乎成竹在胸,不慌不忙,一板一眼地说:

在国家总体布局中，西京市的战略地位越来越重要。随着西京城人口增加、地位提升，滋水县的优势更加凸显出来。半小时经济圈的交通区位优势和生态、文化资源优势，为滋水县融入主城区，承接主城的外溢产业，发挥生态环境、文化资源的作用，提供了极大机遇。因此，滋水县发展的总思路应该是：依托大西京、融入大西京、服务大西京，坚定不移地走绿色生态发展之路，使滋水县的经济建设和文明建设都得到大幅提升。

稍作停顿，扫视了一眼，看到领导那肯定的目光和办公室主任深深地点头，于刚乾继续说：

咋样实现这个思路？我有个不成熟的考虑，还没有提交常委会讨论，也没有来得及向易书记汇报。

省委副书记说：你讲，作为个人意见，你大胆讲。

于刚乾说：那好。我想，发挥滋水县的优势，就要抓好"两带"建设，一个是滋水河的生态产业带建设，一个是环山路的乡村经济带建设。突出两个重点：就是把滋水河拦起来，建一个湖，在湖的周边搞房地产，建设一个"滋水湖新城"；另一个重点是利用资源优势，如汤峪温泉，建设十个特色小镇。搞好五个板块：在秦岭山脉和南北两条河一带，打造大湿地、大花园、大果园、大公园的休闲运动板块；以旅游、文化、餐饮、康养、休闲为特点，建设白鹿原文化游乐区板块；整合文物古迹、秦岭山水、红色革命史迹等资源，形成山岭旅游板块；在接近主城区的华胥，建设工业园，与县城工业对接，形成工业园区板块；发挥北岭区养殖特色，建设横岭现代农业板块。

于刚乾看看表，不到十分钟。他又对五个板块作了解释，再看表，不到二十分钟。大家等他继续讲，他说我说完了，请领导指示！

还没等省市领导开口，不知谁带头鼓掌，大家跟着鼓掌。于刚乾站起来躬身表示谢意。

省委副书记讲话说道：于刚乾思路清晰，表述明确，从滋水县实际出发，符合改革发展大局。关于抓好"两带"建设、突出两个重点项目、搞好五个板块，你们要做好科学论证，集体讨论决定，然后逐步落实。会后的午餐，领导点名要吃滋水县的饸饹等地方小吃。午餐过后，于刚乾又陪领导到秦岭山区进行考察。

两个月后，易建设出院了。他主持召开县委常委（扩大）会议，讨论通过了于刚乾主持起草的《滋水县十年发展规划》，通过了"滋水湖新城"建设项目和白鹿原文化旅游开发项目。

会议召开前半个月，大亮房地产开发公司以高出第二名25%的报价，拍得滋水河一千亩河滩地的开发权。

会后，易建设在滋水河走了一圈，回到办公室，把有关领导叫来。他说：把滋水湖新城建设这个项目给我停下来！

于刚乾疑惑不解，问为啥？

成片开发，应该包括拦河造湖，都要由开发商搞，由他们出钱。易建设说。

于刚乾说：开发新区，道路、交通等基础设施和条件，都要由地方政府创造和提供。这是常规常理。要不然，河滩地咋能值那么多钱？而且，拍卖现场，明明说是一千亩河滩地拍卖，没有要求开发商拦河造湖呀。你现在变了，说不过去，咱们站不住脚。

易建设没有好话，他说：基础设施是指道路交通，不包括造湖呀！道路交通咱们搞，打造人工湖，必须由开发商搞。刚乾同志，你要注意你的屁股，别坐歪了！你给开发商说，有问题来找我。

于刚乾很不满意领导这样不讲道理地干预项目建设。但一把手就是一把手，他愿意管啥就管啥。于刚乾生气地说：请领导安排别人负责吧！

从来就没有让你负责这个项目呀！哪个会议、哪个领导让你负责项目了？易建设没有好话，也不好说。

于刚乾被噎住了：这两个重点项目是自己提出，自己组织论证，得到常委会通过认可；国土资源局、建设局、文旅局联合建立项目指挥部，组织实施招标。确实没有明确自己是项目负责人。

一把手当面批评副手，属下其他人感觉难堪，但又不好插话，一个个站在旁边，不敢出声。

易建设突然转换话题说道：有的人呀，一有机会，就想表现，就极力表现。说得不好听，就是逞能！省委领导来视察，这样的大事，也不向我汇报，想干啥？全县发展战略，未经常委会讨论，就向领导汇报，还懂不懂规矩？手伸得越来越长，管了政务还想管党务，搞整风，想整谁？

易建设未点名的训斥，让于刚乾很尴尬。于刚乾涨红了脸，在易建设身旁的椅子上坐下来，辩解道：书记误解了，你听我说，你让我主持全面工作，鼓励我放开手脚大胆干。你住院期间，我……

易建设显然不想让于刚乾当着部下驳斥自己，不耐烦地打断于刚乾的话说：我还有急事要出去，咱们回头谈。和我共事，只要你认错，再大的错也不算错。说着，他夹着公文包出了办公室。实际上他没有什么大事，在外溜达了一圈，又回到办公室。

于刚乾心想："只要你认错，再大的错也不算错"，这算啥话，还讲不讲是非，讲不讲原则？向省委领导汇报，这是为了自我表现，是逞能？没有向他请示，就直接向领导汇报，是越级了，但这是省领导让我讲的，而且我明确表示了"这是个人观点，没有经过常委会讨论"呀！

于刚乾很憋气，回到办公室。他开始觉得易建设思维混乱，甚至有点不讲道理。后来他明白了：这不是对与错的问题，也不是易建设不明事理、思维不清的问题，而他要的是服从、顺从而不是对与错。在某些时段、某些场合、对某些问题他不需论对错，甚至需要把对的说错、把错的说对。而我不明白这些，做辩解，非但说不明道不白，反而越说越黏糊。实事求是，求真求实，说着容易，做着很难。现实就这么复杂。

正在这时，方书记捎来纸条，要于刚乾去他家，有话要说。刚乾心想可能有重要事情，他先给闫银堂打电话，告知他们新城项目暂停。

第四十一章　是廉是贪

闫银堂听到要暂停滋水新城项目工程，找来席养涵说：造人工湖，应该属县政工程，是招商引资的条件；没有人工湖，哪个瓜娃愿意掏钱买河滩地？河滩地咋能值那么多钱？

席养涵说：就是，这个道理很简单，易建设怎么就想不通，那么拗？

事出反常必有妖，人若反常必有刀，言不由衷定有鬼，邪乎！闫银堂说，我知道了，突然叫停的猫腻，把于刚乾撇一边，让开发商直接找他！

席养涵说：我听到易建设常说"无利不起早"之类的话。该送还得送，大家心知肚明。问题是，现在都在开发一线城市，不是开发县一级房地产的时机。估计十年以后县级房地产才会热起来。咱们正好放一放。

闫银堂说好！正好，咱们把这个项目放一放。不理他！

就这样，滋水县的两项重点工程项目都搁置了。

于刚乾登门拜访方老书记。

方老住在政府大院的一座四层鸽子楼的一层，小三室，八十多平方米。主卧盘了一个土炕，小阳台堆放着劈柴和苞谷芯子。八年前，解决干部"一头沉"问题时，方老老伴的农业户口迁到了县城。政府机关给方老分了一套在第三层楼的房子。方老老伴进城，向老公提出的唯一条件是：我要睡炕，睡火炕。这把老方、把机关事务管理局的领导难住了：城市的楼房咋盘土炕？实在说不通，没办法，局长就把方老的房子调整到了一楼，允许在比较安全的主卧盘一个炕，但是没留烟囱。搬家时，她把家里的劈柴都搬到了阳台，准备烧炕用。到冬天，她要烧炕，方老不许。方老要她把劈柴搬走，她不同意。老伴说：这么好的柴咋能不要咧？要搬走，先把你那个烂草帽扔了！方老又不愿意扔掉留着人民公社记忆的那顶旧草帽，那顶二十六年前于刚乾送给他的草帽。他们互相作了妥协。

看到劈柴，于刚乾笑了：他们的矛盾还没有解决！看到挂在墙上有红油漆写的"人民公社好"五个字的草帽，于刚乾想起了当年方书记背着草帽走在乡间路上的情景。仔细端详了一会儿，于刚乾说：它是那个时代农村人的必备物，记载着一段历史，保留下来，就是文物。

他们坐在次卧的一个小房间说话。方老开门见山说道：有人反映易建设利用调整干部捞好处，受贿，你听到没有？

于刚乾说：听到过有人传言"要想富，动干部""不跑不送，降职使用；光跑不送，原地不动；又跑又送，提拔重用"的顺口溜；机关干部整风中也有反映。您老能说出这话，肯定有证据？

有，我收到过五六个人的反映。其中一位副乡长最近被公安局追捕，他托人要我救他。方老说。

这位副乡长反映：易建设口头答应提拔他，他就带了二万元，送到易建设家里。过了好久还没有被提拔，就着急了，带着录音机到易建设家里，想办法搞到了录音。然后找易建设谈话，旁敲侧击，要易建设兑现承诺。易建设生气了，批评他伸手要官。接着，公安局就到处抓捕他。

于刚乾问这个副乡长有没有啥问题？

有人说过他男女关系不检点。这人也不咋的，不是一把手的料，提拔使用真不够格。方老补充说道：我说事不说人，不站边，不是为这个副乡长说话的。

于刚乾了解老领导，相信他的每一句话。刚乾又问：你听到录音没有？

方老说：没有，他说要亲自交给上级纪委，怕中间出问题。

于刚乾为难了，没说话。方老继续说：以前有人反映过易建设有经济问题。我向上级组织谈过群众反映。上级领导说易建设工作能力强，最后还是决定由他接替我的工作，把你放到了协助他的位置。

于刚乾谈了他的看法。他说：腐败行为不能容忍，特别是组织腐败，不是坏一个而是坏一窝。但现在反腐败，是有组织地进行，是上级反下级；群众有意见，通过正常渠道向上反映；上级派人调查，或者通过巡视检查来发现问题。易建设是领导，是一把手，我们是下级。我们下级无论采用啥方式调查，都不合规矩，也进行不下去。下级很难反上级的腐败。况且我是他的助手，与他共事不久，容易被人误解。再说了，这个副乡长的情况不完全清楚，录音也没听，有不确定性。

方老点头，认为于刚乾说得有道理。

当然，我也是全县主要领导之一，听到反映问题特别是有关一把手的问题，我不能置若罔闻。但是怎么理会，怎么过问？于刚乾想了想说：我若说话，就光明正大地在桌面上说，在组织会上说。但现在对情况了解不够，又不能直接调查，咋说、咋摆？我觉得，你还是让当事人直接向上级反映，实名反映。

方老说：你说得对，我也这样想过。我要他直接写信举报，他怕上面批转反映信，特别怕上面把反映信转给当事人，这样他会罪加一等。

于刚乾说：有这种现象。不过现在纪检部门也在纠正这种做法，不搞层层批转。

问题就此打住了，没有办法了。于刚乾想：这事不能容忍，干部，特别是主要领导干部贪污受贿，更不能容忍。他想让当事人去省纪检委直接找叶凡，把证据交给叶凡。话到口边，又咽了回去，他怕当事人不恰当地对外渲染，于事无补反而有害。他最后说：你让他本人向省纪检委实名举报，收信人写叶凡；不要问叶凡是谁，不要做解释，相信她能秉公办事就行了。方老说好。

席养涵乔迁新居。星期天，于刚乾和夫人鹿白翎前去祝贺。

来到高新开发区的一个小区，但见湖水环绕，绿树成荫，鱼儿在水中漫游，鸭子在水面嘎嘎叫，道路两旁一簇簇鲜花迎面扑来，让人赏心悦目。养涵、叶凡陪同他们在小区转悠了一圈，鹿白翎不停地赞叹：好，高档，富人区，就是不一样！他们坐电梯，进房间。参观了四居室简约型现代化时尚装修，刚乾感慨道：真是名不虚传的高档小区！当年咱们进山捐椽，风餐露宿，谁能想到还有今天！

这都是国家政策好。养涵一边答话一边让他们沙发上就座。叶凡泡好了茶。他们一边品茶，一边欣赏宽敞明亮的客厅墙上挂着的不知哪位书法家书写的《陋室铭》墨宝。

叶凡做的饺子好吃，我俩今天想来品尝。于刚乾说。

没麻达！来得好不如来得巧，馅料我都准备好了。叶凡说：你们谝，我去准备。白翎跟随叶凡进了厨房，说她们的私密话。

他们品着香茗，于刚乾说明来意。他谈了方老说的易建设的问题，想听听养涵的意见。尽管他们之间的意见往往不一致，但不知怎么，于刚乾就喜欢听养涵的不同意见。

席养涵说：这件事你要慎重。现在买官卖官也不是个别现象，可以说见怪不怪。官场的关系错综复杂，上面有没有后台，后台硬不硬？捅了马蜂窝，会蜇死人的。你任职不久，别落个"权力之争"的嫌疑。我还是老话：别激进，取中庸，一个眼睁一个眼闭，顺其自然。

叶凡和白翎叽叽咕咕不知说些啥。叶凡听到养涵讲"中庸"的一套老话，就走过来说道：你呀，总是明哲保身，没有一点斗争精神；想做老好人，最后还是被人从设计院挤了出来。

席养涵"下海"，于刚乾一直以为是他有冒险和拼搏精神，原来是被人从原来的体制中挤了出来？技术能力强、为人又好，这样的人在单位都难以立足，究竟是啥原因？以前席养涵只说"我看不惯有人为当官、为奖金争来争去，钩心斗角"。听了叶凡的话，于刚乾想问个究竟。

席养涵说：主要是院长想重用我，但不知道什么关系，上面给院长施压，要提拔使用一个不懂技术的人。副院长位子有限，我不想让老院长为难。当时我正好有"下海经商"的冲动，但仍然有顾虑，后来办理了停薪留职手续，没想到从体制内一出来就不想回去了。出来这么多年，感觉体制内外都一样，哪里都有矛盾和争斗，人和人的关系，贯穿着"利益"二字，为争取更大利益，有人就不择手段。商界的竞争更激烈，矛盾更复杂。譬如拿项目，说是公开招标，其实背后的动作很重要，不给好处、不拉关系，仅凭技术，想拿到项目，很难很难。市场经济的环境，官场很难清廉。独自清廉，反遭非议。

于刚乾说：你的话反映了某些现实，市场经济条件下，商品交换关系会向社会关系的各个方面渗透。但人与人的关系完全变成利益关系，甚至权力也用来交换利益，那没钱没权的老百姓咋办？谁来保护老百姓的利益？这是社会主义市场经济遇到的新问题、大问题。

席养涵说：大的趋势谁能阻挡，谁能改变？在大趋势面前，个人都是微不足道的，弄不好就会被碾压。还是随波逐流，别太较真。

热腾腾的饺子端上来了，他们边吃边聊。

吃完饺子，于刚乾与叶凡单独谈了一会儿。谈的啥？席养涵与鹿白翎在交谈，没听清，只听到"举报"之类的话。

一星期后，省纪检委收到滋水县群众的举报信，其中一封信是实名举报县委书记易建设。叶凡受理，将信件直接交给"县（市）干部管理问题专题调查组"。调查组把滋水县列为调查对象。

于刚乾决定和领导"明面上说话"。有一天，他和易建设谈完工作，易建设问还有啥事。于刚乾说：书记，最近关于副乡长的事传得沸沸扬扬，不知你听到没有？

我听到了。你怎么看这件事？易建设问。

于刚乾说：具体我不了解。这样议论下去，影响党和政府形象，也影响你的威信。到底是咋回事，是不是有个公开回应更好？

这个副乡长，作风败坏，奸污妇女，还敢伸手要官要权。对这样的人，不整不行！易建设很生气，把茶杯拿起猛蹲一下，茶水溢了一桌面。

秘书来擦抹桌面。易建设离开办公桌说：今天我有急事，不详细谈了。后天召开全县副科级以上干部会议，在会上，我要讲讲这方面的问题。对了，你也做个发言，把你最近调研形成的滋水县发展战略构想讲一讲，给大家鼓鼓劲。开会不能只讲问题，不能只批评人，还要讲成绩讲前景，给大家鼓劲。

在县委礼堂，召开近二百人参加的干部会议。于刚乾开始讲话，阐述他关于滋水县的发展战略。他分析了滋水县在生态环境、文化资源、区位交通方面的优势，提出了主动与大都市城区对接的思路。在阐释了"两带、两重点、五板块"规划设想后，于刚乾重点讲了白鹿原"西京城东乐园"文化旅游开发项目、"滋水湖新城"建设项目，以及华胥"工业集中区"的工业项目。

易建设面带不悦。他想，我已经宣布停止西京城东乐园和滋水新城建设，于刚乾竟然还在会上公开宣讲，这明明是在挑战我，发难于我，和我过不去。看来，他不是个顺溜茬！于刚乾有思想、有能力、有水平，但越是有能力的人越难驾驭。易建设看干部，把"听话""顺从"看得比能力、水平更重要。

于刚乾认为，这三个重点项目是县域经济发展战略的核心，不讲不行。其中两个项目只是暂停，更需要继续讨论，征求意见。他没有考虑别的，没想到与谁"过不去"。

会议转入下一个议题。易建设刚开讲，省纪检委调查组到了。办公室主任告诉易书记，调查组想借会议跟大家说几句话。易建设不好拒绝。调查组到会，大家鼓掌欢迎。调查组组长讲道：我们这次来滋水县的任务，是做干部管理的专题调查，因此没有事前通知。同时也是一次工作检查，将要和有关人员谈话，希望各位配合我们的调查、检查。我们住在县招待所，联系电话就是招待所总机转。

易建设笑着陪送调查组出门。台下议论纷纷，揣测着调查组的来意。笑脸难掩易建设的游移不定：纪委调查组突然出现，究竟来干啥？没有人给自己打招呼，看来不是啥大事。我原来的安排变不变？在楼道吸了一根烟后，易建设决定继续开会。

易建设讲话。他说：一手抓经济建设，一手抓廉政建设，两手抓，两手都要硬。最近一段时期，大家工作都很努力，有的工作很突出，应该表扬、鼓励。为此，县委准备提拔使用一批干部，按程序进行考察后，再发文公布。

于刚乾感到很突然：成批提拔任用干部这样的大事，易书记怎么从来没有和我说过？

易建设继续讲道：在我住院期间，有人到医院、到我家来看望，我表示感谢！看望病人，带点水果，也是人之常情。但是有人不但带了水果、糕点，还留了钱，而且不声不响，这就不好了。咱们都是国家干部，都是在为人民干事，不能搞这一套。谁留了钱，三天内自己拿回去，就当没有这回事；三天后，若还不取回，我就交给纪检委。那时性质就不一样了。组织部，请记住：这样的干部，不能任用，用了的，要撤换！

易建设说话一字一句，字字沉重如铅，灌进每个人的耳朵里。会场鸦雀无声。易建设继续讲道：有一位副乡长，无德无能，还想升迁；他自知不够格，就动了坏心眼，给领导送礼、塞钱。前段时间，我在家没事，打开一个点心盒，点心都发霉了，里面有两万块钱，一问才知道是这位副乡长送的。啥叫行贿？这就是行贿！我当时很生气，把钱和点心盒交给了纪委，让纪委来处理这件事。

与会者屏住呼吸交换眼神，揣测这个副乡长是谁。易建设继续说道：无德无能，还想被提拔当一把手。简直就是一个流氓！经公安调查，他和多名妇女有不正当关系，而且有强迫、强奸行为。这样的人，还是在监狱里给找个合适位子吧！

会场气氛越来越紧张，似乎随时都会爆炸。扫视了一下，易建设继续说：是否构成犯罪，走司法程序，行政不干预。这位副乡长的腐败、堕落，给了我们深刻启示，值得我们深思。

之后他宣布散会。大家不声不响地慢慢离开。

于刚乾一头雾水。他在心里发问：这么重大的事情，怎么会前不通气，会上突然提出？这究竟是个啥会，是以实例教育大家反腐倡廉，还是有别的原因？他，易建设，真的清正廉洁，分文不贪，而且坚持原则，疾恶如仇？

第二天，县报记者采访易建设，被谢绝了。记者采访了办公室主任和纪委书记，详细询问了易书记拒收贿赂的细节。不久，《滋水新闻》上发表了《清正廉洁的好书记》的报道，《西京晚报》转载了这篇报道。大家都在传：滋水县委书记很清廉，个人住院拒收礼品，所有礼金全部退还。这样的领导，一定是好领导！

省纪检委调查组也看到了这篇报道。他们把这位副乡长的实名举报信再看了一遍，决定问询有关人员，了解其中详情。

调查组组长问县委组织部部长：这个副乡长怎么样？

组织部部长说：他能力水平一般，工作表现也一般，没有啥突出的方面。听说有男女关系问题。但现在，生活作风问题，一般作为个人私生活对待，不作为组织考察内容，因此我们说不具体。

公安局局长这样回答调查组的提问：这个人男女关系确实有些乱。这方面，民不告官不究，因此公安部门没有调查。前不久，我们接到易书记电话，说有人控告这位副乡长强奸妇女，要我们查查。我们问了当事人，他真有强奸嫌疑，就到处找他。人抓到了，我们也审问了，他确实有强迫妇女的情节。至于是不是构成强奸犯罪，需要进一步审理。

调查组叫来这位副乡长，要他讲一下事情原委经过，给他申辩机会。

这位副乡长不知从哪里开口，不假思索地说道：啥都有个讲究，这个我懂。我也是讲义气的人，人家给咱办事，咱不能空手，是吧？

调查组：别扯远了，直接说事。

副乡长理了理头绪，从头说起：易书记答应提拔我，我很高兴，很感激，就带了两万元到他家。我这人马虎，也没有心眼，留下钱就走咧。等呀等，等了半年，还没被提拔，我就有点急。后来别人给我出点子，带个录音机，去他家，搞个录音，留下证据。还好，把他老婆说的话录下了。我就去找易书记，想给他施加点压力。易书记这人可精明了，我还没说几句话，他就好像知道了我的用意。他不吃这一套，说我要挟他，指骂我。也怪我这个人不会说话，太直了，话中好像带了威胁口气。第二天，公安局就找我的事，到处抓我。

调查组：把你的证据拿出来。你不是说你有录音吗？

哦，这么大的事，我都忘了。我怕公安局查找这个东西，就随身带着它躲了起来。说着，他没有忌讳地当众解开裤腰带，把录音带从裤头里的一个小口袋掏了出来。

放录音。男音说话：嫂子，你看，我两万块钱也来得不容易，你给书记说说好话吧。

女音说：啥两万块钱？我咋想不起来。

男音：就是半年前，我给你那个点心盒呀！里面装了两万块钱。

女音：哦……

后边听不清。

正在这时，调查组组长接到省纪检委的一个电话。组长放下电话，就停止了问询，对副乡长说：你走吧！

副乡长走后，组长对组员说：问题基本清楚了，不要再查了、再问了。有组员说：问题接近清楚但还没有完全清楚呀，怎么就不问了？组长说：领导电话指示，要我们相信下级组织，相信县纪委能够处理这类问题。组员问：那原来安排和易书记谈话，咱们还谈不谈？组长说：还谈，谈一下专题调查情况，不谈其他具体问题，更不要谈行贿受贿和副乡长的问题。

这位工作人员也较真，继续问组长：领导咋知道咱们没有相信下级组织？下级组织能对他们的一把手进行调查监督吗？那这两万元到底是咋回事，易建设是受贿还是没有受贿？副乡长是不是行贿了？还没有弄清楚呀！

调查组组长说：不用问了，结果我已经知道了，清楚了。你看我这样描述对不对？咱们对易书记家属提问：听说你交给县纪委一个点心盒，里面有两万元，请您谈谈事情经过。

然后组长学着用家属的口气回答说：有这事，现在谁吃点心？有人送点心，我连看都不看就放到一边。有一天，我老公打开点心盒，发现点心都发霉了，里面有两万块钱。他知道是谁送的后，很生气，训了我一顿，要我把钱和点心交给纪委同志。

说完，组长问组员：是不是这样？

组员对组长说：和真的一样。是不是当领导的都这样给家属有交代，会应对，你也一样？

组长说组员贫嘴！

组员又问：那副乡长有没有强奸妇女，为啥不追问了？

组长说：没强奸是民事案件，强奸了是刑事案件。无论民事还是刑事，都与咱们无关，你追问他还有啥意义？

那老书记提供的其他线索还追问不追问？组员还不甘心，不想这样不了了之。

你说呢？易建设在大会上对行贿的人已经提出了严重警告。目前这个局面，这种氛围，你还能询问出结果吗？我看没戏。不了了之，实际上是不得不这样！组长回答。

我知道了，组长还是比组员高明，是精英！我坚决服从组长的领导。

组长说：不了了之，还算精英？有时，贪污腐败的人比咱们还精！为什么反腐败不那么容易，很难，就是因为现实比咱们想到的要复杂得多。快去，结伙食账，撤离，回去再好好总结。

一个半月后，这位副乡长以强奸罪被判处有期徒刑三年，开除公职。

易建设被调到省发展和改革委员会，任副主任。

于刚乾任滋水县委书记、代县长。在工作日程安排上，他把国企改革和下岗职工问题提到了最前面。

第四十二章　领工资了

县委办公会议讨论国有企业改革改制、兼并破产中的下岗职工问题时，发生了一场面对面的争执。

会议开始，县工会张主席汇报全县下岗职工状况，他列举数字时说道：全县下岗职工3136人，其中符合低保条件的2356人，而领取最低生活保证金的只有626人。下岗职工中，三分之二的家庭生活十分困难，有的到了实在活不下去随时会发生意外事故的地步。

听到"实在活不下去"的话，发改委的一位领导打断他的话说：主席同志，这话有点危言耸听了吧？

张主席说：我列举几个典型事例，你听听，听了以后你再发表意见。

发改委领导还要说话，于刚乾给他做手势说：让张主席讲下去。

张主席说：我只举三四个真实例子，有名有姓，有单位有地址，不相信的话，可以随时去调查。

——县纺织厂下岗职工潘××，没钱买菜，常在菜市场捡菜叶。想让孩子吃到像样的菜，有一天，她偷偷把几个好菜放进篮子，没付钱。卖菜的发现了，大骂她是"贼娃子，不要脸"。她女儿在学校听到了同学们议论她妈是贼，羞愧难当，不去上学了。她哭诉着说：我活咧个啥人嘛，真丢人，还有啥脸面活下去！说着就用剪刀割破了自己的手腕，幸亏发现和抢救及时，活了过来。

——车辆厂下岗职工马××患子宫癌，第一次手术花了八千元。第二次手术要六千元；她自己借了三千元，另外三千元款是高利贷。为了给两个孩子上学报名，丈夫准备再贷款。为了不让丈夫再贷款并把现有的六千块钱留给孩子，她喝农药自杀了。她给孩子的遗言是这样写的：为供你们上学，妈狠心走了；记住妈的话，要好好学习。

——北沟矿的下岗工人项××，拿到二百元补助款，高兴地喝了酒，酩酊大醉，睡倒在回家路上的玉米田头。他吐了一地，把吐出的食物胡乱地抹到自己脸上。有一头散养的猪闻到膘腥味，拱了地上的食物，还咬了他腮帮上的一大块肉。他被送到医院。医生说，时间太长了，他腮帮上的肉缝到一起也没办法愈合。他毁容了。

——祥瑞金属制品厂一名下岗女工人，听说是原厂工会主席的爱人，偷偷卖血养家，晕倒在马路上，被人救起来送到医院。

听完汇报，于刚乾心情很沉重，低头无语，会场静悄悄的。发改委领导以为书记不好表态，就打破沉寂说道：大的变革时期，咋可能不出一点问题？但是看问题要看大局看主流，不能以偏概全，或者只反映问题，心中只有黑暗，影响领导决策。

工会主席以为听了汇报，发改委领导会改变态度，没想到他仍然这样对话，就气哄哄地回怼：啥叫偏、啥叫全？简直就是官僚主义！不食人间烟火，不知下层人的可怜！

他俩站起来，还要争辩，办公室主任说：别争了，听书记讲！

于刚乾抬起头，一字一句地说道：这么多年了，工人、下岗工人生活还这样，让人痛心呀！这原因那原因，主要原因是我们的工作没做好。改革开放以来，国内生产总值增长了十多倍，工人生活还是这样，没有道理，说不过去呀！我们不能打官腔，不要把报告会上说的"改革阵痛"之类的话拿来给工人讲，不能只要求工人顾全大局而不顾工人的实际问题。现在要想尽一切办法解决问题。

散会后，于刚乾立马又召开了县政府办公会议。在征询过有关政策后，于刚乾站起来说道：现在，我以县政府名义宣布，企业改革需要分流人员，在没有落实他们的基本生活保障之前，由企业自行消化解决；未经报批，不得把他们推向社会，一推了之。

宣布结束，大家你看我我看你，似乎不相信，满眼的疑惑。于刚乾似乎看到了他们的疑问，又补充说道：工人没活干？那就给他们找活儿，让他们扫马路也要给他们发工资！工厂没有钱？先问问厂领导领没领工资、降没降工资；厂领导领着工资或者没有降工资，就必须给工人发工资！大家说，这个道理通不通？

怕领导犯错误，发改委领导对于刚乾说：请书记考虑，这是不是符合改革精神？前段时期，有些提法太激进，以"三铁"（铁手腕、铁面孔、铁心肠）对"三铁"，砸"三铁"（铁饭碗、铁工资、铁交椅），激化了许多矛盾。现在虽然不这样讲了，但仍然强调改革中的问题要在改革中解决，要继续推行"三项制度改革"，继续实行"下岗分流"政策。咱们这么做，与当前的改革形势合不合拍，是不是需要再斟酌？

于刚乾体会到部下的提示完全出于好心，是怕自己犯错误。但如果这样下去，不知有多少家庭会妻离子散甚至家破人亡。相比之下，自己"犯错误"是啥大不了的事？何况这么做也没有错呀，也符合国家的大政方针呀！于刚乾说：改革总的指导思想和原则，是让人民群众受益。现在，人民群众遇到了这么大的困难，政府首先要考虑保护群众利益，要引导企业，或者说想办法让企业把钱拿出来，共同解决职工的困难。企业也要承担社会责任呀！

工业局等主管局办领导看着书记，似乎在等领导最后的决断。

执一方之政，要想民众所想，急民众所急。于刚乾没有犹豫，果断发话：你们按照这个意见执行，回头下发文件，我签字，有责任我来承担。

会后，于刚乾和财政局等领导讨论了下岗职工最低生活保证金的来源和缺口问题。他提出：设法筹措资金，按资金数量，先发给每人一部分。财政局局长说好，执行！

来到下岗职工再就业服务中心，于刚乾翻看了登记册之后，问工作人员：登记人数为啥只有十多人？工作人员回答：没有就业渠道，登记了也没有用。于刚乾要求工会做好下岗职工再就业的登记工作，说政府来想办法安排他们就业。这时的于刚乾，心里正在谋划几项大的开发工程，力争吸纳所有下岗职工就业。

第三天，于刚乾到困难职工家庭慰问。县工会主席带他来到祥瑞金属制品公司的一座鸽子楼。

这座三层高的鸽子楼，屋内没有水管、没有洗手间，房门外长长的楼道尽头有一排公共使用的水池和水龙头，各家门前摆放着灶具和各种用具，乱七八糟。屋内没有厨房，楼道就是公用厨房，"厨房"用具上，爬满了苍蝇。

县工会主席带于刚乾来到一户五十多平方米的两卧室一客厅的人家。他介绍说：这家主人是原厂工会主席，腰部受伤，行动不便。

进到房间，一行五六个人，就站满了小小客厅。女主人赶快把摆放着的一个活动床和小饭桌收了起来，急急把两个孩子带进一个房间，叫她们"别吵闹"！

当女主人端来一个条凳让领导就座时，她抬起头一看，愣住了：于刚乾！怎么是他？她放下凳子不知咋说话，侧过身，不自觉地用双手下拉衣襟，想让褶皱的布衣平展一些；右手在散乱的头发上按了按，想让头发顺溜一些。

于刚乾看到女主人身体瘦弱，脸色发白。他接过凳子，没有坐。就在女主人转身的瞬间，他看到了她的一双清亮眼睛和那柔弱的眼神，怎么那么熟悉！他认出来了，是她，就是她，金玉秀，怎么变得差点认不出来了！

金玉秀转过了身，两眼落下了长长的泪珠。不知咋的，她突然想扑过去，大哭一场，刚向前迈出一步，又很快止住了：这像啥话！不能，不能，他已不是从前的他，我也不是从前的我了。

金玉秀擦掉泪水，叫了声"于书记"。没等于刚乾开口，金玉秀就领他们进入她男人的卧室，说：你们坐床吧！说着，她出了卧室，没有人看出她与书记曾相识。

斜靠在床上的男人，竟然是老同学钟鸣！于刚乾认出了他。

三十多年前，于刚乾参加大学考试时，在县城北门，碰到迎面走来的初中同班同学钟鸣。刚乾问你怎么在这儿？钟鸣说我刚刚在祥瑞金属制品厂上班。看到刚乾的疑惑，钟鸣说：我爸在厂里当副厂长，搞到一个招工指标，我就进厂当上了工人。噢，对了，我爸是大炼钢铁那一年，和你们村子的席广田，一块儿带着青年突击队的人来的。工厂建起来后，我爸留下当了工人。

当时谈话时，于刚乾不知怎么就说到了金玉秀，希望老同学有机会给玉秀找个临时工，帮她离开那个家庭。钟鸣当时没有问更多，半年后他搞到了一个临时工指标，把金玉秀招进工厂食堂工作。

金玉秀进厂后，好像变了一个人。她脸色泛起了红晕，肌肤又白又嫩，身材娇柔，双眼像一泓秋水，清亮照人，常常引来年轻人示好的目光。有人给她介绍对象，她总说孩子还小，再等等；别人一听她有孩子，是二婚，也就没了回音。玉秀把钟鸣妻子叫姐，俩人很投缘，在一起有说不完的话。金玉秀变开朗了，活泼了，没有人时就哼起秦腔、眉户唱段。在工会举办的一次活动中，有人突然喊叫：金玉秀，来一段！金玉秀，唱秦腔！实在推辞不过，金玉秀唱了《红灯记》中的一段"做人要做这样的人"。全场鼓掌，说她唱得好。

一年后的一天，钟鸣妻子突然脑出血，造成半身不遂，躺在了床上。儿子年幼，兼任车间工会主席的钟鸣工作很忙，有时顾不上照顾妻子。金玉秀来了，她说：我在食堂上班，时间能倒开，我来照顾姐，你忙工作吧。钟鸣不好意思，没办法推辞，他默许了。

金玉秀早上六点半就上班，七点半送女儿和钟鸣的儿子去上学，九点下班。下班后，玉秀先到钟鸣家，帮钟鸣妻子排便，然后抱扶她坐上轮椅，在工厂转一圈，再扶她上床。中午下班后，玉秀来家里打扫卫生，擦屎擦尿。晚上下班后七点半，玉秀第三次来家里，帮钟鸣做饭。钟鸣内心十分感激，不知咋谢，就每天晚上送玉秀回家。站在门外马路上，看到玉秀进家门，钟鸣才返回。年复一年日复一日，时间竟过了三年。

有一天，钟鸣妻子一只手抓住金玉秀哭了。她说：我以前总抱希望，相信我能好，能站起来。现在看，我这一辈子，没希望咧。我害人，害你，害老钟，害到啥时候呀？玉秀，姐问你，老钟人咋样？

金玉秀说：他人好。人不好咋能当工会主席？

钟鸣妻说：不，我说的是那个意思，是你们俩，"好上咧"的意思。姐问你，你看得上钟鸣？不等玉秀回答，钟鸣妻子又说：我看得出来，你喜欢他，他也喜欢你。

玉秀打断钟鸣妻子的话说：姐，这咋可能呢？你们领了证，又有孩子，我在中间插一杠子，成啥人咧嘛！外人知道咧，咋说道，咋看俺呢？玉秀羞红了脸，说话结巴起来。

钟鸣妻子说：就算姐求你了！你不答应，姐心不安。我这辈子欠你太多，亏心呀！

玉秀说：不行，不行，坚决不行！说着，就转身回了家。

晚上，金玉秀失眠了。不知从啥时开始，她喜欢上了钟鸣。别人给她介绍对象，她说孩子还小，那是推脱话，内心却在想着钟鸣。钟鸣妻子把话说破了，她却不好意思起来，不知该咋说、咋处。

钟鸣妻子对钟鸣直接说话：我是个废物，这辈子亏了你，也对不起玉秀妹子。玉秀人很好，长得好，心眼好，啥都好，为我付出太多太多，我心不安。你答应我，你们相好吧！我能看出来，玉秀也喜欢你。

快闭嘴！这咋成？工会主席咋能干这种事！孩子知道咧，我的脸往哪里放？

不让孩子知道。你们俩把我当作死人，就在里屋相好，我看不见听不到。成不成？你给我一句话！

不成！别胡说八道！钟鸣坚决制止她。

唉，我死了就好了！钟鸣妻子无可奈何地说。

钟鸣没在意妻子说话时的表情，以为她说气话。

第二天晚上下雨，钟鸣打伞送玉秀回家。路上玉秀不小心滑倒了。钟鸣丢掉伞，急忙把玉秀往起扶，扶不起，就双手抱。钟鸣第一次把玉秀搂进怀里。压抑在长长孤寂中的两颗心像火山一样爆发了，熔化了一切。玉秀也伸开双臂，两人紧紧搂抱在一起。

听到路人的脚步声，他们又很快分开。

第三天下午，钟鸣下班回家，叫声"娃他妈"，没有回应。钟鸣一看，她静静地躺在床上，摇也摇不醒：她走了，永远地走了。

钟鸣大吃一惊：她服了药！为了我，为了玉秀，为了我们，她这么坚决地割舍了自己！为情？为义？为了我们的合法？她怎么选择了这个路子！和我夫妻多年，我竟不知她是这么个义女、烈女！钟鸣泪眼模糊，扑倒在妻子身上哭了。

金玉秀闻声赶来，扑上去，抱住钟鸣妻子大声喊：姐姐，姐姐！玉秀心想：都怪我！那天，听到她近乎乞求的话，我不该直接拒绝，不该说"你们领了证""孩子、外人咋看"的话，刺激她往绝路上想。我傻，我咋没想到她会走这一步！想到这儿，金玉秀伤心地流下了眼泪，一边哭一边数落。

半年后，金玉秀和钟鸣结了婚，一年后生下一个小宝宝。

孩子十岁那年的一天晚上，担任厂工会主席的钟鸣加班回家，看到财务室着火。他不顾一切冲进去，砸开木柜，从柜子里抱起一摞账本向外冲，被垮塌的木梁砸到腰部。从此，钟鸣下肢瘫痪了，生活不能自理，拉屎拉尿也要人帮忙。

钟鸣感到心灰意冷，整天唉声叹气。金玉秀给钟鸣鼓气说：大男人，要坚强，你一定能站起来的。

下班后，一有时间，玉秀就给钟鸣按摩，扶他下床，扶他抹着地走路。钟鸣半个身子压在玉秀身上。玉秀用了全身的劲，半拖着钟鸣的身子在家里挪动，一会儿，就浑身冒汗。坚持，坚持就有希望，玉秀想。一天又一天，一年过去了，钟鸣有所好转，但仍然不能下床走路。钟鸣辞了工会主席职务。坐在轮椅上，他心急。

有一天，钟鸣给金玉秀说：你精心照顾我，我很感激。你看，我没希望了，不能拖累你一辈子，你还是……

金玉秀用手堵住钟鸣的嘴说：一日夫妻百日恩，你咋能说见外话。咱们说过，要白头到老呢！你不敢胡思乱想。说着，她抱着钟鸣的脖子，呜呜地哭了，哭钟鸣怎么还不好，哭自己的命怎么这么苦！

工厂经营越来越困难，从半停产到全停产，员工的工资全部停发。钟鸣的儿媳妇和玉秀的女儿也下了岗，没工作没收入，孙子、外孙女的学费钱凑不够。玉秀没把这些情况告诉钟鸣，也没向女儿、女婿张口要钱，她想扛起这个家。玉秀想到于刚乾，她来到县委大院，走来走去想来想去，最后还是扭头回了家。她觉得这个时候向于刚乾张口借钱，太丢人，张不开口！

在回家的路上，金玉秀碰见了丁锁柱。丁锁柱正在和他外甥、易建设的儿子说话。金玉秀侧过头装作没有看见丁锁柱，快步向前走，却被丁锁柱叫停下来。

丁锁柱出狱后找过金玉秀，要看他女儿。玉秀带他在学校门外见到女儿。女儿见到丁锁柱，扭头就走，一句话都没说。锁柱第二次找玉秀，蔫不拉叽地说：我今后好好做人，咱们复婚吧。玉秀说：我已经有了人，你另外找人，好好过日子吧。锁柱啥也没说就离开了。半年后，丁锁柱找了一个女人，很快结了婚，在县城租了一间屋子，靠打零工谋生。

这次见面，丁锁柱好像变了一个人，穿着藏蓝西服，打着红蓝白相间的领带，留着蓬松的时髦发型，脚穿油光发亮的黑皮鞋，手拿"大哥大"呼叫机，一看就知是一个"大款"。

他走到金玉秀面前，抽出一支香烟，用打火机点着，猛吸一口，喷出烟圈，摊开双臂展示着高档服饰,手摇着呼叫机说:没办法,谈生意,应酬需要。好像他实在不愿意赶时髦。接着说:噢,还没告诉你,我也有了自己的公司,搞工程承包的。现在才知道,这钱嘛,来得这么容易,哗哗地流进。以前,算是白活了!

听到锁柱在夸富、显摆,玉秀犹豫不决,心想:我要不要向他借钱?不管咋说,我把他的女儿拉扯大,没有功劳也有苦劳。他这么富有,还用得着我向他张口?最终,金玉秀还是没张口,不好意思张口求人。她想等丁锁柱问她。

锁柱没注意到玉秀的表情,继续说:大和妈都去世了,今年十月一,我准备重修他们的坟墓,立碑子,唱大戏。你愿不愿意一块儿回去?哦,把你妈、你大的坟墓也重修一下。

丁锁柱还在狱中时,他大丁德让的旧事再次暴露出来。这次是穆三同母异父的妹妹翻看穆三的日记本,知道穆三他大的死是丁德让造成的,丁锁柱故意伤害穆三可能与此有关。受人指点,穆三的妹妹就去公安局告状,公安局以历史问题证据不足为由没有受理。她带着族人找上丁德让家,丁德让一口咬定不是自己干的。她拿着写好的证词要丁德让按手印,丁德让不答应。双方厮打,丁德让受伤了。闹腾了半个月,丁德让病了,躺在了炕上。一个多月后,丁德让病死了。丁德让死后不久,他老婆也去世了。

金玉秀知道丁德让的死亡经过,她不想参与重修丁德让墓碑的事,就没有回答丁锁柱的提问。她引开锁柱的话题想诉说自己的困难,但只是泛泛地说道:女儿下了岗,外孙女没学上,我没有心思。

锁柱没有反应,他不知是有意回避还是因为别的,继续说他的话:你看,刚才我忘了给你介绍,那个小伙子,是咱亲外甥,公路交通局局长。妹夫嘛,升大官了。朝里有人好做官,朝里有人也好挣钱。一项工程下来,你猜能挣多少钱?几位数字?你往大里说,六位?七位?你肯定猜不着。不说了,给你说也没用。

玉秀又把刚才自己说的话重复了一遍。锁柱还是没有反应。玉秀心想:我两次说女儿下了岗,他都没有反应,这么冷酷无情!江山易改本性难移,他还是那个张狂劲,不知天高地厚,得意就忘形。人狂没好事,狗狂一泡屎,不知今后还会挨啥挫。玉秀生气,说有事,扭头要走。

锁柱这才想到玉秀的话，从口袋摸出五十元钱。不知是口袋没装更多的钱，还是别的原因，锁柱没做解释，也没说再送钱帮助女儿渡难关之类的话，就把钱塞给玉秀。玉秀看到这单张的五十元，想到自己拉扯孩子几十年的辛酸，更加生气，从口袋里掏出钱摔在地上，头也不回地走了。

第二天，玉秀偷偷去卖血。开始时，她一个月卖一次，后来一个月卖两次、三次。她想多吃饭，好给自己补血，但是胃口又不好，吃多了就想吐。就这样，她越来越瘦弱，常常感觉头晕目眩。有一天，在回家的路上，金玉秀晕倒了，被扫马路的清洁工送到医院。

于刚乾认出了钟鸣，走到他身边，握住他的手。他想和钟鸣说一会儿话，就让工作人员先走。县工会干部留下米面油和慰问款，出了门。于刚乾坐在钟鸣床边，说道：你看，这么多年，我实在不知道你的情况，也没来看望你。

钟鸣说：不用，不用！你事务繁忙，今天能见到你，我很高兴。能和老同学说说心里话，够了！

你有啥话，尽管说。刚乾帮钟鸣正了正身子，想让他坐得舒服点。

钟鸣讲了他和玉秀走到一起的过程，说道：她为我付出太多太多，我对不住她。她现在满身的病，严重贫血、萎缩性胃炎。那次倒在马路上，被送到医院，检查是心肌梗死，幸亏及时，要不然就没命了。现在要吃药，但是她怕花钱，不好好吃。

想起当年戏台上那充满活力的表情、动作，再看眼前的她，于刚乾怎么也将二者联系不起来。过去的片段一掠而过，于刚乾连说：怎么成这样了，成这样了！

钟鸣打住这个话题说：给领导说了这么多家事，有件公事，一直憋在我心里，正好今天掏出来。

于刚乾说，你讲。

钟鸣说：大前年国庆节后的一天晚上，我加班回家时，看到财务室冒烟起火。我想到账本资料，就跑到财务室门外，防盗门开着，木门锁着，我撞不开，就找了一个铁锤，砸开门，冲进财务室，抱出了一部分账本。当时我闻到汽油味，怀疑有人故意放火。为啥放火？毁账本？为啥要毁账本？我就联想到工厂改革改制时，低价变卖国有资产的事。好好的国有企业，几乎零价格转让给香港的一家公司；后来又改制上市，募集了两亿多资金；再后来又增资扩股，从股票市场再拿到两亿多。拿了这么多钱，工厂反而越来越不行了。咋回事，钱去了哪儿？我怀疑领导中有人不干净。当时我躺在床上，有领导来看望，我给领导反映有人故意放火，不知咋回事没人理会。

你说的这个情况很重要。于刚乾用笔记下了有关情节，又问他：你知道香港来的公司老板是谁？

是一位姓汪的女士，听说是白鹿原人。钟鸣说：她在深圳设立的一家公司，据说有咱们厂的股份；他儿子担任祥瑞公司的总经理，但经常不在这里，常驻公司的是一位财务总监。我和这位总监谈过话，问过一些情况，他啥也不说，只说"我向董事长负责"。我和公司党支部书记与财务总监谈过话，问他：咱们公司参股的深圳公司地址在哪儿？我们想去看一看。这位总监没有告诉我们任何情况，这里面一团迷雾。

于刚乾问：香港女士，董事长，是不是叫汪桂珍？

不清楚，钟鸣说。

于刚乾说：我会重视你的反映，你休息吧。

于刚乾告别钟鸣来到小客厅。金玉秀拉了一条小凳子让刚乾坐下。她掩了门，坐在刚乾对面，眼泪又扑簌簌落了下来，压低声音问刚乾：有一句话，在我心里憋了三十二年，今儿个就想把它掏出来。我想问你，那一年，出了那档子事，我若求你原谅我，你会不会接受、会不会接纳我？我们，会不会重归于好？

于刚乾没想到金玉秀重提过去，而且提出这样一个问题，他一时不知咋回答。他心想：按那时的观念、那时的我，可能很难接受；若是现时的观念、那时的你我，也可能是另一种选择和结果。但时空岂能转换，思想、社会观念怎能说变就变？人生不可能再来一次选择。于刚乾心里这样想，但嘴上却没有这么说，他不想挫伤那颗至今仍在假设的心，就说：可能会吧！说出口，又感觉不妥，玉秀会不会因此悔恨，悔恨自己当时为什么没有那样而这样？他马上改口说：也可能不会吧。过去的，就让过去吧！你一定要坚持吃药。于刚乾告辞了。

回到办公室，于刚乾立即打电话叫来县财政局局长，了解祥瑞公司改革改制中的一些情况。

走访慰问下岗职工后，于刚乾一直在思考怎么解决下岗职工的困难，让下岗职工实现再就业，按月拿到工资。他一直想启动"拦河建湖的滋水新城"工程以及白鹿原的"西京城东乐园"工程，但不断有人劝阻他。

席养涵说：这两项工程都是资金无底洞，成功了，是你的政绩；失败了，你没办法向上级、向全县人民交代，弄不好就得辞职，还是稳妥点好，特别是城东乐园工程，更要小心。办公室主任也这么说。这件事就这么拖了下来。

金玉秀卖血，下岗工人捡菜叶，有病不能治自杀身亡，一幕幕景象在脑海翻滚，半夜睡不着，于刚乾披上衣服在房间转来转去。他自思自问：当领导时间长了，怎么越来越胆小怕事，顾这顾那？怕影响政绩，怕犯错误，说到底，还是在考虑自己的思维圈子里打转；可与老百姓的忧患相比较，个人得失算得了什么？

第二天上班，于刚乾看了发改委一份材料的估算：启动这两项工程，差不多就可以吸纳全县的下岗职工就业。于刚乾猛拍桌面，"啪"的一声，他随声站起来。

秘书急忙跑来问：书记，您啥事？

马上召开常委会！

秘书正准备用笔做记录，发通知。于刚乾冷静下来，又改变了他心中的安排程序，说道：你先通知大亮房地产开发公司的老总和顾问，就说我想约见他们，然后再通知开常委会。

于刚乾的思路是这样：县财政局注入启动资金，成立滋水县下岗职工工程公司，吸收全县下岗职工两千多人在这个公司就业；然后高价拍卖两千亩河滩地，一部分钱用于困难职工的最低生活保障，一部分钱搞白鹿原大梁沟的退耕还林和滋水新城的拦河建湖工程；两项工程和今后滋水新城的房地产开发工程，全部由滋水县下岗职工工程公司承担，为下岗职工提供工资保障。

是否可行？关键看开发商是否愿意投资。他叫来闫银堂和席养涵，想听听他们的意向。

在等待闫、席二位到来之前，于刚乾召集了喜欢研究问题的县委、县政府机关十多位干部，在小会议室漫谈改革。不久前，有人对于刚乾做出的一些决定是否符合改革精神和要求表示了怀疑，有人表达过不够理解的意见。于刚乾想用这种漫谈方式，从思想理论上，与下属干部沟通交流，统一和提高机关干部对改革的认识。

于刚乾说：改革带来了生机和活力，带来了翻天覆地的变化，这是事实，事实最能教育人。因此全国上下，干部群众，都拥护改革、投身改革。但是改革进入深水区，深入推进改革，究竟怎么改，朝哪个方向改，就有了争论。其中有一种"市场万能论"的观点，主张完全私有化，反对政府干预。在党校学习时，有一位女生和我争辩，说她支持"新自由资本主义"，反对政府干预。说实话，我不赞同这种观点，因为咱们搞的是中国特色的社会主义。这个特色的体现，我认为，最主要的是，以人民利益为出发点和归宿，不断满足人民群众日益增长的物质和文化需要。政府不干预经济，为人民的宗旨、共同富裕的目标能实现吗？不可能！

说到这里，闫银堂、席养涵到了。于刚乾想把要说的话说完，也正想让他二位听听，就让办公室主任给二位看座，倒茶。于刚乾继续说：

二十多年了，国内生产总值增加了十多倍，每年以两位百分数在增长，却出现了工厂开工不足，工人下岗失业现象，国民经济进入调整期。经济为啥要调整？因为整个经济运行中的生产、交换、分配、消费各个环节，好像人身体的脉络气血出现阻滞，就会出问题。究其原因，最主要的是在分配方面出现差距过大，两极分化；在消费环节，不是社会上没钱，而是钱挤了窝窝，需要消费的群体口袋没钱，而有钱人一天也是吃三顿饭、睡一张床，实际消费有限，整个社会就会出现消费不足。这个时候，企业生产的东西卖不出去了，交换难以实现，资本赚钱也就不那么容易了。资本是逐利的，要增值，但最终还受消费制约。老百姓口袋没钱，你赚谁的钱？这个时候，就需要大思路大智慧，统筹思考问题。这个统筹全局的思路，最主要的是：国家富不是部分人富，而是全体人民的富，是共同富。大领导讲"先富帮后富，最后实现共同富裕"也是这个意思。怎么实现这个目标？显然没有政府对经济的干预是不行的。至于代表政府行使公权的人，会不会与资本勾连，产生腐败，这是中国特色社会主义要解决的另一个重大问题，今天咱们着重讨论前者。

于刚乾不想让闫、席二人多等，就说：我说的是个人观点，算作今天讨论会的一个开场白。大家可以畅所欲言，结合县委县政府以前发的文件，看是不是贯彻了为人民、为老百姓的精神。于刚乾安排发改委主任主持会议。他带着闫、席二位走进他的办公室。

于刚乾说道：你看，我又讲了一堆政治经济学观点。国家公务人员，应该学点中国特色社会主义政治经济学理论，认识到"为人民"不是空口号，而是经济规律的体现，违背经济规律要受到惩罚；要把"为人民"变成各级政府、变成所有公职人员的自觉行动。

倒上茶水后，于刚乾给二位谈了关于两个项目开发的想法、思路。

闫银堂听了后说：现在房地产开发最赚钱的地方是大城市的好地段。县城嘛，估计还得十年才能热起来。咱们县距离西京城近，估计也得五年左右。

于刚乾说：你可要有战略眼光。西京—滋水高速公路很快就要开通，开通后，滋水县的地价恐怕不是现在这个价钱了。你信不信？

席养涵说：刚乾，哦，我说错了，于书记。于刚乾说：别客套！一个处级官位，好像都把咱弟兄关系给疏远了。

席养涵说：好，刚乾，你说得对，房地产开发，要有投资将来的思维和眼光。他又对着闫银堂说：这确实是一项大的利民工程，是救助下岗职工、困难职工的工程，也是"先富帮后富"的行动。

谈到先富帮后富，我也动过心。闫银堂说：我有时在想，钱太多了，对个人只是一个数字符号。人生究竟为了啥？难道只是为了钱的数字符号的多少？这有啥意义？想到这里，我就想拿出点真金白银干点实事，回报乡亲，在故乡故土留个好名声。大梁沟的开发，我投资五百万元入股。说实话，这个项目前景可能还行，但当下只是支出、没有收益，风险很大。这个钱，我准备为大梁村、白鹿原人民做贡献，打了水漂我也心甘情愿。滋水新城的土地拍卖招标，我一定参加，而且志在必得。

这就对了，好！于刚乾拍了一下大腿说：你们愿意拿钱，这两项工程就能动起来，下岗工人的问题就好办了。事先说好，河滩地是公开拍卖，公平竞争，不搞私下交易。

闫银堂说：这个不用你提示，我们参加拍卖的次数多了。

肚子饿了，今天吃啥？席养涵问。

于刚乾说：跟我走，去老东街"人民公社公共食堂"饭馆，吃苞谷糁面。

闫银堂说：酒肉餐宴把人吃腻了，吃苞谷糁面好，能找到当年的感觉。他们一起出了大门。

2005年，滋水县的春天来得早。白鹿原北坡还有积雪，杨柳还没吐絮，梅花、迎春花已经开放。太阳出来了，照在积雪上，反射出金的、银的闪亮的光芒。滋水河南的河滩上人头攒动，熙熙攘攘，全是下岗工人。他们敲着锣鼓，拉着一条大红字横幅，上面写着：我们领到工资了！

于刚乾宣布：滋水新城拦河建湖工程开工！锣鼓敲起来，爆竹声响起来，喧天动地，噼里啪啦，响彻滋水河谷。

县卫生局局长也来到工地现场，请于书记参加全县卫生工作会议并讲话。三年前，于刚乾签发了一份文件，是卫生局按照于刚乾"分流一部分医疗卫生资源到农村去"的意见，拟定的"关于县级医疗机构医护人员轮流下乡的决定"。这个决定根据于刚乾的意见，强调把职务、职称提升与下乡为民服务的业绩挂钩，进行量化考核。三年来，农村医疗卫生工作明显得到了加强。于刚乾答应参加会议，强调会议要继续突出加强农村医疗卫生工作。

第四十三章　正在路上

按照"两手抓，两手都要硬"的精神，我们在抓好经济建设的同时，也要抓好廉政建设，保持人民政府为人民的宗旨永远不变。在这方面，当前存在哪些问题，究竟怎么抓？今天请大家一起讨论。

这是在国庆节前召开的县委常委（扩大）会议上，于刚乾开头说的一段话。有关局、办、乡镇领导五十多人参加。

按照会议安排，纪委书记先发言，他在总结工作时泛泛地谈到一些问题。

接着组织部部长发言。他说：提拔任用干部，要按程序来，不按程序办，就乱了套。这个领导说提拔这个，那个领导说提拔那个，工作部门很为难。最后，往往看一把手意见，有时就把选拔干部的标准放在了一边。

纪委一位常委发言。他说：纪检工作也有这种情况。群众反映的问题很多，但查谁不查谁？咋样查？领导打来一个电话，我们的工作就为难了。说句大家都不爱听的话：纪检工作有时候就是个样子。

其他人发言，也都是泛泛地谈问题。

于刚乾说：看来，监督的重点在领导，领导的重点在一把手；一把手也要讲民主、发扬民主，不能一手包揽，不能专断。大家谈谈今后有啥更好的监督办法？畅所欲言。

列席会议的一位县局领导发言说：我刚办了退休手续，正在交接工作，发言少了顾忌。谈到发扬民主，我就在想，见不得人的事，一张大字报贴在墙上，把问题暴露在光天化日之下，谁都怕。要我说，让群众用大字报监督，最管用。我编了几句顺口溜，大家听对不对。他念道：

有人不怕上面管，就怕群众找麻烦。
几个大字贴墙上，看你贪官哪里钻？

会场一阵哄笑。他还想进一步发挥，于刚乾制止说：宪法去掉了这一条，也是总结了大民主的教训。咱们今天不讨论这个。下面请县工会张主席说说。于刚乾觉得张主席的工作更贴近群众，更接近实际。

张主席发言说：最近我刚参加了省总工会在延河县召开的一个现场会，省委组织部部长出席并讲话。会议内容主要是宣传推广延河县通过职工代表大会或职工评议大会，在乡镇、县级行业系统，实行政务公开的经验。中央领导也有批示。

于刚乾第一次听到延河县经验，很感兴趣，他插话说：慢！你慢点说，说具体，说详细。

张主席详细介绍了延河县开展这项工作的组织领导、公开内容、具体做法以及在廉政建设方面的作用效果。

在讲到职工代表在会上公开评议领导，填评议问卷时，于刚乾站起来大声说：好！公开，定期公开，让职工代表公开评议，把自上而下与自下而上的监督结合起来，这个办法好！

于刚乾要张主席与延河县工会联系，说他准备带领几个局办、乡镇领导去实际考察，具体时间与办公室主任商定。工会主席答应尽快联系。

县财政局局长作了"关于加强对国有资产监督管理"的发言，提出对群众反映的有关问题要进行调查。于刚乾已经有了对祥瑞公司问题进行调查的考虑，但他觉得现在只做不说为好，因此在会上没有谈到祥瑞公司的问题。

于刚乾作会议总结，他强调：今后任用干部，要严格履行民主推荐、组织考察、集体决定的程序，谁违反程序，就处分谁；受贿和行贿都是违纪、违法行为，都要根据情节追究当事人的责任，不能姑息迁就。

于刚乾最后说：反腐败的难点在于如何监督一把手。我作为县委、县政府的第一负责人，欢迎全县人民和党组织、纪检组织的监督。大家知道，我是白鹿原上大梁村人，家人和许多亲朋好友都在这块故土生活。但我回乡是为父老乡亲、为滋水县老百姓干事的，而不是为个人、为亲朋谋利益的。我在这里表个态：我这一辈子，想当清官不当贪官，绝不搞以权谋私。我提出一条自我约束措施：每年，我将向上级组织提交一份"个人家庭财产申报"，同时在县委常委会上公开，接受上下监督；我若有来源不明的财产，愿接受司法调查，接受党政纪律处分。

大家为于刚乾鼓起了掌。有人的掌声开始很大，突然变小，瞪大眼睛，满脸疑惑：国家还没有这个要求呀！你申报了个人财产，我们咋办，是不是也要照办？

第二天，于刚乾带着有关局办领导参观了大梁村股份合作社的蔬菜种植园。站在大梁沟岸，放眼一片绿园，点缀着红的、黄的、金色的累累果实，在阳光照射下散发出五光十色，像一幅色彩斑斓的画卷，给人更多联想、更多希望。看到眼前的景象，于刚乾有了更充足的信心。

大梁村武副书记带领大家参观。经过赤松茸菌、羊肚菌等菌菇群区，再经过黄瓜、甜玉米种植区，在反季节蔬菜区停了下来。她说：前年，于书记在大梁村召开了一个座谈会，在白鹿原原塄上开了个现场办公会，讲到土地的集约经营、新集体经济。会后村委会征得承包人同意，收回河沟地段部分个人承包地，搞股份合作社，种植城市需要的菌菇、蔬菜。今年我们种了六十亩地，销路很好，明年计划再增加四十亩地。我们这个决定，就是想利用大梁村的河沟，试行新的集体经营。

大梁村东是大梁沟，沟内由南向北流淌着一条河叫徐王河，流入白鹿原水库。这条沟像鲸鱼的尾巴分支，翘尾于徐原村。大梁村西有条沟叫杜家沟，沟底有条河叫木鱼河，弯弯曲曲，向西向南，源源流淌。T字形的两道沟、两条河，为大梁村装扮了两条溪水长流、草木长青的绿荫带。

于刚乾接着武副书记的话说：对，两年前我在大梁村讲过新集体经济。这位年轻的副书记，思想行动快，把土地集中起来，沟壑变成了绿色菜园。这是一个新农业示范区。今天带大家来看看，能不能把这儿建成西京大都市的一个蔬菜副食供应基地，同时又是现代农业的观赏园、体验园。

大家都说这个好，投资小，见效快，有前景。

于刚乾继续解说：这只是原来规划的"西京城东乐园"建设项目的一部分。"乐园"建设项目已写进滋水县十年发展规划。第一期工程是开发大梁沟，搞退耕还林，造林绿化。第二期工程，搞四个区段的建设：在大梁沟的尾段、东南近山处，建设"北方农耕文化影视城"，留下人民公社的一段历史遗迹。连接影视城，沿河沟向西北，建设一个田园花卉、鱼虫鸟兽观赏带。接下来就是大梁沟这个种植园，搞观赏农业。靠近白鹿原水库，在水库周围，主要搞休闲度假、儿童娱乐等。从东到西，十多里地，所有沟坡地带，建成吸引游人的绿色走廊，打造一个西京城东乐园。

于刚乾带领大家站在一个更高处，继续说道：这个第一期工程，开发大梁沟，工程量大，需要资金多，已经有私人资金愿意投入。那么多下岗工人在等待工作，所以我想尽快启动这个项目。大家谈谈意见。

大家议论了一会儿，提了一些意见，主要是怎么吸引更多投资的问题。

最后确定，由自然资源规划局和发改委，制定一个实施规划，提交县政府常务会议讨论决定。

春风吹上了白鹿原，把可爱的花草、树木、鸟兽虫鱼，都从寒冷的冬天叫醒了。大梁沟对面沟坡上，几棵柳树的柳条，婀娜低垂，长出了黄绿嫩叶，在微风中轻轻拂动。旁边的桃树开出了粉红的花朵，在一片黄亮黄亮的油菜花映衬下，分外妖娆！见微知著，看眼前小景，于刚乾好像看到了百花争妍的"西京城东乐园"，他情不自禁地说：不久的将来，这里一定会成为西京城东的美丽花园！

清明节前一天，大梁沟开发工程启动了。七百多名下岗职工手拿铁铲、镢头，站在大梁沟岸，参加启动仪式。

于刚乾讲话。他说：我们要把大梁沟建成集北方农耕文化、影视拍摄、精彩演艺、科技旅游、园林观光、观赏农业、休闲度假为一体的文化旅游综合园区。他最后发出号召：开发大梁沟，建设城东乐园！大家齐声喊：开发大梁沟，建设城东乐园！喊声响彻大梁沟，传遍白鹿原。

七百多人迅速散到沟壑溪流的各个角落，开始了紧张的劳动。

这时，两辆高级轿车慢慢驶来。一位中年女士缓缓下车。她衣香鬓影，珠围翠绕，举止娴雅，风韵脱俗，走上前问声：您就是于刚乾书记？于刚乾没认出来她是谁。她白嫩的玉指握住于刚乾的手说：我是汪桂珍！于刚乾想起来了，说：贵人衣锦还乡了！汪桂珍说：难忘根基，回家祭祖拜祖。

汪桂珍听到了"开发大梁沟"的口号声，对于刚乾和几位村干部说：我也想为家乡出点力、办点事，正好碰上了，你们说，我能做点啥事？

于刚乾说：欢迎，欢迎！武副书记，快来接见你的重要客人。

武副书记和南鹿村党支部书记与汪桂珍见面握手，简短商谈，汪桂珍答应出资一百万元入股。她叫来儿子、祥瑞金属制品公司经理，当时就开了支票。最后，汪桂珍相约于刚乾星期天在省城某五星级宾馆见面说话。

于刚乾正想了解祥瑞公司的几个问题，便爽快答应了。

星期天下午三点，于刚乾和汪桂珍如约见面。在宾馆咖啡厅。

汪桂珍谈到她这些年的经历时说：刚到香港，新世界开了我的眼，车水马龙，灯火辉煌，高楼拔地而起，人流熙熙攘攘。我喜欢那个地方，很快适应了。一年后我到伯父公司上班，处理了几笔业务，伯父夸我是人才，慢慢给我压担子，最后把公司交给我打理。还给我介绍了港商会的一位要员。这位要员一见我，就不停地送花送礼，约我会面。哎，那个时候真瓜，小恩小惠就把我拉下水，稀里糊涂地就和他结了婚。婚后又后悔了。死爱面子，不好张口谈离婚。不说了，不说了！

汪桂珍说话大方，也比较随意，两人很快就无拘束地交谈起来。

于刚乾问道：滋水县是贫困县，你怎么想回到滋水县搞投资？

汪桂珍说：你不知道，改革开放初，大陆资金有多缺！港商在一起，都在谈论投资大陆的事。我感到，购买国有企业的资产，比投资建厂省事得多，来钱也更快。那时候，国有企业遇到困难，实行改革改制、兼并破产，听说有人象征性地出一元人民币，就可以拿到很不错的国有企业的控股权。田秘书跟我谈过易建设。我就和易建设联系，说明了我的投资意向。他给我介绍了省上一位管这方面工作的领导。很顺利，我就拿下了祥瑞厂，将其变更为股份公司，后来成为上市公司。只要企业值得买，不必考虑在省城还是县城。

这时有手机呼叫，汪桂珍拿出摩托罗拉手机，侧了侧身接听。于刚乾听出了对方是易建设的声音。汪桂珍放下电话。于刚乾说：有贵人相助，你知恩必报呀！

那是。商界讲信誉，说话算数，知恩图报，对帮助过自己的人不会忘记。汪桂珍说：还问吗？再问可能涉及商业机密啰。

不问了。于刚乾说：不过我还想知道，祥瑞公司上市募集了两亿多资金，后来又增资扩股得到两个多亿，怎么越搞越不行咧，甚至到了企业停产、职工下岗失业的地步？我不相信你们的管理水平这么低。

汪桂珍说：这你就不懂了。企业家要有战略眼光。进入互联网时代、信息时代,科技创新非常重要。所以,我们对祥瑞公司作出了战略转移的决策,在深圳创立了一家科技公司,募集资金转投到了这个科技公司。

于刚乾疑惑不解,继续追问:以祥瑞名义募集的资金,却转到了别的地方,我不懂。再说了,祥瑞公司在深圳的那个科技公司究竟有没有股份,占有多大比例?

汪桂珍面带不悦地说:这一切都是经过证监会批准的,是合法的。不说这个了,说点轻松的。三十多年前,我对你耍过小心眼,你知道不?

不知道,于刚乾说。他突然想起了三十多年前在南鹿村街道和汪桂珍说话时的情景。

汪桂珍说:我伯父想让我去香港,最好带着女婿一同去。当时我还没对象,带谁去呀?看来看去,相中了你。我想让你一见钟情于我,就在街道上找你说话,说我会唱秦腔,想进大队业余剧团。你呀,一下子红了脸。可没想到,你竟然拒绝了我妈的提亲,拒绝了我。

于刚乾说:我想起来了,当年的你,确实玉貌花容,令人神往。现在也不减当年呀!他清晰地记起了三十多年前在南鹿村街道碰见汪桂珍时自己满脸通红、无所适从的情景,继续说道:说实话,那时我也动了心。但那时讲政治面貌,你家是地主成分,所以就没有了后来。

过去的,都过去了。汪桂珍说:现在,你想不想去香港,或者去深圳,去帮我?先让你管理一个公司,干一段时间,熟悉环境后再委以重任。以你的才干、能力,担任总经理没有问题。

于刚乾毫不犹豫地回答:谢谢你的好意,我现在事情很多,脱不了身。

汪桂珍说:你呀,还丢不下七品官,国家司局级干部下海到深圳的多了去!我给你留下联系方式,以后你有了想法,随时联系我。

谢谢!于刚乾想起妻子鹿白翎几次追问她姑父田秘书的下落,就转换话题问道:听说你儿子三十二岁,你和现在的丈夫相识才三十年,你是不是还有前夫?于刚乾感觉这样提问太生硬,又赶快解释:互相熟了,才这样问您的个人隐私,您不介意吧?

汪桂珍说:你是个人精,时间算得这么准。你几句话把我说得也热乎了。我这人也耐不住挑逗。不瞒你说，儿子不是我现在丈夫的。至于是谁的，你不问了吧？

不问了，留点秘密吧。我娃他妈几次询问她姑父田秘书的下落，因此还想多问一句，你知不知道他现在在哪儿，有没有他的信息？

汪桂珍说：我们一块儿到了香港，后来他去了南洋。现在在哪儿，我真不知道。汪桂珍没有吐露他和田秘书之间的往事纠葛，更没有说她儿子与田秘书的血缘关系。于刚乾也不好再问。

五点整，汪桂珍说她还有一个商务活动，约于刚乾晚上九点在她房间再见，还有话说。于刚乾说已和鹿白翎买好了今晚的电影票。其实他说了假话。汪桂珍默默含笑，约于刚乾明天再来。这时，于刚乾看到易建设陪着一位领导进了宾馆大门。他匆匆告别汪桂珍，进了公共卫生间。

和汪桂珍一番谈话，于刚乾对祥瑞厂的改革改制有了更多了解，他觉得钟鸣对工厂改制中国有资产流失的怀疑有道理。但是在企业改制中国有资产怎么流失，怎么搞利益输送，个人怎么从中受益，受益人在深圳科技公司有没有个人股份？这些都值得怀疑。近五个亿，相当于全县下岗职工两年多的工资，咋能让其白白流失！

汪桂珍说话倒也直白，她是真心邀请我，想委我以重任。想到下海经商的人潮中，有国家部委司局级领导，也有领导人的子女，于刚乾开始不理解，后来他想：可能是各人的理想追求不一样，有人把钱看得重，有人把钱看得淡，而且看淡看重的观念也在变。三十多年前，我口袋里没有买二十个油糕的钱，丢了人，一直记在心里。那时就把钱看得很重，一心想跳出"农门"，好赖找一份工作领一份工资。现在，每月领工资，够吃够用还有结余，知足了，心思全在工作上，没想过要有更多钱。今天，我断然拒绝了汪桂珍的邀请，没错，我不后悔，因为我的事业、我的追求，全在滋水县这片土地上。

回家后，于刚乾又把这件事告诉了鹿白翎。白翎不大赞同刚乾"断然拒绝"。她说：仕途有风险，以前的官好当，现在难当，操天大的心，拿一点点钱。想富，就很难清廉；不清廉就会犯错误。你看你的朋友闫银堂、席养涵，谁不是家财万贯？人家都是正当、合法的，还有企业家、乡贤、市劳模的光环。鹿白翎意识到自己说话有点唠叨，就简短地说：我的意思是，现在的路子很宽，不要想着一条道走到底。

于刚乾不赞同但也没有反驳鹿白翎。结婚二十多年，女儿已经上了大学，他们之间从来没有红过脖子涨过脸，更没有吵过架。爸去世后，于刚乾把妈接到省城住，婆媳相处很好，没有因为锅碗瓢盆的事争吵过。刚乾每月都把工资交给白翎，要白翎多操心家务。他们意见不一致时，于刚乾一般不坚持己见，再大的事，好像过不了几天也就自行解决了。

于刚乾心想：白翎是讲道理的人，但这些"道理"是站在个人角度考虑的，与组织要求、与群众希望南辕北辙。这个思想差距不是"讲几句道理"就能消除的。这是我们之间的严重分歧，搞不好夫妻之间会产生裂痕，怎么办？

星期天于刚乾回家，想和白翎谈心，讲些"道理"，没想到鹿白翎的态度来了个一百八十度的大转弯。刚进门，白翎就迎上来，抱着刚乾的脖子说：我改变主意了，收回前天说的话，你安心当你的七品官，咱们安安稳稳过日子。我想通了，金钱就是过眼烟云，人家金山银山咱不眼气，平安、心安就是福。

刚乾没有在意白翎突然转变的原因，顺势把她抱了起来。

原来，白翎与好友叶凡交心，把她与刚乾说的话倒了出来。叶凡说：你瓜呀？香港是啥地方，是物欲横流、纸醉金迷的花花世界。这么好的男人，你把他向那个地方推，过不了一年，他还是不是你的男人，很难说！现在内地也在变，天在变，地在变，人也在变，有多少男人过不了金钱、美女这道关！还是让组织把男人管起来，比你管、我管顶用。鹿白翎听了说：对呀！我咋没想到这一层，光想着多挣钱。

于刚乾现在考虑的是：祥瑞公司的背后，不知牵扯到谁，这个"谁"是不是老虎，敢不敢摸？席养涵的话：刚易折，柔易曲，顺其自然，不要硬来。此话有道理，但这是明哲保身的道理。身处领导职位，眼看到有人侵吞国有资产、侵害群众利益而置若罔闻，于心何安？于刚乾感到，容忍恣意妄行，无异于玩忽职守、助纣为虐，这样就会自觉不自觉地把自己放在与人民群众对立的位置上。还是那句老话：不要想太多，想多了就有顾虑，顾虑多就啥都干不成了。宁可直中取，不向曲中求，宁可丢官，屁股也要坐正。

于刚乾决定：查，一查到底！

第四十四章　于书记好

于刚乾来到钟鸣家，想了解祥瑞公司的更多情况。

问到祥瑞公司的以前，钟鸣说：工厂的家底我知道，厂职工代表大会每年审议企业经营重大决策，重要数据我都要仔细看。祥瑞厂原来是省属冶金企业，在"抓大放小"改革中，下放给滋水县。改制以前，祥瑞厂的账面资产4.8亿元，净资产3.6亿元。企业的养老、医疗、教育、住房费用由国家拨款改为企业贷款以后，企业负担一下子重了，日子越来越难过。这时，易建设进厂，说国有企业机制不好，效率低，没活力，要把企业推向市场经济的大海里，自生自灭。怎么推向市场？说是搞股份制改造，变卖国有资产给外商，让外商经营管理。不久，来了一家香港的审计公司，资产折旧，扣除债务，祥瑞厂的净资产变成了6010万元。最后以10万元卖出60%的股权给香港的一家公司，6000万元作为改革成本，解决职工养老问题。我总想不通，三个多亿的资产怎么突然变成6000万元？10万元怎么就把一个三个多亿的国有企业60%的股权拿走了？这个账是咋算的？

于刚乾说：你问得好。还有，为啥一定要从香港请审计公司？谁请的？审计过程有没有问题？算账，审计，其中的挪腾空间很大。

钟鸣问刚乾：你决定对祥瑞公司的问题进行调查？于刚乾点头。钟鸣说好！工人信任你、支持你。过去，报纸上一直把工人阶级称作主人翁，工人的"国有"情结很深。现在，工人变成了打工仔，内心有失落感，有抵触情绪。工厂私有了，工人下岗了，他们思想抵触情绪更大。你到工人中，听到不满情绪的激烈言辞，要理解，要包容。

于刚乾说：我知道，一些话我已经听到了。

祥瑞公司生产销售遇到困难，不得不停产。工人下岗失业后，又怀念起原来的工厂，有人提出反对私人控股，要求调查国有资产转让中的问题。厂工会、党支部无法回答工人的提问，也没有向上反映。工人就在私下联络，酝酿集体上访。钟鸣已有耳闻，但又不好把听到的话传给领导，只提醒刚乾理解工人的情绪。

于刚乾回到办公室，打电话叫来财政局局长，商谈成立调查组等具体事宜。不久，县财政局（国有资产监督管理局）成立专门调查组，开始调查祥瑞公司的问题。

于刚乾觉得有必要给调查人员讲明一些思想。在调查工作开始前，他会见了调查组人员，对他们说道：

改革开放，国家实行"拨改贷"，国有企业老职工多，养老、医疗、教育等社会负担重，好像是个中老年人，身体比较弱。你把他一下推到市场经济的大海里，与身无负重的青少年——民营企业搞竞争，一块儿在大海里游泳，咋可能游到前面去？竞争不过人家，反过来怪国有企业机制不好，要低价变卖国有资产给私人。咋样变卖？搞"靓女先嫁"，不"靓"的女咋办？就赔钱送人，给人倒贴呗！就这样，国有很快变私有，私有经济在国内生产总值中的比重快速上升。外资、民营资本一旦进入国有企业，剥离了社会负担，有了活力，老人变成了年轻人；在大海里游泳，游到了前面。有人就大喊，你看，国有不如民营！

看到调查组人员都在聚精会神地听讲，于刚乾继续说道：

我是不是扯得有点远？我的意思是，一种制度，有它产生和存在的条件，必然有它的合理因素，也有各种弊端；条件变了，原来的制度也需要变革。实行市场经济，市场配置资源，不适应市场要求的体制、制度当然要变。国有企业，必须进行改革。但不能从一个极端走向另一个极端，说好就好得不得了，说坏就坏得不得了。要辩证地看问题，不能走极端。

于刚乾停了停说：我讲得还是有点远。我的意思是：回头看变卖国有资产的改革，有没有因为有人说它"坏得不得了"就低价变卖，或者有人借着这股风，把好端端的厂子，白白送给个人，个人从中得利。有没有？我看有。崽卖爷田不心疼！这是变相搞私有化，是借改革侵吞人民财产，是犯罪。你们下去调查，主要找这方面的问题。

调查组长说：明白了。于刚乾要求调查组组长直接向他汇报调查情况。组长说好。

经过一段时间的调查，于刚乾感觉难度很大。啥叫国有资产流失？界定不够明确。你说是国有资产流失，他说是改革需要，是改革的必要阵痛，是改革的成本。你说低价变卖了国有资产，他说这是评估公司的评估结果。查改制上市时的股份配送有没有"送干股"（不掏钱的股份），送给了谁？在那场大火中，有关资料都化为灰烬，没办法查。于刚乾请来专家和律师，他们建议到中国证监会查找，要特别查找有没有虚假年报、募集资金的合法性以及私自改变投向问题。于刚乾感到最主要的是查找当事人和有关领导有没有从中受益、从中谋利。但这到哪儿找？没有线索。

调查组找到几位参加企业改制的工作人员，询问当时的股份设置和有没有送"干股"。他们都说：这都是领导私下进行的，我们哪能知道？问审计情况，他们说：审计结果我们知道，过程不知道。

就在这时，祥瑞公司的五千多名工人打着"还我工厂，我要上岗"的横幅走上街头，在县城主要街道游走后，最后在连接东西的国道处停了下来。一小时、两小时、半天，聚集的人群还不走，东西通行车辆排起了长龙。

县公安局局长接到省公安厅电话指示，要求采取果断措施，疏通道路交通，必要时抓捕聚众闹事、违法行动的组织者。

在堵路静坐的人群中，公安干警抓了三个人，要带走。其他人团团包围了公安人员，不让走，双方扭打起来。公安局局长对众人大声喊话：你们这是妨碍执行公务，是犯罪！包围人群不管不顾，越聚越多。

这时，于刚乾赶来了。他想，不能这样对待群众，不能用抓人进一步激化矛盾呀！于刚乾责令公安局局长说：你把人给我留下，把公安人员撤走！

公安局局长为难了，说上级有指示，我不能不执行。您这个时候出现在这个场面，我们为难您也为难，您最好回避一下吧！

于刚乾说：这里的一切有我负责！你就这样给上级公安部门回话。

公安局局长犹豫再三，最后还是命令干警：放人！被抓的三人被放后，公安人员全部撤离了现场。

于刚乾站在高处给大家喊话，劝导大家撤离，他说：有话尽管说，问题一定会解决，千万不要阻断交通！

这时，钟鸣到了。金玉秀把钟鸣从轮椅上扶起，刚才被抓的那三人赶了过来。钟鸣对他们说：于书记已做出决定，开始调查祥瑞的问题。咱们要听于书记的话，不能这么胡闹！你们三人，快去说服大伙，散了！

这三人听了钟鸣的话，到人群中去做说服工作。一会儿，人群渐渐散了。钟鸣拉着于刚乾的手说：对不起，我没有事先告诉你，我知道他们要集体上访，却不知道他们堵路闹事。于刚乾说：不怪你，怪我们工作没做好。我们要从这件事中吸取教训。

于刚乾下乡，发现通往乡镇的新修公路的好多路面出现破损，有的路段坑坑洼洼。再向前，有多处路基塌陷。他立即把交通运输局局长叫到现场，询问原因。局长说：我到任不到半年，施工中的问题不清楚。于刚乾问：施工单位是哪家？局长说：是西京建研工程科技公司。

于刚乾大吃一惊：怎么是自己的好朋友席养涵的公司？他又想，席养涵不是弄虚作假一类人，不可能。

星期天，于刚乾见到席养涵，问道：承包滋水县公路工程是咋回事？

席养涵说：我们公司承包了全县公路工程设计，没有搞施工呀！噢，想起来了，工程设计招标，我们中标后，丁锁柱找我，说他们想参加施工招标。我说你去报名呀，找我干啥？他吞吞吐吐，说想借用我们公司的名称，盖个章子。我说章子咋能随便盖？后来他是怎么中标的，我不清楚。听说他把你弟于军乾也拉进去了，说是搞合伙承包。

于刚乾又是一惊：没听弟弟说过参加什么承包呀！究竟是咋回事？

席养涵说：这肯定是施工和监理问题。设计保证没有问题，我这里的设计图纸还在，有备份。对了，现在搞承包，有的单位资质不够，就假借别的公司之名，甚至刻假公章，不出事故也就没人追究。他丁锁柱会不会刻了我们单位的假公章？有可能。我查一下。若是这种情况，我要他写一个书面东西，撇清关系，保证不给我，也不给你带来麻烦。

于刚乾说：你立即办理，保留证据。这个问题严重，会构成犯罪的。

于刚乾马上回到老家，见到弟弟。于军乾带哥哥在老庄基前后院看了看说：咱爸在世时，盖了东边这间房，后来又续了两间，都是土驮木瓦房。你看，现在烂成了这样，下雨天屋里到处漏雨，村里人看见都笑话。咱们是不是想办法翻修一下，图个脸面？

没想到弟弟突然提出翻修房子的事。需要花钱，于刚乾为难了：他家的存折上只有四千元，怎么给弟弟表态？弟弟已经把话说到了这个份上，怎好推辞？于刚乾说：咱爸能盖起房子，咱们修不起房子，说不过去。要翻修，必须翻修。到时你来，即使没有多，也会有个少。

于军乾点头说好。

于刚乾问道：有人说你和丁锁柱合伙搞公路工程承包，是咋回事？

于军乾说：哪来的合伙？有一天，丁锁柱找我，开口说好事来咧！我问啥好事能到我头上？他说承包公路施工，给你五百方沙石任务，价钱好说，不低于市价，咋样？我一看，真是好事呀！我就答应了。他说应人事小误人事大，你在这一页纸上签个字。我没多想，也没看写的啥内容，就写了我的名字。

于刚乾问：沙石拉过了没？军乾说拉过了。刚乾问：怎么给你结算的？军乾说：按当时的价钱结算后，给我多加了两千元钱，还说合作愉快，希望今后继续合作。刚乾问：你为啥多收这两千块钱？军乾说：我没多想，他给我，我就要，谁会嫌钱扎手？再说了，我也急着用钱，想赶快翻修这旧房子。

咱们可能被人利用了。于刚乾说：你的签字，可能在工程招标时派上了用场。你拿了点小钱，别人拿了大钱。拿了钱还不好好干事，偷工减料，修的路都成了豆腐渣工程。这是犯罪！

于军乾瞪着眼说：有这事？这么严重！

于刚乾让弟弟赶快把两千元送交县上"公路工程建设问题调查组"。于军乾说我这就去。

不久，省纪检委派来调查组，调查于刚乾在滋水新城建设和县域公路建设工程中是否有以权谋私问题。这项调查，据说是按照有关领导在"群众来信"上的批示精神，省纪检委作的安排。调查组组长看了材料，对领导说：有些大案都顾不上查，哪顾得上抓这些鸡毛蒜皮的小事！领导对调查组组长说：上面领导的安排，照办就行咧，哪来那么多废话！

来到滋水县，调查组组长问了问情况，才知道反映问题事出有因，难怪有人对于刚乾产生怀疑：两千亩河滩地拍租给了他的同学、"战友"闫银堂，搞拦河建湖的新城开发；县域公路建设的设计施工，给了自己的好友席养涵；全县的公路施工，承包给了他亲弟弟于军乾等人。现在的关键问题是，于刚乾有没有从中受益？

调查组与闫银堂谈话。调查组组长说：有人怀疑于刚乾在滋水新城的开发建设中受益，你是当事人，希望你能给予澄清。

闫银堂说话有些不客气。他说：你们是吃饱了撑的——闲得没事了，专找好人的茬儿！也好，既然调查，你们就一查到底。我不想多说，只希望你们查两件事。第一件：两千亩沙滩地的拍卖，是不是公开拍卖？你们查看现场记录，我的报价是不是比第二名高出25%？另外，你们查看一下，主持拍卖的人是谁？于刚乾沾没沾拍卖一事的边？

工作组查看记录：主持拍卖的是国土资源局的局长；闫银堂的报价确实高。

工作组要闫银堂说第二件事。闫银堂说：于刚乾每年自动向上级组织申报个人财产，而且向县委常委会公开申明，若有个人财产来源不明的情况，愿接受司法调查。你们查一查，他有没有个人财产来源不明的情况。这样的干部，居然有人找他的茬，这是怎么个理？

调查组人员互相看了看，用眼神交换意见。

闫银堂继续说：于刚乾在西京城住五十八平方米的简易楼。他母亲的床没地方放，放在了小客厅。家里去了客人，没地方坐，就把临时床收起来。我见到老同学这般情景，提出送他一套新居。他说：谢谢老同学的好意，但我不能收。若收了，我长八张嘴也说不清了。他毫不犹豫地拒绝了我。

调查组组长告诉工作人员：记下，把这件事记下来！

闫银堂说：这个人呀，廉洁得有些过分，有点不近人情，恐怕得罪人不少。他母亲病了，我派司机接送了几次，他要给我汽油钱。我生气了说他：太见外了，简直把我当外人，不当朋友！我和他吵了起来。

调查组组长告诉工作人员：把这事也记下来，记详细！

调查组与席养涵交谈，弄清了施工工程的承包人是易建设的大舅哥、前科犯丁锁柱，而且有弄虚作假、私刻公章的违法嫌疑。

调查组查了于刚乾和家人的银行存款，几年来一直没有超过六千元；没有发现于刚乾的其他不动产。

工作人员问组长：还要不要查于刚乾弟弟参加承包的事？

组长说：没必要了。不过可以问问，是不是丁锁柱借用了于刚乾他弟的名字，拿到了承包合同。听说于刚乾弟弟只得了两千元好处费。

调查组组长疑惑不解：咋回事，纪检组织对这样的好干部也怀疑，而且在百忙中安排人员进行调查？我们反腐败咋能这么搞，是谁在背后乱搅和？也好，既然调查了，也就知道了谁好谁坏、啥好啥坏。

调查组组长和于刚乾道别谈话说：你是党的好干部，我不仅要如实向上汇报你的情况，而且有义务宣传你的事迹。

于刚乾说：不用，不用宣传。他心想：不贪腐，这是对党员干部最低、最基本的要求，居然要作为先进典型进行宣传，不正常，很不正常。

于刚乾感到弄清祥瑞公司的问题确实有难度，但既然做调查，就要一查到底，一定要弄个水落石出。

调查正在进行，于刚乾接到易建设打来的电话。

易建设电话中说：听说省纪检委在县上调查你的问题。我清楚，老弟你清正廉洁，不会有大问题。这样的调查对你来说是好事不是坏事。你会被提拔使用的，是迟是早，就看你的了。在提拔使用这件事上，不瞒老弟你，我能为你说上话，领导对你也比较重视。对于我在滋水县的工作，若有疏漏或失误，还望老弟多多包涵，别故意为难。与人方便，与己方便。望老弟三思而后行。

于刚乾嗯嗯应答。放下电话，于刚乾心想：易建设话里带话，用意很明显，就是要我放弃对祥瑞公司的调查。他能说上话，能提拔使用我，而且暗示有领导"重视"我。这个领导是谁，是不是与祥瑞公司的事有关系？

于刚乾没有叫停调查工作，反而增加了调查人员，要求调查组加快工作进度。

不久，省委组织部派人找于刚乾谈话，对于刚乾的工作给予了充分肯定，对于刚乾廉洁自律作了表扬，并联系宣传部门对于刚乾的先进事迹进行宣传报道。最后说道：领导准备提拔使用你。于刚乾问去哪儿？组织部人员回答：回省委政策研究室，发挥你善于研究问题的特长。于刚乾说：我想继续留在滋水县，滋水县的十年发展规划刚刚实施，我已经熟悉了这里的一切，现在离开，心有不甘。于刚乾把他正在调查的国有资产流失案件向省纪检委领导做过汇报，没有告诉组织部。组织部人员回答说：我们会反映你的意见，但最后还是个人服从组织，你等候组织决定吧。

十天后，于刚乾接到省委组织部"任命于刚乾为省委政策研究室副主任（副厅级职务）"的函。

新任县委书记很快到任。于刚乾不得不抓紧时间，交接工作。

于刚乾不愿看到对祥瑞公司的调查中断。他叫来国有资产监督管理局负责人和厂工会主席说：祥瑞公司的问题，我已经向省纪检委做了汇报。为了国家和工人阶级利益，希望你们把调查坚持下去。需要时，你们可随时来找我，我坚决支持你们。必要时，我可以向省主要领导反映，争取更大的支持。

于刚乾强调，后边的调查方向和重点是：紧紧抓住祥瑞公司两次募集资金共4.6亿元的去向；安排人员去一趟深圳，找到那个"科技公司"，查找股东构成中的个人股份，特别注意个人股份中有没有改制中的利益相关者、受益者；再安排人到上海证券交易所、中国证监会找寻有关证据，查找有没有送"干股"给个人，将改制过程中所有个人持股名单抄写下来，逐个核对。

县国有资产监督管理局负责人表示听从领导安排。

厂工会主席说：有工人支持，我不怕，一定要有个结果。不行咧，我再带领工人堵路，闹事！

于刚乾说：千万别闹事，再也不能带着工人去堵路了，堵路、闹事会抓人的!

厂工会主席说：上次堵路没有抓人呀!

财政局领导说：上次若不是于书记为你们说话，你想想，是啥结果?

于刚乾再次强调：一定要记着，告诉职工群众，不能干违法事。

于刚乾把调查人员送上车，目送他们上了路，这才回来交接工作。

于刚乾在"关于县域公路建设工程责任事故调查报告"上批示：没收有关人员的非法所得，并追究工程承包人和工程监理单位的法律责任。此后，检察院起诉，法院判决丁锁柱有期徒刑五年，判处受贿的工程监理单位负责人有期徒刑三年。

于刚乾向新任领导介绍了滋水县十年发展规划实施情况、廉政建设情况，最后，他把调查祥瑞公司问题的进展情况作了介绍，并嘱咐道：

希望在你的领导下，把这项调查坚持下去，取得结果。要不然，对上对下，对祥瑞公司的工人，都不好交代。

新任领导表了态，他说：请于书记放心，我会尽职尽责做好工作。祥瑞公司的问题，应该还历史一个公正，给群众一个交代。

2006年末的一天，上午十点，于刚乾离开滋水县委大院。大门外马路两旁，站满欢送人群，有机关干部，有工人，有农民。祥瑞公司工人拉着一条横幅，上面写着：滋水县的好书记，祥瑞工人记着你!

大梁沟联合控股公司的村民代表也来了，他们将一副大红的对联贴在了县委大院大门的两旁。上联是：大梁沟新城湖旧貌新颜；下联是：为人民反贪腐赤心一片；横批是：于书记好。

于刚乾下了车，和大家一一握手。有人喊话：于书记好! 有人拍手打节奏，大家跟着节奏喊起：于书记——好! 于书记——好!

于刚乾十分感动，眼眶湿润了，向人群深深地鞠了三躬。新任书记和于刚乾告别握手。于刚乾上了车，向街道两旁的民众挥手致意，慢慢离开了滋水县城。

第四十五章　任重道远

转瞬到了2013年。东方大地日新月异，白鹿原上大变样，西京城东乐园建成了！

从白鹿原水库到北方农耕文化影视城，蜿蜒十里的大梁沟，焕然一新，绿意盎然，仿佛整个世界都被涂抹上了生机盎然的色彩。秋高气爽，大梁沟里人头攒动，熙熙攘攘。水库岸边，三三两两的人悠闲漫步。水面上，小船悠悠，游艇飞梭，音乐声、嬉笑声回响在沟壑川原之间。沿着流入水库的小河逆流而上，到了现代农业观赏园，黄的玉米，绿的黄瓜，红的番茄，各种蔬菜瓜果，五光十色映入眼帘。三五成群的游人，在观赏，在采摘，在感受累累果实带来的喜悦。再向上，到了农业园林观赏带，园林绿化、花草苗木、如茵绿地，一番新景象，美不胜收。路旁的草丛中，猫儿狗儿在追逐，树上的鸟儿在歌唱，池塘的鸭、鹅在戏水。坐在池塘边的逸人雅士，在平心静气地观看，静待鱼儿跳出水面。

出大梁沟，最东边，与王顺山相望，到了北方农耕文化影视城。中秋节，影视城开放营运了。从影视城到东西南北各个方向的公路上，车流、人流好像几条长龙，慢慢涌动。天南地北的人慕名而来，品尝特色小吃，观看农耕器具，体验舞龙耍狮，踩高跷，耍社火，欣赏精彩演艺。观赏人群赞不绝口，流连忘返。

位于大梁沟岸的大梁村，这一天，正在举办一场盛会，祖籍在大梁村的国内外人士赶回家乡，欢聚一堂，共同见证这悠久村落的巨变。在上百人的座谈会上，村党支部武书记热情地介绍了参加会议的嘉宾。她首先指着一位既像欧洲人又像亚洲人的男子说：给大家介绍这位尊贵的客人，中亚吉尔吉斯斯坦国陕西村寻访祖籍的回乡访问团团长，让我们以热烈掌声欢迎他们的到来！

会场长时间热烈鼓掌。这位团长用地道的陕西话说：额祖上是陕西东岸子人，今儿个回来问祖寻根，先问声大家吃咧么，日子过得嘹不嘹？大家齐声喊：嘹咋咧！

武书记继续介绍：这位是于刚乾于书记，省决策咨询委员会委员，大梁村荣誉村民，以前担任过大梁大队民兵连连长、大队副主任，白鹿原人民公社革委会委员，滋水县县长、县委书记。

话音未落，大家热烈鼓掌！于刚乾向大家鞠躬说道：感谢各位，感谢生我养我的大梁村！

武书记介绍席养涵说：他就是西京建研工程科技公司总经理席养涵，国内著名的建筑工程设计专家，大梁村荣誉村民，曾担任过大梁大队科研站站长、白鹿原人民公社农技员。大家热烈鼓掌。

闫银堂，闫总！没人应声。再叫，还是没人答应。于刚乾好久没见到闫银堂，心里正在疑惑。这时，有人悄悄递给于刚乾一封信。

武书记接着介绍：申严启，旅法华人，教授，诗人，法国陕西同乡会会长兼白鹿原文学总社社长，他是大梁村小学走向世界的成才者。齐民生，美籍华人，留美生物学博士，也是大梁村小学走出去的英才……

看完信，于刚乾坐不住了，他和席养涵耳语了一阵。听到"欢迎于刚乾讲话"和鼓掌声，于刚乾站起来做了简短发言。他最后说道：我和席养涵因急事要提前离开会场，非常抱歉，谢谢大家！有人高声说话：今晚的文艺晚会还想听你的二胡独奏呢！于刚乾抱拳说：下次，下次一定！

说着，他和席养涵上了车。小车一溜烟向西南，开进秦岭深山中。

闫银堂写给于刚乾、席养涵的信只有短短一句话：身后有大事，无人可托付，接此信请二位兄长即来面见。

刚乾看了信，心情很沉重，很紧张：他刚过六旬，怎么就考虑安排身后大事？三年前，闫银堂因胃病被儿子闫大亮送往美国做手术治疗。回国后，医生和家人劝闫银堂继续化疗。闫银堂不接受，认为回归自然，才有可能彻底康复。他进了深山老林，似乎与世隔绝了。闫银堂治病期间，刚乾、养涵多次去看望他，与他的联系时有中断。于刚乾担心闫银堂的身体，问养涵：不知银堂最近咋样了？

席养涵说：大半年前我见到他，看气色，有好转。是在他办公室，他正与儿子吵架，指骂儿子"不孝子，罪人"！我不知道他们之间发生了什么，不便多问，就劝银堂别生气，小心伤身体。不久，闫银堂又进了深山，失去了联系。

按照描绘的线路，刚乾、养涵下了车。红日西斜，他们穿行在蜿蜒曲折的山路上，身旁是茂密的树林和清澈的溪流。置身于宁静而美丽的画卷中而无暇欣赏，他们手抓山石，猫着腰，一步一步向上爬。到山顶，一座古老的庙宇掩映在林荫中。一位身着道袍的老者出现在他们面前，慈眉善目。老者自称是闫银堂的师傅，他把刚乾和养涵带进庭院，穿过大殿，来到小院的偏房前。

古庙后的高处有一巨石，踩着台阶攀上巨石的高台，极目远望崇山峻岭，让人有一种进入神仙境界的感觉。闫银堂常在这里寻找那种难以言表的释然，那种神仙般的感觉。他经常坐在一段枯木上，沐浴阳光，闭目养神。袅袅烟云轻轻从身边飘过，听古树上的风声，他能感受古树岁月的痕迹，穿越时空，融入宇宙。这里，是他寻找心灵净土的地方，是他陶冶"清净无为"心境的地方。但，这么久了，这颗心怎么还静不下来？今天，又受到干扰。

回想起三年前的那场病魔，闫银堂依然能感受到那种生死诀别的恐惧。被确诊癌症晚期，他犹如五雷轰顶，天塌地裂。按照儿子的安排，闫银堂来到大洋彼岸的医院做治疗。手术很顺利，一切都在不知不觉中，但手术后的化疗，恶心呕吐，滴水难进，他感到了绝望。他不想把遗骨留在异国他乡，决然回到国内。体重降了三十多斤的他，瘦骨嶙峋，与之前判若两人。儿子还在劝说他接受医生安排的全程化疗。

爸，这是科学，是医生和患者普遍认可的治疗方法。你不能放弃治疗，不能拿自己的生命开玩笑，做赌博！

什么科学？以破坏身体机能为代价换来癌细胞的蛰伏，而不是杀灭，也不可能杀灭。等到癌细胞再度活跃时，免疫力和身体机能下降了，抵抗不住了，只有等死！闫银堂内心对化疗很反感，他果断拒绝了儿子的劝说，说道：我不去医院，我要上山！我相信大自然能恢复我的机能，能给我希望。

这之前，闫银堂秘密拜见了一位道人，他完全相信了这位道人关于天人合一、道法自然的说教，相信这位道人关于根除慢性病主要靠身体自我修复、自我平衡的理念，相信回归大自然是修复身体机能的最好途径。

闫银堂隐瞒着他的身份，带着那位道人的信来到秦岭深山的一座古庙。他停止了所有用药。在每天上山下上的气喘吁吁中，有一天，他突然感觉自己的"中膈"通了，说话有了"底气"，不再气短了，而且还有了饥饿感，粗茶淡饭有了味道。一年过后，他体重增加了十多斤。就在他满怀喜悦准备迎接美好明天时，让他意想不到的撕心裂肺的事情发生了。

儿子留学归来，闫银堂将家族企业的经营权逐渐移交给儿子。他病了，在绝望中，就将所有权力都交给了儿子。闫银堂万万没有想到，这一决定，却带来了资产的大肆转移，向国外转移。这么重大的事项，儿子居然一直瞒着我，不仅失掉了父子之间的信任根基，而且冲破了思想道德和做人价值的底线。过去，我把他当荣耀，现在他居然成了我的耻辱！闫银堂顿足捶胸地呼喊：罪孽呀！

闫银堂非常生气，但仍然忍着气试图说服儿子。闫大亮却解释道：爸，你不懂，这是为了家族财产的更大扩展，是为了我们的更好未来。闫银堂说道：没想到你，你这么自私！闫大亮辩解道：自私咋咧，世上谁不自私？自私是人的本性，是生产和社会发展的动力，现在已得到正名，不再是从前那样见不得人；况且我转移的是私家财产，有啥不可？

闫银堂心想：这些财富的积累，虽然是市场运作的结果，但包含着拿不上台面的"经验"运作，背后含有不公正因素，含有对购房居民和劳动群体不公平占有因素。这些资产在国内流转，用不好听的话讲，是"肉烂在锅里"；但若转移到国外，就侵害了国家和人民利益，国家和人民咋能答应？想到这里，闫银堂不由产生了负罪感，骂闫大亮是"不孝之子，罪人"。并坚定如山地说：不行，你必须马上纠正！

闫大亮说：不可能了！爸，你跟我们一块儿走吧，你的移民手续已经办好了。

我生在大梁村，死也要把骨灰埋在大梁村，撒在白鹿原上。你，你这是犯罪呀！闫银堂怒气冲冲走上前，狠狠扇了闫大亮一巴掌。他还要拳打，被人架住了。

知道自己犯了天大的错误，闫银堂急急拨通电话，截留下了三百亿资产。

老伴已去世，儿孙都去了国外，留下孤独的闫银堂，他再次进了深山。他坐在山巅,感受到家人远去的孤寂,感触到人生命运的无常和悲戚。古庙外的松涛声与他内心的呼唤声渐行渐近,一种融入自然的释然,让心灵在喧嚣中找到了归宿。这时的他,再次想到和于刚乾的一次深谈。谈到金钱观念,于刚乾说:良田千顷,不过一日三餐,广厦万间,只睡卧榻三尺,生不带来,死不带去。财富再多,也都是过眼云烟,最终还是归于社会。简单的遗产税,就会使个人占有财产有了更多社会属性,过多的个人占有,有啥意义?当时我对于刚乾的这番议论还不完全理解,就问他:那你说,人活着究竟有啥意义?刚乾回答:人若尘埃,终将逝去。活着的意义,在于当下。当下最有意义的,就是做于人有益、于己快乐的事。这么做,符合道德,被社会认可,自己内心也满足。闫银堂反复琢磨、回味于刚乾的这些话,感觉很有哲理,他的思想豁然开朗,心境更加释然了。对,这三百亿资产,应该回归社会,但是怎么回归?是死后的自然回归,还是让它发挥更积极的作用?当然是后者更好。

闫银堂对于刚乾的信任无比深厚。于刚乾的过去,闫银堂很清楚。受父亲影响,于刚乾从小就不占别人的便宜;为发展、保卫集体经济,他不计较个人得失,甘愿冒着生命危险;担任领导职务后,他不仅对自己要求严格,而且坚持反腐倡廉,滋水县群众都说他是清官、好官。

闫银堂心想:于刚乾为民请命,无私无我。他格局大,站位高,有统揽全局的能力。而我现在这样,正在养病,怎能承担起这数百亿资产处置的压力?还是远离尘世的烦扰为好。对,就这样,将这笔资产投入到以大梁村为中心的白鹿原上更有意义;委托于刚乾最合适。

还有,房地产项目的半截子工程一定要完工,要对购房者负责到底,不能留下"烂尾"。这件事可以委托席养涵监督办理。养涵办事认真,一丝不苟,值得信任。闫银堂心想:前几年,受经济调整的影响,席养涵的业务逐渐收缩,他现在也有时间和精力,不会推诿。

心意已决,闫银堂写信,约于刚乾、席养涵进山见面。

回到省委政策研究室工作后,于刚乾接受的第一项任务是,联合调研国有企业内部监督约束状况。他带领调查组人员深入群众中了解情况,发现这方面有好的经验,也存在严重问题。年底,省领导召开调查汇报会,于刚乾在会上作主题汇报发言。讲到有的企业负责人把企业权利当作个人权力，不受约束，随意决策，贪污腐化等现象时，于刚乾不由脱稿发挥。主持会议的领导指着手表，示意于刚乾掌握时间。最大的那位领导鼓励于刚乾说：就这样讲，大胆讲，不限时间。会后，领导确定由于刚乾执笔，起草一份调查报告上报。为写好报告，于刚乾翻阅大量资料，提出要站在全局高度、对工作有普遍指导意义的原则，着重对完善企业领导体制、建立民主科学决策程序、坚持职代会民主评议企业领导干部制度、领导干部个人重大事项报告制度、落实职工选择企业领导人权利等，提出了建设性意见。送审稿顺利通过了领导签发，最后以省有关部门名义上报北京。

于刚乾很高兴，喝了酒，躺在床上晕晕乎乎放飞思想：这个文件若得到批转，在全国得以执行，一定会扭转某些乱象，对改革发展起到积极的促进作用，这将是我有生以来干的最大最具影响的一件事。于刚乾正在志得意满时，却发生了出乎意料的事情。一纸调令，调于刚乾到无职无权的省社会科学院工作。众人唏嘘感叹，说这块好钢没有用在刀刃上呀！这背后的原因，于刚乾心里清楚。

在他主持的调查中，于刚乾把祥瑞公司列入其中，发现该厂国有资产流失的背后，有易建设联系的一条暗线，背后有人，而且与其他案件交织在一起。

于刚乾翻来覆去，睡不着觉。思来想去，于刚乾决定亲自查访。于是他白天调查，晚上暗访，找到当事人，掌握了一些证据。于刚乾支持当事人实名举报。

就在这时，于刚乾接到了调令。鹿白翎听了很生气，要找领导论理。于刚乾挡住她说：不要，不要找！去社科院，我愿意。这样也好，我更安全了！鹿白翎不解其意，她哪里知道于刚乾面临着风险？

于刚乾没有那种失去权力的失落感，也没有因此而丢失对人民的信任和对正义的追求。他知道，真正的英雄不是站在高处凌云，而是脚踏实地走在平凡人的行列中，用心和行动诠释对人民的忠诚。他很快找到了自己的定位，找到了人生更有意义的事情。除了日常工作，于刚乾有了大把时间，经常深入工厂、农村，走访工人、农民，调查各种现实问题。他喜欢与基层群众交流，了解他们的困惑和期盼，尽力为他们发声。

一段时间，他致力于研究基层民主管理、民主监督问题，研究企事业通过职工代表大会对领导人进行有效监督，让人民群众通过参与管理和监督，体现主人翁地位，体现人民国家的人民性。为培训职工代表，他编写了《企业民主管理教本》等培训教材正式出版，在全国引起了很大反响，各地纷纷来信请他授课。在山西一次讲课中，他开始用醋熘普通话，感到不得劲，又变为秦腔，问大家哪个好？台下齐声喊：秦腔好！山陕一家人！

此后一发不可收拾，于刚乾的著作、论文、文章，在报刊上连篇累牍发表。在分析了社会收入分配差距不断拉大的现象和原因后，他发表了一篇研究报告指出，重视资本而轻视劳动的倾向，没有体现以人为本理念，也不利于经济持续发展，应该坚决纠正。在研究了国有企业监督难题后，他发表文章，呼吁全社会要重视职工作为企业利益相关者和"守夜人"的职责和权利，呼吁立法确立职工在企业内部监督中的基础地位。某全国著名企业"一把手"领衔腐败、班子成员全部涉案的消息见报后，于刚乾对所谓的"精英治厂""一把手"体制提出质疑，指出要依靠职工办企业，而不能把国有企业交给个人想怎么办就怎么办。世界经济危机，企业遇到困难，有人提出停止执行劳动合同法，减少职工收入以减轻企业负担。于刚乾在报纸上发表了《不要在职工应得利益上瞎琢磨》的文章，指出：经济危机，从根本上讲，是长期压低劳动力成本导致两极分化，需要消费的群体没钱而造成的生产过剩。因此解决危机的根本思路，应该让人民群众分享经济发展成果，走共同富裕之路，而不能瞎琢磨掏老百姓的腰包。于刚乾的文章引起了不少关注，有一家省报邀请于刚乾作为特邀评论员，就人民群众关注的经济热点问题定期发表专栏文章。于刚乾提炼了群众最关心的十多个关乎国计民生的问题，陆续在报刊发表，引起了热烈的社会反响。有人称于刚乾是人民群众的代言人，因为他的笔下总写着人民群众的期盼。有人给于刚乾写信说：你的文章，是用老百姓的话讲老百姓想要说的话，宣传的是老百姓经济学，为老百姓发声，我们爱你！

反腐败力度在加大，"老虎苍蝇一起打"。于刚乾支持的那位举报人收到了纪检部门的立案通知。在这一案件审理过程中，祥瑞厂改制中给领导干部"送干股"和低价转让国有资产，以及把数亿募集资金转移的腐败问题，全部被抖了出来。易建设和其背后的涉案人员受到司法控制，祥瑞厂国有资产流失案告破了。

祥瑞公司的工人给于刚乾送了一面锦旗。

古庙中弥漫着淡淡的檀香。于刚乾和席养涵站在石阶上，正在体味古旧时光的气息。看到闫银堂慢慢走来，二人不由感叹岁月的无情，感叹沉淀在老友脸庞上被病魔折磨的印记。他们上前拥抱，五味杂陈难掩内心的悲凉。就座后，闫银堂向两位好友述说了自己的遭遇和心事。

这笔资金，一部分用于清理烂尾楼。另一部分，我想让它回归社会，在白鹿原上，以大梁村为中心，建一个引领时代的新农村经济体。闫银堂一字一句地说道，表明这是他深思熟虑的结果。

这绝不是一项简单的投资，而是闫银堂世界观转变的体现，是父子之间思想激烈搏击后，以大梁村为中心的白鹿原迈入灿烂明天的新期盼。事重如山，于刚乾一时难言可否。

席养涵说：这是天大的事，你还是再考虑考虑。父子之间，谁不争吵？你就这么一个儿子，孙子孙女还小，亲情难舍呀！你们还是再沟通沟通吧。

不孝之子，罪人，罪人呐！闫银堂气愤地说：我要他撤销移民，把转移出去的资产转回来。他说既成事实，无法改变，而且要我跟随他们一起移民。你们说，我生在大梁村，死也要埋在大梁村，咋可能随他们？我们之间，已经彻底断了，完了。不说他了，说到他我就生气。

闫银堂再次表达了他的坚决意向，并提出一百多亿资金用于清理房地产遗留问题，希望席养涵协助现任总经理进行处置。另外一百多亿资金投向以大梁村为中心的白鹿原，希望于刚乾挑起这个担子。最后他感叹道：人生苦短，谁人不死？死后的你我，都是尘埃，在茫茫宇宙中，连尘埃都不是。刚乾说过：人活着的意义就在当下，当下最有意义的，就是做于人有益、于己快乐的事。这话对我影响很大。

于刚乾知道，这个决定是闫银堂世界观转变的体现，一旦决定就不会改变。因此他没有劝说闫银堂再思考，只是感到事关重大，担子沉重。他说道：你对人生的理解很深透，看问题很有高度。我接受你的重托，也一定会尽毕生精力把它搞好。你现在还有啥具体思考和安排？

闫银堂说：我现在也说不具体。总的考虑是，站在未来发展的高度，让大梁村成为全国农村发展的典范。你们可听听各方面意见，拿出一个方案，分步实施。申请设立一个"大梁村发展基金会"，制定好章程，资金由我分批注入。

于刚乾说：基金会就叫"闫银堂家乡发展基金会"吧。席养涵说这个名字好。闫银堂说：名字怎么叫，你们与村、镇领导商定。

临别时，闫银堂叮嘱二人道：要继续为我保密；我的身份若暴露了，就不会像这样安心休养了。另外，你们以不知名人士名义修好上山的路，联通电信网络，以后咱们可以随时联系。二人答应了。

于刚乾带着闫银堂的重托，开始思考"以大梁村为中心的白鹿原发展战略规划"。他与有关方面沟通后，各级政府表示全力支持"闫银堂家乡发展基金会"的运作，有人提议为基金会立碑纪念。于刚乾在大梁村安排了一场研讨会。与会者包括村民代表以及来自外地的经济学家和社会学者。

会上，于刚乾首先给大家讲了国家关于三农问题的大政方针，高度赞扬闫银堂功德无量的义举。

一名叫杨兵的人首先发言。他说：还是维持现状好。实行包产到户，农民很自由，愿意外出打工的打工，愿意务农的务农，愿意经商的经商，大家的日子都在变好。不要再折腾了。他建议将资金用于改善村民生活条件，可以兴办学校、医院、养老院等社会福利事业，提升民生水平。

说到这里，站在会场后边的尹宝石拍手说：好，改善民生好！先给村民每人分二十万元。

尹宝石做沙发生意，赚了一笔钱。听说炒股来钱很容易，他就跟着别人买卖股票，真的，不到一周，就净赚一万多。他胆子越来越大，借了五十万，全部买入一支有内幕消息的股票，股评都说好。不久，他的账面盈利十万多。他高兴得跳起来。媳妇说：赶快卖吧，咱要知足。他说：急啥！股评家说这个股票题材好，要翻十倍。后来，业绩造假，股票跌停！连续跌停，他卖也卖不掉。尹宝石亏惨了，欠了一屁股债。没办法，他把沙发店变卖了回到村子，整天骂骂咧咧，骂自己心贪，骂别人黑嘴、黑心。这一天，他不自觉走进会场。

大家都没理会尹宝石的话。秦嘉反驳杨兵道：但是有人不愿意种地，撂荒问题一直解决不了呀！而且耕作小块田地，效率不高，资源浪费。还是学习河北省周家庄的经验，走社会主义集体化道路，搞农业集约经营，同时发展工业和旅游业，实现共同富裕。

于刚乾鼓励大家畅所欲言，不同意见都可以讲。从村领导位子上退下来的刘益说道：我看股份合作制度好，集体以土地入股，实行资本控股经营，效率更高。向发达国家学习，可能是未来可持续发展的方向。

杨兵强调人民生活的改善是目的也是前提。秦嘉强调，集体化发展道路既能提高效率，也能保障共同富裕。而刘益则坚信股份合作制是大梁村走向更加繁荣的最佳途径。经济学家和社会学者也都发了言。不同理念在碰撞，甚至发生了争吵，启发着大家对未来的更多思考。

于刚乾在耐心地听，静静地想。他看到每个人所持的观点都有其合理之处，却又不无偏颇，带有一定的局限性。他认为，这不仅是一次关于资产投入具体路径的选择，更是一场关于今后农村发展方向的思想讨论，唯有将经济的、哲学的思想融合，才能真正引领未来。

于刚乾请省社科院王院长在白鹿原镇作报告。这位院长深谙中国农村发展及世界农业趋势，是一位有名的农业问题专家。报告会由白鹿原镇领导安排，县局有关领导参加。听了报告，于刚乾很受启发，感觉自己的思想站位更高了，科技引领的意识更强、融合发展的观念更突出了。

在制定"大梁村发展战略规划"和"闫银堂家乡发展基金会章程"的过程中，于刚乾越来越感到这一使命的沉重、艰巨而又崇高。于刚乾心想：这领军人物太重要了，之后谁来继承这一事业？从现在开始就要考虑后继人选。这后继之人不是一个人而是一批人，是一批不仅拥有全面的知识和技能，而且具备无私奉献精神、坚守以人民为主体理念的人。

夜深了，于刚乾还在灯下忙碌着，他把这些思想都写进了基金会章程中。

一曲精神坚守者的赞歌

冷丁

坐落于白鹿原东南方的村庄——大梁村，是我熟悉的具有典型关中农村特征的一个村庄。它与我的故里杜家沟村近在咫尺，且相互多有亲戚往来。所以我童年、少年时期，涉足最多的本村以外的地方，恐怕非大梁村莫属了。那是一个变迁渊源颇为深远的村庄，一个文化氛围极为浓郁的村庄，一个承载着厚重历史的村庄。清同治年间，震动朝野的陕甘"回难"，就曾让这个村庄经历了蚀骨之痛，同时也使其名重一时。

到了21世纪20年代的今天，负文贤长篇小说《大梁村》的问世，使这个具有传奇色彩的村庄再次声名鹊起，为世人所瞩目。

这部时间跨度长达半个多世纪的长篇力作，犹如一条铺展开来的描摹农村宏阔图景的艺术长廊，读者可以从中窥见其内涵的深度和广度，体验其悠长的历史意蕴和深邃的今世意境，还可倾听社会鼓噪的心声、感知时代脉搏的跳动……

《大梁村》一书共四十五章，总计三十多万字。作者似循着柳青、陈忠实、路遥等前辈作家的创作路子，采用现实主义写作手法，反映了白鹿原上一个名叫大梁村的村庄所发生的雅俗不拘、跌宕自喜，交织着悲欢离合、爱恨情仇的人生故事，歌颂了主人公们在家乡建设中表现出的自强不息、顽强拼搏的奋斗精神。同时，也折射出20世纪60年代以来五十余载的社会变迁，尤其是改革开放以来时代的多姿多彩和人的精神风貌。

故事从20世纪60年代某日大梁村一场春节社戏的上演铺陈开来，层层递进，娓娓诉说，渐次形成一部白鹿原大地之子的心灵史、一部表现人们顺应时代潮流的奋斗史、一幅带有浓郁关中民俗色彩的风情画卷。

在这部小说里，活跃在大梁村这片热土上的一众土著，以席广田为代表的老一辈和以于刚乾为代表的新一代人，他们虽然人生阅历不同，理念有别，想法各异。然而殊途同归的是，他们都有一颗勃勃雄心，有着共同的精神坚守，都在不遗余力地为建设家乡而努力，而且成就斐然。

作者以深情的笔墨，在这部小说中塑造了众多活力四射、鲜明生动的人物形象，构成了一幅个性不同的白鹿原人物众生相，且闪耀着当代精神坚守者的熠熠光彩。他们有着秦人质朴、倔强、果敢的秉性，一身正气，宁折不弯，有一股不达目的誓不罢休的韧劲、狠劲。随着这些人物在小说中的次第登场，别开生面的社会生活画面和奋斗场景便一一拉开序幕，带着岁月的跫音和泥土的芬芳，给这个驳杂喧嚣的时代，注入了一股清流。且沿着前进的方向，澎湃地向目的地奔流而去……

纵观而言，《大梁村》一书紧扣时代脉搏，贴近真实生活，弘扬时代主旋律，体现社会正能量，宣扬主流价值观，有一股催人昂扬奋进的力量，亦具有不可忽视的文化价值和美学价值。

这是一部充满强烈现实主义色彩的作品。

现实主义文学是以反映社会生活、时代心声及精神风貌为其主要特色的，是以呈现社会生活的真实状态和反映时代的生息而自许、并在创作实践中给出恳切答案的。

要表现一个历史时期真实的社会生活，怎么去取材、表现，常常取决于作家熟悉什么。不难看出，《大梁村》的作者对于其笔下的乡村生活、坊间物事、风情习俗、人文环境、历史变迁及书中不同人物，无疑是十分熟悉的。即使时过境迁，而在他的脑际，依然会不时地萦回着种种熟悉的生活情景。久日久之，那些动人的事件和人物，也慢慢地从回忆而至于聚神结想、凝而成为形象，终于一吐为快。这即是《大梁村》一书获取生活素材的源泉。一旦将其诉诸文字，即可从这些人物和他们的生活里面，发掘出闪光的思想、宝贵的时代精神、知行合一的品质，烘托出一幅劳动人民改天换地的斑斓画面。

因此，凡展现在《大梁村》一书中的乡村生活、耕读劳作、邻里交往、家族恩怨、男女情缘、背井离乡及至宦海沉浮等世相百态，以及新时期农村管理体制改革、道路交通建设、绿色经济发展、富民产业布局等开拓创新活动，犹如一幕幕充溢着浓郁生活底色的剧作，在乡村这个广阔的舞台上相继上演。由于其具有的真实性、生动性、时代性，读之便给人一种身临其境、触手可及的感觉。

在这部作品中，作者用不少笔墨，对20世纪60年代农村开展的"社会主义教育运动"作了细致入微的描写。书中这些新与旧、公与私、集体与个人等思想意识的矛盾、纠葛与碰撞，以及接受与排斥的激烈交锋的场景，使人恍如隔世，又历历在目，也使人领悟到作者力图借助这种"矛盾"，以及矛盾的化解，展示人们在农业集体化进程中，经历精神洗礼、意志磨砺、灵魂再塑和思想蜕变后，不但取得意识形态领域的丰硕成果，而且迎来一个社会清明和谐、干部群众齐心协力促生产的大好局面。

对于农村当年这一系列可谓触及心灵的"教育运动"，以文学形式给予再现，既是责任，也是担当，实属难能可贵。回顾这一段历史，固然有不尽如人意之处，但从中需要反思的东西亦是不少。尤其是农村实行"包产到户"后，对农民、特别是对村干部的思想教育，有着非常重要的意义。

现实主义文学虽依赖的是生活本真，但绝不是对原生活的简单复制，而是依靠典型化及创造性的艺术形象的力量，来反映生活的本来面目和对其所持的态度，一切唯恐读者不明白而由作者直抒胸臆之论，都是文学创作之大忌。《大梁村》一书始终在忠实于现实生活的基础上，让生活中被艺术化了的情事物象向读者传递信息，宣示思想，展露情节，表达情感，眺望前景，摒弃一切说教和空洞议论。这即是这部作品成功的关键之一。

这是一部着力塑造众多鲜活生动人物形象的作品。

作者在《大梁村》一书中，倾注了炙热而深厚的感情，给不同人物涂上不同的色彩，让读者从人物本身的活动中，产生出憎恶、咒骂、叹息、欣喜，乃至于大笑的不同声息来。这是这部小说的一大亮点。

文学即人学。人物是时代的印记。一个时代的社会生活是丰富多样、生动变幻和错综复杂的。生活中的欢乐、悲苦、正义、邪恶、抗争、奋斗等等一切现象和故事，在《大梁村》一书中都是通过不同人物的言行、品格、个性及生存冲突，形象地呈现出来，从而赋予作品一种浓郁的生命诗学特征。

在作者笔下，有正直坦荡，一心为民，起着掌舵作用、堪称"压舱石"的公社方社长；有为人正大，善良谨慎，爱社如家，不谋私利，工作勤恳的大队长席广田；有性情开朗，能说会道，以编撰"顺口溜"颂扬时代新气象和针砭时弊及赞美、调侃人生的金文涛；有阅历丰富、性格倔强、思想缜密、能言善辩、嫉恶如仇的于恭让；有踏实做人、认真干事、努力奋进，在乡村建设中有突出贡献、离职从事私营工业建筑设计成就斐然的席养涵；有行事果断、敢想敢干，退伍后搞房地产，之后其人生理念发生巨变的闫银堂等人。中间人物有横蛮不羁、饱经世故又市侩圆滑的聂老大。反面人物如土匪出身、奸诈狡黠、道德龌龊的丁德让，以及个性阴险、心胸狭窄、参与聚众闹事、破坏合法选举、后因草菅人命而坐牢、释放后在承包工程中"做手脚"的丁锁柱等。这些人物，个个神形兼备，呼之欲出而无不跃然纸上。

不过，作者倾其情感，用浓墨重彩描写的人物，当数"男一号"于刚乾。小说的结构也是循着于刚乾这条主线而铺设，并展开故事的。

于刚乾从一名青涩中学生，历经浴火涅槃，日渐成熟，最终成为独当一面的县委书记，其间的道路是曲折的。唯其曲折，才可锻造出他的优秀品格和坚毅个性，才可揭示出人生的道路绝无平坦这一规律。

于刚乾有思想，有抱负，有担当，有远见卓识，有百折不挠的开拓精神。他魂牵故土，心系苍生，勤政为民，清正廉洁，与时俱进，勇于站在改革开放的潮头，迎着时代的疾风暴雨而奋进，又伸出双臂去欢呼新时代喷薄而出的红日。他的所作所为，很好地展现出一位新时期领导干部的高瞻远瞩与实干风采。

作者写于刚乾这个人物，是完全个性化了的。相比于书中别的人物，他就是他，与别人毫无雷同之处。不得不说，这是一个塑造得极立体、极生动、极典型的人物。特别是在其职位擢升、离县赴任时，得到群众的夹道欢送，作者这一点睛之笔，更丰盈了这个人物的完美形象。

然而如鲠在喉、不得不说的是，于刚乾职务的擢升离任，正好处在其追查瑞祥公司国有资产流失案未果的关键时间节点上。这是巧合，还是有意为之？其中的蹊跷和隐含的深意不言而喻。作者这一巧妙的伏笔设计，真乃无声胜有声，其意告诉人们：一是反腐败需付出代价；二是反腐败仍在路上。其中深刻的思想内涵是值得仔细咀嚼与反思的。

作者精心塑造的另一个人物是易建设。严格说来，易建设也是贯穿全书的一条线索，但与于刚乾这条主线处于一种有时交集、有时并行不悖、有时则是若即若离的状态，使人暂时还摸不清这个人物的发展脉搏。事实证明，这也是契合书中现实，暗示于刚乾与易建设两人不会成为同路人的巧妙安排。易建设深耕官场多年，精明强干，有城府，有胆识，有心计，有一定政策水平，比如在任县招生办负责人时不计个人恩怨、秉公办事等优点，都是有目共睹的。但另一方面，这个人又热衷拉帮结派，搞宗派活动，擅长阳奉阴违，还有一些小资生活情调。由于其所具有的"两面"性，所以尽管其形象不太完美，却也不致使人憎恶至极。否则，他的仕途也不会那么畅通。以至于最后坐实了他的腐败事实，真相得以暴露，人们才看清了这个人的真实面目。这也是作者独具匠心、刻画得比较成功的一个人物。他的出现，使人从中不唯看到社会生活的精彩纷呈及一个人如何堕落的人生轨迹，还能看到官场生态的一鳞半爪。

同时，作者笔下的诸多女性形象，也是活灵活现。具有代表性的金玉秀、丁香梅等，她们天生丽质，曾有美好的理想，渴望幸福生活，祈盼能嫁一个如意郎君。在传播乡村文化、科学种田、田间管理、种子培育等方面，她们都倾注过心血，但终因情场失意而导致人生路走得曲折艰难，最终希望破灭，心灰意冷。特别是金玉秀，她在遇人不淑不得已离异后，又陷入穷困潦倒的境地，沦为一个悲剧人物，令人不禁慨然喟叹！

不难看出，作者对上述人物如此设置、定位、着笔，使这部小说在描写乡村的劳动生活和社会风貌上，就更显得丰满而有血有肉了。从生命诗学意义上来说，这也正是人改造世界和目的论的突出表现。

据笔者不完全统计，这部作品中，涉及各色人物不下50位，有名有姓的至少有35位。在这幅栩栩如生的人物艺术群雕中，有人看到人心叵测，有人感慨命运无常，也有人唏嘘造化弄人，但更多的则是领略了蕴含其中的生命哲学、人生价值理念，以及书中人物人格的高尚、人性的真善美。这一主旋律贯穿《大梁村》始终，成为支撑起这部小说的精神脊梁。

这是一部有着简洁明快语言叙述特色的作品。

从纯艺术的角度看，《大梁村》一书作者追求的是一种简洁明快的语言表达方式，采用传统小说简练明洁的笔法，尚白描，去繁缛，不空洞，弃浮夸，既不矫揉造作，又不故弄玄虚，行文干净利落，突出本土语言特色。

小说从头至尾，拖沓冗长的句式几乎没有，均以凝练简洁见长，三至四字构成的短句比比皆是。真乃语不着纤尘，澄洁明清，不枝不蔓，极目所见，无不了然。

作者还用简略的笔墨交代头绪纷繁的事件，一章中夹叙两件以上的事体，在这部小说中多处可见。这种描写手法，一般较难掌握，处理不好会适得其反。但本作品如此描写的效果，不唯不使人感到生硬、堆砌和勉强，反而觉得这插叙之笔，来得自然，来得顺理成章，来得必不可少，足见作者深厚的文学素养和驾驭语言文字的不凡功力。

值得一提的是，小说中引用了不少带有秦韵的方言、俚语、歇后语及名人名言、箴言警句，不乏风趣幽默，又饱含哲理，为作品增色不少。

古人"不着一字，尽得风流"之说，谈的虽是诗，但揆其要旨，对任何体裁的文学作品来说，都不无共通之处。《大梁村》一书行文的简约、洗练，即是一个很好的例证。

政界不同职务转换的历练，长期从事政策研究及论文撰写的经验，练就了作者敏锐的洞察力，玉成了他的思辨与睿智，并兼有文学素养、写作功力及艺术知性的提高。退休后转而从事文学创作，他更是苦心孤诣，一发而不可收，其笃行不息可见一斑。这本书即是他多年心血的结晶。

这部作品所呈现出深刻的历史感以及对乡村文化的承续性，是显而易见的。不难看出，在作者身上，有着非常明显的二十世纪六七十年代乡村文化影响的痕迹。同时可知，"故乡"一直是他致力寻找的关键词之一，其怀念着的也是那方根本剪不断脐带的血地。故而其心底涌动着的乡愁情愫，必然激发、带动他创作的欲望和整个流程。而《大梁村》一书的付梓面世，为最终完成他的心灵皈依画上了一个圆满的句号。这是一件很值得庆贺的事情。

2024年1月2日于咸阳

（冷丁，本名杜平安，陕西蓝田人，大学本科学历。中国现代作家协会理事。出版有《我从白鹿原来》《木鱼河的浪花》等。）

一部凸显人民性的乡土小说

郁崇民

负文贤的乡土题材现实主义小说《大梁村》，以深刻厚重的思想内涵、鲜明生动的人物形象、跌宕起伏的故事情节及丰富多彩的民俗风情，大跨度地展现了二十世纪中叶以来，白鹿原大梁村的人们在剧烈的社会变革中所经历的艰难历程，表现出一代人公而忘私的奉献精神和自强不息的奋斗精神。

《大梁村》与《白鹿原》，不仅在时间上承前启后，人物事件有所交织，而且同为白鹿原上的百姓赓续着他们的同宗文化。所不同的是，《大梁村》所展现的主要是人民公社到改革开放这段历史。这是一部秉承人民至上理念、凸显人民性的好作品。

文学的人民性，就是要求作者不仅要关注人民的生存状态和思想感情，还要关注他们在社会历史发展中的积极作用和贡献，并通过文学作品，反映人民的生活、思想、情感、愿望及要求。《大梁村》的人民性，主要体现在以下几个方面。

全面记录了人民群众的生活与精神状态，以及他们在历史发展中的积极作用。

书中描写的关中农民，基本都是普通民众，陆续登场的有名有姓的人物就有三十多人。他们的形象不同，性格各异，在艰难的生存环境中，在耕读劳作、家族纠纷、爱恨情仇和政治风云的激荡交织中，为食而作，为衣而劳，为财而计，流血流汗，奔忙在各自的人生路上，谱写出一个时代人民积极进取的恢宏历史。

在国民经济困难时期，闹饥荒，人人吃不饱，大家都知道国家困难，干部群众都一样，因此没有抱怨，没有向上伸手要，也没有躺平等死，而是选择了艰苦奋斗求生存；在具有"一大二公"特征的人民公社化时期，有人磨洋工，或者只想多占、不想贡献，但更多的人在响应学大寨号召，战天斗地出力流汗，更有人为发展集体经济不怕牺牲，无私奉献；在社会主义教育运动以及之后激烈的社会矛盾冲突期间，有人说假话、写假证明害人害己，甚至拉帮结派搞夺权，但更有一股力量在坚持实事求是，坚持"抓革命，促生产"，促经济不断发展；在改革开放的新时期，有人总想着个人怎么富，甚至不择手段以权谋私搞贪腐，但也有人不忘初心，坚持共产党人的理想信念，开拓创新求发展，带领群众走共同富裕道路，与腐败行为不断斗争。

《大梁村》展现这四个时期的人民生活，直面现实，不回避问题和矛盾。譬如写到三年困难时期的群众生活，白鹿原人挖野菜吃树皮，拉橡樆，做箱柜，换粮糊口，顽强地活下来的真实情景，不由让人十分伤感，同时也由衷地钦敬这一代人的坚韧精神。

当写到一大二公的集体经济，作者由"一泡屎现象"着笔，通过一个一个鲜活人物，展开为公还是为私、小农意识与集体观念的矛盾冲突。"一叶知秋"，抓住当时的主要问题，很有典型意义，让人能感到当时的生产和社会环境。写到社教运动以及后来的政治冲突时，作者抓住干部的"四清与四不清"、翻案与反翻案，以及夺权与反夺权的斗争，渐次展开，真实再现了那时尖锐的社会矛盾和各类人物的众生相。

整部小说给人总的感觉是很真实，有画面感，栩栩如生地再现了当年劳动群体的状态。同时也很有立体感，多种因素互动、各类人物交织，展示出生活本身的斑斓色彩。讲到当时生活艰苦，但人民没有因此而沉沦，作者用一个一个英勇顽强的形象和他们所怀有的"明天会好起来"的信念，表现人们在逆境中坚忍不拔和积极乐观的精神状态。讲劳动的艰苦、单调，同时写劳动的欢乐场面，说段子、打闹逗乐、排戏演戏，苦中有乐。

人民推动历史，历史书写人民。《大梁村》在用心书写人民。在暴露问题的同时，赞誉人民，肯定人民的历史作用。带着积极乐观的心态写人叙事，透过阴影见光亮，给人以生命诗学的美好启迪，没有留下文学的"伤痕"。

真实反映了绝大多数人民群众的利益和愿望。

周恩来总理谈文学的人民性时强调：我们考虑一切问题，都要从人民的需要来着眼。《大梁村》的一条思想主线，就是努力反映人民的利益诉求和愿望心声。

20世纪六七十年代，广大农民最大的利益和愿望，就是多打粮食、吃饱肚子。为实现这一愿望，他们战天斗地，向旱涝不保、靠天吃饭的土地及老天要粮食。在最困难时期，席广田带领社员烧砖瓦、换麦种、学大寨、修梯田；于刚乾带领青年突击队抗旱打井，搞秋收调研，总结出调动社员积极性的五条经验，在全公社推广；席养涵带头搞科学种田等。面对自然灾害，他们不怕苦，不怕累，出大力，流大汗，换来了粮食的增产。

在社教运动以及后来激烈的派性斗争中，广大农民的利益所在以及所思所想究竟是什么？他们都希望安稳，不希望闹腾，希望干部带领大家搞好生产。为此，作者精心塑造了多个"好带头人"，以及识大体、顾大局的主人公于刚乾，带领大家"多挣工分"，努力生产，与拉帮结派搞夺权的一派人展开曲折的斗争。

改革开放经济发展，人民生活日益改善，有人富有人穷，有人陷入绝对贫困，甚至卖血为生。新时期，广大群众究竟怎么做、怎么看？广大群众都希望富裕，也并不仇富，他们仇恨的是那些手握人民给的权力却侵害人民利益的贪官污吏。为此，作者塑造的主人公廉洁奉公，反腐倡廉，带领群众开拓创新求发展，坚定地走共同富裕的社会主义道路。

书中写到夺权、反夺权，推广土地承包责任制，调查国有资产流失案，解决下岗职工的困难，以及开展修路运动，实施开发大梁沟等宏图规划，无不是站在人民的立场上，说人民群众想说的话，做人民群众要做的事。纵观整部小说，作者以"一切从人民利益出发"作为思想主线，以"是否真正为人民"作为判断是非、评判历史的标准。这也是小说能走出某些思想争论的牵绊、前后思想贯通的重要原因。

文学反映人民的利益、愿望，但不是反映人群中的落后愿望，更不是把群众中的自私冷漠、狭隘极端、低级世俗当作主流取向，去迎合人性的弱点——贪婪和低级趣味。在这方面，《大梁村》无疑把握得比较好，既反映人民当前利益，也反映人民的长远利益和根本利益，体现着对落后、狭隘、自私、短浅、嫉妒、狡黠意识和侵害集体利益的行为的批判、引导。

深刻表达了人民的真实感情和精神追求。

在人类历史的长河中，人民群众从个体走向集体、从感性走向理性、从自然走向社会、从野蛮走向文明的历程，就是精神文明的进化过程。

文学的人民性，体现在精神层面，就是反映人民的真实感情和精神追求。小说在描绘人民群众的外在生活时，着力挖掘人民的内心世界，以触动读者对人生意义、人类命运等问题的思考。

《大梁村》塑造了众多鲜活人物。不同人物因其经历、性格的不同而表现出各不相同的思想和追求。在作者笔下，有褒有贬，揭示真、善、美，鞭笞假、恶、丑，突出弘扬艰苦奋斗、热爱集体、公而忘私的精神，使这一代人的心灵轨迹既丰富多彩，又蜿蜒曲折。

作为农村基层干部的席广田，一心扑在集体事业上，带头修水库，忍饥挨饿买麦种，排除干扰抓生产，成为集体经济的好带头人。公社干部方主任，正直坦荡，一心为民，深受群众拥护。同样是公社干部的易建设，有胆识，有城府，热衷拉帮结派，在社教运动中就表现出有私心杂念，在改革开放大潮中，放松权力自我约束的他，终于演变成腐败分子。

回乡青年席养涵，处事周密审慎，踏踏实实做事，认认真真做人，事业有成，心系故里；行事果断、敢想敢干，退伍后搞房地产开发成为大老板的闫银堂，搏击人生，其人生理念最后发生巨变，捐巨资建设白鹿原；经历过旧社会苦难的于恭让，坚守堂堂正正做人的理念，反对说假话，刚直不阿；金文涛相信天命，风趣幽默，开朗豁达，以顺口溜及说段子乐对人生；出工不出力、一心想着自己那块"自留地"的尹宝石，最后发生了思想转变，由"后进"变"先进"。

诸多女性人物，也是性格不同，各有追求。金玉秀、丁香梅天生丽质，都渴望嫁一个如意郎君。但最终都希望破灭，有情人不能成眷属，反映了新旧变革时期的种种矛盾和观念冲突。

作者还塑造了诸多不同人生取向的人物。比如蛮不讲理、世故又市侩的聂老大，一门心思想着翻案夺权；土匪出身、奸诈狡黠、道德龌龊的丁德让，参与夺权争斗；个性阴险的丁锁柱，破坏合法选举、草菅人命。他们或被打致残、致死，或被判刑，可谓报应不爽。

小说中的这些人物，个个神形兼备，他们都有各自的精神世界，演绎出不同的人生。人性驳杂，思想各异，对同一事物，一千个人会有一千种思想。但站在哲学高度来看，人类社会演进的精神动力，恐怕首先来自对新的生产力和生产关系适应或不适应的最先感知者、发现者和推进者。

作为文学作品，不是表现"冷也好热也好活着就好"的世俗生活理念，而是要表现在传统农耕文明的基础上，那些先知者在实践中解放生产力、推动社会发展的精神状态。这种精神状态体现在《大梁村》主人公于刚乾身上，就是艰苦奋斗精神、公而忘私的奉献精神，以及对社会主义理想信念的执着追求。

于刚乾从小受苦，练就了坚强不屈的性格。青少年时，他读恩格斯著作，幻想过很快建立了"女子不考虑经济因素而委身于所爱男子"的社会经济基础。回乡务农，他带领青年突击队抗旱打井，被埋在井下，差点丧生。在"秋收调研"中，他发现了手工劳动的生产力与集体经济的生产关系不适应的弊端，向县领导作汇报，提出扩大自留地的建议，并总结出大梁大队经验，在全公社推广。后来，他慢慢形成了"人生的乐趣和意义在于不断追求、不断进取的过程"的理念，鞭策自己不断进取。在比较系统地研读了马克思著作后，他逐渐坚定了社会主义的理想信念，并践行于全心全意为人民服务的实践中。特别是在反腐败斗争中，表现出共产党人的坚定信念。

书中所凸显的人民性，是作者思想意识的真实体现。

文学作品的人民性，源于作者的人民情结；人民情结，源于作者对人民生活的深切体验。作者苦难的童年苦中有乐，对他一生产生了积极影响。学生时代接受热爱祖国、助人为乐及崇尚英雄的教育，在他心灵中埋下了积极向上的种子。他回乡务农，吃苦耐劳，脏活累活争着干，和社员群众打成一片，很快就学会了各种农活。之后他被抽调到公社驻队，与社员同吃同住同劳动，对人民公社体制和群众生活有了更深入的了解。参加工作后被推荐考试，上了大学。在省总工会工作多年，退休后又在省决策咨询委员会从事调查研究工作。

作者当过农民，当过工人，有底层生活的深切体验。工作后他经常深入厂矿、农村做调查研究，广泛接触过各界人士。他先后出版多部基层民主政治建设方面的专著，发表专题论文、调查报告、报刊文章七十多篇，都在为维护职工群众和劳动群体的合法权益着力发声。所有这些，都为小说《大梁村》的创作提供了丰富素材，也奠定了重要的思想理论基础。

作者站在历史的高度，以时代的目光、以对人民仰视的态度，自然而然地勾勒出一幅氤氲着乡情的温馨、弥漫着乡土的壮美、洋溢着奋斗的快乐、闪烁着人性的光辉的乡村民俗风情画卷，为读者呈现出一部书写人民的厚重的历史性文学作品。

当文学高扬人民性的大旗时，《大梁村》的作者在这面旗帜上，以自己的激情写上了人民精神、人民形象、人民拼搏、人民奋进等激动人心的词语，这是乡村亿万人民奋斗史的凝练和写照。它必将激励人们，满怀信心地迈向更加辉煌灿烂的未来。

2024 年 7 月 23 日

（郝崇民，祖籍陕西蓝田白鹿原。西安建筑科技大学毕业，高级工程师。蓝田县作协会员、《蓝天文苑》编委，著有散文集《从古原出发》等。）

后　记

2022年初，一条再现当年排演秦腔戏的顺口溜，把我带回上世纪六十年代的故乡。之前，我一直想把故乡的一些事写下来，耳边的欢声笑语催促我走到电脑前，敲下了"大梁村"三个字。第一章《唱大戏了》，众多人物先后登场，人民公社时期的一场人生大戏拉开了序幕。

写成几章后，在网络平台"蓝天文苑"发表，"今日头条""西商联盟"接连转发。之后，我就边写边发表。一段时间，因为我太投入，人物故事在脑子里兜兜转转，我平生第一次尝到了欲罢不能、欲说还休的两难滋味。怕脑子出问题，我就写写停停，直到2023年2月6日，终于完成了初稿。"白鹿原文学社"通过"美篇"用陕西方言播诵、《陕西工人报》选登后，引起了社会关注。按照出版要求，我又做了一次较大改动，把原版关于派性斗争、武斗夺权等内容做了删改。2024年3月5日定稿，共45章32万字。

有朋友问我哪来这么大的底气和勇气？

俄国作家列夫·托尔斯泰说过，文学作品不是偶然在艺术家心灵中产生，而是从他所经历过的生活中得来的果实，正像母亲的怀胎一样。谈现代小说流派及其表现形式，说实话，我没有深入研究。但我有生活来源，有素材积累这个"怀胎"的过程。在原型基础上再加工，既能给人以历史真实感，也会减少逻辑谬误。要问底气，我想主要来自生活。内容第一，形式居次，不受形式约束的内容，说不定更加充实、自然。在写作中每每遇到困难，我就这么激励自己。

至于谈到勇气，我也是逐渐鼓起来的。开始我也是摸着石头过河。后来觉得，自己不但对这段历史中的不同人物比较了解，而且与他们心灵相通，以至于能感应到与他们思想碰撞所产生的火花。我由此想到，应该让后人在了解这代人的奋斗史的同时，感知他们的心灵轨迹，思考他们的价值理念，理解他们的精神追求，从而将其发扬光大，砥砺前行，既有历史意义，也有现实意义。想到这里，我感到身心更加愉悦，劲头更加充足。这就是我的勇气来源，也是我写这本小说的动机。至于结果怎么样，会不会招来不同议论甚或非议，就不多想了。人生在世，时间短暂，若思前想后，就啥也干不成！

有人问，《大梁村》的主题思想究竟是什么？

谈小说的主题思想，就相同题材而言，不同作品所表达的思想也会千差万别。还有读者不同视角的不同感观，即所谓"一千个读者就有一千个哈姆雷特"。我开始想得很简单，就是写关中农村的一段历史，通过人物关系和社会矛盾，让读者去解读。在写到敏感话题时，尽可能让不同人物自我表白或争辩，"隐"去作者的思想倾向。但好像隐不住。有人发表评论文章，用"一部白鹿原大地之子的心灵史，一曲精神坚守者的赞歌，一幅带有浓郁关中民俗色彩的风情画卷"概括该书的主题思想，并写道："在这幅栩栩如生的人物艺术群雕中，有人看到人心叵测，有人感慨命运无常，也有人唏嘘造化弄人，但更多的则是领略了蕴含其中的生命哲学、人生价值理念，以及书中人物人格的高尚、人性的真善美。"有人在评论文章中写道："在主人公于刚乾身上，体现着一个时代的艰苦奋斗精神、为人民的无私奉献精神，以及对社会主义理想信念的执着追求。"高尔基说文学就是人学，其主旨就是探寻人的本质特性、人生价值和理想追求。他们的概括，我认为也是基于这样的思想，是契合本书内容的。

人活着为了啥、为了谁？这是生命哲学的永恒话题。在人民公社集体经济及之后的市场经济大潮中，关于为公还是为私、为集体还是为自己的灵魂博弈，文学作品难以回避。为集体，为人民，为共同理想而奋进，就是人格的高尚和人性之美。这也是那个时代人们所追求的道德。对此，有的年轻人似乎难以理解，甚至不相信。但这是真的。在物欲横流、人的自然属性肆意张扬而社会属性趋于式微的当下，文学更应该弘扬这样的人性美。

另外，我以为文学创作要有烟火气息，要沾一些泥土味道，显现时代精神。在创作中，我特别注意对故事里所含泥土气息的书写，尽量缩短原生态生活与人的心灵亲近的距离。

  非常感谢陕西人民出版社原编辑室主任、作家孔明先生和该书的责任编辑王彦龙先生的认真负责。本书在编写过程中，还得到杜平安、郗崇民、周养俊、陈言齐、魏娟妮、徐富权、董亚芳、梁晓民、负志贤、负培贤等亲友，以及西北农林科技大学机电学院七三级同学以不同方式的帮助支持，在此一并表示衷心感谢。

2024 年 8 月 1 日

负文贤